158동
진상부부

158동 진상부부

펴낸날 초판 1쇄 2018년 10월 30일

지은이 이양흠, 최은희

펴낸이 강진수
편집인 김은숙
디자인 강현미

인쇄 (주)우진코니티

펴낸곳 (주)북스고 | **출판등록** 제2017-000136호 2017년 11월 23일
주소 서울시 중구 퇴계로 253(충무로 5가) 삼오빌딩 705호
전화 (02) 6403-0042 | **팩스** (02) 6499-1053

ⓒ 이양흠 · 최은희, 2018

• 이 책은 저작권법에 따라 보호를 받는 저작물이므로 무단 전재와 무단 복제를 금지하며,
  이 책 내용의 전부 또는 일부를 이용하려면 반드시 저작권자와 (주)북스고의 서면 동의를 받아야 합니다.
• 책값은 뒤표지에 있습니다. 잘못된 책은 바꾸어 드립니다.

ISBN 979-11-89612-01-6 03810

이 도서의 국립중앙도서관 출판예정도서목록(CIP)은 서지정보유통지원시스템 홈페이지(http://seoji.nl.go.kr)와
국가자료종합목록시스템(http://www.nl.go.kr/kolisnet)에서 이용하실 수 있습니다. (CIP제어번호 : CIP2018033450)

책 출간을 원하시는 분은 이메일 booksgo@naver.com로 간단한 개요와 취지, 연락처 등을 보내주세요.
Booksgo는 건강하고 행복한 삶을 위한 가치 있는 콘텐츠를 만듭니다.

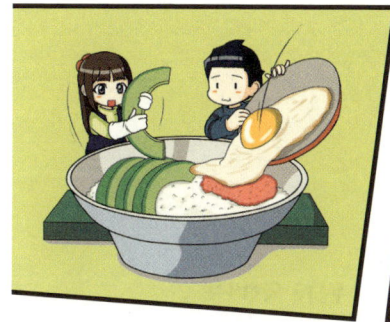

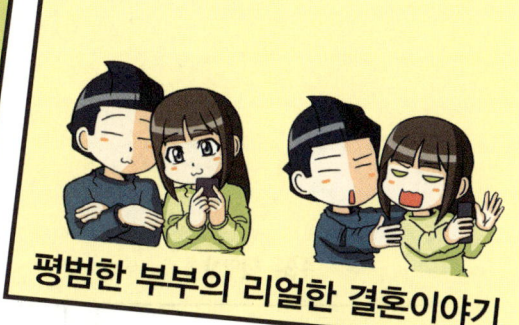

평범한 부부의 리얼한 결혼이야기

부부의
진짜
일상이야기

158동 진상부부

은야쟁이 · 징징돌이 지음

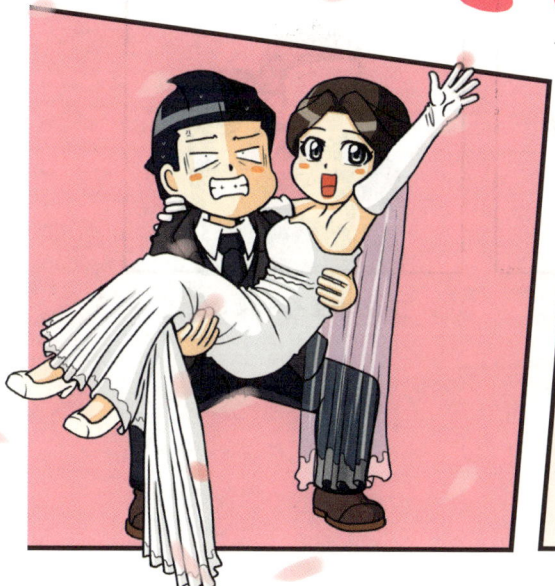

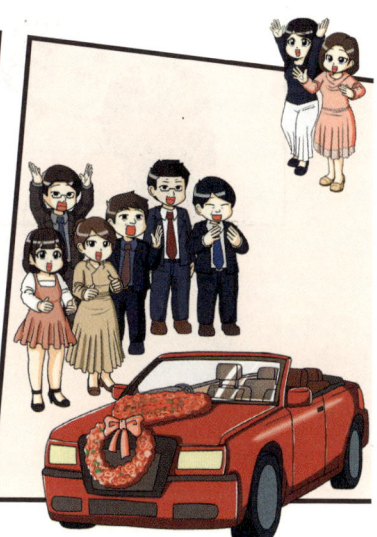

Booksgo

수줍은 첫만남

두근두근 연애시절

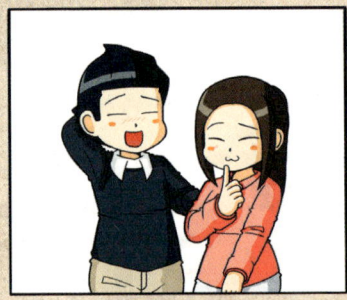 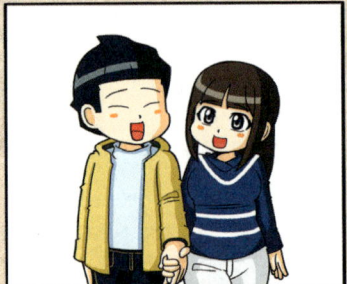

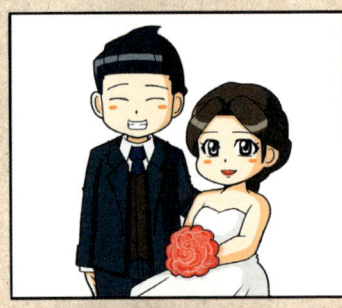 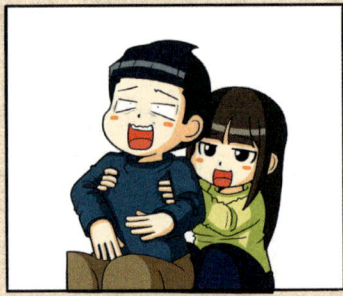

함께 하자는 약속, 결혼

그리고, 부부로 살아가는 이야기

제목이 아닌 본문.

프롤로그

직장 밖의 삶을 풍요롭게 만들어 보자는 생각으로 블로그를 시작했습니다. 그것이 계기가 되어 둘이 함께 네이버 포스트에 '158동 진상부부'와 '그림 레시피'를 연재하게 되었죠.

둘의 소소한 연애 시절, 결혼 생활 이야기를 그림으로 남겨 보자며 시작한 158동 진상부부.

요리 만들기를 좀 더 재밌게 풀어보자며 시작한 그림 레시피.

첫 에피소드를 올리던 날, 막연하게 꿈꿨던 책 출간이 현실로 다가오는 과정은 내내 설렘의 연속이었습니다.

인생의 동반자 같은 거창한 수식어보다, 마음 맞는 짝꿍으로 살고 싶은 158동 진상부부.

어느 날은 눈에서 꿀이 떨어지기도, 어느 날은 투닥투닥 싸우기도 하지만 서로를 아끼는 마음은 변치 않길 바랍니다. 또 158동 진상부부의 소소한 이야기를 통해 '결혼해볼만 하네!'라는 따뜻함이 전해질 수 있다면 더 없는 기쁨이 될 것입니다.

재밌게 봐주시고 응원해주시는 구독자분들. 진상부부를 늘 자랑스러워 해주는 친구와 지인들. 항상 새로운 영감을 주시는 이혜강 선생님. 진상부부의 오랜 꿈을 현실로 이뤄주신 북스고 출판사 관계자분들. 사랑하는 가족에게 감사의 말씀을 전합니다.

158동 진상부부

징징돌이 이양흠, 은야쟁이 최은희

CONTENTS

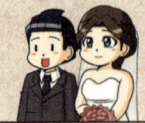

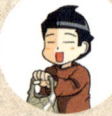

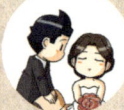
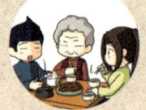
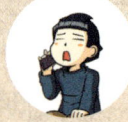
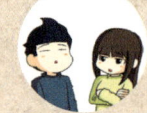
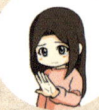
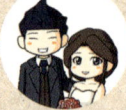
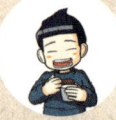
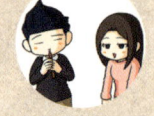
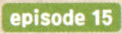
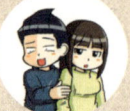
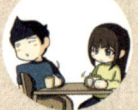
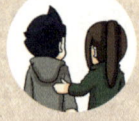
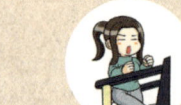
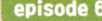

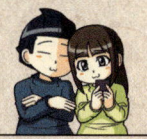

PART 2
신혼생활

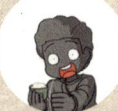
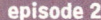

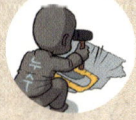
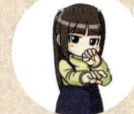
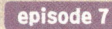
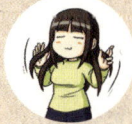
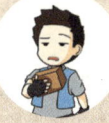
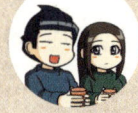
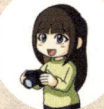
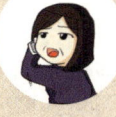
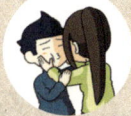
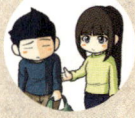
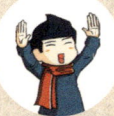
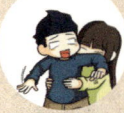

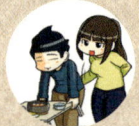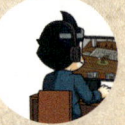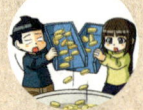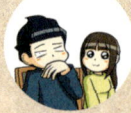
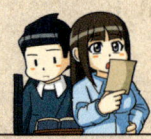

PART 3
맞벌이 부부

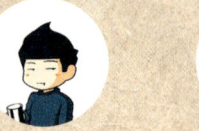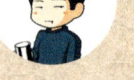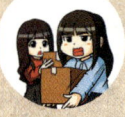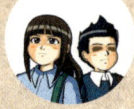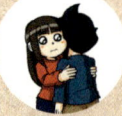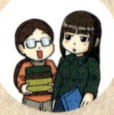
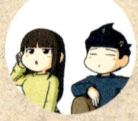
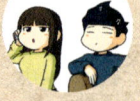
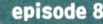

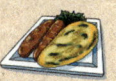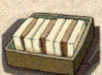

PART 1

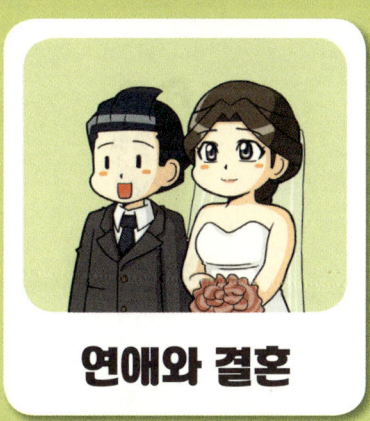

연애와 결혼

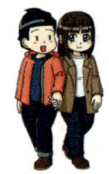

연애와 결혼

한 남자와 한 여자가 만났다. 친구의 소개로
만난 그들은 서로에게 동화되었고, 만나면
헤어지기 싫은 찰나를 견디며 5년을 지냈다.
무던한 남자와 똑쟁이 여자는 결혼을 결심했
다. 친구의 도움으로 프로포즈를 하고, 그녀의
가족을 만나고... 불완전한 반쪽이 만나 하나
가 되는 그 순간, 바로 결혼이다.

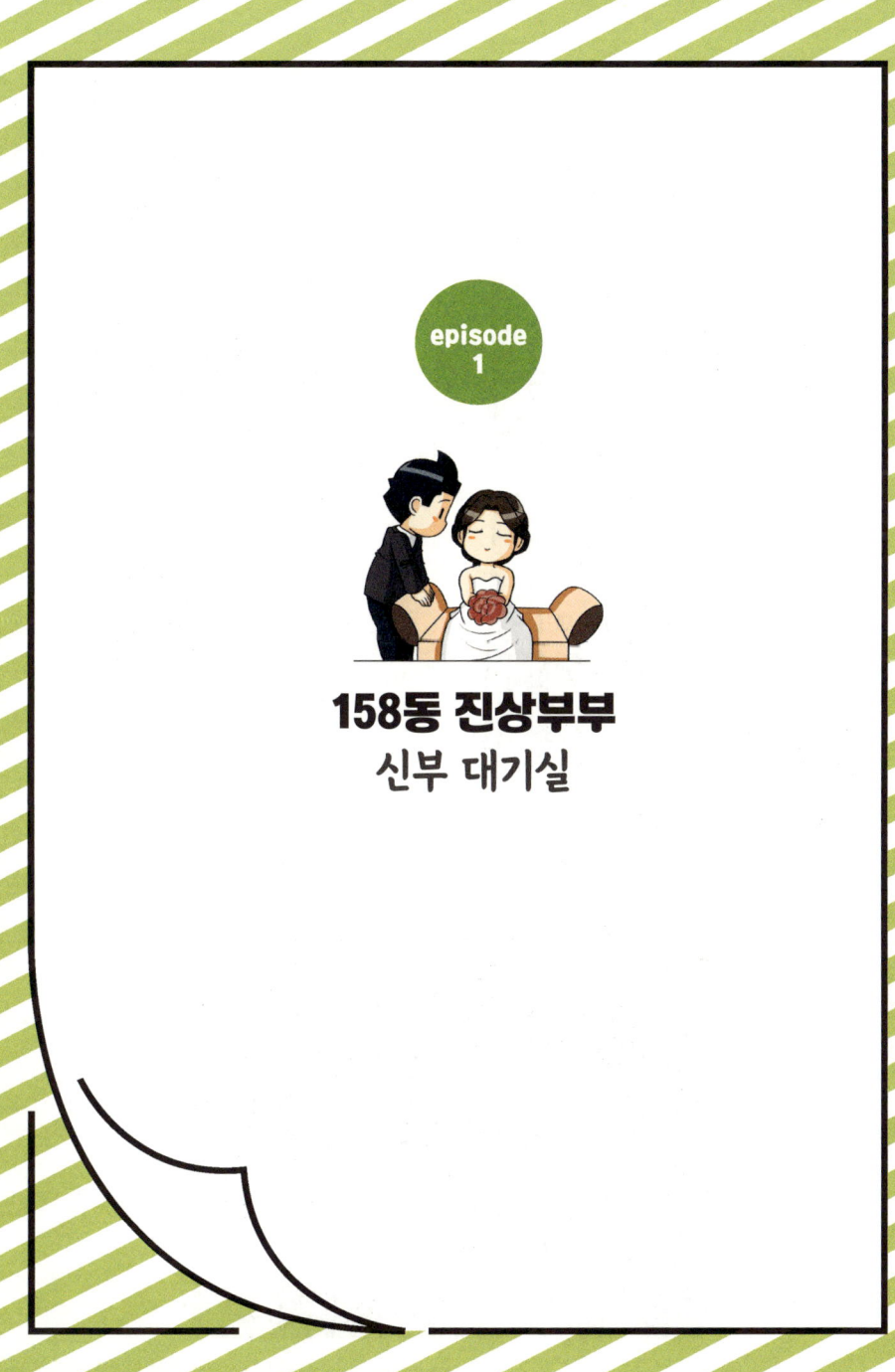

episode
1

158동 진상부부

신부 대기실

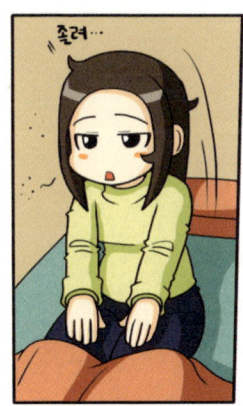

평소와
다름없는
아침이지만

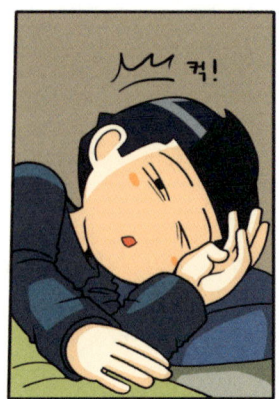

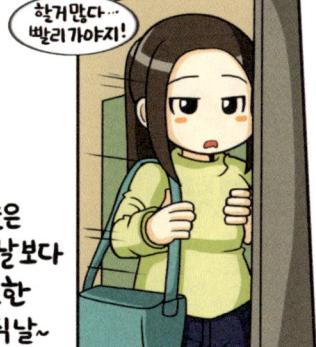

오늘은
그 어떤날보다
특별한
결혼식날~

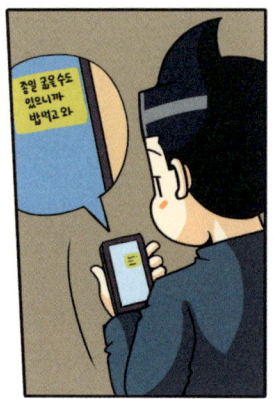

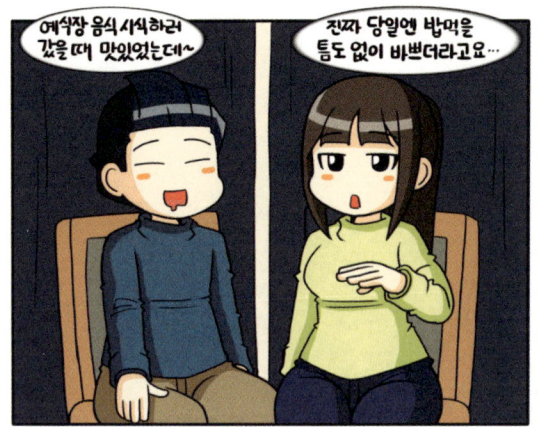

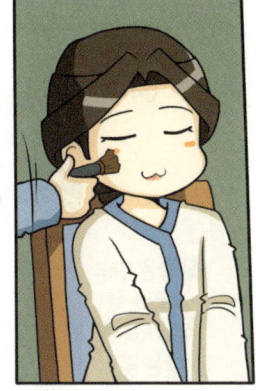

신부는 예쁘게
단장중...

신랑도
단장중...

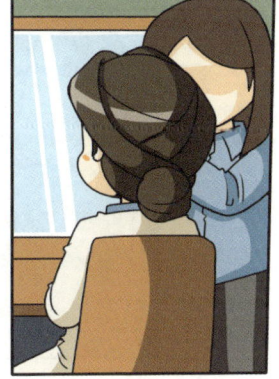

신부 꾸미기는
시간이 꽤
걸립니다

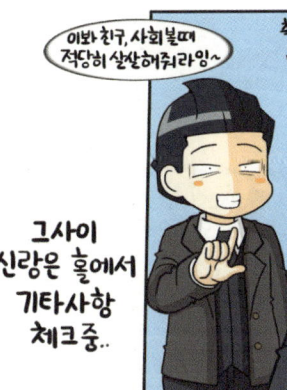

이봐 친구, 사회볼때
적당히 살짝해줘라잉~

축가 MR이
없다...

그사이
신랑은 홀에서
기타사항
체크중..

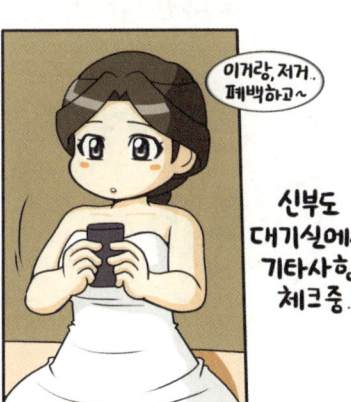

이거랑, 저거..
폐백하고~

신부도
대기실에서
기타사항
체크중..

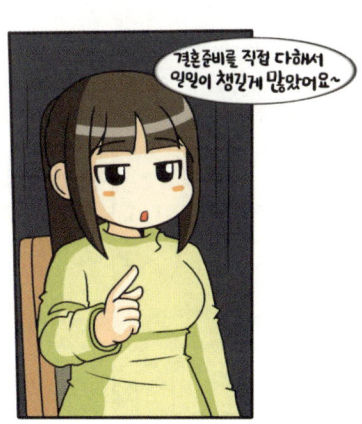

결혼준비를 직접 다해서
일일이 챙길게 많았어요~

15

결혼식 당일엔 긴장보단 정신없음의 연속입니다

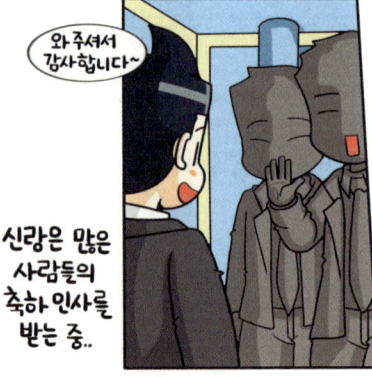

와 주셔서
감사합니다~

신랑은 많은
사람들의
축하 인사를
받는 중..

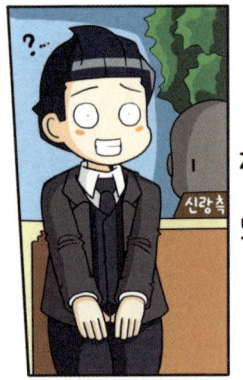

하지만
절반 이상은
누구인지
모르는 분들이
많아요

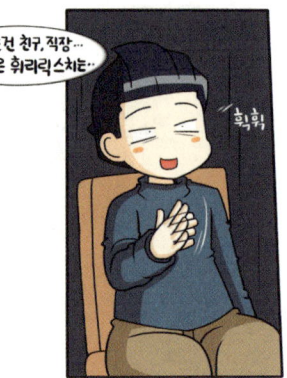

알아보는건 친구, 직장...
다른 분들은 휘리릭 스치는..

휙휙

인사하랴 사진 찍으랴 정신없는~

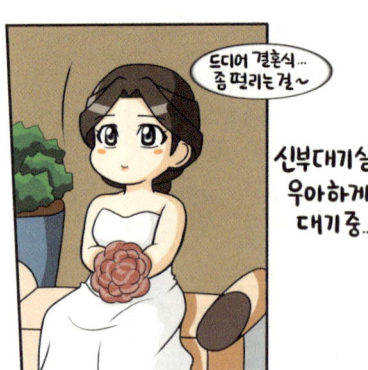

드디어 결혼식..
좀 떨리는 걸~

신부대기실..
우아하게
대기 중..

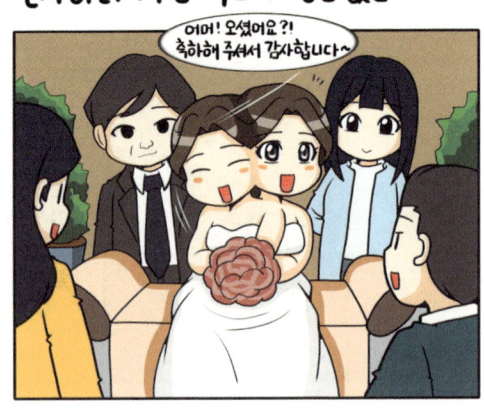

어머! 오셨어요?!
축하해 주셔서 감사합니다~

신부대기실을 빼꼼히 들여다보는 징징돌이..

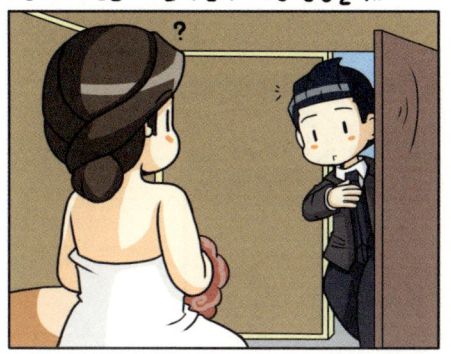

천천히 늠름하게 들어옵니다

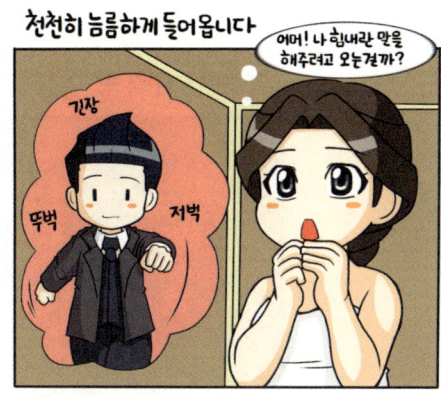

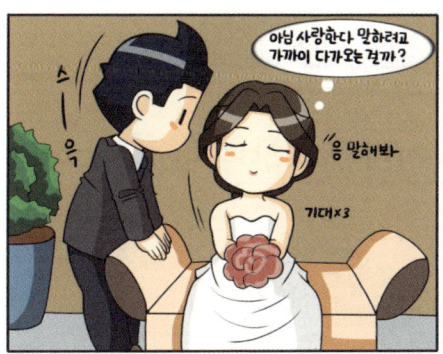

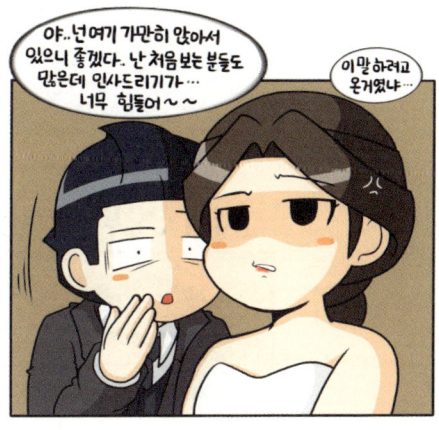

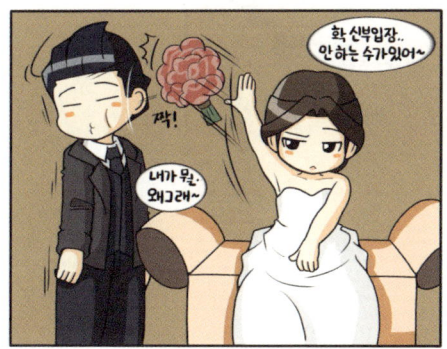

곧시작 되는 결혼식 비로소 실감되는 긴장감...

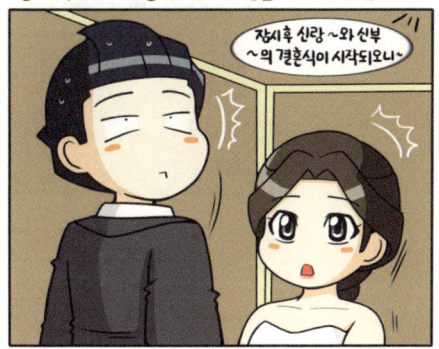

영원히 기억될 순간들...

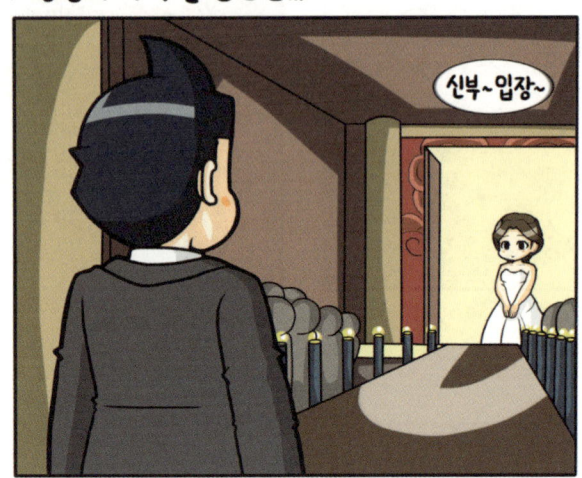

그렇게 진상부부의 결혼생활이 시작되었습니다

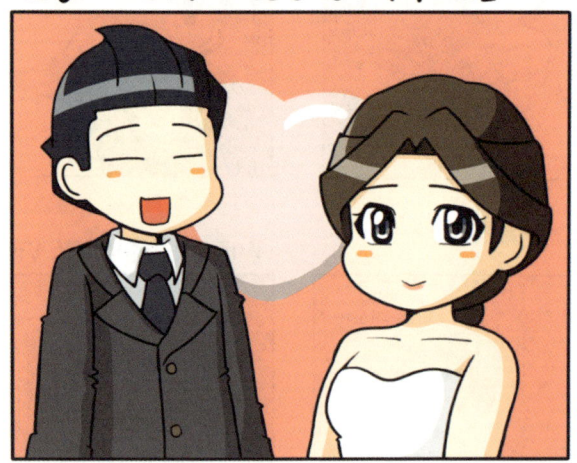

episode
2

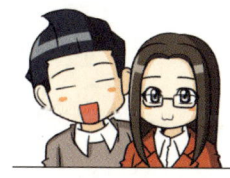

158동 진상부부
에스프레소 꼰빠나

소개팅으로 처음 만난 진상부부..

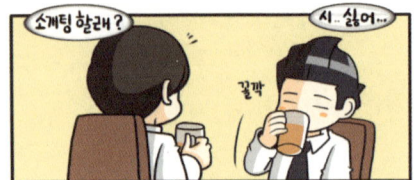

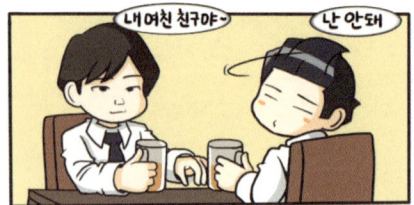

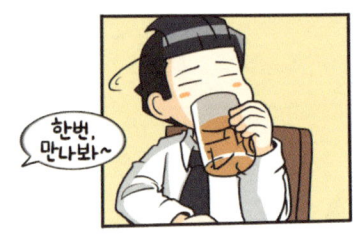

결국 소개팅 당일...

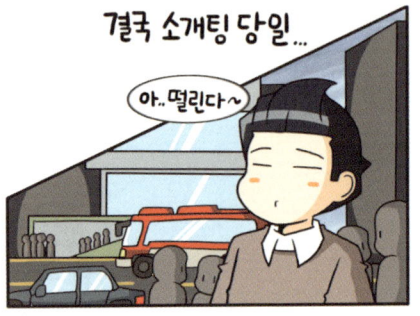

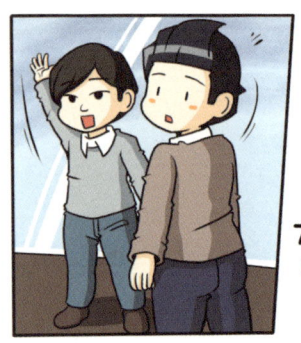

그녀... 은야쟁이

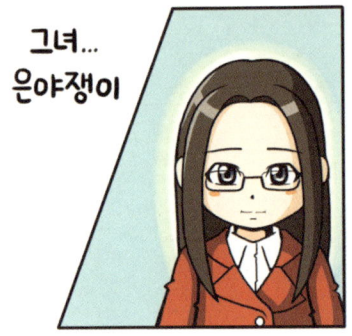

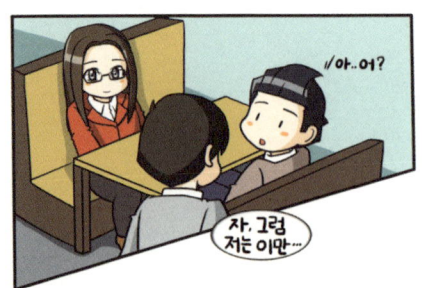

어색한 시간속에 두사람 ...

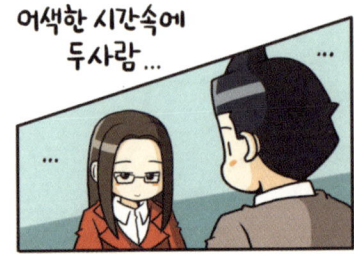

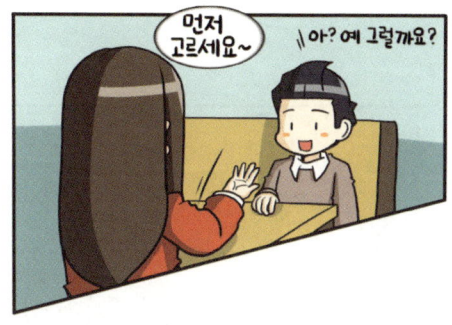

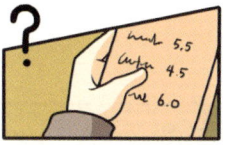

카페무식자
징징돌이에게

너무 어려운
메뉴고르기

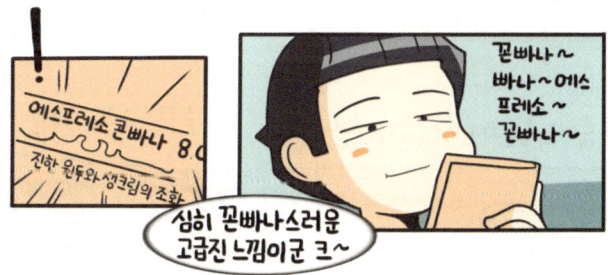

있어 보이는 메뉴를 시키고 수작을 거는중...

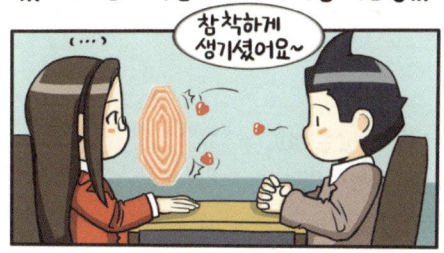

매력을 어필하는 징징돌이

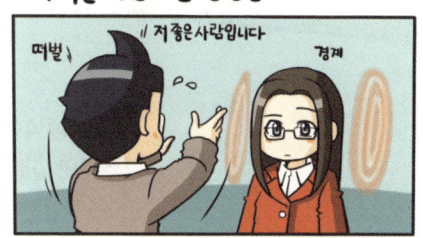

잘 먹히지는 않았습니다

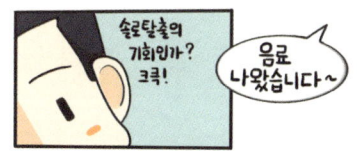

드디어 나온 에스프레소 꼰빠나

짠~!

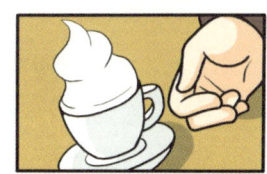

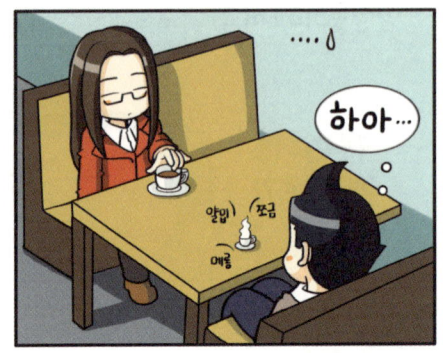

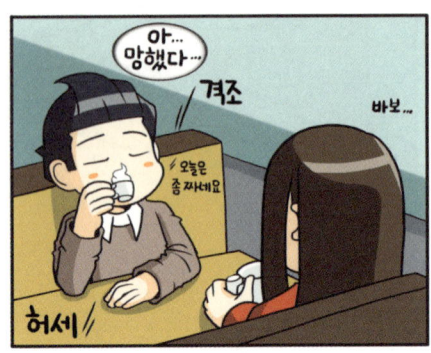

이 커플은 나중에 결혼에 성공하지만,

둘을 만나게 해준 친구에게는

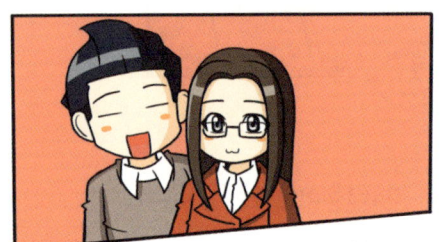

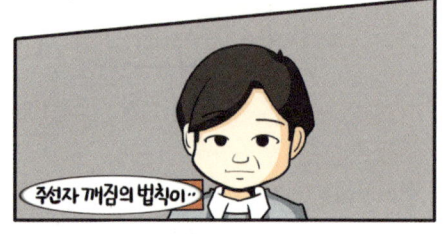

각각 서로의 친구 소개로 만났는데요
그때만 해도 카페에 다닌 적 없던
징징돌이는 처음 먹어보는
에스프레소 꼰빠나를 시키고
그후로 몇년간 놀림을 ...

그리고 주선자 커플은
주선자 깨짐의 법칙에 딱 걸렸다는
슬픈이야기 ...

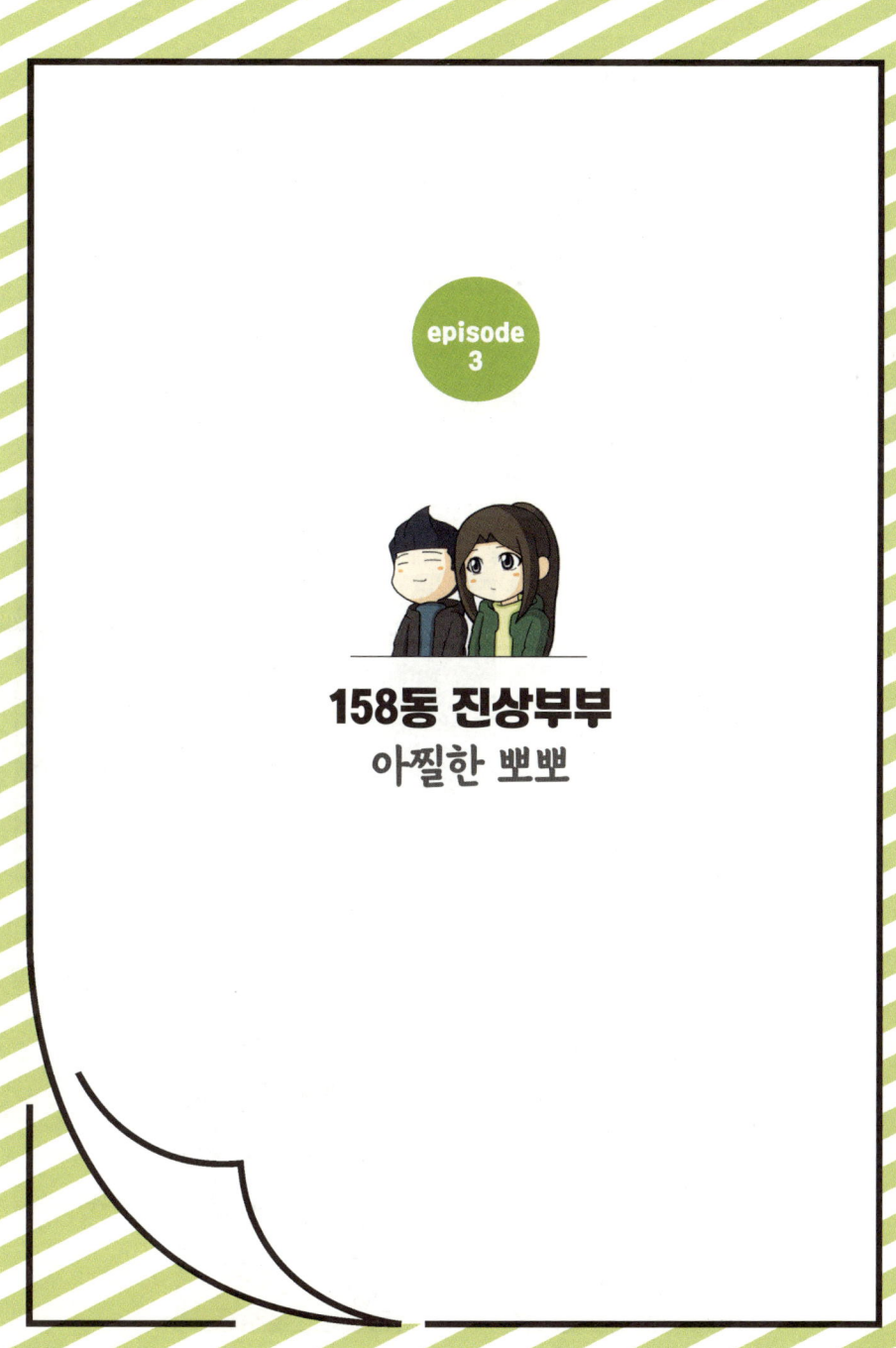

episode
3

158동 진상부부

아찔한 뽀뽀

이제 막 시작된 연애... 남자는 어색 했어요

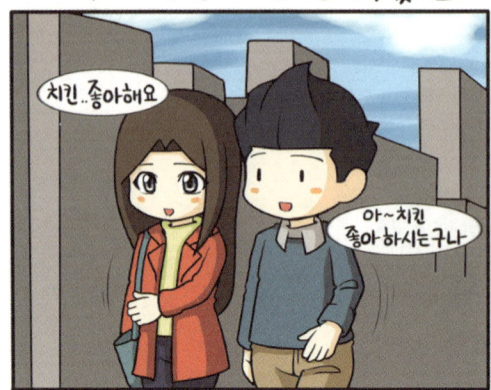

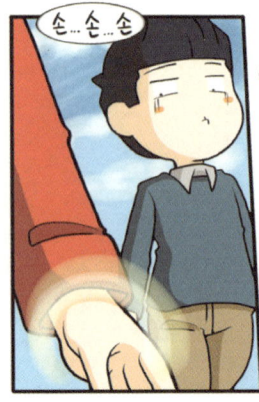

어느정도 어색함이 사라지자 남자는 여자친구의 손을 잡고 싶었어요

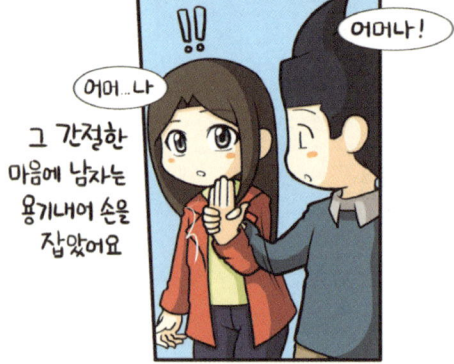

그 간절한 마음에 남자는 용기내어 손을 잡았어요

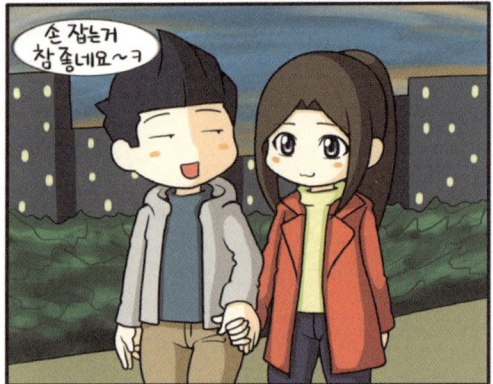

남자는 행복했지만, 이내 욕심이 생겼어요

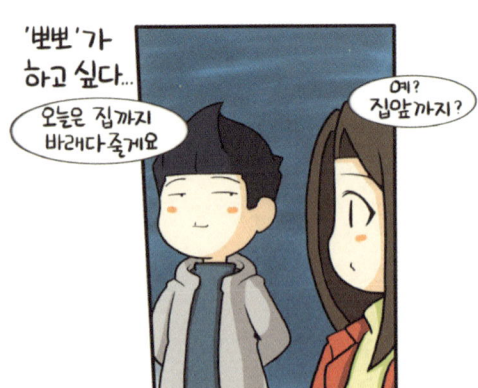

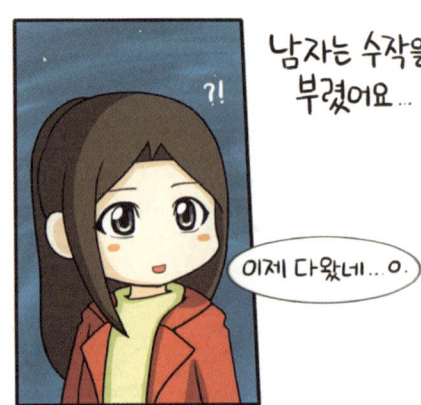

남자는 수작을 부렸어요...

간절한 마음에 남자는 용기내어 뽀뽀를 했어요

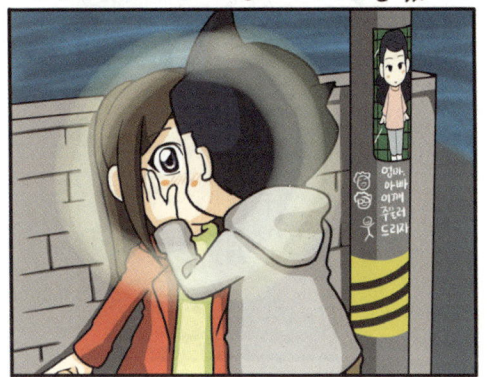

엄마, 아빠 이게 주으러 드리자

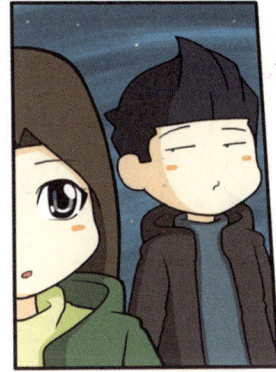

남자는
행복했지만
이내
또 욕심이
생겼어요

'더 많이'
하고 싶다...

꿀꺽

간절

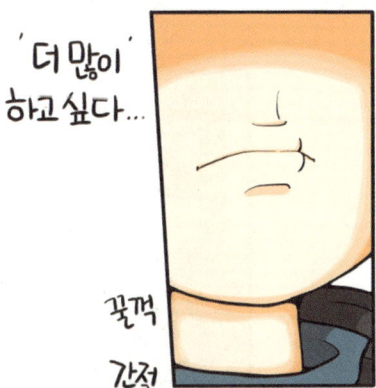

짧은 데이트 시간... 남자는 아쉽기만 했어요

오늘 재미있었지?

응 오빠랑
있으면 좋아~

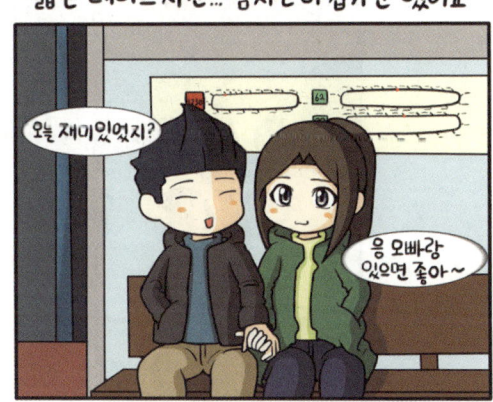

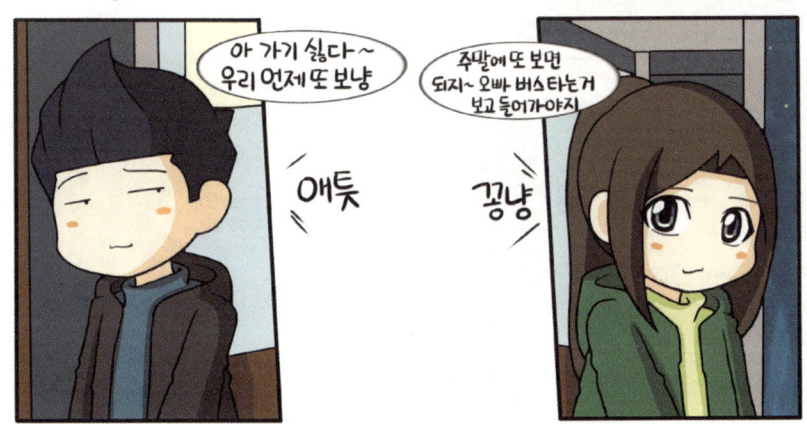

아 가기 싫다~
우리 언제 또 보냥

주말에 또 보면
되지~ 오빠 버스타는거
보고 들어가야지

애틋

꿍냥

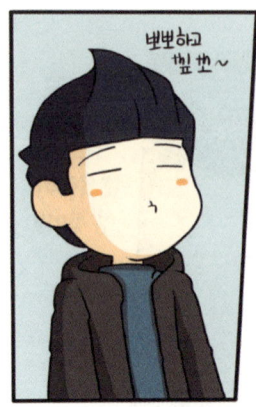

어디서 본건
있었던 남자는
아쉬운 마음에
수작을
부리고 싶었어요

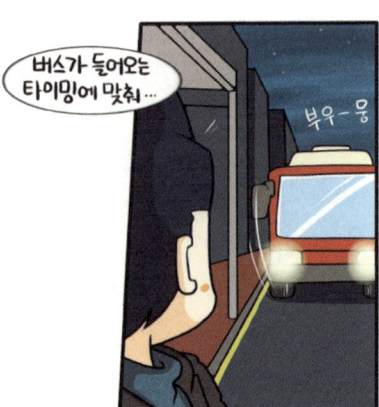

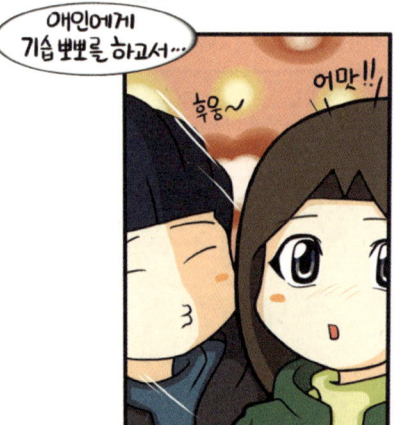

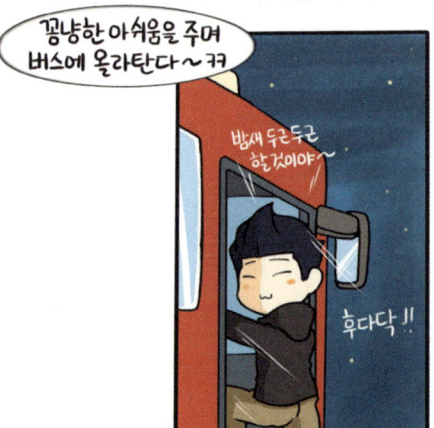

남자는 완벽한 계획에 흐뭇했어요

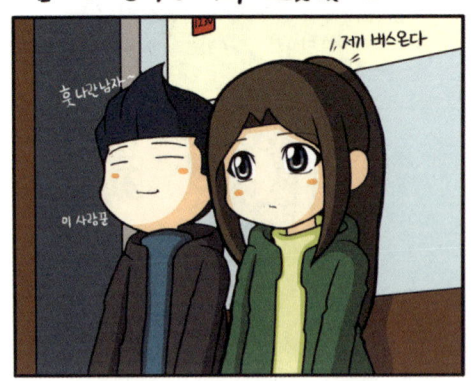

계획을
실행하려
는..데

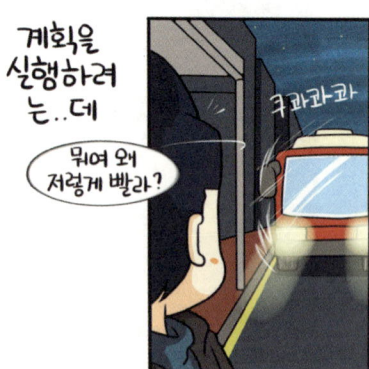

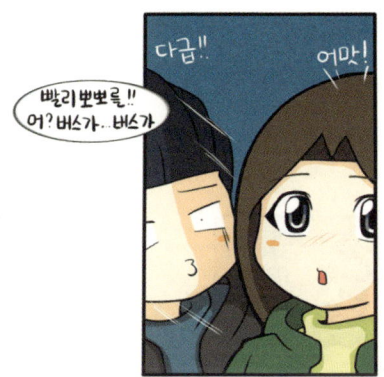

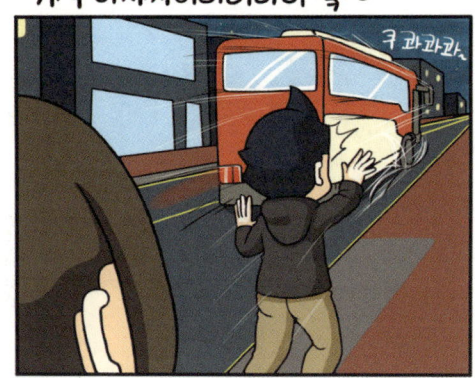

기사아저씨이이이이이이익~

심야의 고요함은 남자를 더 슬프게 했어요

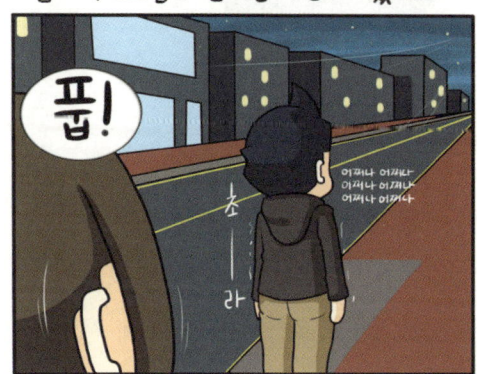

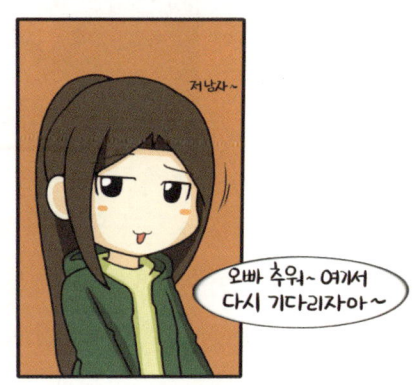

남자는 생각했어요... '두고두고 놀림 받겠네'

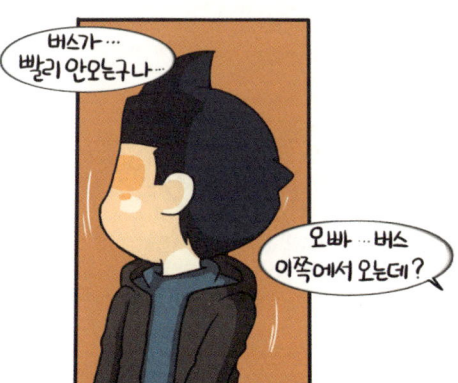

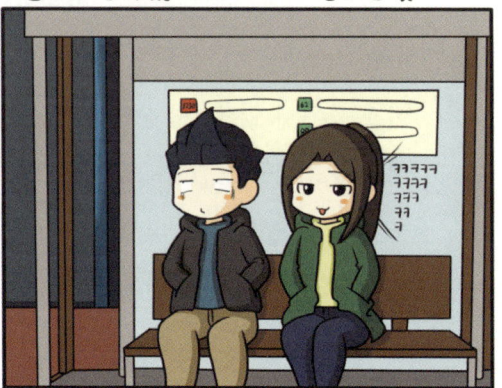

158동 진상부부 · 두근두근 손잡기

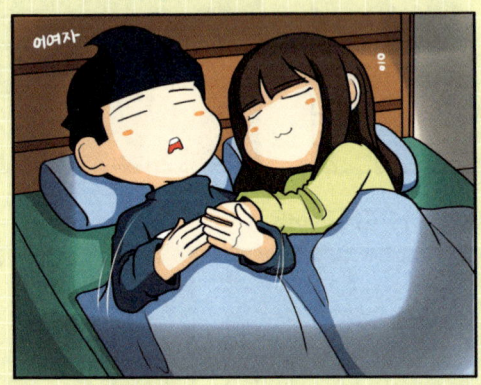

진상부부는 소개팅 후 한 달 만에 손을 잡은, 지금 생각해보면 꽤 순 진한 커플이었습니다. 그때도 손잡기가 어색해서 은야쟁이가 크게 손을 앞뒤로 휘두르며 걸었는데, 징징돌이가 용기 내어 잡은 게 시 작이었어요. 추었던 12월 어느 날 처음 잡았던 징징돌이 손은 무척 따뜻했는데요. 지금도 손을 잡으면 따뜻하게 느껴지는 온기가 참 좋 아요.

이젠 둘이 함께 걸으면 습관처럼 손을 잡는데요. 항상 징징돌이가 먼 저 손을 잡아주는 편이에요. 자연스럽게 깍지를 낀다거나, 손이 차가 우면 자기 손으로 따뜻하게 감싸주곤 하는데요. 그럴 때 사랑받는 느 낌이 들어 마음까지 따뜻해집니다.

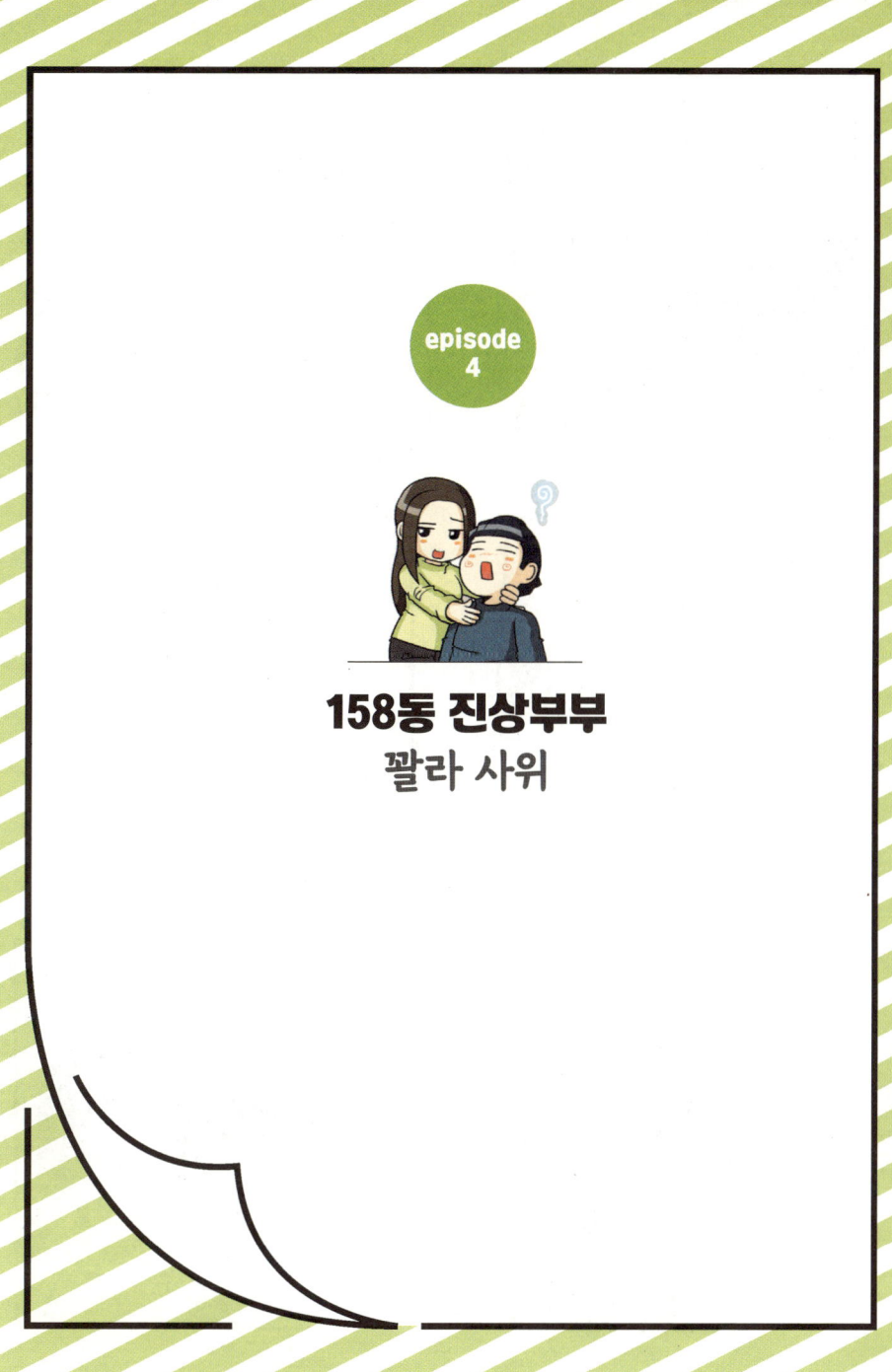

episode
4

158동 진상부부
꽐라 사위

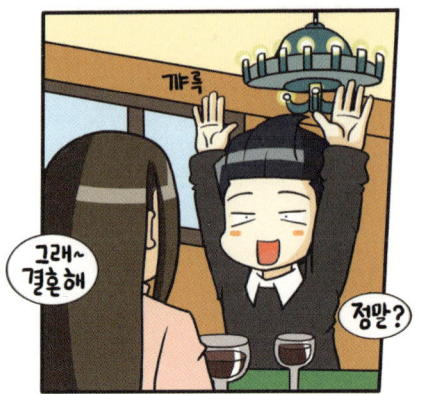

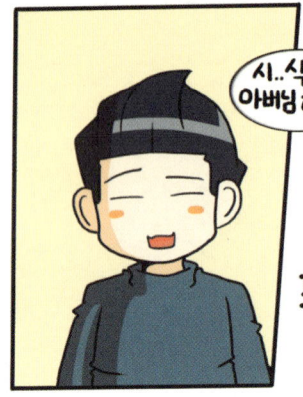

성공적인
프로포즈 후
며칠 뒤,

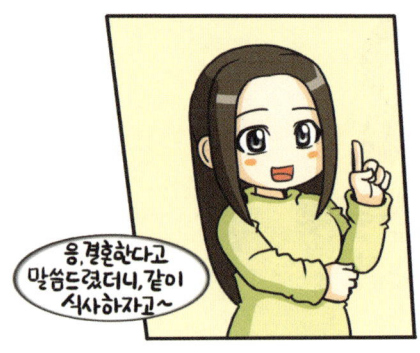

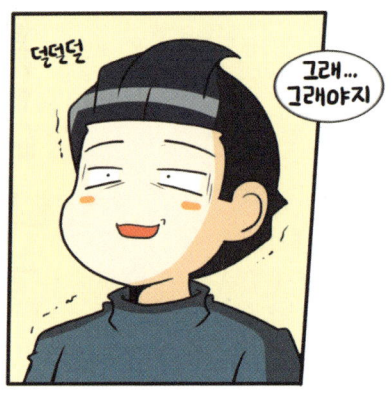

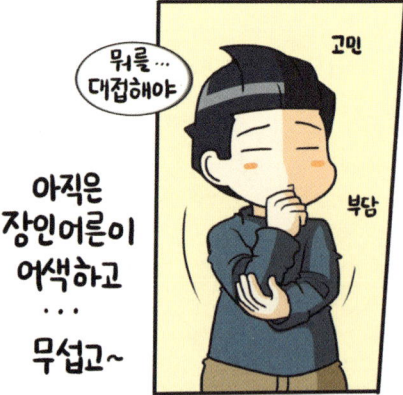

아직은
장인어른이
어색하고
···
무섭고~

약속당일...

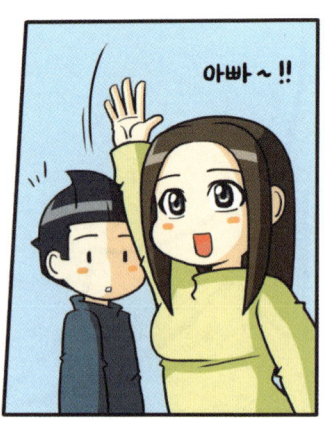

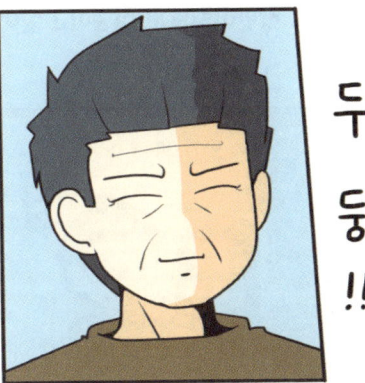

두 둥 !!

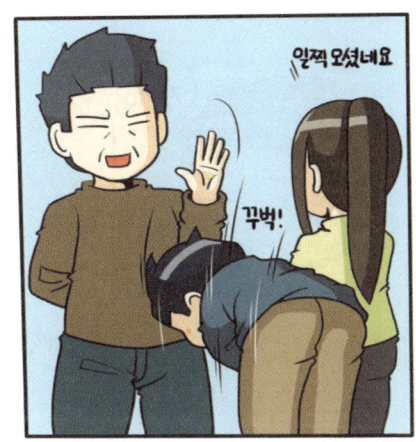

일찍 오셨네요

꾸벅!

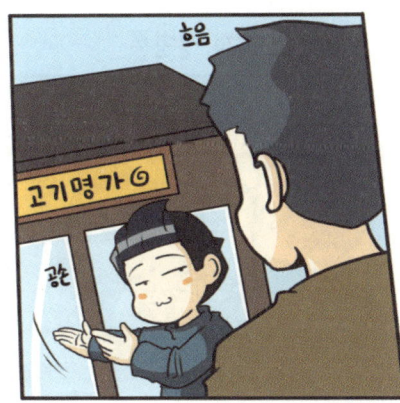

흐음

고기명가 ⓒ

공손

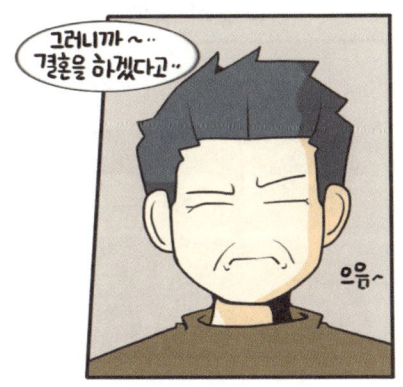

그러니까 ~··
결혼을 하겠다고··

으음~

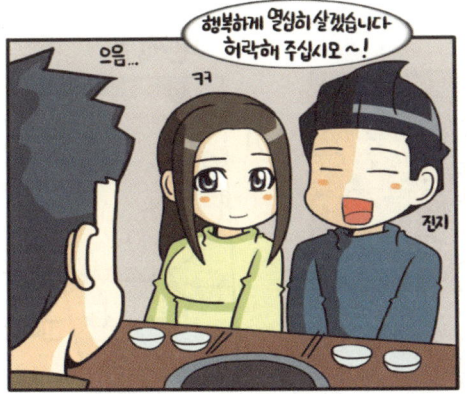

으음...

ㅋㅋ

행복하게 열심히 살겠습니다
허락해 주십시오 ~!

진지

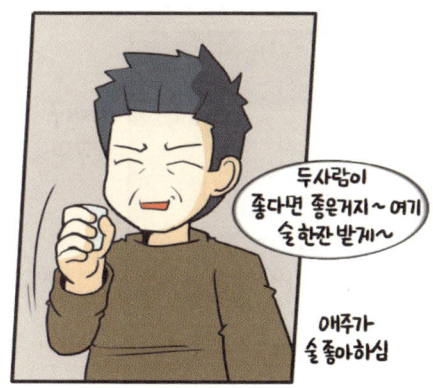

두사람이
좋다면 좋은거지 ~ 여기
술 한잔 받게 ~

애주가
술 좋아하심

31

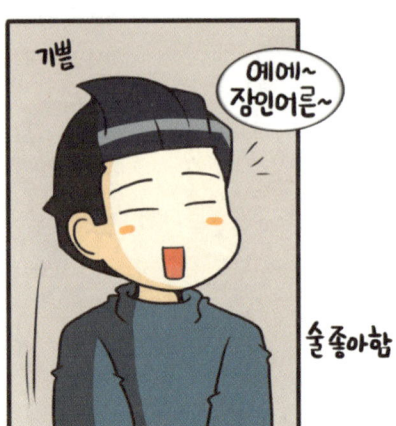

애주가이신 장인어른에게 잘보이고 싶어,
그렇게 몇잔...

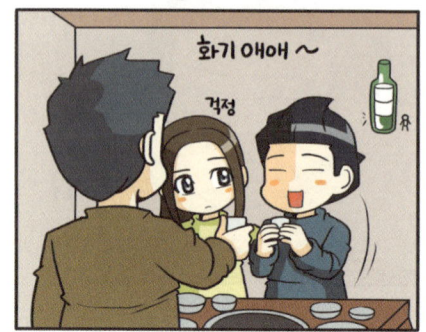

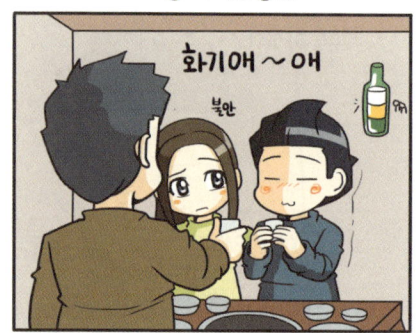

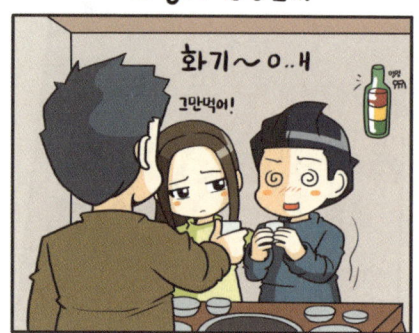

술을 정말 술~술 마셨다

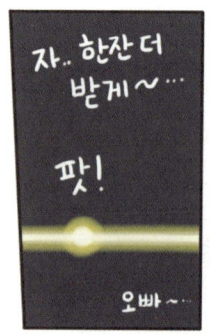

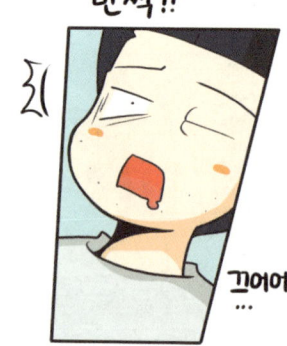

그렇게 마지막 한잔을 끝으로
끝나버린 기억

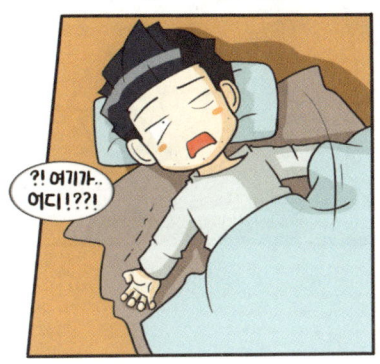

?! 여기가..
어디!??!

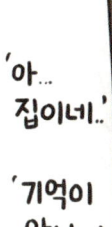

쿠쿵

'아..
집이네.'

'기억이
안나..'

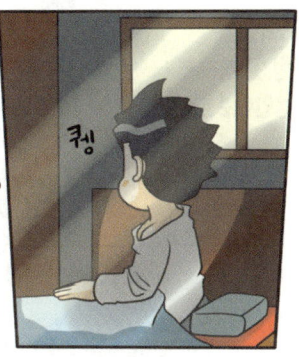

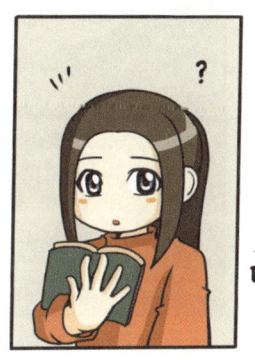

띠리리링

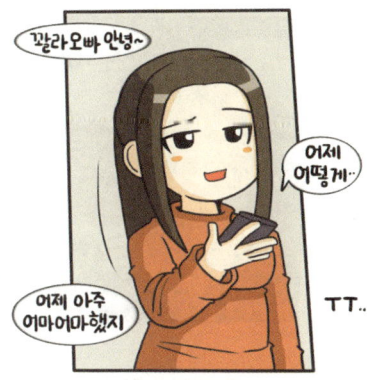

깔라오빠 안녕~

어제
어떻게..

어제 아주
어마어마했지

ㅠㅠ..

은야쟁이에게 전해들은

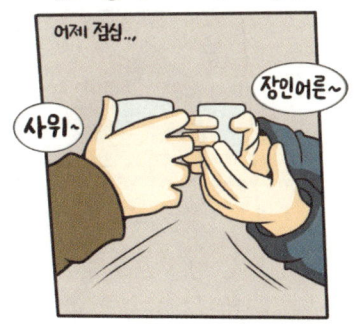

어제 점심..

사위~

장인어른~

그날의 나머지 일들은 굉장했다

술이 취할대로 취해

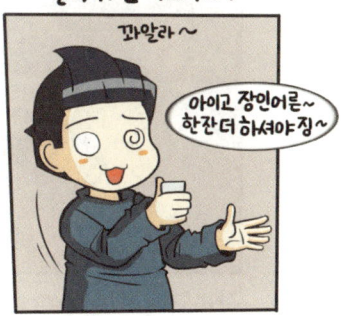

꽈알라~

아이고 장인어른~
한잔더 하셔야징~

실수로 말이 짧아졌고,

33

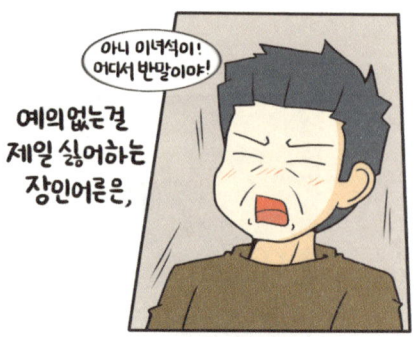

예의 없는걸
제일 싫어하는
장인어른은,

급 정색을 하셨다고 한다

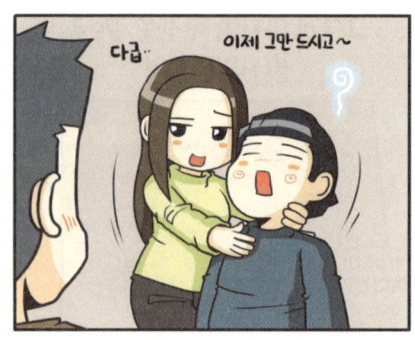

은야쟁이에게 어찌어찌 질질 끌려
택시를 타고 집앞까지 왔는데..

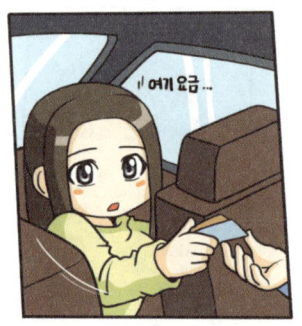

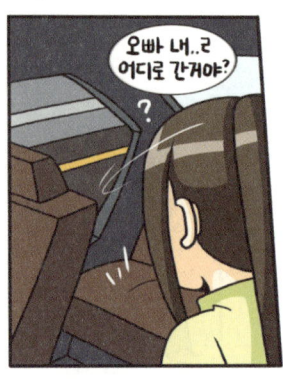

택시에서 내리다가 다리가 풀려

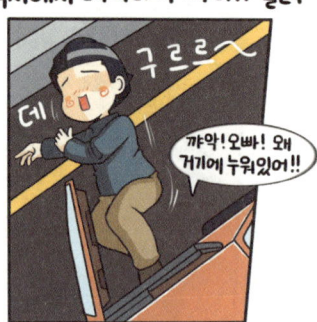

땅바닥에 나뒹굴었다는
충격적인 이야기..

장인어른에게 잘 보이고 싶어
알콜 한계치를 넘은 게 실수였다..

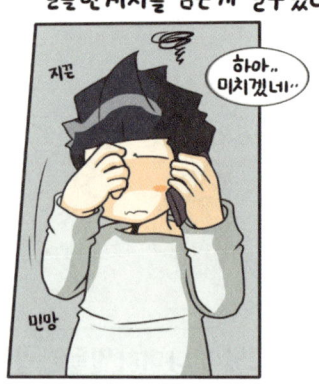

결혼 허락 받으러가서 진상은 다부렸으니
이젠 결혼하긴 틀렸나보다, 했는데..

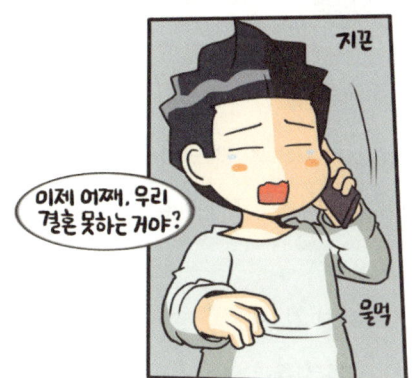

지끈

이제 어째, 우리
결혼 못하는 거야?

을먹

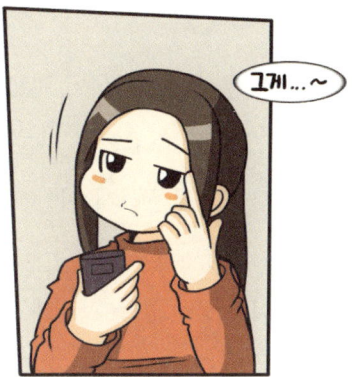

그게...~

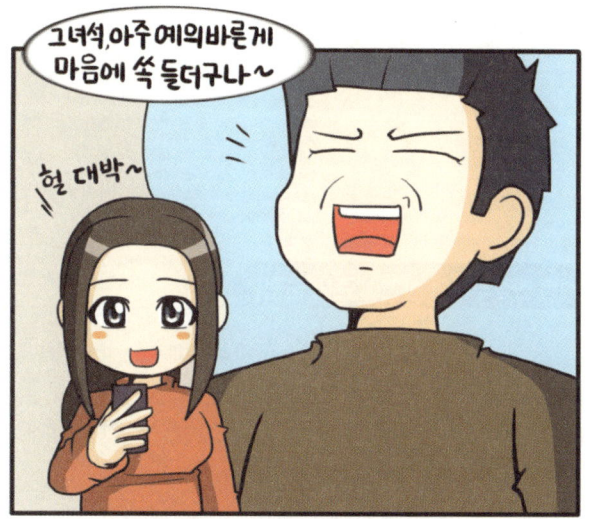

그녀석,아주 예의바르게
마음에 쏙 들더구나~

헐 대박~

장인어른도 필름이 끊기셔서
기억이 없으셨다는 전설같은 이야기..

158동 진상부부 상견례

양가 부모님께 찾아가 인사를 드리긴 했지만, 가족끼리 인사를 나누는 상견례 자리는 또 다른 긴장감을 주었어요. 어디서 만날지 위치 선정부터 조용하게 이야기를 나눌 식당 고르기까지 고심에 고심을 거듭했습니다.

드디어 상견례 날, 걱정과 달리 유쾌하게 진행된 상견례. 결혼 날짜는 둘이 처음 만난 날로, 결혼 준비도 양가 도움 없이 둘이 준비해서 하겠다는 저희 말씀에 흔쾌히 응원해 주셨어요. 덕분에 긴장되었던 저희 마음도 한결 편안해졌답니다.

158동 진상부부의 상견례 준비 꿀팁!

- 상견례 준비 전 날짜와 위치 선정은 예비신랑과 예비신부가 미리 부모님과 조율하세요.
- 상견례 전 결혼식과 관련된 큰 주제(날짜, 장소, 집, 혼수, 폐백 등)는 부모님과 어느 정도 조율해두는 게 좋아요.
- 상견례에 참석할 가족의 범위도 미리 상의하세요.
- 상견례 장소는 조용하게 대화할 별도의 공간이 있는 식당이 좋아요.
- 상견례 날 의상은 단정한 정장이 좋지만, 장소가 좌식 테이블이라면 치마는 피하는 게 편해요.

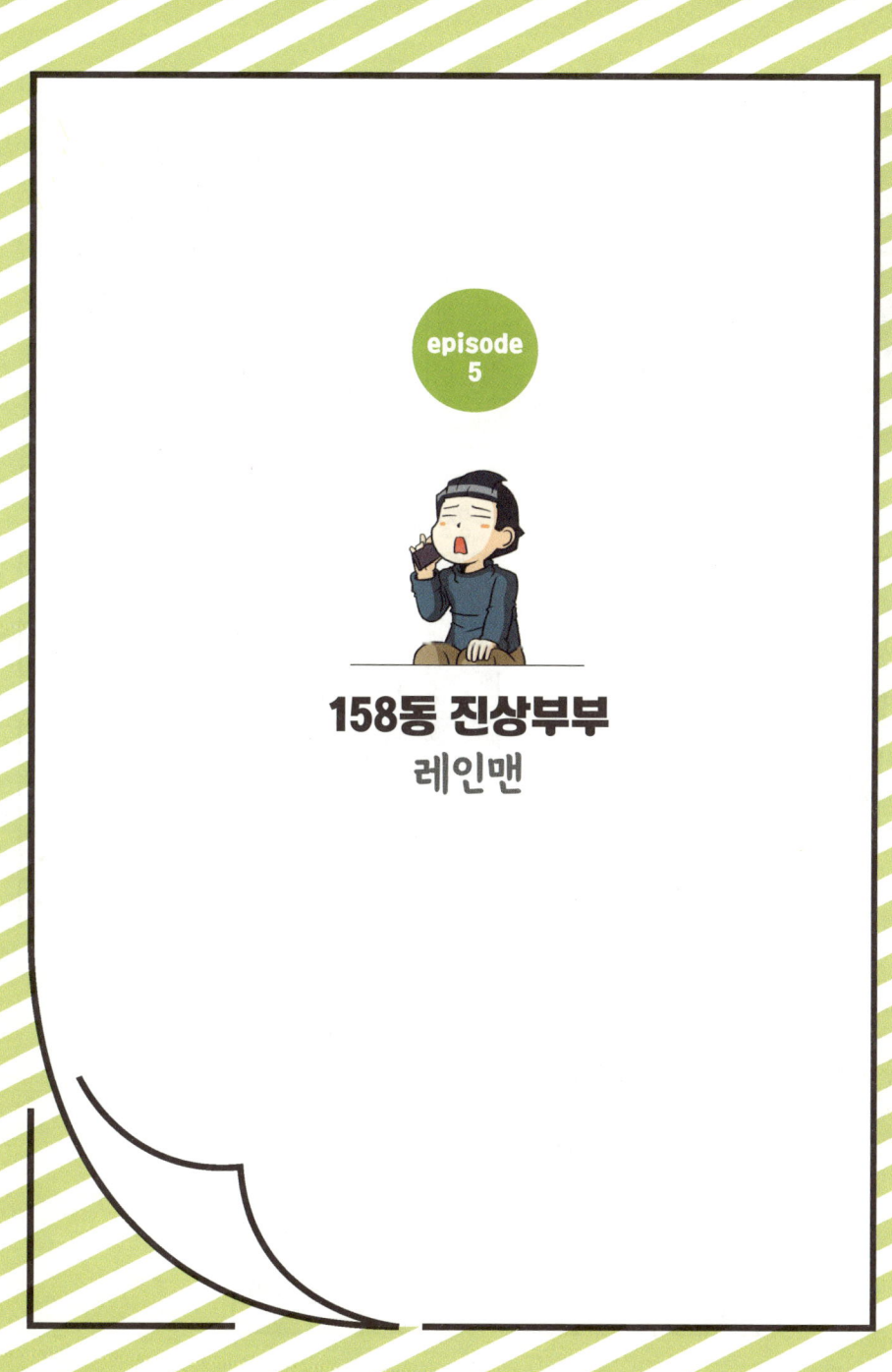

episode 5

158동 진상부부

레인맨

'그런 얘기 있잖아요..'

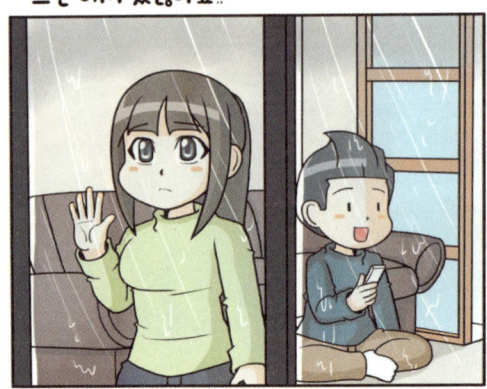

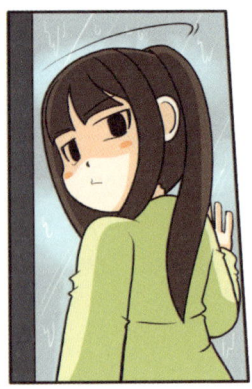

'사람들 중에
비를 몰고
다닌다는'

징징돌이의 여행징크스는 '비'입니다

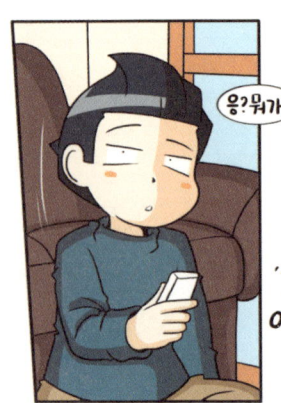

응?뭐가

'그게 바로
이남자에요'

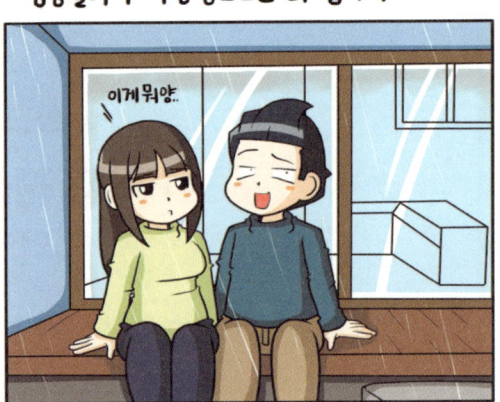

이게 뭐양..

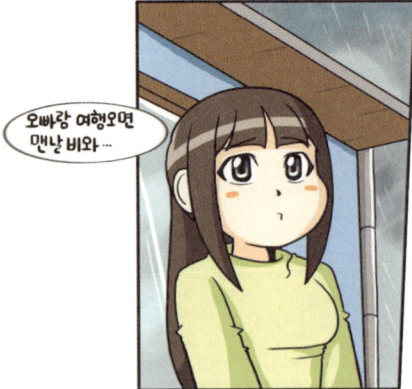

오빠랑 여행오면
맨날 비와…

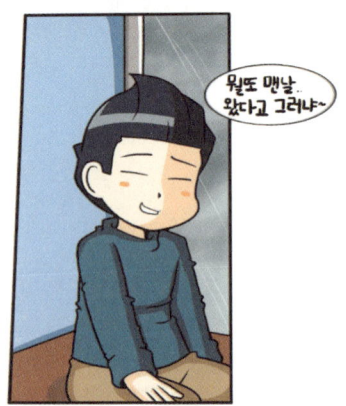

뭘또 맨날
왔다고 그러냐~

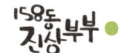

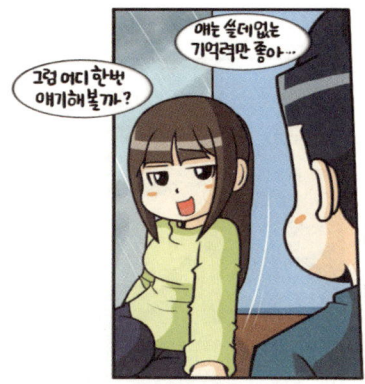

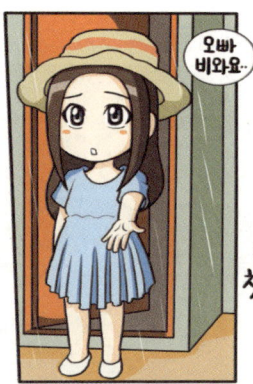

'오빠랑은
연애할 때
첫여행가서도
비오고'

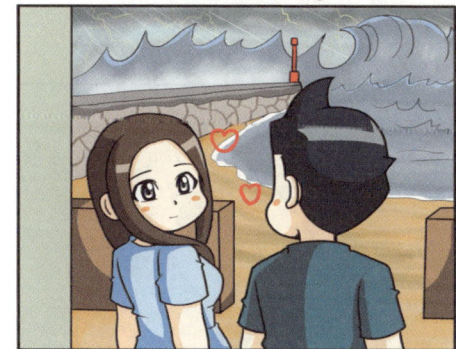

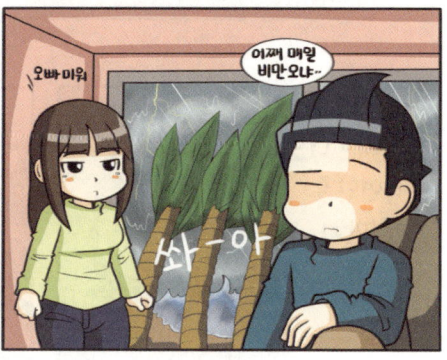

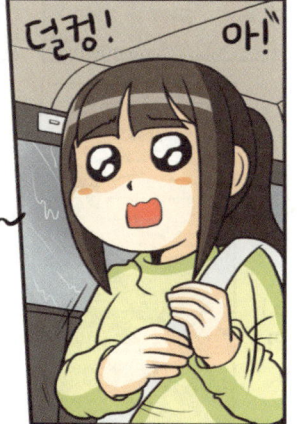

'...
웃기시네'

'오빠대학 모임때도 비왔거든!'

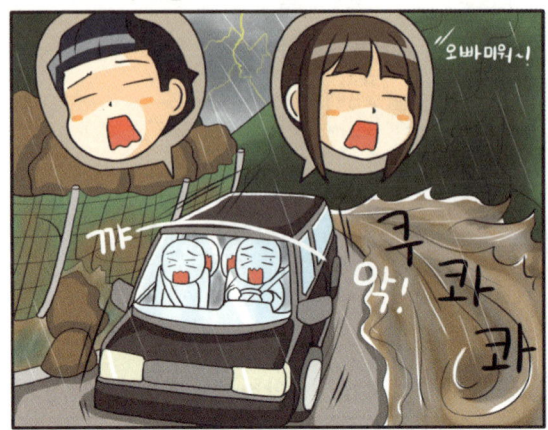

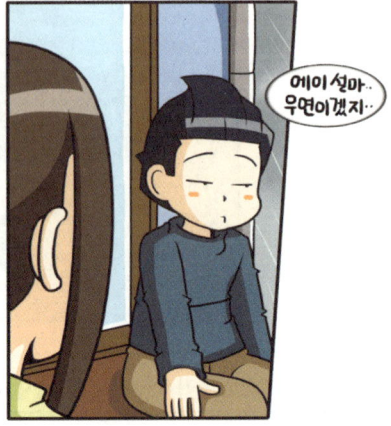

'직접 먹구름을 부르는걸 보기전 까진…'

'처음에는 나도 우연인 줄 알았지…'

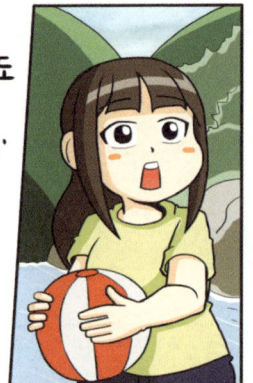

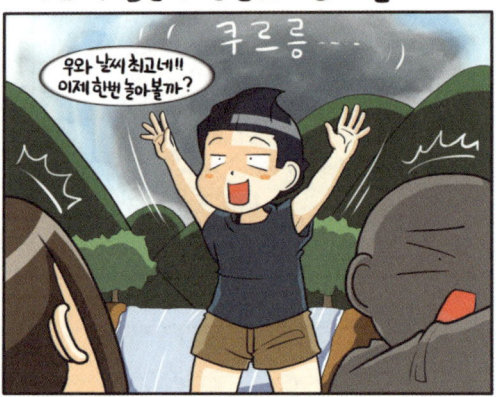

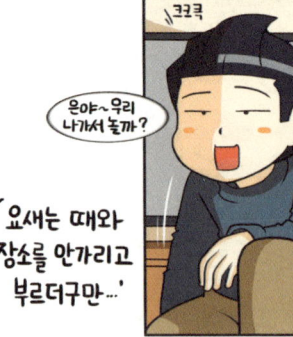

'요새는 때와 장소를 안가리고 부르더구만…'

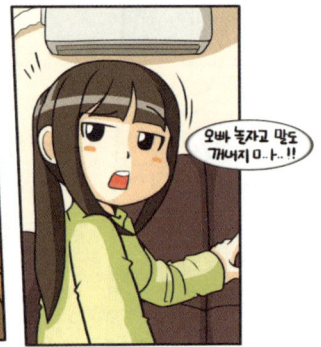

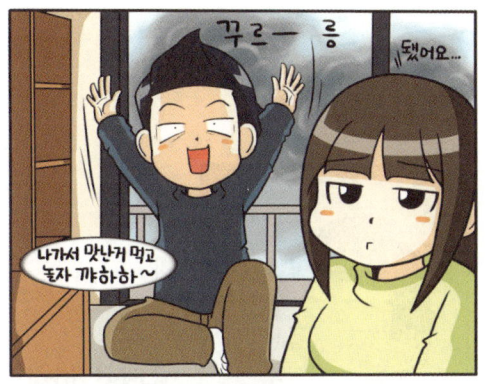

꾸ㄹ一릉

됐어요...

나가서 맛난거 먹고
놀자 꺄하하~

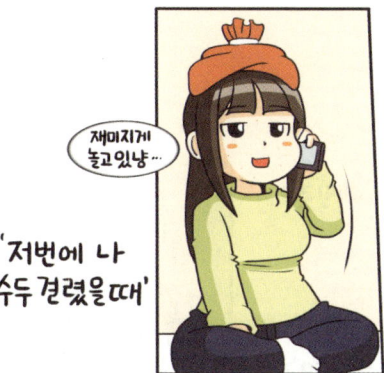

재미지게
놀고 있냥...

'저번에 나
수두 걸렸을때'

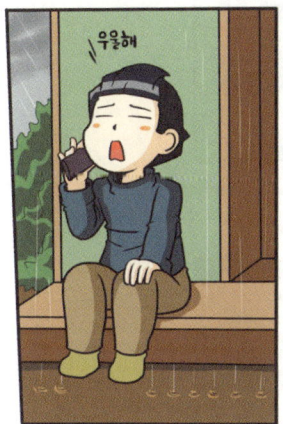

우울해

'... 그때도
3일 내내
비왔었지..'

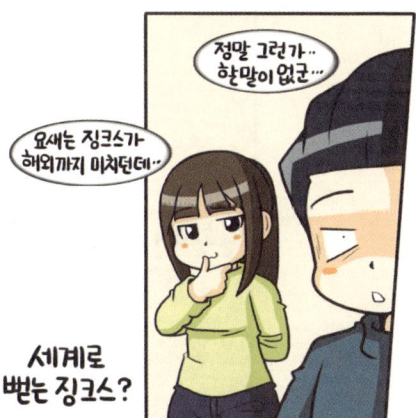

정말 그런가..
한말이 없군..

요새는 징크스가
해외까지 미쳐던데..

세계로
뻗는 징크스?

'거기는 어때..'

우리 거기갈래?

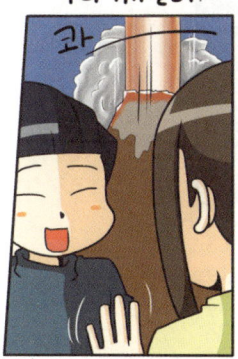

콰一

거기 화산이..

우리,
거기 갈까

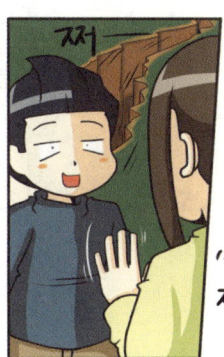

저저一

'거기
지진이..'

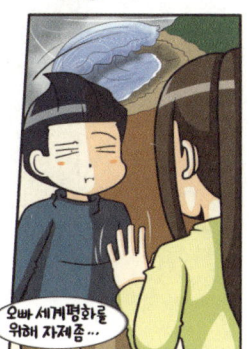

오빠 세계평화를
위해 자제좀...

'거긴 해일이..'

41

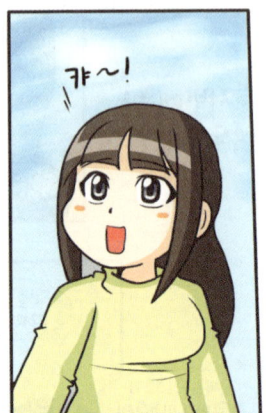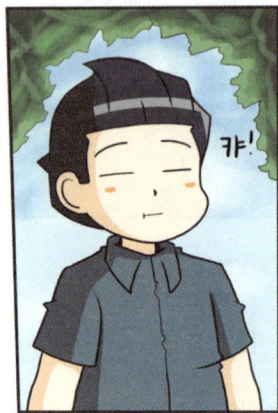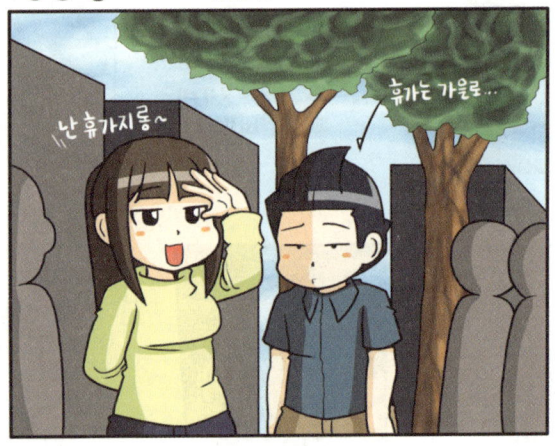

에필로그..

맑은 하늘!

상쾌한 바람!

일할땐 언제나 맑음..

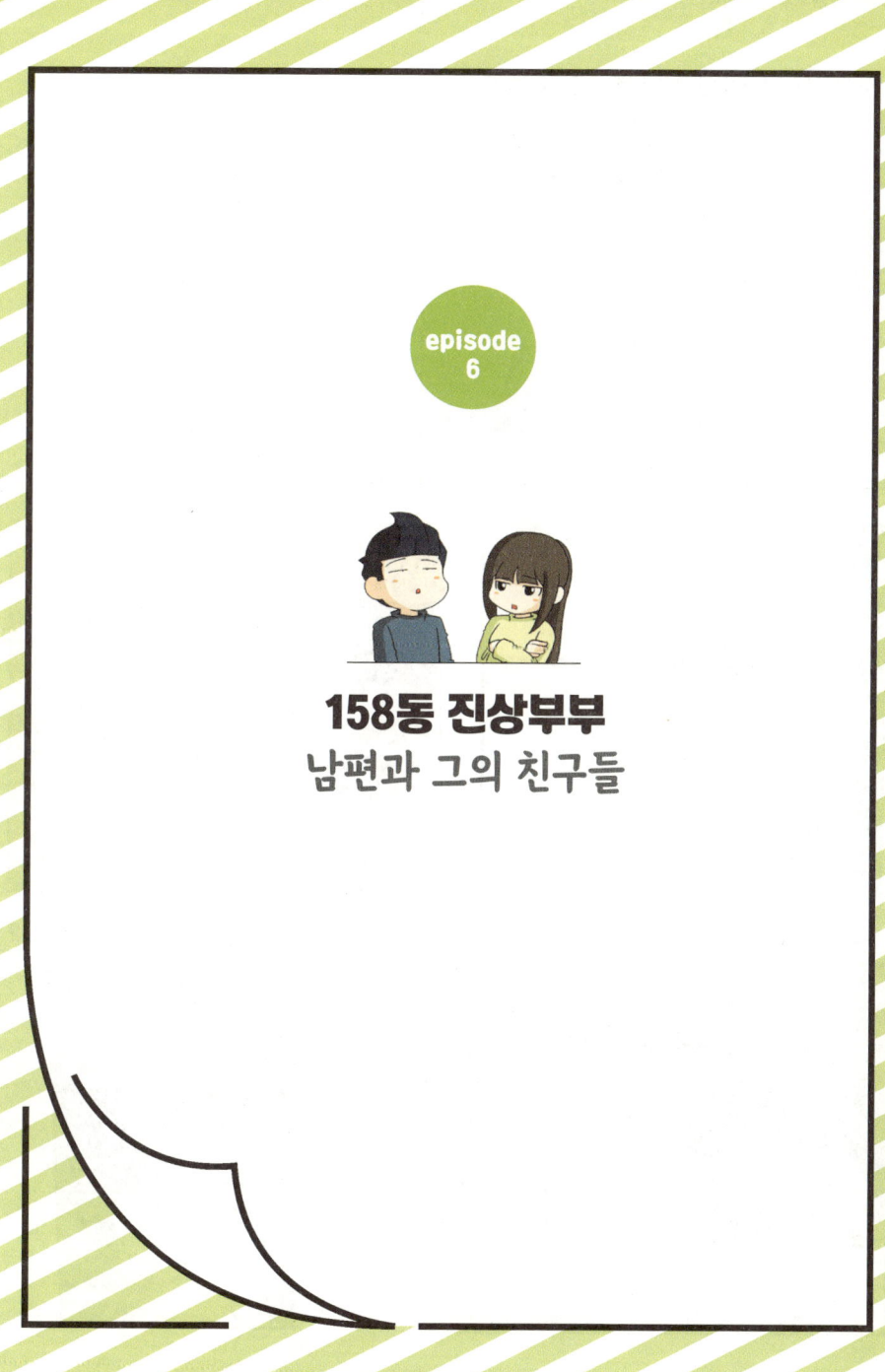

episode
6

158동 진상부부
남편과 그의 친구들

연애시절 여친이 생긴게 너무 좋은 징징돌이~

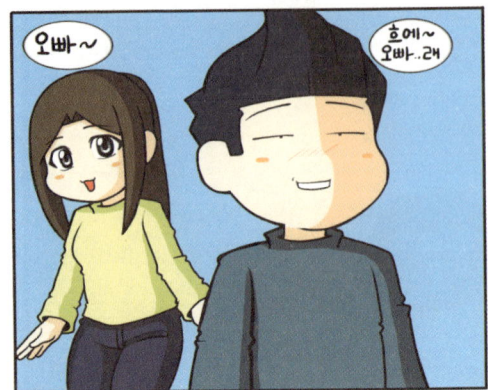

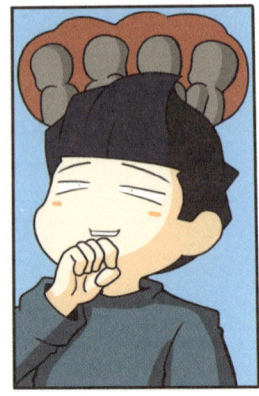

친구들에게
자랑을 하고
싶었어요~

Q 엄청 자랑하고
싶었나요?

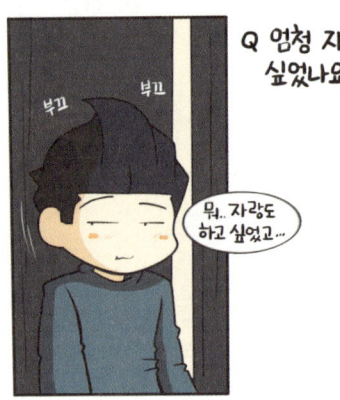

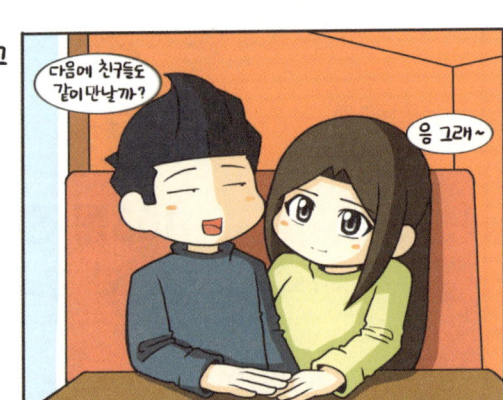

친구들과의 만남.. 화기애애 한 분위기 였어요~

Q 친구들은 어떤 느낌이었나요?

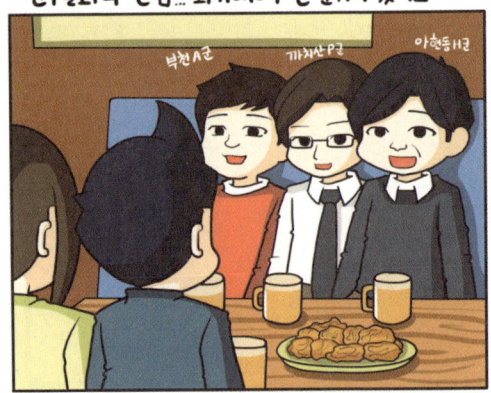

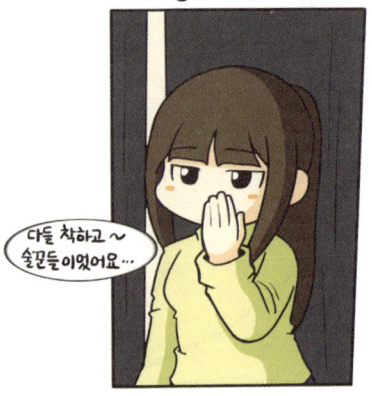

Q 으쓱 했겠네요~

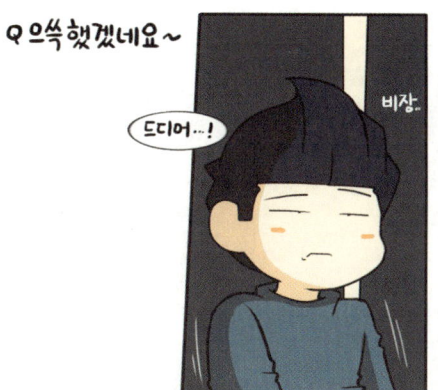

드디어..!

비장.

"연애 쭈구리 시절의 설움을 떨치는 기분이었어요..."

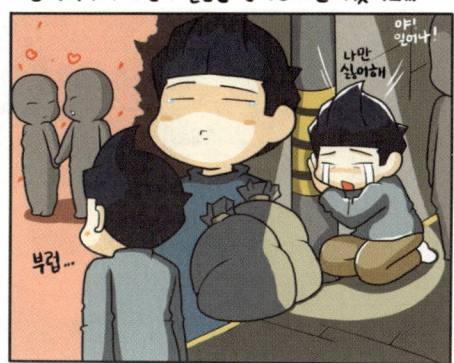

부럽...

야!
일어나!

나만
싫어해

그렇게 은야쟁이는 모두와 친해져 갔습니다

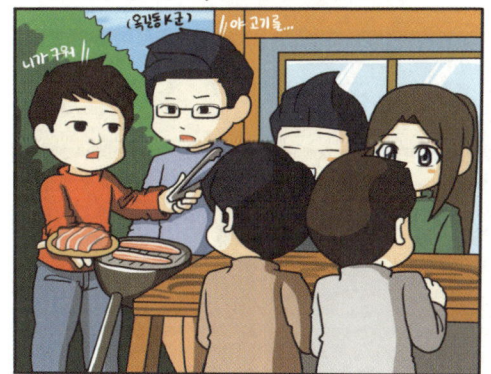

니가구워

(욱동K군)

야 고기들...

그렇게
순조로운 연애가
이어지던
어느날...

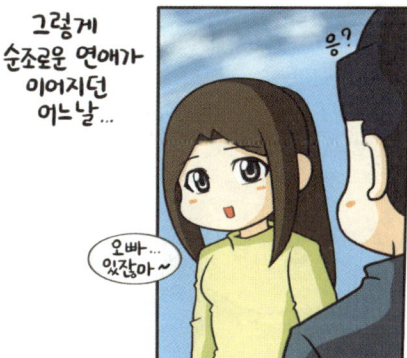

응?

오빠...
있잖아~

은야쟁이의
갑작스런 질문

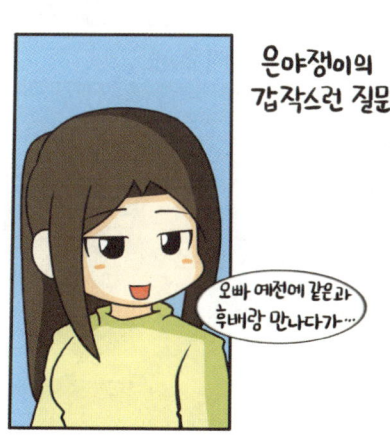

오빠 예전에 같은과
후배랑 만나다가...

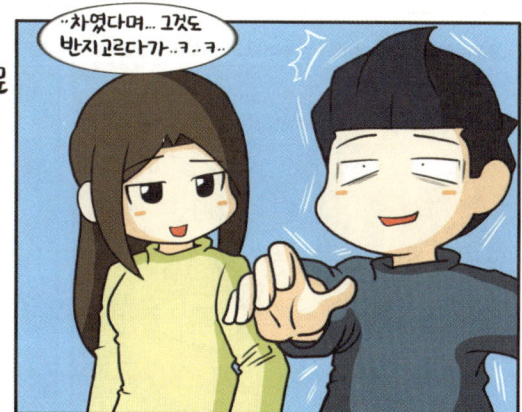

"차였다며... 그것도
반지 고르다가..ㅋ..ㅋ..

태연하고 냉정하게 난관을 벗어나려는 징징돌이...

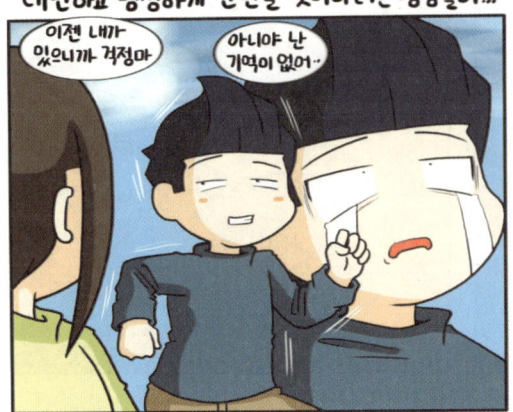

Q 사연이 깊은 이야기 인가요 ?

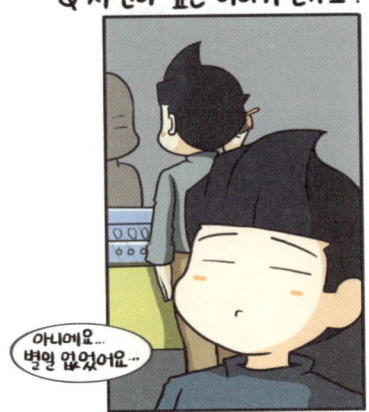

Q 왜 놀렸나요 ?

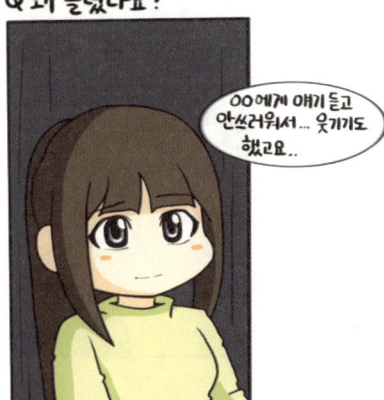

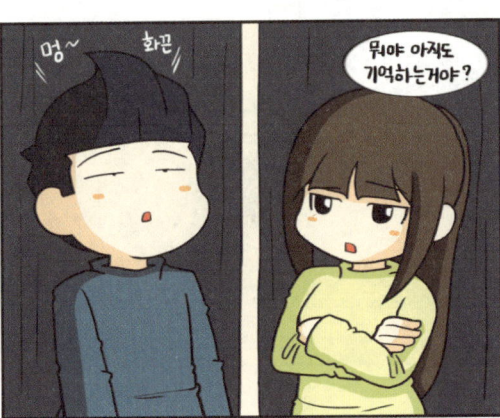

이런 사태의 원흉이 친구넘들이라고 직감한 징징돌이...

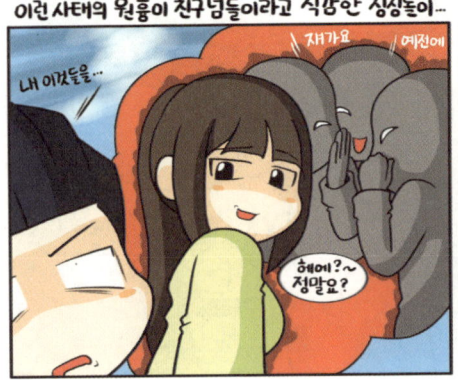

짐작가는 놈들을 족치기 시작했어요...

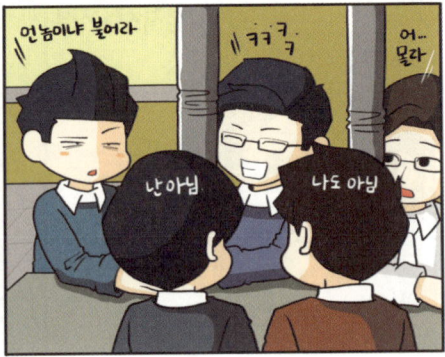

그 이후로도
은야쟁이는 어찌
알았는지

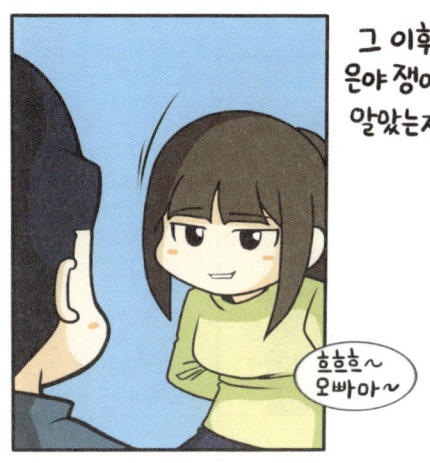

어..어떻게...
아니야, 아냐

흐흐흐~
오빠아~

징징돌이를 당황
하게 만들었고,

친구들과의 청문회는 자주 이어졌어요 ...

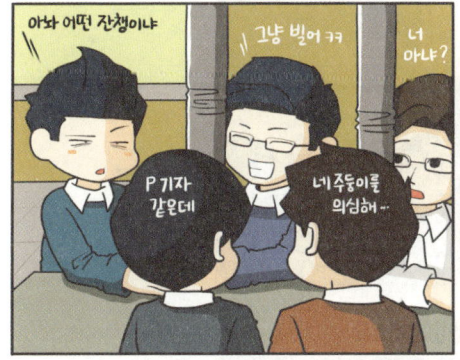

아봐 어떤 잔챙이냐

그냥 빛어 ㅋㅋ

너
아냐?

P 기자
같은데

네주둥이를
의심해 ..

은야쟁이는 친구들과 그 주변에 자리잡아가고 있었어요

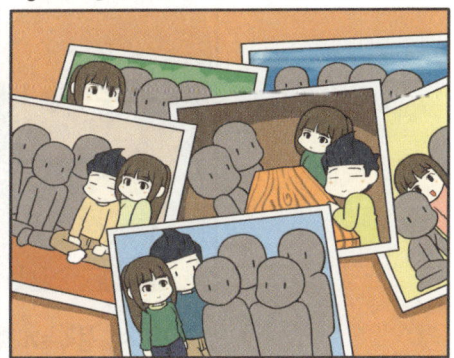

Q 큰 그림을 그리고 있던 거였군요 ...

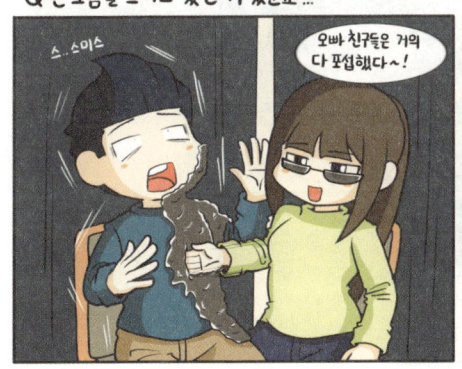

스..스마스

오빠 친구들은 거의
다 평선했다~!

이제는 많은 추억을 함께 하게된 부부

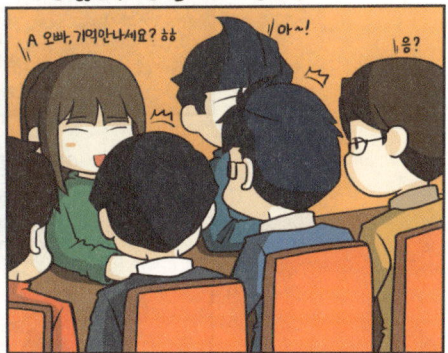

A 오빠, 기억안나세요? ㅎㅎ

아~!

응?

47

예전 사진을 보며 즐거운 순간을 추억합니다

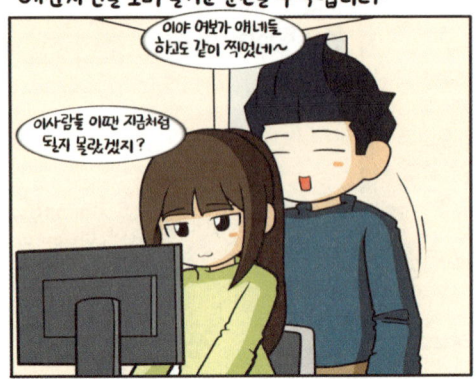

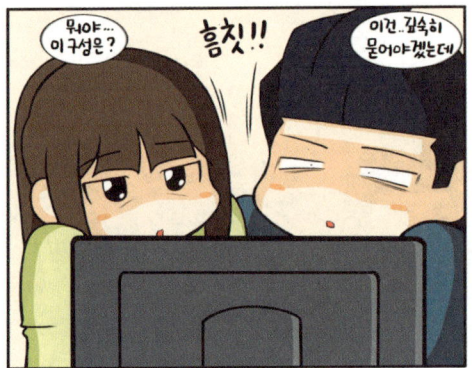

Q 그래서, 결국 누가 발설한 건가요...

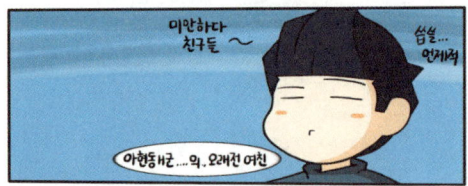

아현동 B군 ... 이제는 혼자가 행복하다는 ...

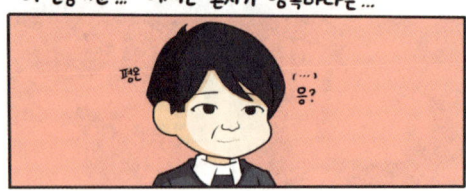

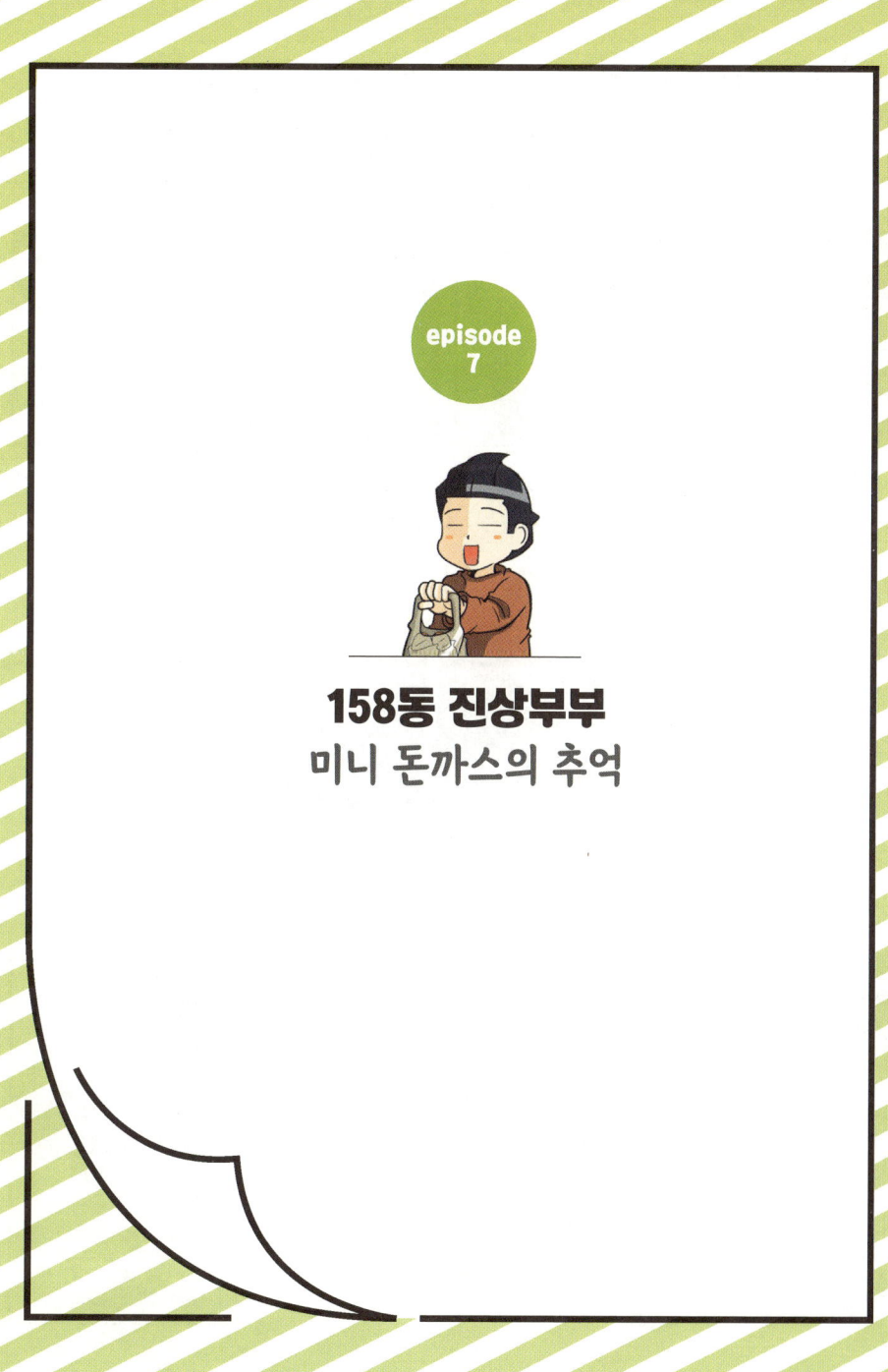

episode
7

158동 진상부부
미니 돈까스의 추억

은야쟁이는 맛있는 음식을 잘 만듭니다

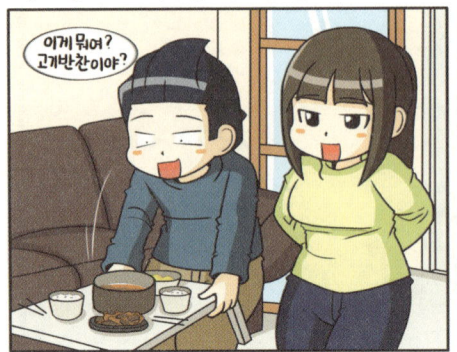

언제나 즐거운 식사시간

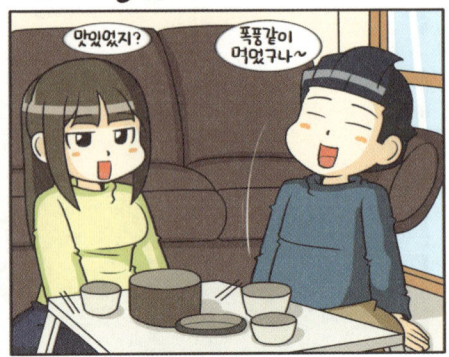

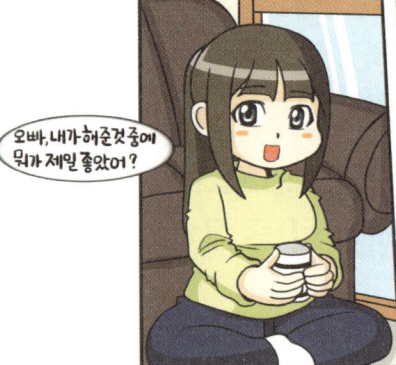

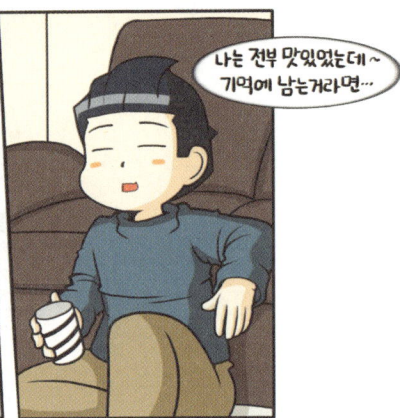

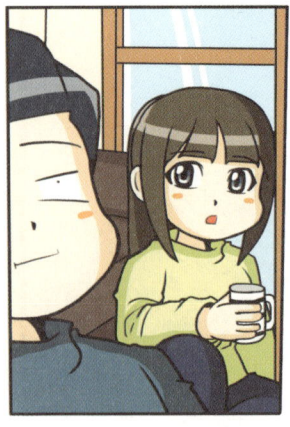

졸업하고
겨우겨우 들어간
첫 직장...

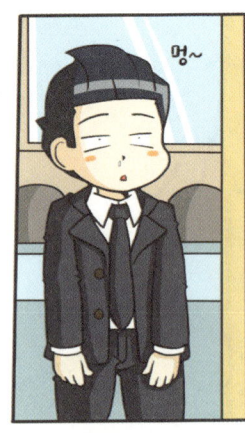

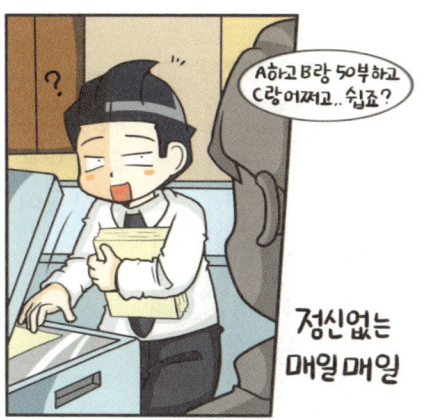

A하고 B랑 50부하고
C랑 어쩌고.. 쉽죠?

정신없는
매일매일

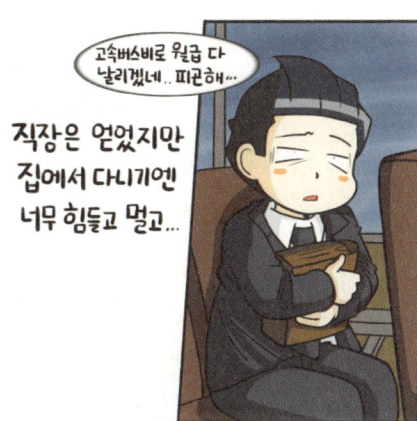

고속버스비로 월급 다
날리겠네.. 피곤해...

직장은 얻었지만
집에서 다니기엔
너무 힘들고 멀고...

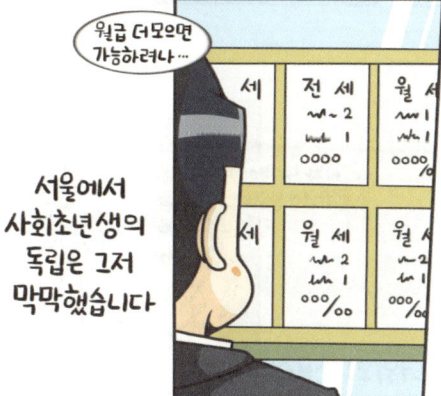

월급 더모으면
가능하려나...

서울에서
사회초년생의
독립은 그저
막막했습니다

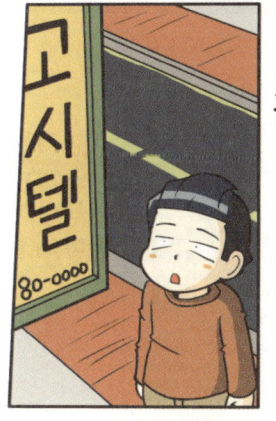

고
시
텔
80-0000

그때 눈에
들어온 고시원..

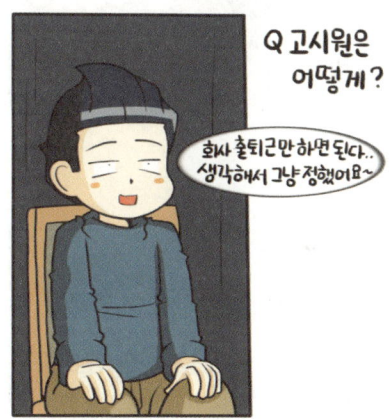

Q 고시원은
어떻게?

회사 출퇴근만 하면 된다..
생각해서 그냥 정했어요~

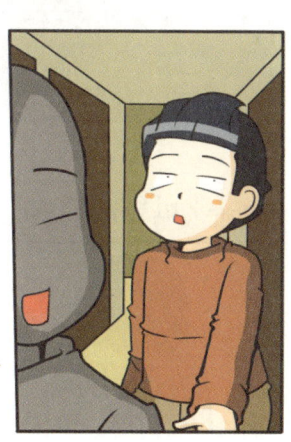

숙소로
들어가던 날..

처음으로 방을
봤을때보다
좁아진느낌

몇 만원 더 비싼 방이었지만... 좁았습니다

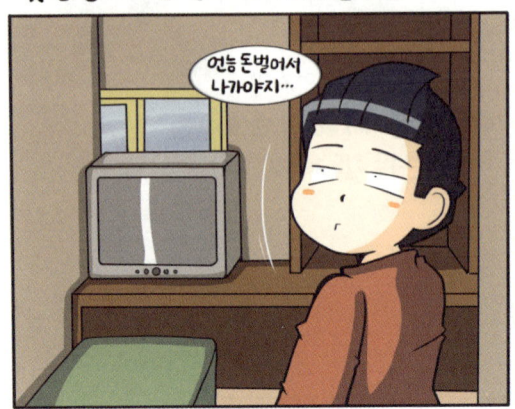

연능 돈벌어서 나가야지…

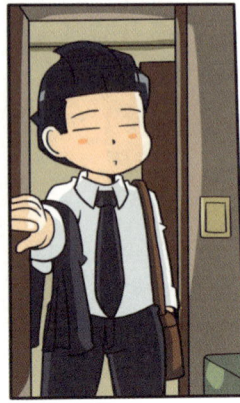

바쁘고 지친 일상.. 오로지 출퇴근만을 고려한 곳이라

먹고 자는것 외에는 아무생각도 없었습니다

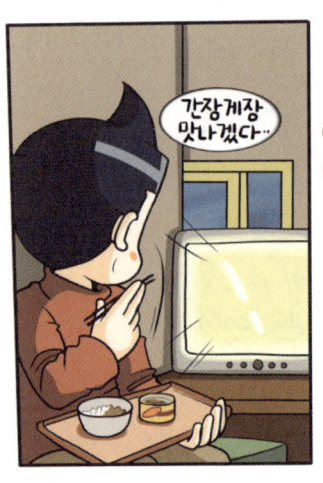

간장게장 맛나겠다…

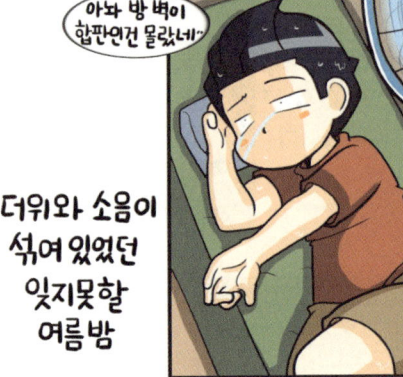

아놔 방 벽이 합판인건 몰랐네…

더위와 소음이 섞여 있었던 잊지못할 여름밤

연애는 생각할 겨를도 없던 그당시..

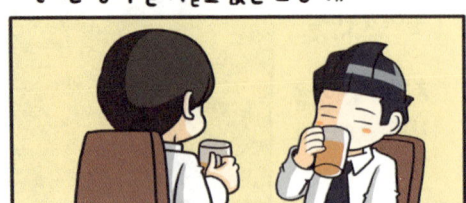

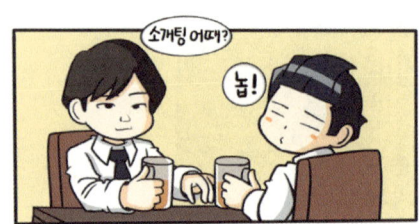

소개팅 어때?

놉!

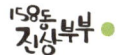

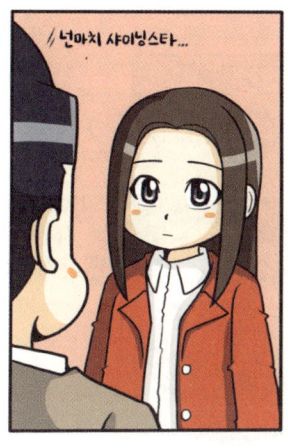

은야쟁이의
등장

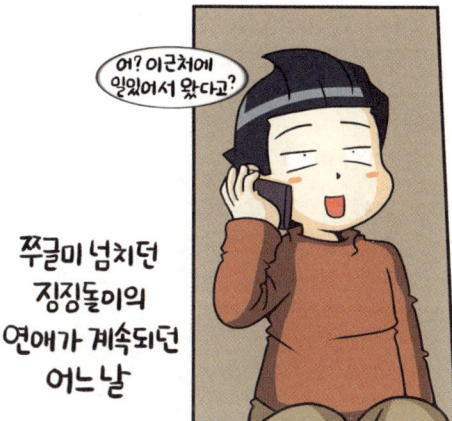

쭈글미 넘치던
징징돌이의
연애가 계속되던
어느 날

그나마 깔끔하게 살아와서 다행이었습니다

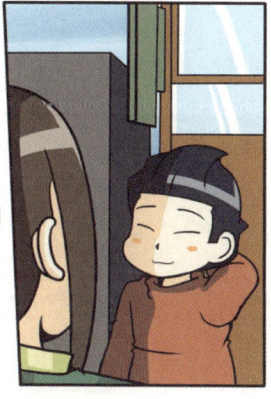

고시원 근처
볼일이
있었다며
찾아온
은야쟁이

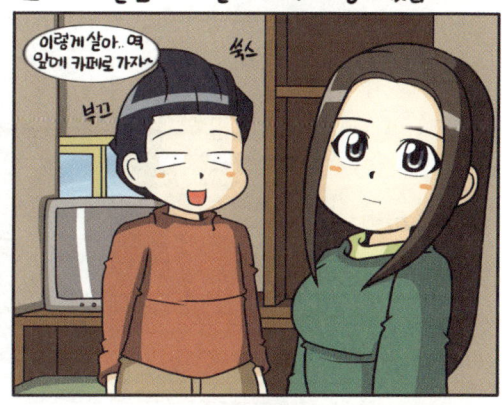

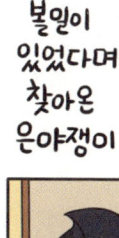

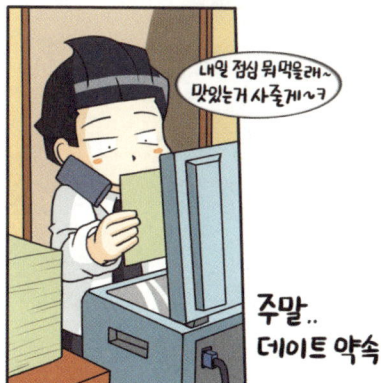

주말..
데이트 약속

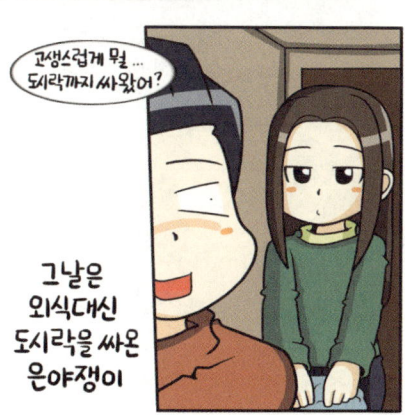

그날은
외식대신
도시락을 싸온
은야쟁이

그때 미니돈까스 도시락은 정말 맛있었습니다

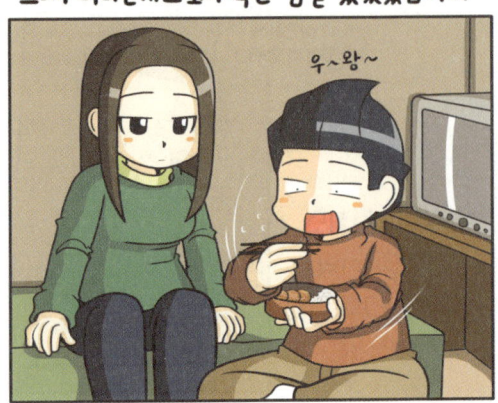

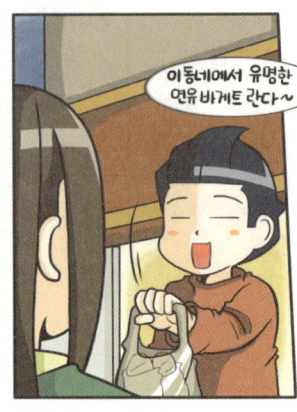

연애때는
시간이
빨리 갑니다

고마움과 씁쓸함이 교차하던 밤길...

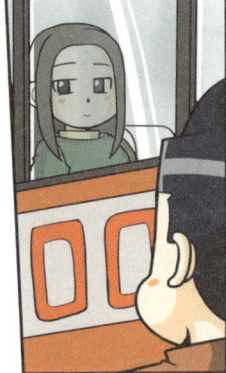

아쉬운 이별

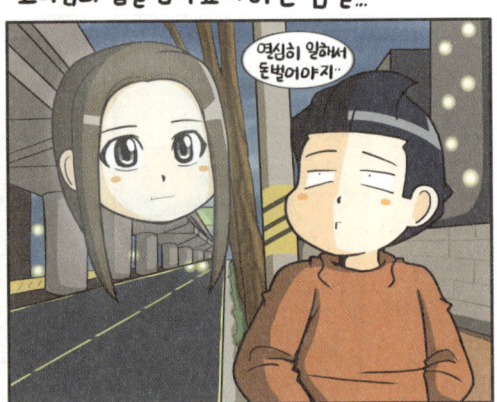

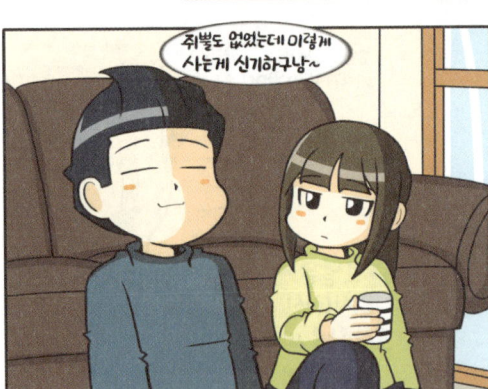

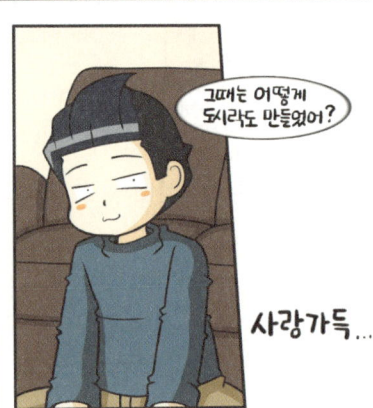

사랑가득...

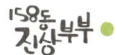

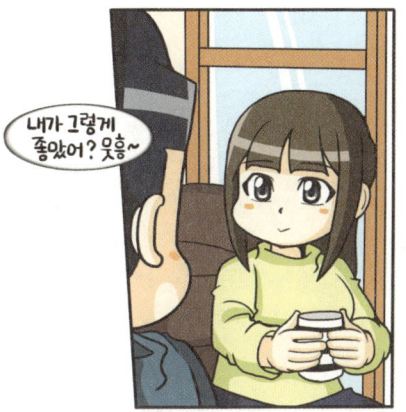

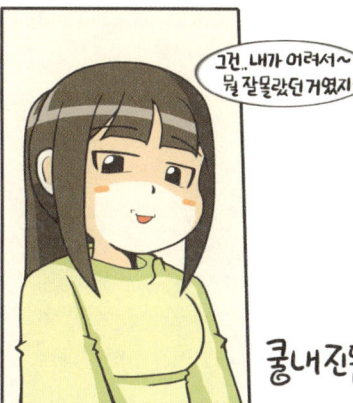

쿨내진동!

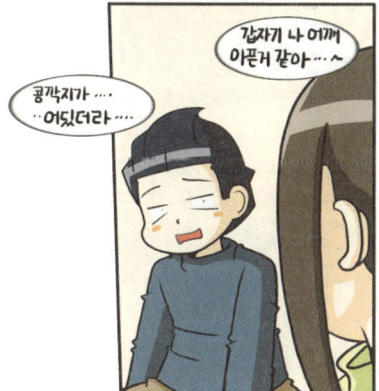

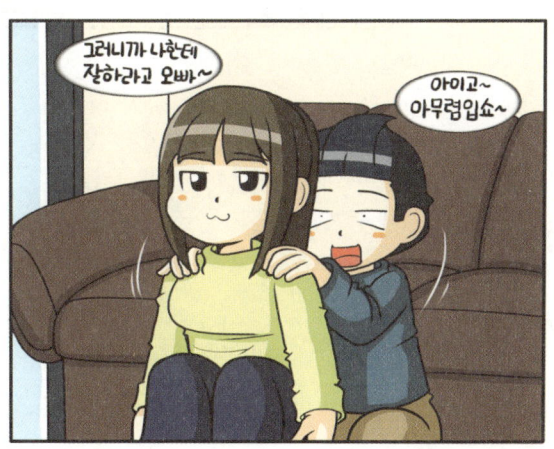

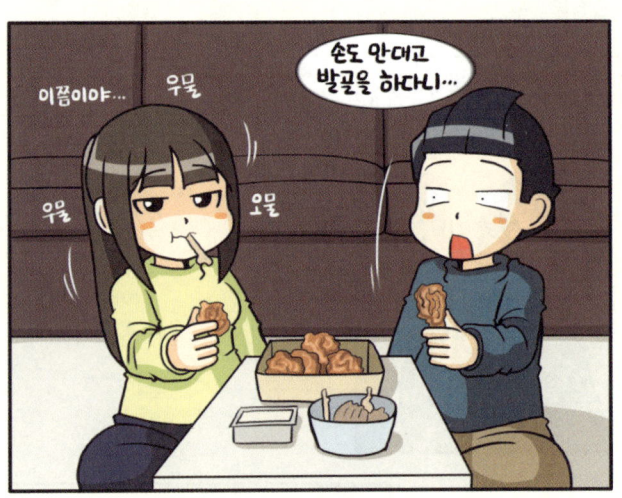

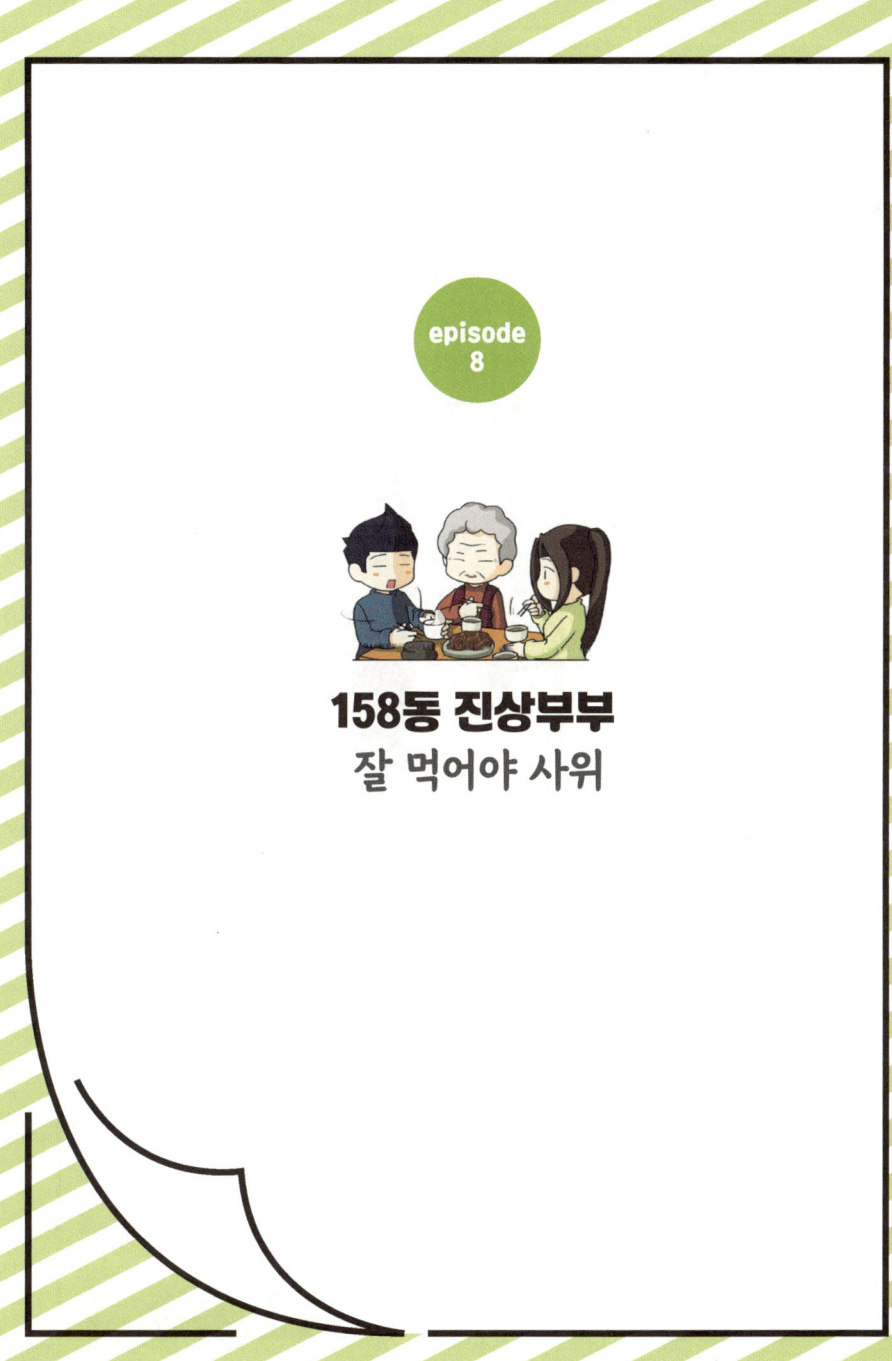

episode
8

158동 진상부부
잘 먹어야 사위

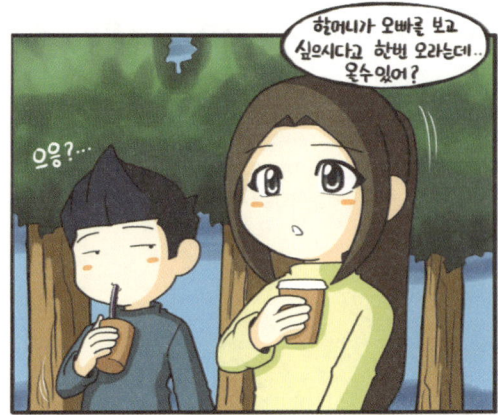

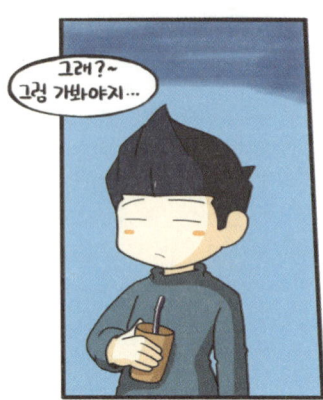

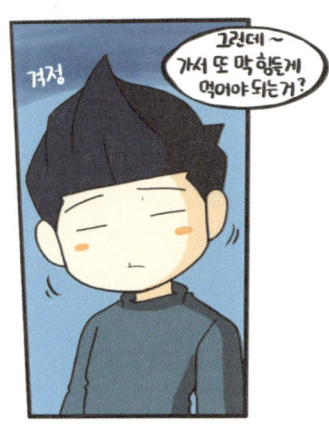

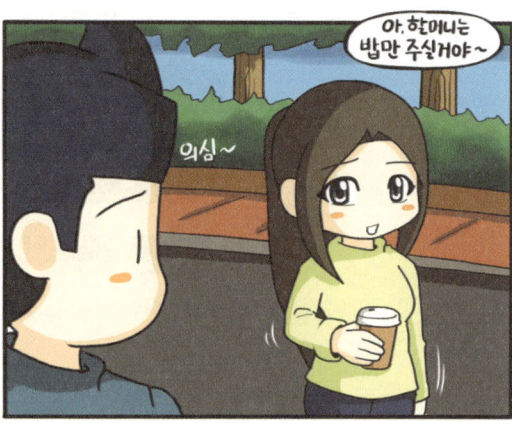

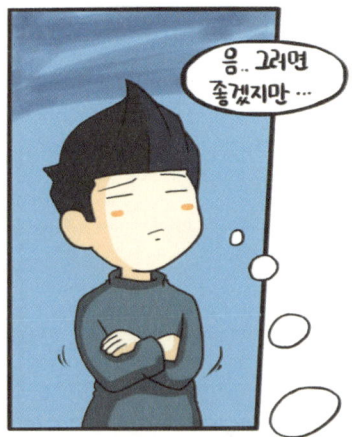

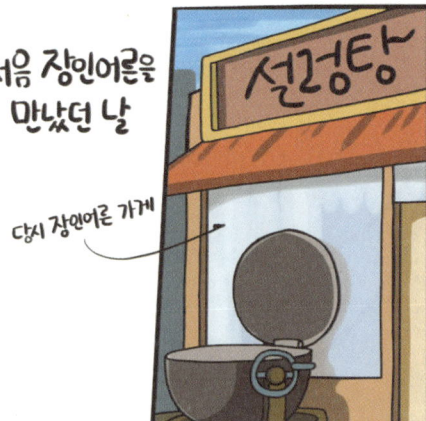

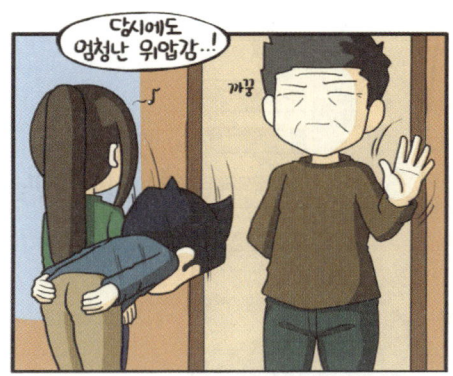

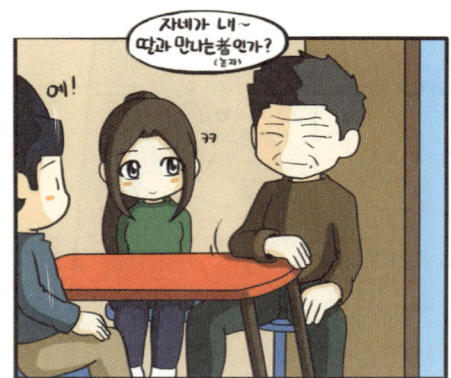

탐색이 끝나고...

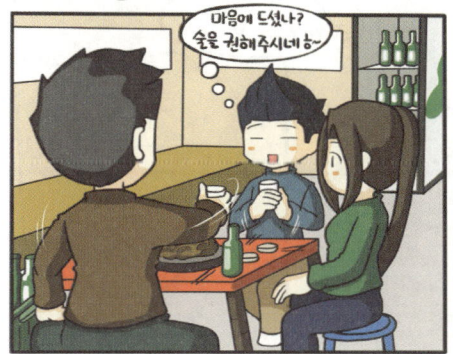

얼마후~

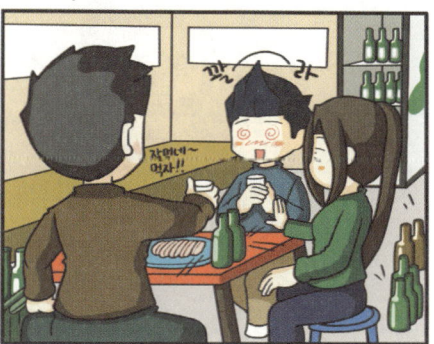

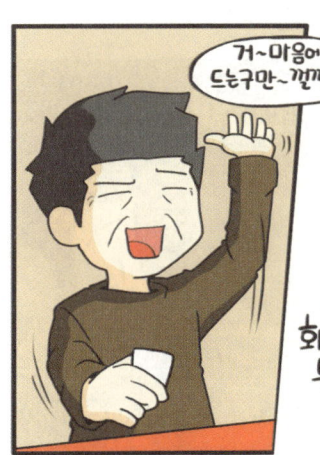

기절...

그렇게 몇시간
화기애애 한~
분위기가 계속된후

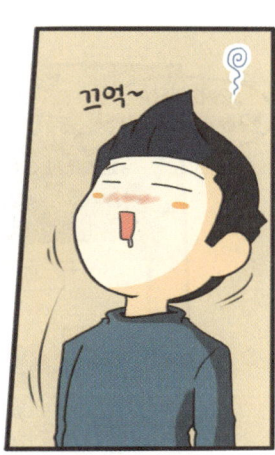

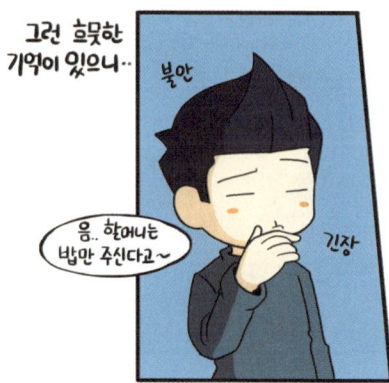

그런 흐믓한
기억이 있으니‥

불안

긴장

음.. 할머니는
밥만 주신다고~

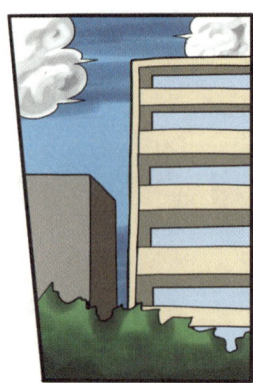

그렇게 ~
할머니댁 방문날

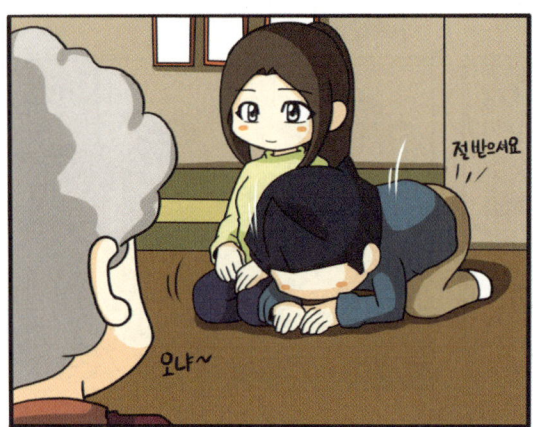

전 받으세요

오냐~

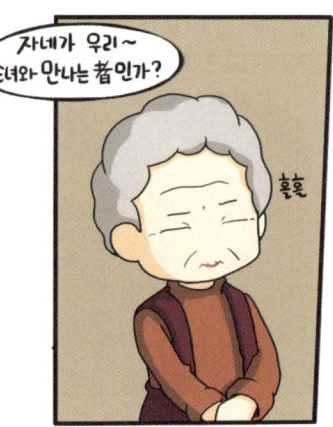

자네가 우리~
손녀와 만나는 놈인가?

흠흠

그렇게 담소가 끝나고~

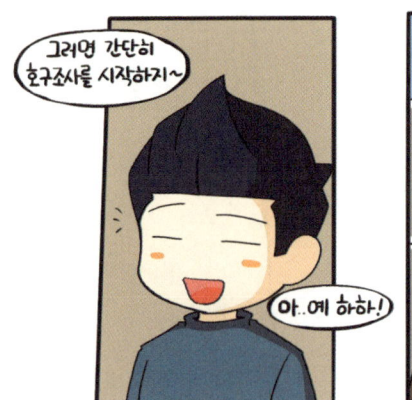

그러면 간단히
호구조사를 시작하지~

아..예 하하!

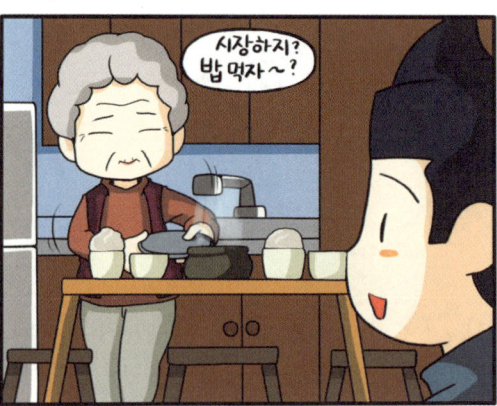

시장하지?
밥 먹자~?

식사가 시작되고 ~

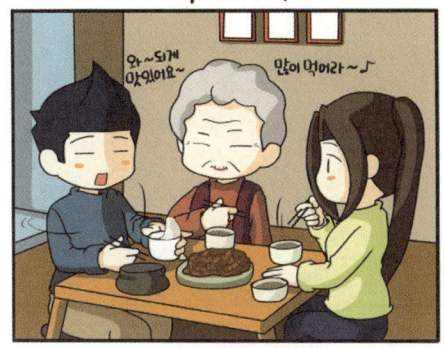

열심히 맛나게 두 공기 째...

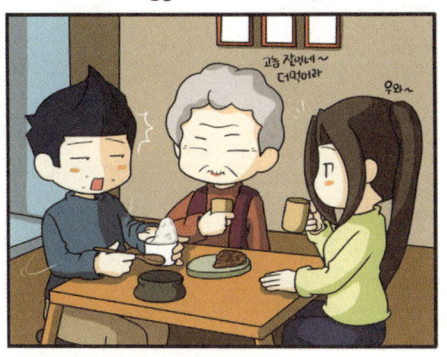

나는 태생적으로
배고픈 역국인걸까
· · · ·

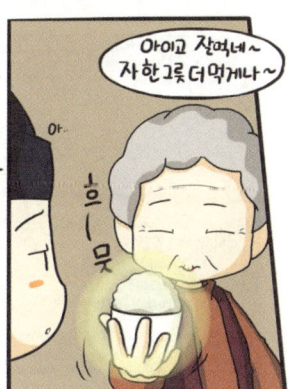

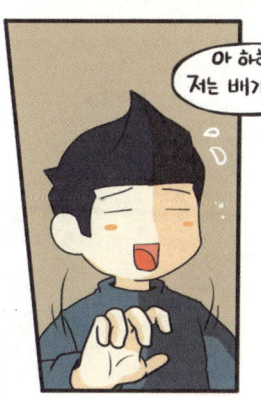

벌써 세공기 째!
그것도
고봉밥으로 ㅜㅜ

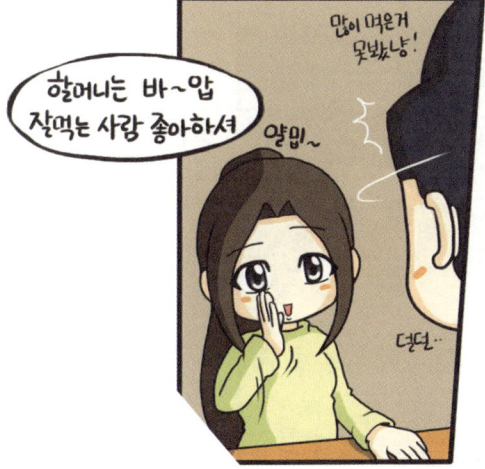

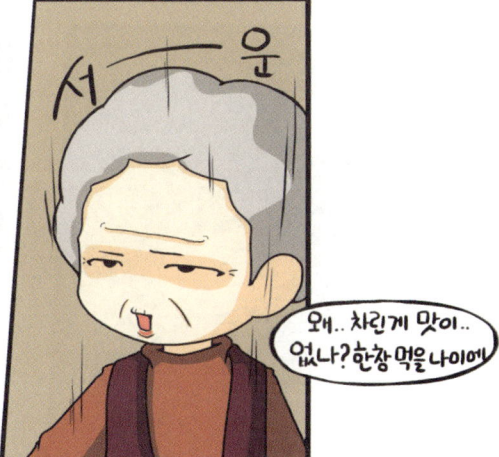

61

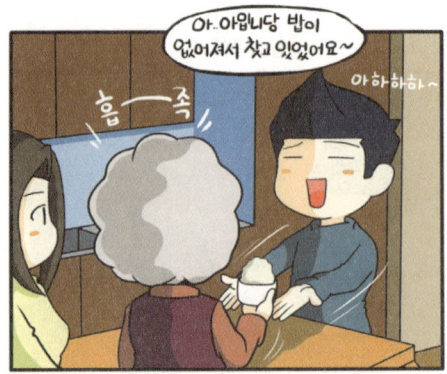

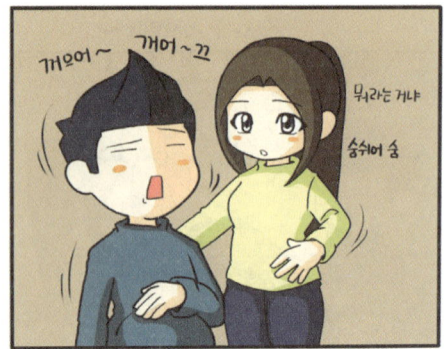

폭풍같은 식사를 마치고 ...

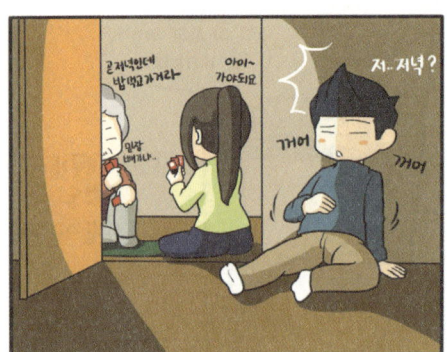

밥이 무섭다 ...

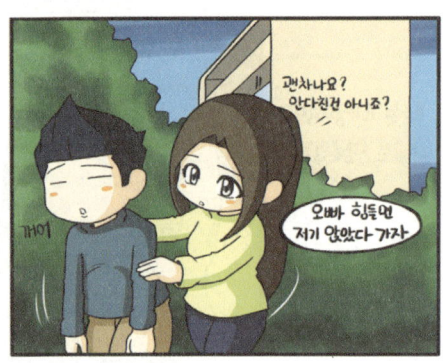

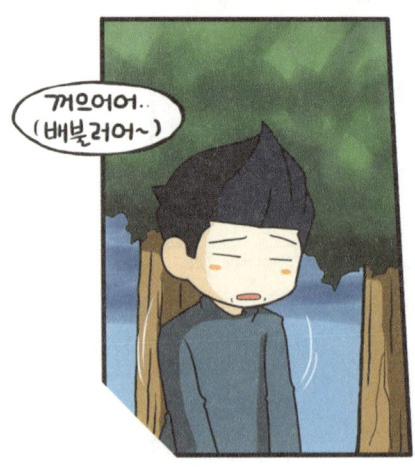

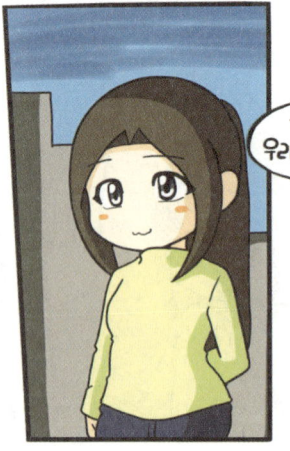

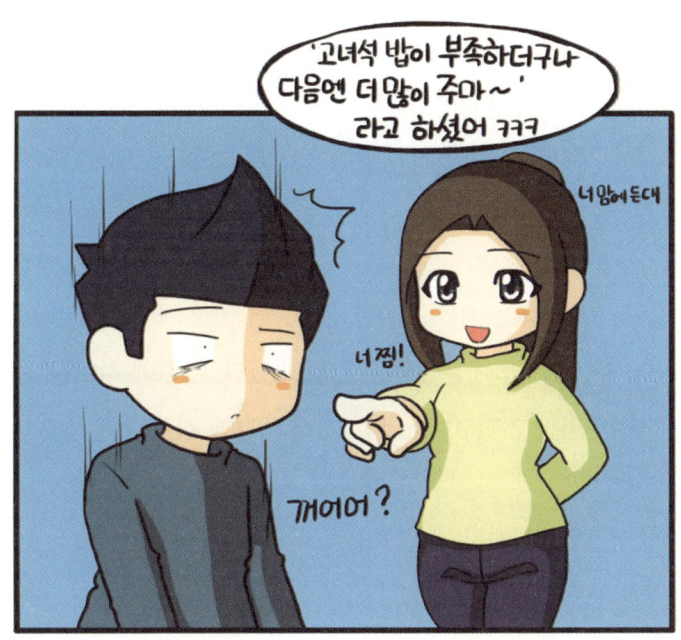

158동 진상부부 할머니의 밥

저희 집은 할머니께서 음식을 잘 하시기도 했지만 손도 크셔서 많이 하셨어요. 명절에는 항상 온 가족이 모여 전을 부치거나 송편이나 만두를 빚었어요. 큰댁에 모여 명절을 치르고 돌아가는 길에는 할머니께서 명절 음식을 부모님 손에 가득 들려주셨던 게 아직도 생생합니다.

할머니의 큰 기쁨은 저를 포함한 손주들이 '맛있게 많이' 먹는 것이었어요. 징징돌이가 처음 할머니를 뵈러 갔던 날, 제가 강조한 건 '맛있게 많이' 먹는 거였답니다. 덕분에 할머니께 잘 보이고 싶었던 징징돌이는 밥을 세 그릇 먹는 기염을 토하며 합격점을 받았지요. 그때 배부른 데도 열심히 먹었던 징징돌이 마음 씀씀이가 지금 생각해도 무척 따뜻했어요.

몇 년 전 할머니가 돌아가셨을 때, 당시에는 실감이 안 나다가 장례 치르고 혼자 많이 울었는데, 말없이 토닥토닥 해주던 징징돌이의 조용한 위로는 아직도 고마운 마음으로 남아있어요.

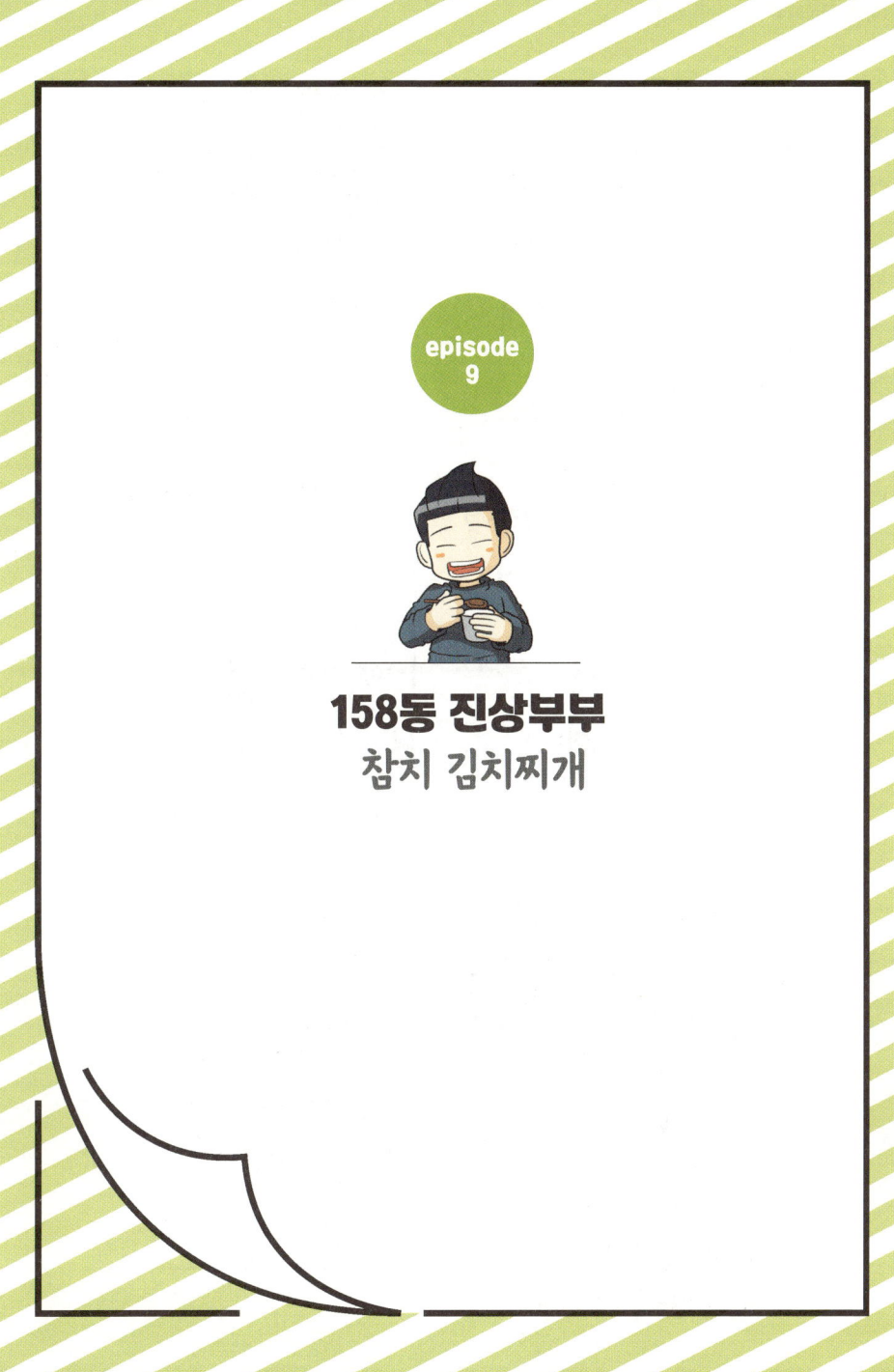

episode
9

158동 진상부부
참치 김치찌개

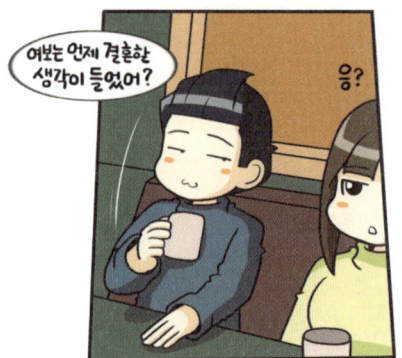

여보는 언제 결혼할 생각이 들었어?

응?

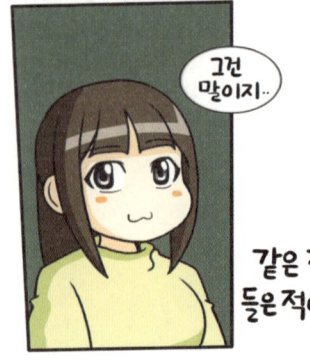

그건 말이지..

같은 질문을 들은 적이 있다

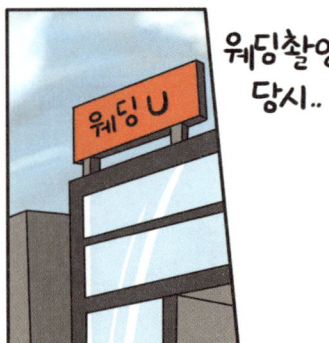

웨딩 U

웨딩촬영 당시..

결혼 준비의 꽃, 웨딩촬영날

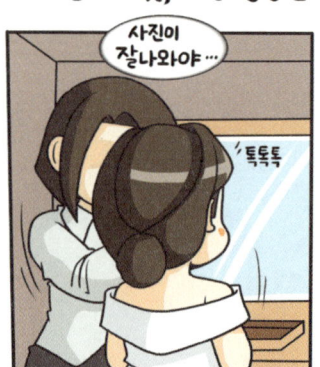

사진이 잘나와야...

톡톡톡

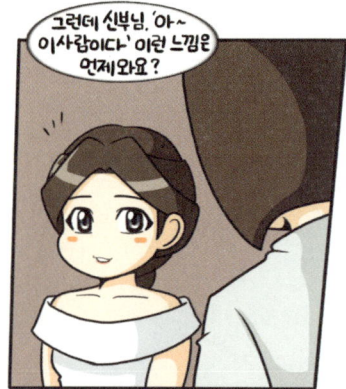

그런데 신부님, '아~ 이사람이다' 이런 느낌은 언제와요?

메이크업을 도와주신 분도 같은 질문을 했었다

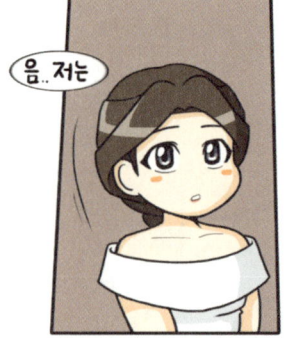

음.. 저는

결혼하자고
하기전...

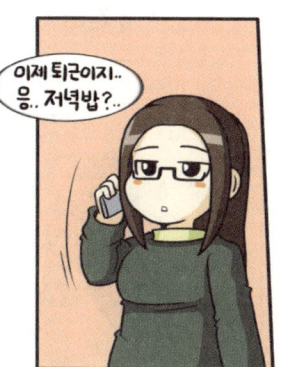

어쩌다 출근했던 주말 퇴근길

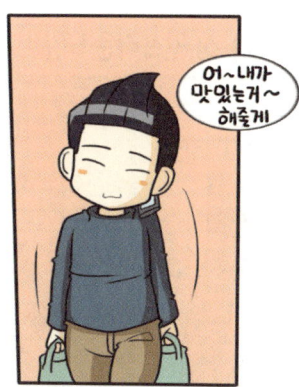

징징돌이가 집으로 초대했다

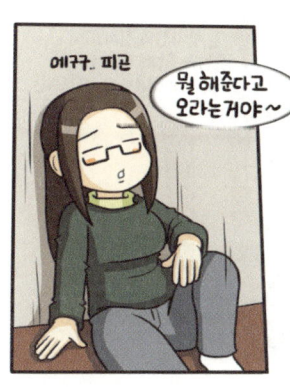

징징돌이의 요리는 먹어본 적이 없어
호기심이 들었다

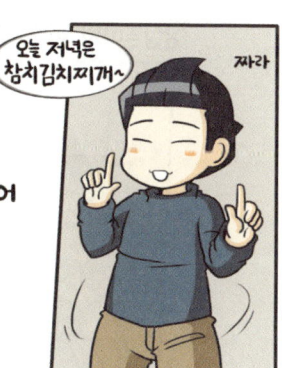

징징돌이가 야심차게 준비한 메뉴는

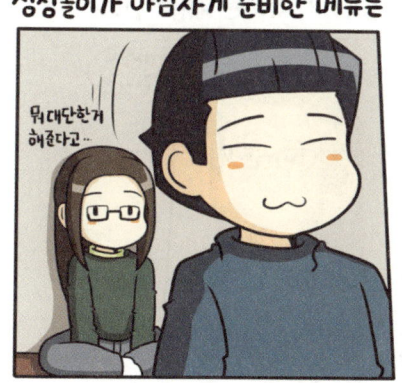

참치김치찌개

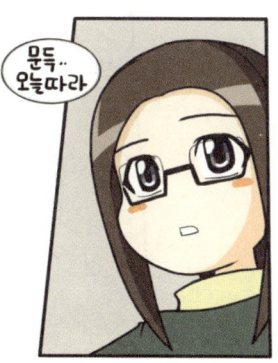

뭐지 이 안쓰러운 느낌은…

조촐한 식단…

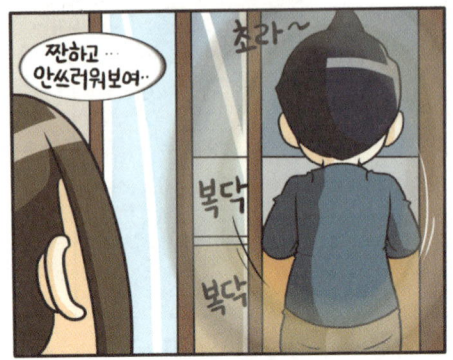

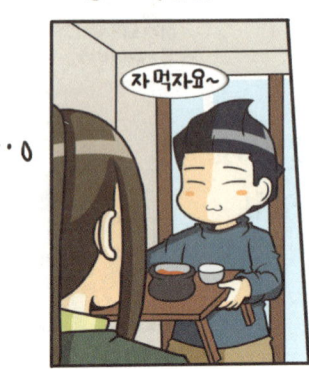

징징돌이의 야심찬 참치김치찌개

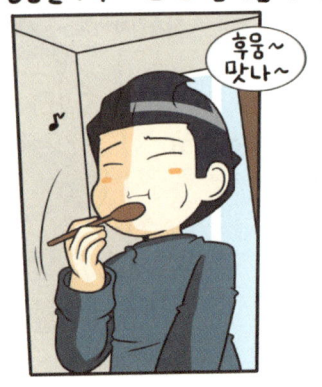

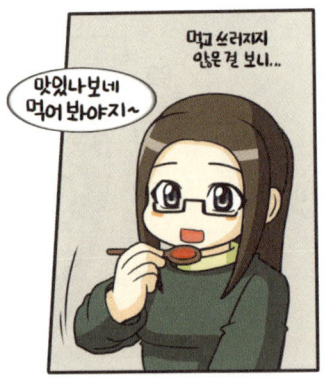

태어나서 그렇게 비리고 맛없는
참치김치찌개는 처음이었다

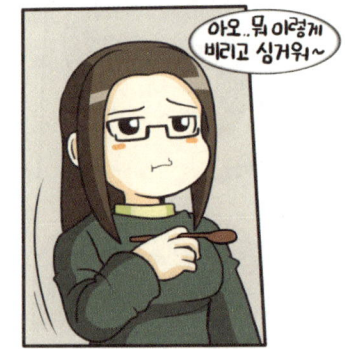

비린 걸 너무 맛있게 먹어서
이런걸 먹고 사는건가 하는 생각에

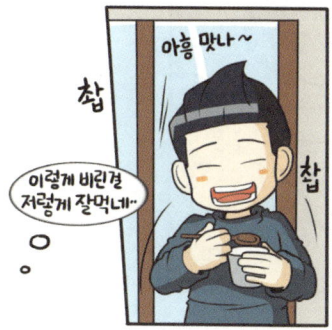

아흥 맛나~

찹

찹

이렇게 비린걸
저렇게 잘먹네~

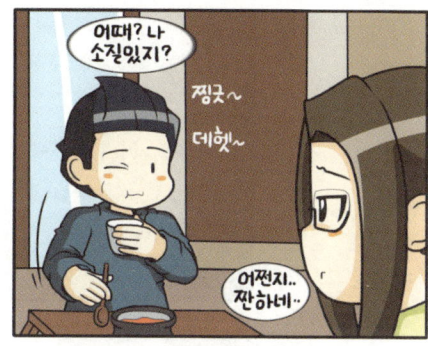

어때? 나
소질있지?

찡긋~

데헷~

어쩐지..
짠하네..

두번째 안쓰러움이 몰려왔다

이것 참 결혼을 결심하게 된 이유가

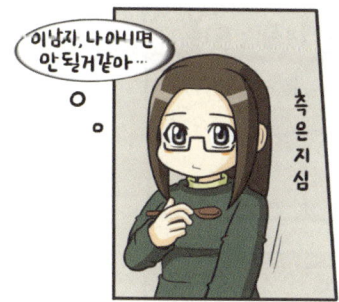

이남자, 나아니면
안될거같아...

측은지심

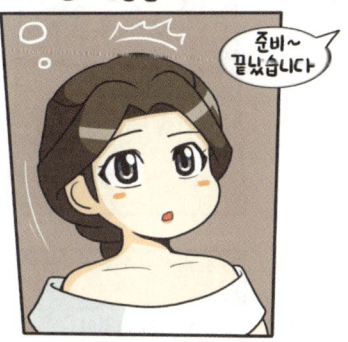

준비~
끝났습니다

참치김치찌개 때문이라니...

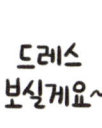

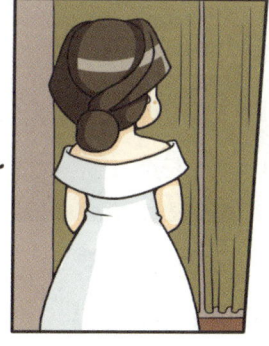

드레스
보실게요~

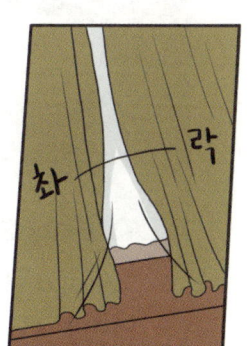

좌

락

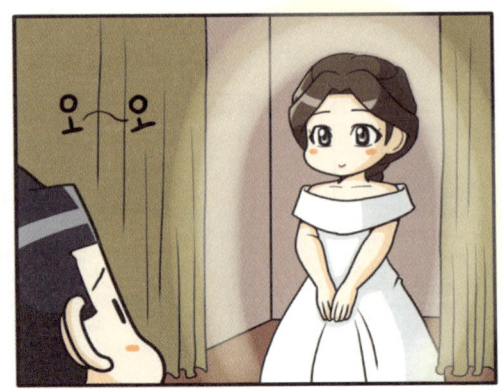

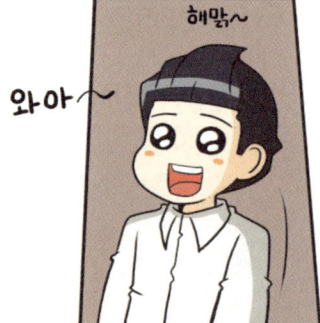

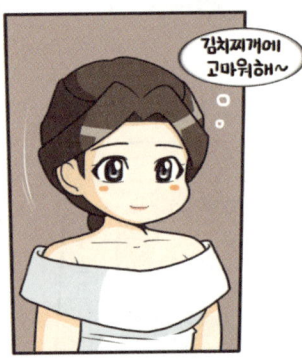

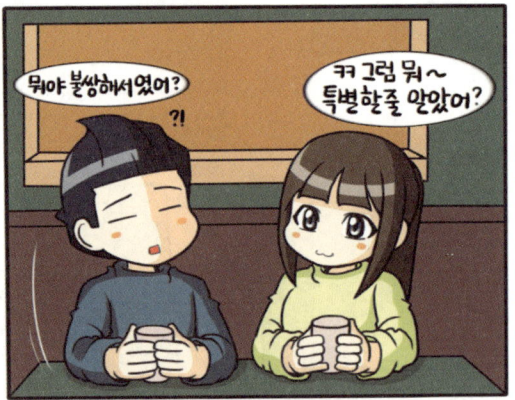

'아 이사람이다!' 라는 느낌은
의외로 사소한 일에서 찾아온다

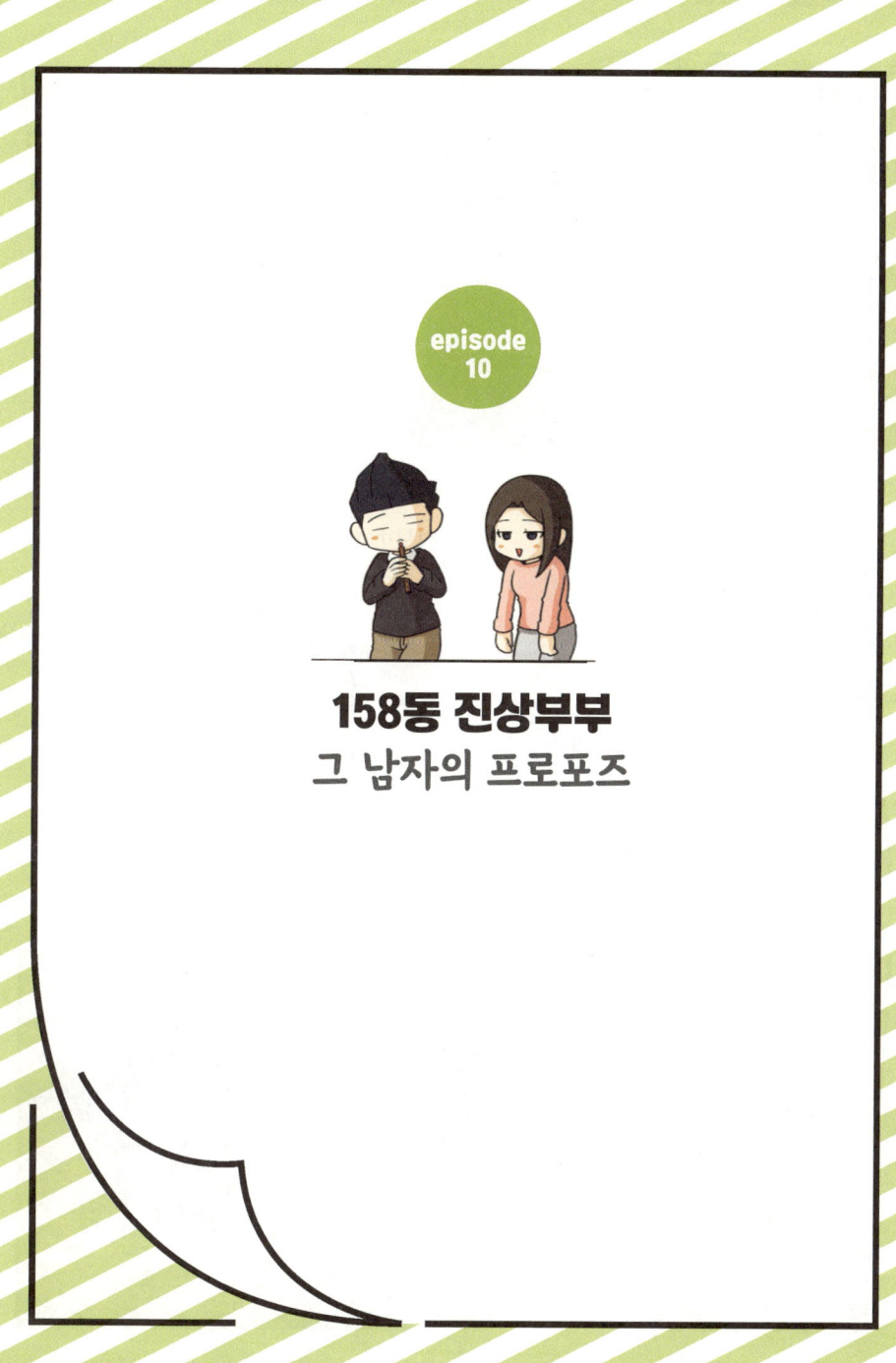

episode 10

158동 진상부부
그 남자의 프로포즈

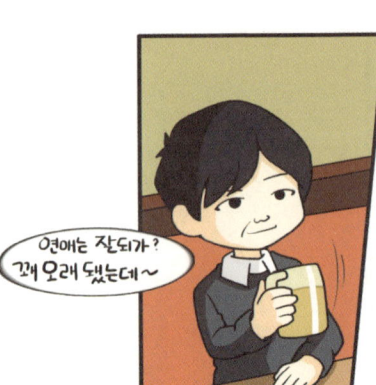

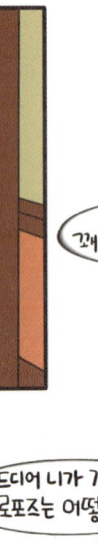

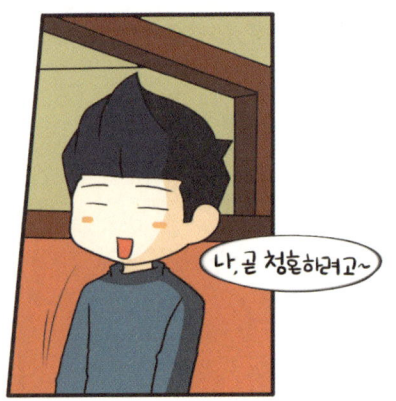

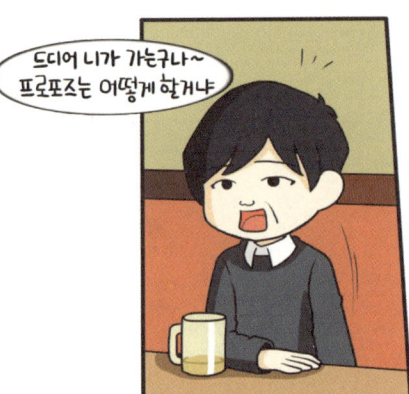

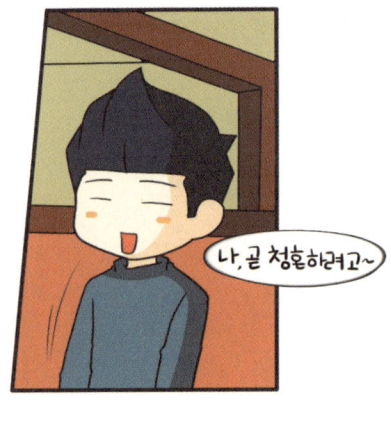

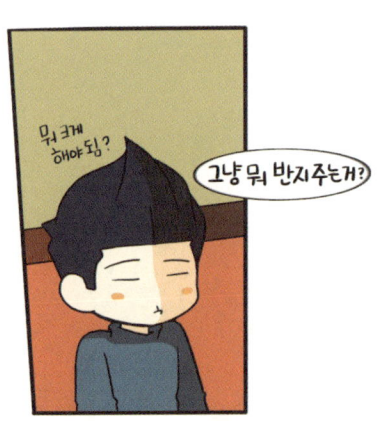

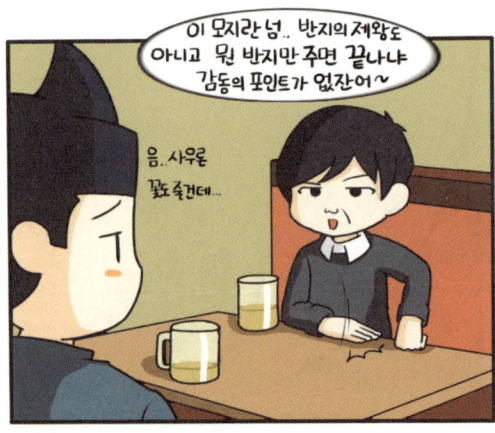

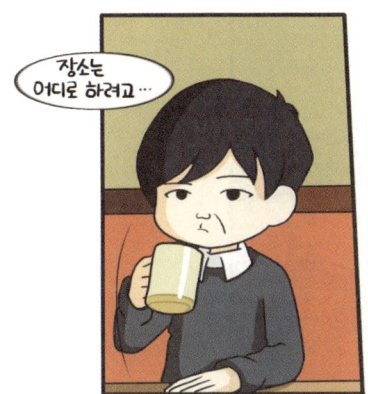

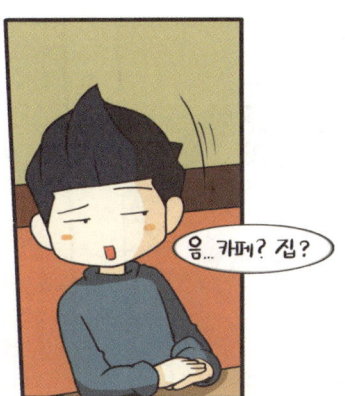

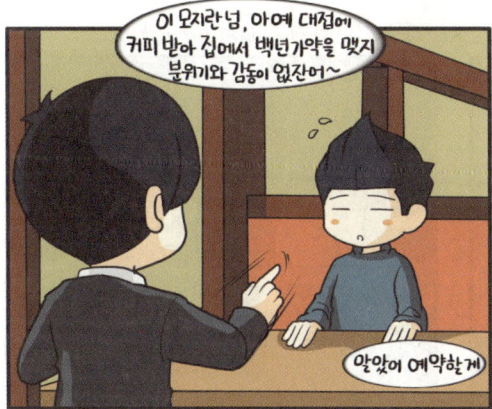

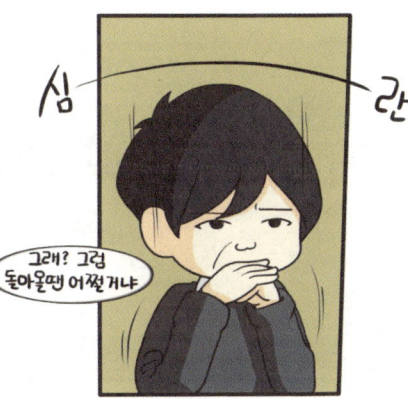

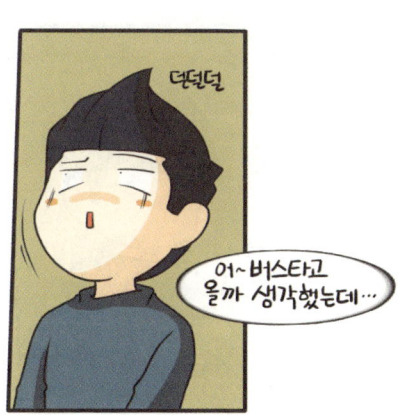

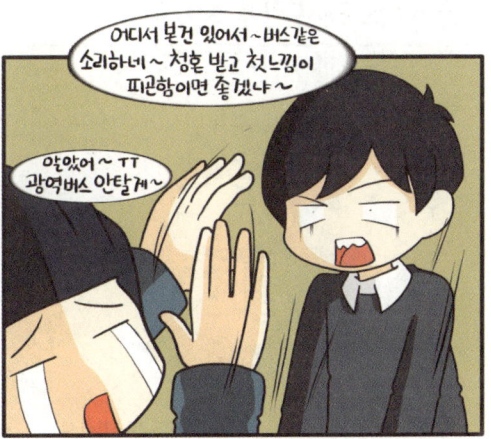

73

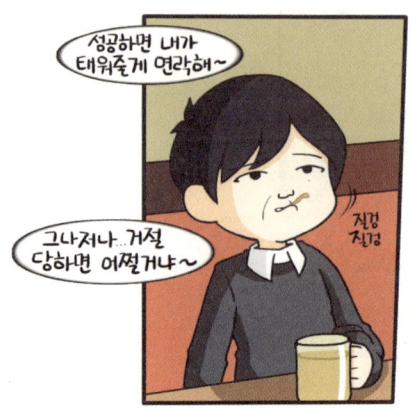

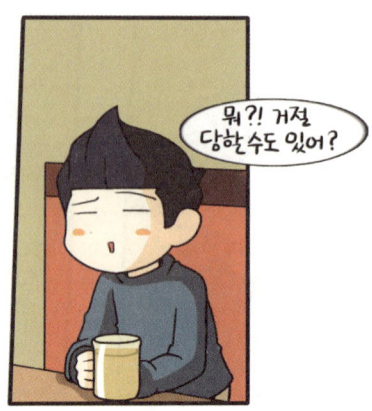

결국 무난하게 진행하기로 정하고

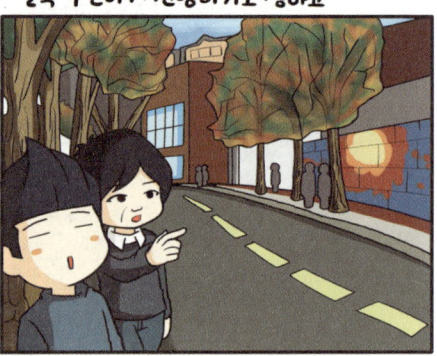

북촌의 어느 레스토랑을 예약했다

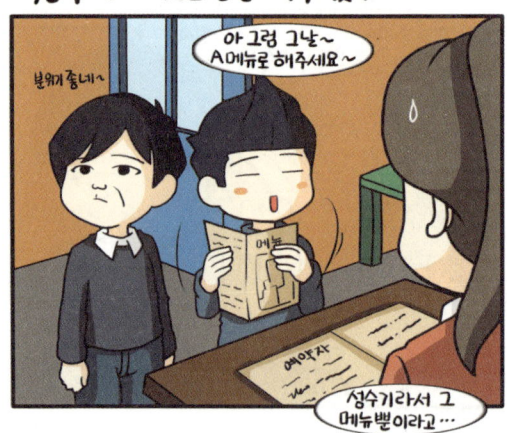

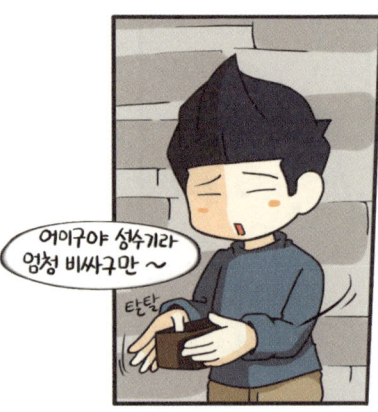

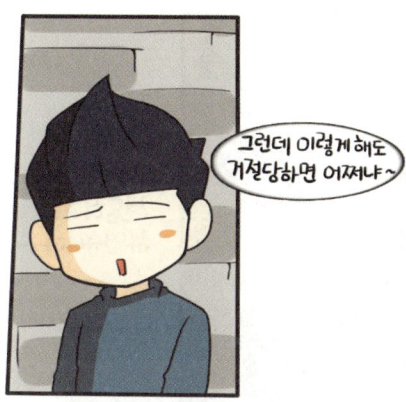

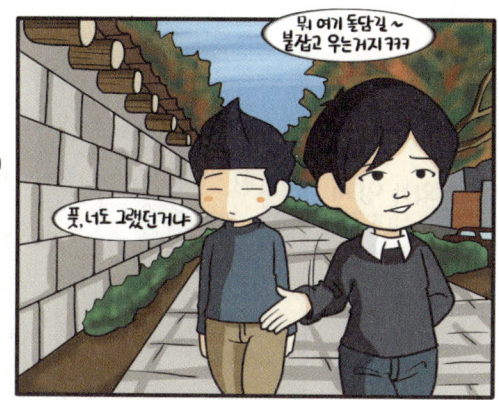

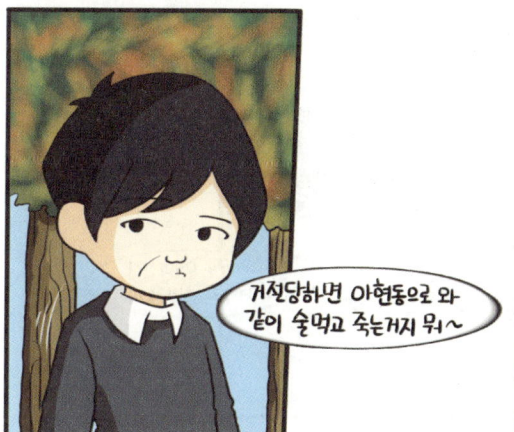

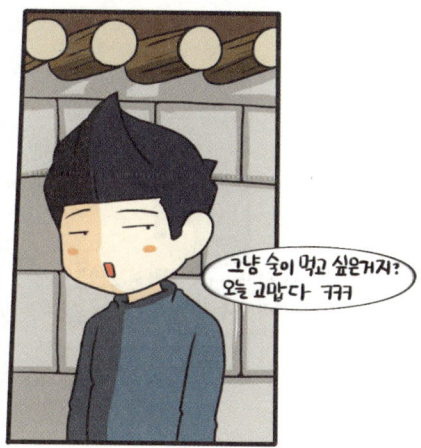

드디어 운명의 날, 징징돌이는

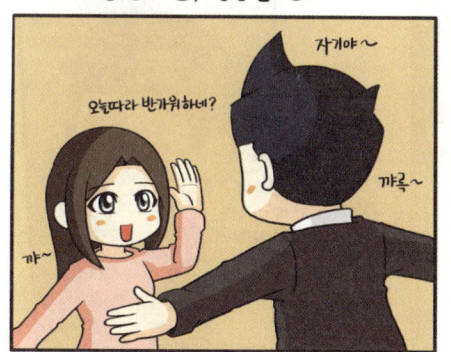

은야생이가 눈치 못채게 약속장소로 데려가서

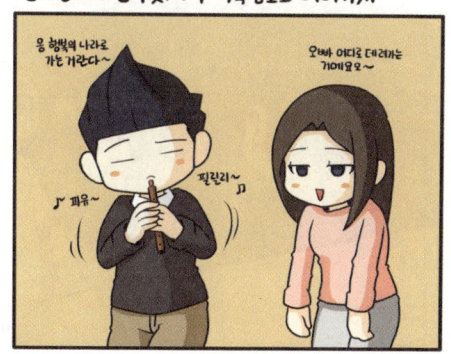

분위기 있게
프로포즈를
시작했고

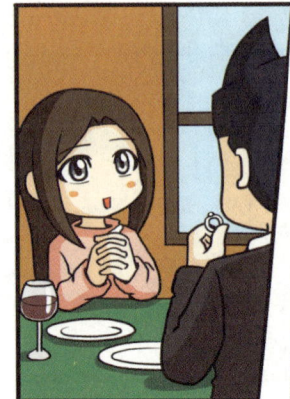

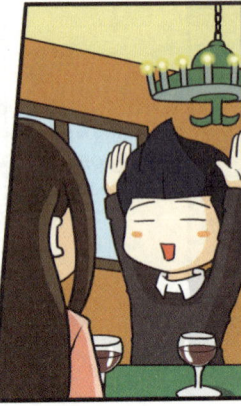

두사람은
결혼하기로
하였습니다~

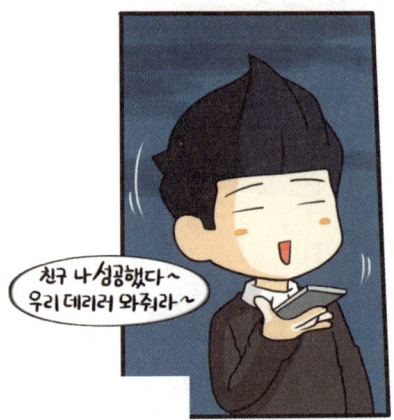

친구 나 성공했다~
우리 데리러 와줘라~

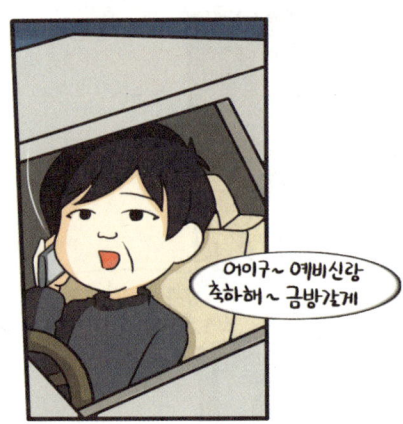

어이구~ 예비신랑
축하혀~ 금방갈게

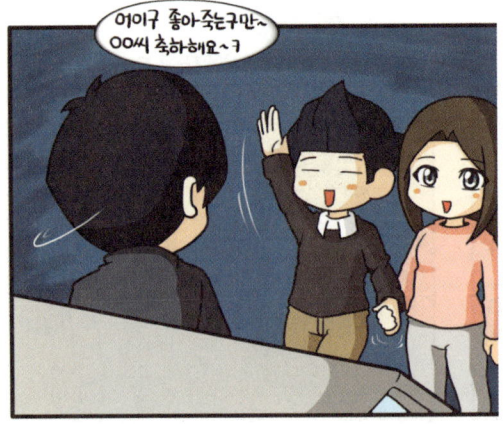

어이구 좋아 죽는구만~
○○씨 축하해요~ㅋ

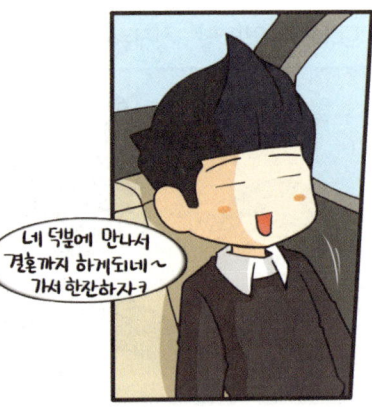

네 덕분에 만나서
결혼까지 하게되네~
가서 한잔하자ㅋ

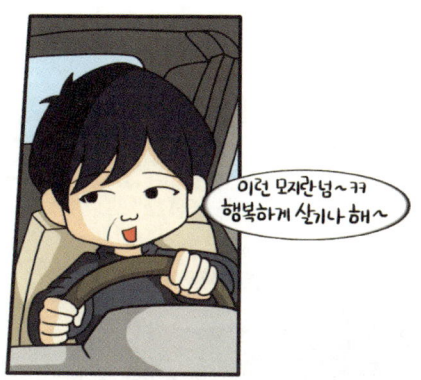

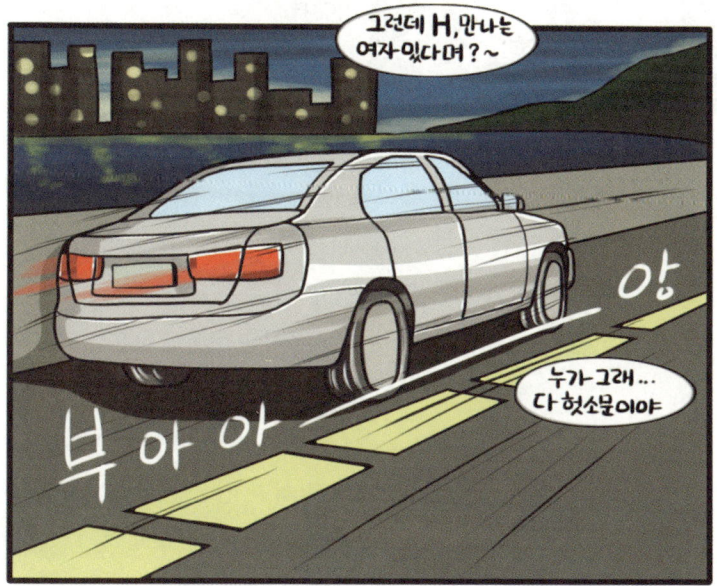

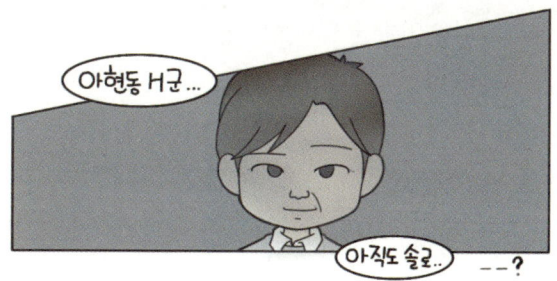

158동 진상부부

커플 그리고 중매 본능

Q 소개해준 지인의 결혼은 좋은 일 아닌가요?

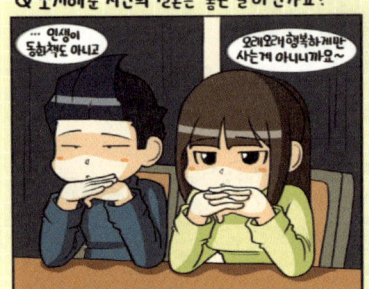

커플이 되거나 결혼을 하면 자꾸만 솟아오르는 중매 본능. 나 혼자만 행복할 수 없지! 라는 박애정신 담긴 마음은 주변 솔로들을 커플로 연결시킬 사랑의 작대기를 대보게 만듭니다.

징징돌이와 은야쟁이도 친구들의 소개팅 주선을 여러 번 했었는데, 실제 커플은 단 한 커플만 탄생했어요.(그래도 성사된 커플이 있답니다!) 소개팅이 실제 커플로 연결되어 무척 기뻤어요. 하지만 기쁨도 잠시, 소개팅 해 준 커플이 싸웠다는 소식이라도 들리면 내가 잘 소개해준 걸까 하는 생각에 어쩌나 마음이 졸여지던지요.

우리 부부의 속을 태우던 이 커플은 나중에 결혼까지 했답니다. 결혼 후에도 신랑이 술 마시고 늦게 들어왔다고 하면 징징돌이까지 나서서 빠른 귀가 운동에 앞장 서는 웃지 못 할 해프닝도 있었어요. 둘이 좋아서 만난거지 내가 결혼하라고 한 건 아니잖아! 라는 생각이 들 때도 있지만 주선자의 조바심은 어쩔 수 없나봅니다.

참, 진상부부 에피소드에 종종 등장하는 아현동 H군. 아현동 H군은 징징돌이와 은야쟁이의 소개팅 주선자였지만, 안타깝게도 아현동 H군은 주선자 깨짐의 법칙에 딱 걸려 아직도 솔로로 지내고 있습니다. 그래도 진상부부가 잘 지내고 있어 아현동 H군은 마음이 편하다고 해요.

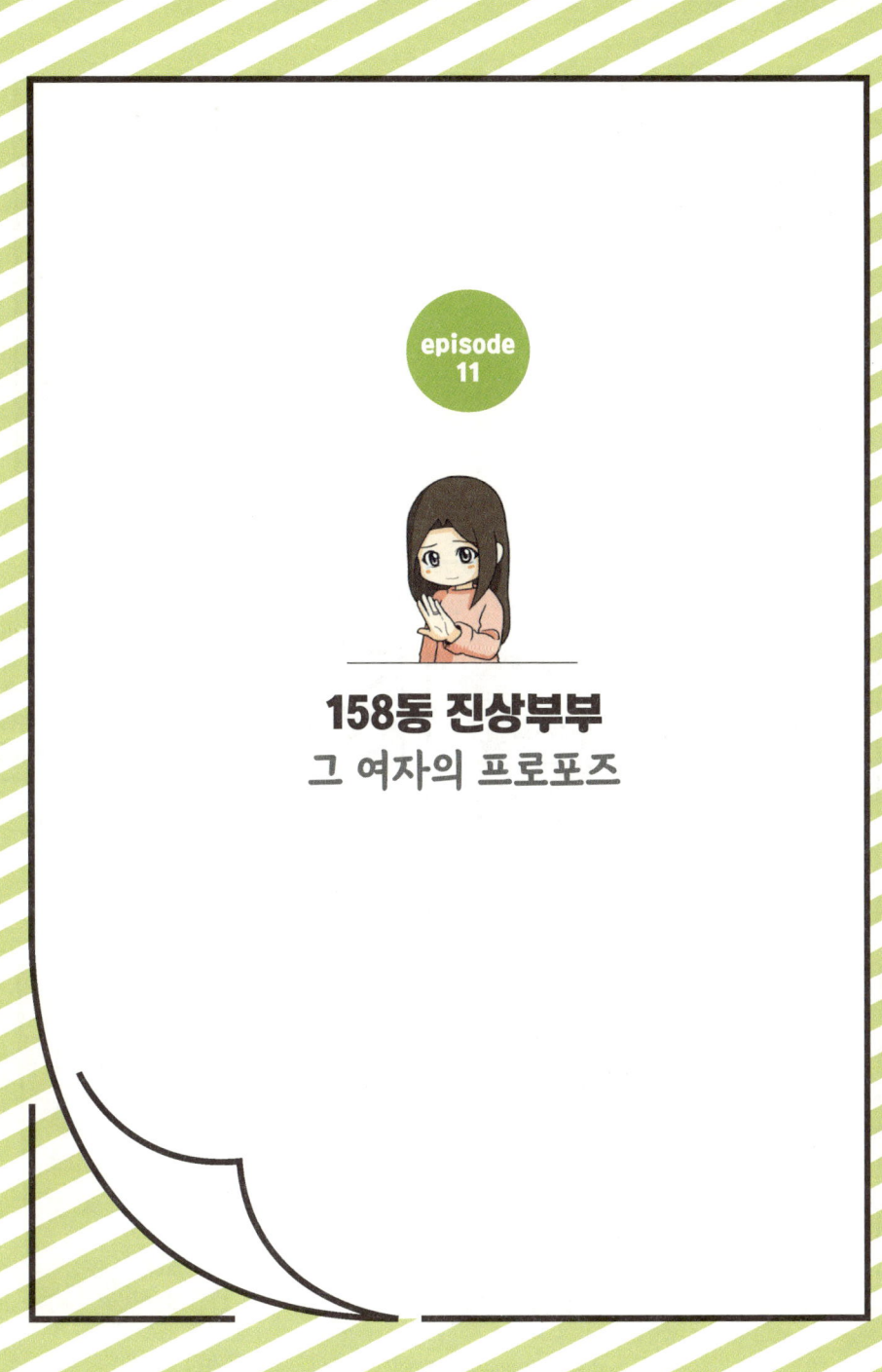

episode
11

158동 진상부부
그 여자의 프로포즈

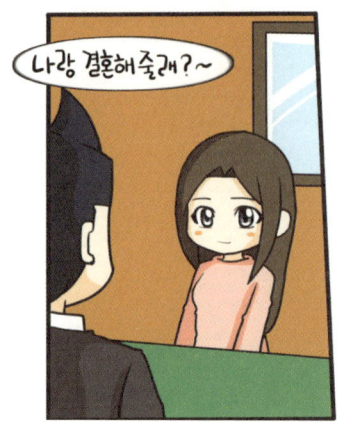

사실 전...

다 알고 있었어요

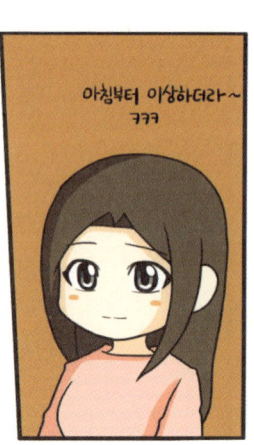

우리 처음 만났던 날은 11월 15일...

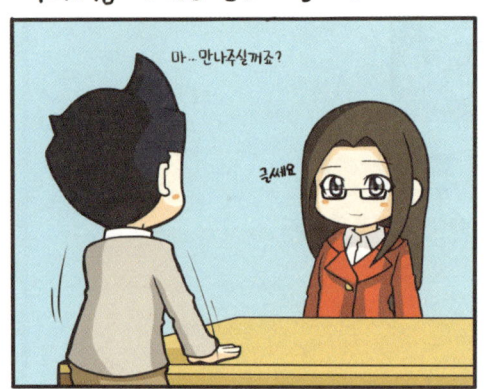

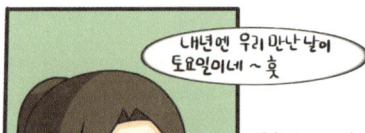

몇년의 시간을 보낸 후, 문득 결혼식도 우리 만난 날에 하면 의미가 있겠다~

생각해 봤어요

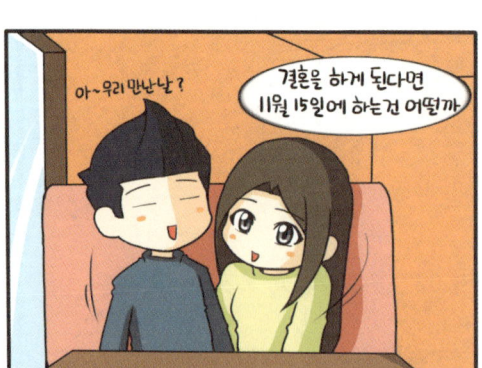

그때, 징징돌이는 뭔가 생각을 하는듯 했고~

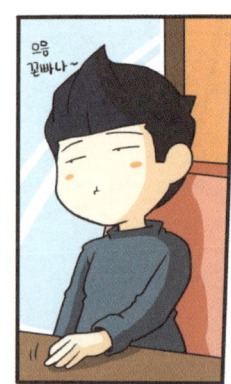

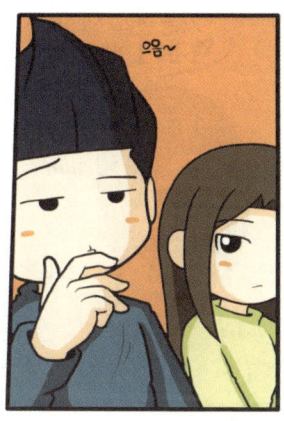

으음~

그러던 중,
크리스마스의
데이트~!

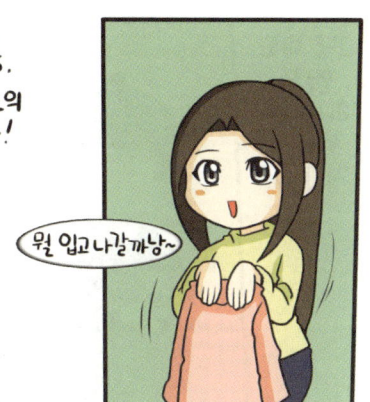

뭘 입고 나갈까낭~

그 시점에서
프로포즈를 하려고
마음먹은거
같아요

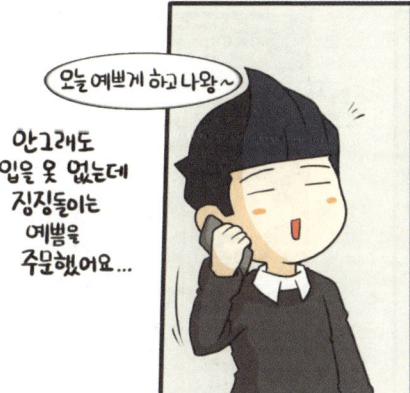

오늘 예쁘게 하고 나왕~

안그래도
입을 옷 없는데
징징돌이는
예쁨을
주문했어요...

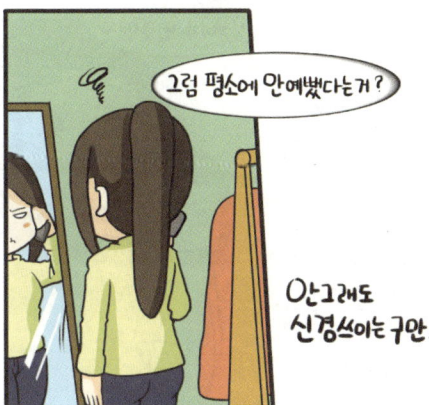

그럼 평소에 안예뻤다는거?

안그래도
신경쓰이는거만...

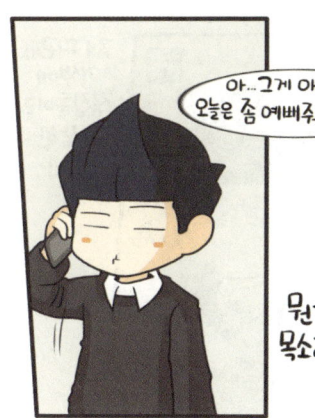

아...그게 아니고~
오늘은 좀 예뻐줘야겠어!

뭔가 결연한
목소리의 징징돌이...

그리고 ...

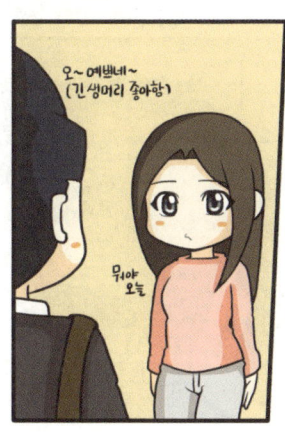

오~예쁘네~
(긴 생머리 좋아함)

뭐야
오늘

81

그냥 봐도
오늘 뭐
하겠다는
분위기의
징징돌이

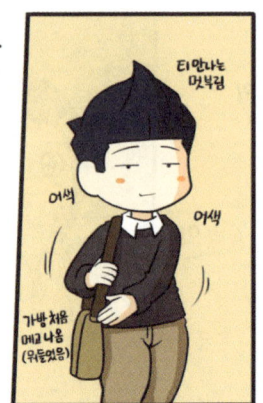

티 만나는
멋부럼

어색

어색

가방 처음
메고 나옴
(위틀었음)

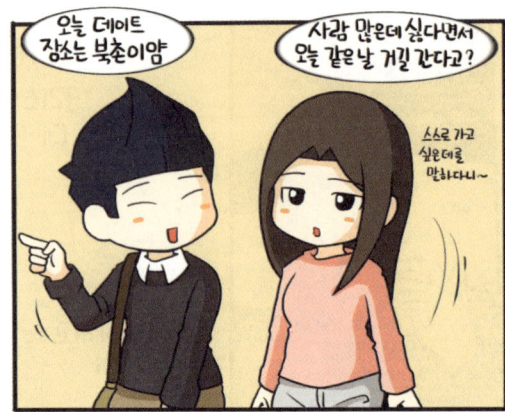

오늘 데이트
장소는 북촌이얌

사랑 만원데 싫다면서
오늘 같은 날 거길 간다고?

스스로 가고
싶은데로
만하다니~

평소와는 다른 장소 선정 등...

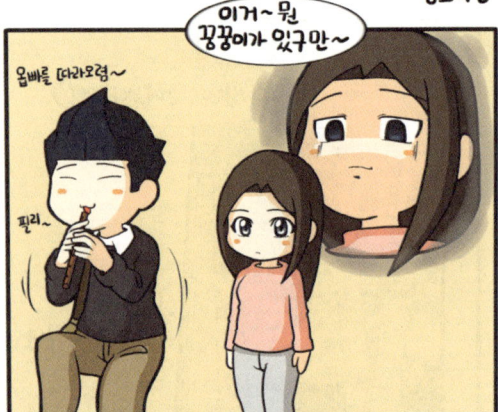

옵빠를 따라오렴~

이거~ 뭐
꿍꿍이가 있구만~

필리~

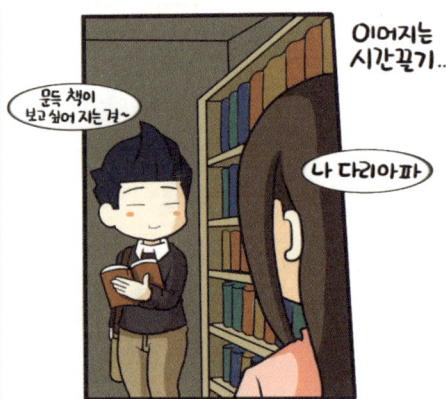

문득 책이
보고 싶어 지는 겨~

이어지는
시간끌기...

나 다리아파

보아하니 광화문에서 부터 동선을 잡은듯 했어요

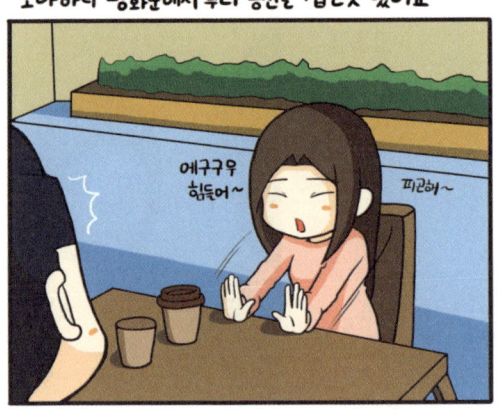

에구구우
힘들어~

피곤해~

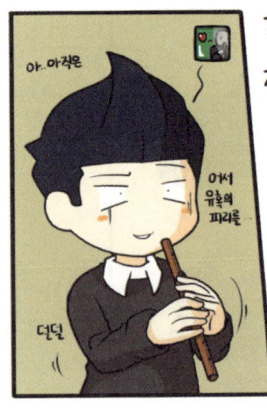

아.. 아직은

제 피곤한
기색에
징징돌이는
긴장한
눈치

어서
유혹의
피리를~

더딕

청계천까지 더딘 이동...춥고 배고팠어요~

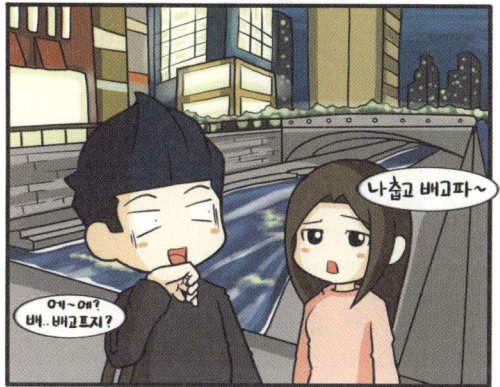

나춥고 배고파~

어~어?
배..배고프지?

예약시간까지
절 데리고
돌아다니느라
징징돌이도
초조했을
거예요

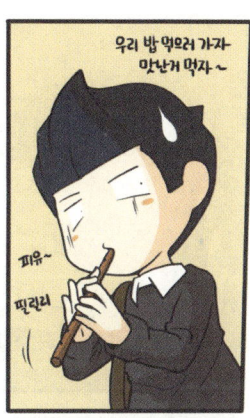

우리 밥 먹으러 가자
맛난거 먹자~

피유~

삘리리

진짜 맛있는거 먹어?

의심~

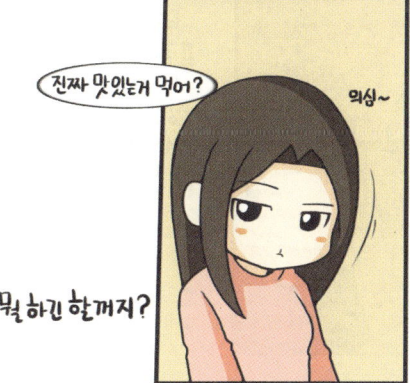

뭘 하긴 한꺼지?

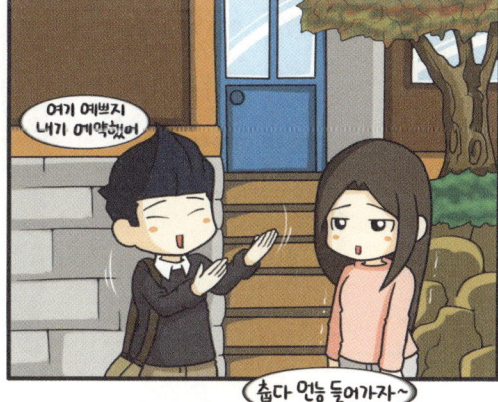

여기 예쁘지
내가 예약했어

춥다 언능 들어가자~

징징돌이가
예약한 장소는
분위기와 맛이
정말 좋았어요

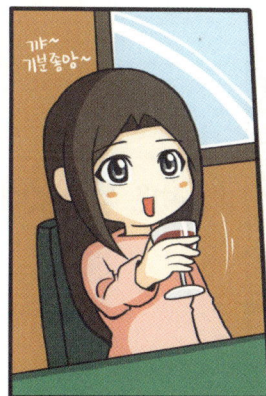

꺄~
기분좋앙~

식사가
끝나자
징징돌이는

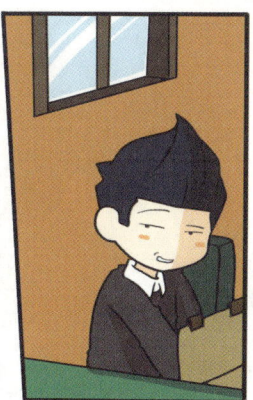

어색하게
가방에서
뭔가를 꺼내려고
뒤적거렸어요

83

그리고 ...

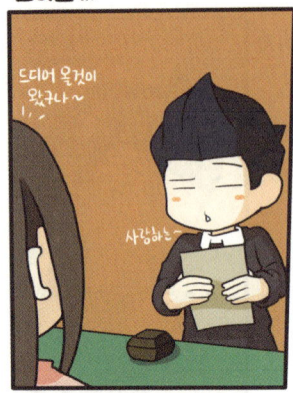

징징돌이는 못쓰는 글씨로 직접쓴 편지를 읽어 주었고

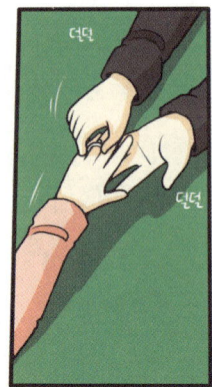

예쁜 청혼 반지를 끼워 주었어요~

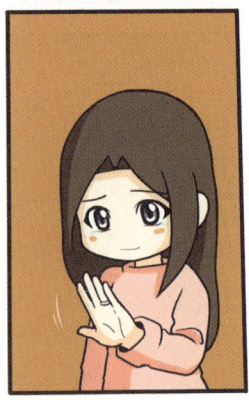

하루종일 춥고 피곤하기도 했지만 감동적인 이벤트가 더 해지니 눈물이 나더라고요

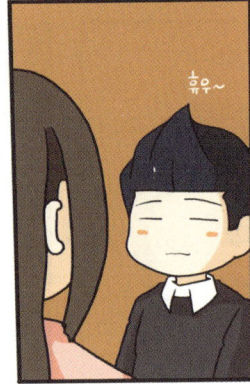

무사히 프로포즈를 마친 징징돌이도 긴장이 풀린듯 했어요

거절은 안당했네...

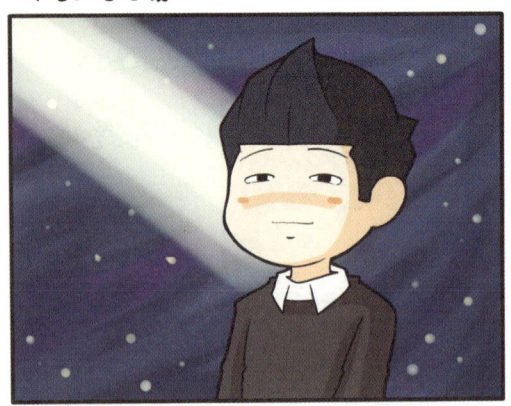

두번은 못하겠다...

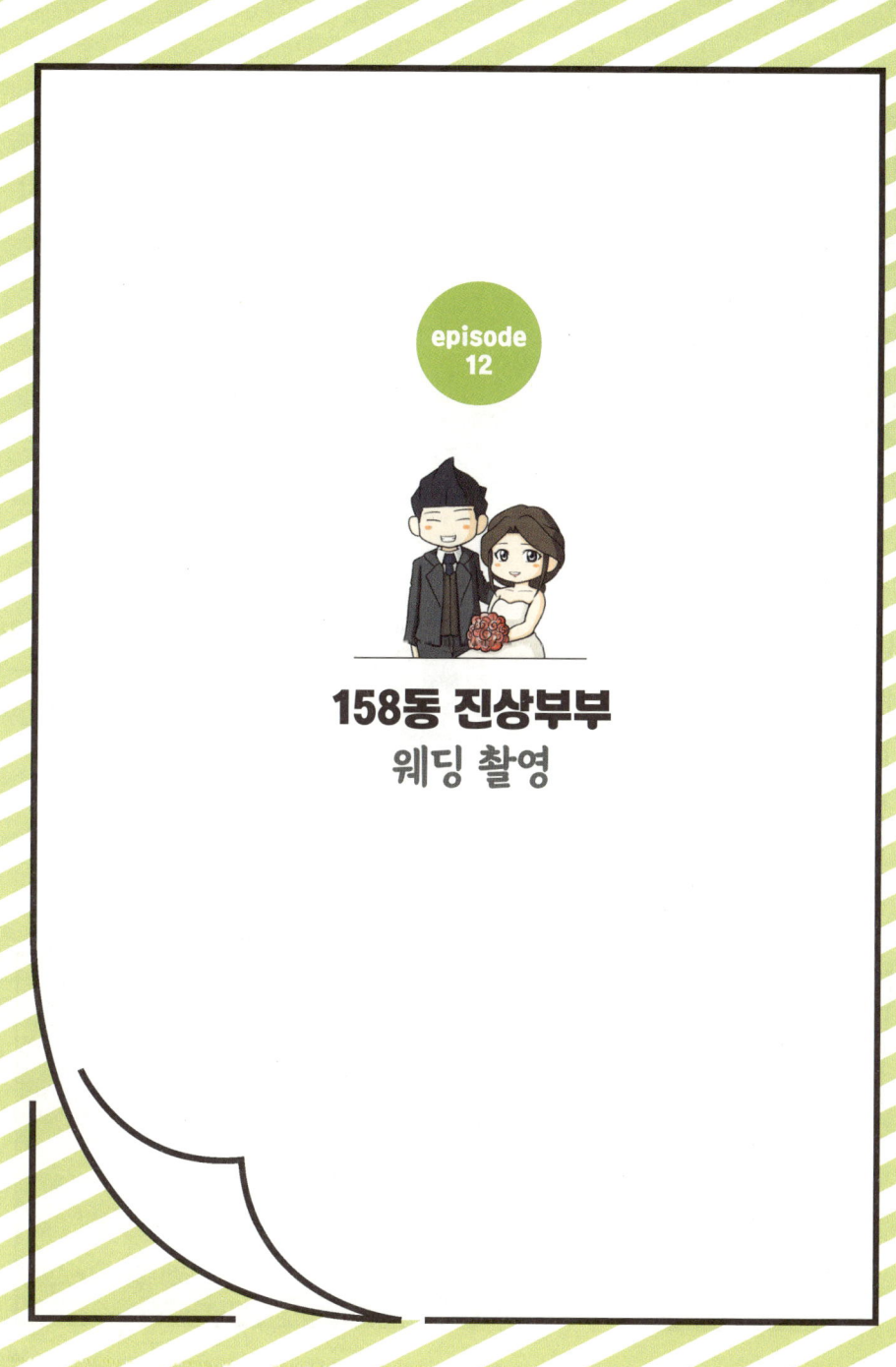

episode
12

158동 진상부부
웨딩 촬영

결혼식 전, 큰 이벤트인 웨딩 사진 촬영

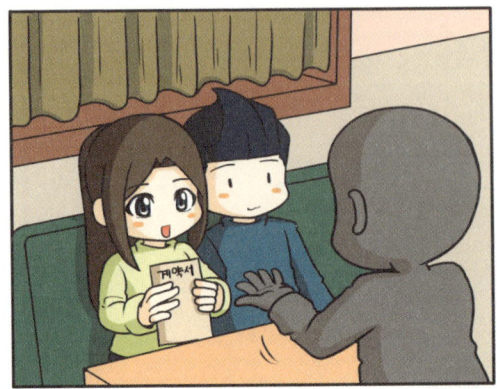

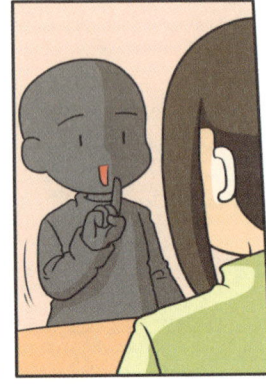

담당자는 촬영 전까지 준비할 사항을 알려 줬어요

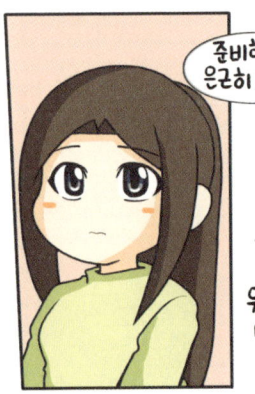

준비할 게 은근히 많구나...

좋은 사진을 위한 준비는 많았어요

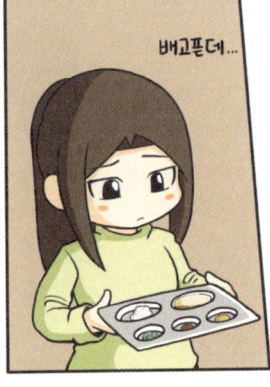

배고픈데...

그리하여 시작된~ 다이어트

적게 먹고

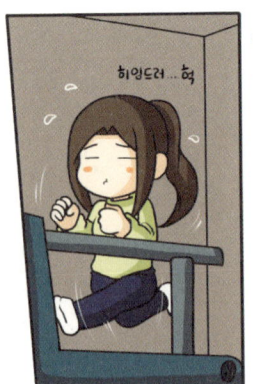

히앙드러... 흐

열심히 운동하고~

열심히 피부도 관리하고 ... 파괴했어요

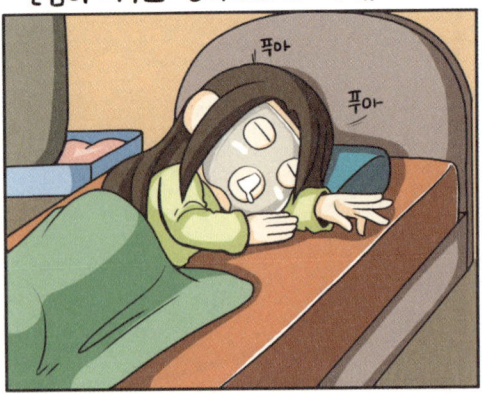

푸아

푸아

그중에도
성가신 것은
머리관리

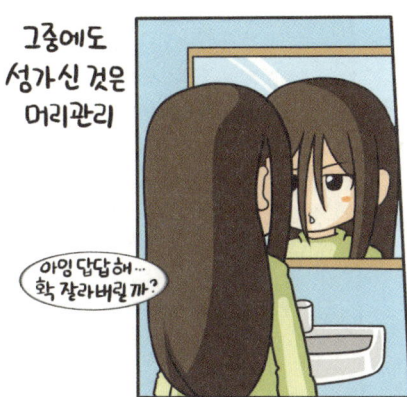

아잉 답답해...
확 잘라버릴까?

머리는요~
자르면 안되용~

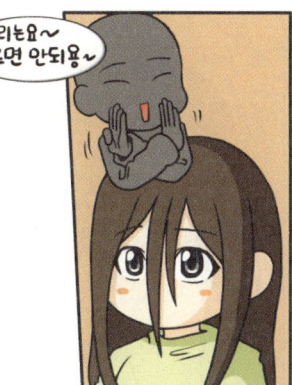

결혼식 까지
헤어 연출을
위해
머리도 계속
기르느라
답답했어요

아름다운 신부가 된다는건, 피곤한 일이었어요

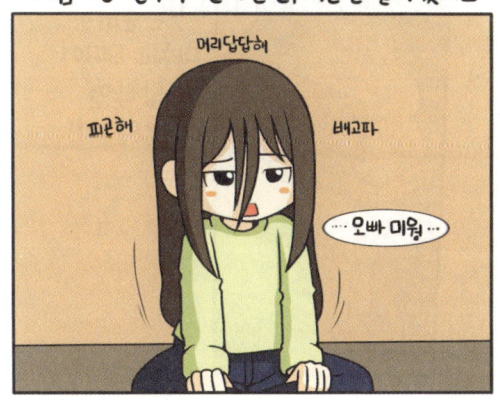

머리답답해
피곤해
배고파
...오빠 미워...

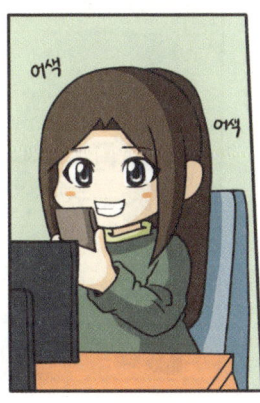

그리고
틈틈히
웃는 연습...

어색
어색

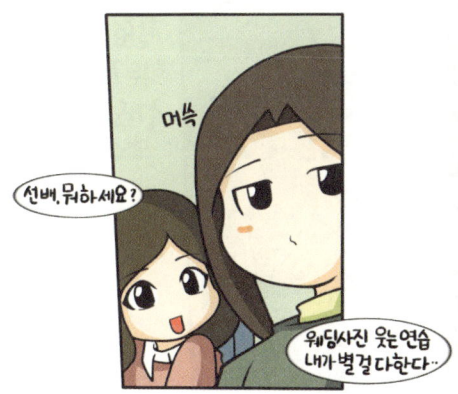

선배, 뭐하세요?

머쓱

웨딩사진 웃는연습
내가 별걸 다한다...

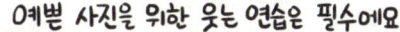

예쁜 사진을 위한 웃는 연습은 필수에요

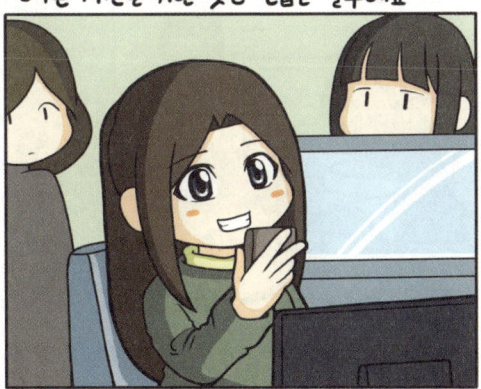

웨딩촬영때
도움을 청할
친구도 미리
섭외하고

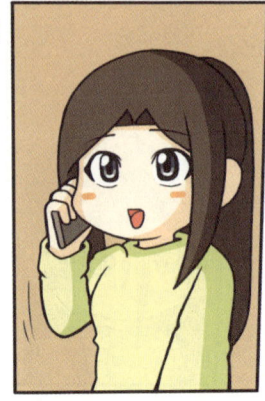

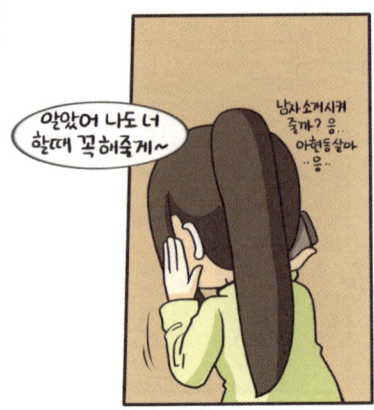

촬영 날
먹을 간단한
간식도 준비
했어요

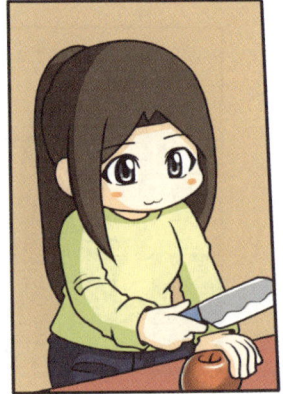

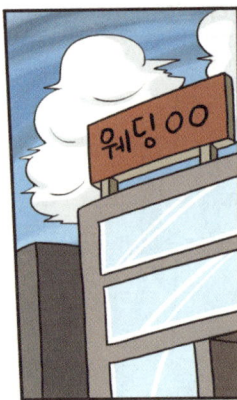

모든 준비를
마치고 드디어
웨딩촬영
당일~!!

고생한 시간을 보상 받기 위해 열심히 찍었어요

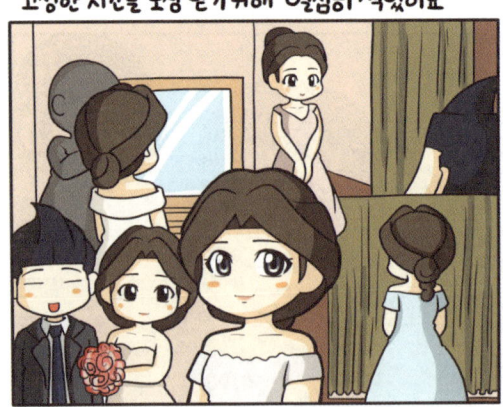

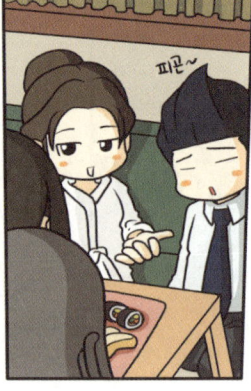

촬영 중에는
힘든 것도 모르고
즐거운 시간을
보냈어요

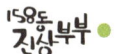

그렇게 만들어진 아름다운 인생사진 한장...

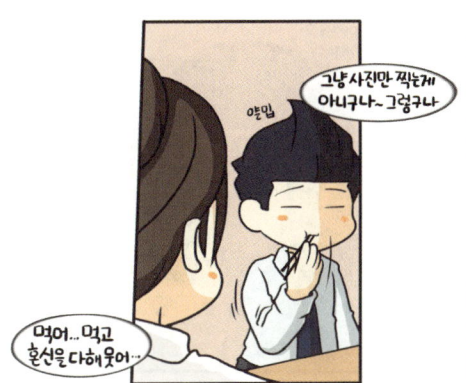

얀밉

그냥 사진만 찍는게 아니구나~ 그렇구나

먹어... 먹고 혼신을 다해 먹어...

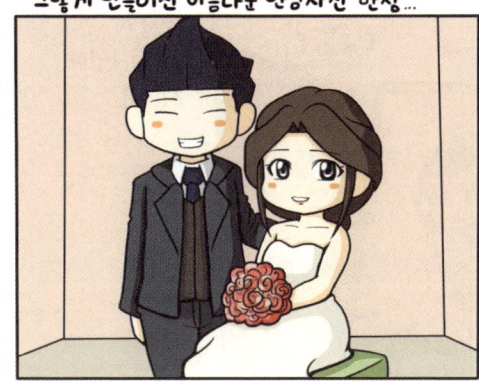

드디어 앨범에 넣을 사진을 고르는 날!

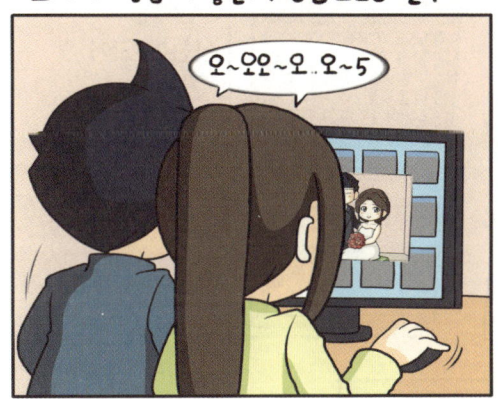

오~오오~오.오~5

만족스러운 결과물에 절로 웃음이 나왔어요~

매우 흡족~

인생 최저 몸무게의 효과가 대단하구낭~

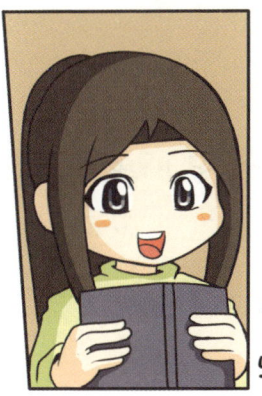

결혼식이 끝나고도 웨딩 사진을 볼때면

나 자신에게 감탄 하게 되더라고요~

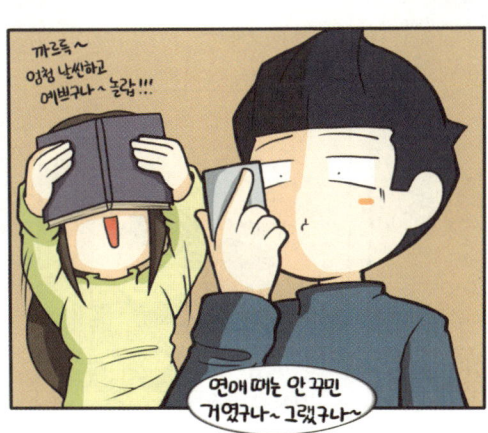

까르륵~ 엄청 낯설고 예쁘구나~ 놀랍!!!

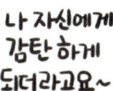

연애 때는 안 꾸민 거였구나~ 그랬구나

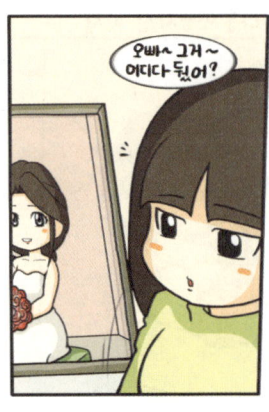

그렇게
결혼 후 1년이
지나고...

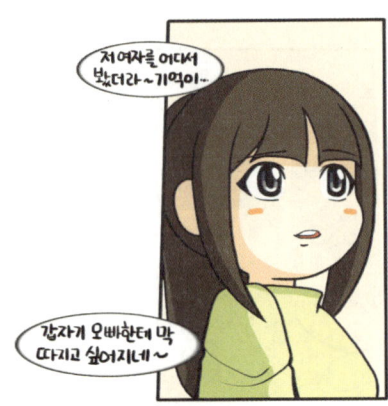

또다시
시간이 흐르며

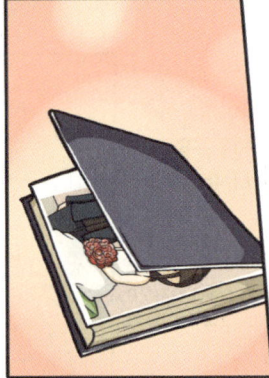

사진은
전설이 되고

전설은
신화가 되어
갑니다...

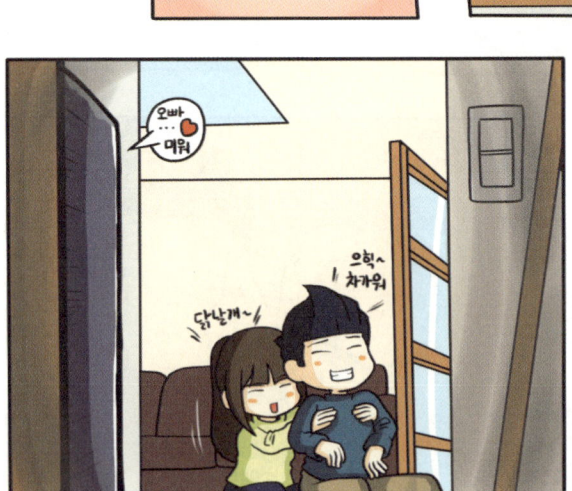

또 만나요 11월의 신부~

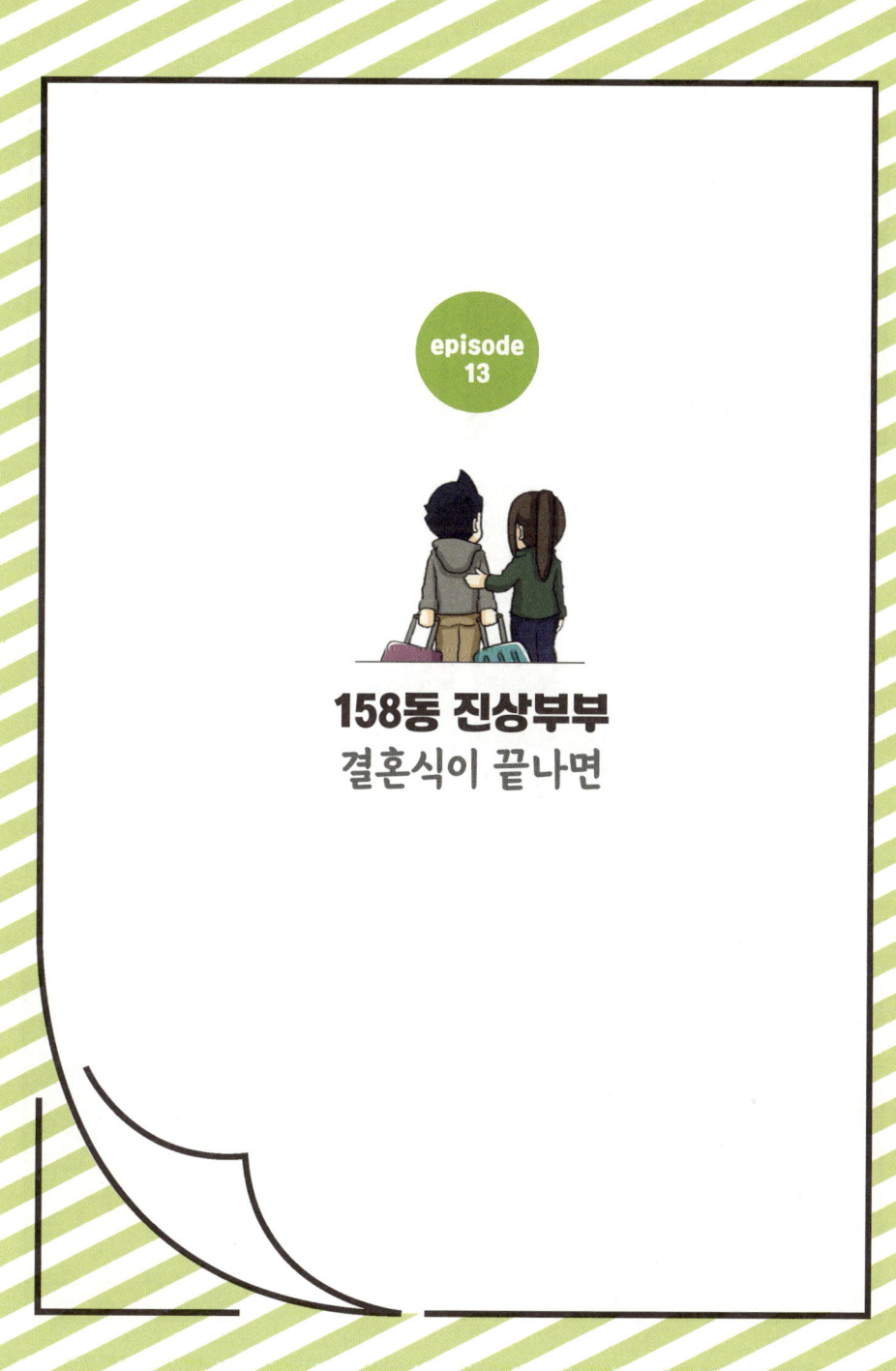

episode
13

158동 진상부부
결혼식이 끝나면

정신없이 진행된 결혼식은 순식간에 끝났어요

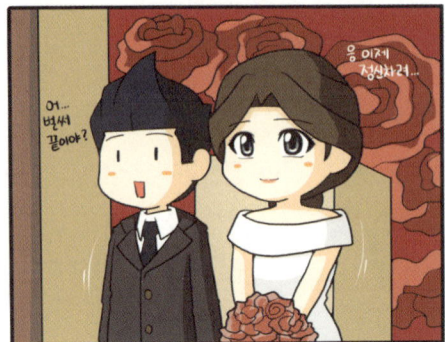

아침부터 내린 비는 결혼식이 끝나도 그치지 않았어요

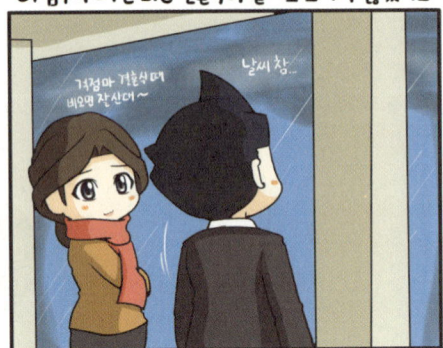

빗길을 뚫고
웨딩카
등장...

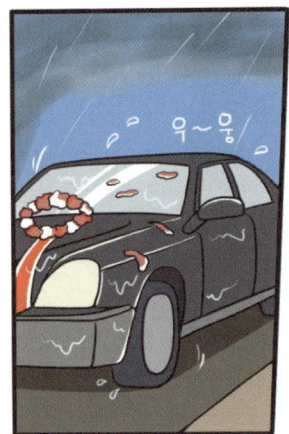

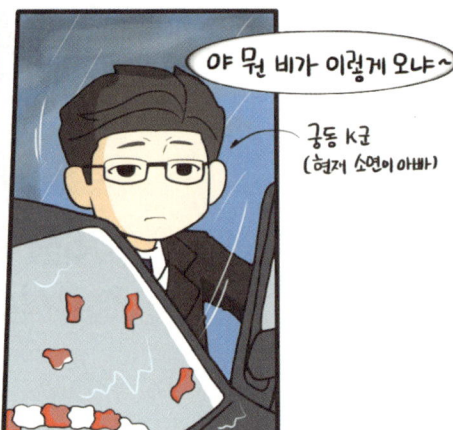

K군 고모님께서 만들어주신 웨딩카 장식은...

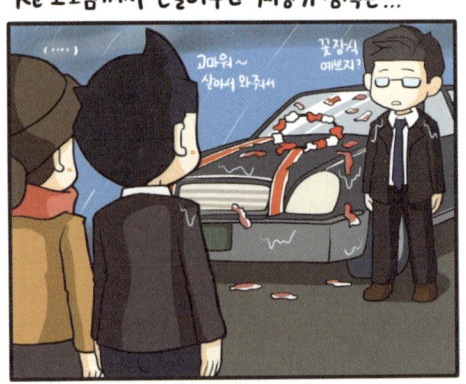

비바람에 그만...

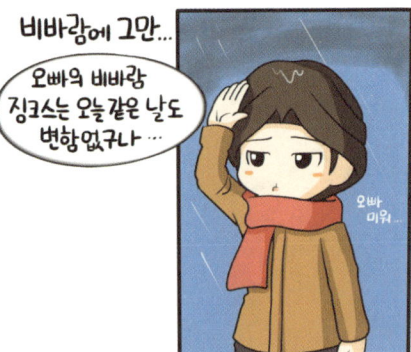

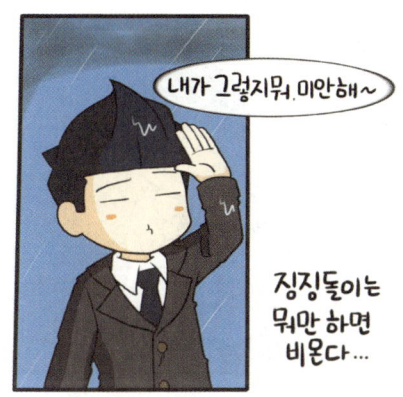

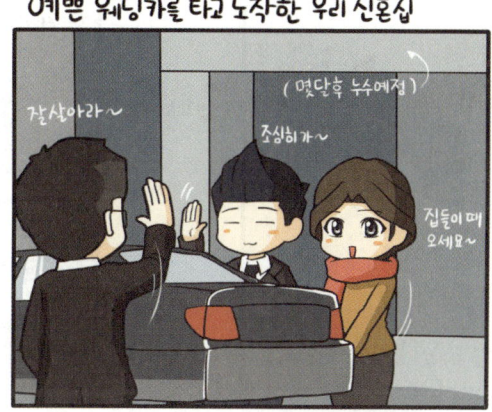

예쁜 웨딩카를 타고 도착한 우리 신혼집

징징둘이는
뭐만 하면
비온다...

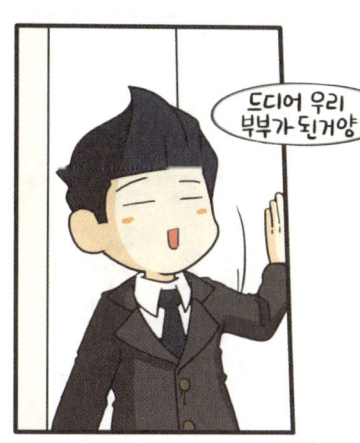

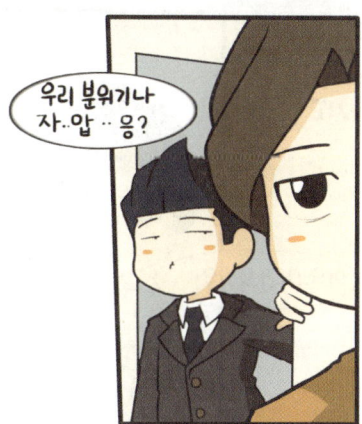

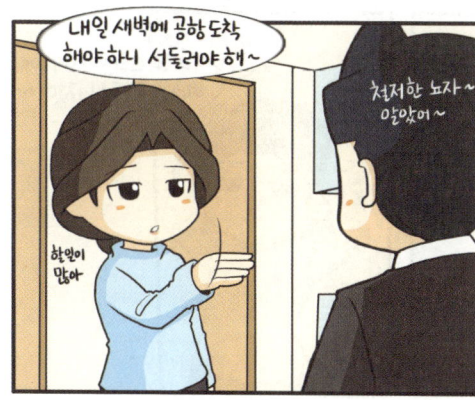

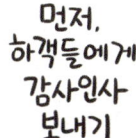

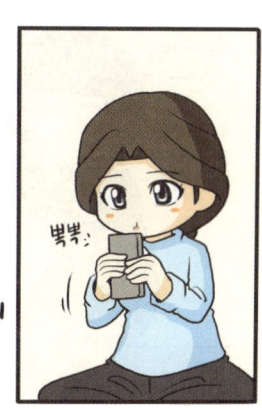

먼저,
하객들에게
감사인사
보내기

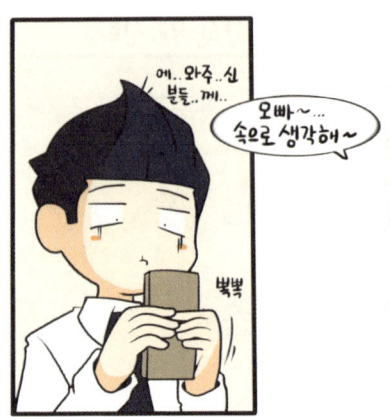

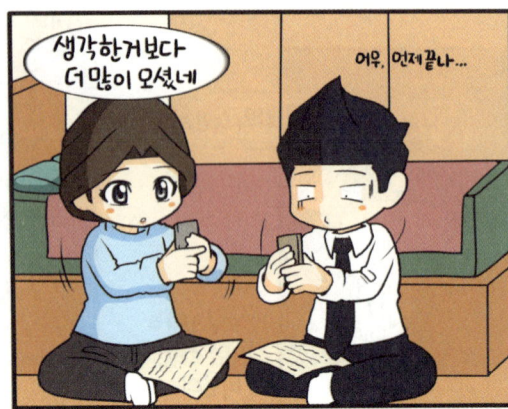

문자 보내기를
어느정도
마치고 ...

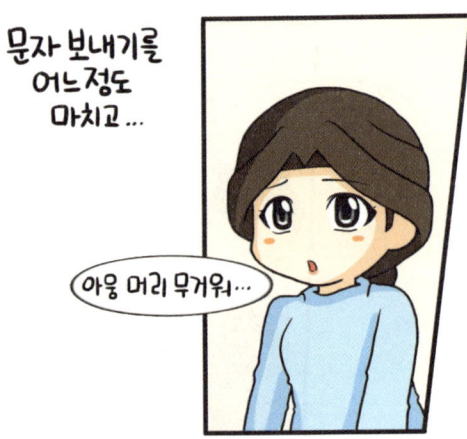

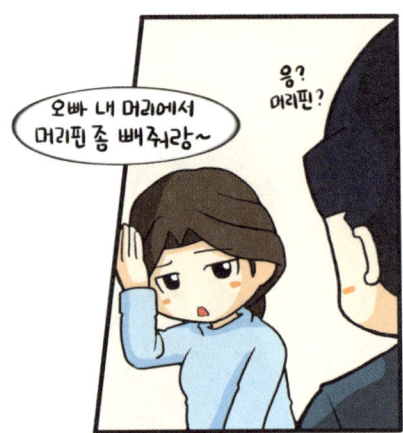

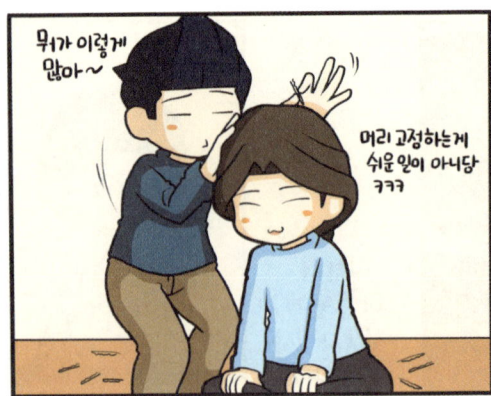

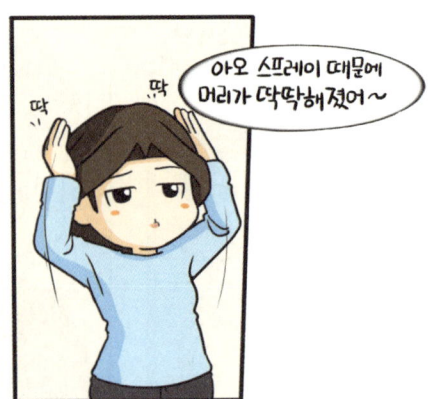

급한 일을 끝내고 나니 피곤하고 허기지고 ...

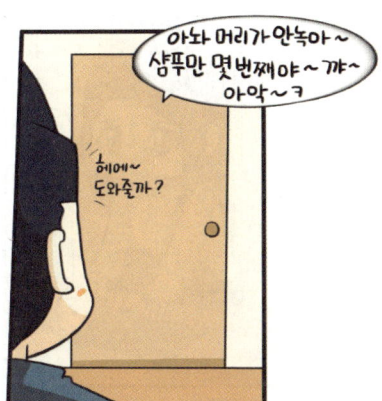

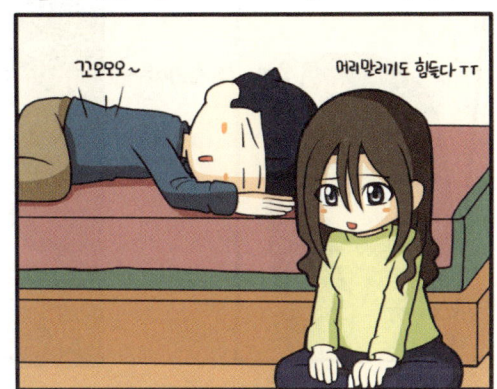

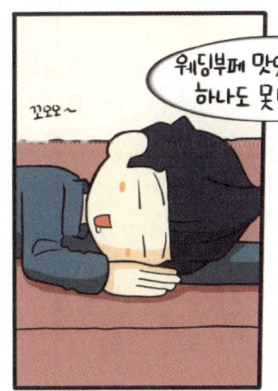

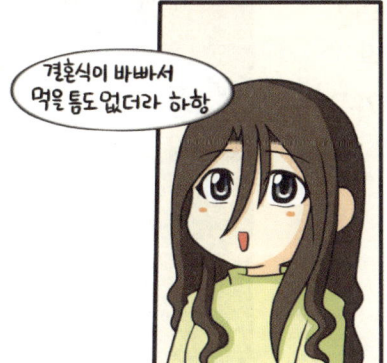

우리부부 결혼 후 첫 식사는 짜장 짬뽕 세트~

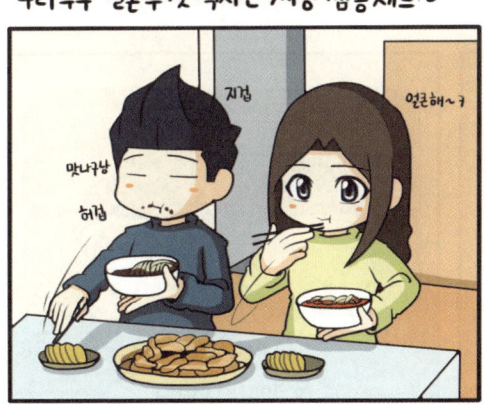

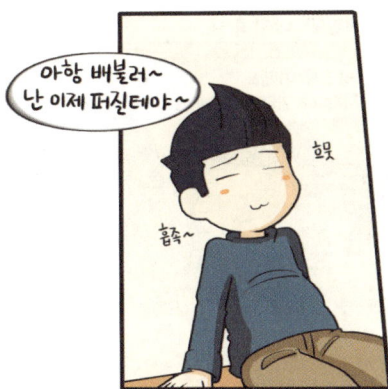

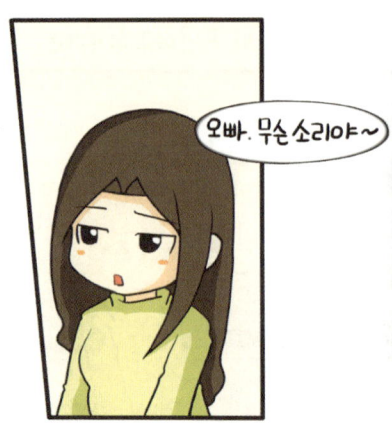

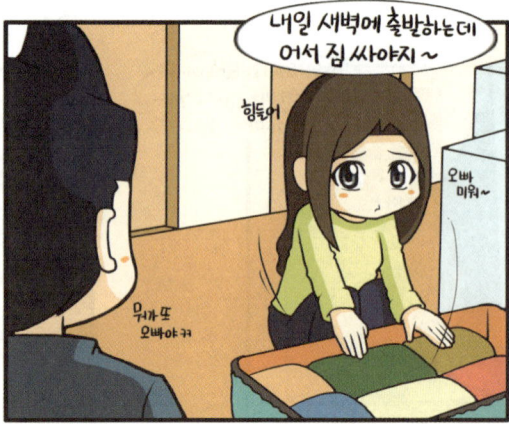

어느덧
밤은
깊어가고~

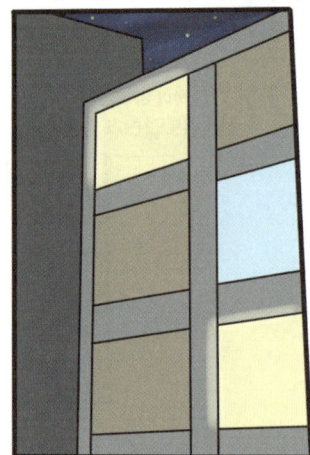

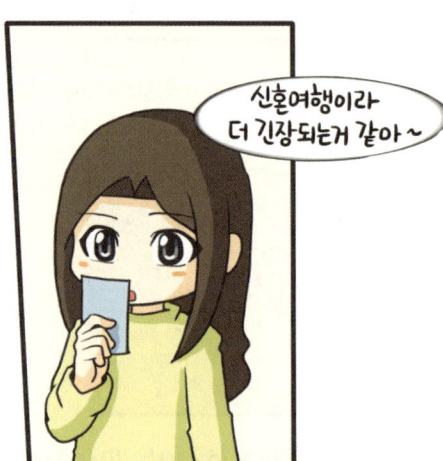

준비를 모두 마친 후~

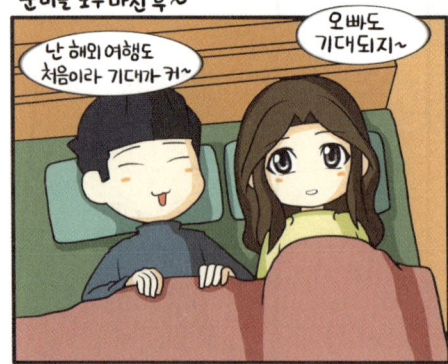

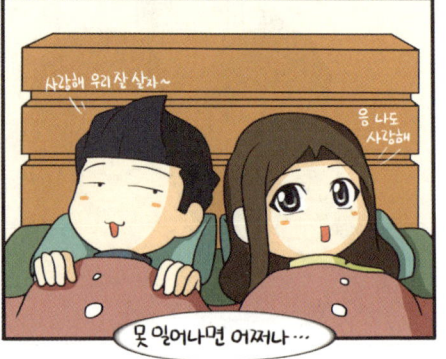

드디어 떠나는 신혼여행~ 기분 좋았던 신혼의 추억~

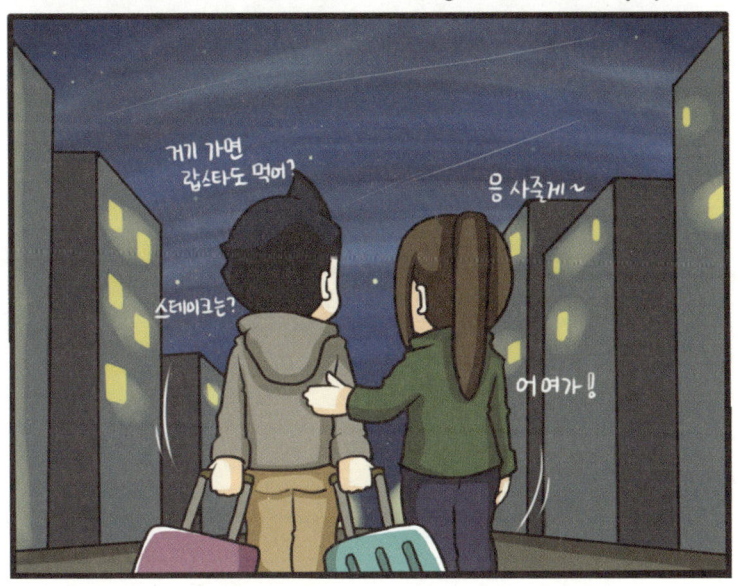

158동 진상부부 결혼식이 끝나면

다른 사람의 결혼식은 많이 가보았지만, 보통 기념 촬영에 식사만 하고 오니 결혼식이 어떻게 마무리 되는지는 한 번도 본 적이 없었어요. 막상 결혼식 날이 되니 신경 써야 할 게 너무 많았는데 정신없이 결혼식을 끝낸 후에 할 일은 더 많더라구요.

하루 종일 굶고 신경쓰느라 힘들었지만 찾아주신 분들께 감사 문자도 돌려야하고, 신혼여행 물품은 빠진 게 없는지 다시 한 번 챙기느라 무척 바빴답니다.

결혼식이 끝나면 로맨틱한 둘만의 시간이 시작될 것 같지만 현실은 빠듯한 시간 내에 완수해야 할 미션들로 가득해요.

158동 진상부부의 결혼식 후 꿀팁!

- 웨딩카 담당 친구와 미리 연락해 최종 행선지를 알려주세요.(공항, 신혼집, 호텔 등)
- 신랑 또는 신부가 직접 섭외한 주례 선생님이라면, 주례 선생님을 담당해 줄 친구를 미리 섭외해 귀가까지 잘 챙길 수 있도록 배려하세요.
- 결혼식에 방문해 준 지인들을 위한 감사 문자는 미리 문구를 만들어 두면 좋아요.
- 신부 화장은 평소보다 진하므로 오일 클렌징 – 거품 클렌징 순서로 하는 게 좋아요.
- 신부 머리는 먼저 린스로 헹군 후 샴푸를 하면 쉽게 감을 수 있어요.

episode
14

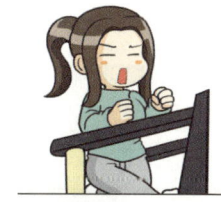

158동 진상부부

웨딩 요요

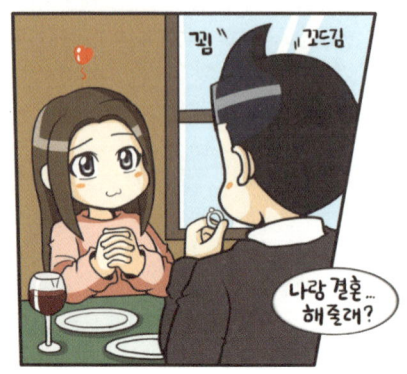

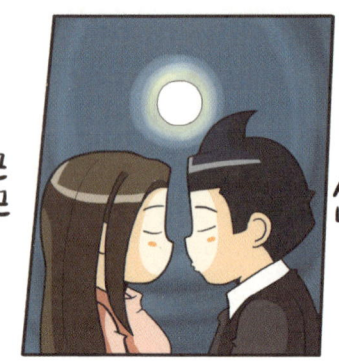

설레던 프로포즈

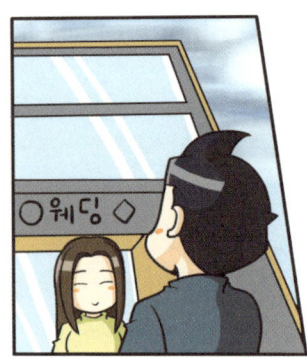

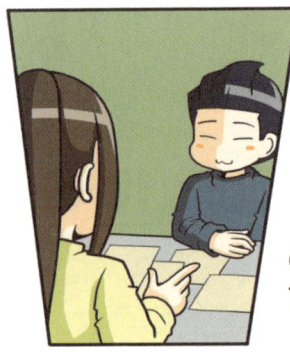

그리고
이어지는
결혼 준비

결혼 준비 중에서도 가장 중요한 다이어트!

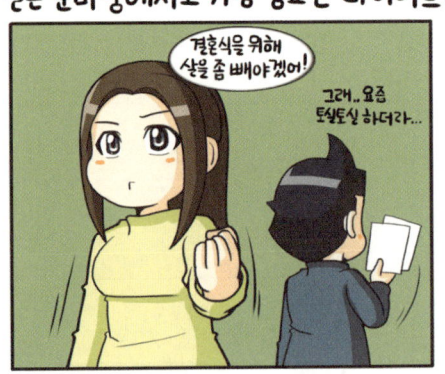

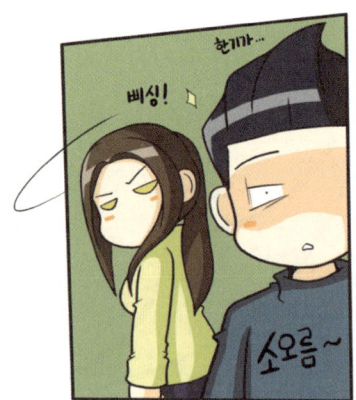

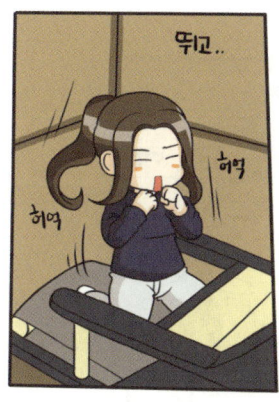

뛰고..

허억

허억

'이상태로 신부대기실어 들어갈수 없다는,

'소름돋는 위기감은 나를 피부관리와,

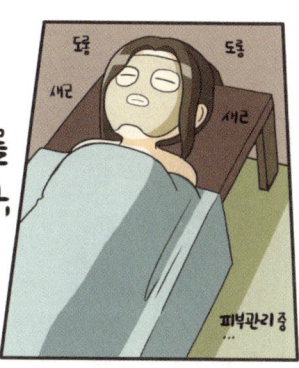

도롱 도롱

새로 새로

피부관리 중...

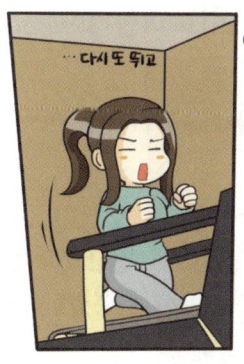

...다시 또 뛰고

'다이어트어 몰입하게 만들었다.

...

당시 변화과정을 본 징징돌이...

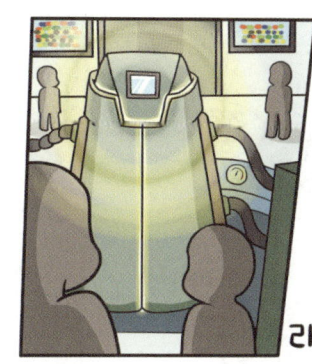

'캡틴 기계에 들어갔다 나온것 같아' 라고 회상 합니다

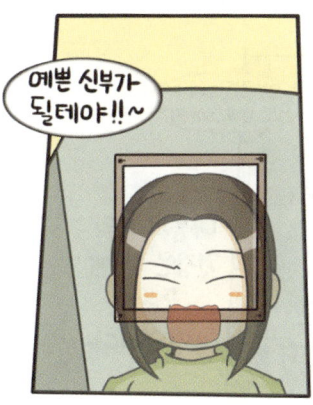

예쁜 신부가 될테야!!~

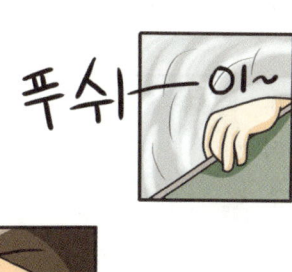

푸쉬——이~

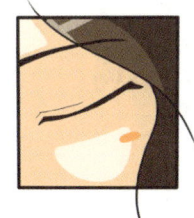

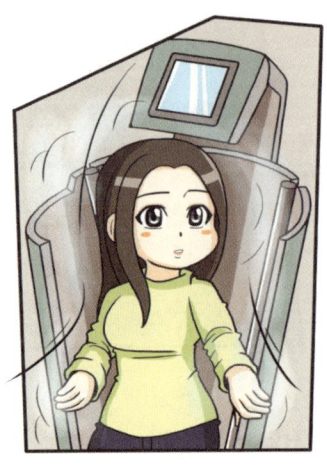

당시
고생했던
은야쟁이에게
박수를...

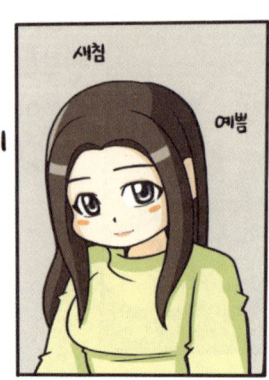

새침

예쁨

굿잡~!

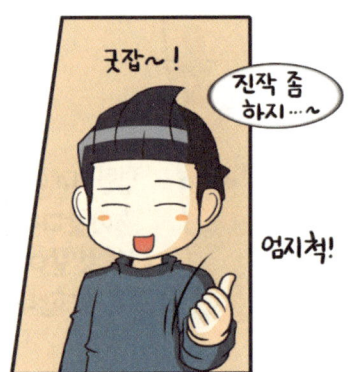

진작 좀
하지...~

엄지척!

엄청난 노력 끝에 만족스럽게 마친 결혼식

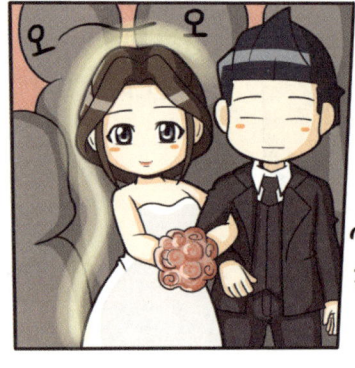

오

오

오랜만에
만난 선배는
'너 용됐다'며
귓가에 조용히
속삭이기도..

하지만
결혼식이
끝나면

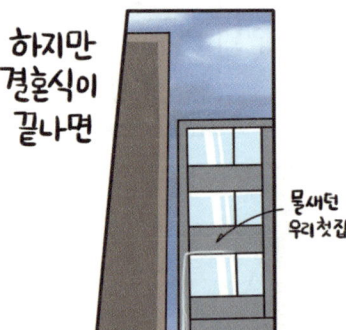

물새던
우리 첫집

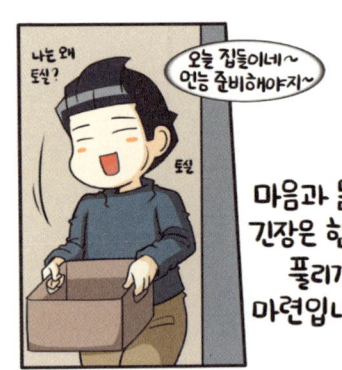

나는 왜
퇴실?

오늘 집들이네~
언능 준비해야지~

퇴실

마음과 몸의
긴장은 함께
풀리기
마련입니다

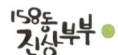

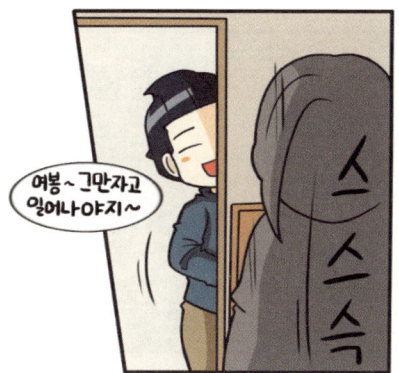

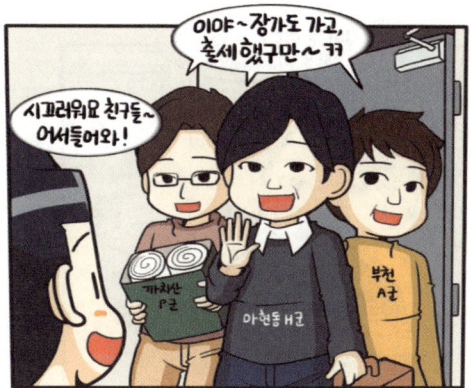

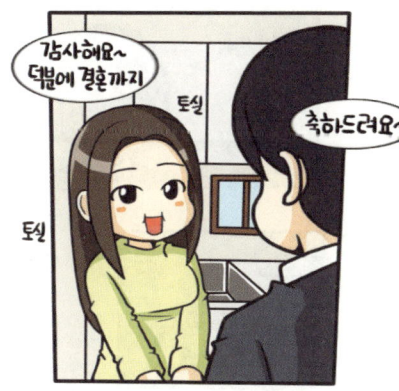

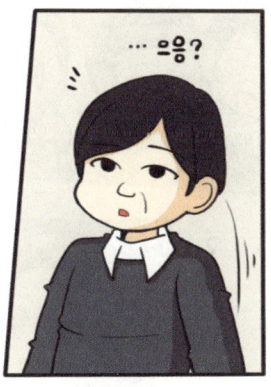

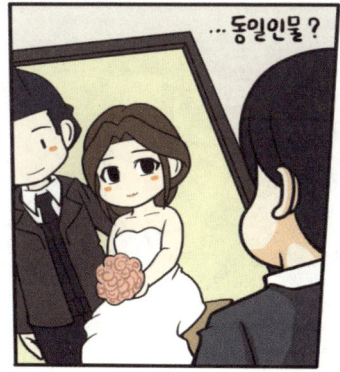

장난기가
발동한
소개팅 주선자

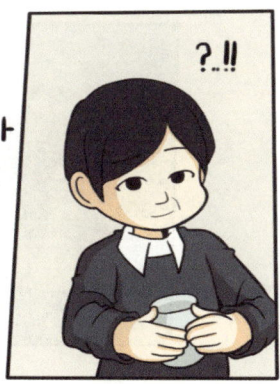

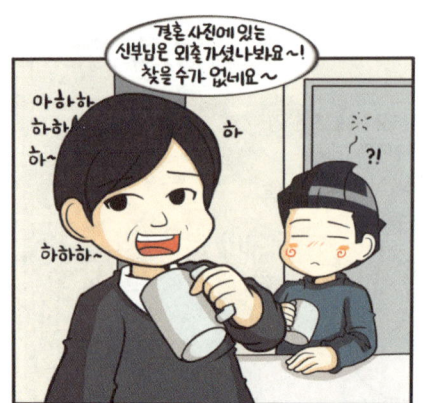

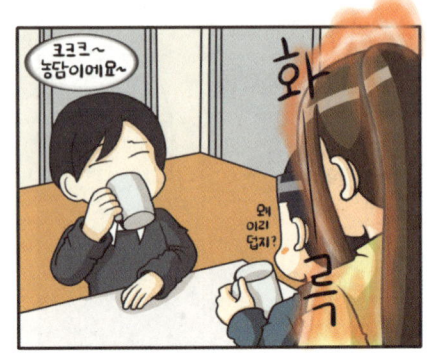

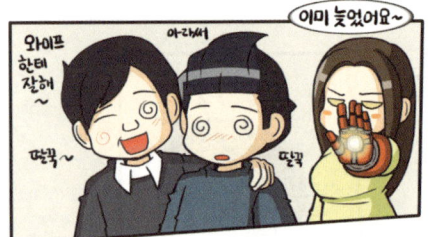

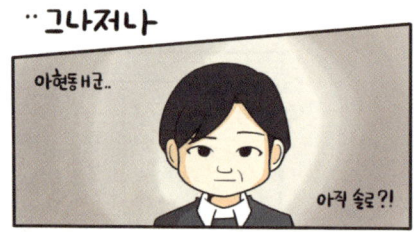

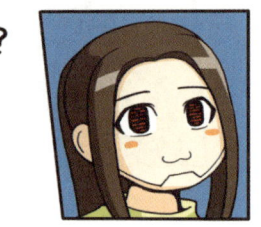

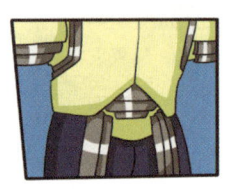

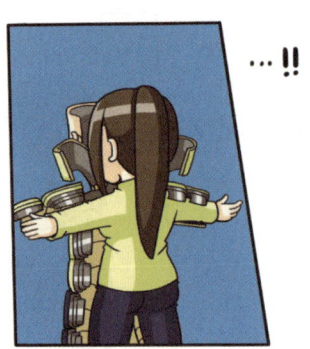

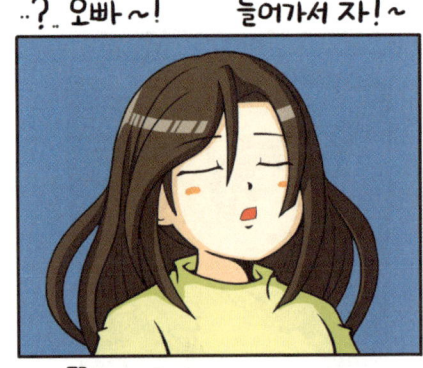

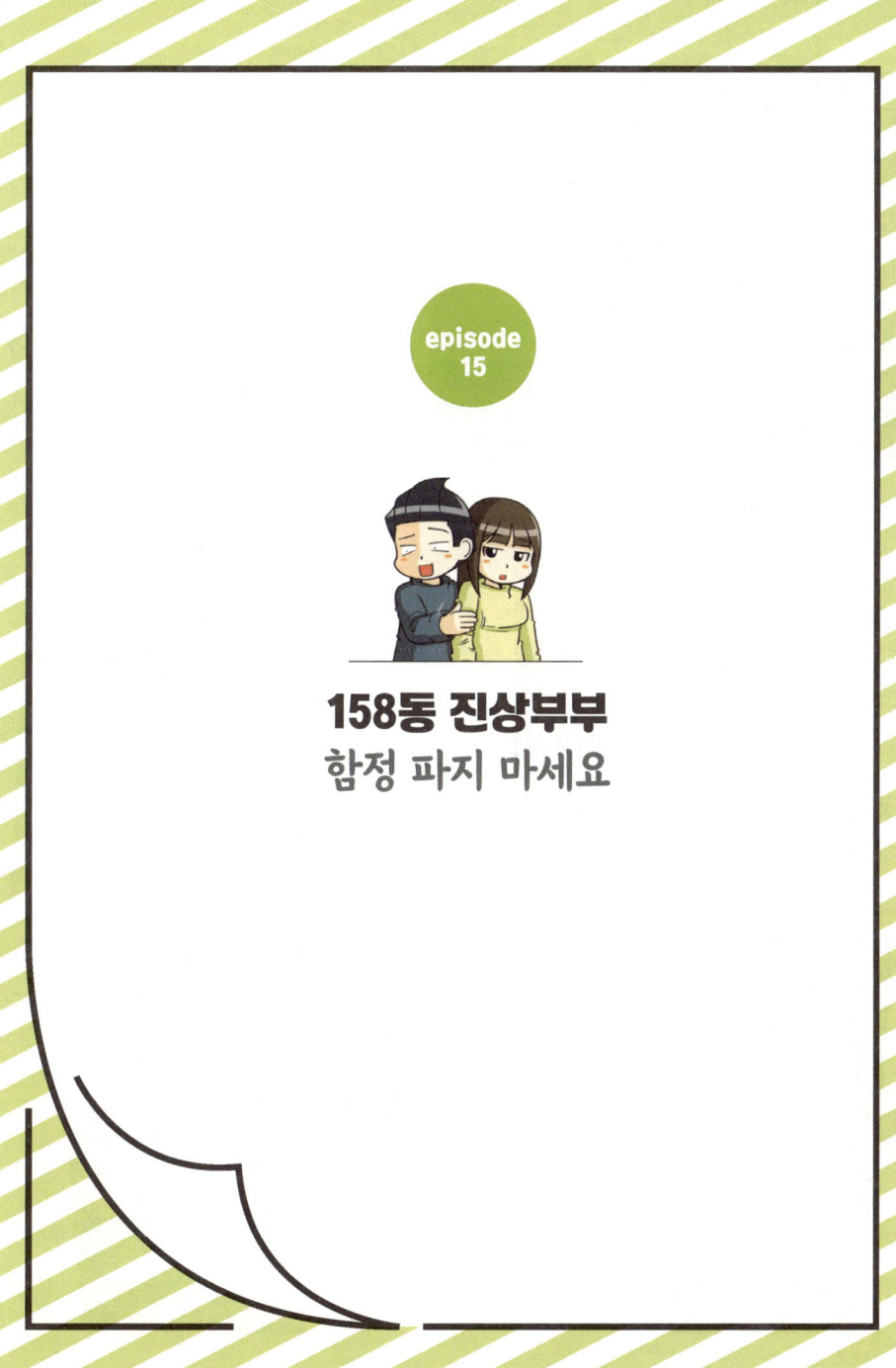

episode
15

158동 진상부부
함정 파지 마세요

살다보면 느껴지는 왠지모를 함정의 기운

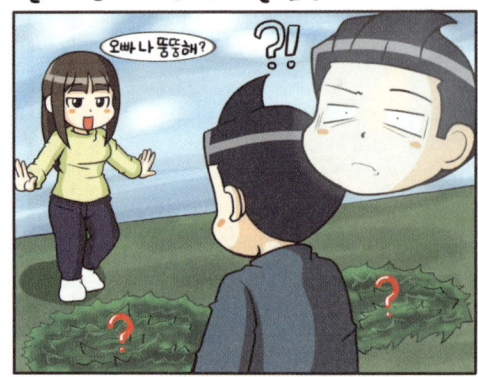

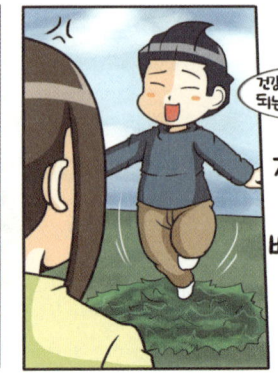

잘못된 선택으로
함정에
빠지게 될때면

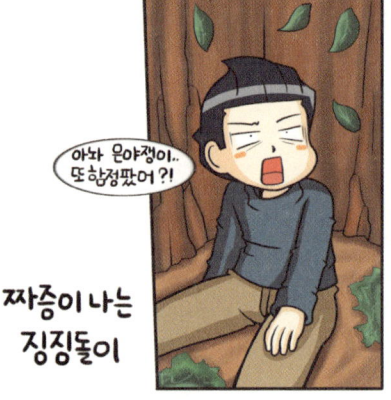

짜증이 나는
징징돌이

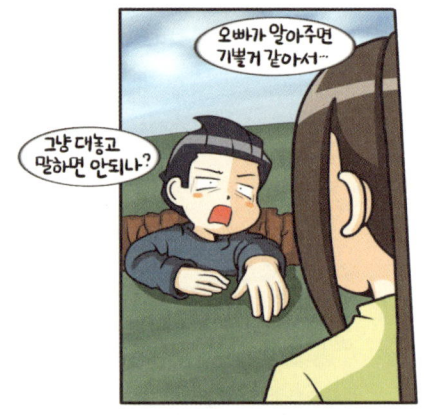

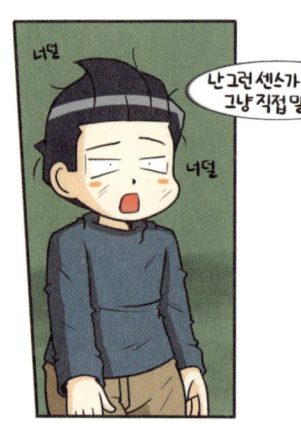

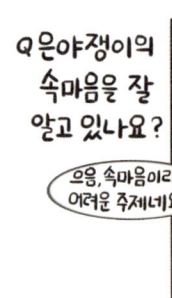

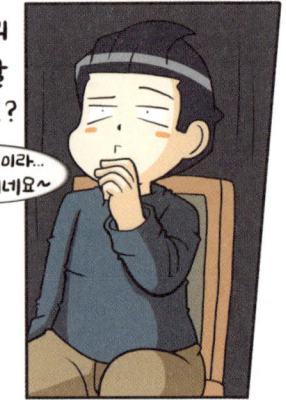

Q 은야쟁이의
속마음을 잘
알고 있나요?

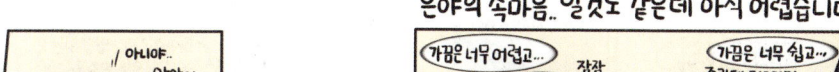

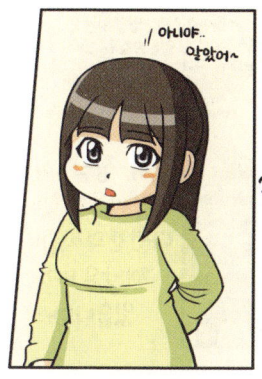

아니야..
알았어~

평소에 직접적인
표현을 자주
하지 않는
편이긴 한데..'

은야의 속마음.. 알것도 같은데 아직 어렵습니다

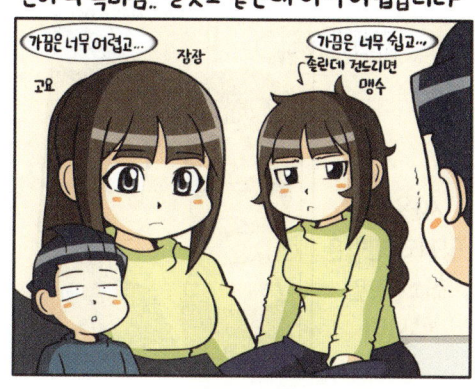

가끔은 너무 어렵고...
고요
장장
가끔은 너무 쉽고...
졸린데 건드리면
맹수

Q 징징돌이의
속마음은 잘알고
있나요

이 남자.. 어쩌나
잘드러나는지~

'징징돌이는
표정이나 몸짓에
감정이
잘드러나요'

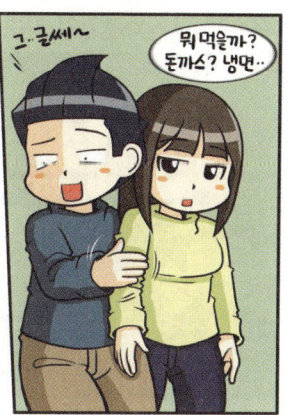

그.. 글쎄~

뭐 먹을까?
돈까스? 냉면..

'예를 들어 뭔가
고민이 생기면
제 팔을 조물락
거려요~'

결혼 후, 감정표현은 제때 해야 함을 느끼게 됩니다

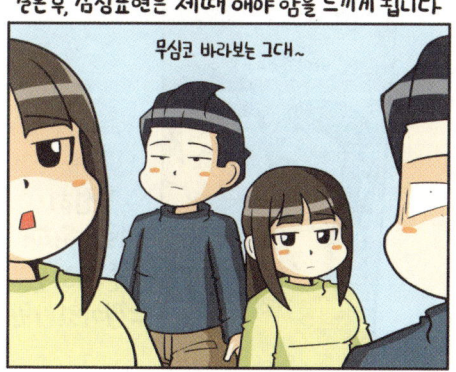

무심코 바라보는 그대~

칭찬과 감사는 바로 표현해 주고,

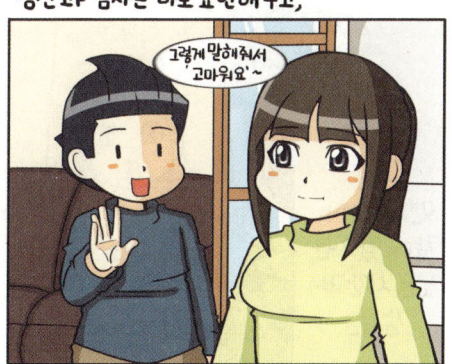

그렇게 말해줘서
'고마워요'~

107

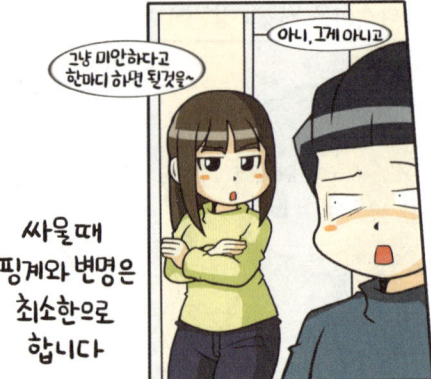

싸울때
핑계와 변명은
최소한으로
합니다

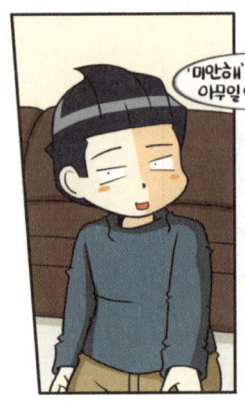

특히, 징징돌이는
부부싸움에 있어
다년간의 학습으로
깨달은 바가
있습니다

'은야쟁이를 상대로 감정싸움은 무익하다...'

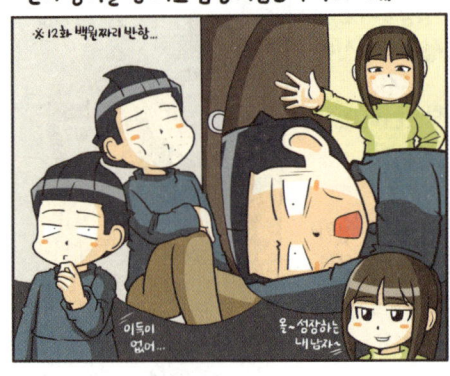

그러나 살다보니 실천은 쉽지 않습니다

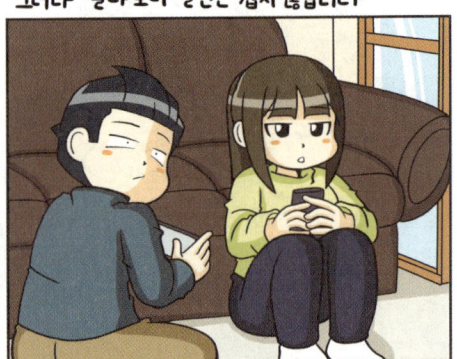

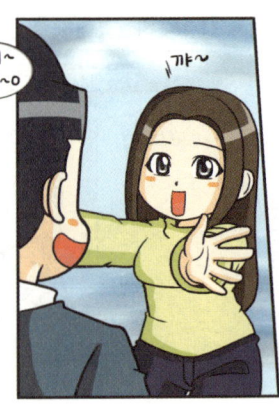

연애때야
같이 있으면
모든 시간과
감정은

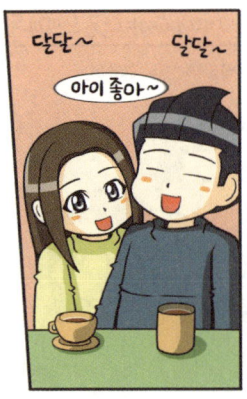

온전히
서로를 위해
존재하는
느낌이었지만

결혼 후엔
서로의 생활에
속해있는

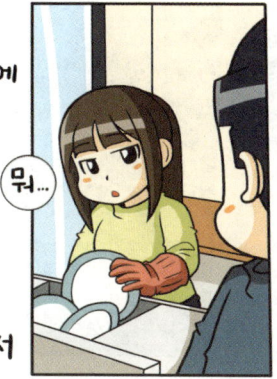

뭐...

일상 이라는
느낌이 되어서

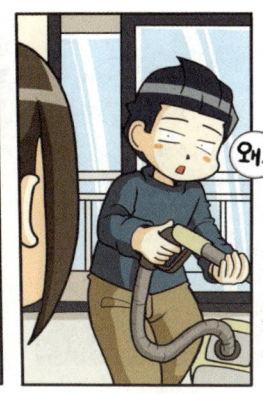

왜...

감정표현도
일상처럼
무덤덤해지는
느낌입니다

일상에 묻혀 은야쟁이가 사라지지 않기를...

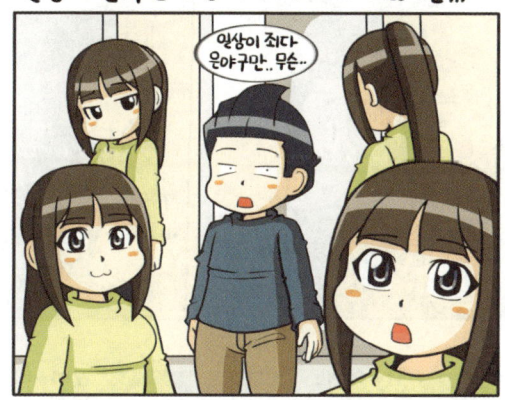

일상이 죄다
은야구만.. 무슨..

'그러니까 함정파지 말고 그냥 말하라고!'

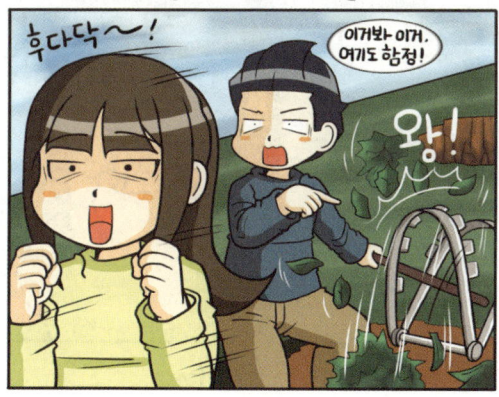

후다닥~!

이거봐 이거,
여기도 함정!

왕!

에필로그..

한가로운
산책길

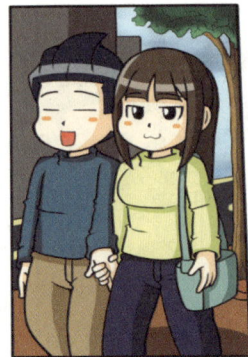

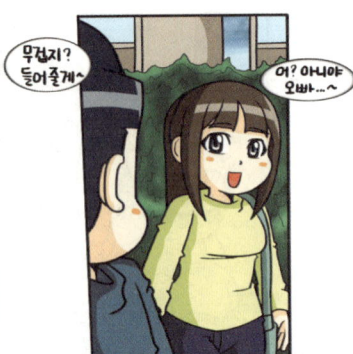

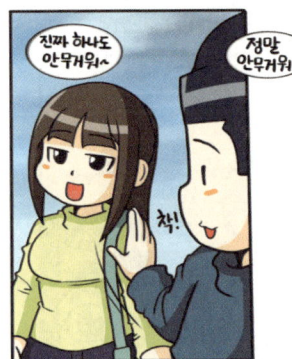

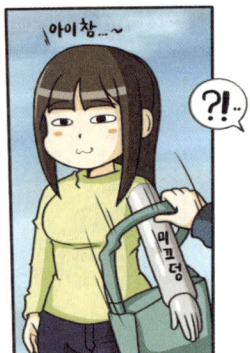

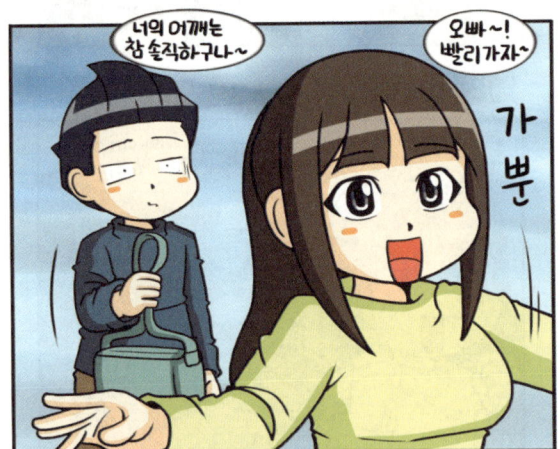

솔직한 은야쟁이.. 좋습니다~

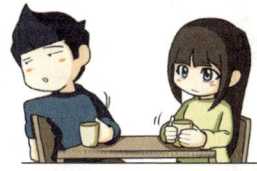

158동 진상부부

비포 애프터

부부의 데이트

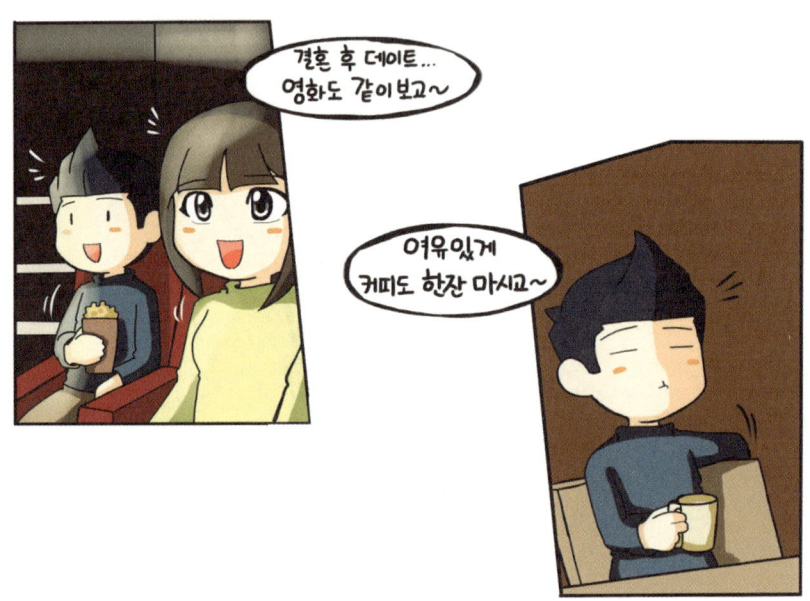

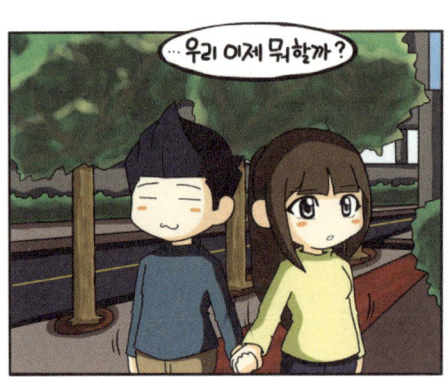

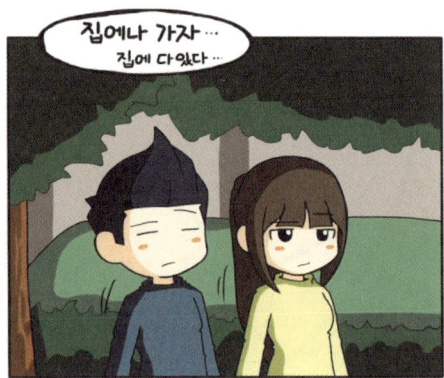

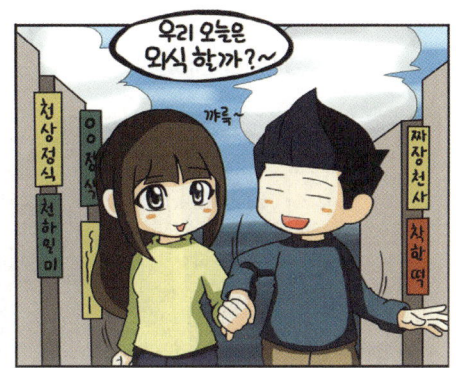

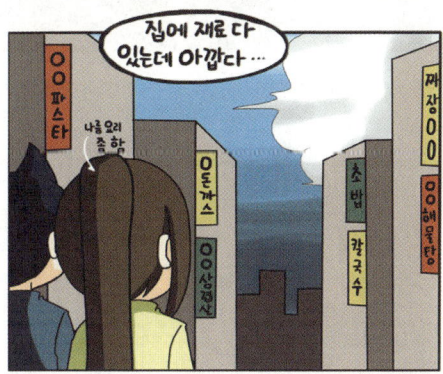

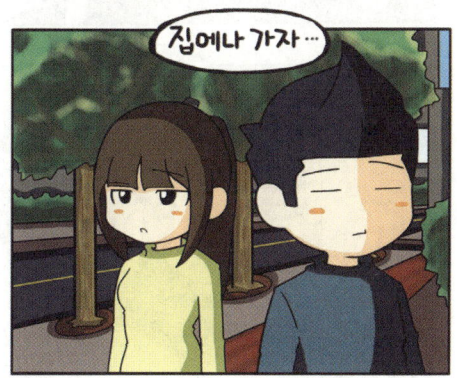

부부의 시선

결혼 전 데이트~

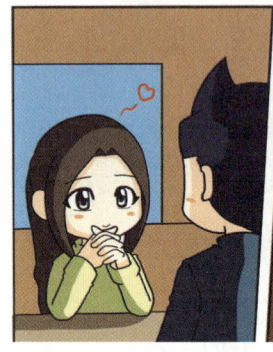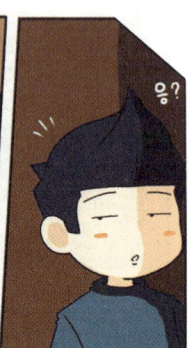

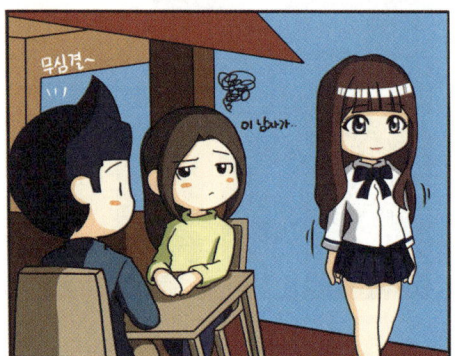

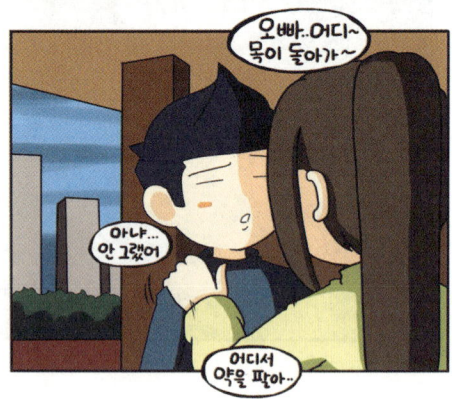

결혼 후~

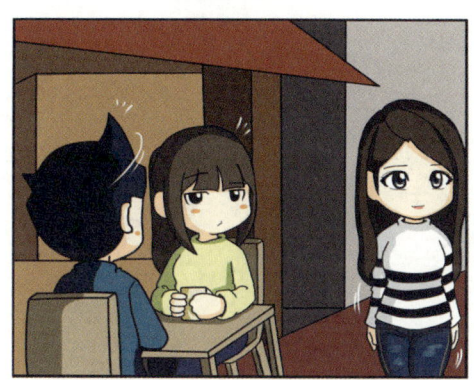

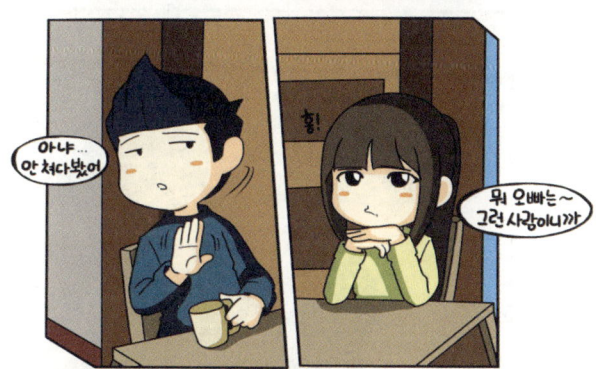

아냐... 안 쳐다봤어

흥!

뭐 오빠는~ 그런 사람이니까

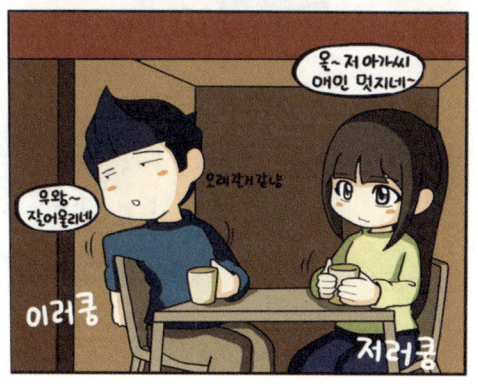

올~ 저 아가씨 애인 멋지네~

오래걸려갈냥

우와~ 잘어울리네

이러쿵

저러쿵

부부의대화

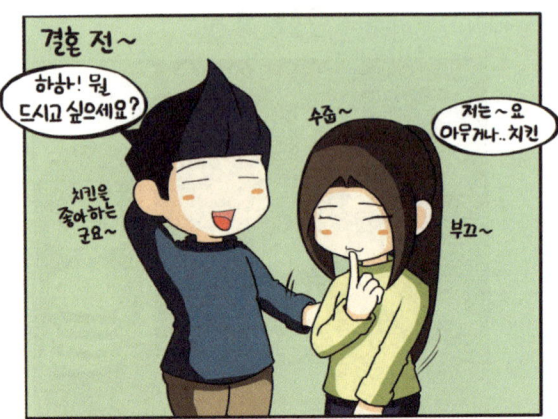

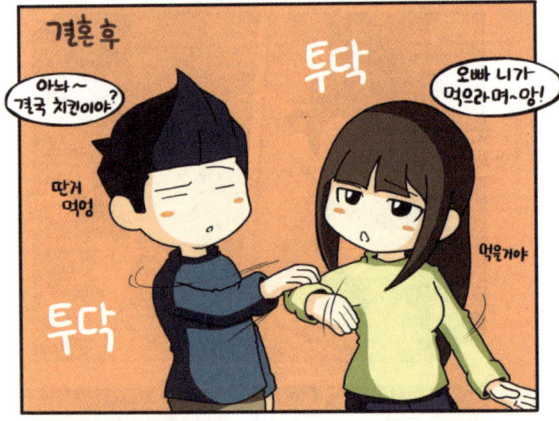

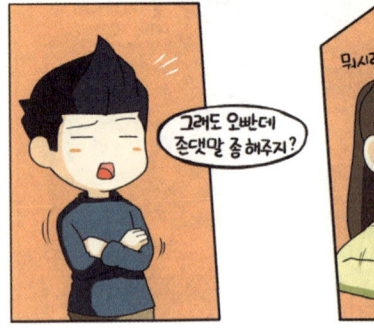

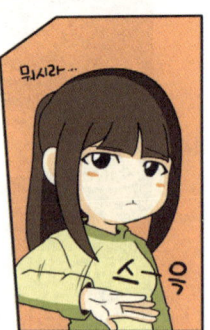

다음 날 퇴근 길...

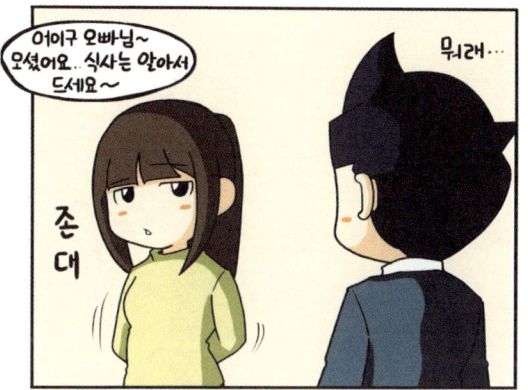

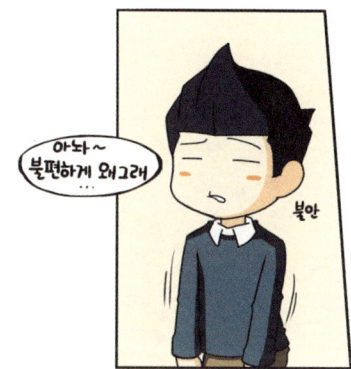

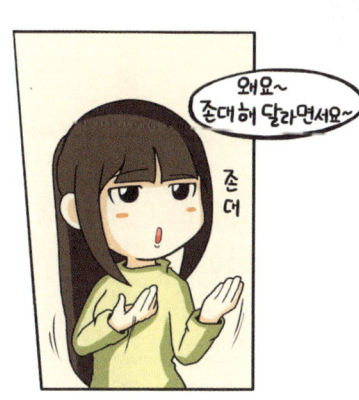

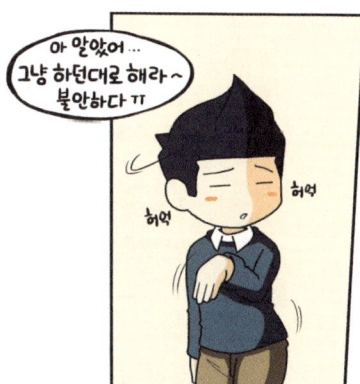

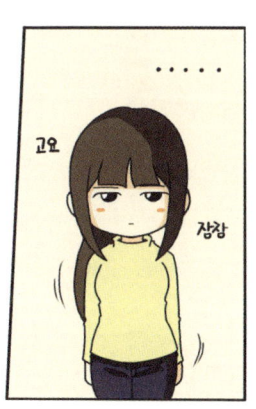

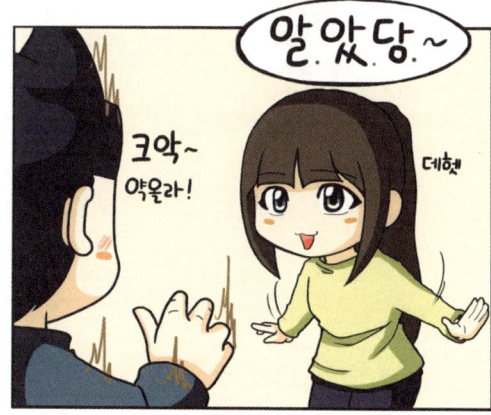

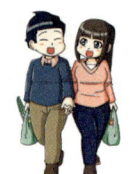

연애의 맛

처음 만남에서 마셨던 '에스프레소 꼰빠나'
의 맛은 잘 기억나지 않는다. 그저 설레고 떨
렸던 그 순간. 딸기라떼처럼 상큼하고 달콤
하며 부드럽다가도 생초콜릿의 끝맛처럼 씁
쓸하기도 하고 알감자 버터구이만큼 고소하
기도 하다. 158동 진상부부가 소개하는 설렘
을 가득 담은 연애의 맛을 지금 느껴보자.

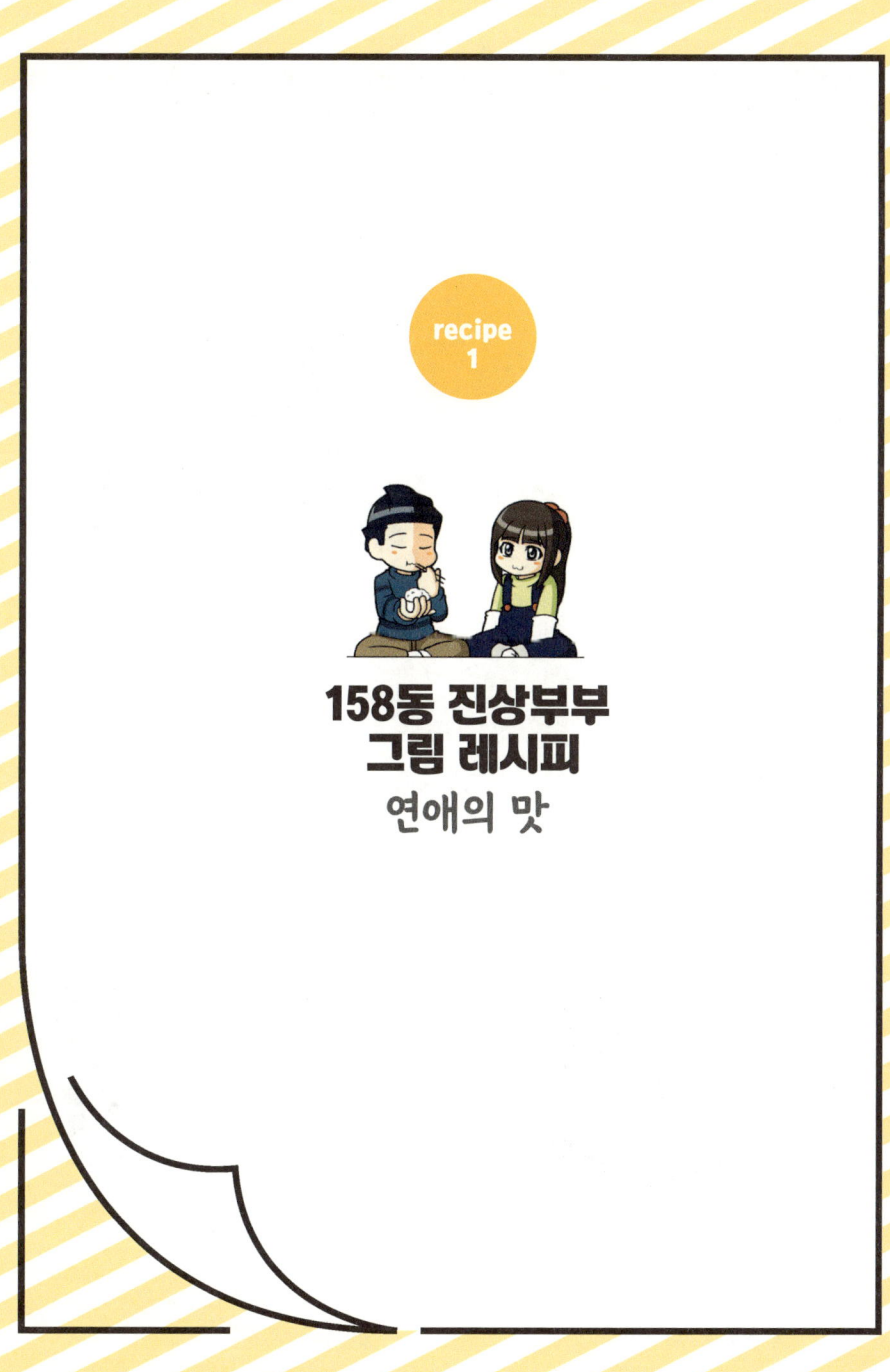

recipe
1

158동 진상부부
그림 레시피

연애의 맛

바나나 크레이프 케이크 만들기

20cm 원형 케이크 1개 분량 / 2시간 / 난이도 중

★ 크레이프 재료
(20cm 프라이팬 약 15장 분량)
박력분 … 140g
설탕 … 25g
우유 … 140g
생크림 … 80g
달걀 … 3개

★ 부재료
바나나 … 2개
생크림 … 150g
설탕 … 15g

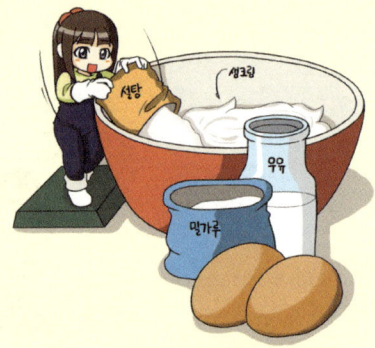

1. 모든 크레이프 재료를 볼에 담는다.

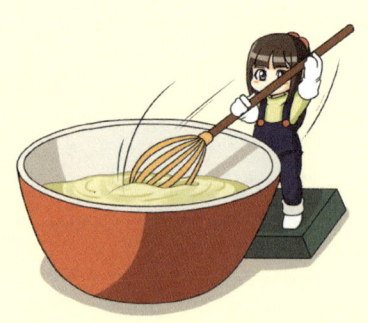

2. 거품기로 반죽을 골고루 섞는다. 가볍게
   모두 섞일 정도까지만 젓는다.

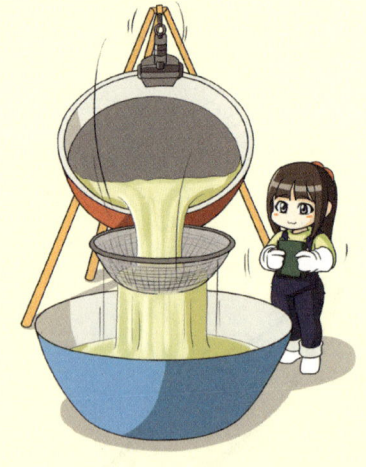

3. 2의 반죽을 체로 내리고 랩을 씌워 냉장
   고에서 30분 정도 휴지시킨다.

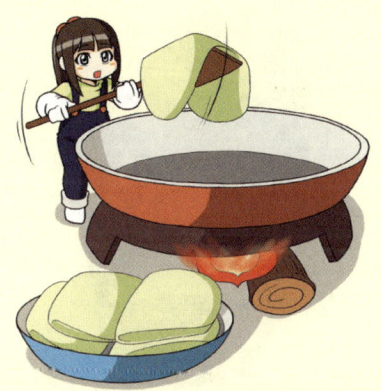

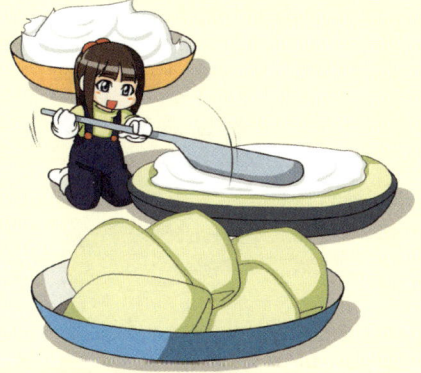

4. 약불로 예열한 기름기 없는 프라이팬에 휴지시킨 반죽을 최대한 얇고 고르게 편다. 겉면이 마를 때 크레이프를 뒤집고, 완성한 크레이프는 반으로 접어 식힌다.

5. 차가운 볼에 생크림과 설탕을 넣고 단단하게 휘핑한다. 크레이프가 식으면 생크림을 올리고, 골고루 바른다.

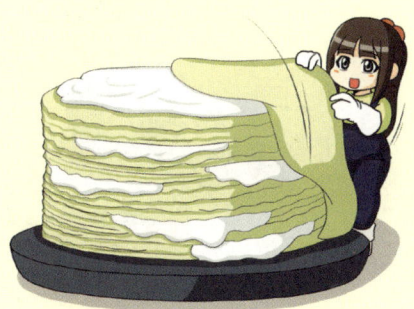

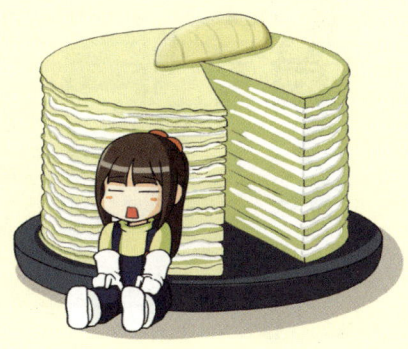

6. 크레이프-생크림-바나나 순으로 차곡차곡 쌓는다.

7. 냉장고에 1시간 정도 두어 크림이 고정되면 적당한 크기로 잘라 맛있게 먹는다.

녹차 티라미수 만들기

17X13cm 용기 1개 분량 / 1시간 / 난이도 하

★ 재료

카스텔라 … 3조각
마스카포네 치즈 … 200g
생크림 … 200g
설탕 … 20g
슈가 파우더 … 1작은술
말차 가루 … 1작은술

★ 녹차 시럽

말차 가루 … 2작은술
설탕 … 50g
물 … 150ml

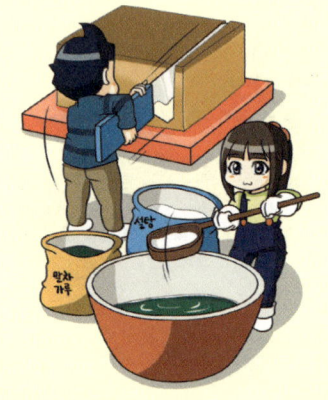

1. 뜨거운 물에 말차, 설탕을 넣어 녹인 후 잘
   식힌다. 카스텔라는 용기에 맞는 크기로
   미리 자른다.

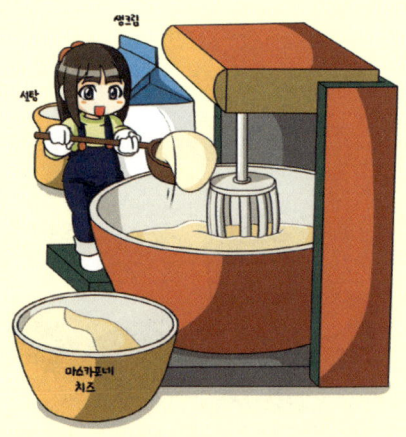

2. 생크림에 설탕을 넣어 단단하게 휘핑한
   후 마스카포네 치즈와 함께 섞는다.

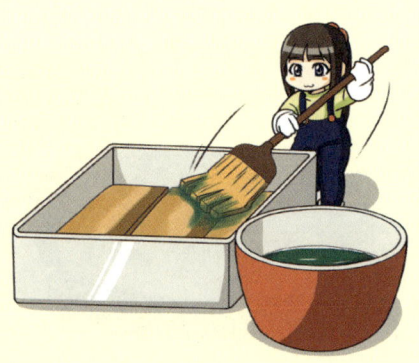

3. 사각 용기에 맞게 카스텔라를 넣고 식혀
   둔 말차 시럽을 꼼꼼히 바른다.

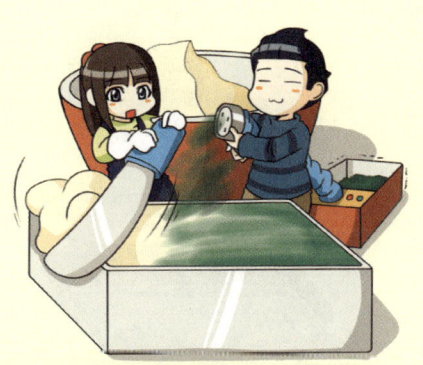

4. 마스카포네 치즈 크림을 윗면에 채우고,
   말차 가루를 솔솔 뿌린다.

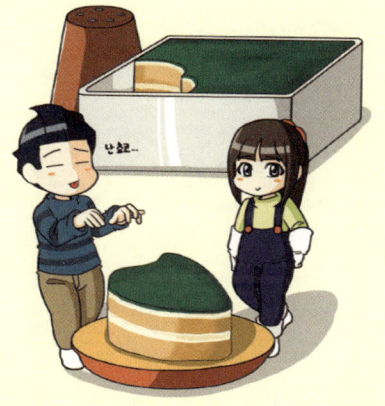

5. 시판 카스텔라를 활용해 고급진 디저트를
   만들자.

ESSAY '나를 끌어 올린다'는 뜻의 이탈리아 디저트 티라미수. 레이디핑거 쿠키에 커피시럽을 듬뿍 묻혀 마스카포네 치즈 무스와 함께 만드는 달콤한 디저트다. 커피시럽 대신 녹차, 홍차, 딸기 등 다양한 재료를 활용해 달콤한 디저트를 만들 수 있다. 티라미수 주재료인 레이디핑거는 베이킹 쇼핑몰에서 구매할 수 있지만, 레이디핑거 대신 시판 카스텔라를 사용해도 부드러운 식감의 티라미수를 즐길 수 있다. 진한 우유 맛의 마스카포네 치즈 대신 크림치즈를 활용해도 좋다. 케이크를 부담스러워하는 징징돌이도 티라미수는 굉장히 좋아한다. 티라미수를 넉넉하게 만들어 밀폐용기에 담아 두면 집에서 티타임할 때 퐁퐁 떠먹는 재미가 있다.

생초콜릿 만들기

13X13cm 용기 1판 분량 / 3시간 / 난이도 하

★ 재료

다크커버춰 초콜릿 … 200g

생크림 … 100g

무가당 코코아 가루 … 1큰술

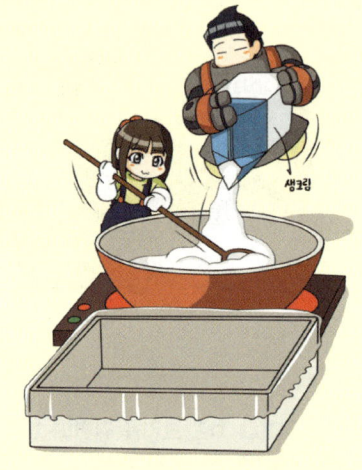

1. 생크림을 냄비 가장자리 부분이 살짝 끓을 때까지 끓인다.

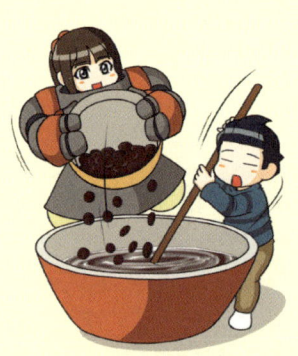

2. 끓인 생크림에 초콜릿을 넣고 골고루 섞일 때까지 잘 젓는다.

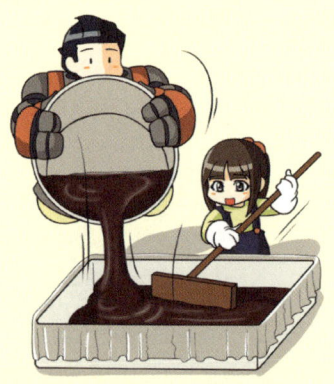

3. 랩을 깐 용기에 초콜릿을 붓고 윗면을 평평하게 정리한다. 랩으로 윗면을 밀착시키고 냉장고에서 2시간 정도 굳힌다.

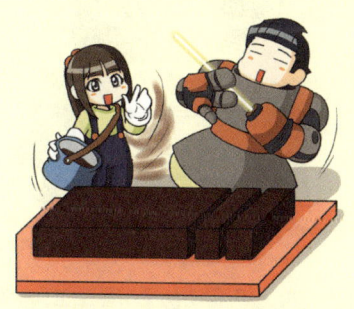

4. 굳은 생초콜릿을 용기에서 꺼내 무가당 코코아 가루를 살짝 뿌린 후 원하는 크기로 자른다.

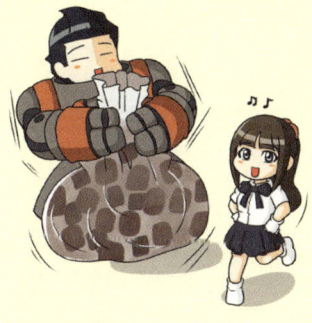

5. 비닐봉지에 자른 생초콜릿과 무가당 코코아 가루를 넣고 고루 섞이도록 마구 흔든다.

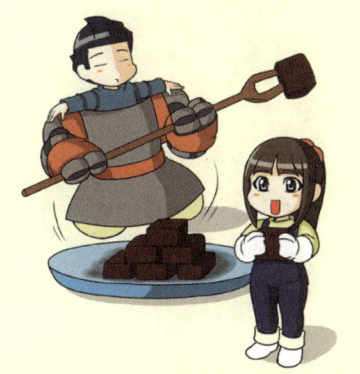

6. 달콤쌉싸름한 매력 만점 생초콜릿 완성!

TIP 생크림과 초콜릿을 섞은 후 핸드블랜더로 갈면 유화되어 잘 굳는다. 좀 더 부드러운 식감을 원한다면 버터 1큰술을 넣는다.

딸기라떼 만들기

1인분 / 30분 / 난이도 하

★ 재료

우유 … 200ml

딸기 … 10개(취향에 따라)

설탕 … 1큰술

휘핑크림 … 약간(생략 가능)

장식용 딸기 … 약간(생략 가능)

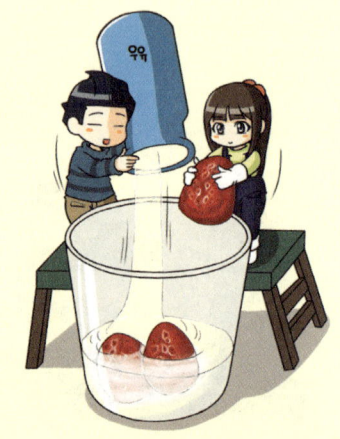

1. 깨끗이 씻은 딸기는 물기를 닦고, 우유와 함께 적당한 용기에 담는다.

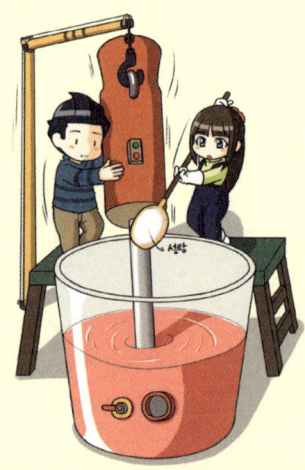

2. 설탕을 넣고 핸드블랜더로 모든 재료를 간다.

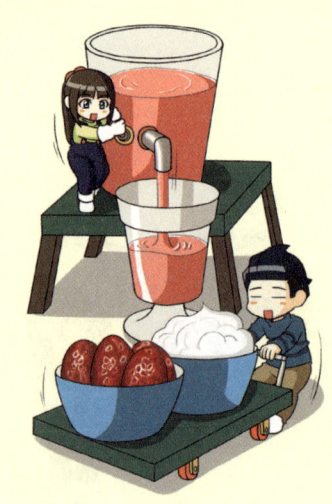

3. 핸드블랜더로 간 딸기라떼를 컵에 담는다.

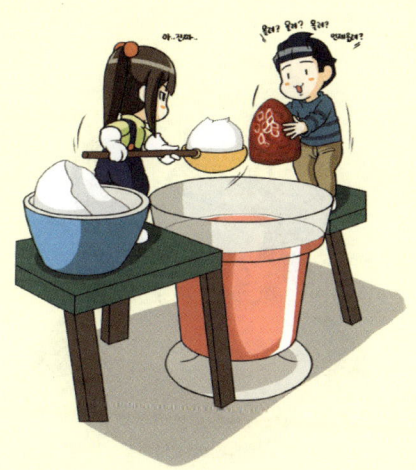

4. 휘핑크림과 통 딸기로 예쁘게 장식한다.

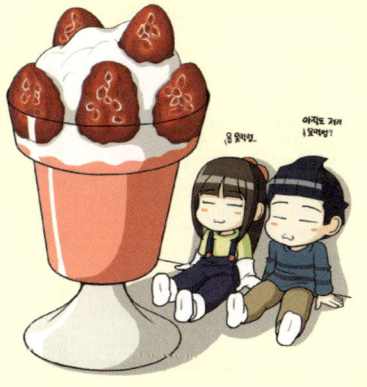

5. 카페 부럽지 않은 달콤한 딸기라떼! 직접
만들어 홈카페 메뉴로 즐기자.

TIP 다양한 딸기 음료로 활용 가능한 딸기청을 만들어 두면 좋다. 우유와 섞으면 딸기라떼,
탄산수와 섞으면 딸기에이드, 뜨거운 물에 섞으면 딸기차로 쉽게 변신할 수 있다. 딸기
청은 깨끗이 씻은 딸기와 설탕을 1:1 비율로 준비하여 열탕 소독한 유리병에 담아 실온에
서 1일, 냉장 보관 1일 이후부터 먹을 수 있다.

생크림 스콘 만들기

8개 분량 / 1시간(반죽 숙성 1일) / 난이도 중

★ 재료
밀가루(강력분) … 400g
생크림 … 400g
설탕 … 90g
베이킹파우더 … 4g
소금 … 한 꼬집
달걀 … 1개(달걀물 용도)

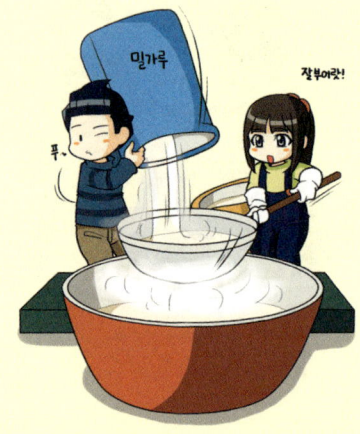

1. 강력분, 설탕, 베이킹파우더, 소금 한 꼬집
   을 섞고 모두 체로 친다.

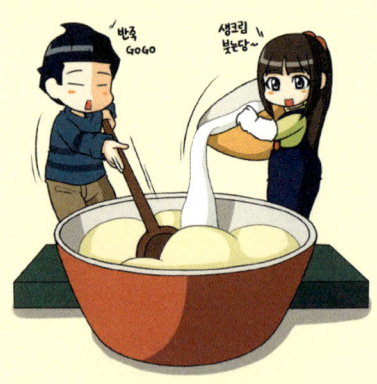

2. 체친 가루에 생크림을 넣고 주걱으로 크게
   섞는다.

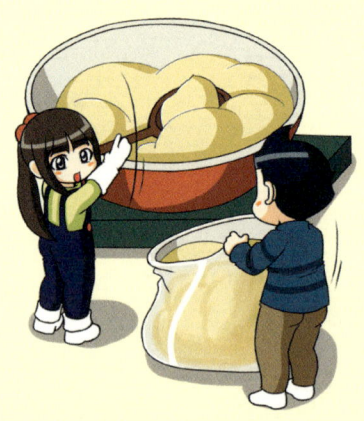

3. 반죽이 어느 정도 뭉치기 시작하면 비닐
   팩에 넣고 가볍게 한 덩이로 뭉친 후 냉장
   고에서 하루 정도 휴지시킨다.

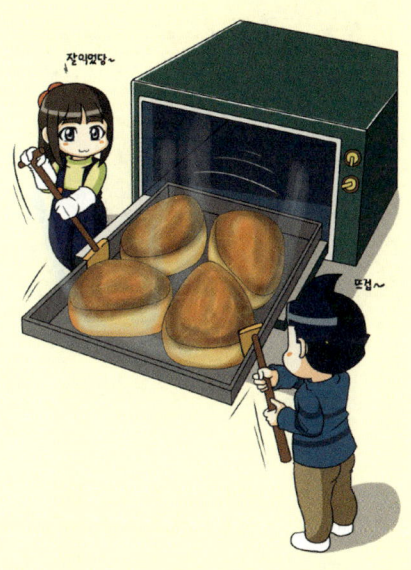

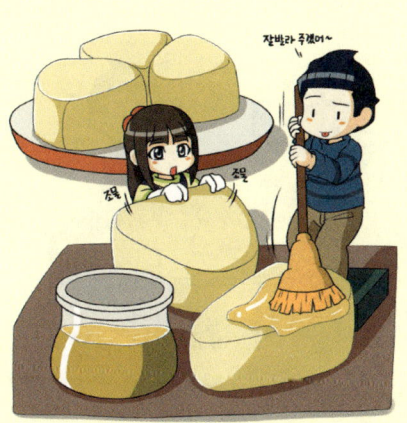

4. 휴지시킨 반죽은 모양을 잡아 나누고 달걀
물을 바른다.

5. 190도로 예열한 오븐에서 25~30분 정
도 굽는다. 다 구운 스콘은 식힘 망에서
식힌다.

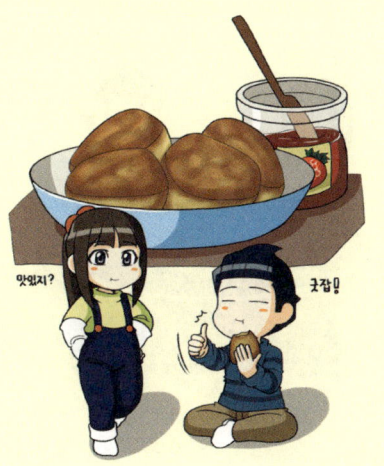

6. 우유향이 솔솔 올라오는 매력적인 스콘.
딸기잼을 듬뿍 얹어 먹으면 더 맛있다!

TIP 스콘은 갓 구웠을 때가 가장 맛
있다. 만들어 둔 스콘은 전자레
인지에 20초 정도 돌려 살짝 데
우면 더욱 맛있게 먹을 수 있다.

호두강정 만들기

호두강정 300g 분량 / 1시간 / 난이도 중

★ 재료

호두 … 200g

설탕 … 60g

물 … 20g

소금 … 1/2작은술

버터 … 10g

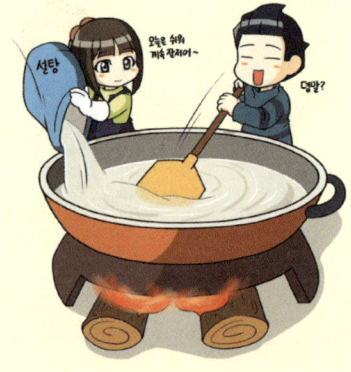

1. 프라이팬에 물, 설탕, 소금을 넣고 팔팔 끓을 때까지 중불로 끓인다.

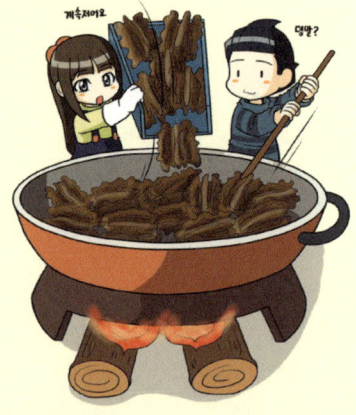

2. 설탕 시럽이 끓으면 호두를 넣고 계속 젓는다. 하얗게 설탕 결정이 생기다가 녹는 것을 볼 수 있다. 끊임없이 젓는다.

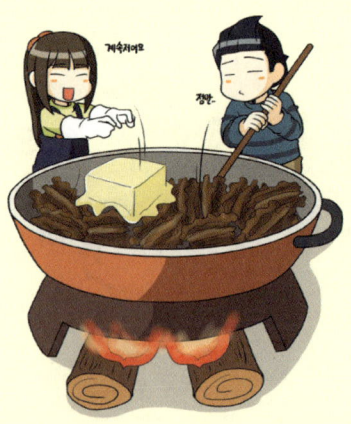

3. 호두 겉면의 설탕 결정이 카라멜색처럼 변하기 시작하면 버터를 넣고 휘리릭 섞는다.

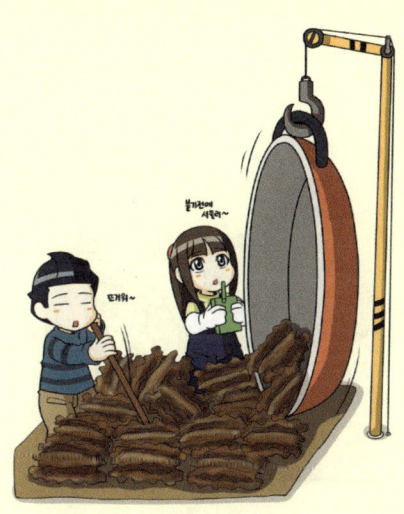

4. 완성한 호두강정은 종이호일이나 실리콘 매트에 하나하나 떼어 식힌다. 뜨거울 때 서둘러 작업해야 호두끼리 붙지 않는다.

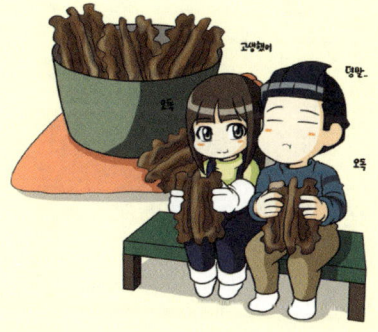

5. 튀기지 않고 만드는 호두강정. 한 번 맛보면 멈출 수 없는 마성의 맛!

ESSAY 견과류를 사랑하는 징징돌이가 특히 사랑하는 호두강정. 호두강정은 달콤한 첫 맛, 바삭한 식감에 고소한 풍미까지 완벽한 견과류 간식이다. 호두강정은 선물 요리로도 무척 좋다. 넉넉히 만들어 예쁜 리본이 달린 유리병에 담아 선물을 하면 누구라도 기뻐하는 정성 가득 선물이 된다. 은야쟁이는 명절이나 답례 선물로 호두강정을 종종 준비하는데, 호두강정은 받은 분들은 모두 엄지 척! 을 세울 만큼 한 번도 실패한 적이 없는 만능 선물 요리다.

과일치즈 만들기

과일 치즈 200g 분량 / 2시간 / 난이도 중

★ 재료

우유 … 400g
동물성 생크림 … 200g
레몬 … 1개
소금 … 1/2작은술
말린 망고 … 1조각
말린 크랜베리 … 1작은술

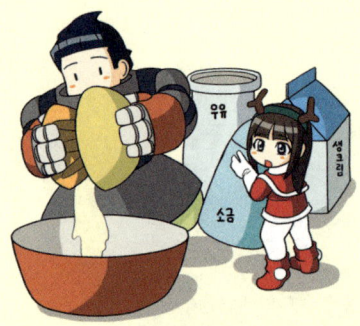

1. 레몬은 즙을 짜서 준비한다.

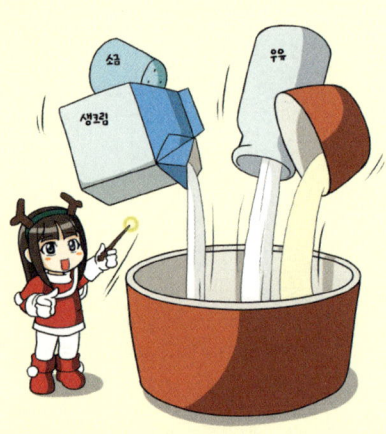

2. 냄비에 우유, 생크림, 레몬즙, 소금을 넣고
   잘 섞는다. 약불에 올려 40분간 끓이되
   불에 올린 후로는 절대 젓지 않는다.

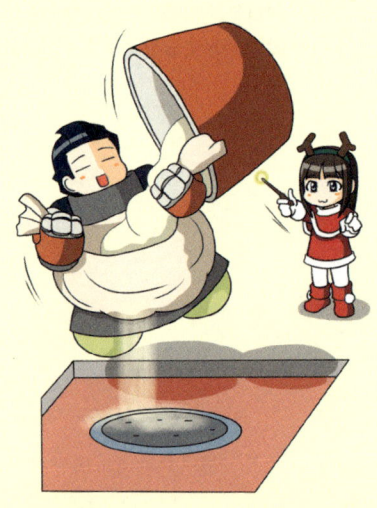

3. 몽글몽글 순두부처럼 치즈와 유청이 분리
   되면 면보로 거른다.

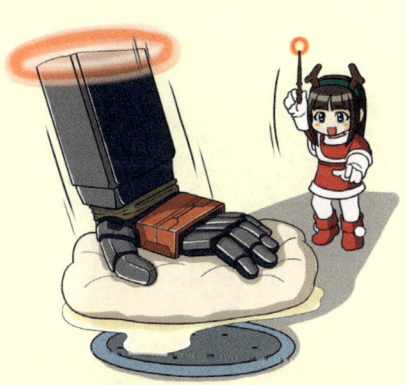

4. 면보를 잘 묶고 무게 있는 것을 30분 정도 올려서 물기를 뺀다.

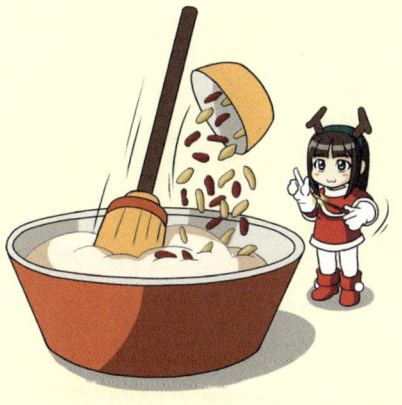

5. 물기를 뺀 치즈와 잘게 잘라 준비한 마른 과일을 골고루 섞는다.

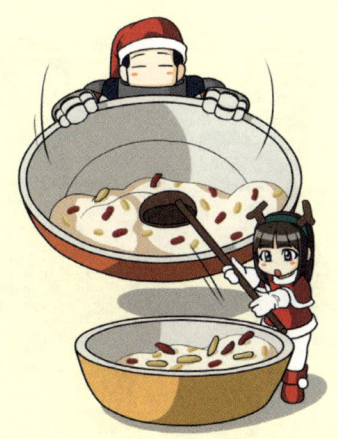

6. 적당한 용기에 담아 냉장실에서 6시간 이상 굳힌다.

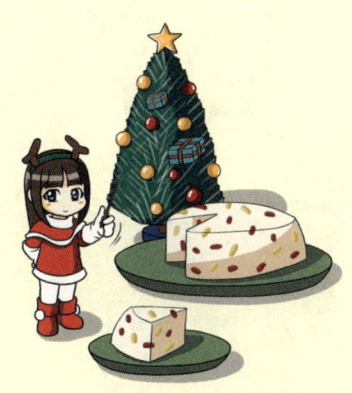

7. 간식으로도, 와인 안주로도 좋은 홈메이드 과일치즈! 진한 우유 맛이 일품!

알감자 버터구이 만들기

2인분 / 1시간 / 난이도 하

★ **재료**

알감자 ⋯ 12개
버터 ⋯ 60g(밥숟가락 4개 분량)
설탕 ⋯ 2큰술
소금 ⋯ 1/2작은술

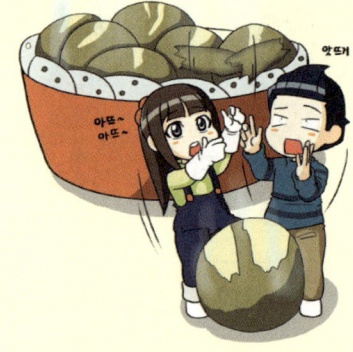

1. 감자는 삶아 껍질을 벗긴다.

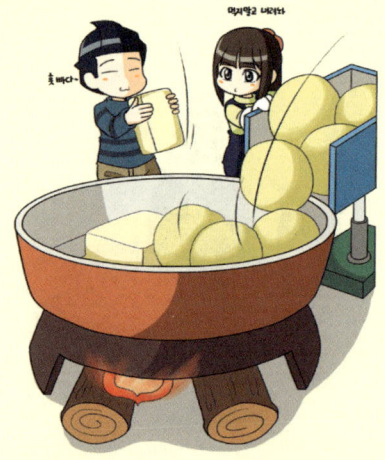

2. 중불에 프라이팬을 올려 예열하고, 버터를 녹인 후 감자를 넣어 골고루 익도록 굴린다.

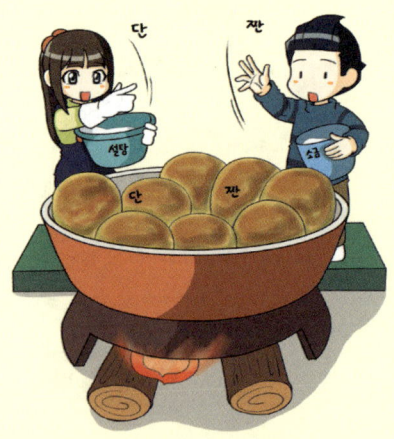

3. 감자가 어느 정도 노릇해지면 분량의 설탕과 소금을 넣고 골고루 섞는다.

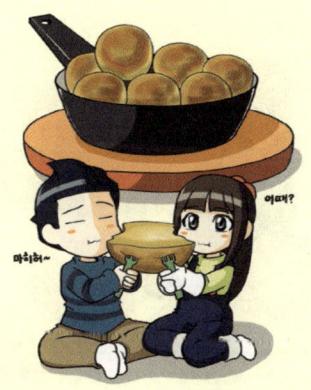

마이허~ 어때?

4. 단짠의 조화가 기가 막힌 알감자 버터구
   이. 홈메이드 간단 간식으로 최고!

딸기 팬케이크 만들기

2인분 / 1시간 / 난이도 하

★ **재료**

팬케이크 가루 … 1컵(종이컵)
물 … 3/4컵(종이컵)
딸기 … 10개
버터 … 적당량
휘핑크림 … 적당량

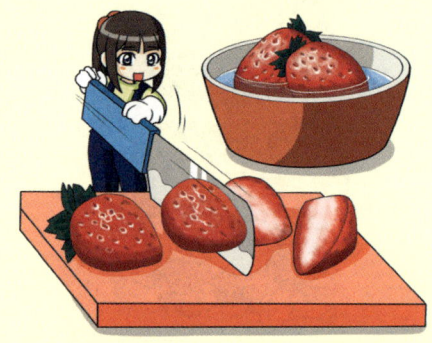

1. 깨끗이 씻은 딸기는 물기를 닦고, 적당한 크기로 자른다.

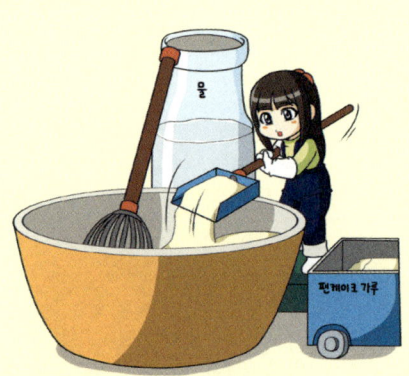

2. 팬케이크 가루와 물을 잘 섞는다.

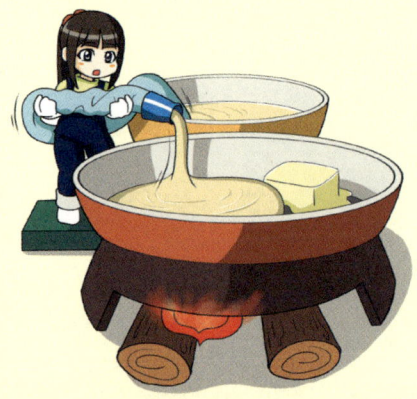

3. 중불로 예열한 프라이팬에 버터를 녹여 반죽을 올린 뒤 적당한 크기로 편다. 기포가 퐁퐁 올라오면 뒤집어 익힌다.

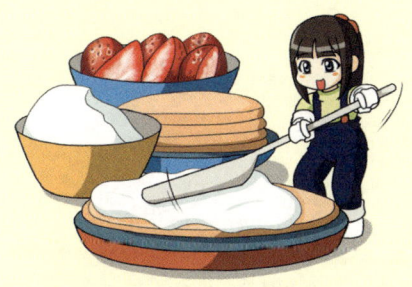

4. 잘 구운 팬케이크에 휘핑크림을 골고루
펴 바른다.

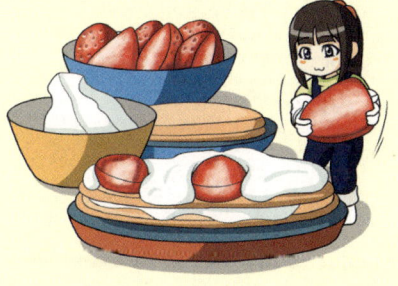

5. 준비한 딸기도 얹는다.

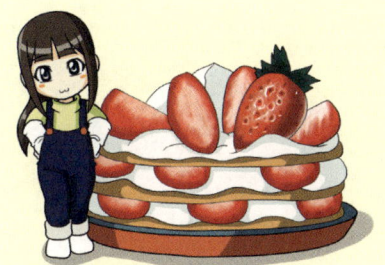

6. 딸기 팬케이크 완성! 홈브런치 메뉴나 간
식으로 무척 좋다.

> **TIP** 팬케이크 가루와 물을 섞은 뒤
> 30분 정도 휴지시키면 좀 더 부
> 드럽고 촉촉한 팬케이크를 만
> 들 수 있다. 팬케이크를 매끈하
> 게 굽고 싶다면, 중불로 예열한
> 프라이팬에 버터 대신 식용유
> 를 두르고 키친타올로 닦아내
> 기름기가 거의 없는 상태에서
> 구워 완성한다.

PART 2

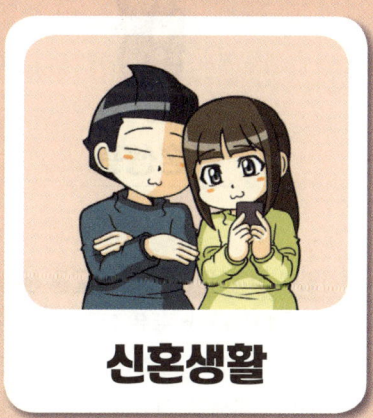

신혼생활

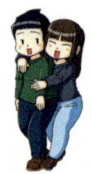

신혼생활

정신없던 결혼식이 끝나고 꿈같은 신혼여행을 다녀왔다. 이제는 늦은 시간이 되어도 헤어지지 않고 함께 집으로 들어 갈 수 있다. 꿀떨어지는 신혼생활. 하지만 몇 년의 연애로 서로를 잘 안다고 자부했지만 이상하리만치 낯설기도 하다. 정리정돈을 못하는 아내, 게임을 좋아하는 남편, 가끔은 부부싸움도 하고 서로의 힘이 되어 주기도 한다. 새로운 모습까지 이해하고 감싸주는 것. 평생을 함께 하기 위해 더욱 힘주어 손을 마주 잡는 것, 신혼생활은 그 모든 것을 맞춰 가는 것이다.

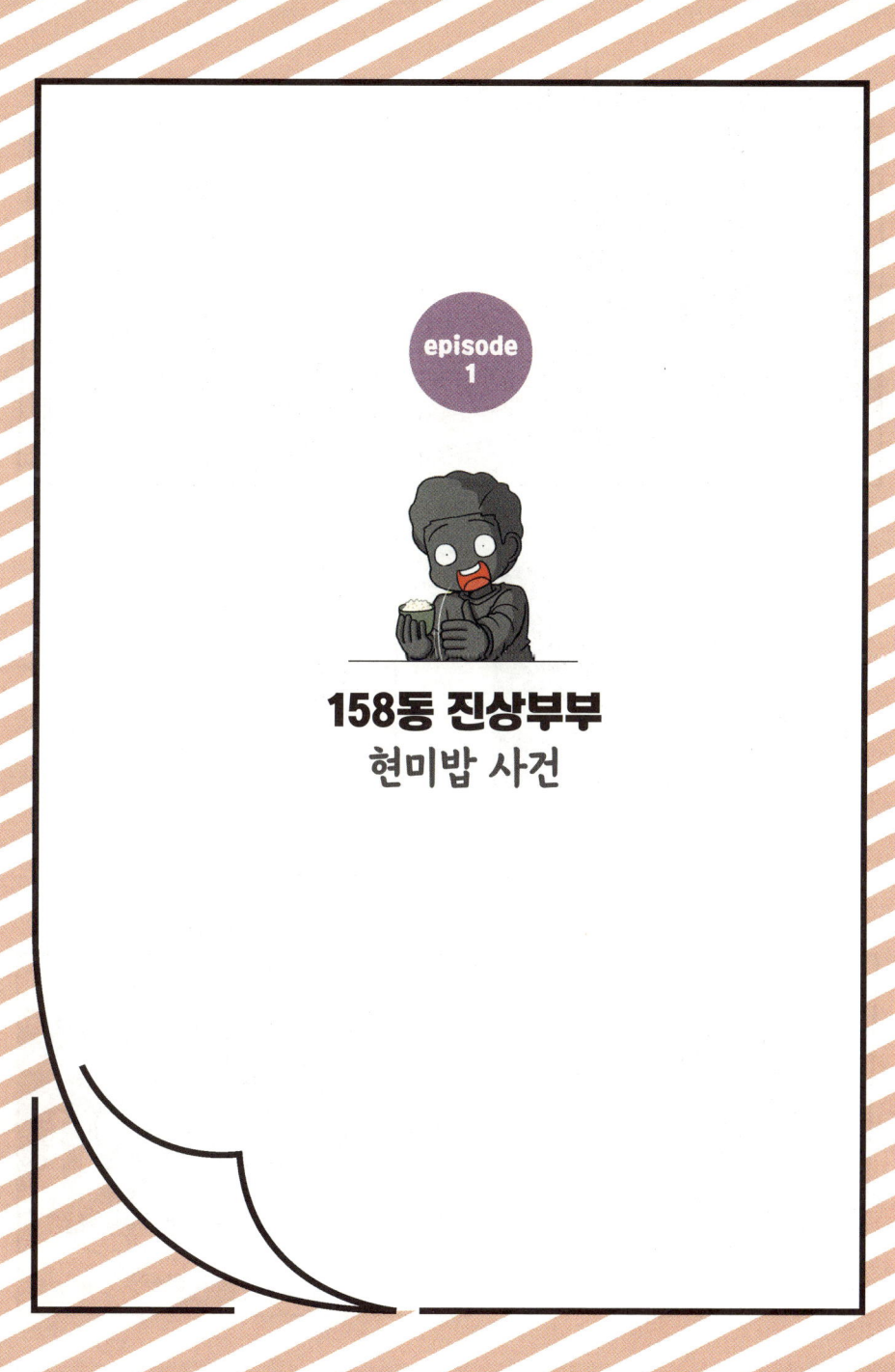

episode
1

158동 진상부부
현미밥 사건

한가로운 주말~ 요리준비를 하는 은야쟁이

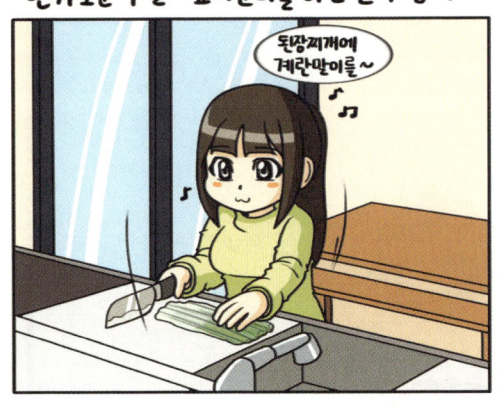

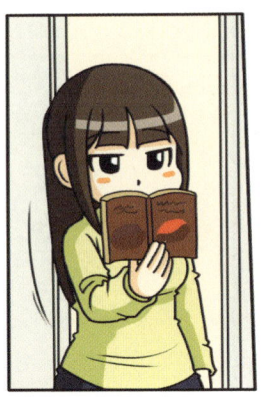

신혼의 맛있는
밥상을 위해
책도 보고,

인터넷도
찾아봅니다

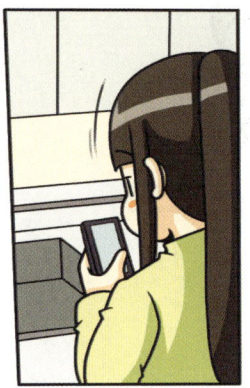

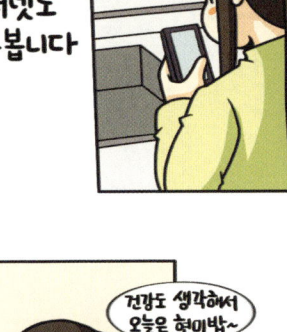

사랑가득~
정성가득~

기다리던 식사시간~ 흥겹습니다

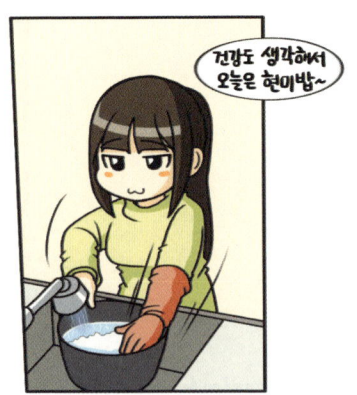

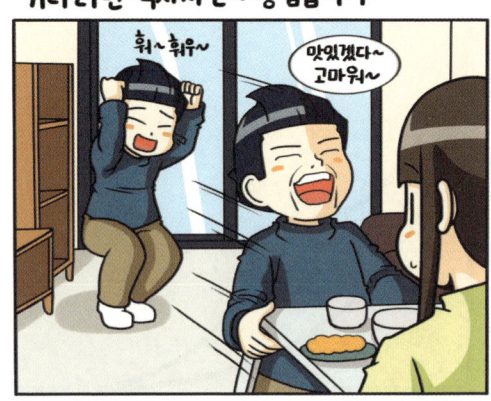

맛있는 밥과 정성가득 반찬으로 식사중...

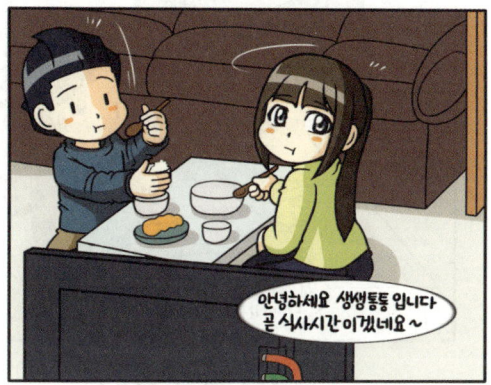

안녕하세요 생생톡톡 입니다
곧 식사시간이겠네요~

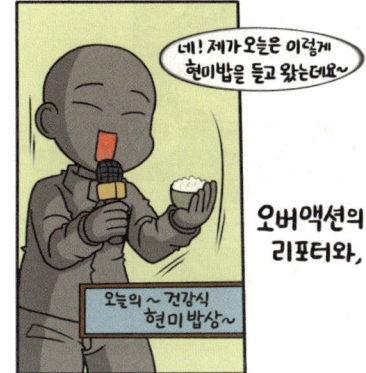

네! 제가 오늘은 이렇게
현미밥을 들고 왔는데요~

오늘의 ~ 건강식
현미 밥상~

오버액션의
리포터와,

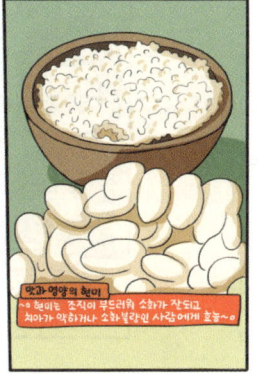

맛과 영양의 현미
~ 현미는 조직이 부드러워 소화가 잘되고
치아가 약하거나 소화 불량인 사람에게 효능~

조명발
받는
현미밥,

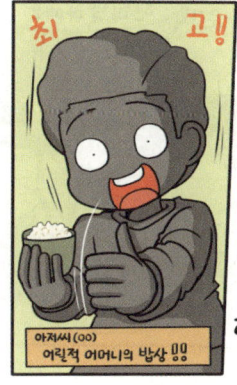

최   고!!

아저씨 (OO)
어린적 어머니의 밥상!!

시민들의
격한 오버
리액션을 보며,

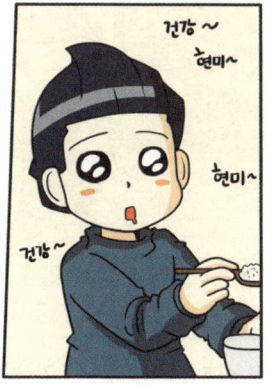

건강 ~

현미 ~

현미 ~

건강 ~

빠져드는
징징돌이..

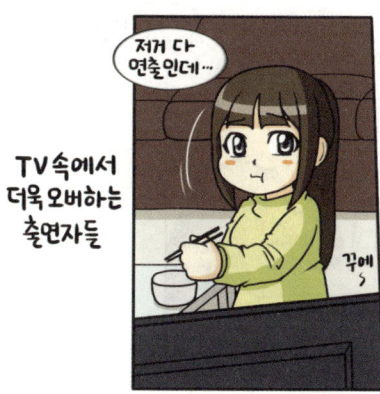

저거 다
연출인데~

TV 속에서
더욱 오버하는
출연자들

끝에

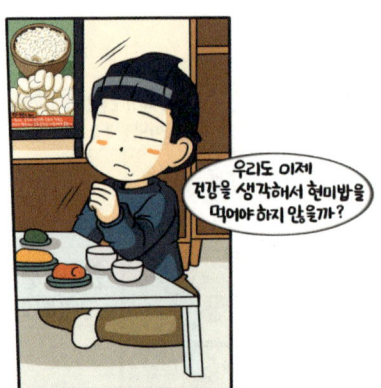

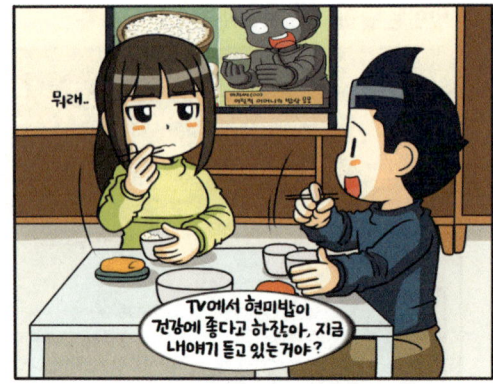

때릴 수도 없고...

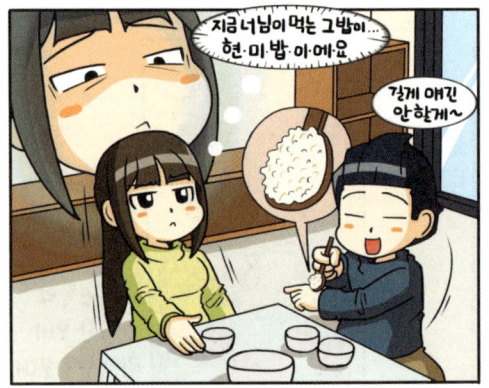

잘 설명해 줍니다..

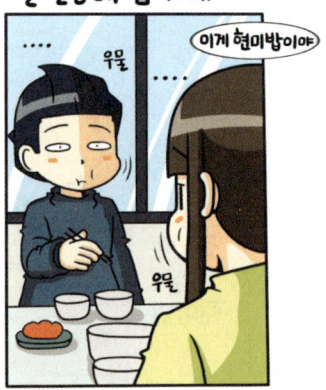

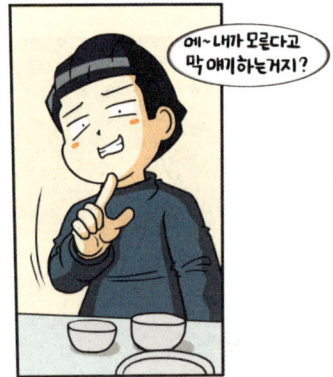

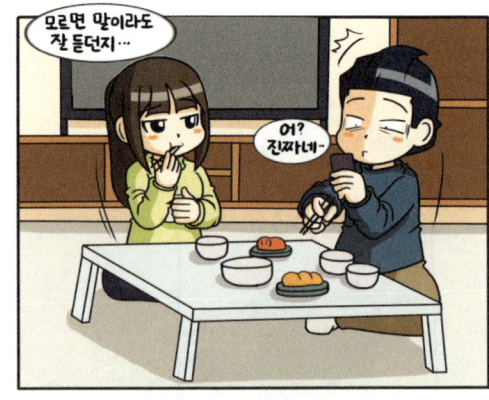

눈에 하트 뿅뿅 신혼때였는데도 순간 울컥
올라오는 화를 참을 수 없었던 '현미밥 사건'

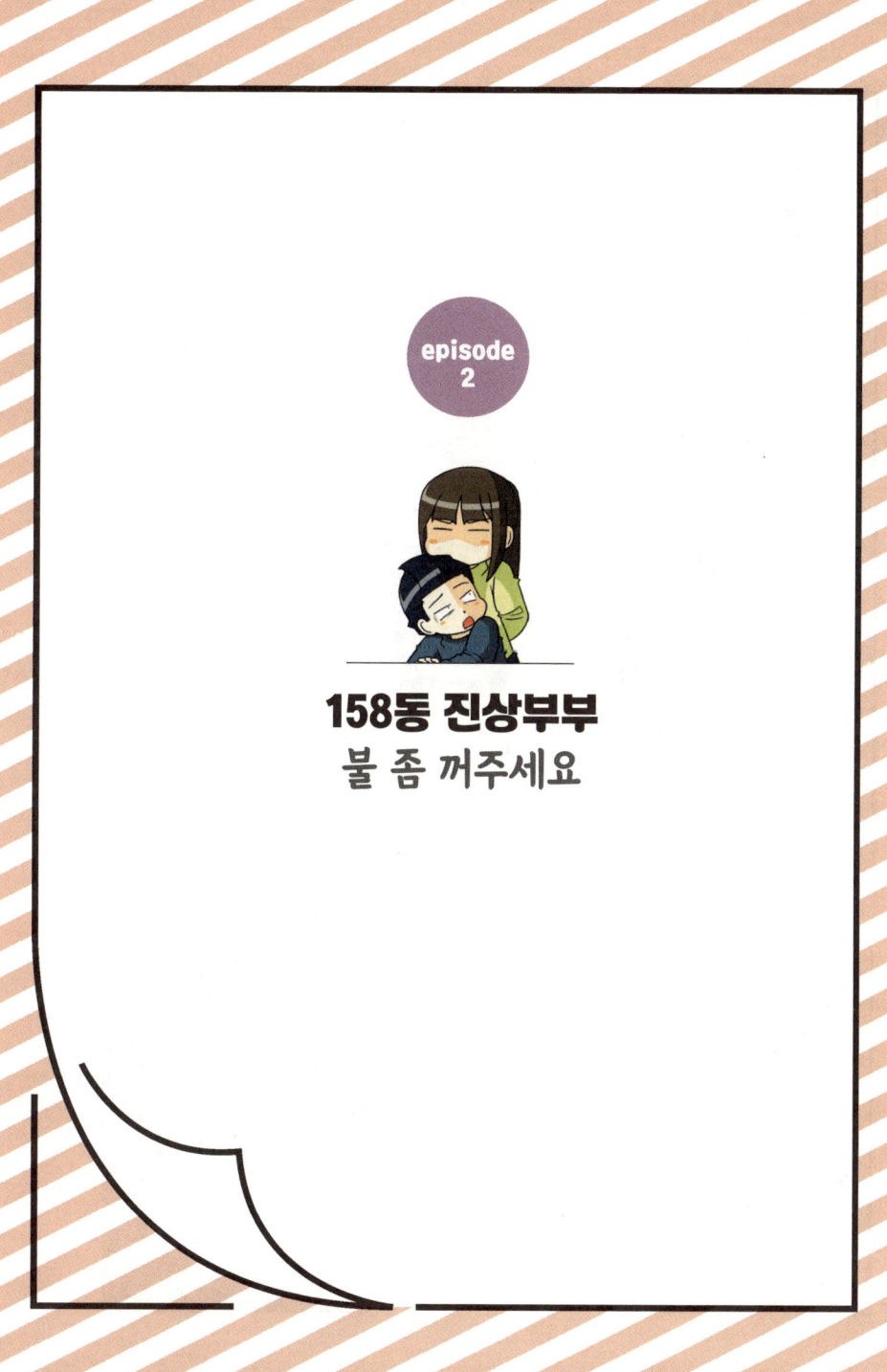

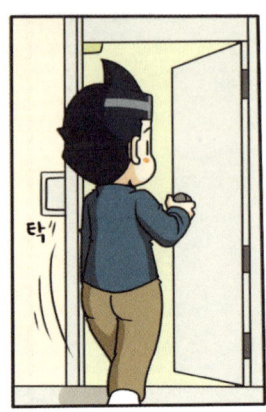

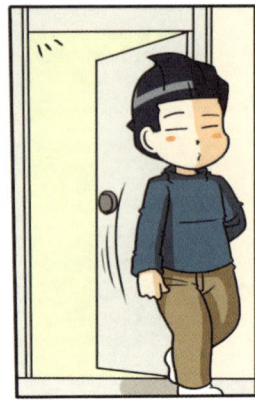

징징돌이는 종종
화장실 불
끄는걸 잊습니다

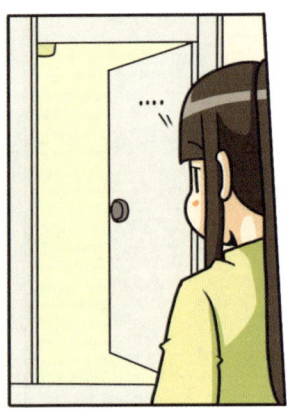

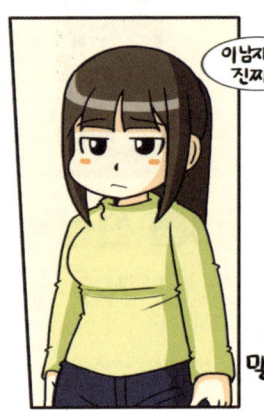

이남자가
진짜···

몇번을
얘기해도
말을 안들어요

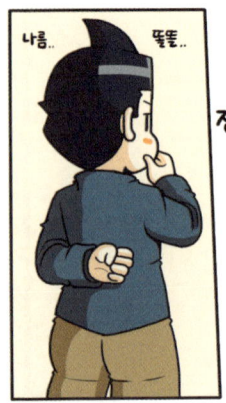

나름.. 똑똑..

다른건 알아서
잘 하기 때문에
잔소리 할게 없지만..

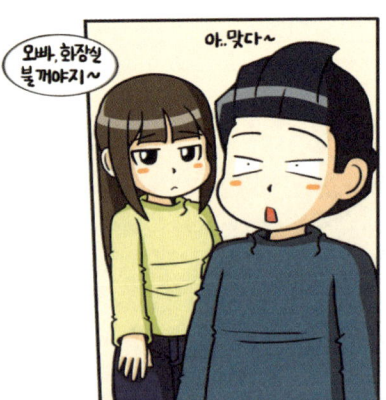

오빠, 화장실
불 꺼야지~

아..맞다~

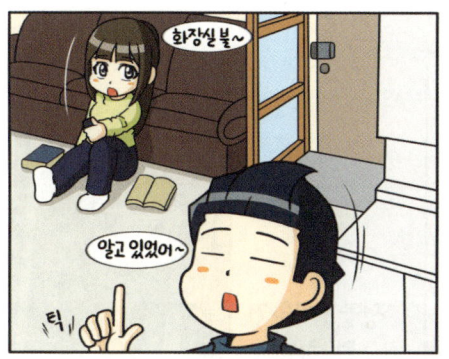

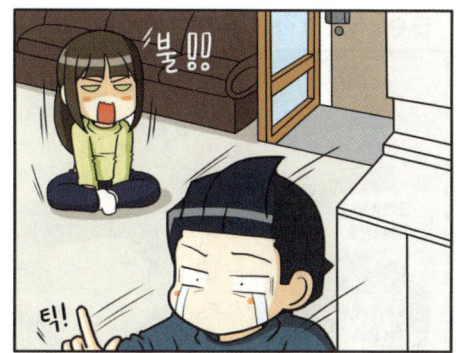

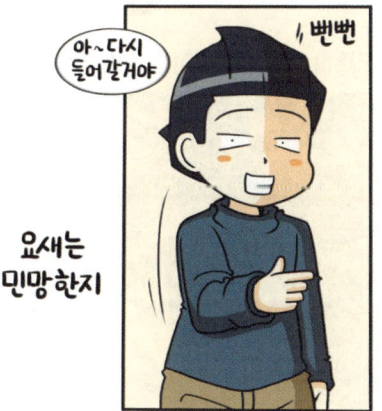

요새는
민망한지

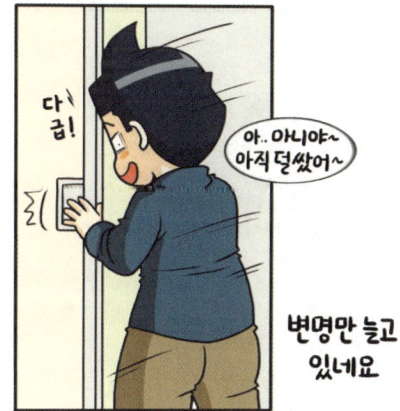

변명만 늘고
있네요

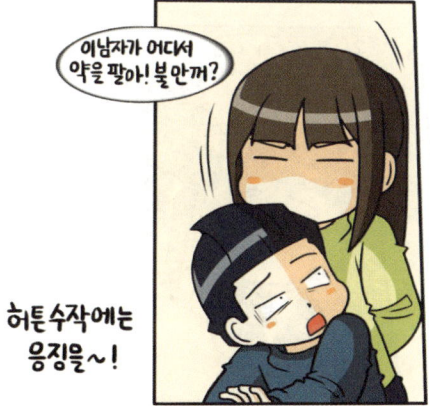

허튼 수작에는
응징을~!

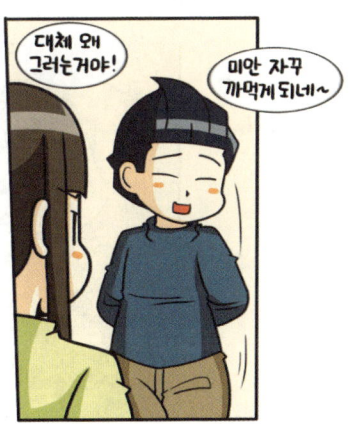

습관도 닮는듯 하네요~

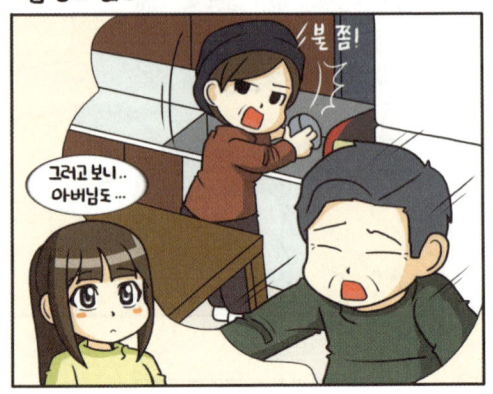

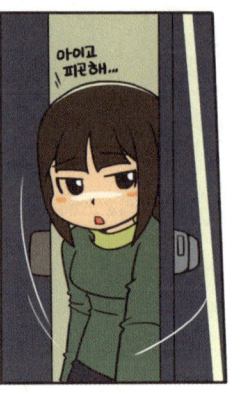

정말 오싹한건..
퇴근하고
집에올때

징징돌이가 켜놓고 출근한 화장실 불이에요...

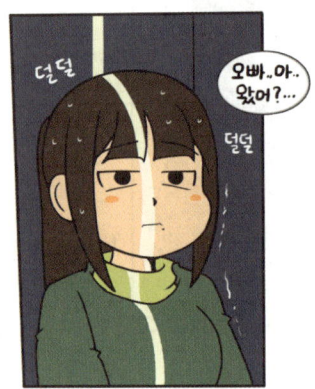

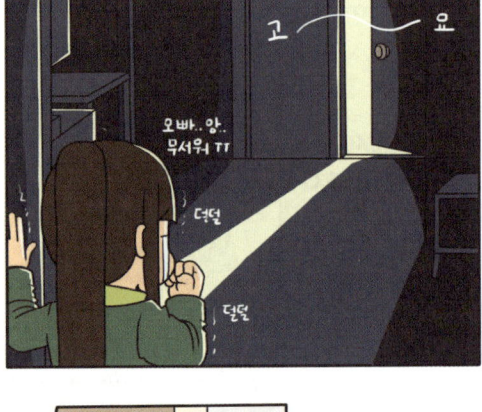

잠시후 귀가한
징징돌이..

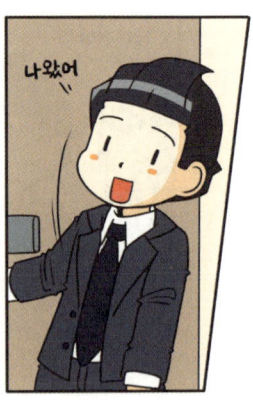

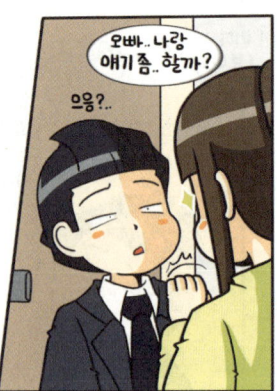

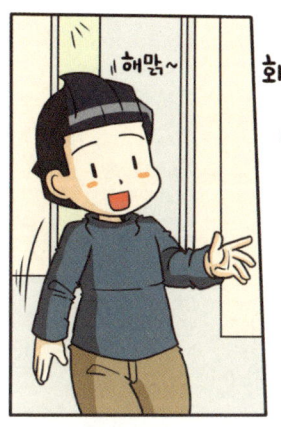

여전히
화장실 불 끄는걸
순수하게
잊는 남자..

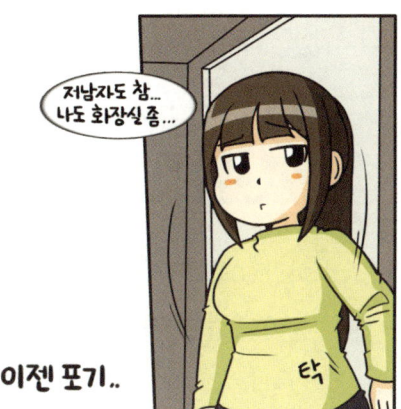

이젠 포기..

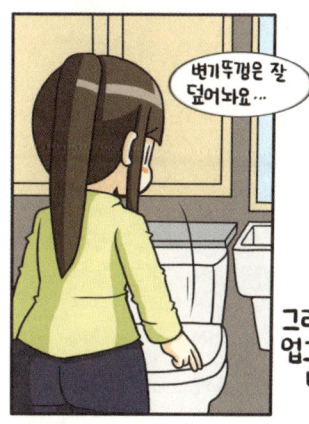

그리고 최근에
업그레이드된
반항(?)

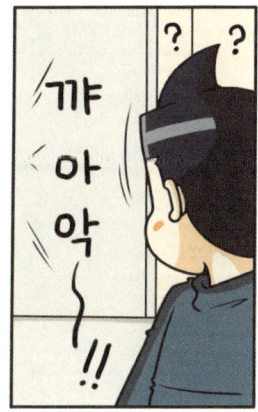

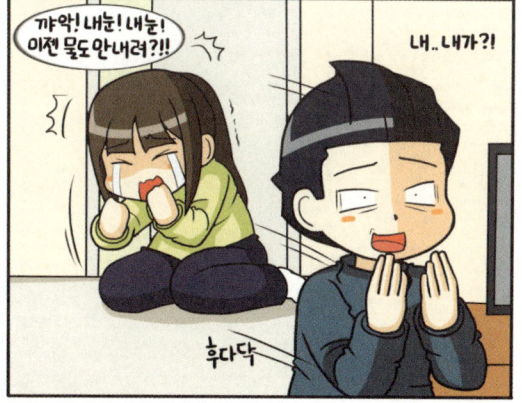

… 그리고 매우 혼났다

149

158동 진상부부 불 좀 꺼 주세요.

화장실 불을 안 끈다는 사실은 결혼 전에는 절대 알 수 없었던 징징돌이의 습관이었어요. 처음에는 다시 들어가야 해서 안 끄는 줄 알았어요. 그런데 종종 너무 자연스럽게 안 끄고 나와서 매번 지적하기 일쑤.

어느 날은 뻔뻔하게 다시 들어갈 거라고 했다가 어느 날은 자신을 질책하며 끄기도 해요.

화장실 불을 켜고 해맑게 나온 어느 날. 징징돌이에게 불 끄라고 얘기하자 징징돌이는 진지하게 얘기했어요.

"내가 또 불을 켜고 나오면 그땐 나한테 '야 불 좀 꺼!' 라고 해 줘."

그리고 당연히 불을 안 끄고 나온 어느 날,

"야 불 좀 꺼! 라고 해줄까?" 했더니 이젠 포기하라는 징징돌이.

징징돌이의 불 안 끄기는 아직도 현재 진행 중~

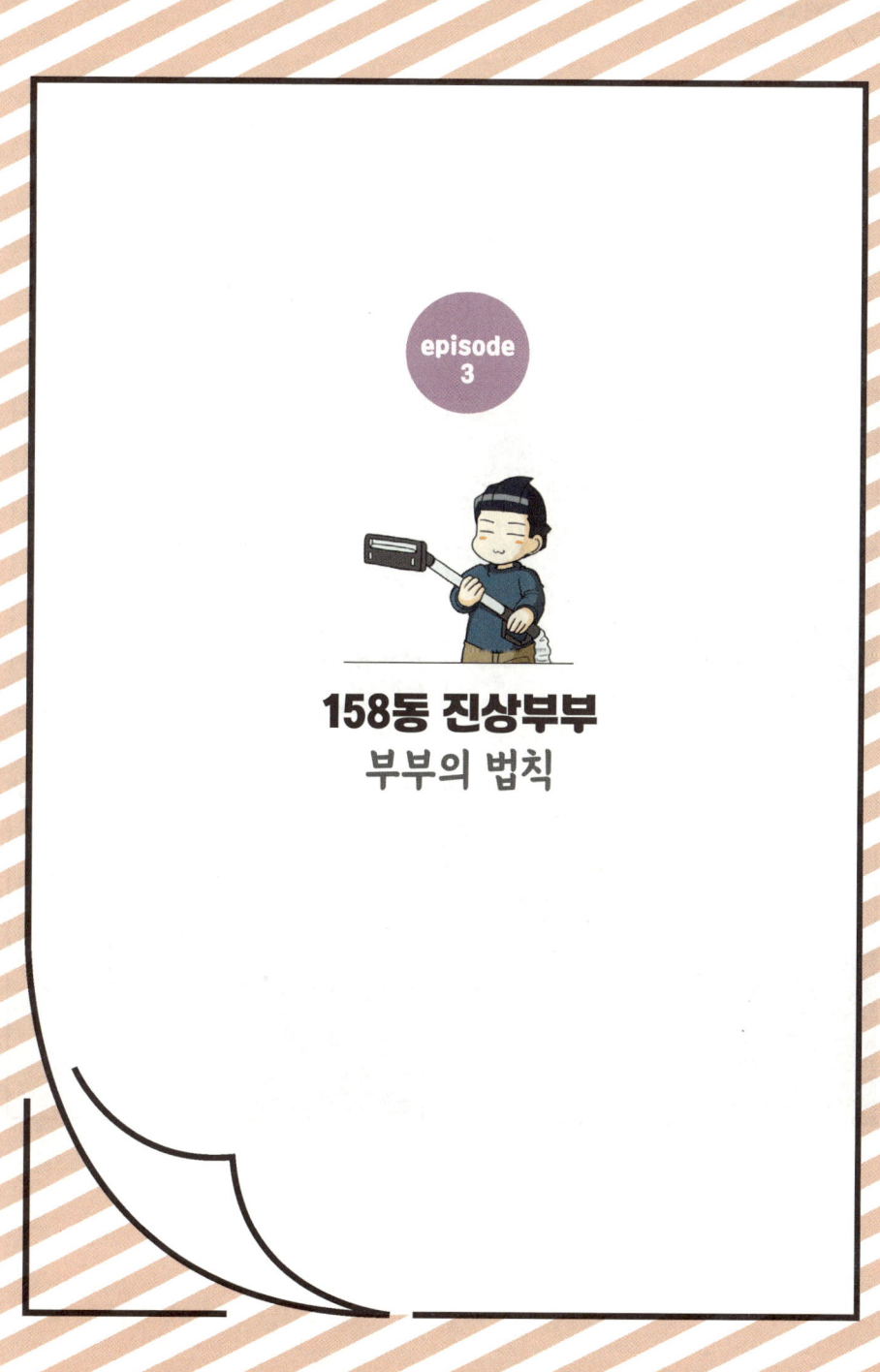

episode
3

158동 진상부부
부부의 법칙

부부의 법칙 I
행동하는 자만이 잔소리 할수 있다

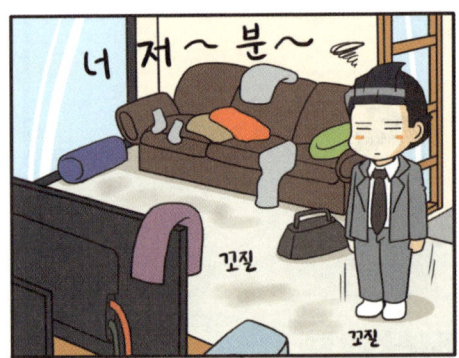

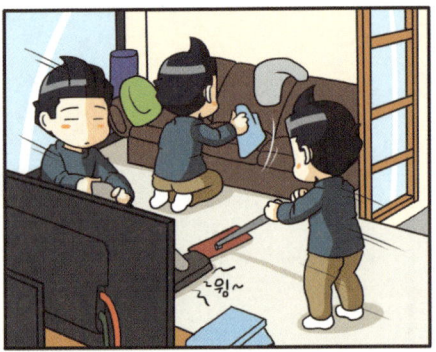

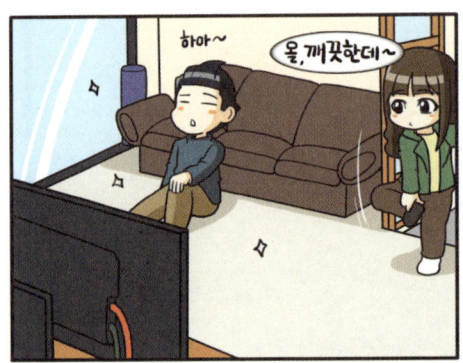

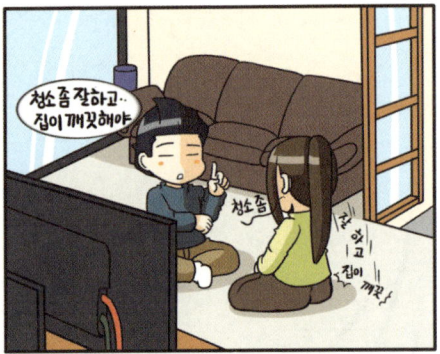

부부의 법칙 2

잘하는 사람이 한다

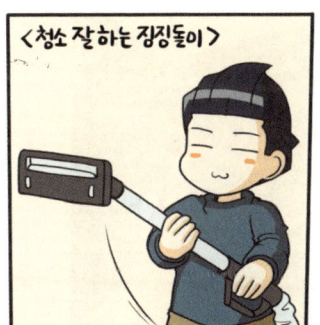

〈청소 잘 하는 징징돌이〉

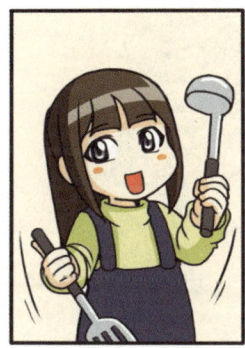

〈요리 잘하는 은야쟁이〉

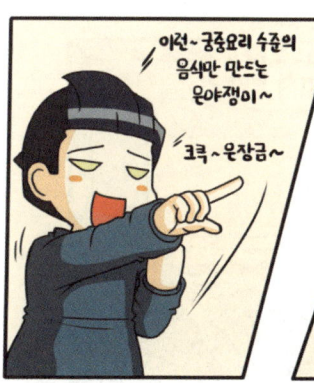

이런~ 궁중요리 수준의 음식만 만드는 은야쟁이~

크큭~은장금~

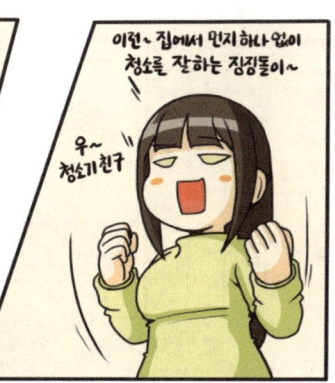

이런~ 집에서 먼지 하나 없이 청소를 잘하는 징징돌이~

우~ 청소기친구

부부의 법칙 3
휴식시간을 방해하지 않는다

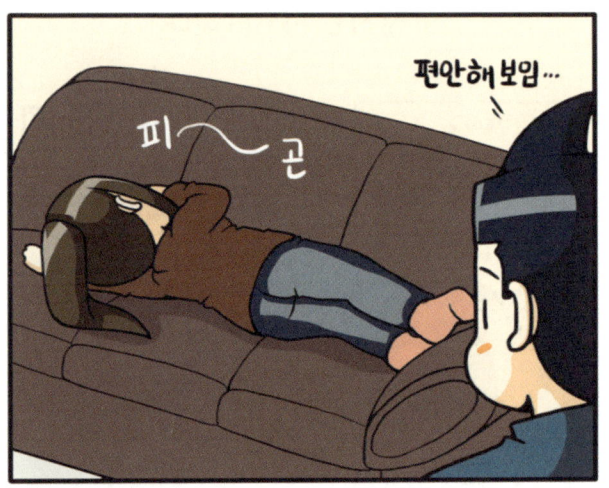

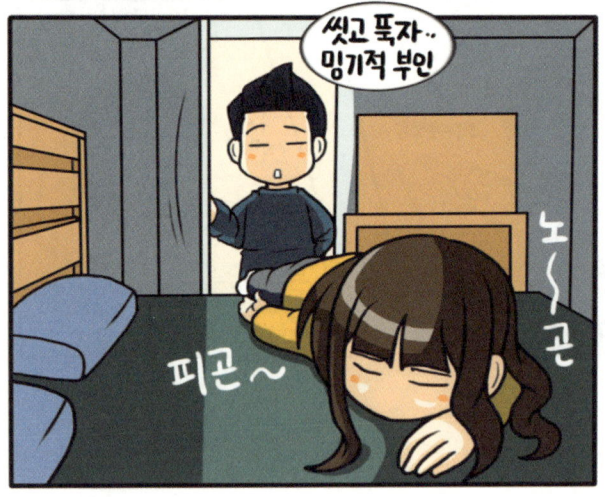

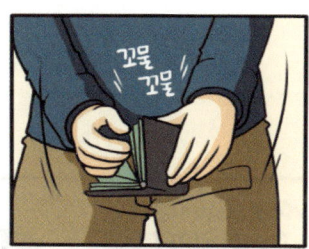

부부의 법칙 4
네돈도 내돈이다

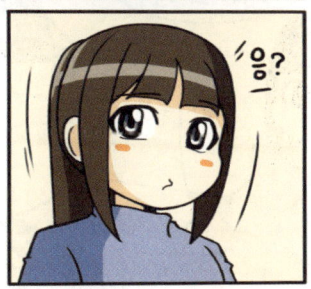

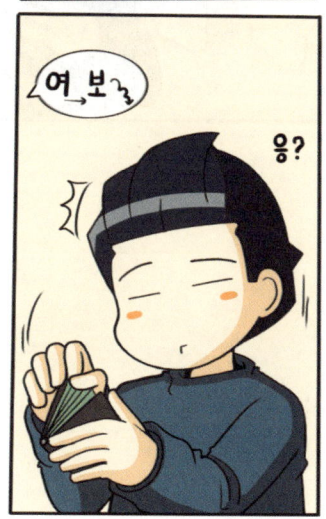

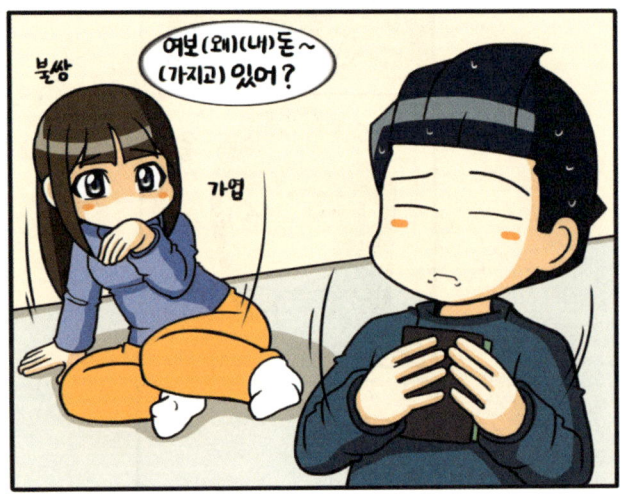

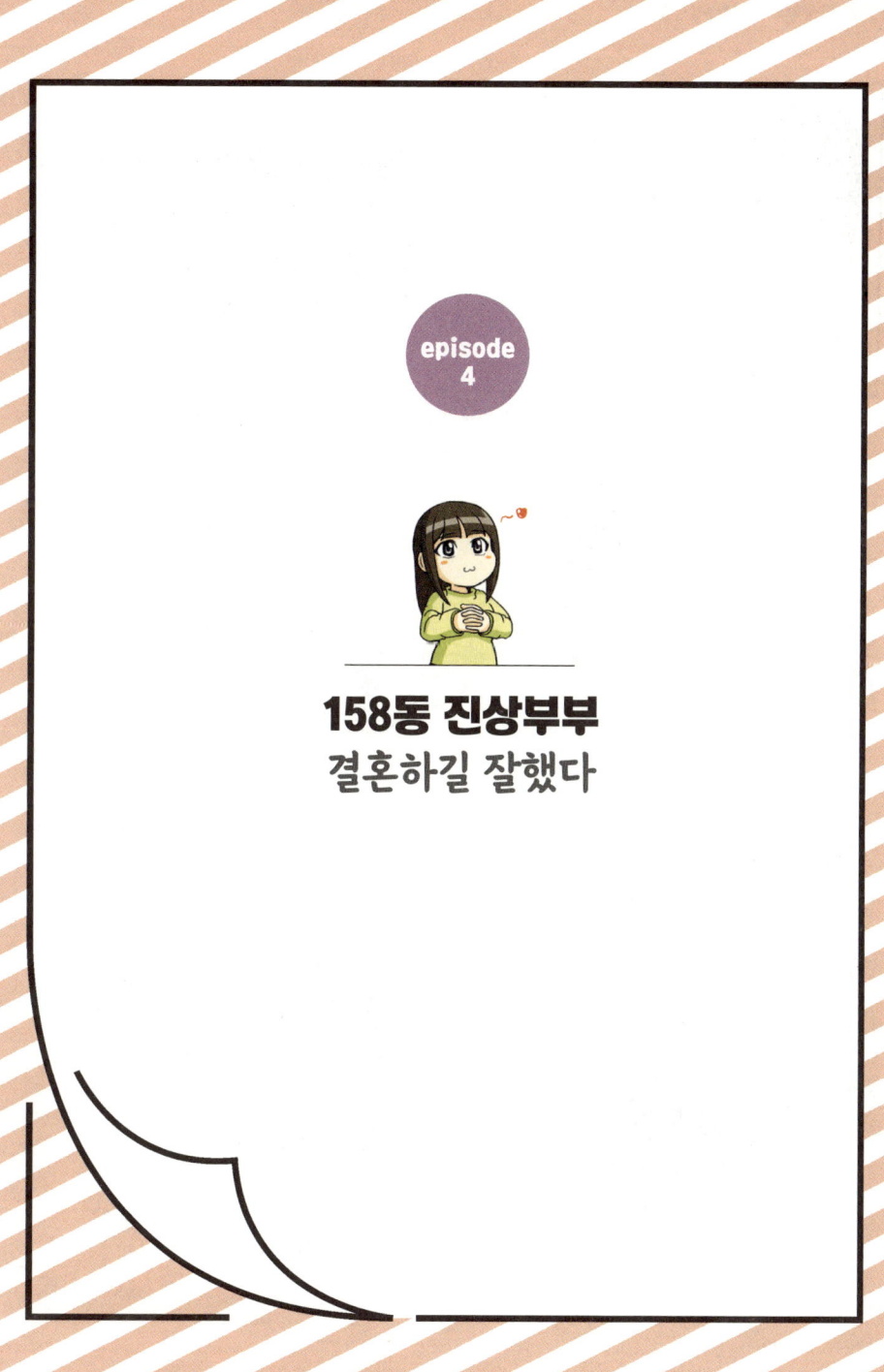

episode
4

158동 진상부부
결혼하길 잘했다

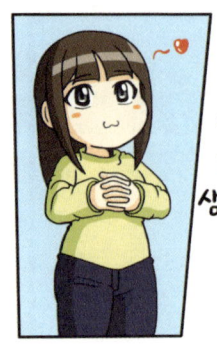

'결혼하길
잘 했다고
생각했을 때는,'

결혼하길 잘했다고 생각한 때는,
신혼 초로 거슬러 올라간다
알콩달콩 소꿉놀이 하듯 좋았지만,
연애의 연장선상 같았던 느낌…

그와중에 느닷없던 부서이동..

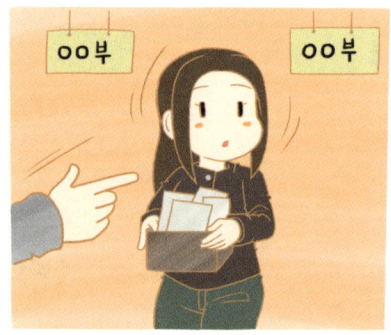

새로운 부서, 업무, 사람 적응하느라
무척 힘들었던 시기

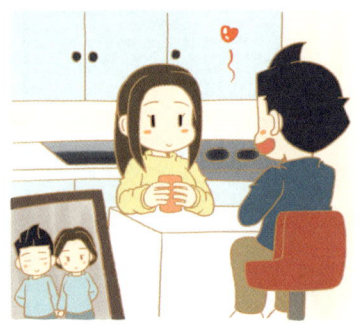

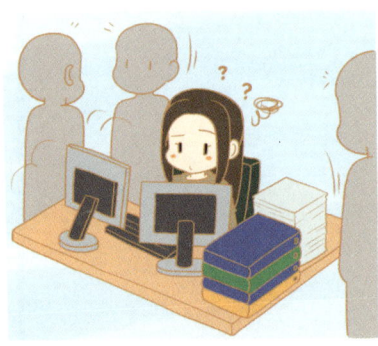

열심히 한다고 했는데, 어느날 잘난 후배의
한마디는 참 충격적이었다

나참,그냥 가만히
계시라니까요~

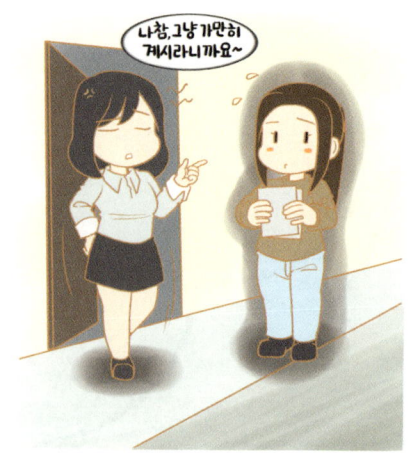

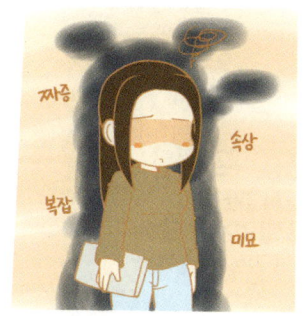

나도 일 나름 하는데
나를 왜 부서이동 시켜서..
내가 이러려고 일했나...

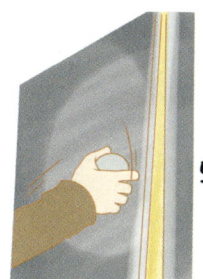

자괴감을
느끼며
퇴근하는길..

먼저퇴근한 징징돌이가 너무 반갑게
나를 맞아줘서 설움이 폭팔했다

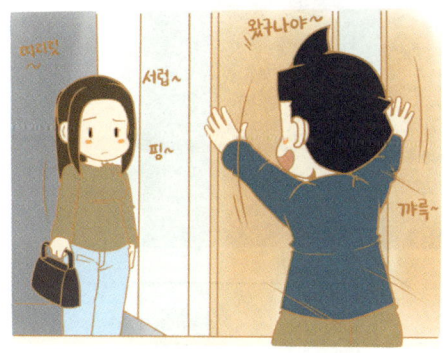

신발 벗을 생각도 못하고 그대로 현관에
서서 정말 엉엉 울었다

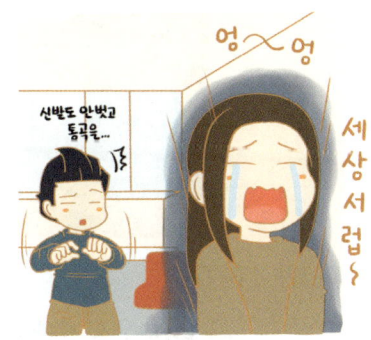

아무말 없이 토닥토닥
나를 위로해 주던 징징돌이

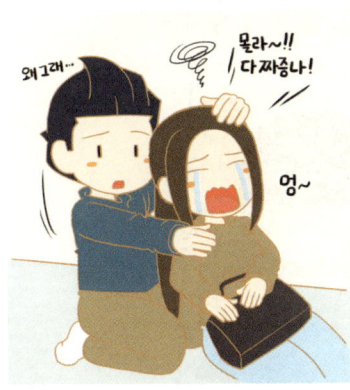

내곁에서 내편이 되어주는,
이런게 남편인가보다 생각이 들었다

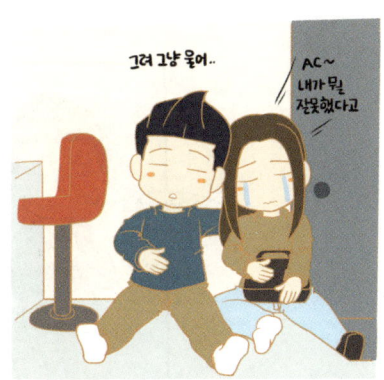

159

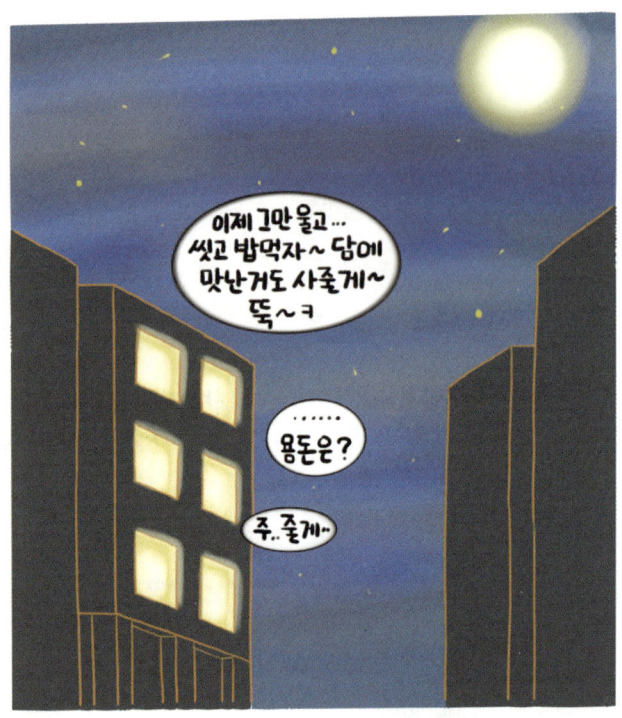

내 마음속 따듯한 에피소드를
징징돌이가 기억하진 못해도…
결혼하긴 잘 한 걸로~

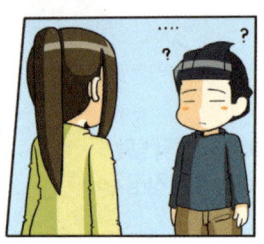

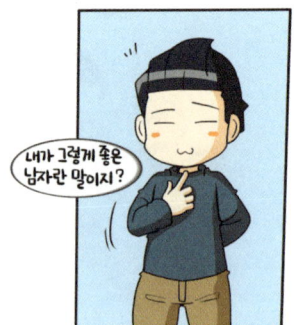

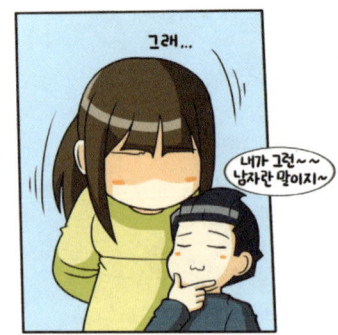

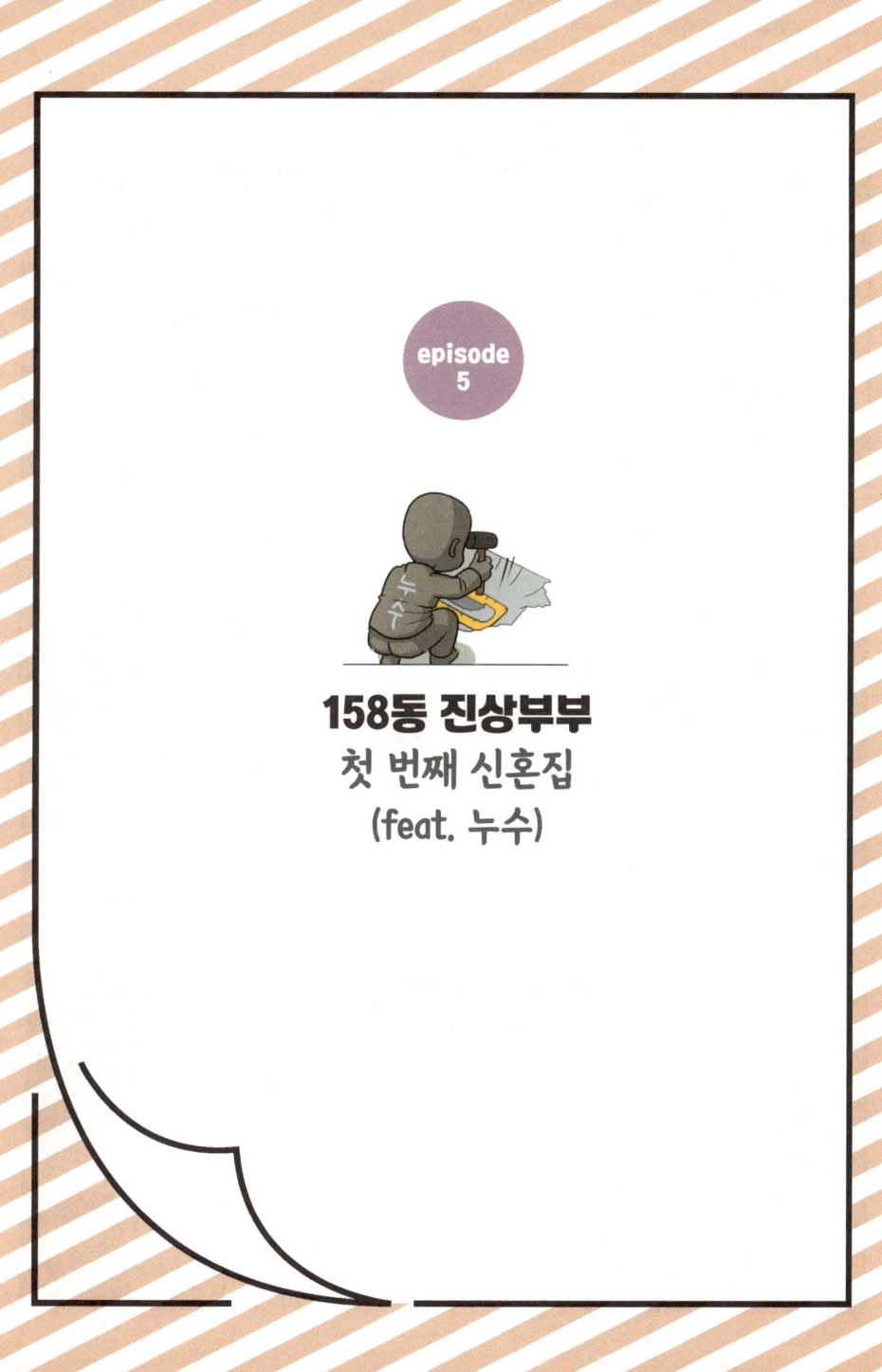

episode
5

158동 진상부부
첫 번째 신혼집
(feat. 누수)

결혼 할때 제일 중요한 집구하기

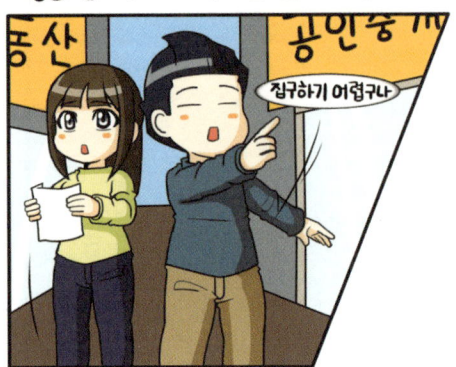

살만한 전세집 구하기는
무척 어려운 일이었다

간신히 구한
전세집

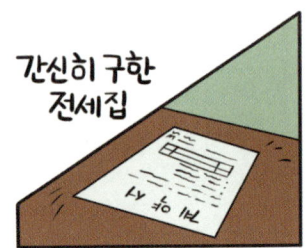

우리의 첫 신혼집

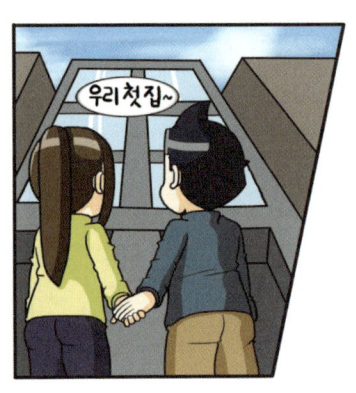

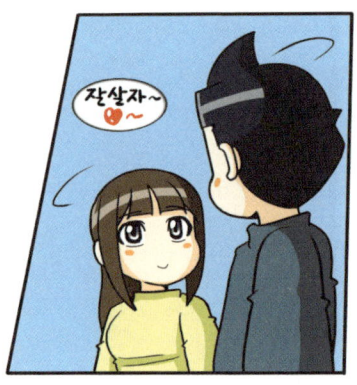

첫신혼집에서 알콩달콩
6개월쯤 지난 어느날...

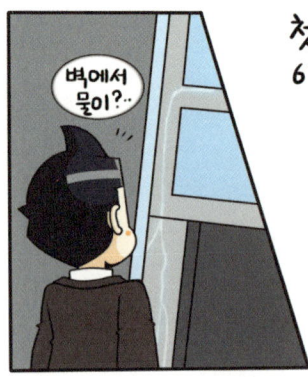

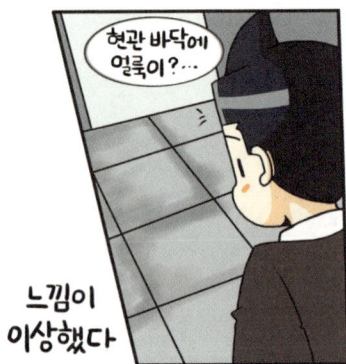

느낌이
이상했다

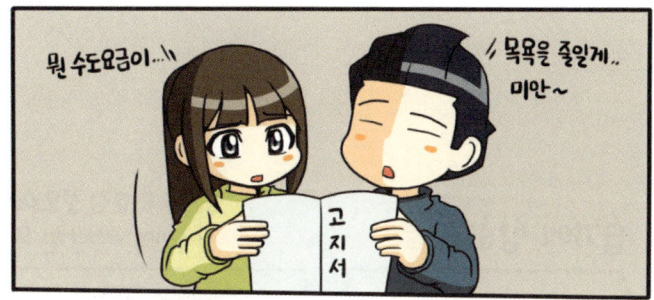

그리고 며칠 후 올 것이 오고야 말았다

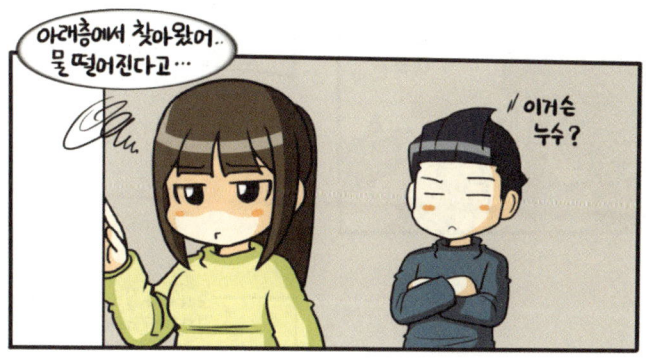

원인을 한방에 찾아준 누수 수리 사장님은
티비에 나오는 영웅같았다

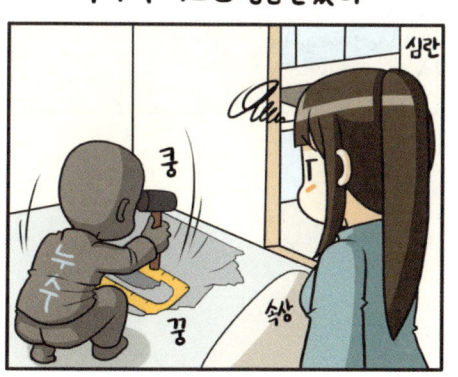

누수가 심해 물이 벽을 타고 올라오며
벽지에도 곰팡이가 슬고,

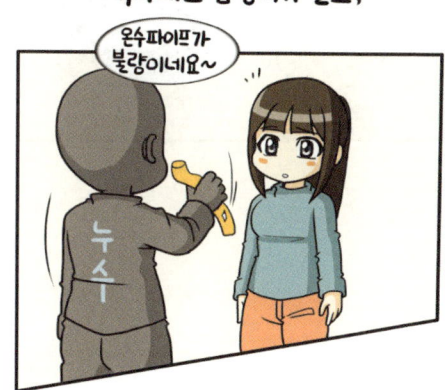

새가구도 습기에 상하고,
우울했던
며칠..

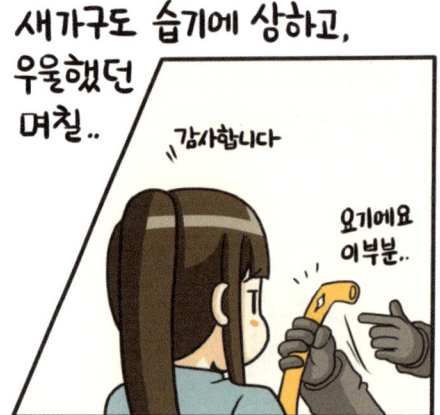

우리가 터트린 것도 아닌데
집 주인의 *쌀쌀*한 목소리는..

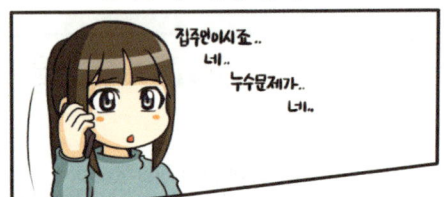

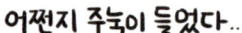
어쩐지 주눅이 들었다...

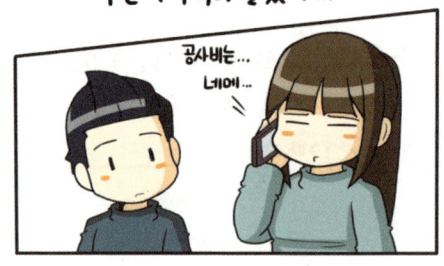

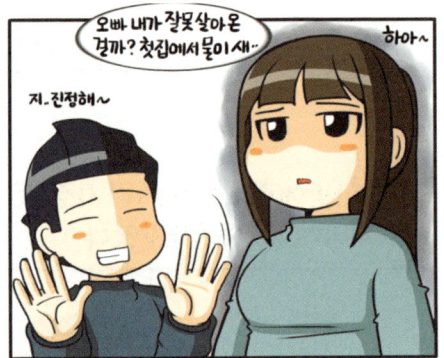

몇 달 후... 누수따위 잊고
친구들과 흥겹게 떠난 여행

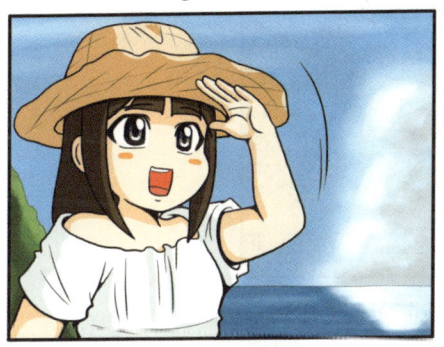

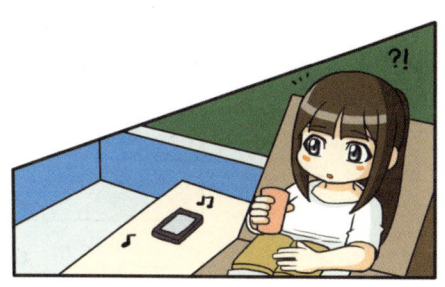

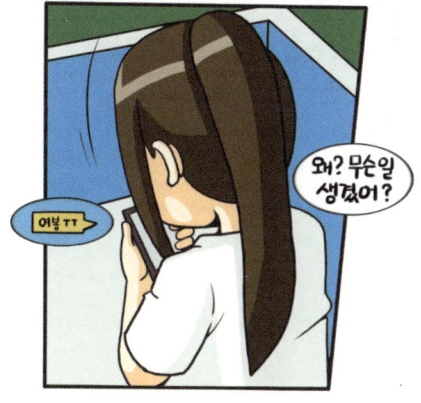

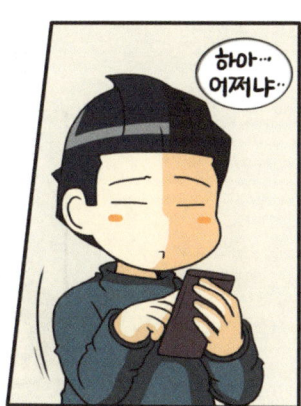

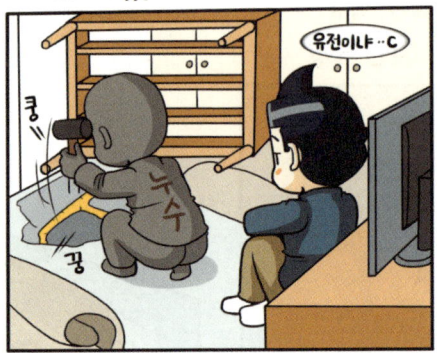

이사.. 가고 싶지만 돈도 없고
전세집도 없고 우울했던 첫 신혼집..

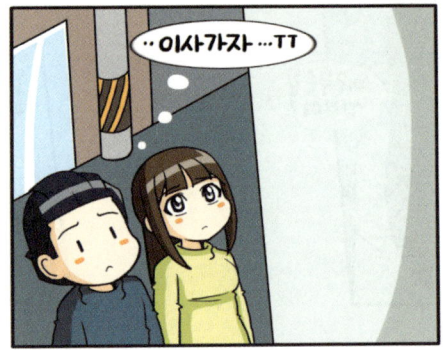

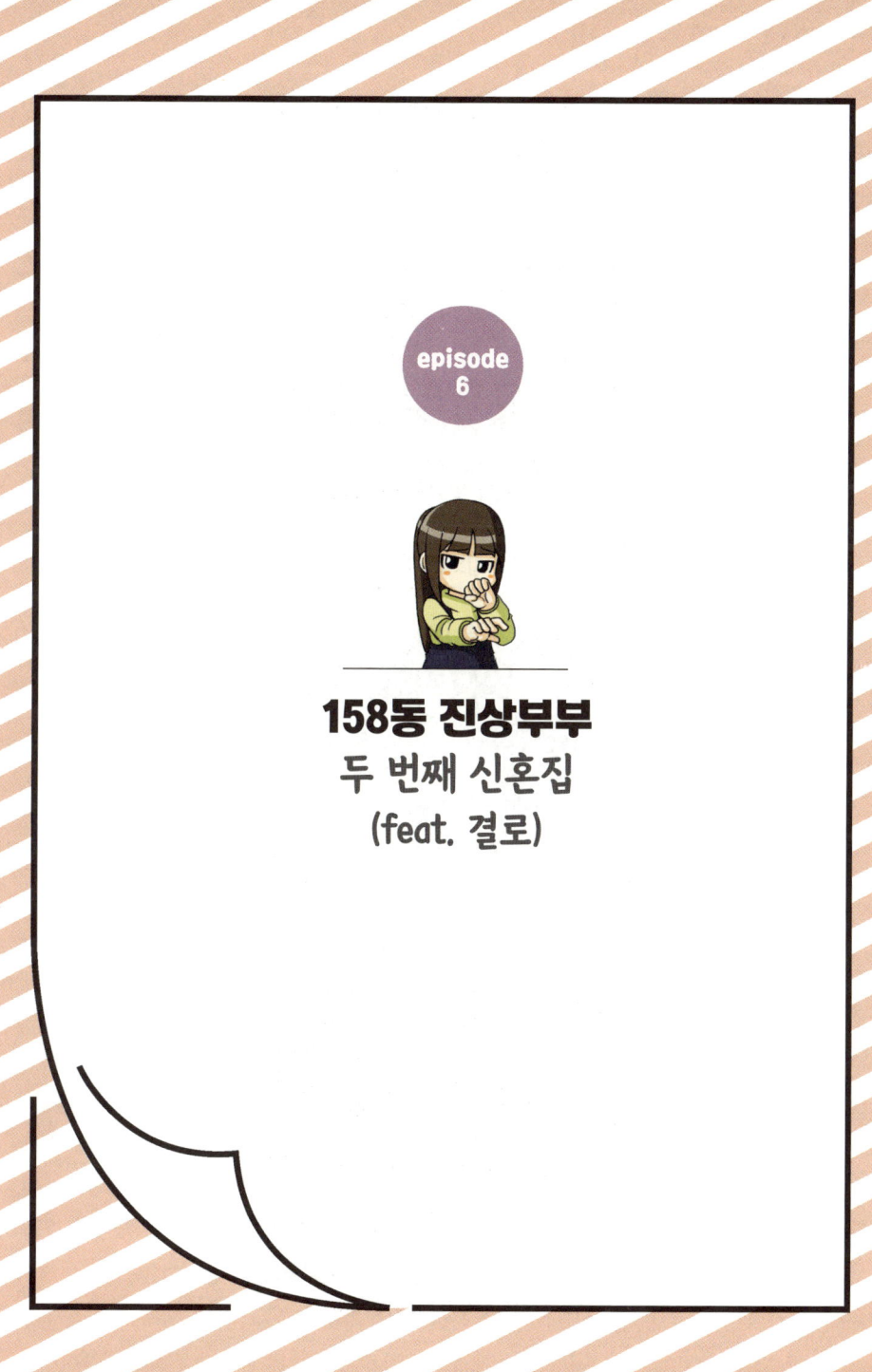

episode
6

158동 진상부부

두 번째 신혼집
(feat. 결로)

언제 온수파이프가 터질지 몰라 불안했던
첫 신혼집을 (계약만료) 떠나,

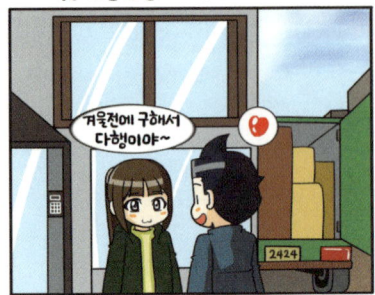

간신히 구한 두번째 우리집
한창 여기저기 생기던 다세대 주택

전세금은 이전 집보단 1.5배나 비싸서

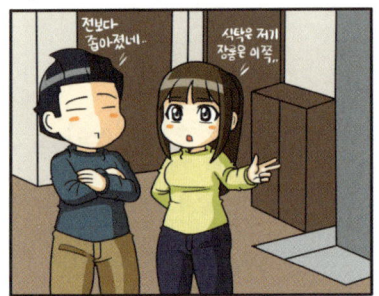

대출도 받아야했지만 공간은 오히려 좁았다

그럭저럭 만족하며 살던 중,
곧 날씨가 추워져 난방을 시작했는데

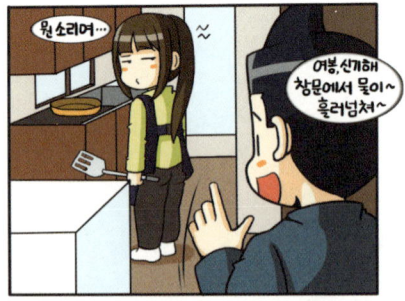

어느날 징징돌이의 해맑은 한마디..

느낌이 또, 이상했다

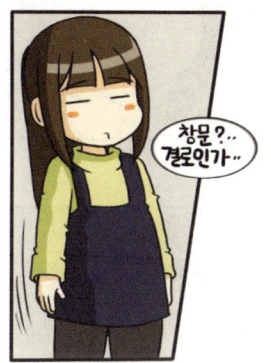

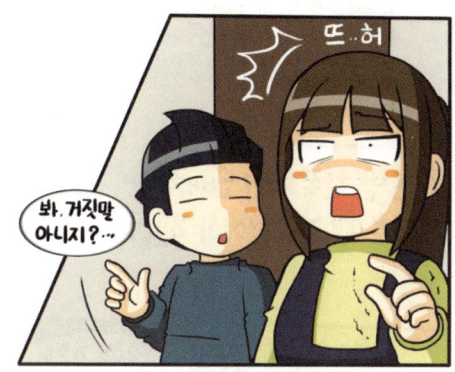

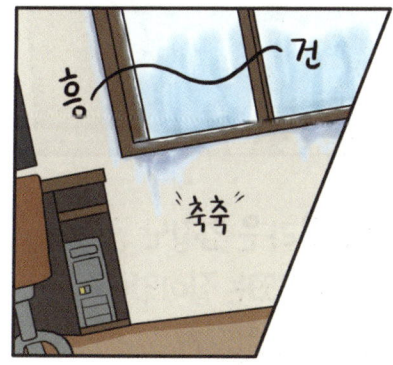

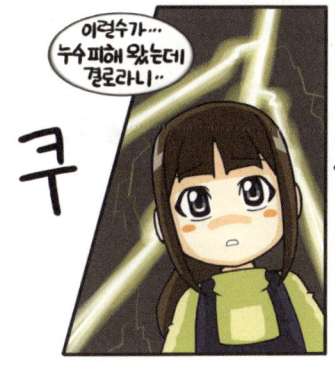

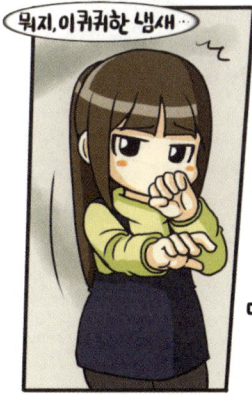

다른 사람들이 먼저 계약 할까봐
제대로 둘러보지도 못하고
계약부터 했던 집..

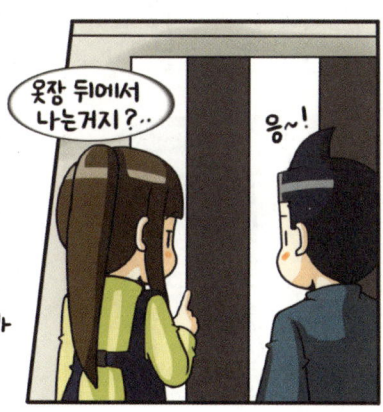

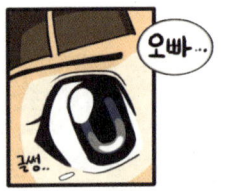

작은 방 한쪽 벽면 도배지만
달랐을 때 눈치챘어야 했다

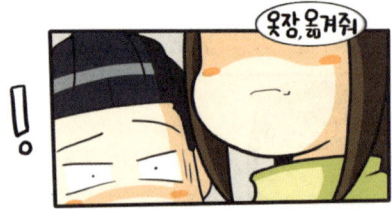

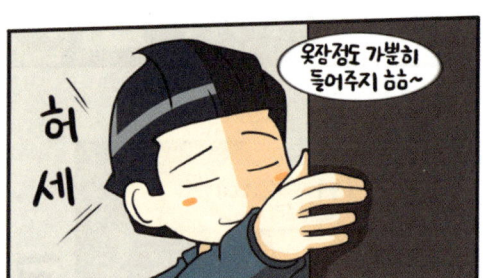

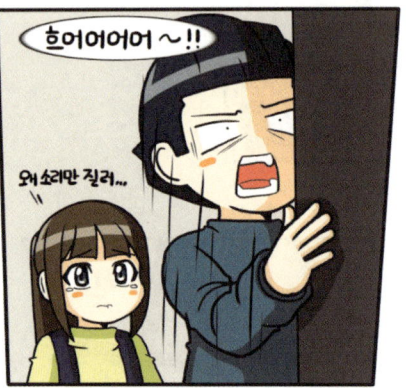

도배지를 뚫고 올라온 엄청난 곰팡이..
단열이 전혀 안되는 집이었다

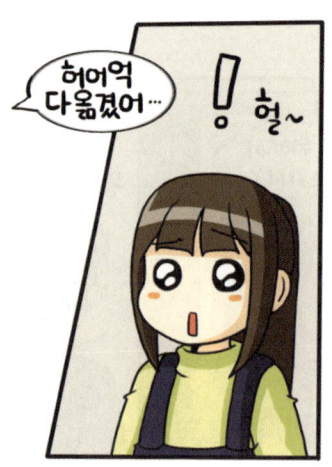

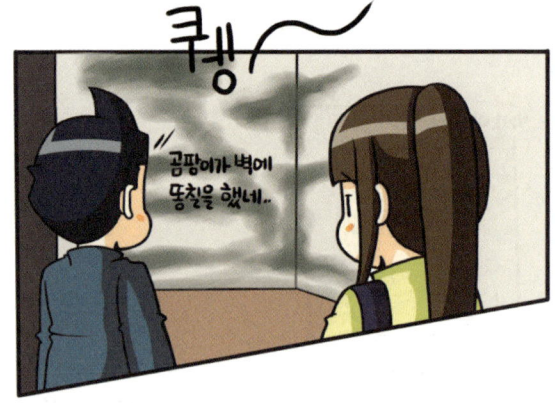

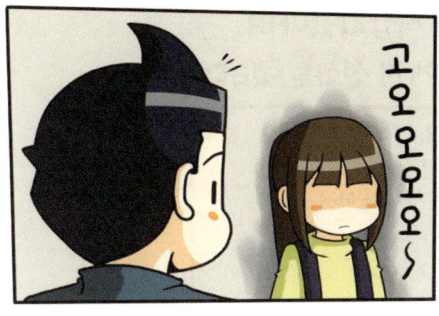

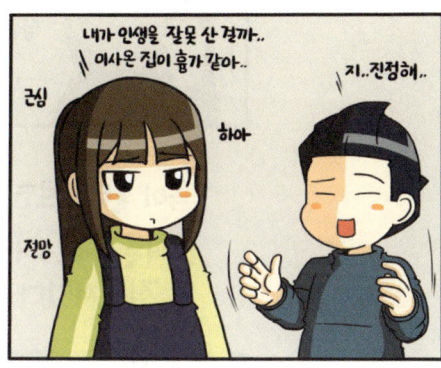

벽지를 모두 뜯어낸 뒤
휴지대고 락스물 뿌려가며
미친듯이 했던 곰팡이 제거 작업

곰팡이만 닦아서는
해결이 안될거 같았다

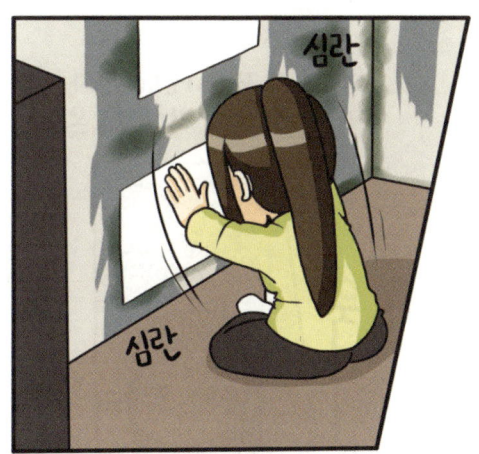

그러나 효과가 없었다

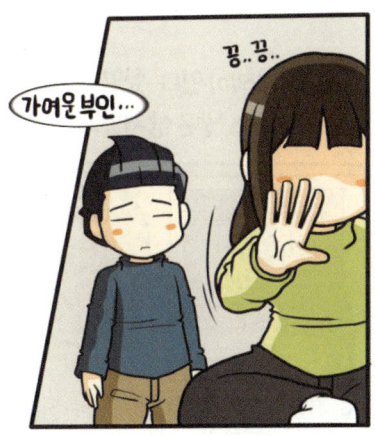

계약할 때 본인이 직접 지었다며
폭풍자랑하던 집주인에게 전화를 했는데

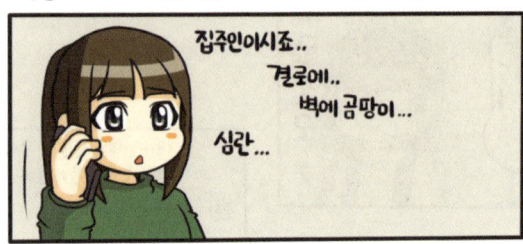

속이 불타오르는 말만 하던 집주인

도배를 새로 해달라는 것도 아니고
직접지었다고 자랑하길래,

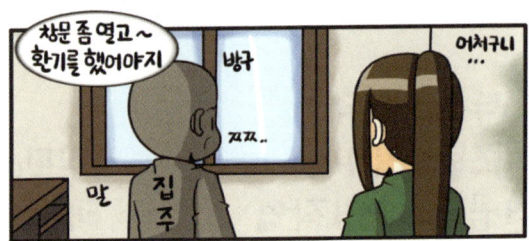

뭔가 해결책이 있나 싶었을 뿐인데
돌아오는 말은 상처였다..

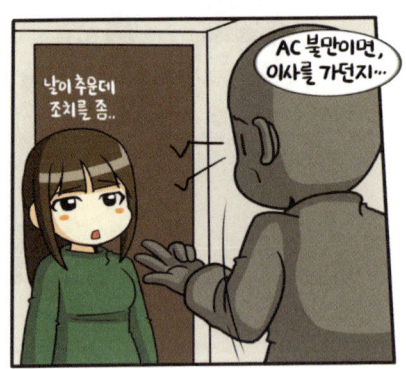

치사하고 짜증나는데 진짜로
나가라고 할까봐 말대꾸도 못하고...

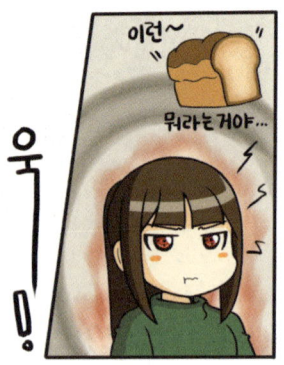

분하고 서러워 눈물 콧물 빼며 한참 울었다

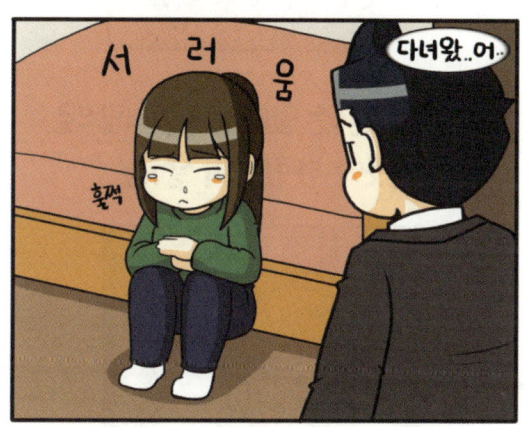

퇴근한 징징돌이와 이렇게 집없는
설움인가보다.. 라며 우울했던 날

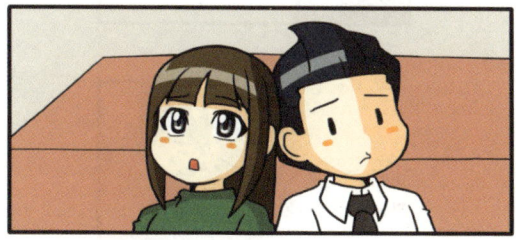

그해 겨울..

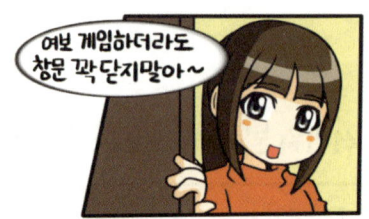

이사를 갈수는 없으니 창문개방으로
결로와 타협하며 살기로..

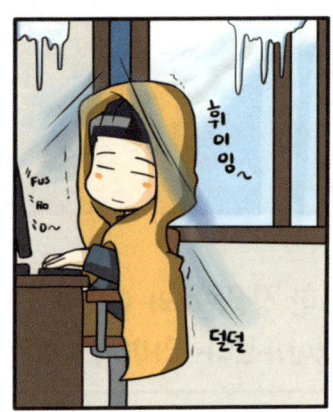

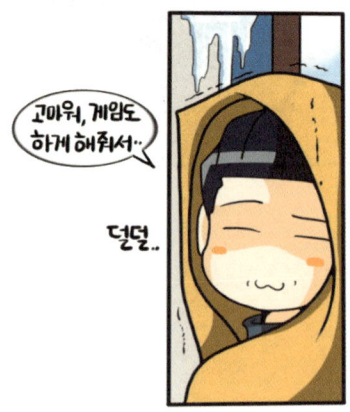

episode
7

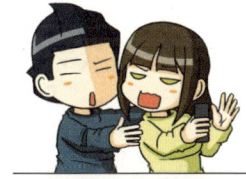

158동 진상부부
백원짜리 반항

보통 부부싸움의 원인이라면 뭔가..

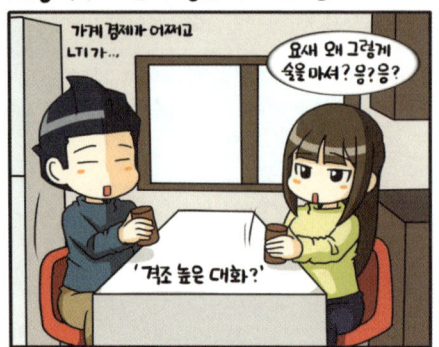

고차원적 대화나 사건에서
시작될 것 같지만..

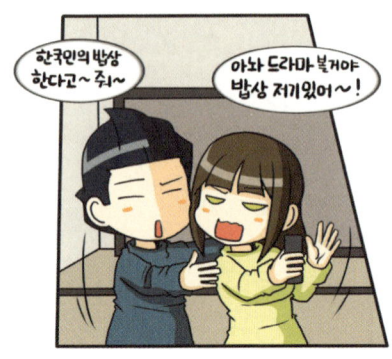

대부분 사소한데서 시작한다

(무엇 때문인지 기억나지도 않는 이유로)
대판 싸우고 감정이 상한 어느 날

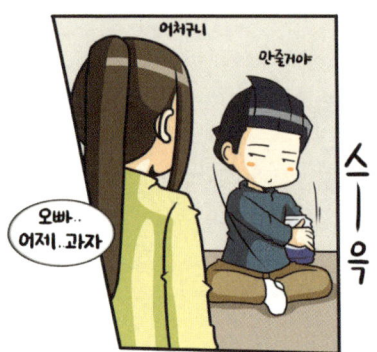

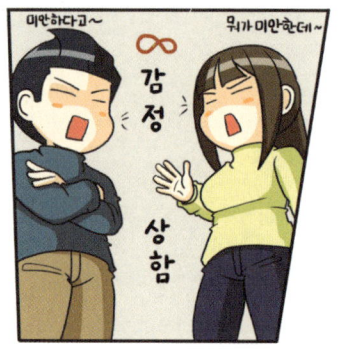

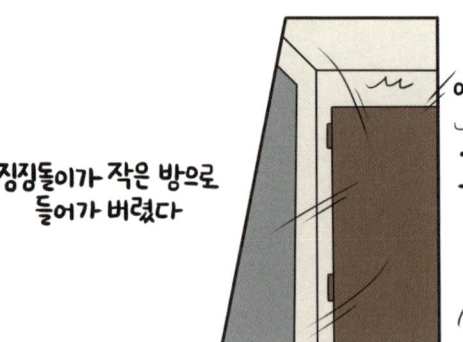

징징둘이가 작은 방으로
들어가 버렸다

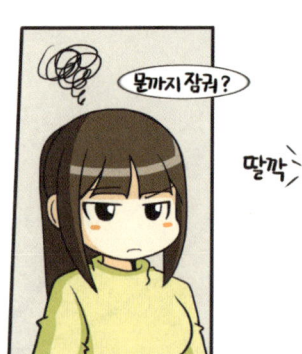

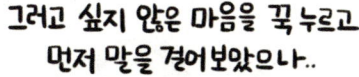

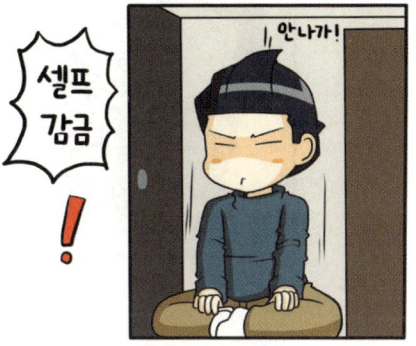

셀프
감금

!

안나가!

그러고 싶지 않은 마음을 꾹 누르고
먼저 말을 걸어보았으나..

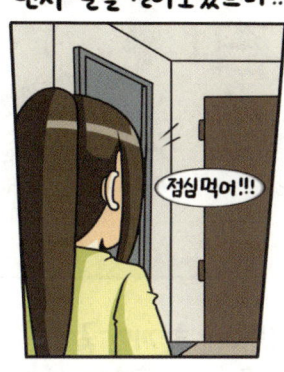

점심먹어!!!

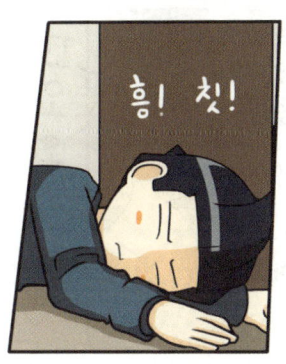

흥! 칫!

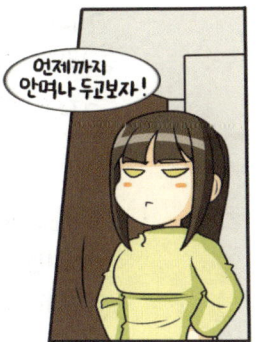

언제까지
안먹나 두고보자!

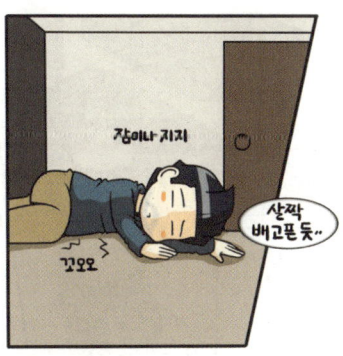

잠이나 자지

꼬오오

살짝
배고픈 듯..

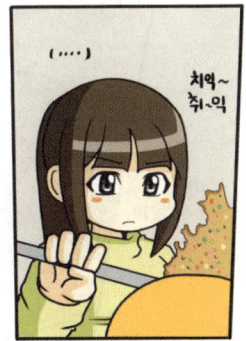

(....)

치익~
취익

저녁까지 안나오는 징징돌이를
유인해내기 위해...

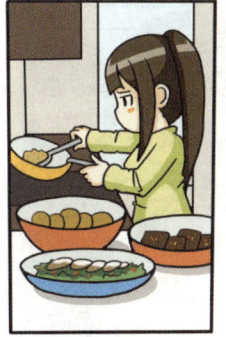

부글 부글
부글 부글
부글 부글

요리를 하기 시작했다

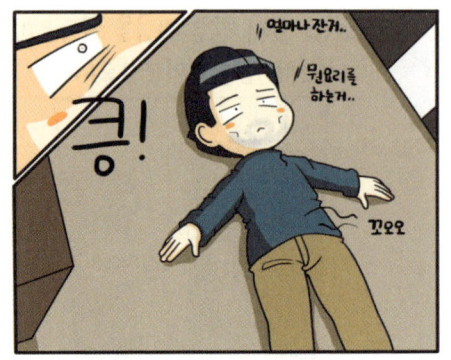

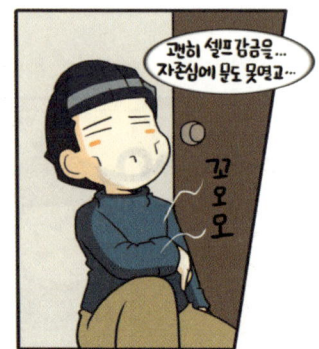

징징돌이는 한 끼만 굶어도
배고픔을 못이겨 휘청이는 남자...

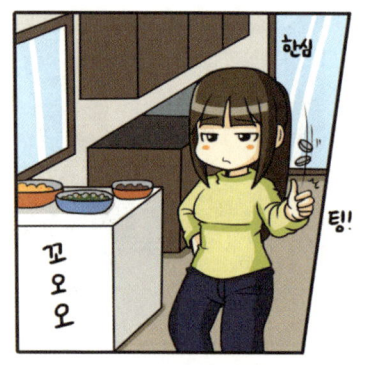

게다가 작은 방
문고리는 잠겨있어도
백원짜리 동전을

홈에 끼워
돌리면 쉽게
열리는 구조...

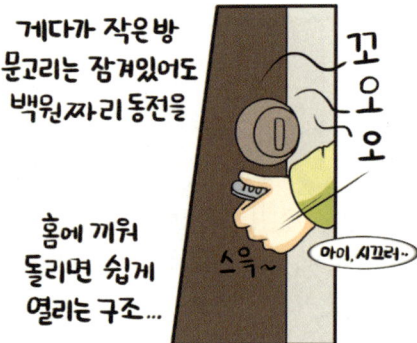

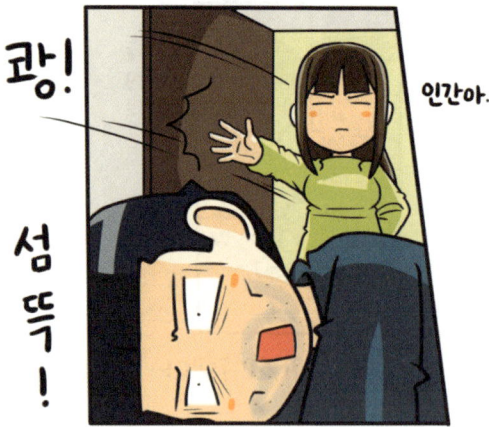

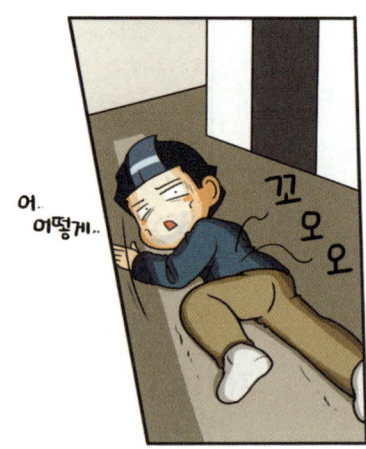

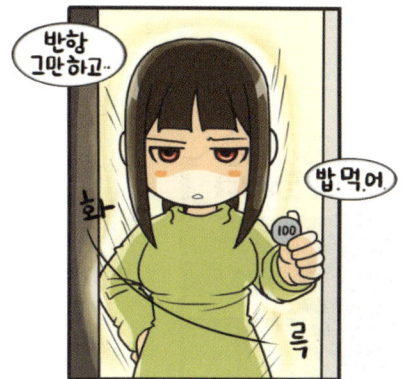

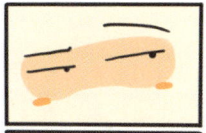

심란..

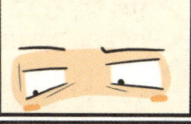

이 눈치..

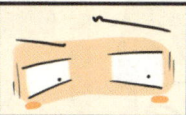

저 눈치..

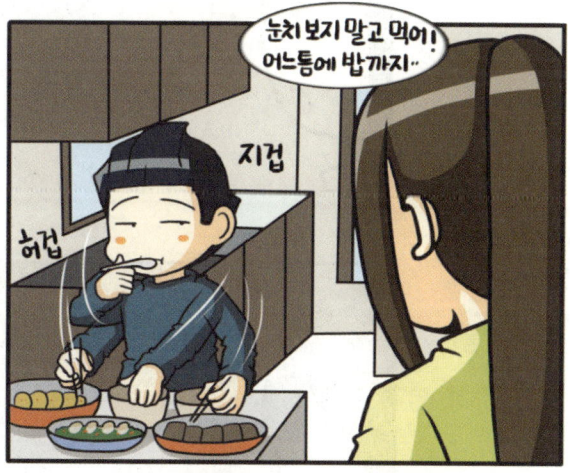

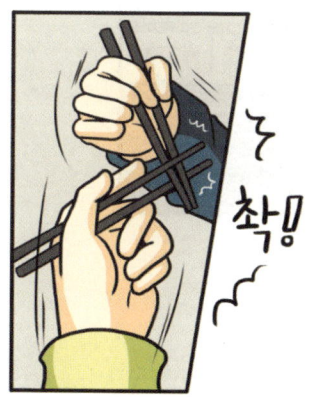

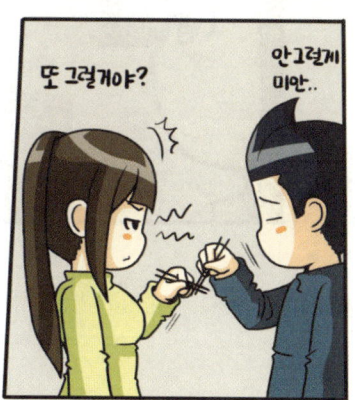

179

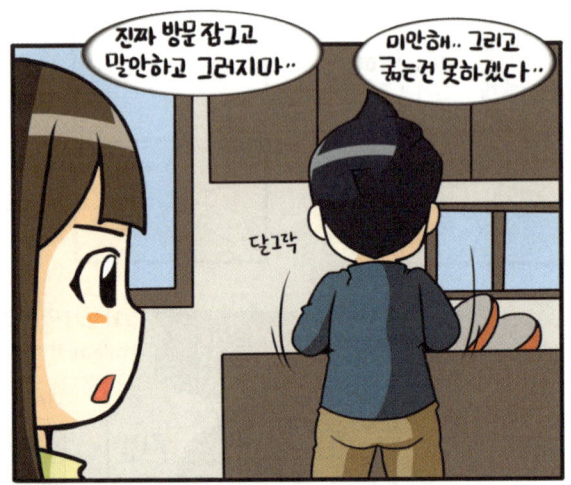

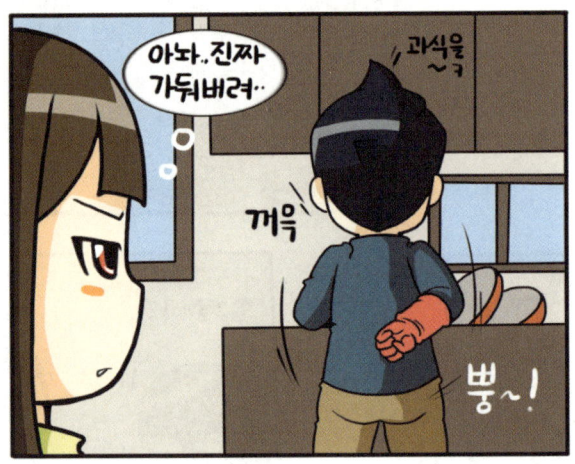

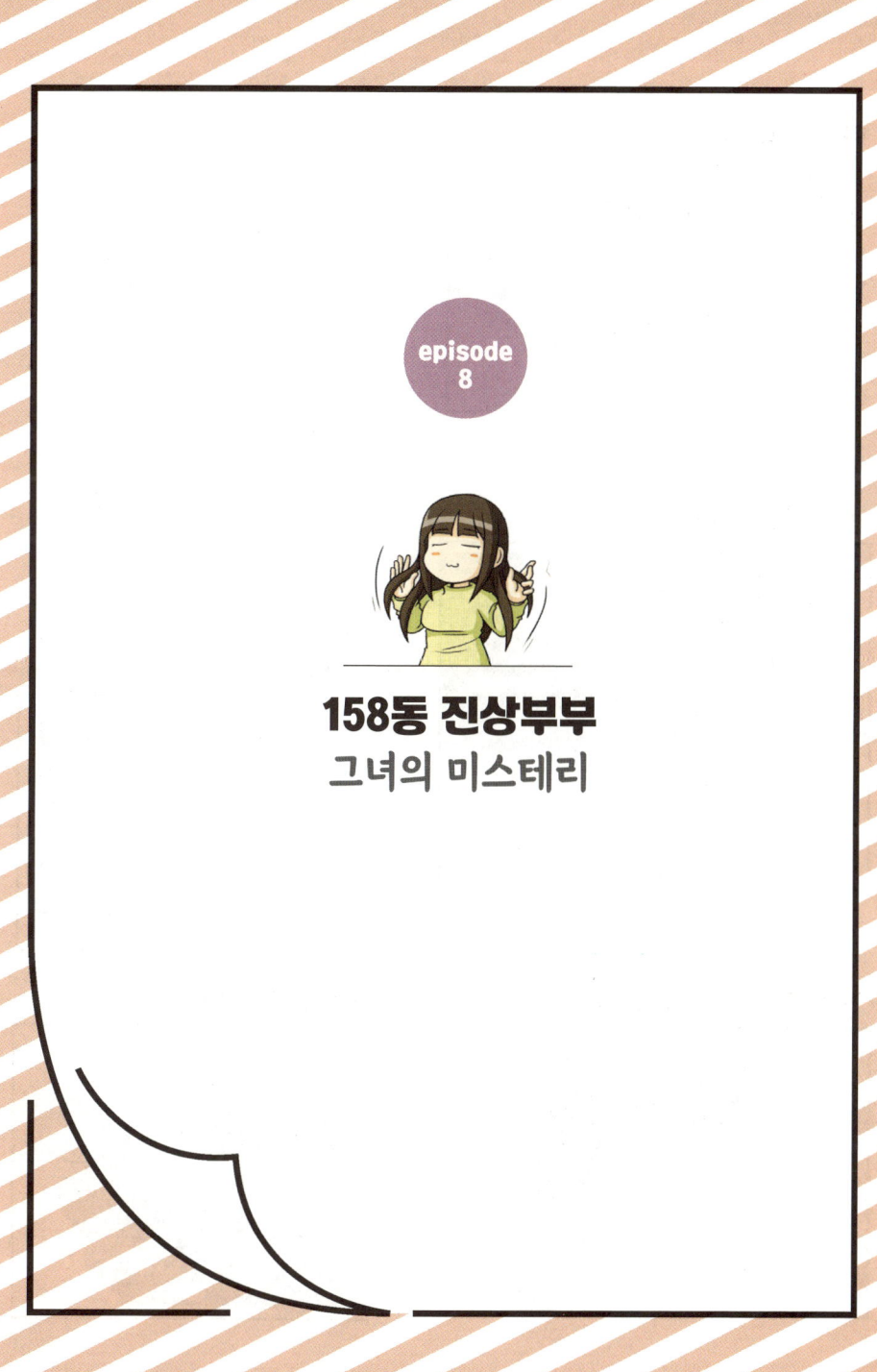

episode
8

158동 진상부부
그녀의 미스테리

다년간의
청소
과정에서

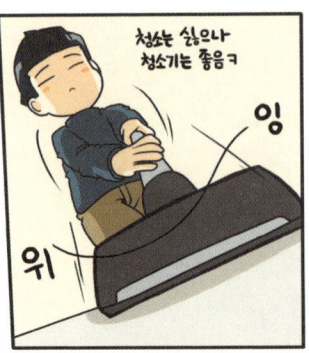

자주 발견되는 것이 있다...

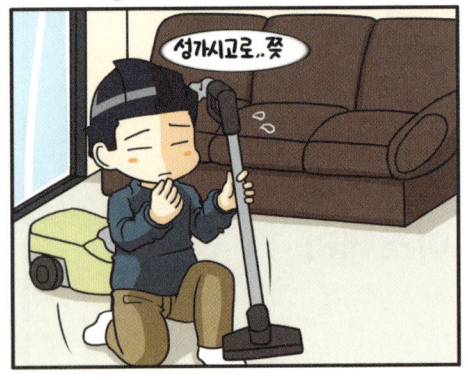

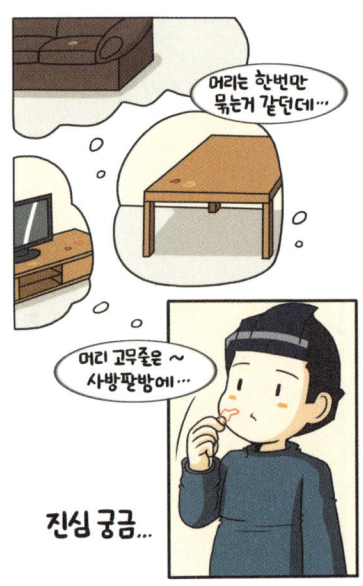

진심 궁금...

은야쟁이가 있었던 곳은..

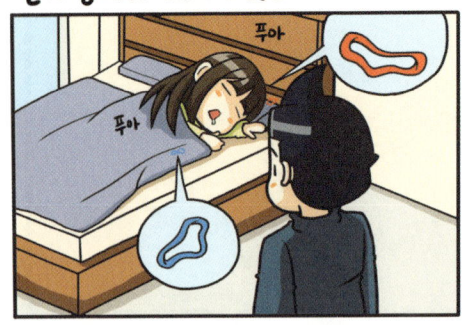

머리고무줄이 계속~

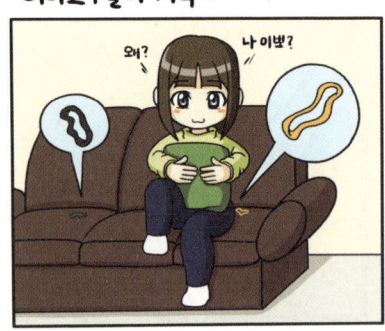

고무줄을 만드는 은야쟁이~

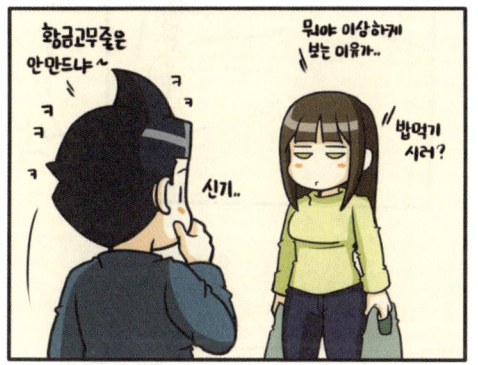

그러나 고무줄 보다 더 큰 문제는..

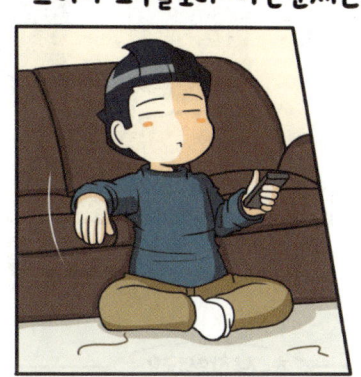

방안 구석구석 떨어진 머리카락

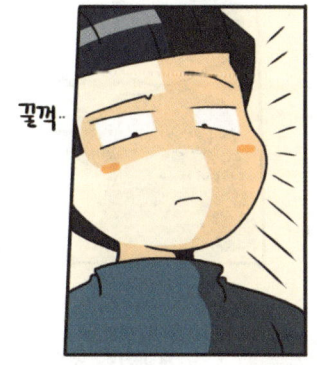

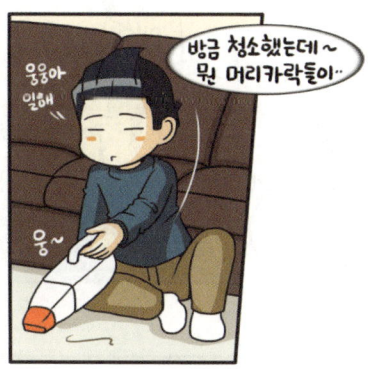

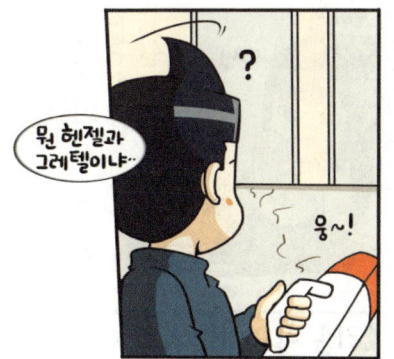

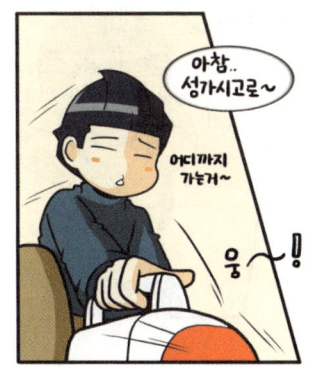

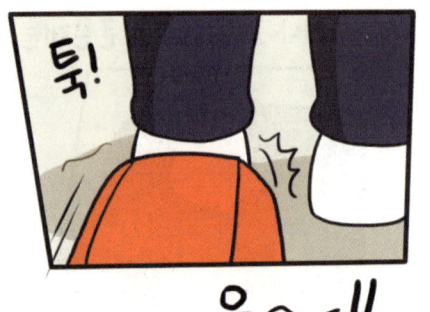

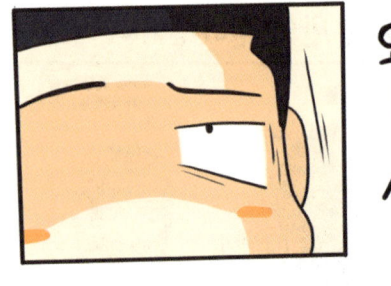

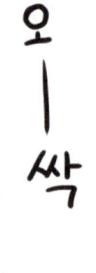

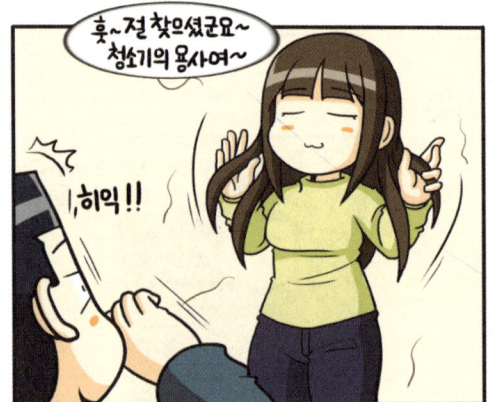

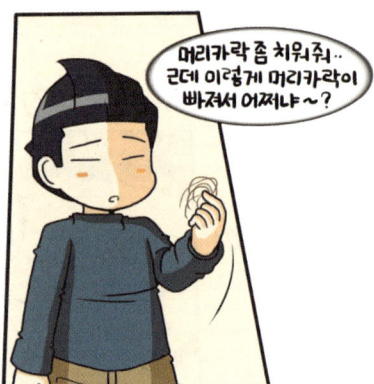

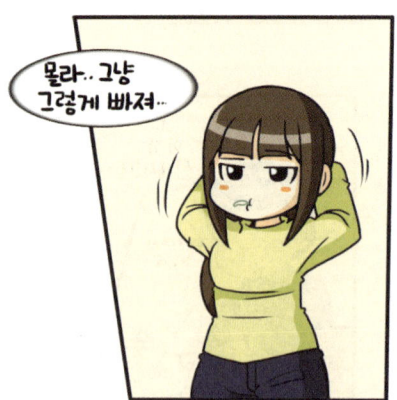

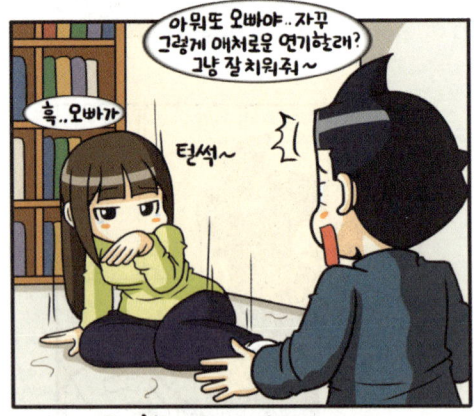

잔소리좀 할라치면 불쌍어택...

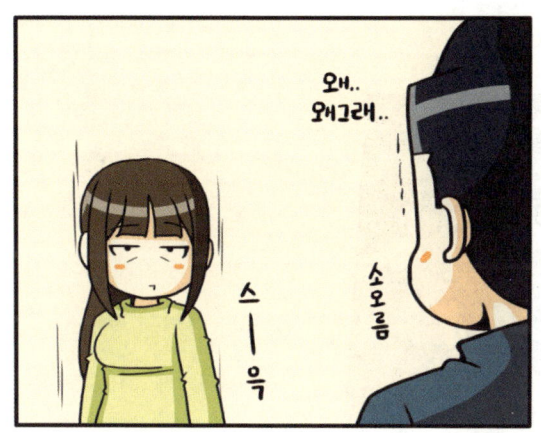

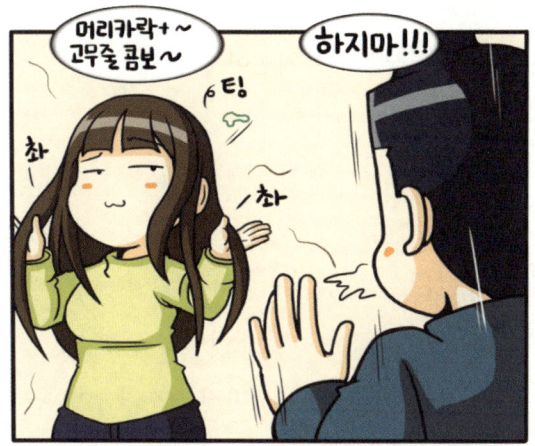

안 통한다 싶음 콤보어택!

158동 진상부부 청소쟁이 징징돌이

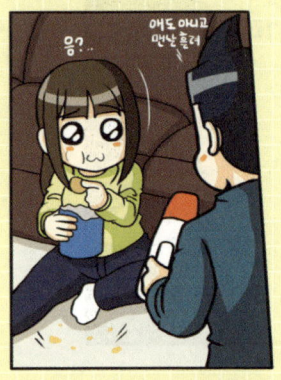

징징돌이는 정말 깔끔한 남자입니다. 결혼 전에는 몰랐는데 함께 살아보니 청소를 잘 하기도 하지만 선천적으로 깔끔하고 정리정돈에 익숙한 캐릭터 였어요. 반면에 은야쟁이는 청소는 마음이 내킬 때 하고 정리는 내가 두는 곳이 곧 그 물건의 위치인 스타일이죠.

신혼 초에는 청소 때문에 깔끔한 징징돌이와 무던한 은야쟁이의 다툼이 있었는데요. '행동하는 자만이 잔소리할 자격이 있다'로 원칙을 정하고는 싸운 적이 없어요. 집이 지저분하면 청소를 직접 한 후 깨끗하게 유지하자고 잔소리를 할 수는 있지만, 상대방에게 청소하라고 지적할 수는 없어요.

결국 대부분의 청소는 징징돌이가 하게 되었는데요. 청소할 때마다 머리카락이 많다, 고무줄은 어떻게 이렇게 끊임없이 나오는 거냐 투덜투덜 하지만 청소를 안 할 수 있다면 잔소리쯤이야 즐거운 마음으로 듣고 있어요. 헤헤

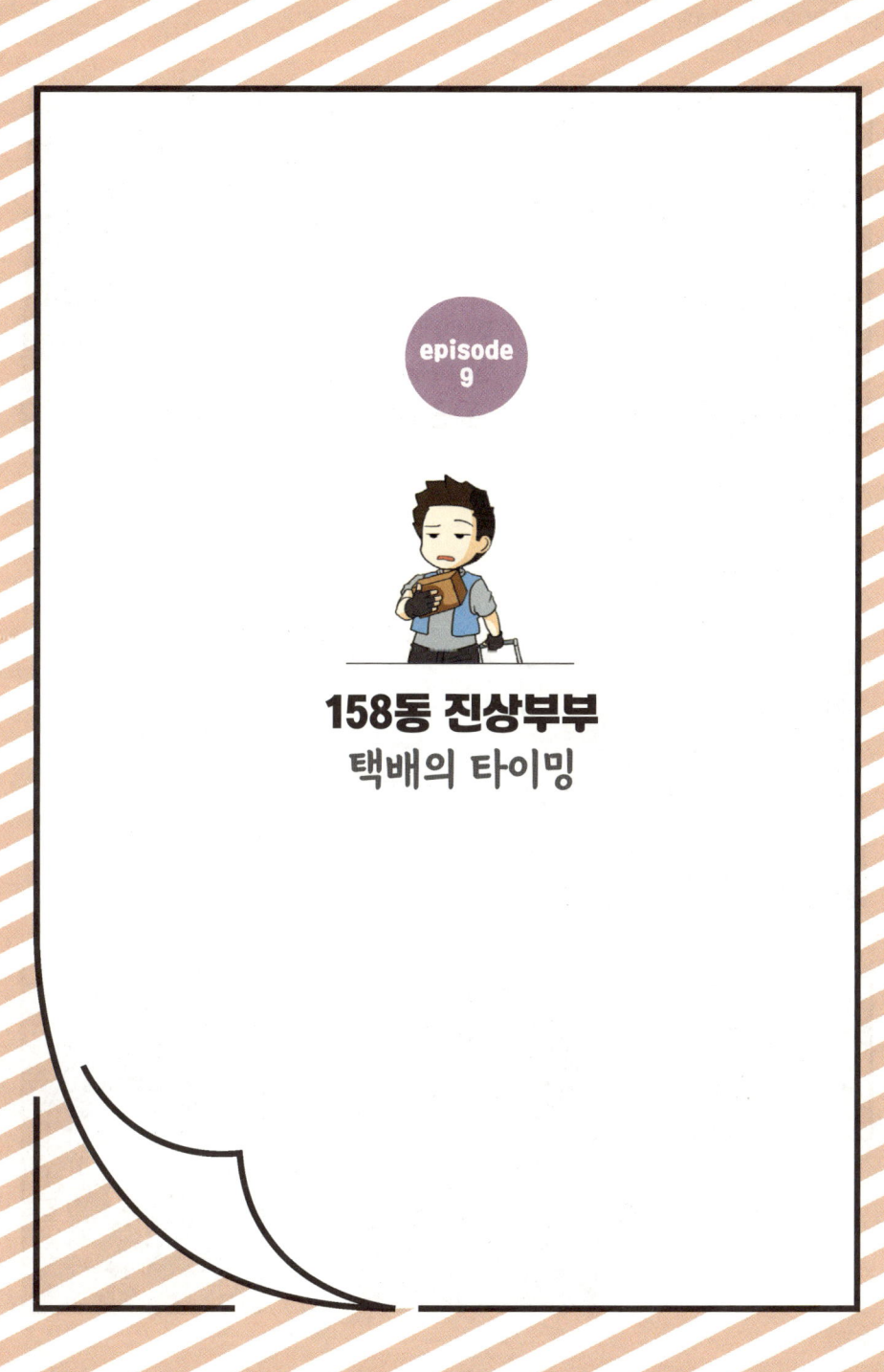

episode
9

158동 진상부부
택배의 타이밍

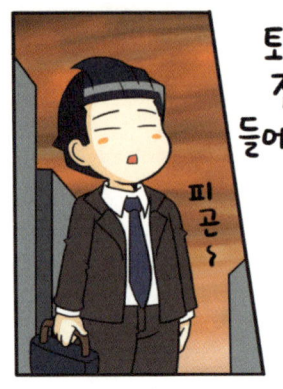

퇴근 후
집에
들어가기전

피곤~

아..

아내의 택배는
꼭 아내가 늦게
퇴근하는 날,

부지런히 도착한다...

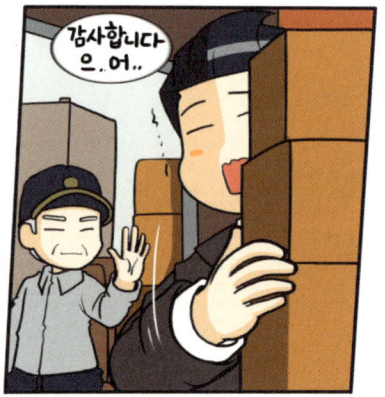

감사합니다
으..어..

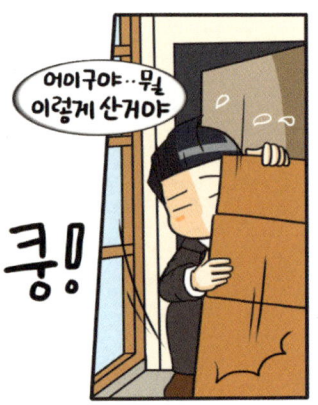

어이구야..뭘
이렇게 산거야

쿵!

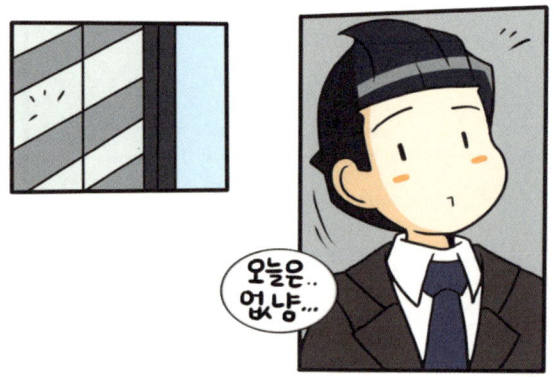

오늘은..
없냥...

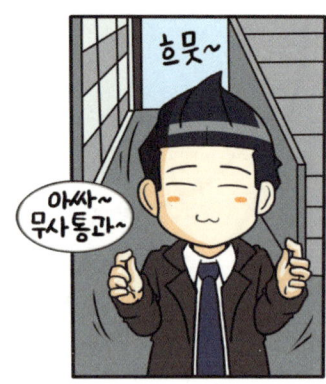

흐뭇~

아싸~
무사통과~

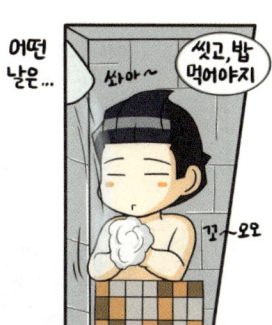

어떤 날은...

쏴아~

씻고, 밥 먹어야지

꼬~오오

택배 딱지가 없다고 방심할 순 없다

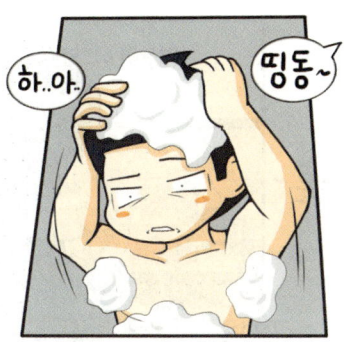

하..아..

띵동~

또 어떤 날은..

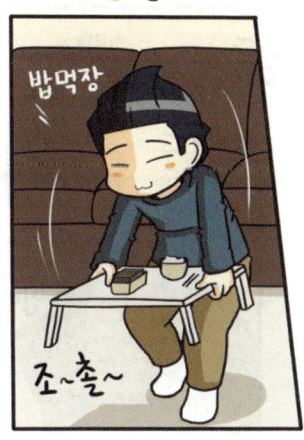

밥먹장

조~촐~

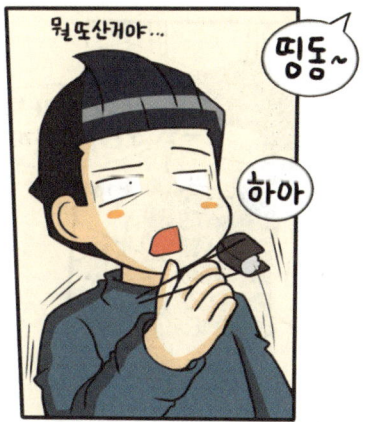

뭘 또 산 거야...

띵동~

하아

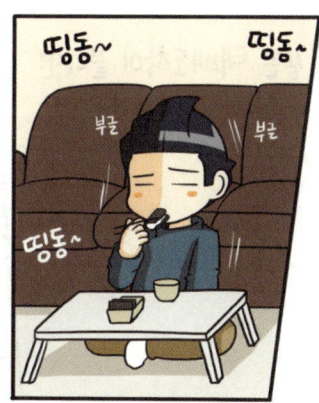

띵동~

띵동~

부글

부글

띵동~

189

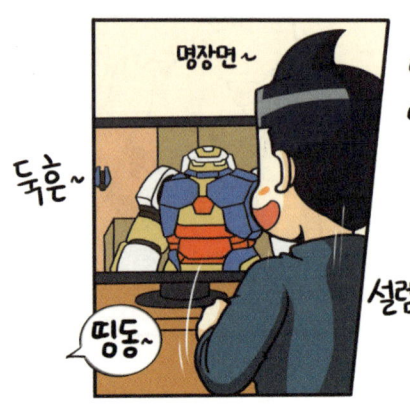

아내가 주문한
택배의 타이밍은
언제나 기가 막히다

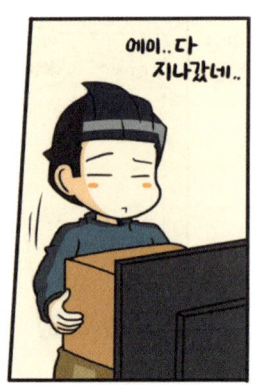

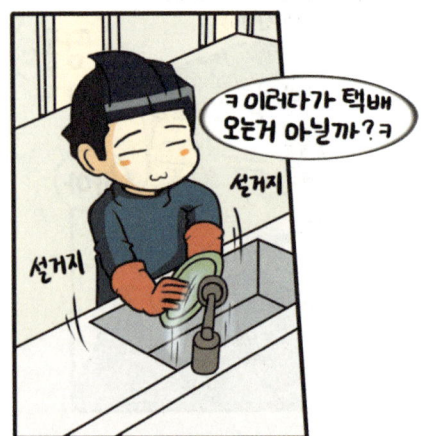

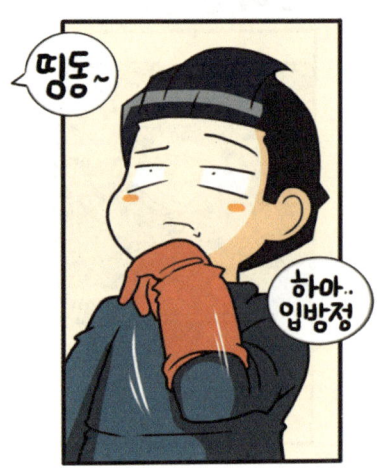

폭풍같은 택배도착이 끝나면
집에 오는 아내

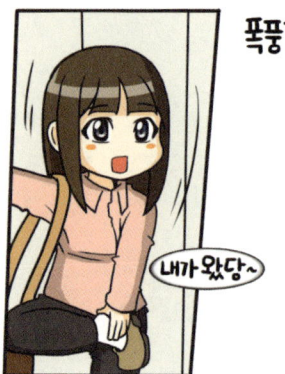

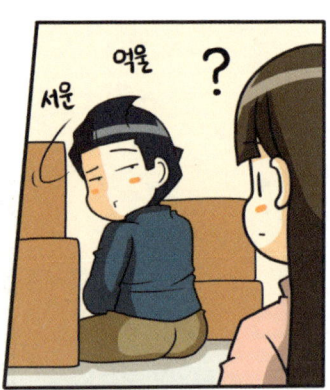

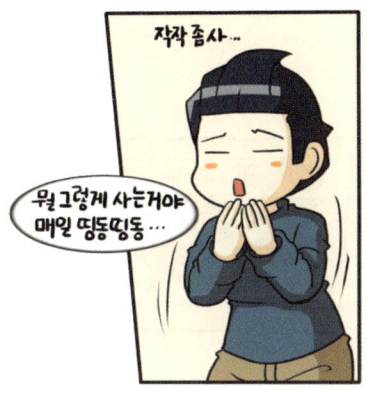

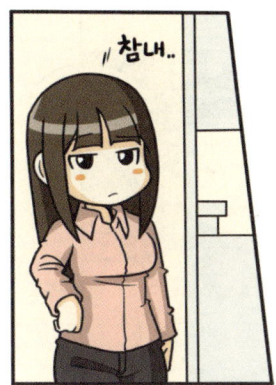

관심없던 택배 상자를 처음 오픈한 날..

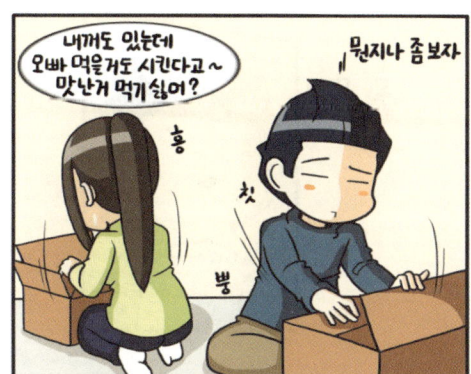

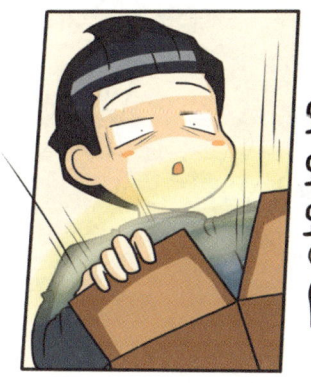

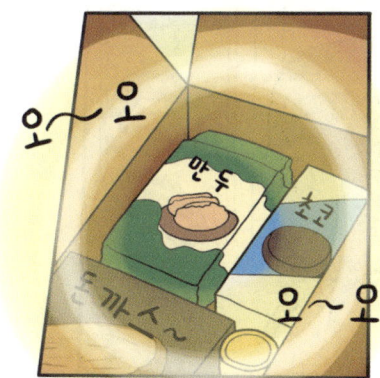

그것은 보물상자에 가까웠다

얼마 후..

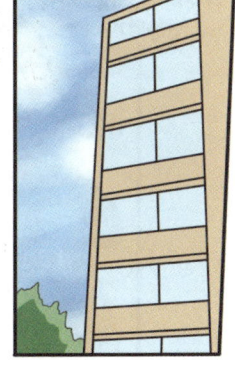

191

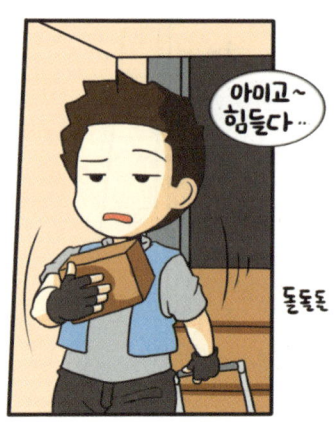

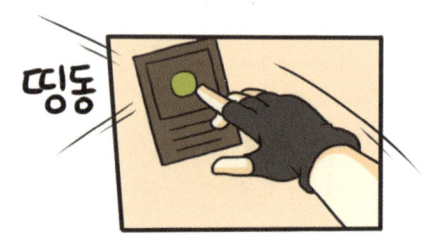

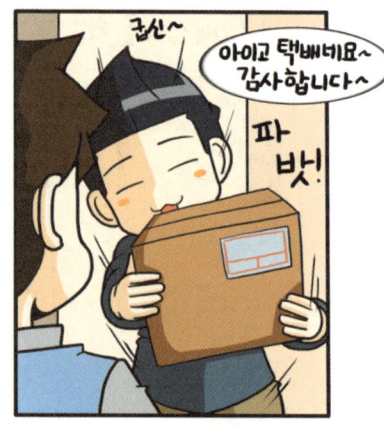

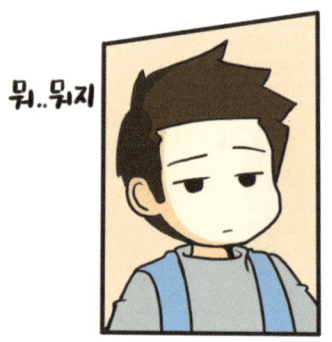

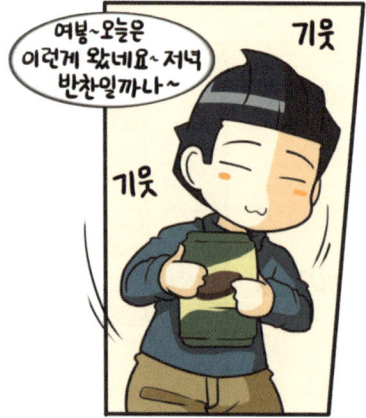

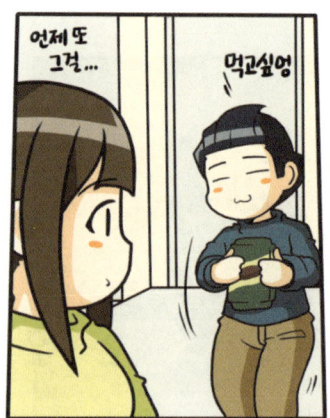

훗 미끼를 물어 부럿어!
이제 마음 놓고 주문해도 되겠네~

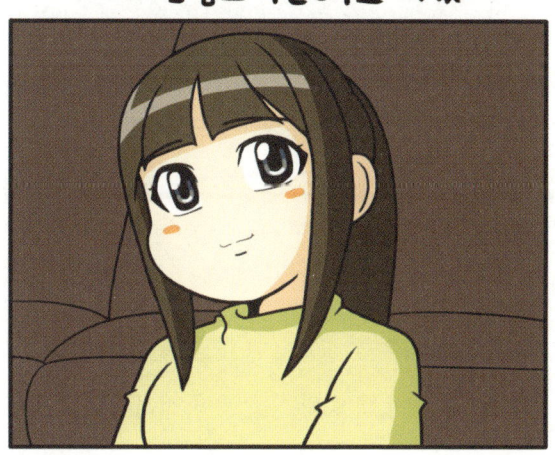

158동 진상부부 아날로그 징징돌이

연애 시절 어느 날, 징징돌이의 한 마디.

"난 신용카드는 못 쓰겠어. 한 달 후에 청구되는 것에 마음이 졸여서 안 되겠어."

그 날 이후 징징돌이는 체크카드나 현금만 쓰는데요. 인터넷 결제도 비슷한 이유로 쓰지 않아요. 결국 생활에 필요한 건 제가 결제해서 삽니다. 그러다 보니 택배는 주로 제 앞으로 오죠. 이것저것 보다 보면 결국 사게 되는 인터넷 쇼핑. 이상하게도 택배가 많은 날 꼭 징징돌이가 먼저 퇴근을 해요. 그럴 때면 징징돌이의 잔소리 신공이 펼쳐집니다.

몇 년간 생활의 노하우로 살펴보면, 징징돌이의 잔소리 선공 전에 조용히 눈치를 못 채게 택배 박스를 풀어 정리해버립니다. 징징돌이는 택배 박스가 안 보이면 잔소리를 안 하거든요. 나름의 노하우를 깨친 후 마음 놓고 오늘도 주문 클릭 클릭.

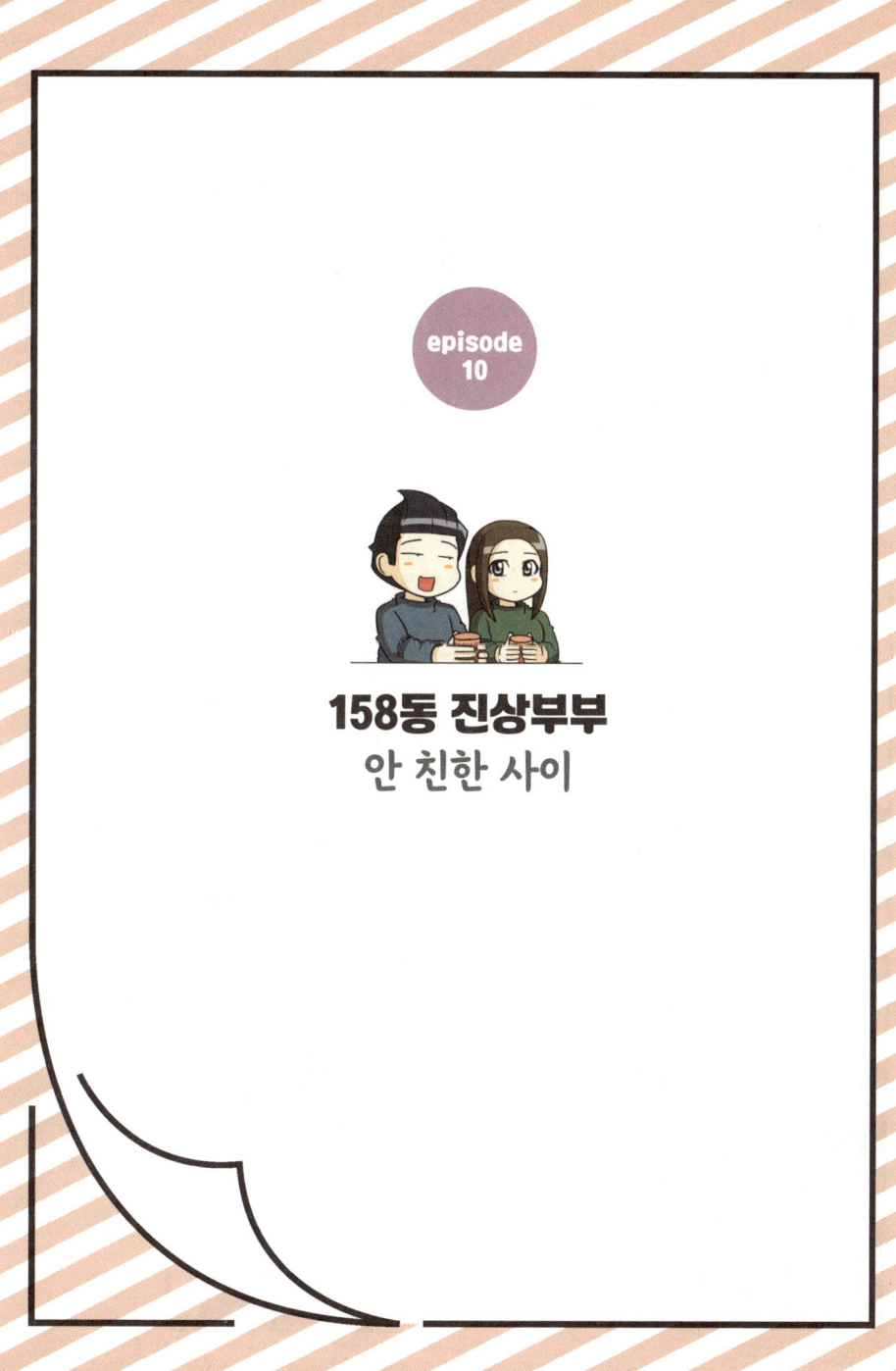

episode
10

158동 진상부부
안 친한 사이

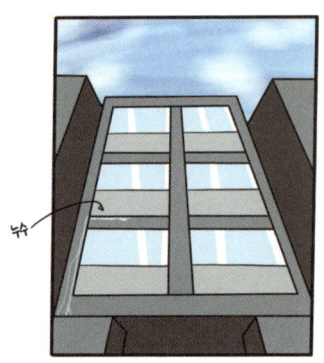

신혼 초, 평화로운 나날

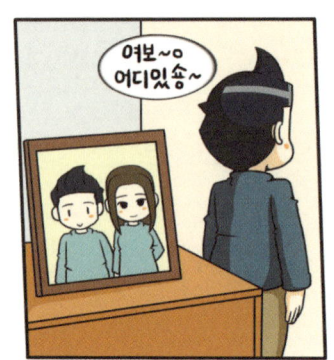

같이 있기만 해도 꿀 떨어지던
신혼 초 반년 쯤...

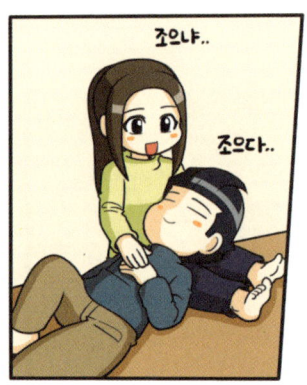

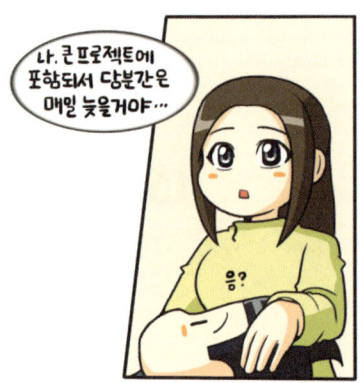

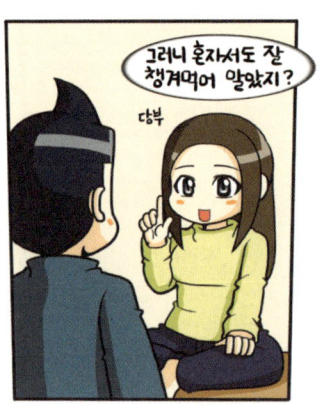

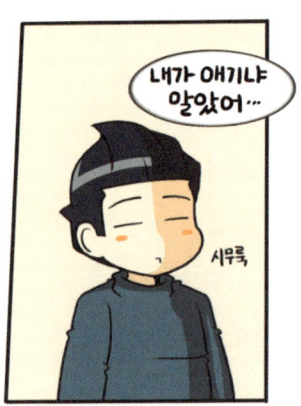

당분간이었던 프로젝트 기간은
8개월간 지속되었다

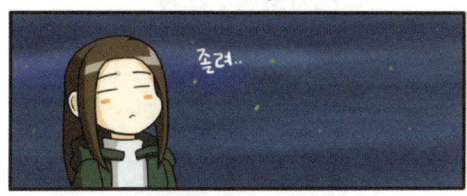

졸려..

밤12시 퇴근..

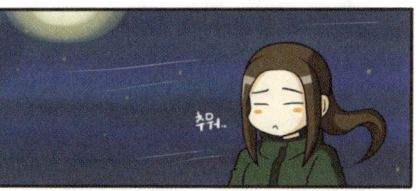

추워..

아침 8시 출근

아이언 수트 만드는 일도 아닌데
어마어마 했던 업무량...

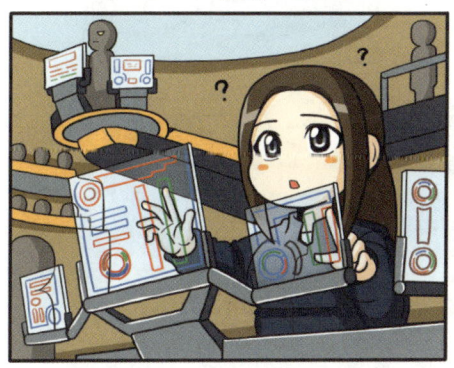

신혼인데 매일 늦게 들어가니
문득 문득 미안함과 걱정이 스쳤다

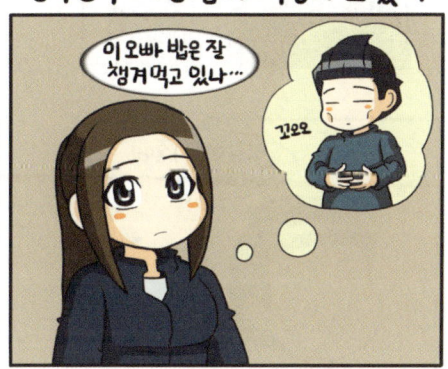

이 오빠 밥은 잘
챙겨먹고 있나...

꼬오오

그래도 먼저 퇴근해 밝게 맞아주는
신랑이 있어 늘 행복했던 귀가길

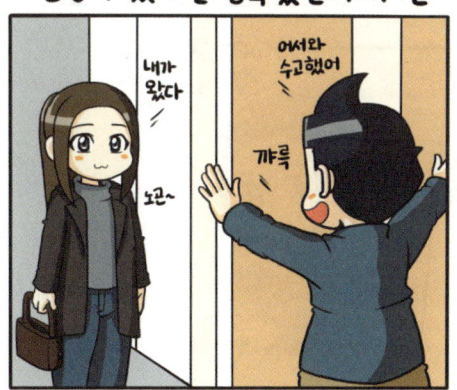

내가
왔다

노곤~

어서와
수고했어

까륵

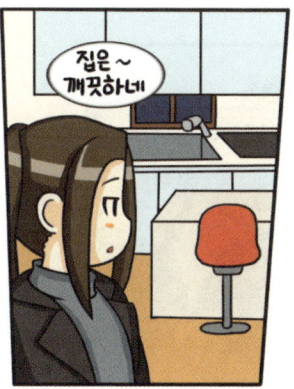

집은~
깨끗하네

내가 늦어도 잘 지내네~ 라고 살짝
서운함이 들 만큼 징징돌이는
혼자 있는 시간도 잘 보냈다

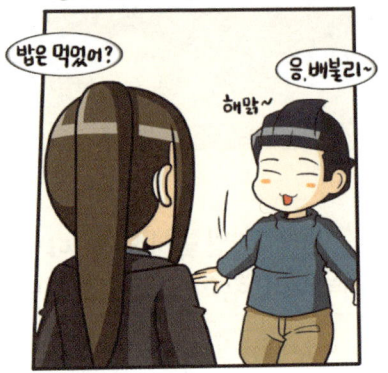

그렇게 반년 쯤 지나 프로젝트가
마무리 될 무렵...

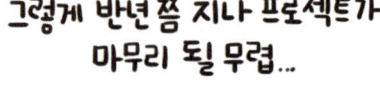

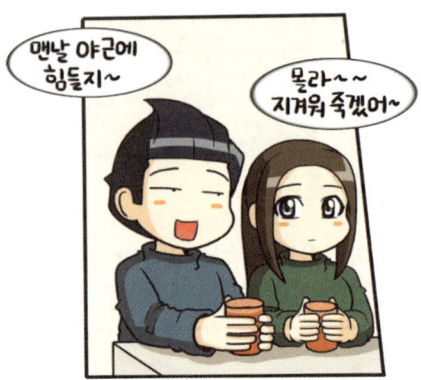

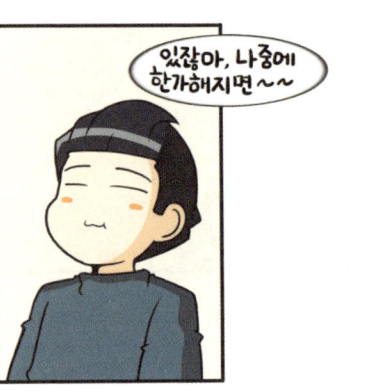

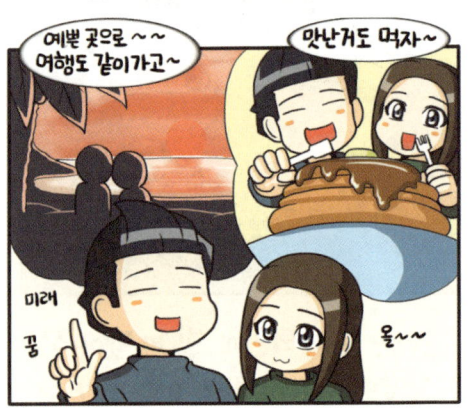

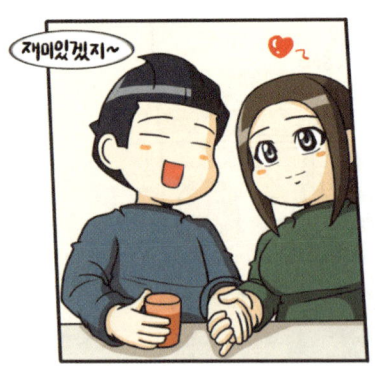

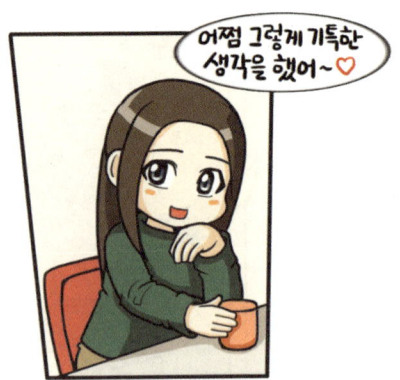

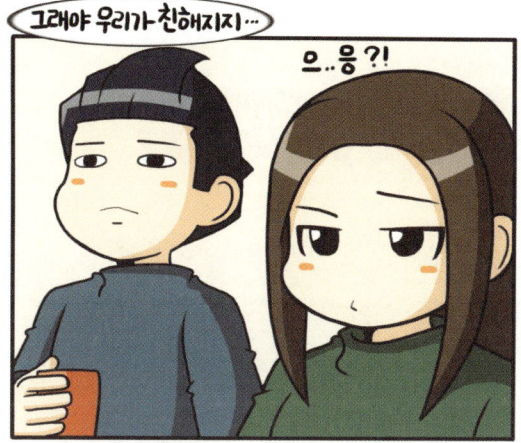

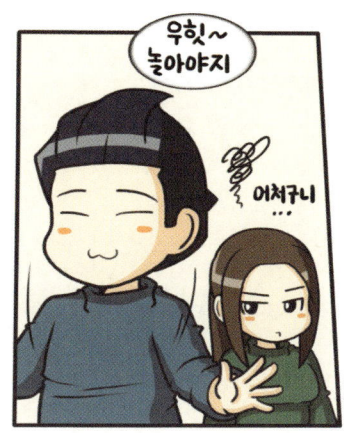

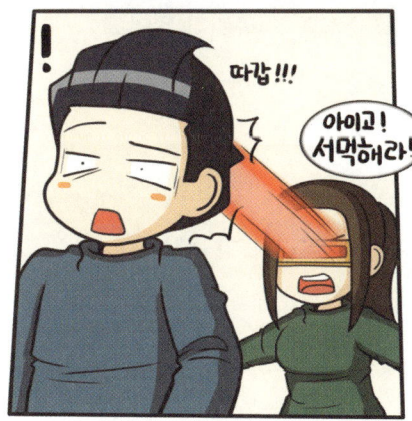

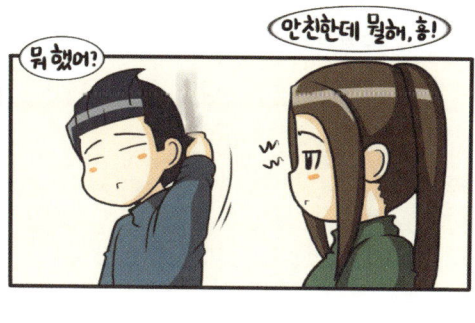

달콤 신혼도
함께 보내는 시간이 많아야
서로 '친해' 집니다~

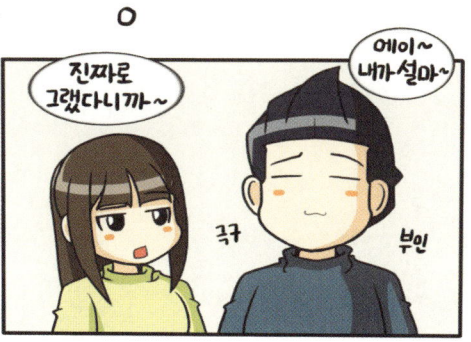

158동 진상부부 · 부부도 친해질 시간이 필요해

신혼 초 맡았던 프로젝트는 직장에서도 꽤 큰 사업이었어요. 업무 전반 프로세스 점검과 전 직원 교육을 해야 했던 프로젝트라 아침 8시 출근, 밤 12시 퇴근이 무려 8개월 간 이어졌죠. 주말에도 출근하는 날이 종종 있었고, 출근하지 않는 날이면 피곤에 묻혀 자는데 시간을 보냈기 때문에 징징돌이와 신혼생활을 즐길 여유가 없었어요. 하지만 연애도 5년이나 했고, 저 없는 동안 게임도 하고 친구도 만나며 잘 지내기에 정말 잘 지내는 줄 알았죠.

프로젝트가 막바지로 향해 갈 때 징징돌이가 끝나면 같이 놀러가자. 그래야 우리가 친해지지, 라고 했을 때 정말 머리가 멍~했어요. 오랜 시간을 함께 지내왔어도 앞으로의 관계가 돈독하려면 계속 노력해야 하는구나 하고 크게 느끼고 배운 날이었어요.

그래서 프로젝트가 끝난 후 여행도 다니고 맛있는 것도 먹으러 다니면서 징징돌이와 다시 친해졌답니다.

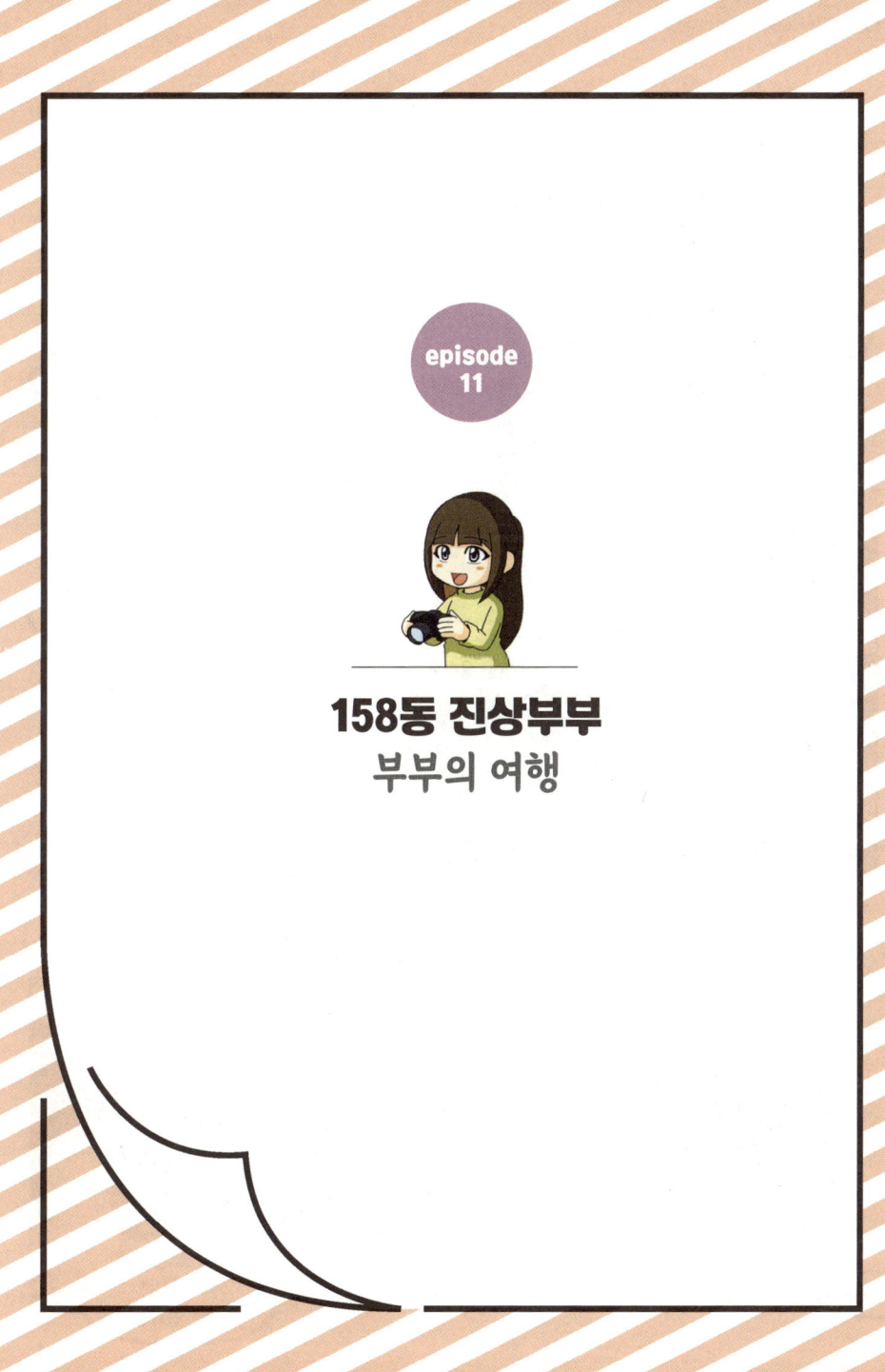

episode
11

158동 진상부부
부부의 여행

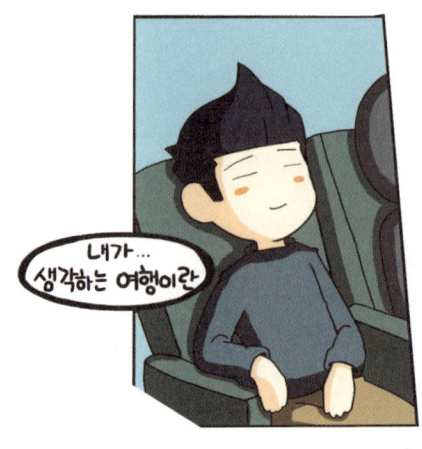

내가...
생각하는 여행이란

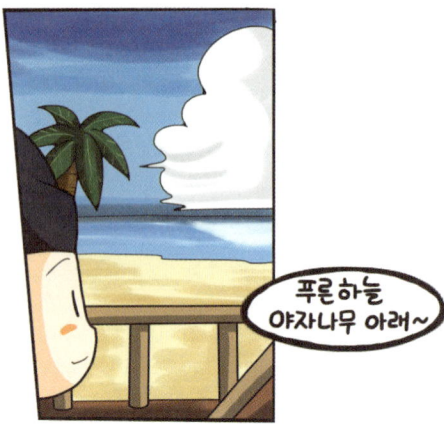

푸른 하늘
야자나무 아래~

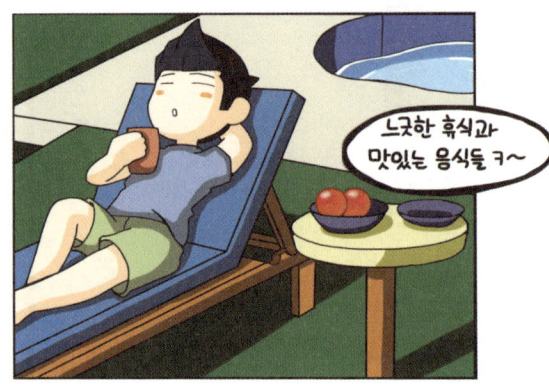

느긋한 휴식과
맛있는 음식들 ㅋ~

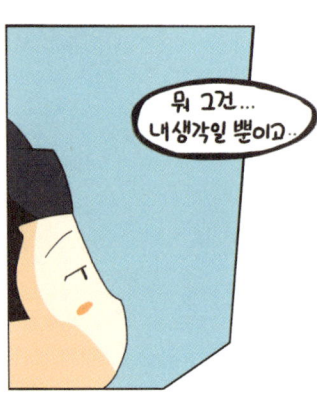

뭐 그건...
내생각일 뿐이고..

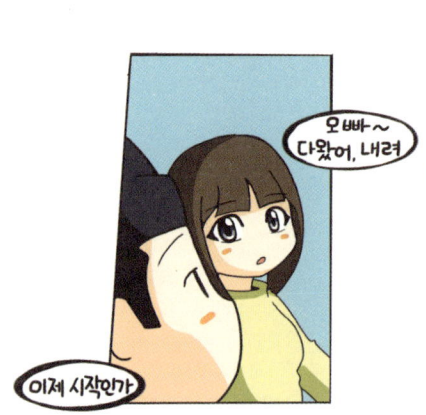

오빠~
다왔어, 내려

이제 시작인가

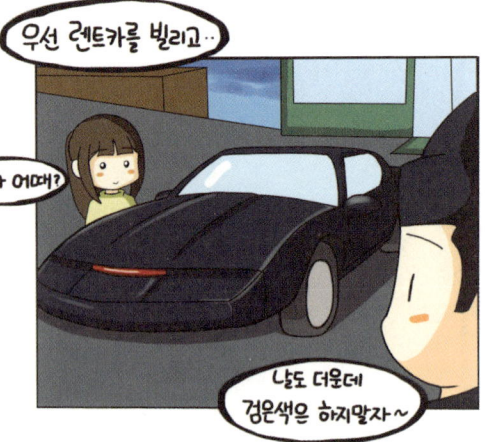

우선 렌트카를 빌리고..

이 차 어때?

날도 더운데
검은색은 하지말자~

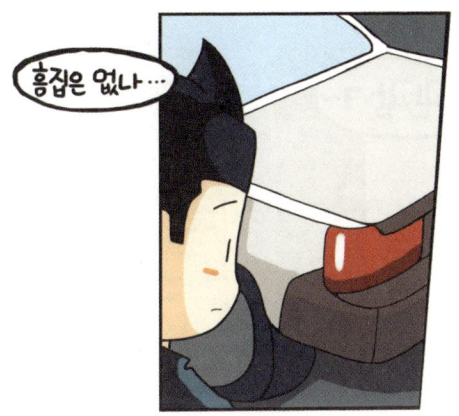

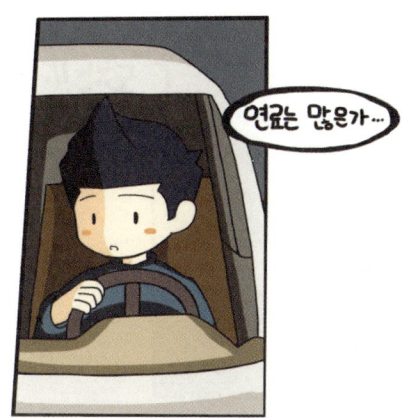

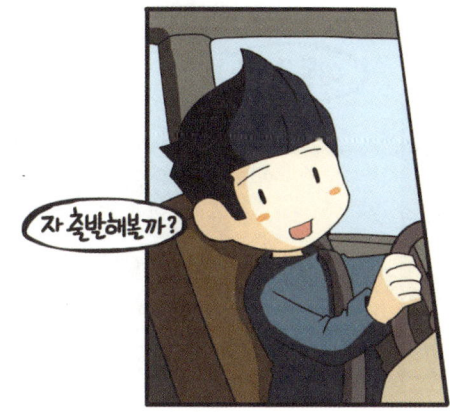

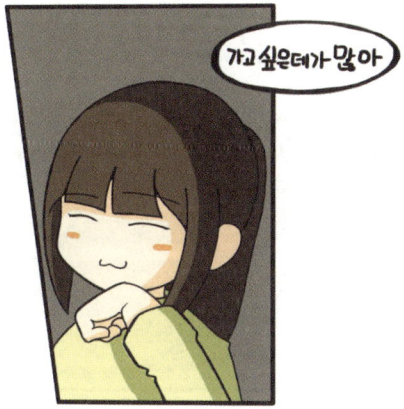

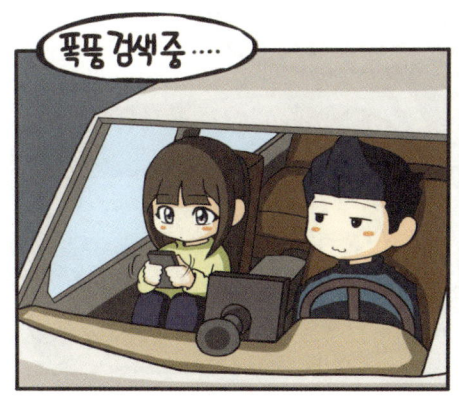

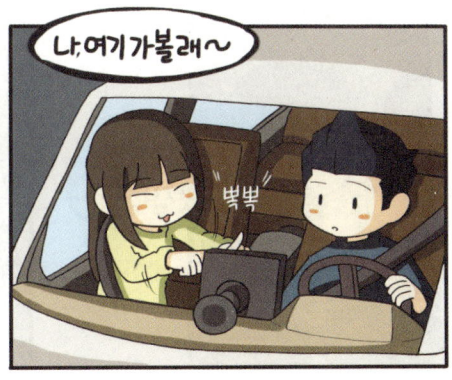

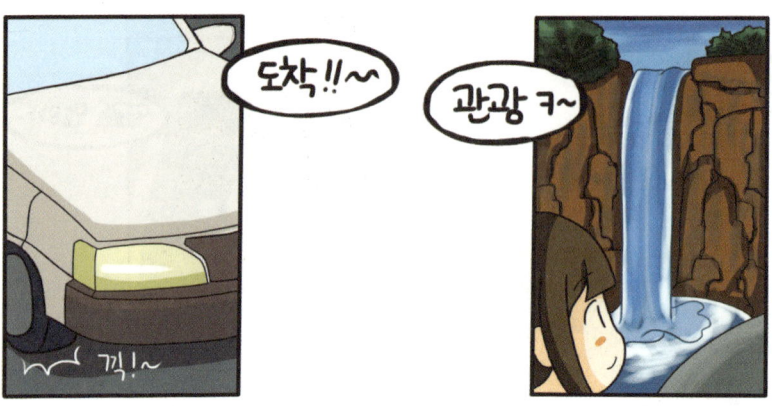

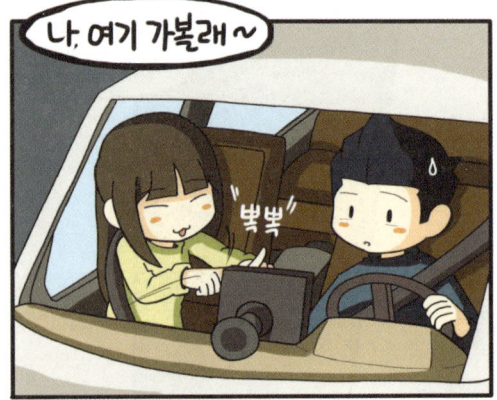

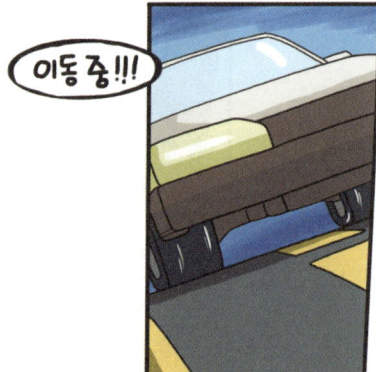

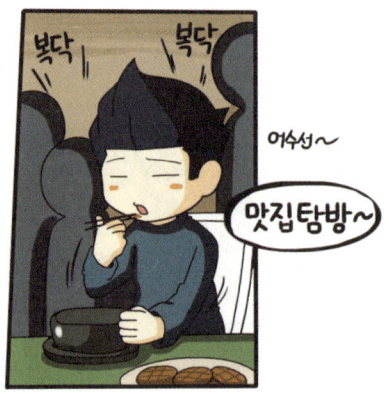

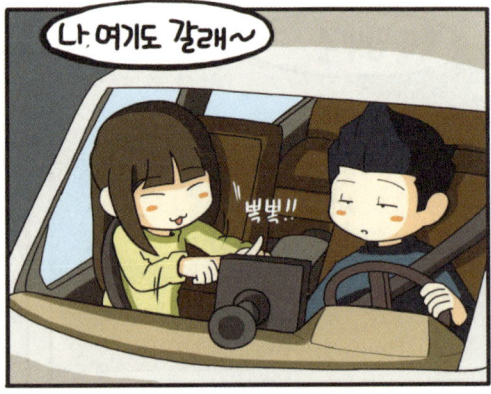

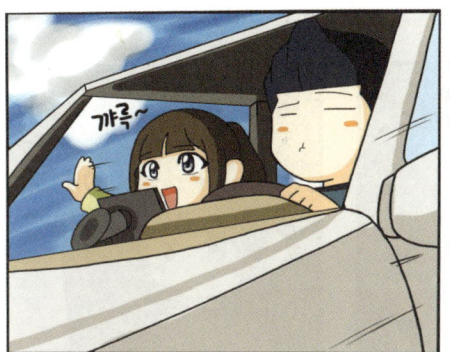

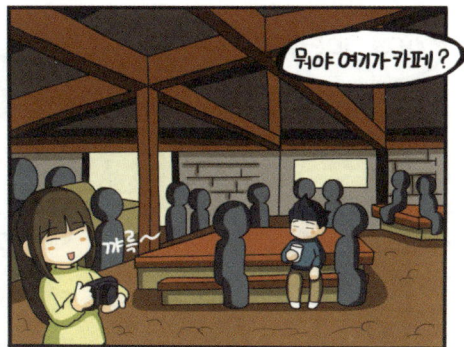

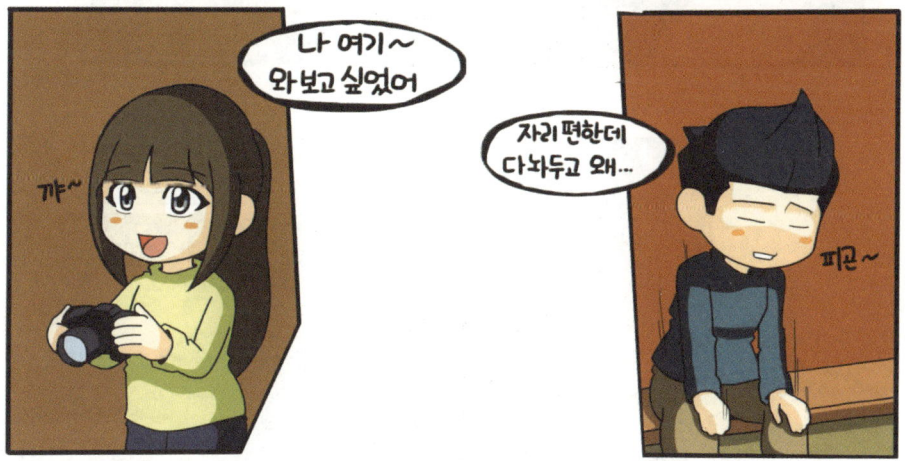

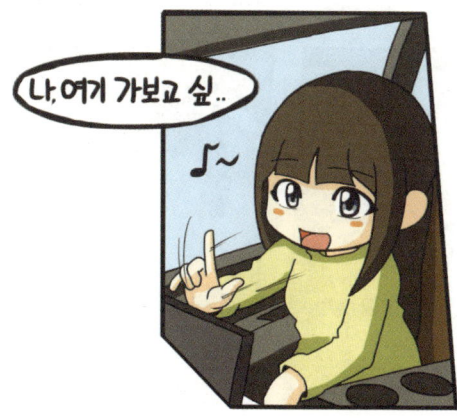

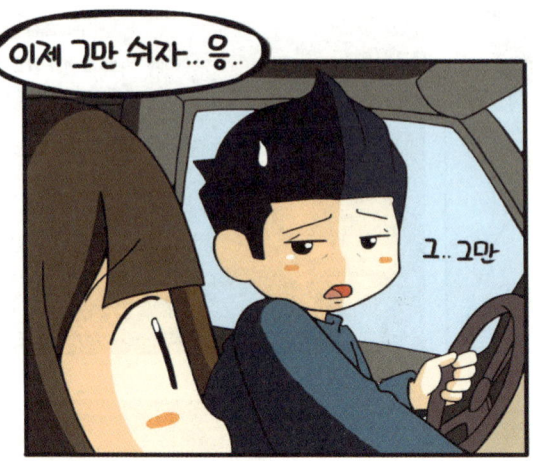

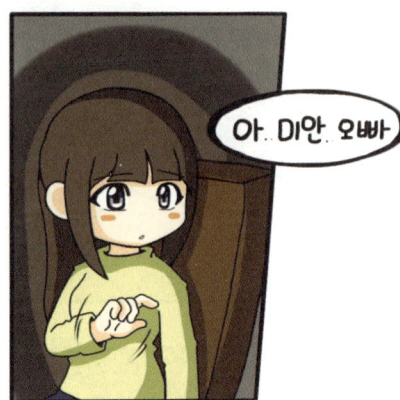

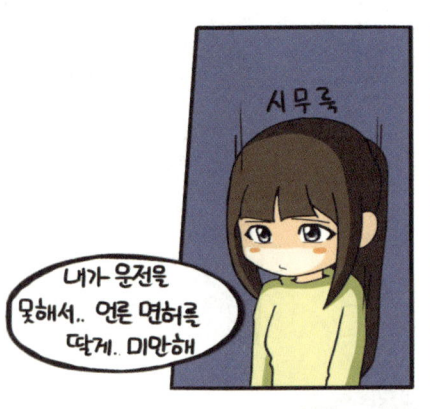

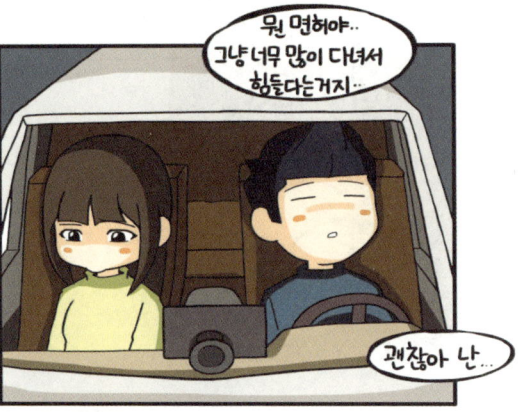

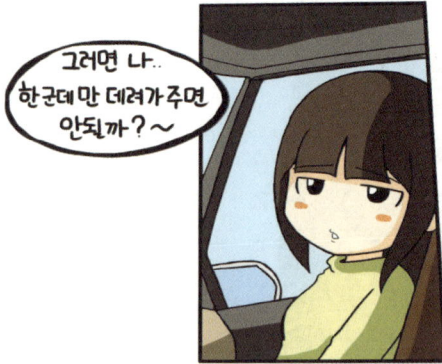

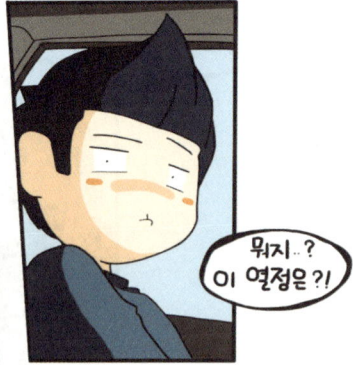

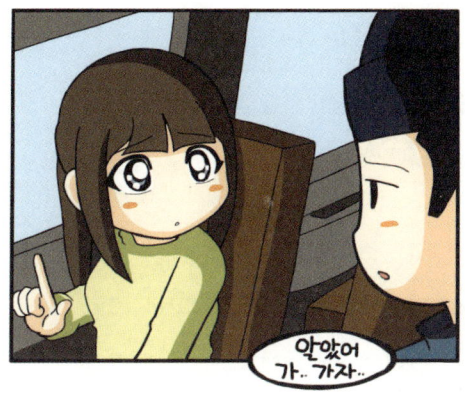

다음 날...

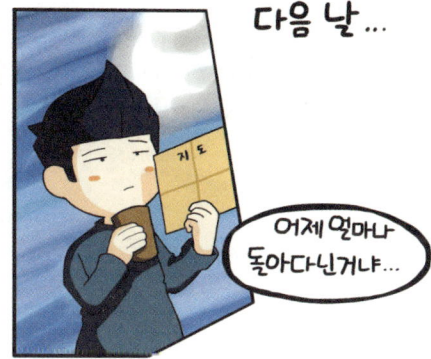

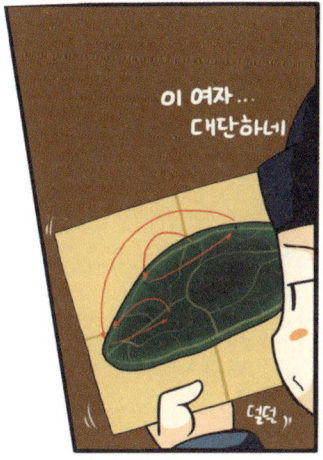

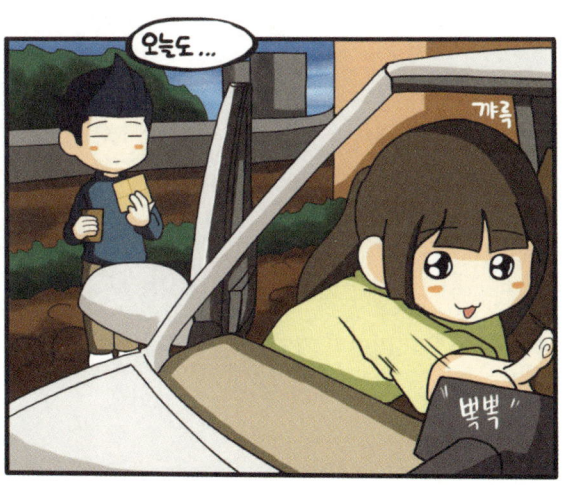

158동 진상부부 오사카 전투

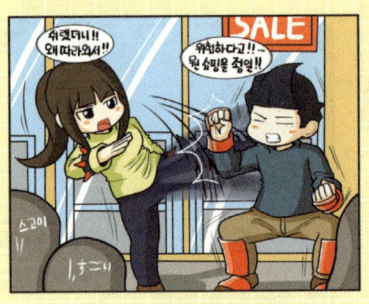

저는 여행가면 온 에너지를 끌어올려 열심히 돌아다니지만 징징돌이는 새로운 환경에 가면 방전되는 스타일이라 꼭 휴식이 필요해요. 둘이 함께 했던 첫 해외여행인 신혼여행 때는 마냥 푹 쉬다 오는 곳이어서 징징돌이가 방전되는 모습을 본 적이 없었어요. 그 후에도 주로 휴양지 여행이라 특별히 문제가 없었어요. 처음으로 도전했던 도시여행, 오사카. 그 곳에서 징징돌이는 시내 구경 두 시간 만에 방전이 되어 숙소로 돌아왔어요. 황금 같은 시간이 아까워 나 혼자 다녀오겠다며 나서는데 굳이 나온 징징돌이. 게다가 가는 곳마다 '살거야? 안 살거야?'라며 슬슬 신경을 건드렸어요. 그러다 결국 더 이상 참지 못하고 "호텔에 있으라니까 왜 따라와서 그래!!"라고 큰소리로 버럭 화를 냈죠.

그때 징징돌이가 어금니 꽉 깨물며 한 말.

"내가 혼자 한국에 돌아가는 방법을 몰라서 참는다."

호텔이며 항공권, 모든 여행 계획을 제가 주도적으로 하다 보니 징징돌이는 그대로 따라 주기만 하거든요. 혹시라도 제가 혼자 나가서 길이라도 잃어버리면 자기가 집에 못 돌아갈까 봐 불안해서 따라 나왔다는 말에 빵 터져서 제대로 화도 못 냈어요.

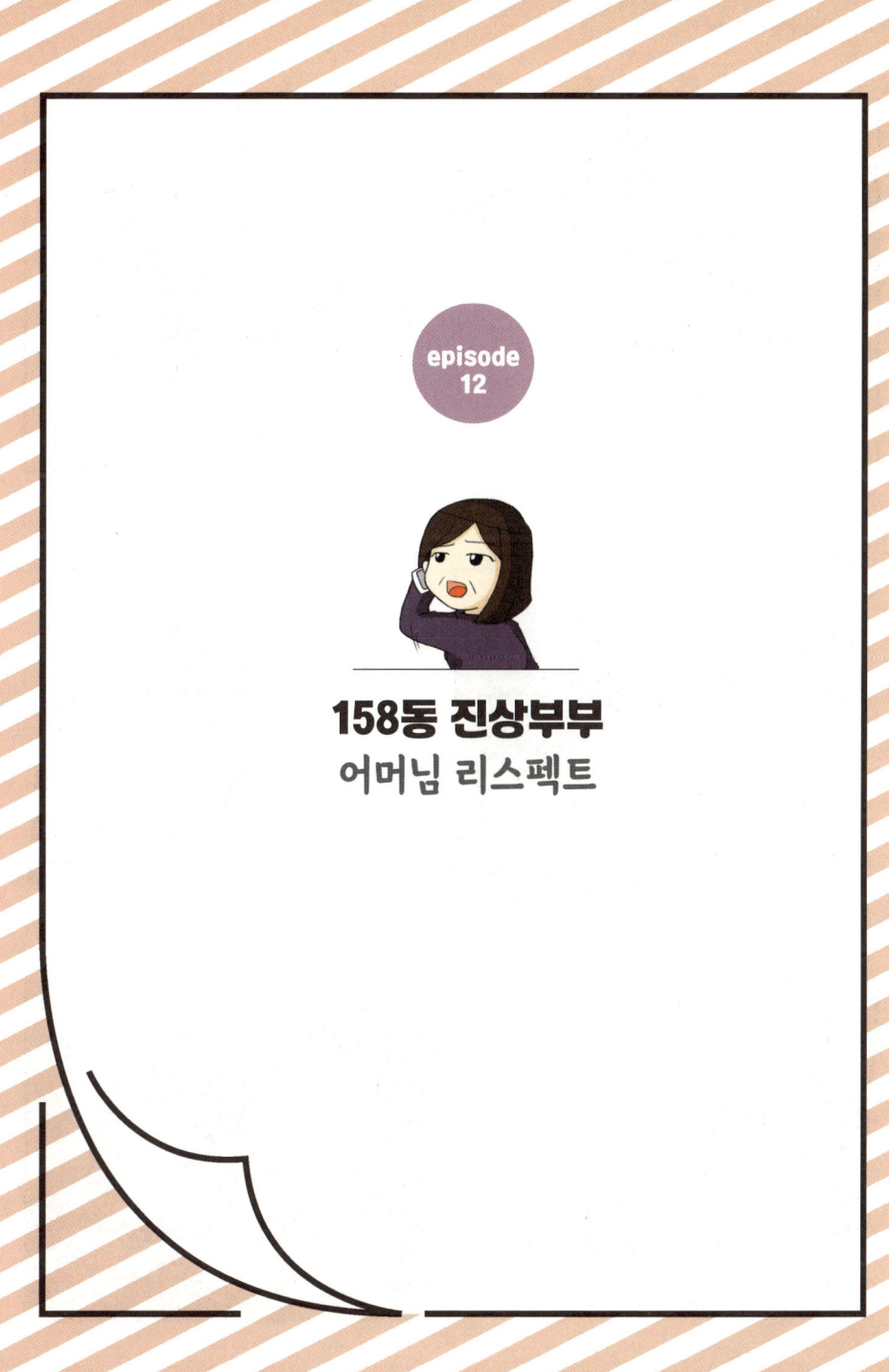

episode
12

158동 진상부부
어머님 리스펙트

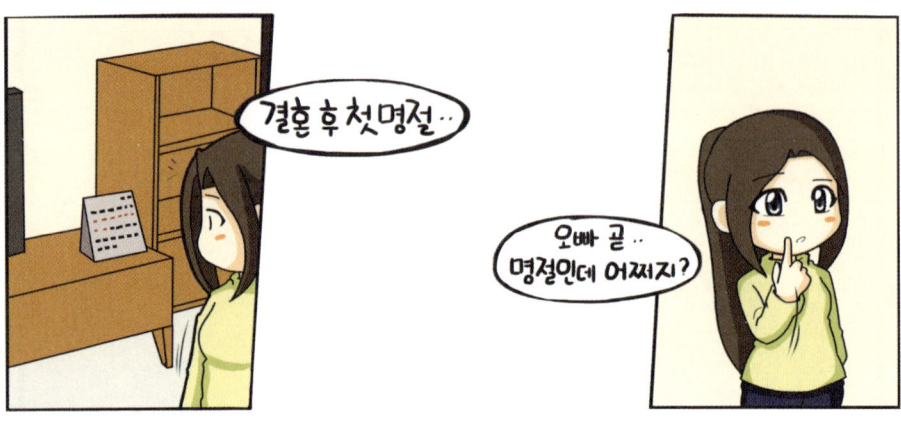

결혼 후 첫명절…

오빠 곧…
명절인데 어쩌지?

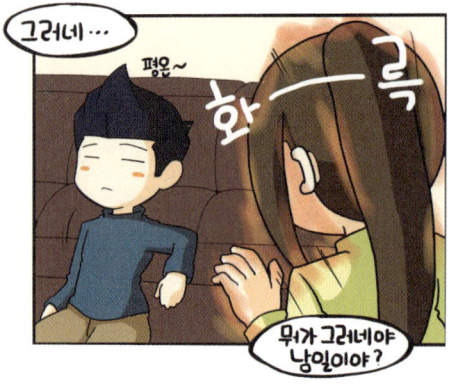

그러네…

펑온~

화———륵

뭐가 그러네야
남일이야?

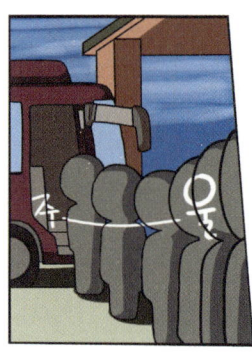

첫 명절에
귀성길

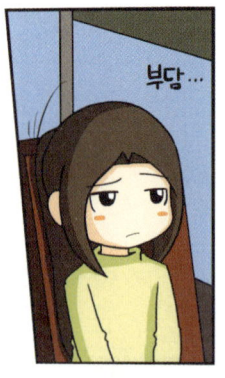

부담…

부담감은
커져만 간다…

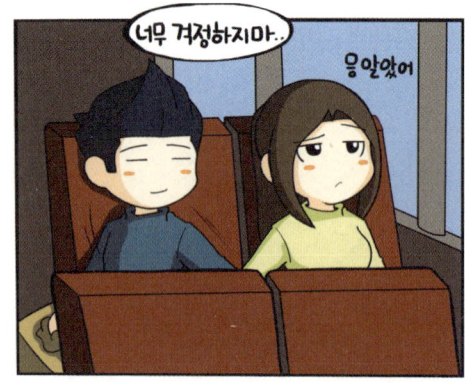

너무 걱정하지마…

응알았어

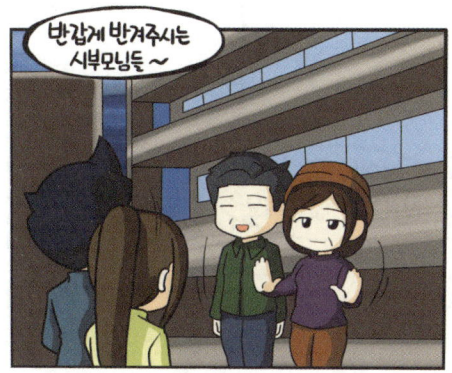

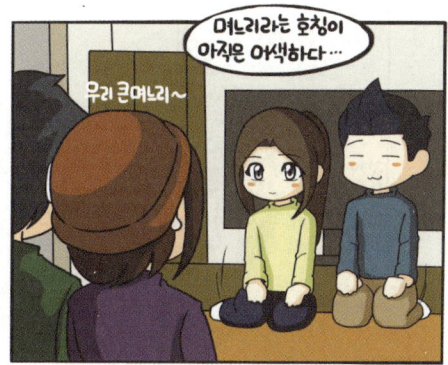

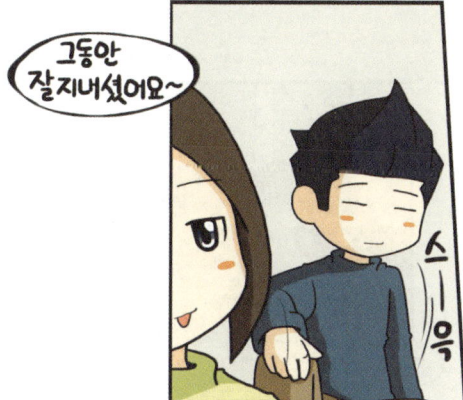

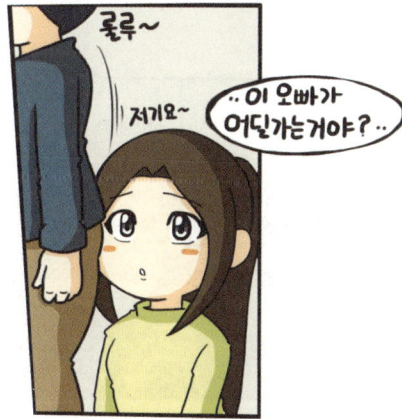

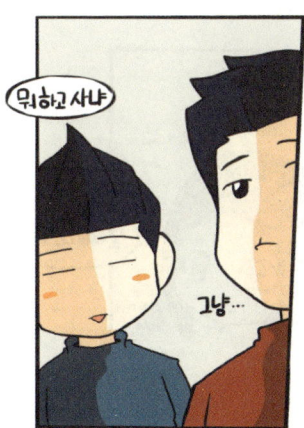

징징돌이는
동생과
놀고...

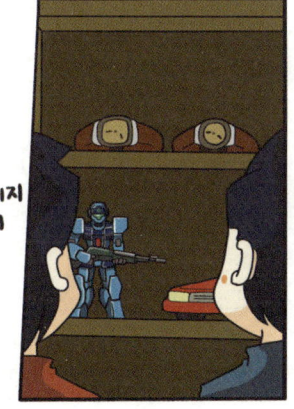

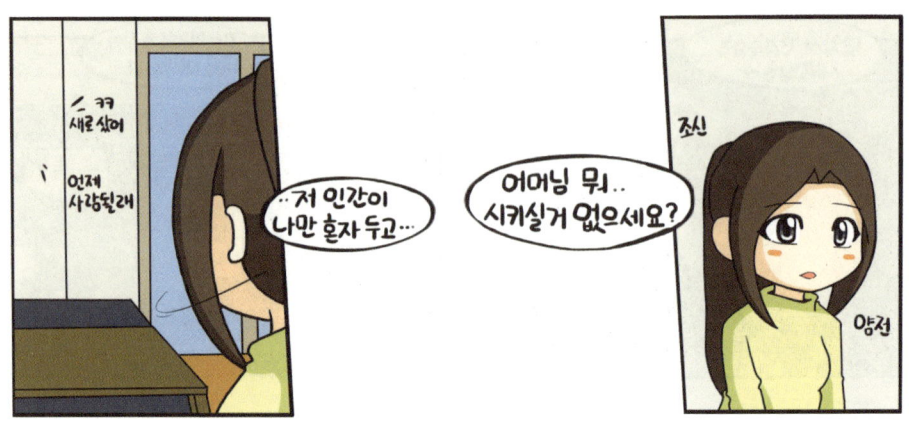

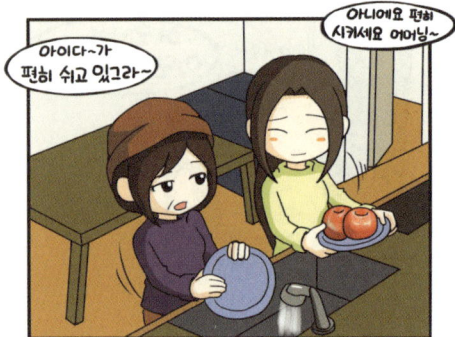

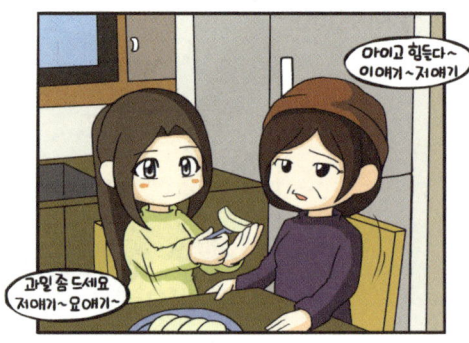

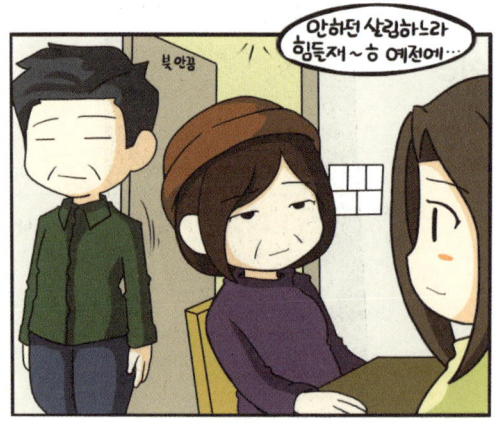

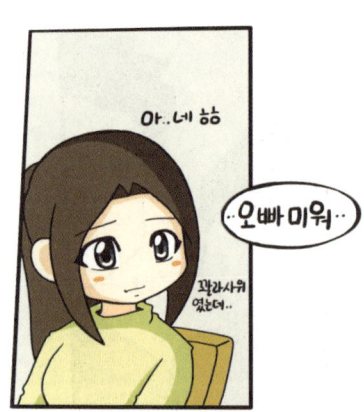

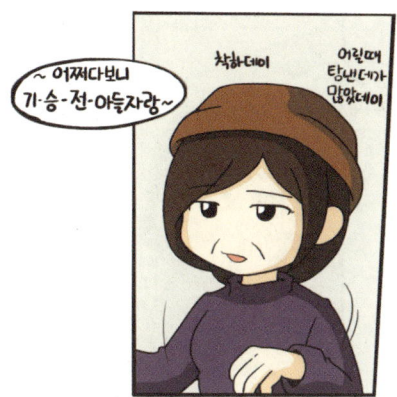

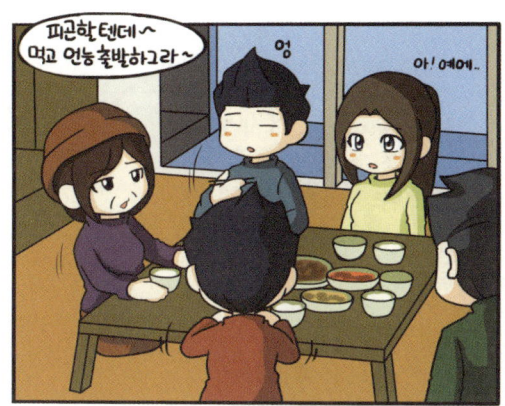

2년후...

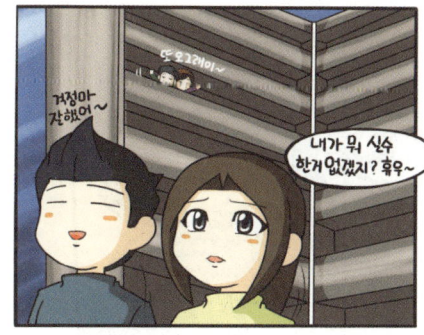

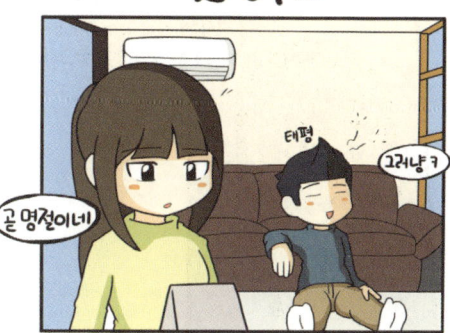

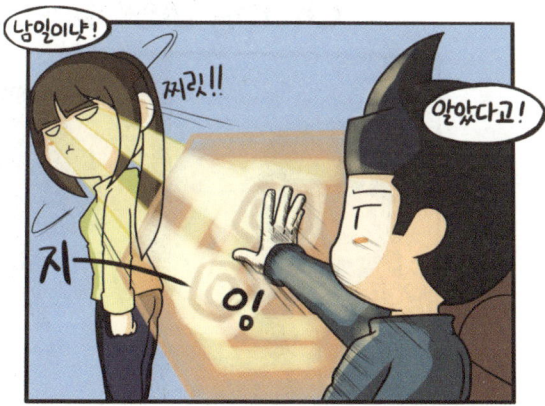

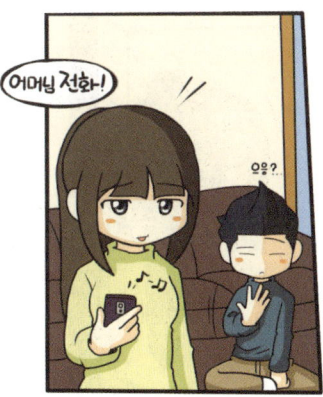

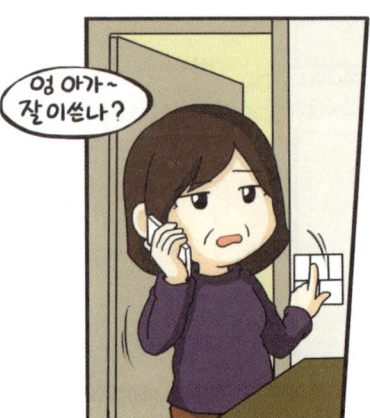

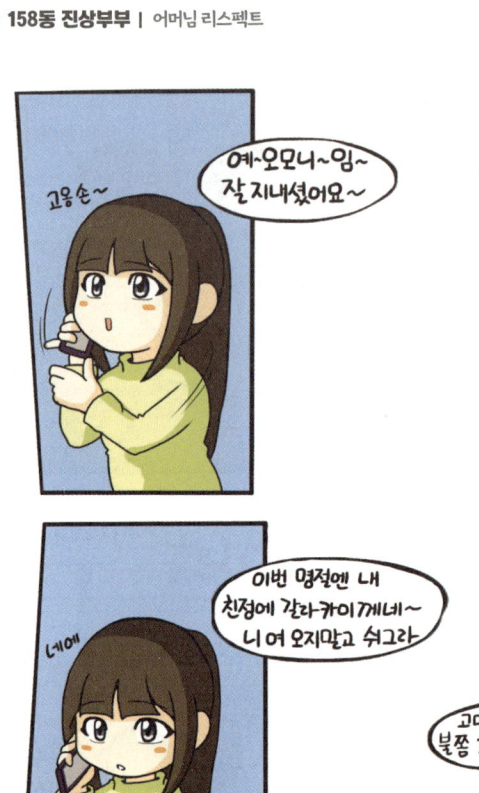

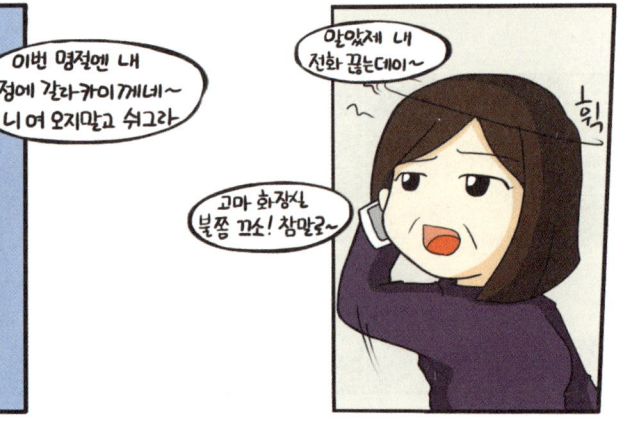

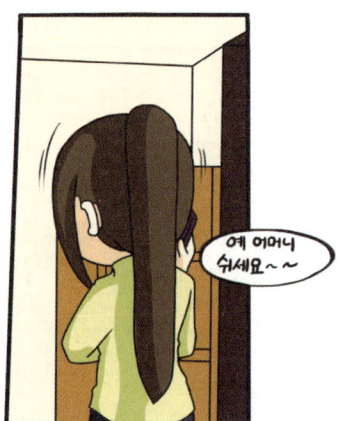

어머님 리스펙트~

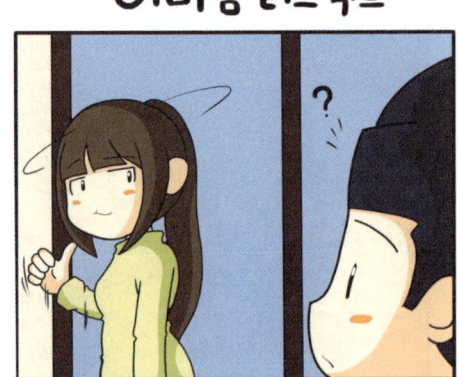

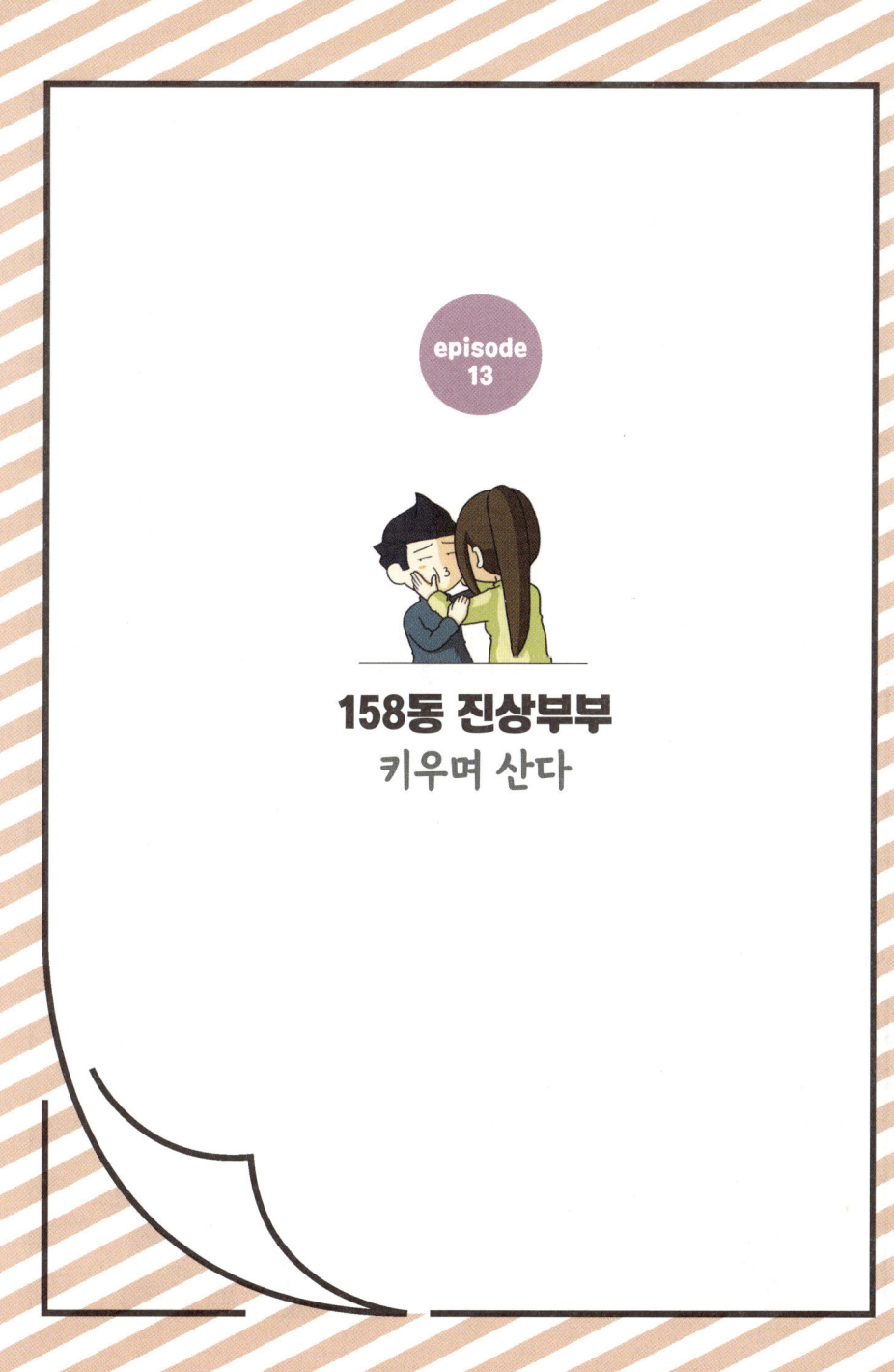

episode
13

158동 진상부부
키우며 산다

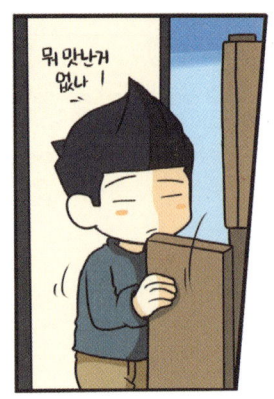

결혼생활 중
짱돌이는 ~

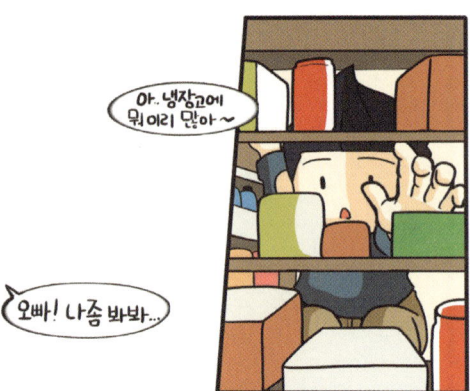

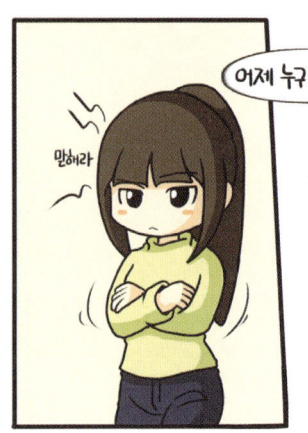

자기도 모르게
나오는 '아들본능'을
발견하게 된다

위험이 느껴지면

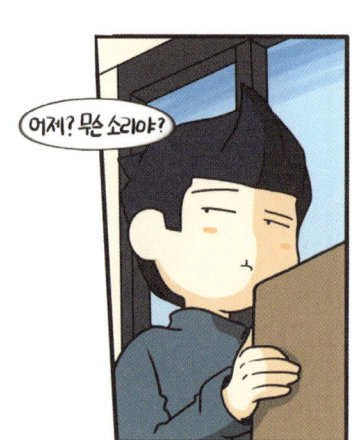

어릴적, 어머니 라는 절대적 존재가 있었다면...

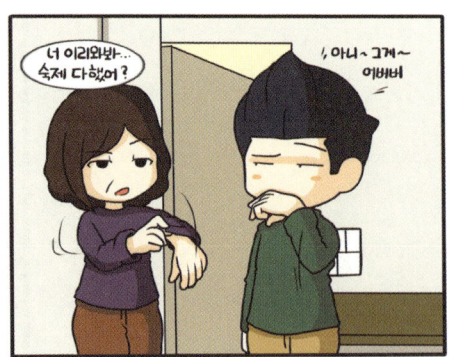

지금은 은야쟁이가 절대적 존재가 되어 있다

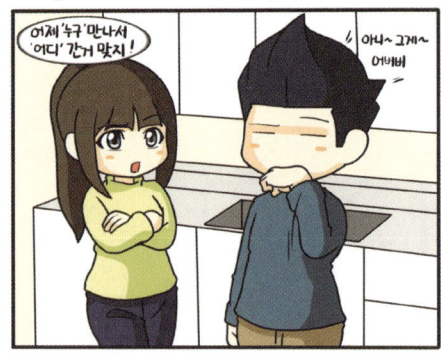

그래서인지 혼날일이 생기게 되면 본능적으로

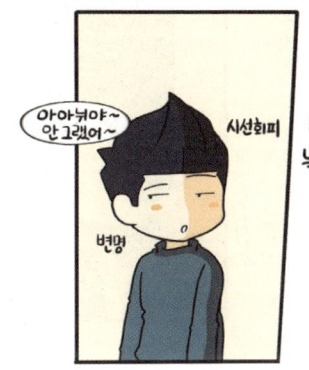

아아뉘야~ 안 그랬어~

변명

시선회피

변명을 늘어놓고~

거짓말을 시도하고자

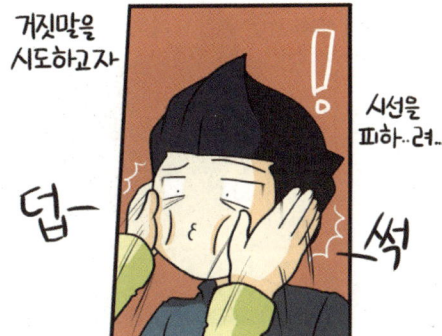

!?

덥—

씩

시선을 피하..려...

...하지만 실패!

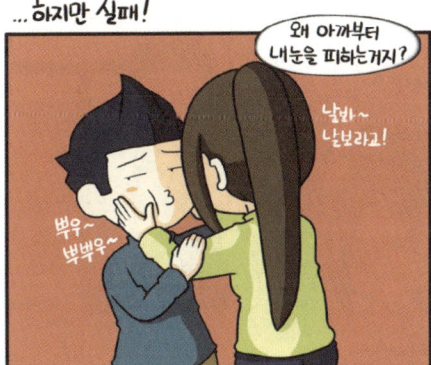

왜 아까부터 내눈을 피하는거지?

날봐~ 날보라고!

뿌우 뿌뿌우~

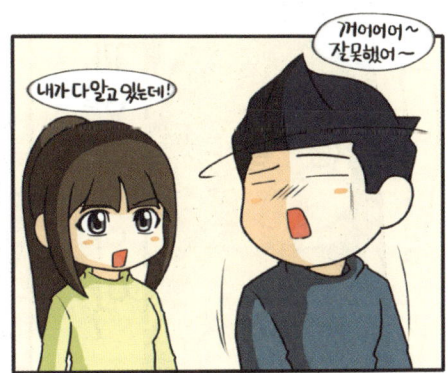

꺼어어어~ 잘못했어~

내가 다 알고 있는데!

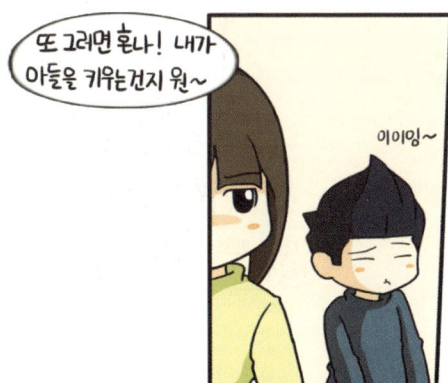

또 그러면 혼나! 내가 아들을 키우는건지 원~

이이잉~

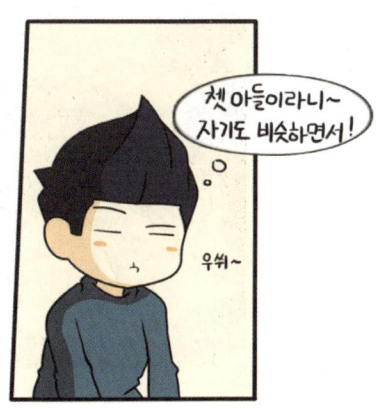

쳇 아들이라니~ 자기도 비슷하면서!

우쒸~

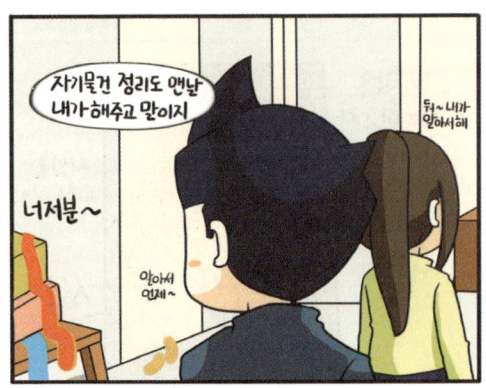

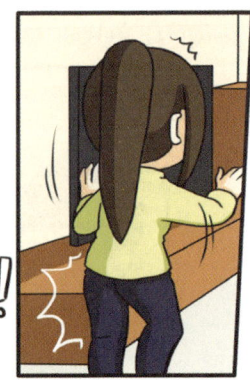

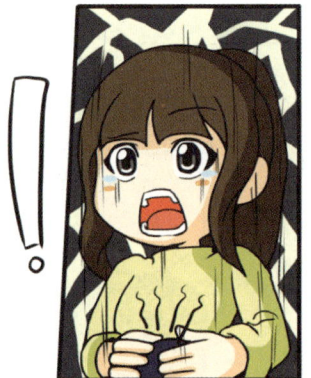

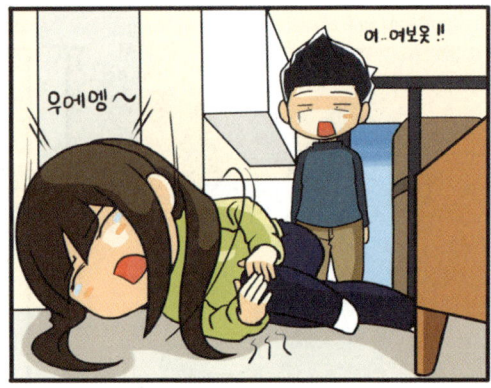

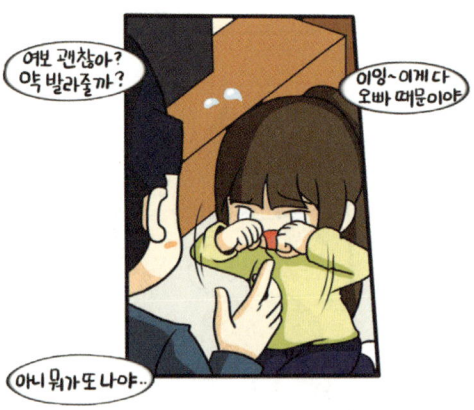

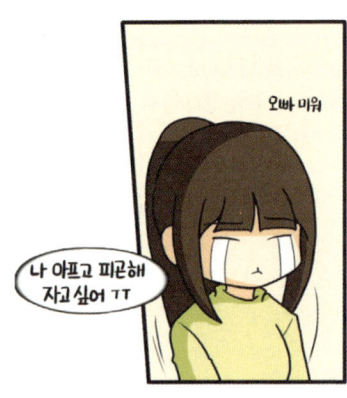

얼마 후... 안방

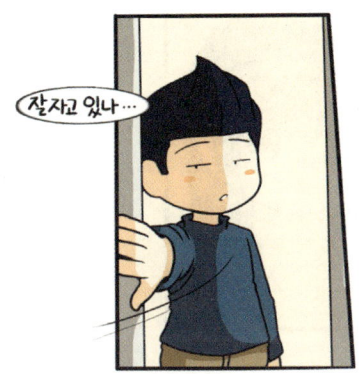

잘 자고 있나...

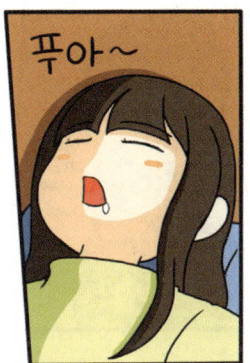

푸아~

푸아~

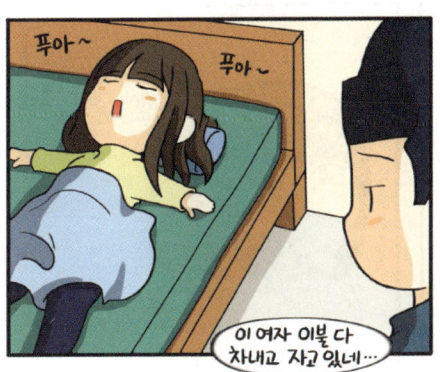

푸아~

푸아~

이 여자 이불 다
차내고 자고 있네...

나도 가끔 딸을 키운다

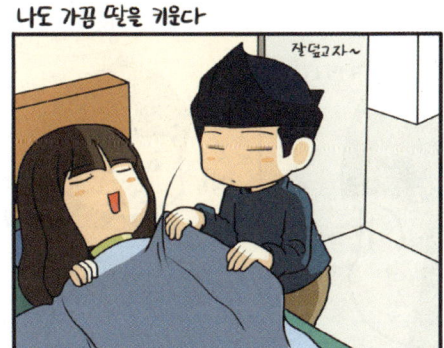

잘 덮고 자~

다음 날——

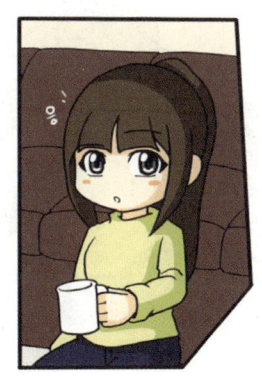

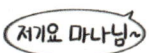

저기요 마나님~

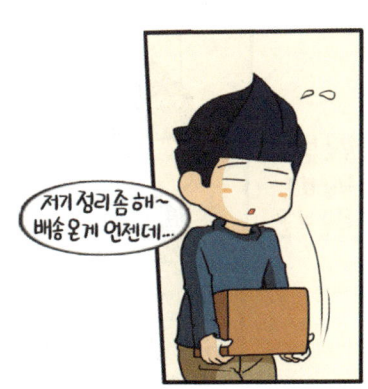

저기 정리 좀 해~
배송 온게 언젠데...

219

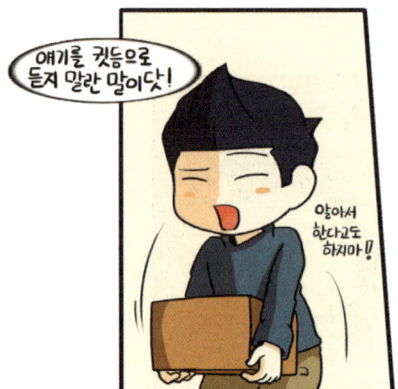

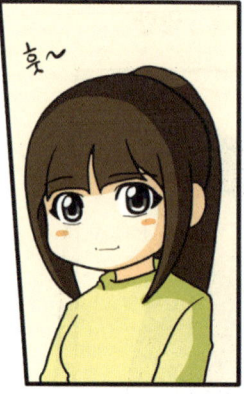

앙!
앙!

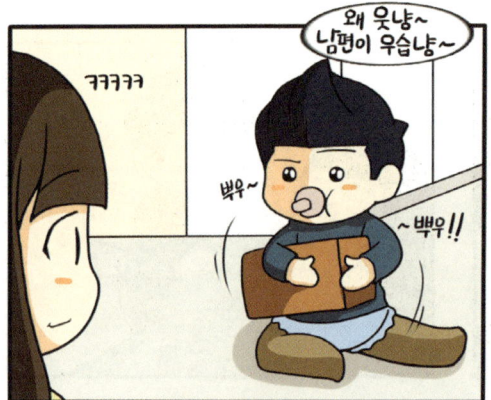

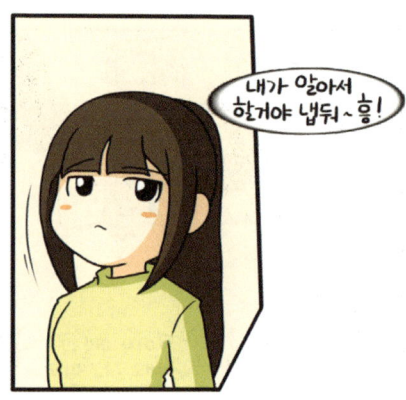

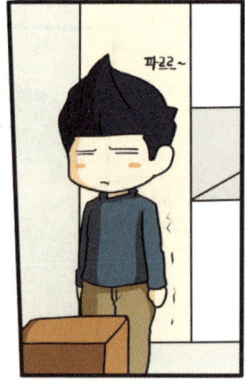

부글 부글 부글
부글 부글 부글
부글 부글 부글

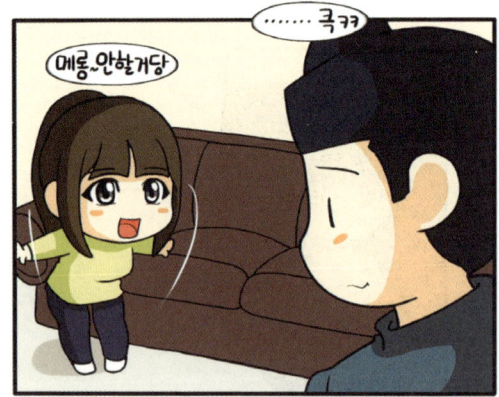

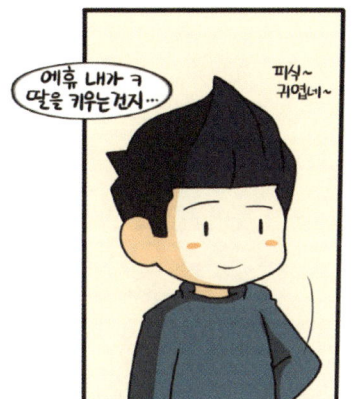

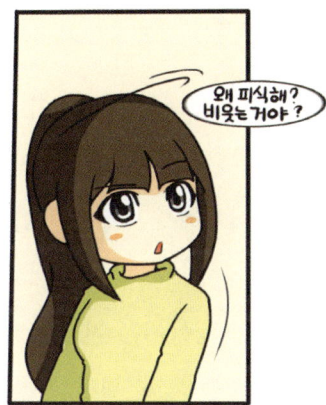

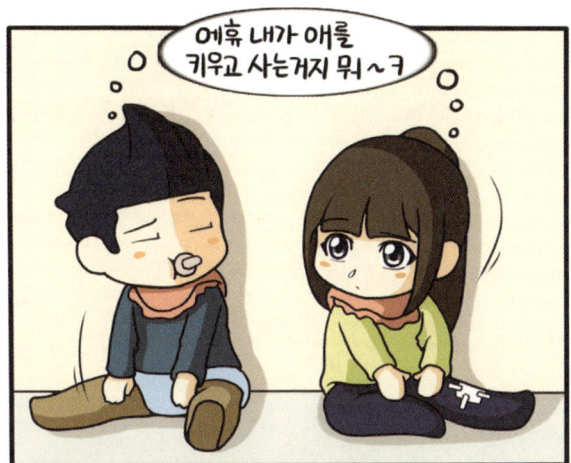

우리는 서로를 키우며 산다...

158동 진상부부 너는 나의 애기

연애 시절, 무척 어른스러워 보였던 징징돌이. 항상 징징돌이는 저에게 자기를 지칭할 때 '내가'라고 하지 않고 '오빠가'라고 했죠. 그렇게 이야기해서 그런지는 몰라도 늘 징징돌이는 어른스러워 보였어요.

결혼 후 징징돌이는 여전히 본인을 '오빠가'라고 말합니다. 하지만 행동이 남동생스러워진 것이 함정이지요. 옷도 골라주길 바라고, TV 볼 때도 옆에 있어주길 바라고, 밥 먹을 때도 곁에 있어주길 바랍니다.

저도 징징돌이 앞에서는 잠시 긴장을 풀어두는데요. 마지막 남은 소시지 반찬을 콕 찍어 먼저 먹을 때도 있고, 빨래가 다 돌아가면 불쌍한 표정으로 징징돌이를 쳐다보기도 해요. 그럴 때 징징돌이는 씩 웃으며 머리를 쓰다듬어 줍니다.

마음 놓고 응석 부릴 수 있고, 서로 앞에서는 잠시 아이로 돌아갈 수 있는 여유.

그런 것들이 부부라서 누릴 수 있는 큰 특권 아닐까요.

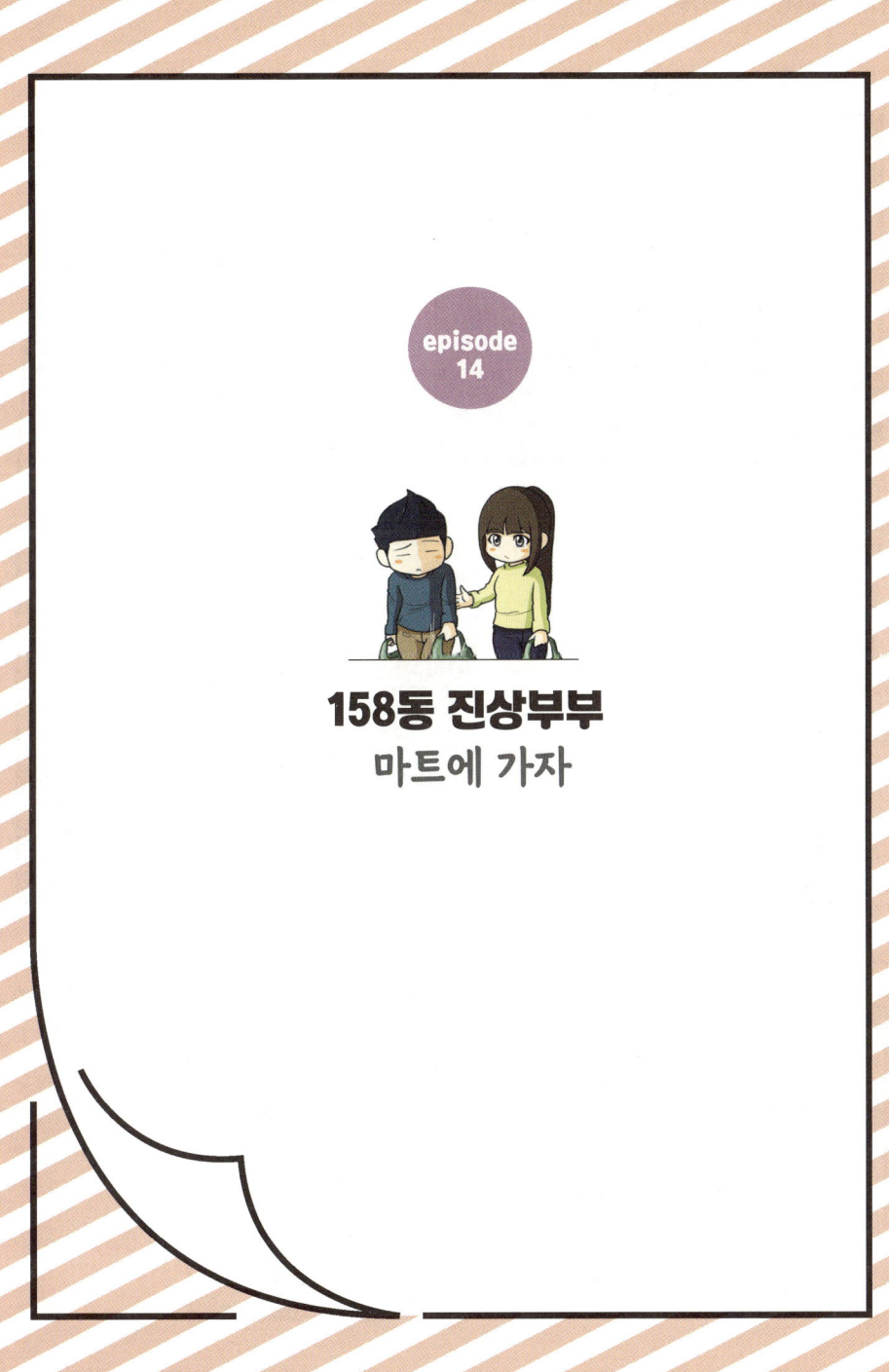

episode
14

158동 진상부부
마트에 가자

집 근처에는 제법 큰 마트가 있다

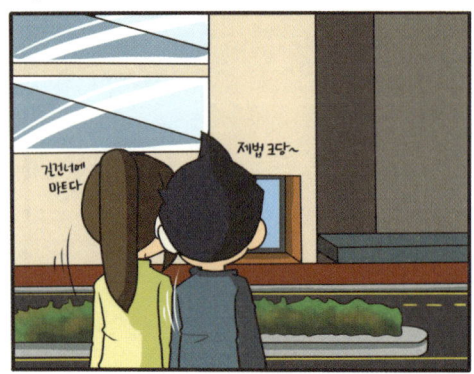

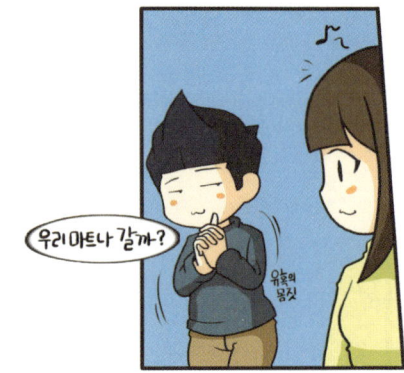

우리 부부는 같이 시장구경을 가거나 ~

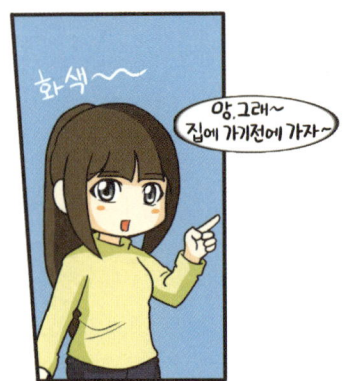

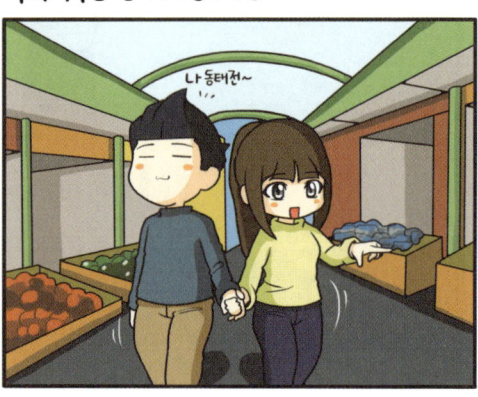

마트 구경 가는걸 좋아한다

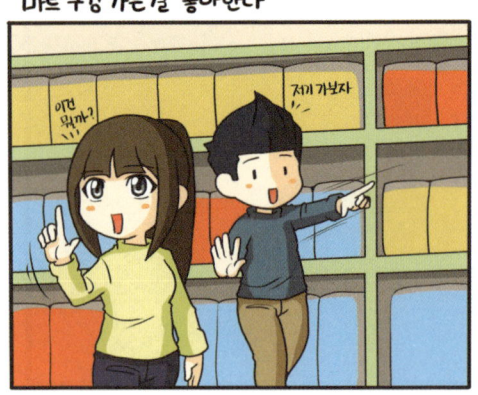

마트는 금요일 저녁에
가면 더즐거운
곳이다 ♪

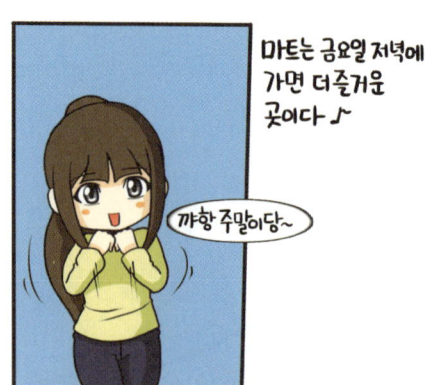

하지만 낭비는 금물!

아이 쒼나~♪

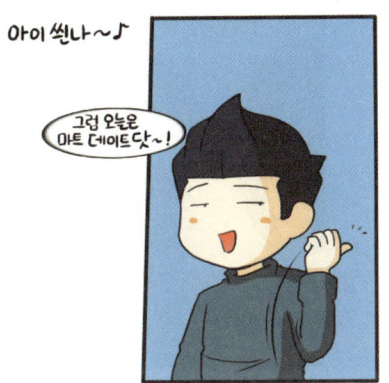

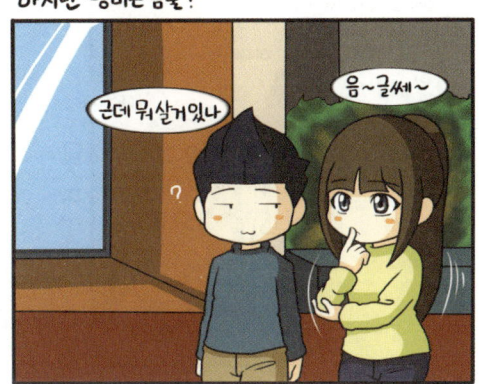

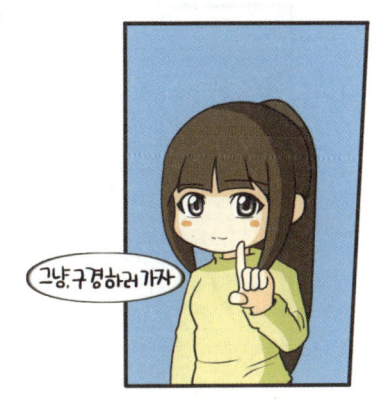

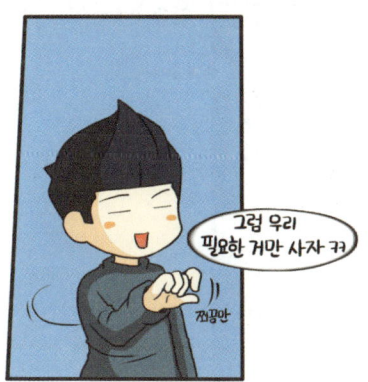

그래~ 시작은 이렇게 하지만...

마트는 갈때마다 즐거운 기분이 든다

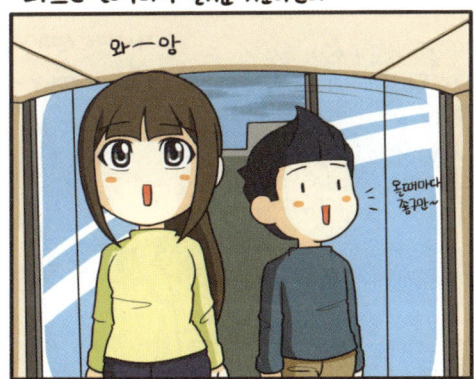

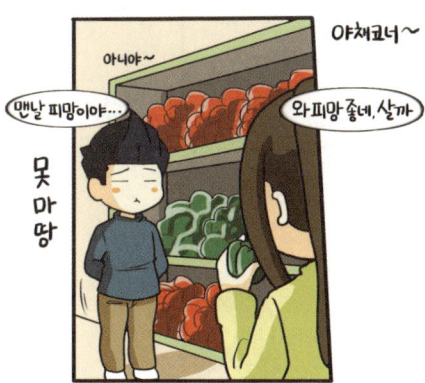

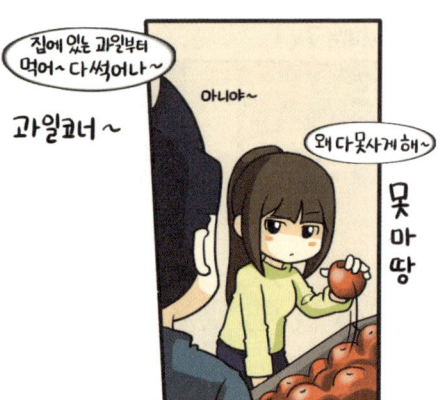

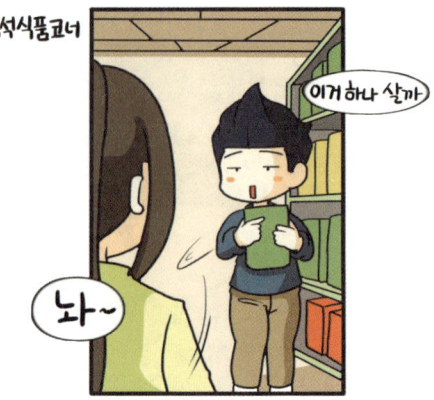

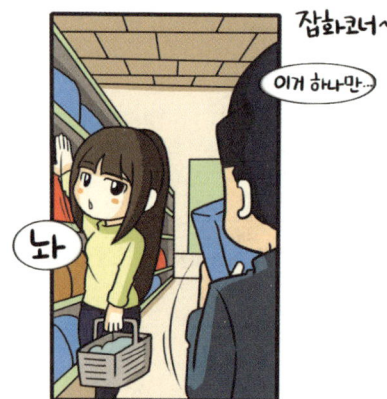

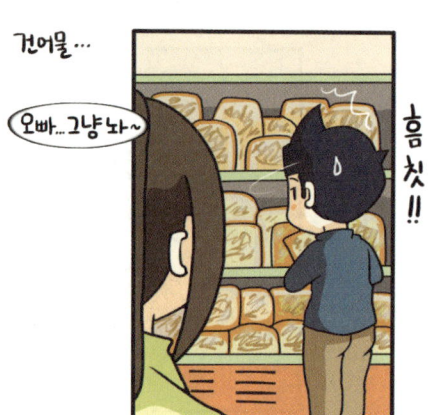

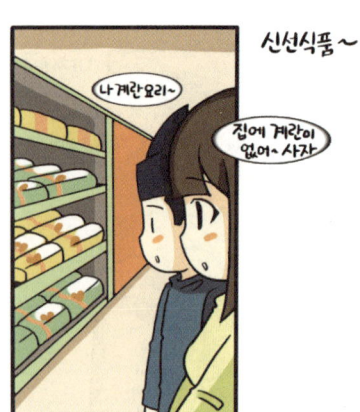

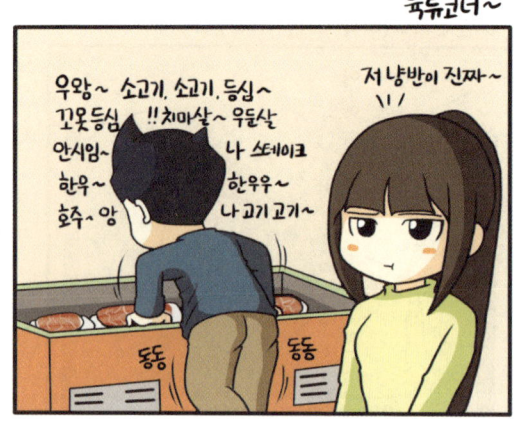

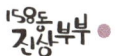

즐거운 실랑이는 계속된다   주류코너~

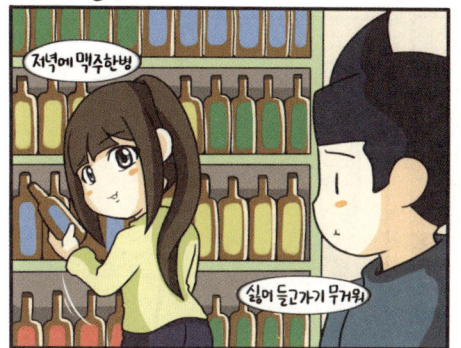

저녁에 맥주 한병

싫어 들고가기 무거워

우리모두 즐거운 과자코너~♪♫

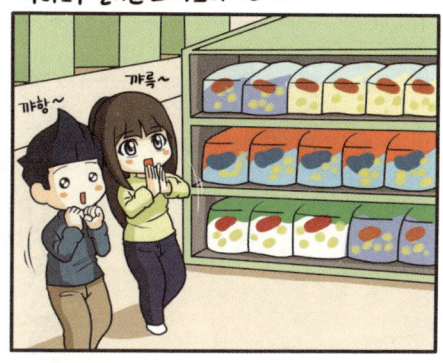

까항~   까록~

아놔 이거
하나만 사줘영~

모른척~

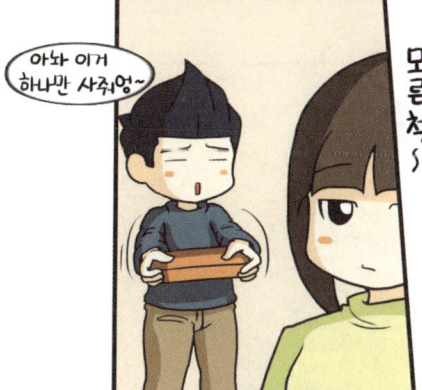

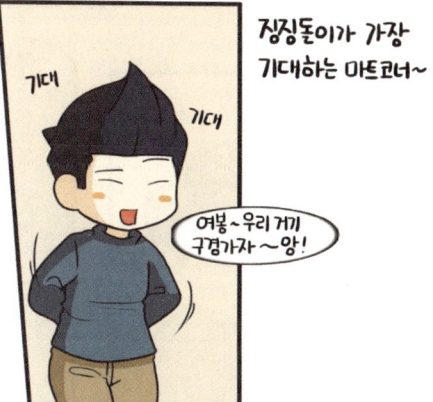

기대   기대

여봉~우리 거기
구경가자~앙!

징징둥이가 가장
기대하는 마트코너~

까 —— 항

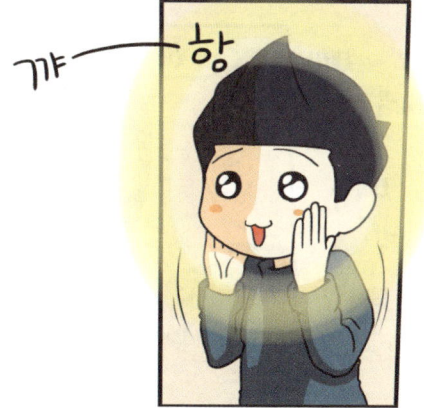

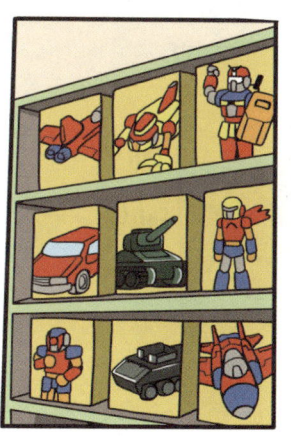

227

모른척~…

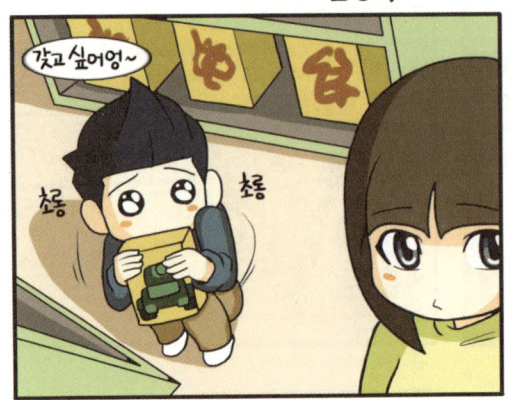

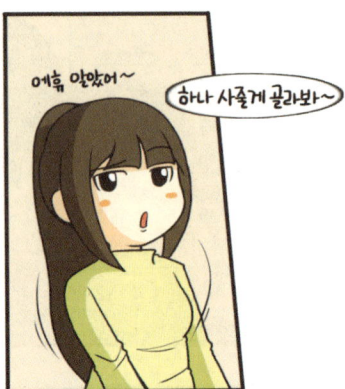

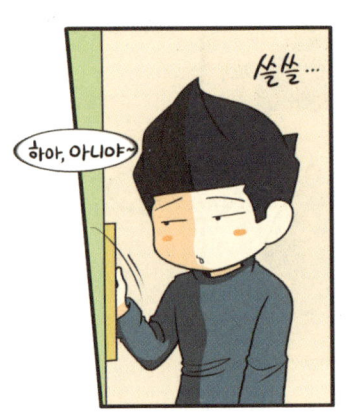

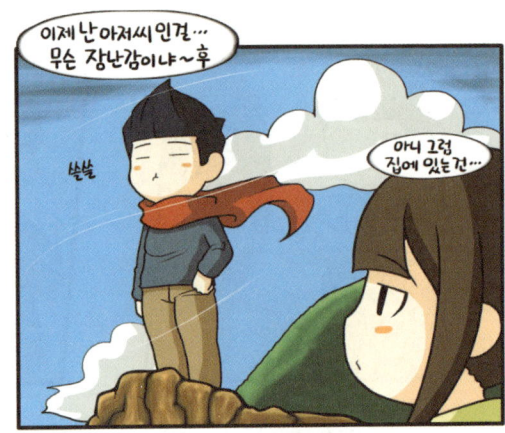

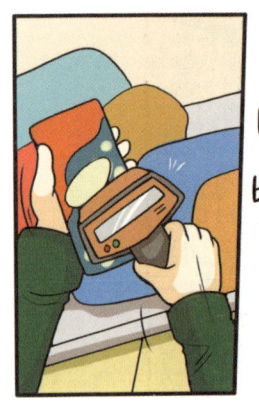

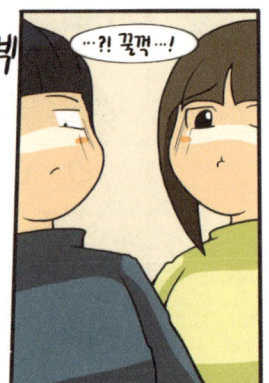

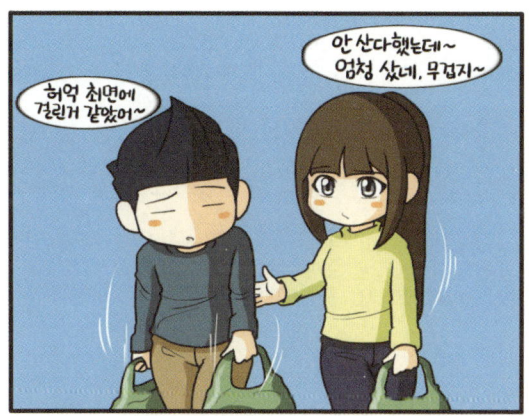

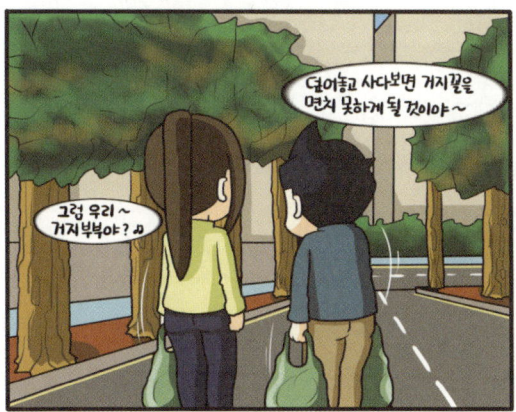

필요한 것만 사기로 했는데 ...

158동 진상부부   진상부부의 시작

징징돌이는 어렸을 때부터 만화에 관심이 많았다고 해요. 연애 시절, 저를 만화 캐릭터처럼 그려줬었는데요. 따로 그림을 배운 적이 없었는데도 뚝딱 그려서 감탄했던 적이 있어요. 저는 손으로 만드는 건 잘 하는데, 그림은 정말, 딱 초등학생 수준이라 그림 잘 그리는 징징돌이가 정말 신기했어요. 하지만 그때 말고는 징징돌이가 그림 그리는 걸 본 적이 없었어요.

결혼 후 몇 년. 징징돌이가 업무 스트레스를 많이 받을 무렵이었는데 다시 그림을 그리더라고요. 처음엔 A4 용지에, 그 후엔 연습장에, 점점 그림 수도 늘어나고 공들여 그림을 그리기 시작했어요. 그러다 6개월 정도 매주 토요일 웹툰 학원에 다녔어요.

징징돌이는 한 번 하면 꾸준히 하는 스타일이라 배우기 시작하니 실력이 쑥쑥 늘었어요. 그 후 네이버 포스트에 '158동 진상부부'라고 제목을 짓고 매주 한 편씩 업로드 했어요. 운 좋게도 네이버의 '연애결혼' 판에 매주 소개되면서 많은 분들께 사랑 받게 되었답니다.

징징돌이가 취미로 그리던 그림이 이제 작가라는 멋진 꿈까지 이루게 되었어요.

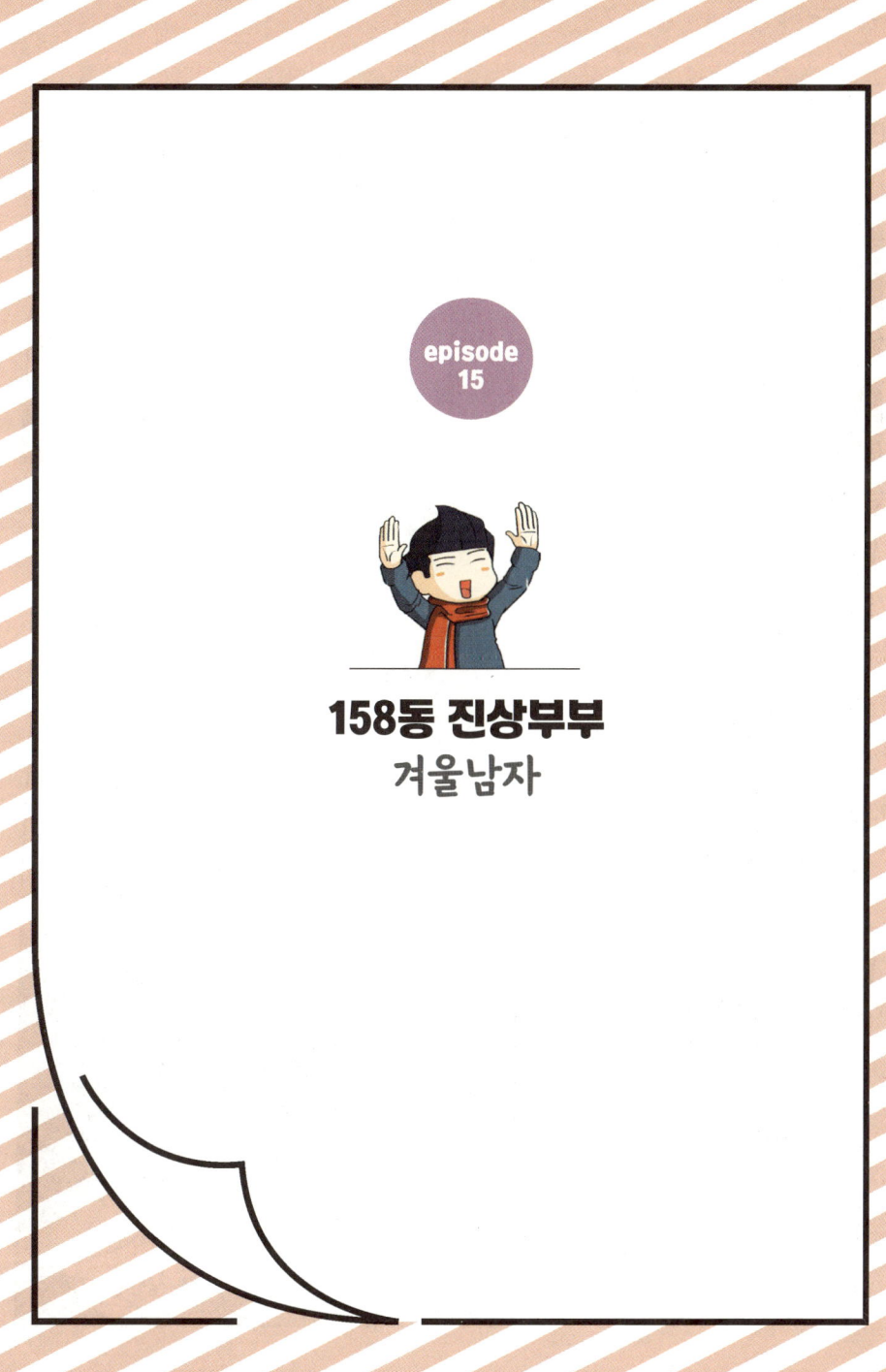

episode
15

158동 진상부부
겨울남자

겨울이 되면

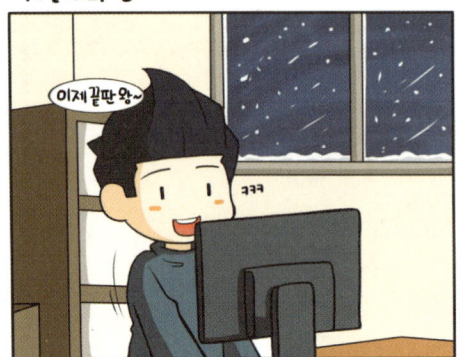

남편은 살짝
친절해져요

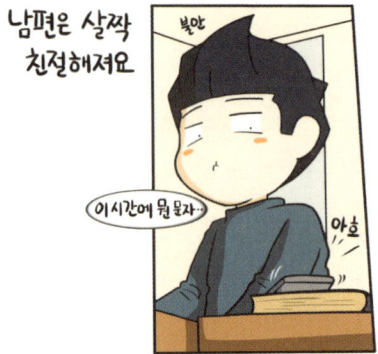

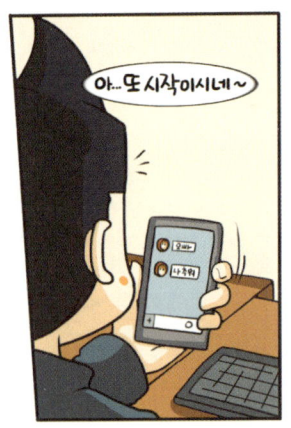

말은 툴툴거려도

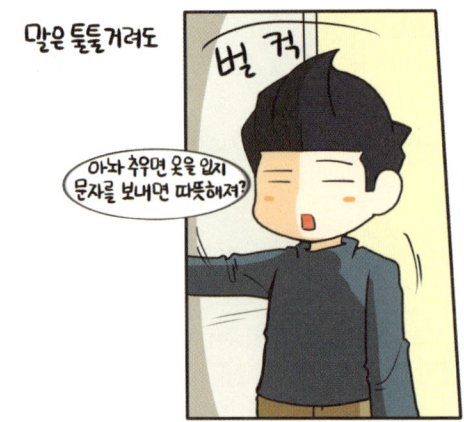

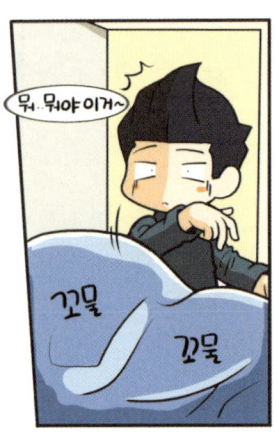

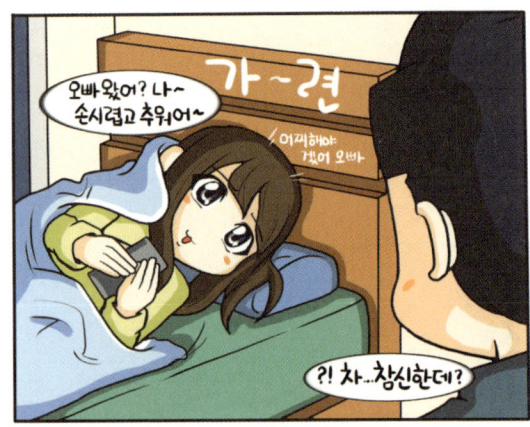

행동은 매우 친절해 집니다

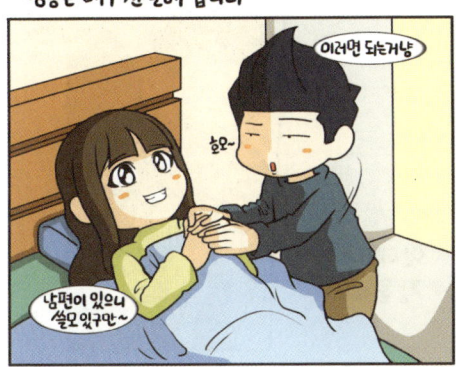

징징돌이는 겨울을
무지 좋아해요

그 이유는
안더워서이고,

그래서 겨울엔
너그러워요

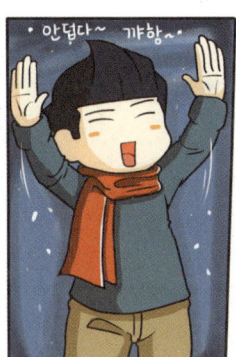

하지만
저에게 겨울은
너무 춥고
힘들어요

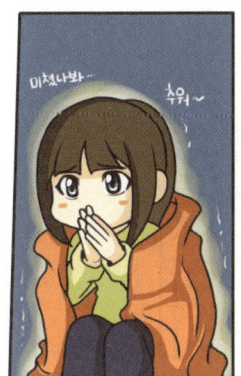

사실 징징돌이는 추위를 안타기도 하지만...

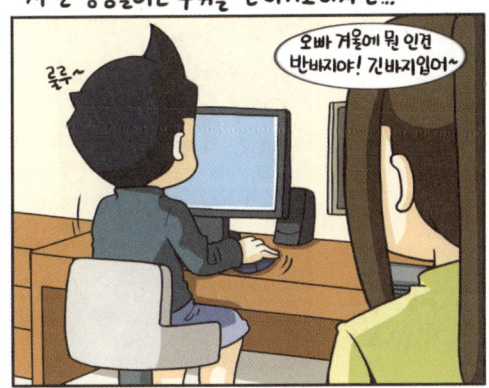

시원함과
추운걸
잘 구별하지
못하는거 같아요

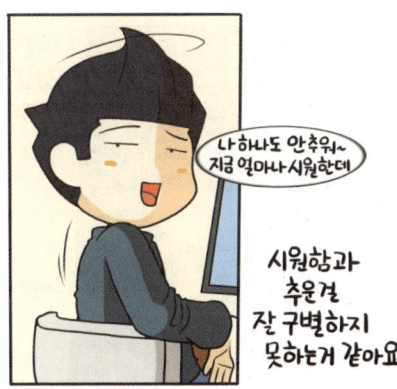

아니면...

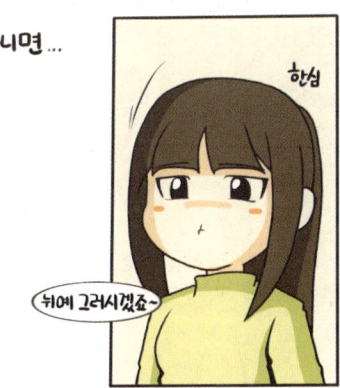

233

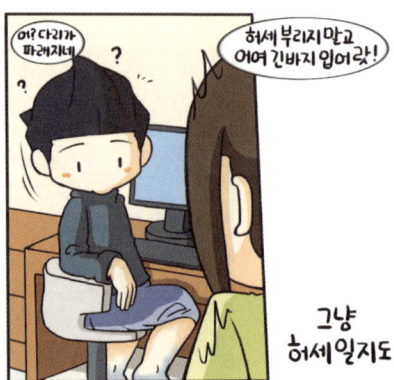

그냥
허세일지도...

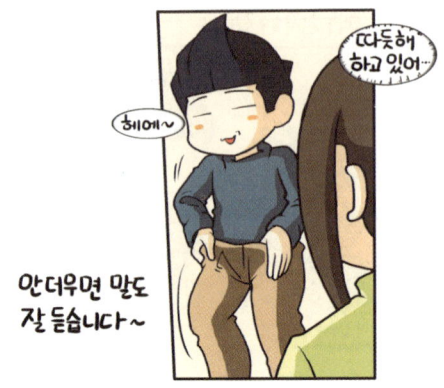

징징돌이는 몸에
열이 많아요

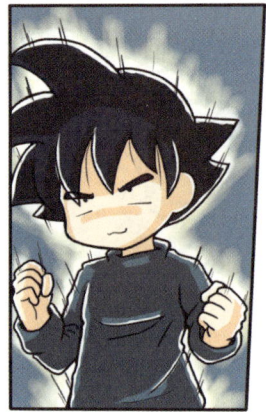

그냥...열만
많습니다...

겨울철 춥고
눈오는 날이면

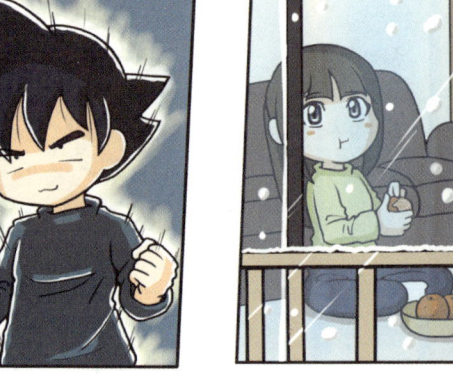

징징돌이에게 든든히 밥을 먹입니다

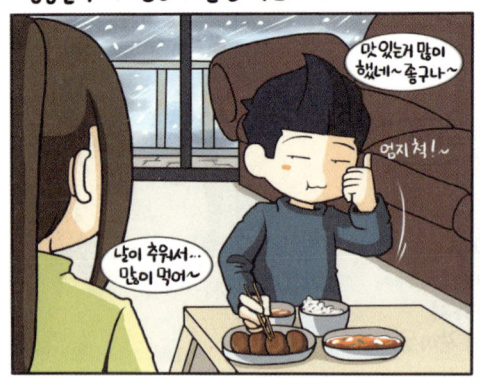

열효율이 좋은
징징돌이는, 밥을
먹으면 엄청...
'따끈'해지거든요

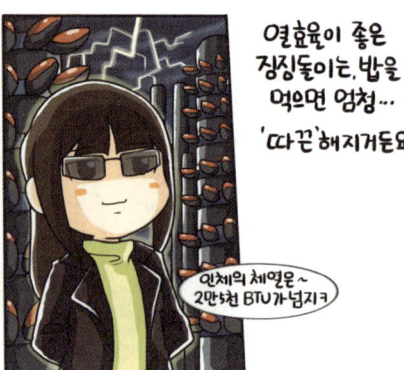

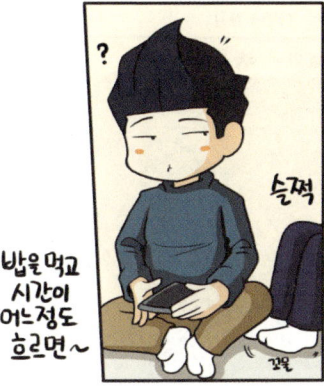
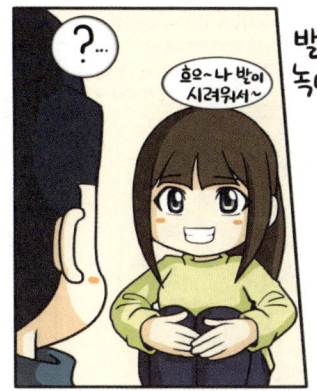
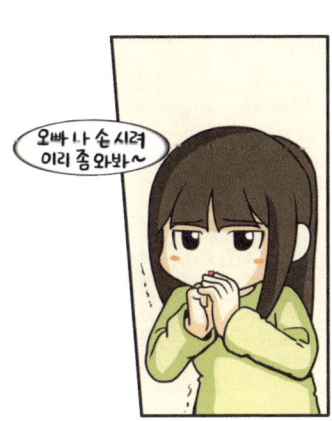
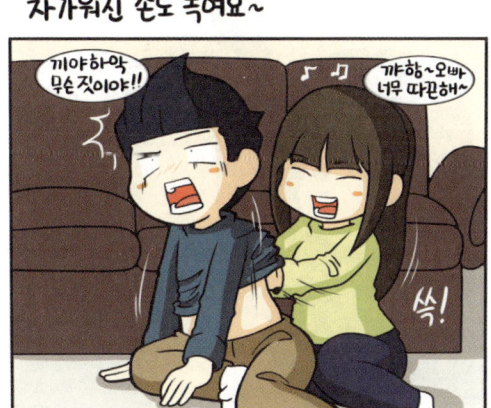
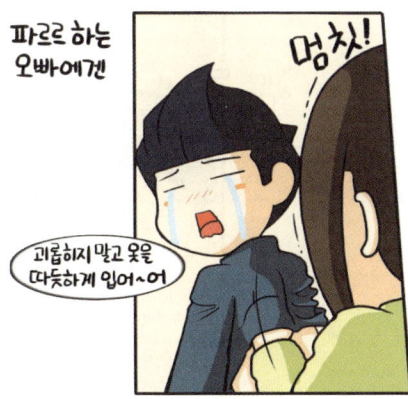
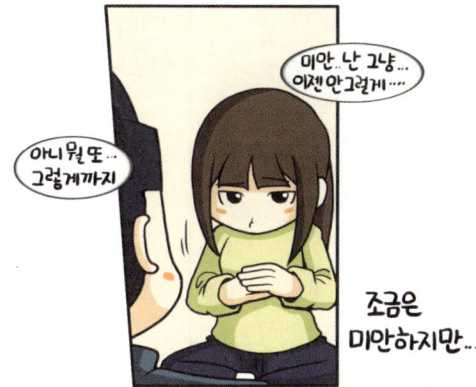

235

상관없어요~ 오빠는 따뜻해요. 재미도 있어요.

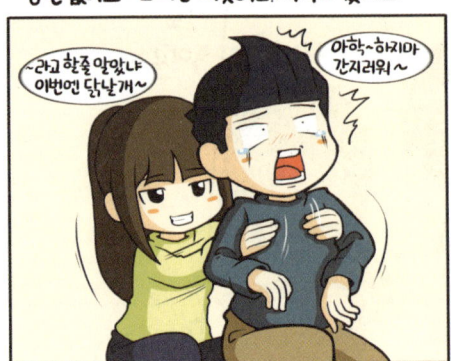

하지만 추운 겨울이 가고

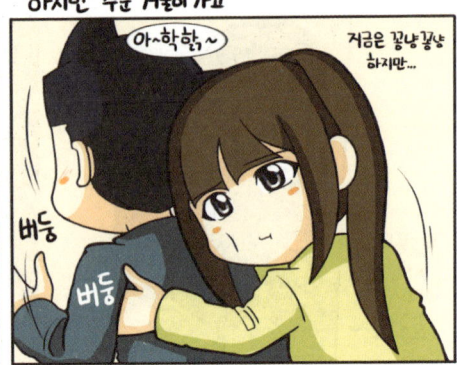

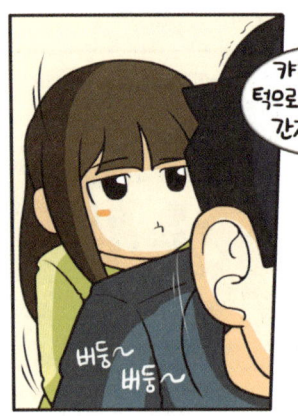

더운 여름이
오게되면 ...

오빠는 아마
더위에 지친
차가운
남자가
되거에요

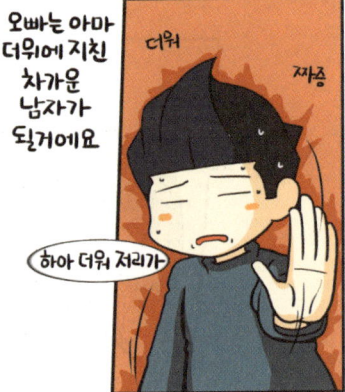

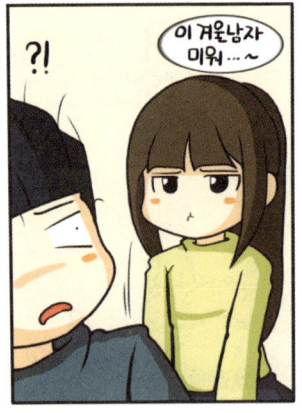

괜히
서운함..

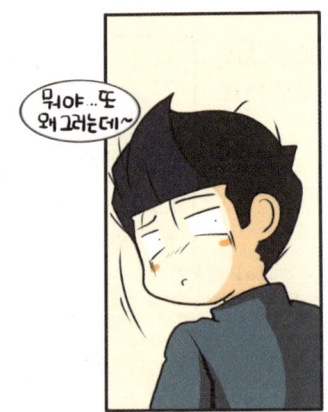

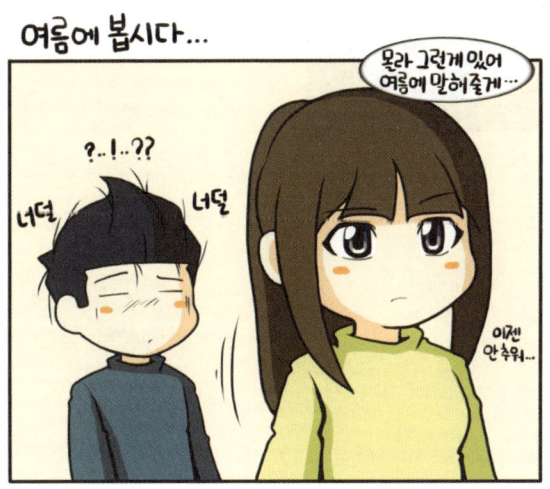

여름에 봅시다...

237

158동 진상부부 겨울남자의 여름

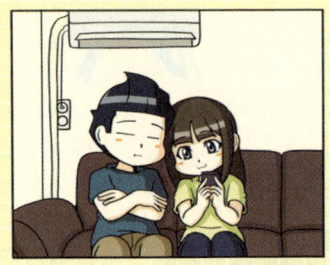

158동 지금 집으로 이사 올 때, 전에 살던 분이 맞바람이 쳐서 시원할 거라고 에어컨이 필요 없는 집이라고 하셨어요. 그래서 과감하게 에어컨을 설치하지 않기로 결정했었죠.

더위를 많이 타는 징징돌이는 그래도 에어컨이 필요할 거라고 졸랐지만, 저는 맞바람의 힘을 믿으며 징징돌이에게 혼자 쓰라고 전용 선풍기를 마련해줬어요.

그 다음 해 엄청난 더위의 여름. 여전히 맞바람의 힘을 믿으며 에어컨 따위 필요 없다며 버텼지만, 너무 덥다고 투덜거리는 징징돌이를 위해 냉풍기를 구매했습니다. 하지만 냉풍기는 습할 뿐 효과가 별로 없더라고요. 맞바람도 더운 바람이 들어오니 더위에 별로 도움이 안되었어요. 이사 4년 만에 더위 타는 징징돌이를 위해 드디어 에어컨 구매 결정. 막상 에어컨이 들어오니 시원하다고 좋아한 건 저였습니다. 왜 4년이나 안사고 버텼을까요. 이렇게 좋을 걸.

episode 16

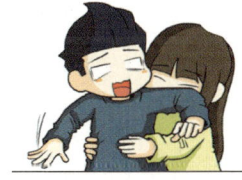

158동 진상부부

맛있는 운동

평범한 부부의 일상 ... 일상적인 잔소리

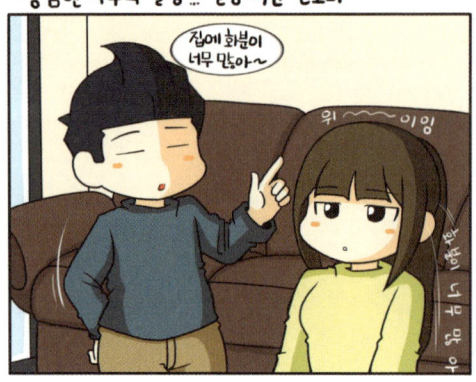

무심결에 보게
된 징징돌이의
볼록한 배~

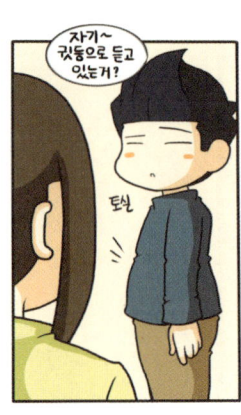

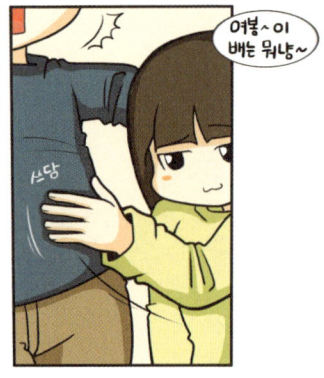

은야쟁이는 배나온 남편을 놀립니다~

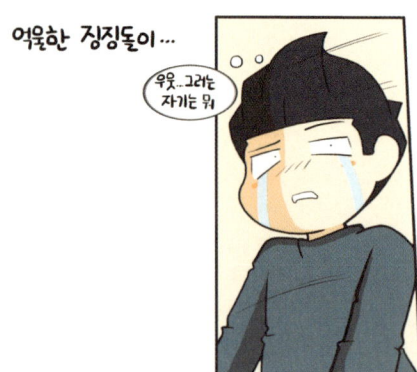

은야쟁이는 배나온 남편을 놀립니다~

어울한 징징돌이...

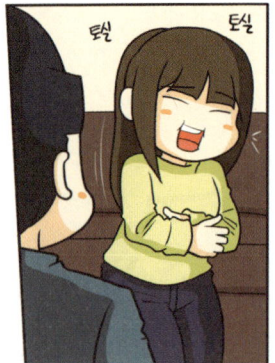

토실토실한
모습으로
놀리는
은야쟁이

은야쟁이는
눈치가
빠릅니다...

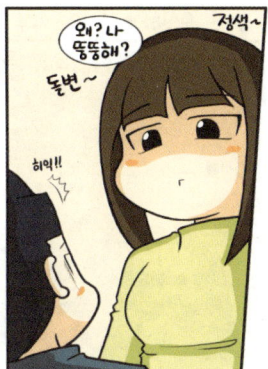

Q 자주 듣는
질문인가요?

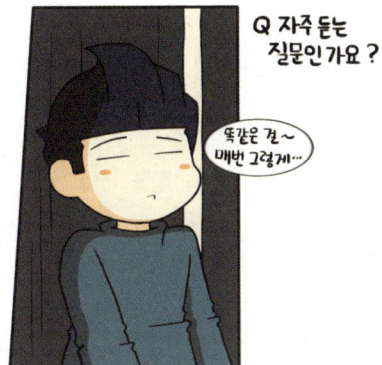

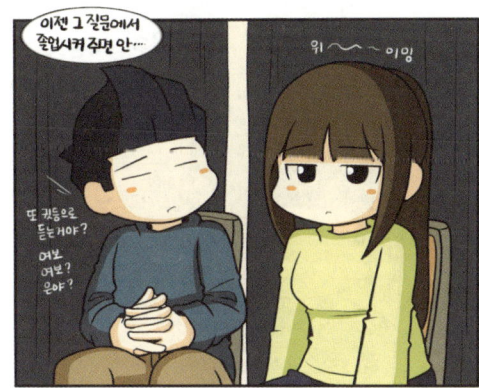

징징돌이는
현명하게 상황을
정리합니다

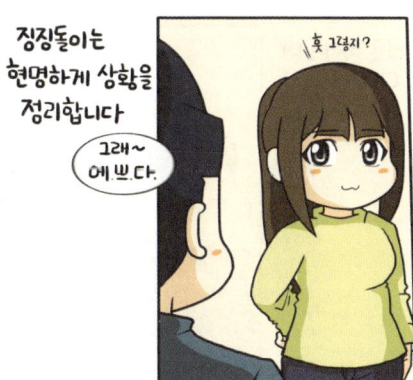

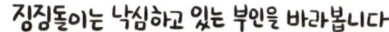

어느날, 퇴근 후
우울해하는
은야쟁이…

징징돌이는 낙심하고 있는 부인을 바라봅니다

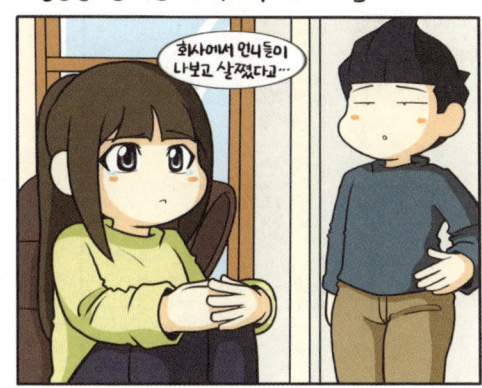

241

Q 주변의 여론은 날카롭군요~

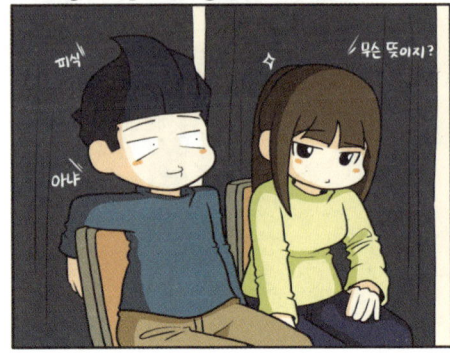

지난 겨울, 토실하게 살이오른 부부

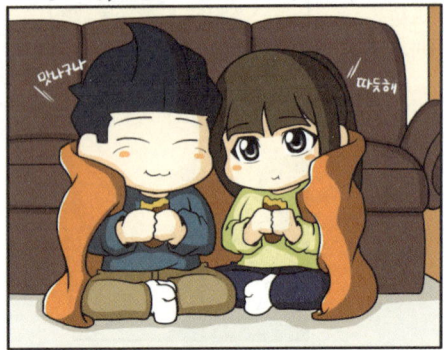

서로를 바라보며
다이어트를
다짐합니다

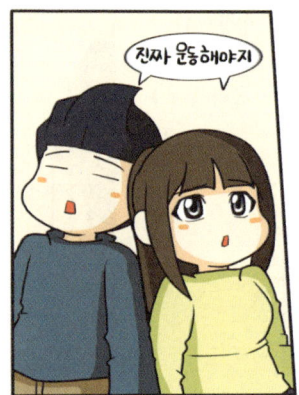

굳은 의지는
실천으로 입증해야
합니다

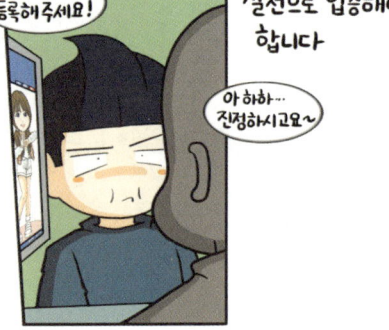

그러나 한동안
쉬었던 운동을

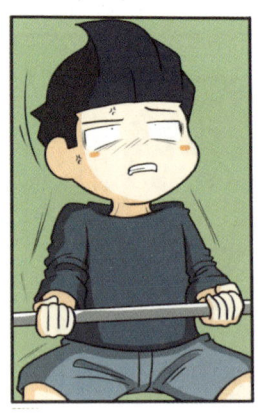

다시 시작하려니
너무 힘이
듭니다

근육통으로 온몸이 아프지만 서로를 챙겨줍니다

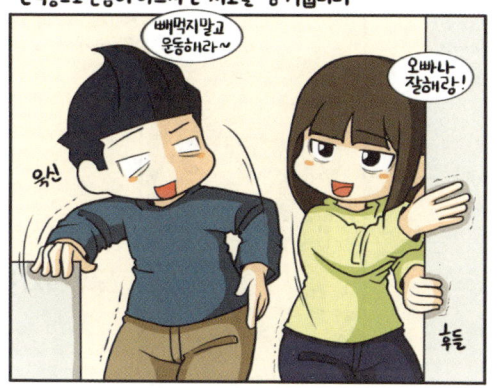

가장 큰 문제는
저녁시간 허기짐
입니다

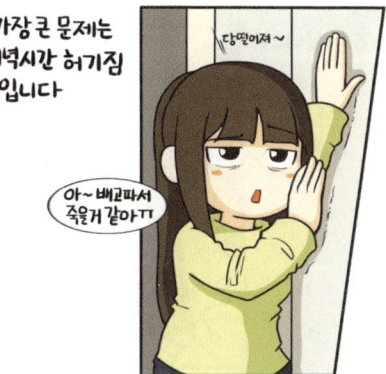

당떨어진 은야쟁이…
이성의 끈을
놓으려 합니다

은야쟁이가 맹수로 변하기 전에 구해야 합니다!

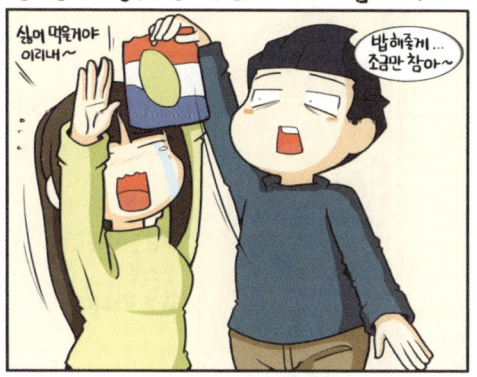

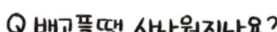
Q 배고플땐 사나워지나요?

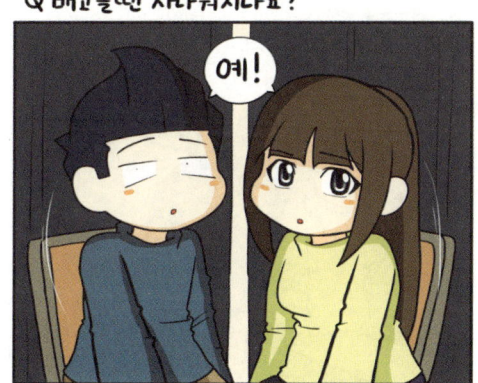

힘든 운동후
집에온
징징돌이…

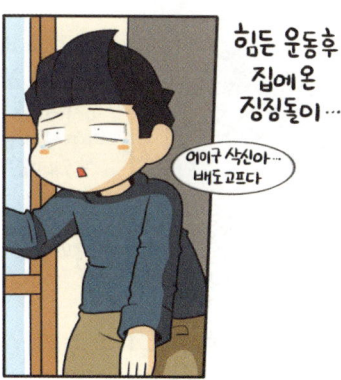

운동 후엔 참 허기집니다

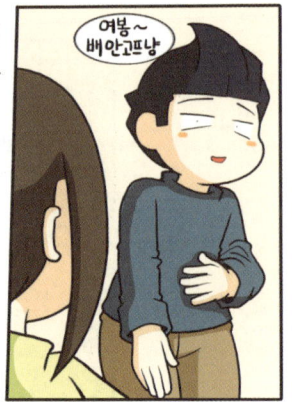

여봉~ 배 안 고픈날~

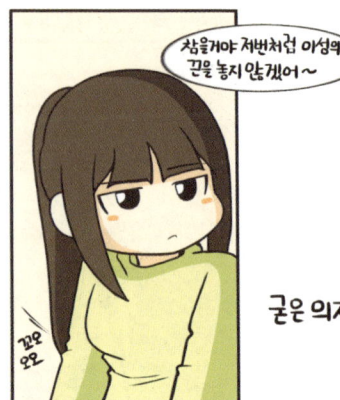

참을거야 저번처럼 이성의 끈을 놓지 않겠어~

굳은 의지!

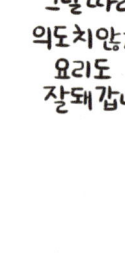

그러라 난 밥 해먹을테다~

배고픈 징징돌이는 스스로 밥을 합니다

그날따라 의도치않게 요리도 잘돼갑니다

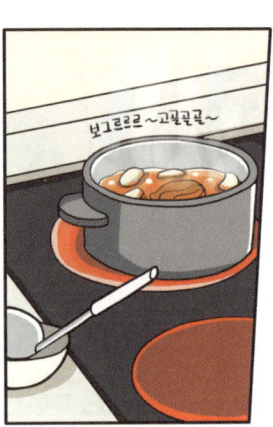

보그르르르~고글글글~

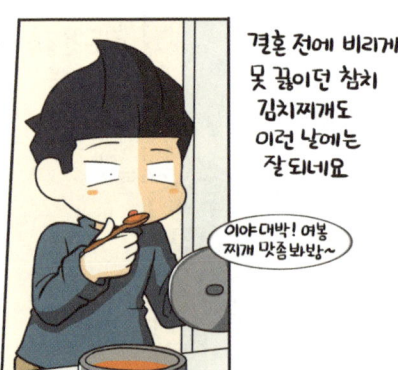

결혼 전에 비리게 못 끓이던 참치 김치찌개도 이런 날에는 잘 되네요

이야 대박! 여봉 찌개 맛좀 봐봐~

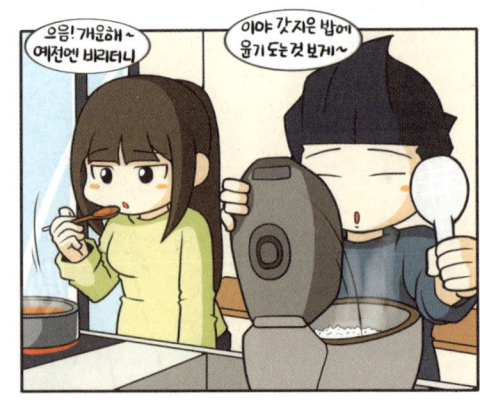

으음! 개운해~ 예전엔 비리더니

이야 갓지은 밥에 윤기 도는 것 보게~

244

잠시후, 폭풍같은 식사시간이 끝났습니다

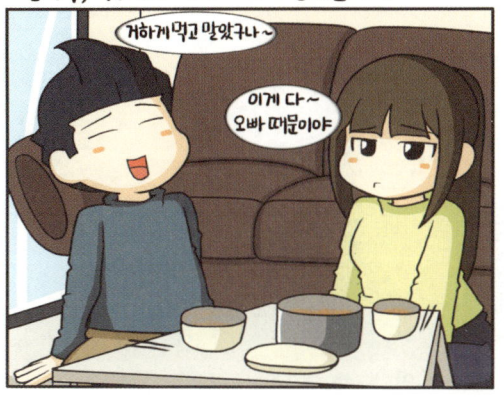

거하게 먹고 말았구나~

이게 다~ 오빠 떄문이야

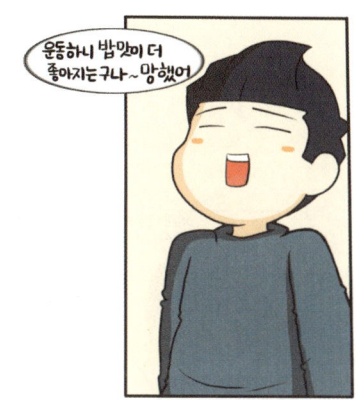

운동하니 밥맛이 더 좋아지는구나~ 망했어

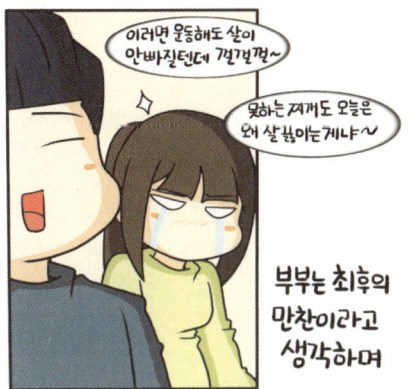

이러면 운동해도 살이 안빠질텐데 껄껄껄~

못하는 쩌거도 오늘은 왜 살찘는게냐~

부부는 최후의 만찬이라고 생각하며

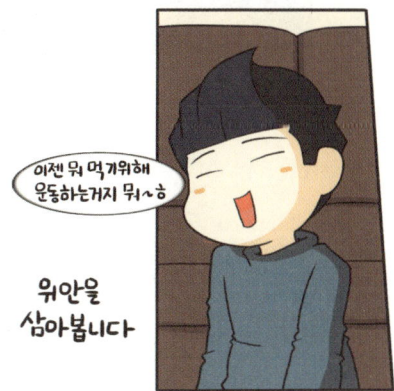

이젠 뭐 먹기위해 운동하는거지 뭐~ㅎ

위안을 삼아봅니다

에필로그...

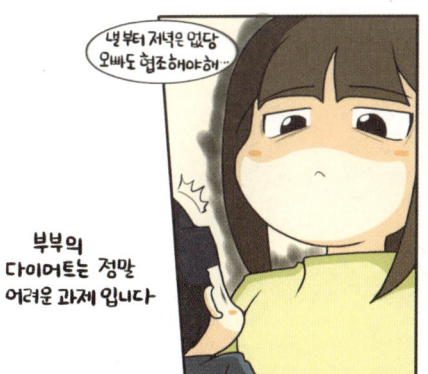

낼 부터 저녁은 없당 오빠도 협조해야해...

부부의 다이어트는 정말 어려운 과제 입니다

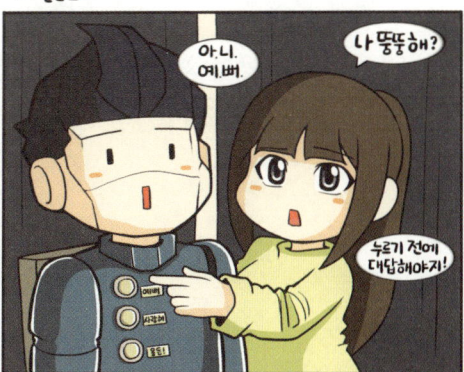

아니. 예뻐.

나 뚱뚱해?

누르기 전에 대답해야지!

245

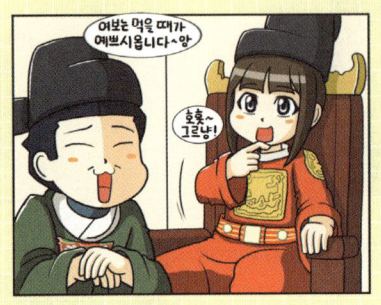

158동 진상부부 중요한 사람

저는 일생을 뚱뚱하거나 통통했는데요. 결혼할 때 극한 다이어트를 했던 시기를 빼고는 거의 통통 내지는 뚱뚱한 상태를 유지했어요. 통통에서 뚱뚱으로 넘어가는 무렵엔 주변 사람들의 '살찌는 거 아니야?'라는 물음도 쿨하게 넘기며 말이죠. 징징돌이는 한 번도 저에게 뚱뚱하다고 한 적이 없는데도, 가끔 그런 느낌이 드는 말을 하면 급 서운해집니다.

그런데 제가 이 얘기를 하면 남자친구나 남편이 있는 친구들은 모두 동감하더라고요. 다른 사람은 몰라도 내 짝꿍에게는 예쁘다는 말만 듣고 싶은 건 다들 한 마음이니까요.

가끔 새 옷을 사도 다른 사람들의 '괜찮다' 보다는 징징돌이의 '괜찮다'를 들어야 마음이 안심되는 내 마음. 아마도 징징돌이가 제게 가장 중요한 사람이라 그런 거겠죠?

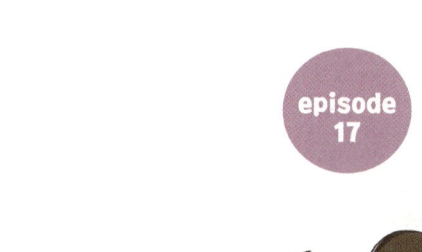

episode 17

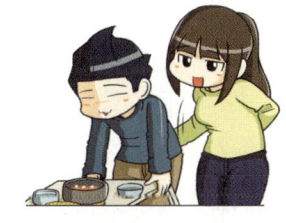

158동 진상부부
우쭈쭈 남편

배고픈 온야쟁이, 맹수가 되기전에 점심을 먹어야 합니다

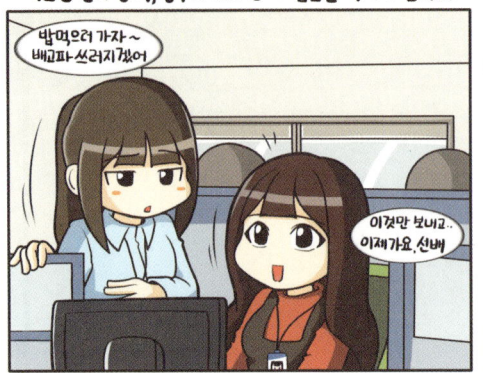

밥먹으러 가자~
배고파 쓰러지겠어

이것만 보내고..
이제가요, 선배

후배는 이제
신혼 3개월 입니다

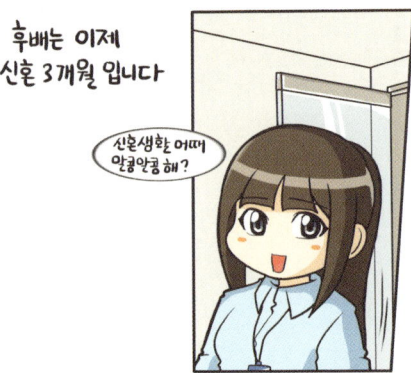

신혼생활 어때
알콩알콩 해?

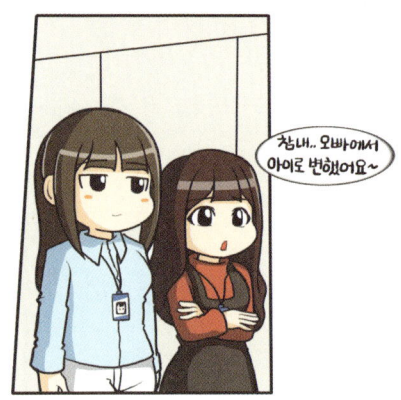

참내.. 오빠에서
아이로 변했어요~

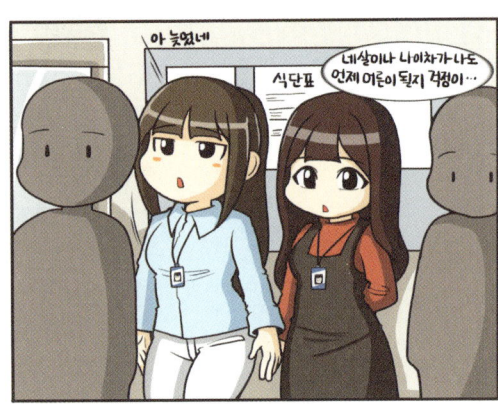

아 늦었네

식단표

네살이나 나이차가 나도
언제 어른이 될지 걱정이…

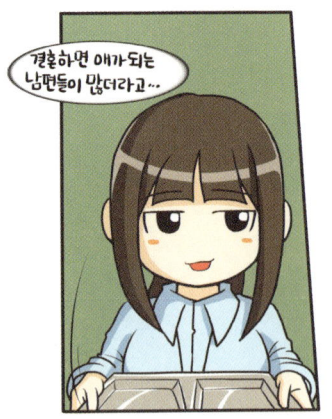

결혼하면 애가 되는
남편들이 많더라고…

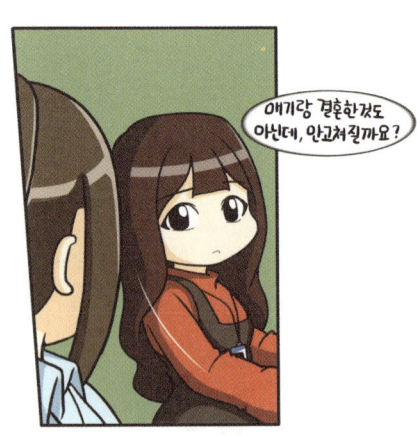

애기랑 결혼한겄도
아닌데, 안고쳐질까요?

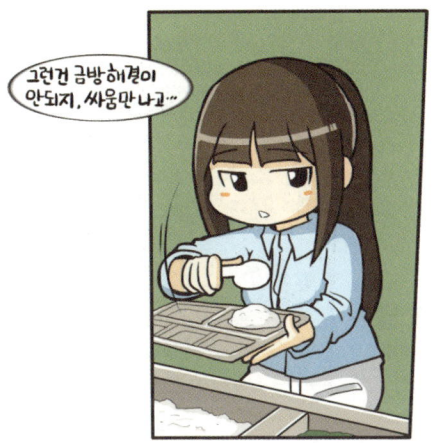

그런건 금방 해결이
안되지, 싸움만 나고…

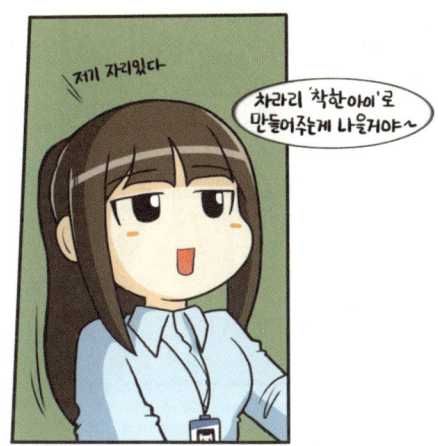

저기 자리있다

차라리 '착한아이'로
만들어주는게 나을거야~

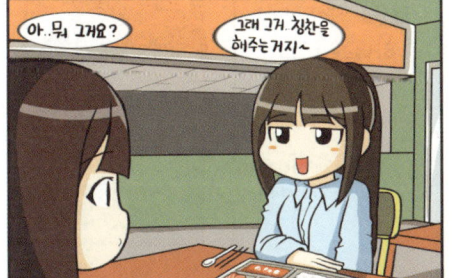

아..뭐 그거요?

그래 그거, 칭찬을
해주는거지~

'평소에 사랑받는 일을 하면 적극 칭찬을 해줘.'

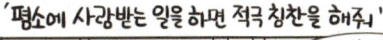

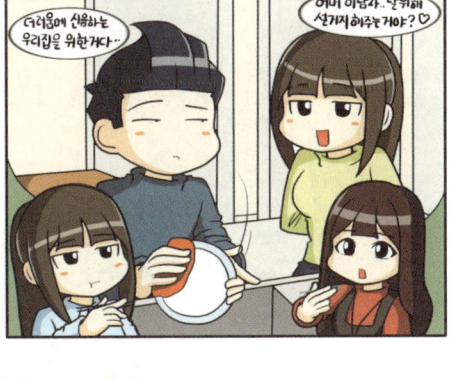

더러움에 신용하는
우리집을 위한거다…

어머 이남자..난위해
설거지 해주는거야? ♡

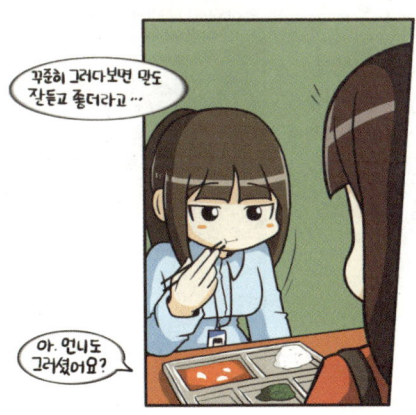

꾸준히 그러다보면 말도
잘듣고 좋더라고…

아. 언니도
그러셨어요?

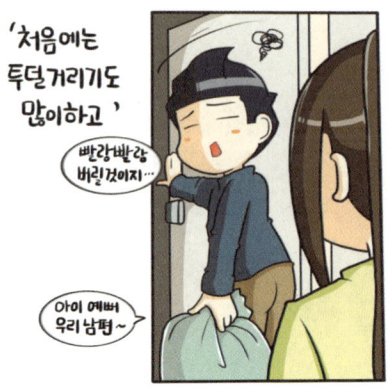

'처음에는
투덜거리기도
많이하고'

빨랑빨랑
버린것이지…

아이 예뻐
우리 남편~

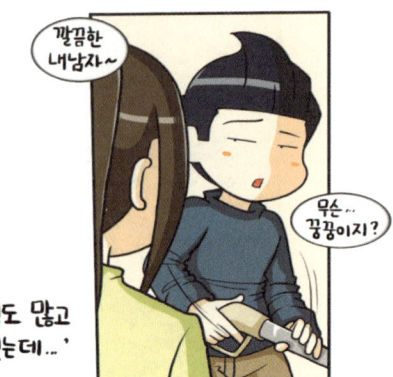

깔끔한
내남자~

무슨…
끔끔이지?

'불평도 많고
그랬는데…'

'그래도 난 꾸준히 칭찬하고 토닥여 줬어'

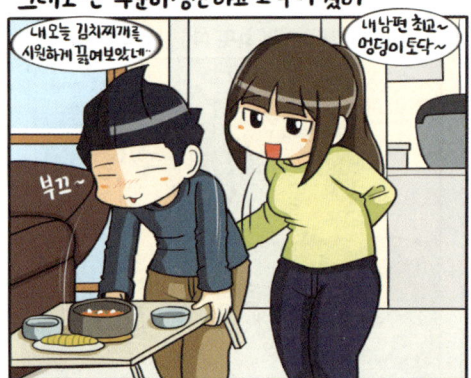

내오늘 김치찌개를
시원하게 끓여보았네

내남편 최고~
엉덩이토닥~

부끄~

'이제는 뭐… 말도
잘듣고 알아서 잘
하더라고'

세탁기 다돌았다
빨래 꺼내줄게~

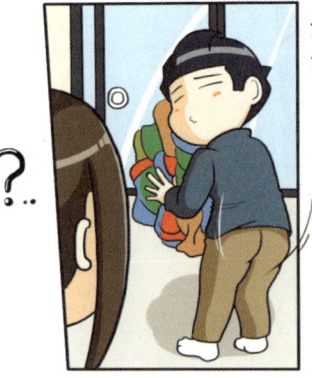

칭찬을
갈구하는
엉덩이…

?..

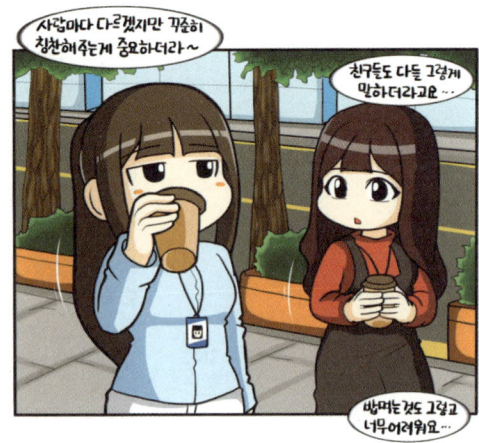

사람마다 다르겠지만 꾸준히
칭찬해주는게 중요하더라~

친구들도 다들 그렇게
말하더라고요…

밖먹는 것도 그렇고
너무어려워요…

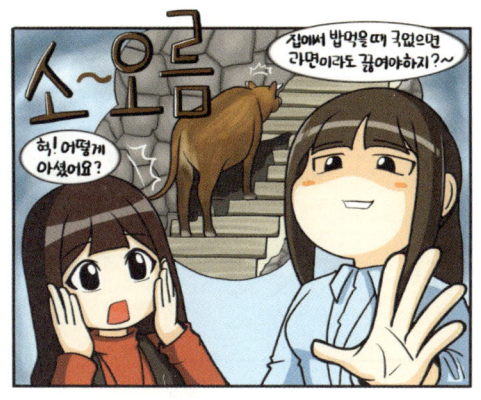

소~오름

집에서 밥먹을 때 국없으면
라면이라도 끓여야하지?~

헉! 어떻게
아셨어요?

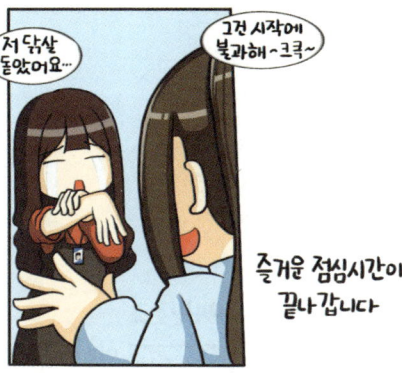

저 닭살
돋았어요...

그건 시작에
불과해~크크~

즐거운 점심시간이
끝나갑니다

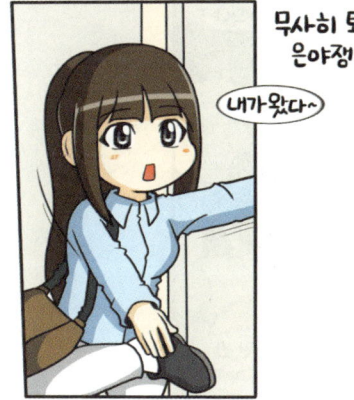

무사히 퇴근한
은야정이

내가왔다~

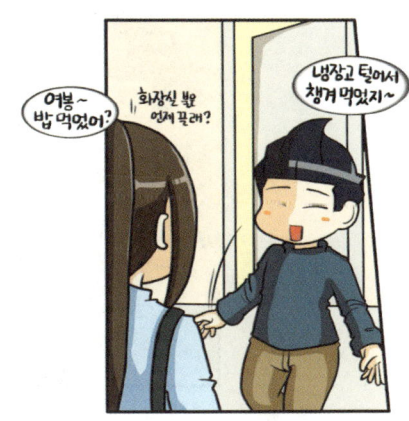

여봉~
밥 먹었어?

화장실 뿔요
언제 풀러?

냉장고 털어서
챙겨 먹었지~

이제는 많이 성장한 남편을 보니 흐뭇합니다

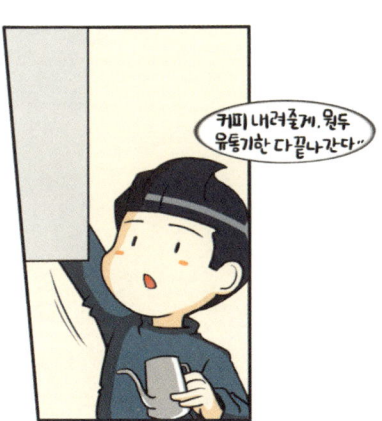

커피 내려줄게, 원두
유통기한 다 끝나간다...

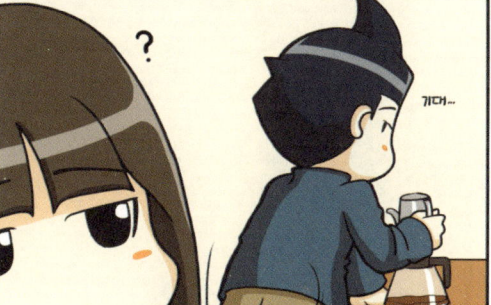

?

끼억...

251

에필로그 ...

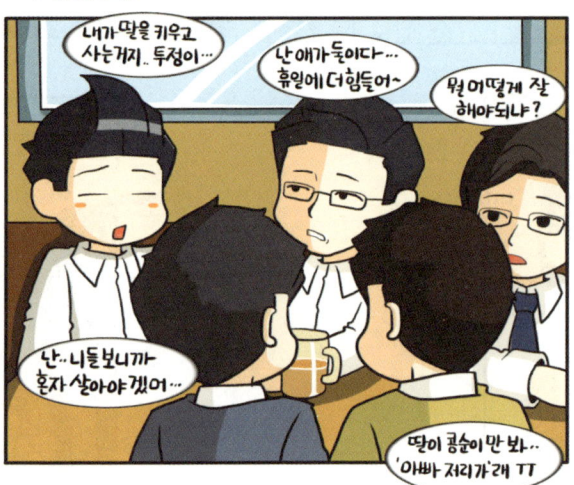

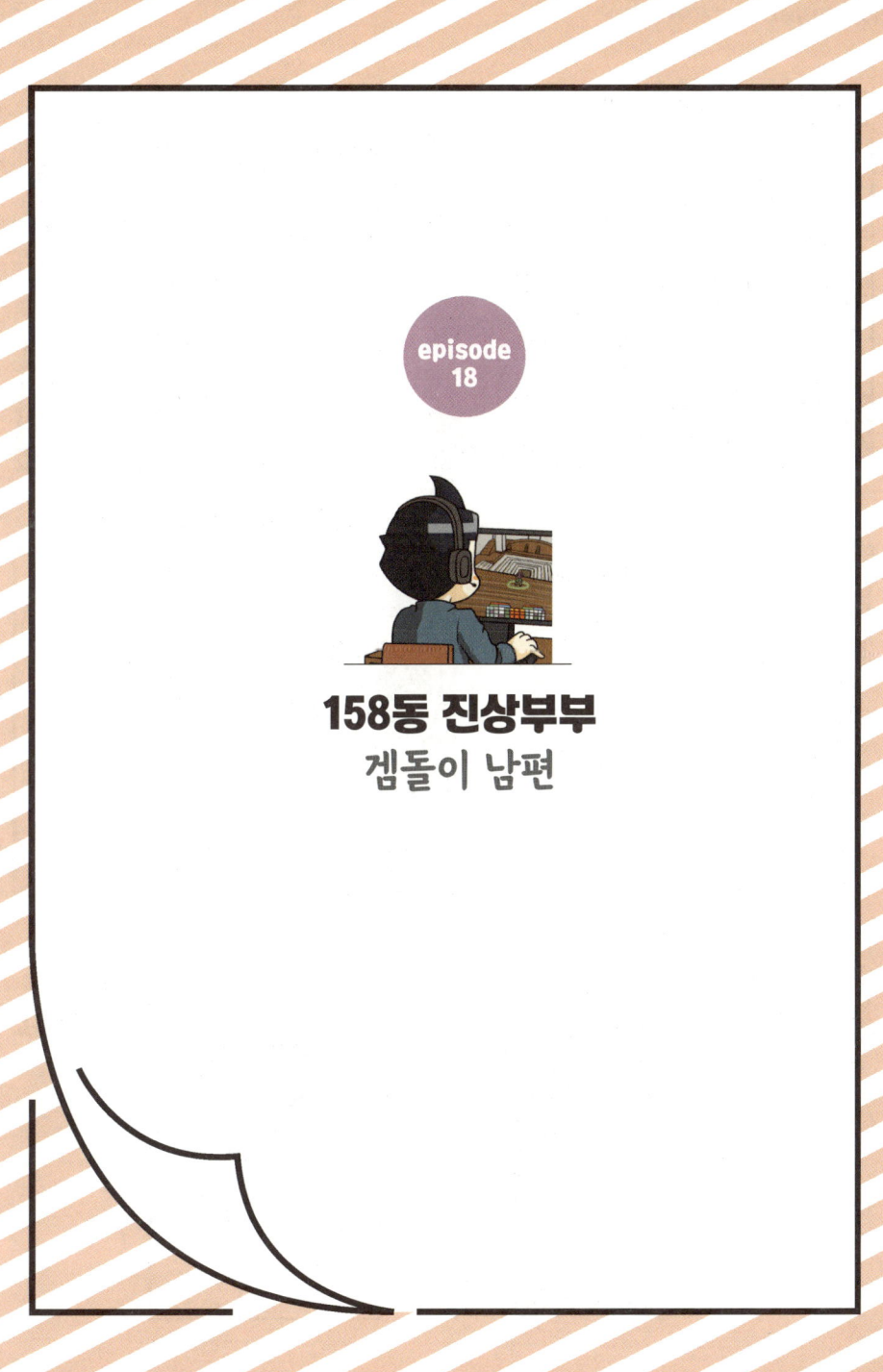

episode
18

158동 진상부부
겜돌이 남편

TV속 신혼일기를 보던 은야쟁이

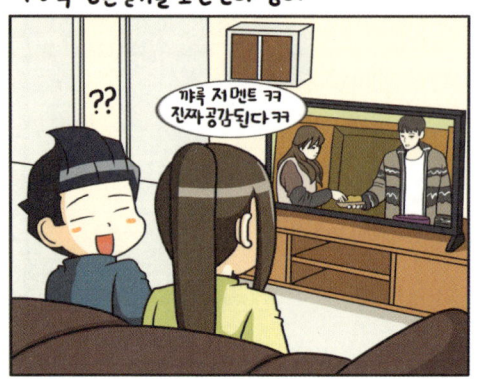

?? 꺄륵 저 멘트 ㅋㅋ 진짜 공감된다ㅋㅋ

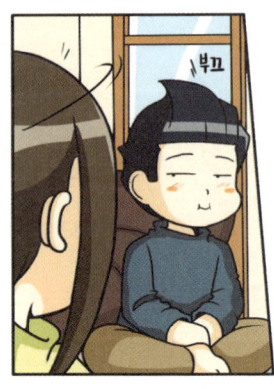

'연애 할 때는 나랑 참 닮은 사람이다 생각했는데'

부끄

연애땐 모든 걸 잘 알고 있다고 생각했는데 …

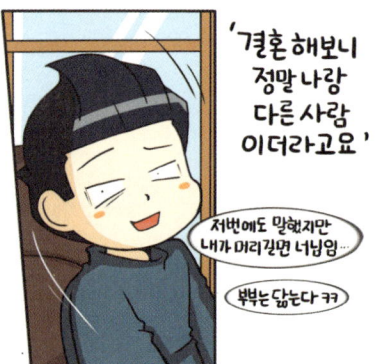

'결혼 해보니 정말 나랑 다른 사람 이더라고요'

저번에도 말했지만 내가 머리 길면 너님임…

부부는 닮는다 ㅋㅋ

그래서 결혼 후에도 '손바닥 안' 일 거라 생각 했지만 …

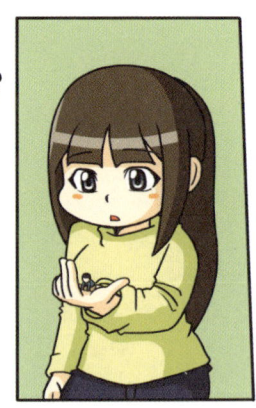

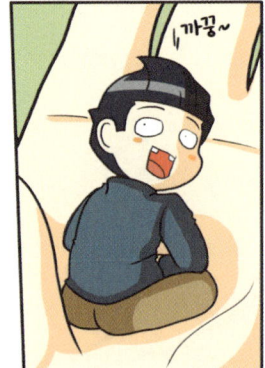

까꿍~

조금은, 다른 느낌이랄까요

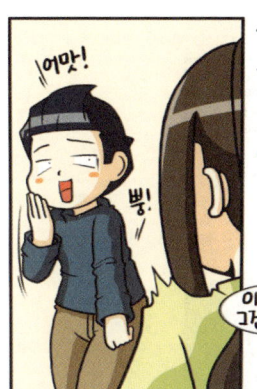

어맛!

뿅!

이 뿅쟁이!!
그건 이미 알아

결혼하고
같이 살면서
몰랐던 걸
알게 되는
시간들…

이번엔,
징징돌이의
게임생활에
관한 이야기
입니다

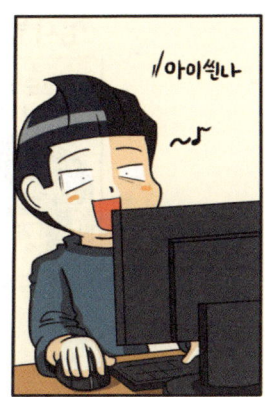

아이씐나

~♪

Q 연애때도 겜돌이 였나요?

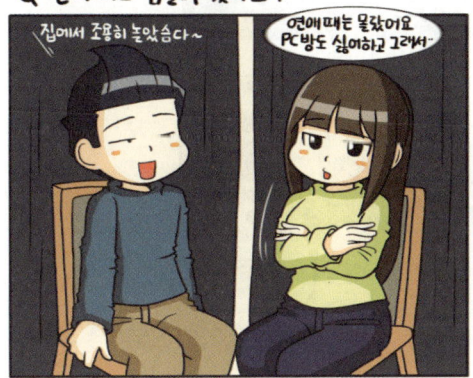

집에서 조용히 놀았슴다~

연애때는 몰랐어요
PC방도 싫어하고 그래서~

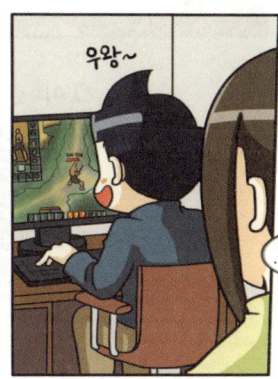

우왕~

지치지도 않고…
… 놀라운 남자…

결혼 초반…
퇴근 후 집에서
여가생활이
게임이었던
징징돌이

'연애 때도 데이트 끝나면 이러고 살았구만…'

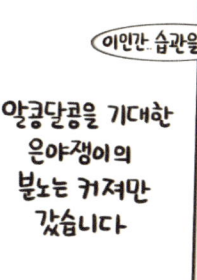

이인간 습관을 보니~

알콩달콩을 기대한
은야쟁이의
분노는 커져만
갔습니다

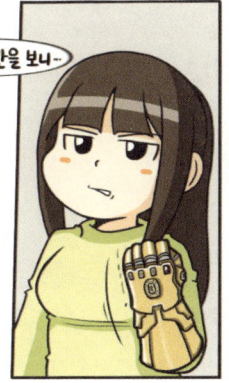

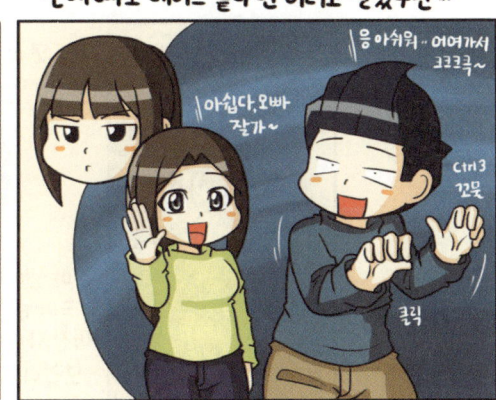

아쉽다.오빠
잘가~

응 아쉬워~ 여여가서
ㅋㅋㅋㅋ~

Ctrl3 꼬물

클릭

잠시 뜸하다 새게임을 접했던 징징돌이…

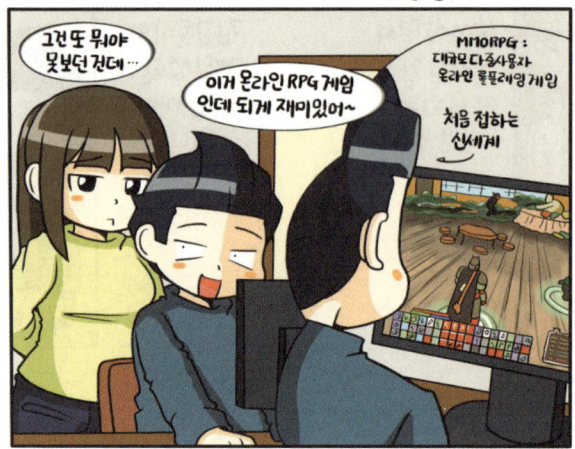

그 이후로…

게임에 몰입해서
말시키면 짜증,
뭐 좀 하자고
해도 짜증…

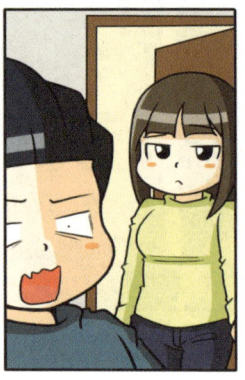

헤드셋 쓰고
혼자서 말하고
…

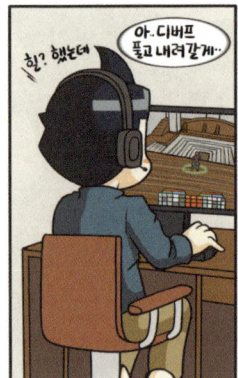

은야쟁이의
눈에는
미친 사람처럼
보입니다…

Q 왜 그러는 건가요?

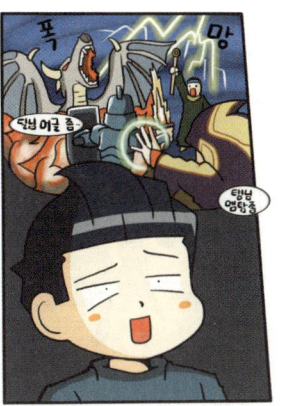

'여러사람이 같이하는 겜이라 계속 집중하느라 나도 모르게…'

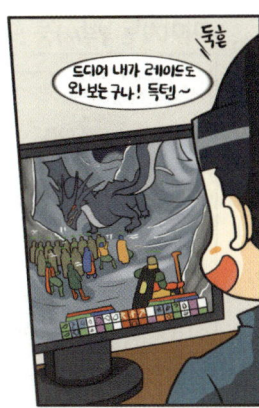

인생사.. 뭐든 지나치면 독이 되어 되돌아 옵니다

어느날.. 길드레이드[1]를 하게 된 징징돌이

1) 동호회 단합 활동과 유사함

한번 시작하면 두세시간은 족히 걸리는 이벤트.. 그러나 그날따라 일찍온 은야쟁이…

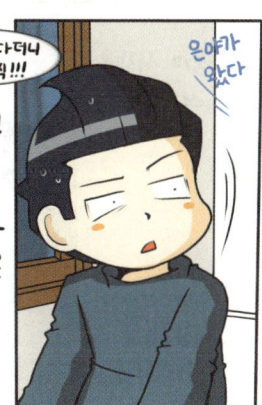

생각해서 맛난것도 했는데 관심도 없는 징징돌이

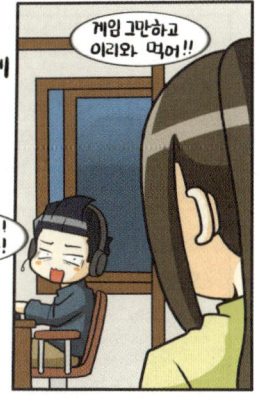

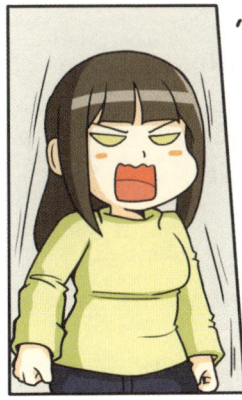

'도대체 뭐하는 거야!~!!'

드디어 터지는 은야쟁이!!

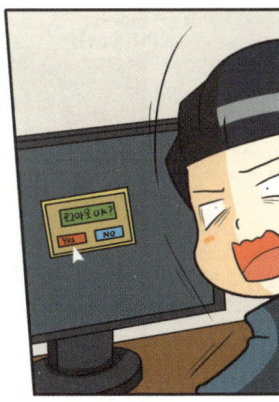

'아 안해! 치사해서 안해!!

징징돌이도 눈치보며 게임 하던 터라 화가 났습니다

이어지는 부부싸움... 실제로는 많이 혼났다 합니다

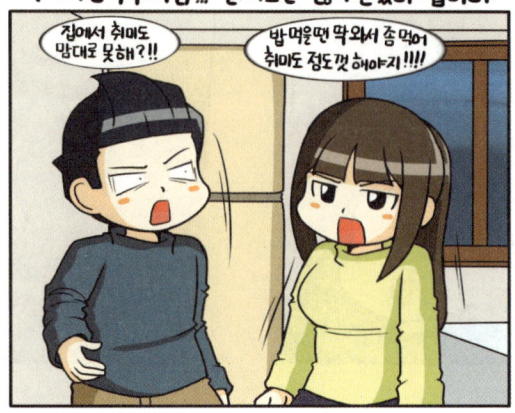

속상한 아내...
냉랭한 분위기,

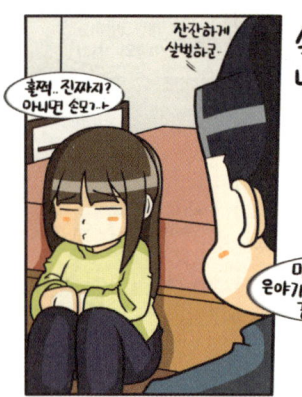

그렇게 시간은
흘러~ 현재...

징징돌이는
취미생활 중~

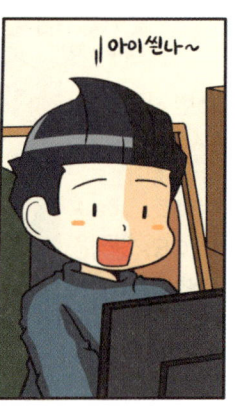

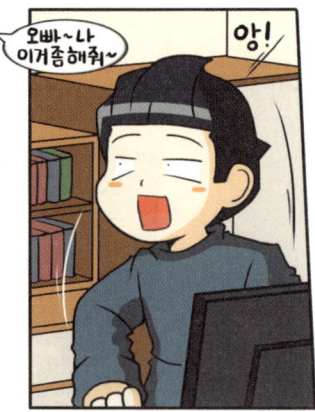

갑작스런
은야쟁이의
호출에,
바로 멈추고
움직입니다

정지된
게임화면...

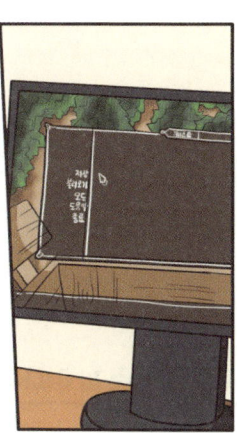

그날이후
온라인 게임은
끊고 오프라인
CD게임만 하는
징징돌이...

혼자서 하는
게임이라
언제든 온야의
부름에 답할 수
있습니다

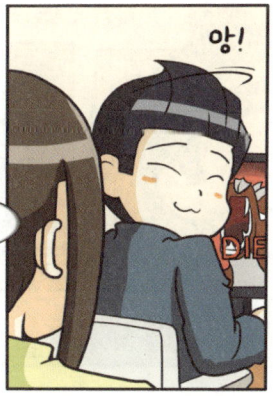

앙!

오빠 빨래
좀 꺼내 줘요~

조금 이상한 건
...

게임에서 중요한
포인트 마다

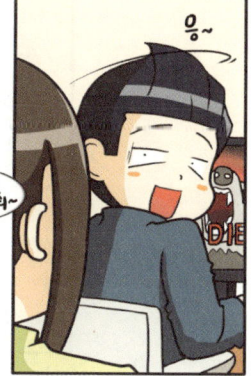

응~

오빠~나
커피컵 갈아줘~

온야쟁이의
호출이 있지만,

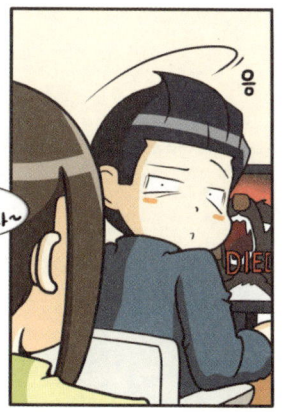

응

오빠~우리
마트 다녀오자~

기분탓이겠지요

꺄르륵~

오빠..어머 미안

때로는 일부러
그러는거 같지만...

'그래도 하게 해주는게 어디냐' 고마운 마음입니다

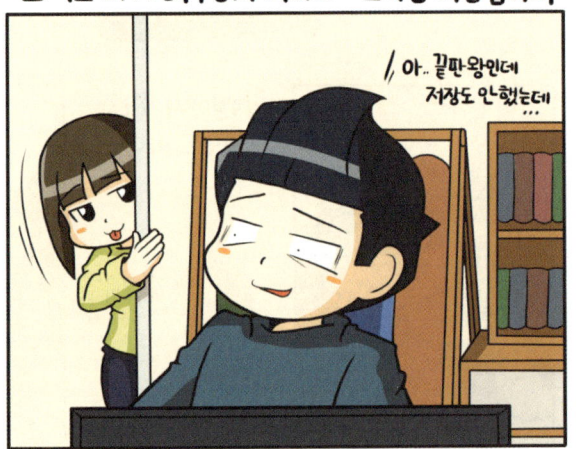

아.. 끝판 왕인데
저장도 안했는데
...

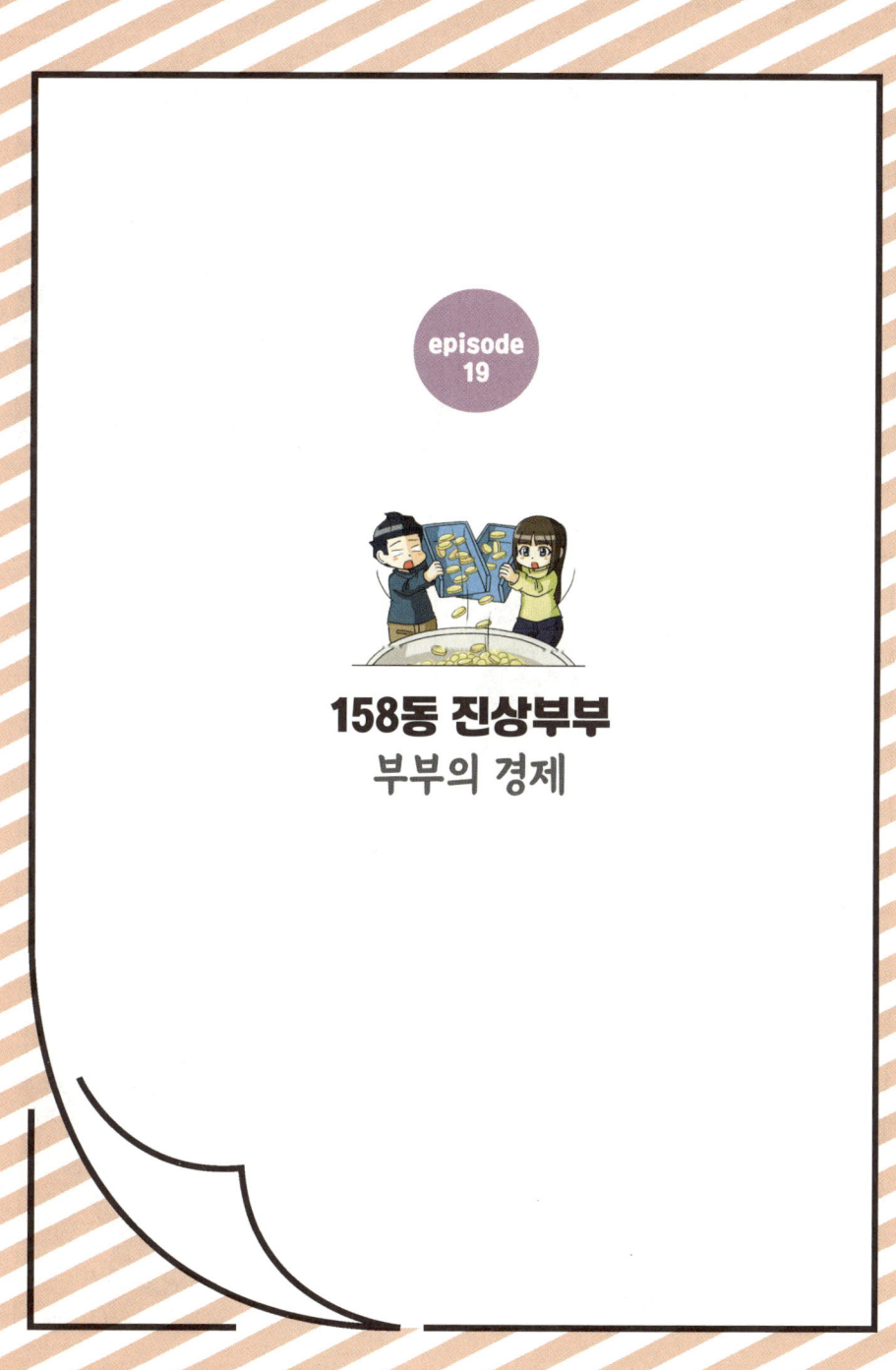

episode 19

158동 진상부부
부부의 경제

결혼 후엔 지출할 돈도 여러가지 입니다

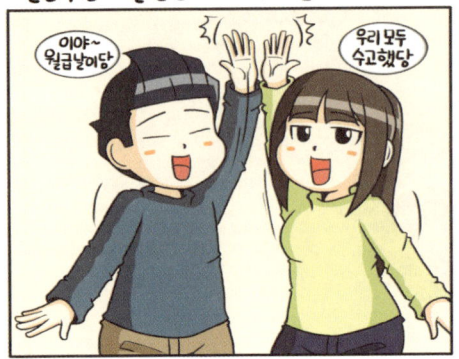

대출금에 공과금에 생활비 등등

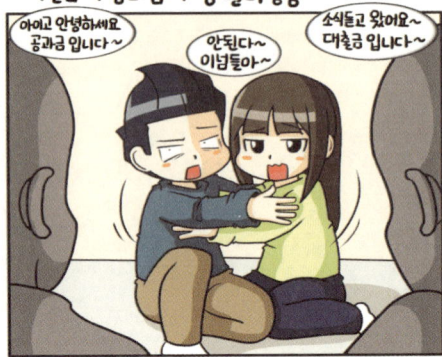

진상부부는 공동지출 부분을 제외하면

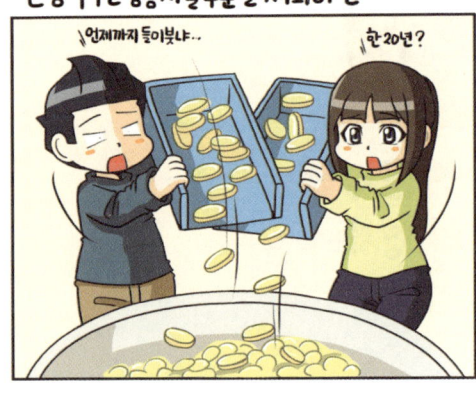

각자 번것은
상관하지
않습니다

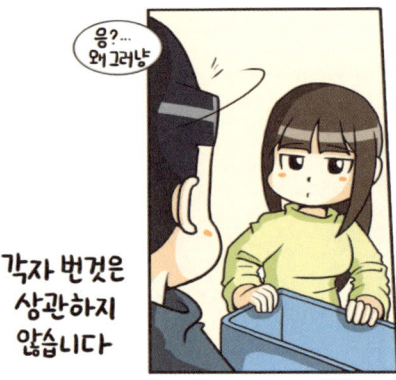

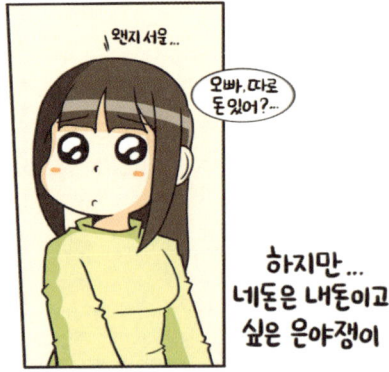

하지만...
네돈은 내돈이고
싶은 은야쟁이

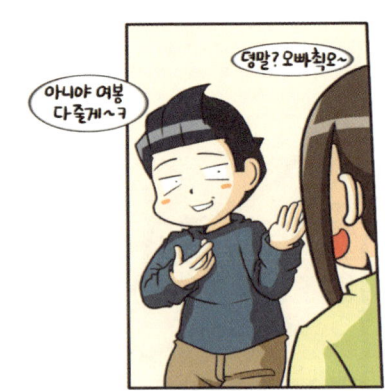

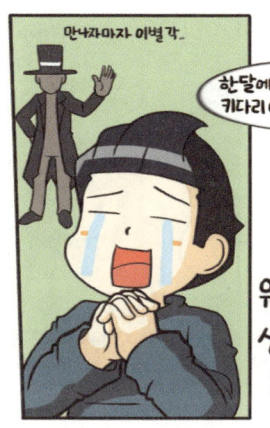

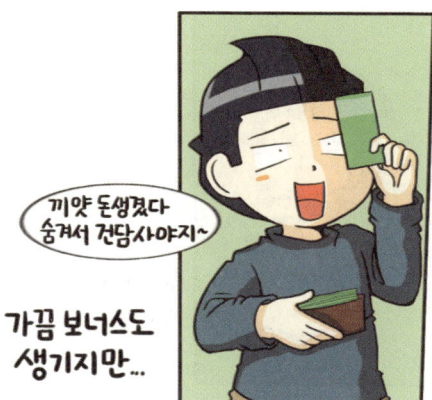

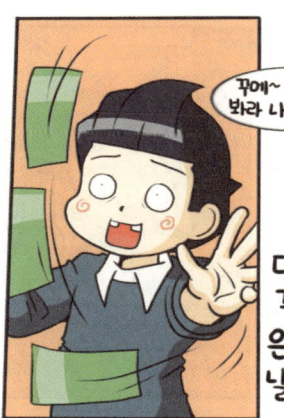

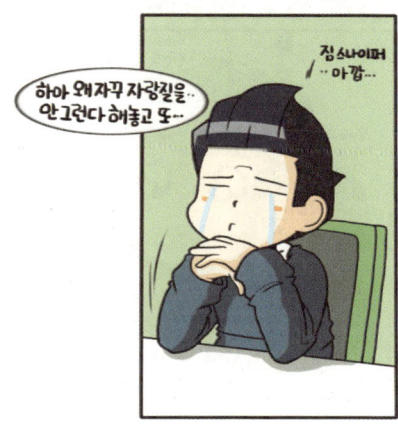

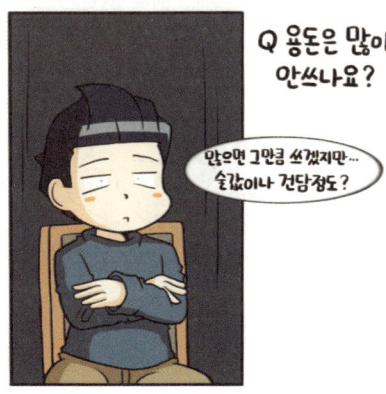

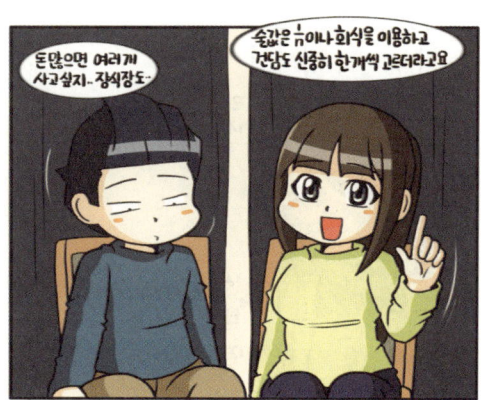

만나자마자 이별 각..

한달에 한번씩 도와주시는
키다리 아저씨.. 월급님~

징징돌이의
월급은 대출금과
생활비로 거의
지출됩니다

끼얏 돈생겼다
숨겨서 건담사야지~

가끔 보너스도
생기지만...

꾸에~ 은야야
봐라 나 돈 많당~

대부분은 허세
꽐라가 되어
은야쟁이에게
날려버립니다

하아 왜자꾸 자랑질을..
안그런다 해놓고 또..

집 스나이퍼
..아깜..

Q 용돈은 많이
안쓰나요?

많으면 그만큼 쓰겠지만..
술값이나 건담정도?

돈많으면 여러개
사고싶지.. 장식장도..

술값은 ㅠ야나 회식을 이용하고
건담도 신중히 한개씩 고려더라고요

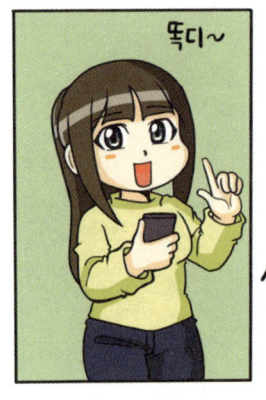

똑디~

은야쟁이는
생활비로 알뜰히
살림을 합니다

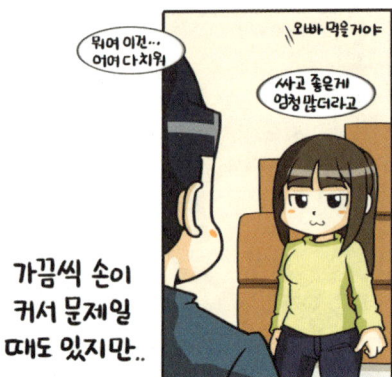

뭐여 이건…
어어 다치워

오빠 먹을거야

싸고 좋은게
엄청 많더라고

가끔씩 손이
커서 문제일
때도 있지만..

충동구매 전에는 징징돌이에게 고해성사를 합니다

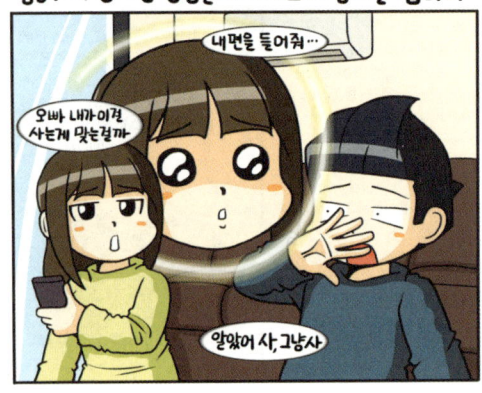

내면을 들어줘…

오빠 내가 이걸
사는게 맞는걸까

알았어 사, 그냥사

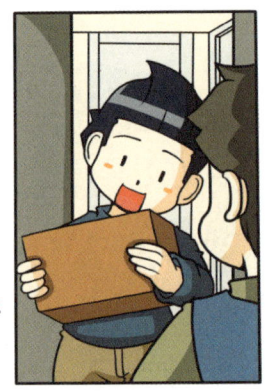

얼마후 찾아오는
택배의 물결

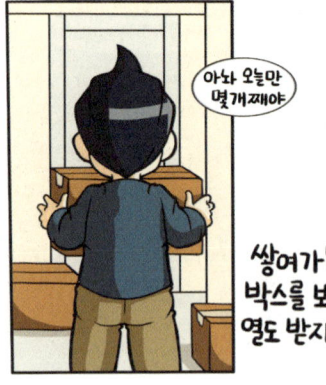

아놔 오늘만
몇개째야

쌓여가는
박스를 보며
열도 받지만,

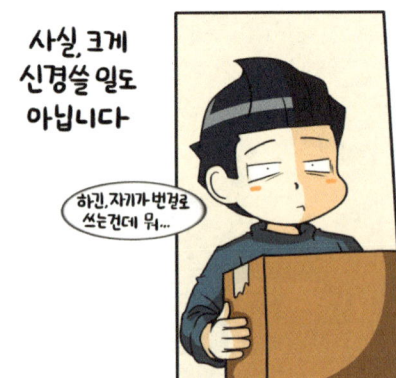

사실, 크게
신경쓸 일도
아닙니다

하긴, 자기가 번걸로
쓰는건데 뭐…

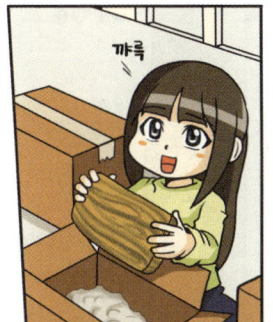

까록

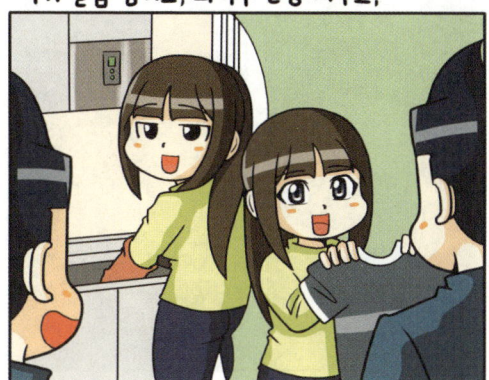

자기 살림 챙기고, 의식주 신경 써주고,

한정된
생활비에도

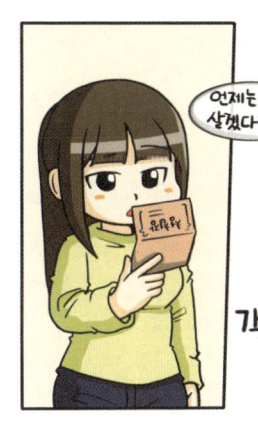

언제는 혼자
살겠다더니··

각종 경조사에

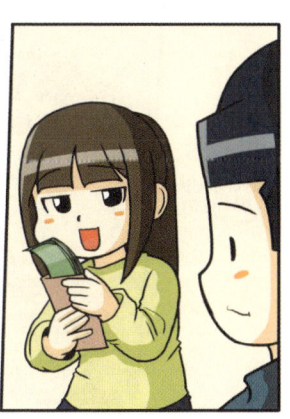

명절에
부모님 용돈까지

고마운
마음입니다

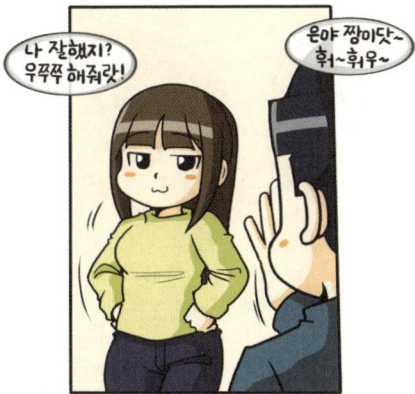

나 잘했지?
우쭈쭈 해줘랏!

은야 짱이닷~
휘어~휘우~

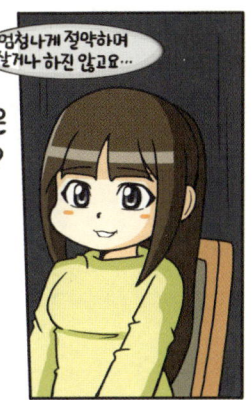

엄청나게 절약하며
살거나 하진 않고요···

Q 결혼 후 경제관은
어떤 것인지?

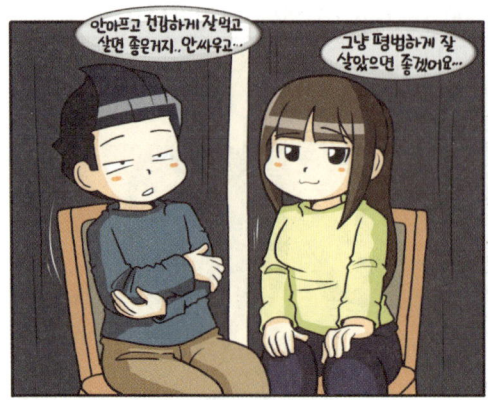

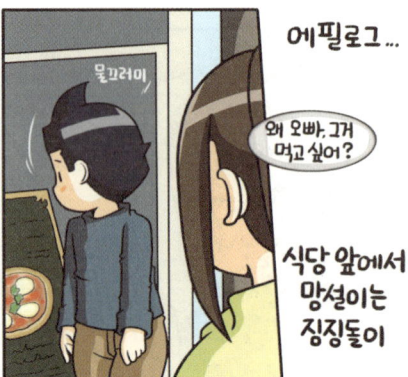

에필로그...

식당 앞에서
망설이는
징징돌이

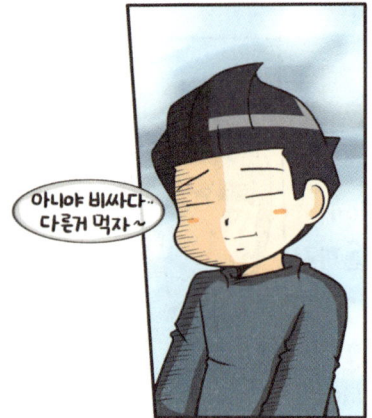

멋진여자...

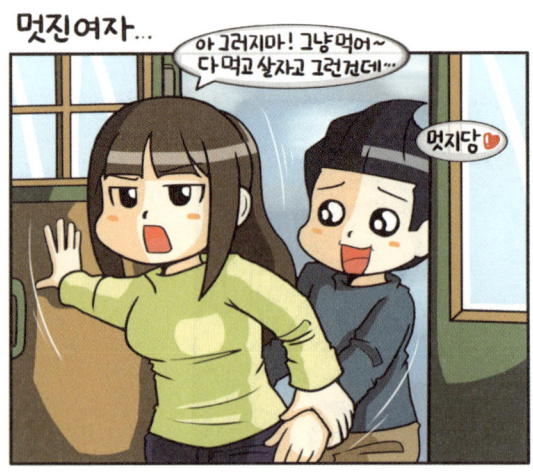

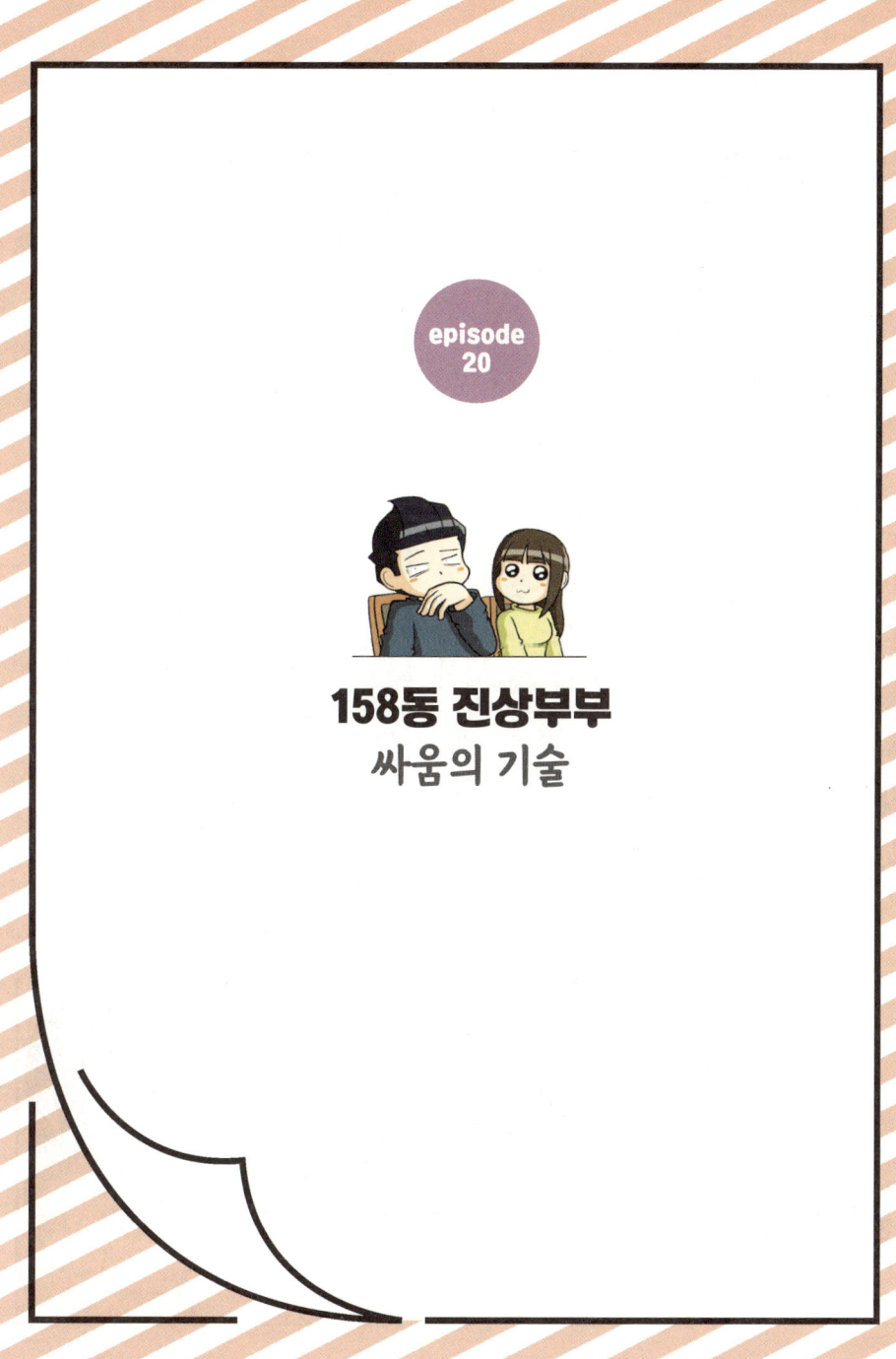

episode
20

158동 진상부부
싸움의 기술

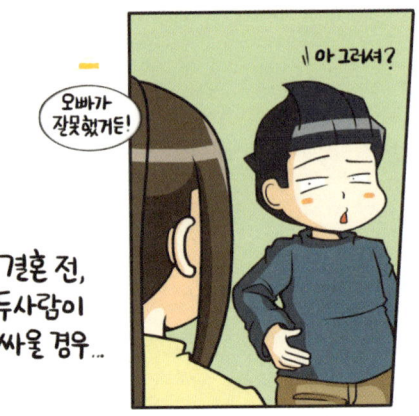

아 그러셔?

오빠가 잘못했거든!

결혼 전, 두사람이 싸울 경우...

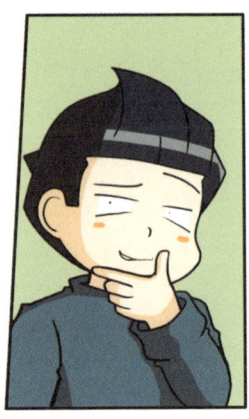

징징돌이의 전략은

충분히 지켜보고 이길 시점이 되었다 싶으면 ...

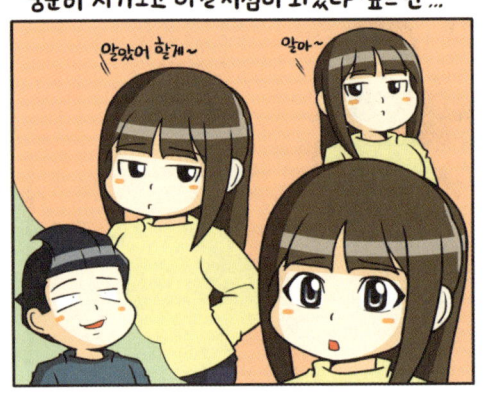

알았어 할게~

알아~

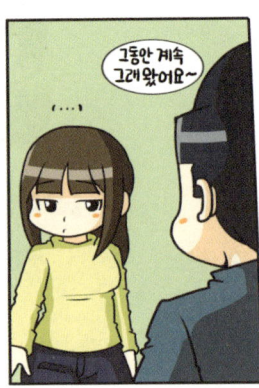

그동안 계속 그래 왔어요~

(...!)

그때! 은야쟁이를 제압하였다... 라고 합니다

'이제는 나 한테 이겨도 뭐 얻을게 없거든요..'

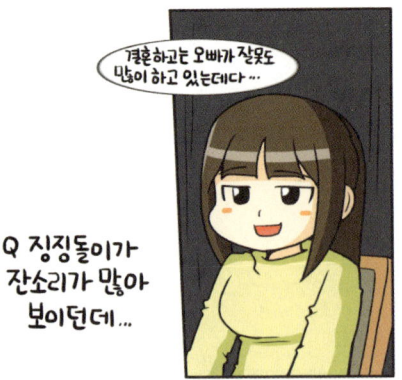

결혼하고는 오빠가 잘못도 많이 하고 있는데다...

Q 징징돌이가 잔소리가 많아 보이던데...

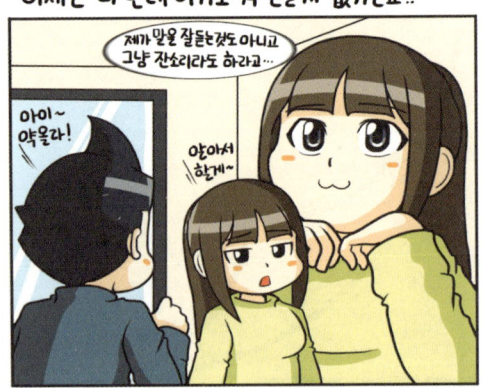

제가 맨날 잘듣는것도 아니고 그냥 잔소리라도 하라고...

아이~ 약올라!

야아서 할게~

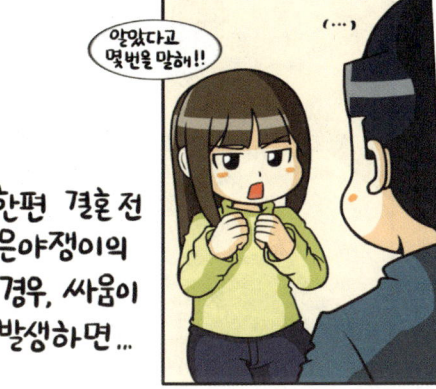

한편 결혼 전
은야쟁이의
경우, 싸움이
발생하면 ...

알았다고
몇 번을 말해!!

(...)

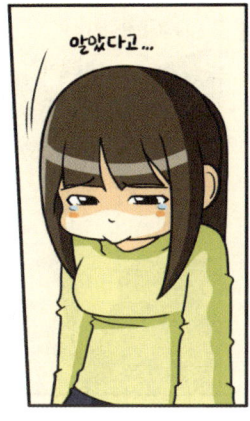

알았다고 ...

종종 ...
눈물을 보이곤
했는데...

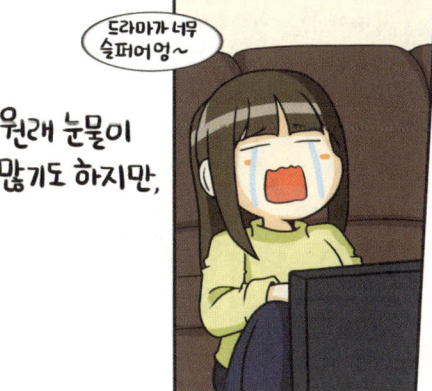

원래 눈물이
많기도 하지만,

드라마가 너무
슬퍼어엉~

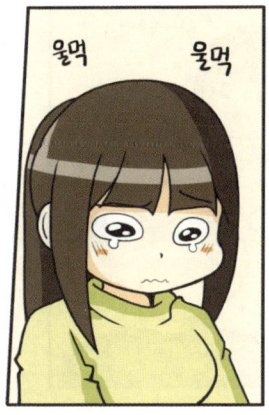

울먹   울먹

눈물을 흘리며
울 때는 그 모습이
너무도 구슬퍼서
...

은야쟁이가 울면.. 잘잘못 그런거 없이 끝났다고 합니다

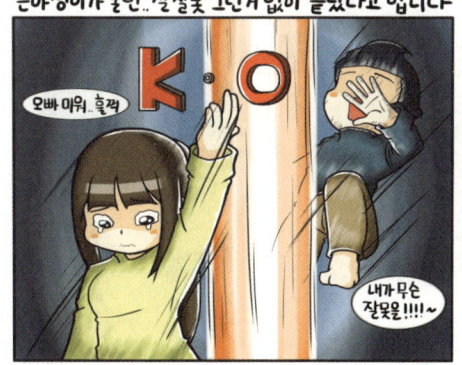

K.O

오빠 미워. 흑쩍

내가 무슨
잘못을!!!!~

Q 연약한 아내 인가요?

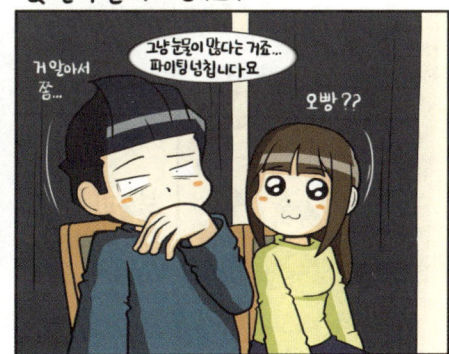

거알아서
쫌...

그냥 눈물이 많다는 거죠.
파이팅 넘칩니다요

오빵??

269

그러나 연애 때 쓰던 수작들은 같이 사는 시간이 길어지는 동안 쓸모가 없어졌습니다

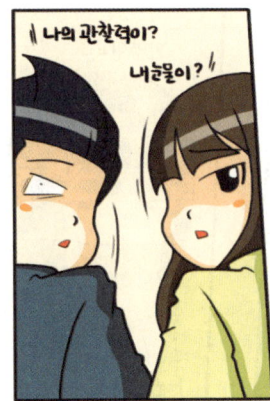

나의 관찰력이?
내눈물이?

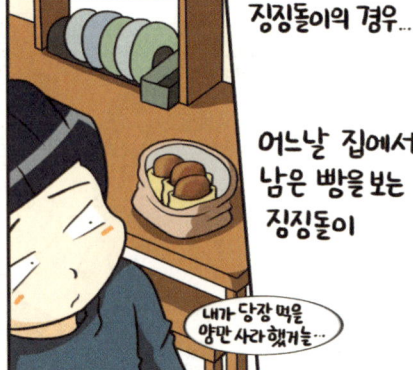

징징돌이의 경우...

어느날 집에서 남은 빵을 보는 징징돌이

내가 당장 먹을 양만 사라했거늘...

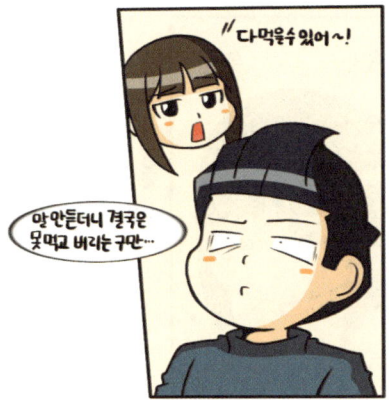

다먹을수있어~!

안 만든다니 결국은 못먹고 버리는구만...

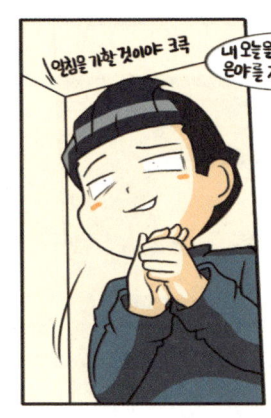

욕심을 자극한 것이야 크큭
내 오늘을 위해 여러날 온야를 지켜봐왔지~

너무 많이 사는 습관을 고쳐주고 싶었던 남자..

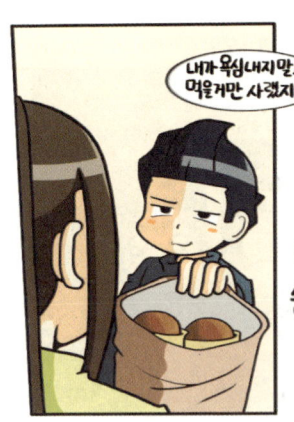

내가 욕심내지 말고 먹을거만 사랬지...

물증과 인내로 승리를 얻으려는 징징돌이

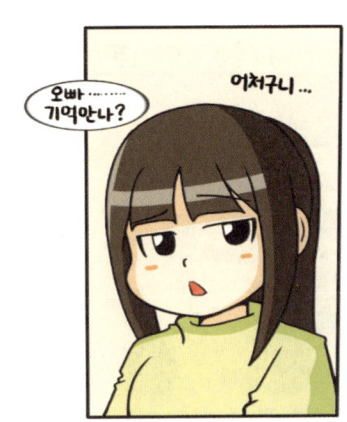

오빠......
기억안나?

어처구니 ...

'전에꺼 오빠랑 다먹고 다시 사다논거야...'

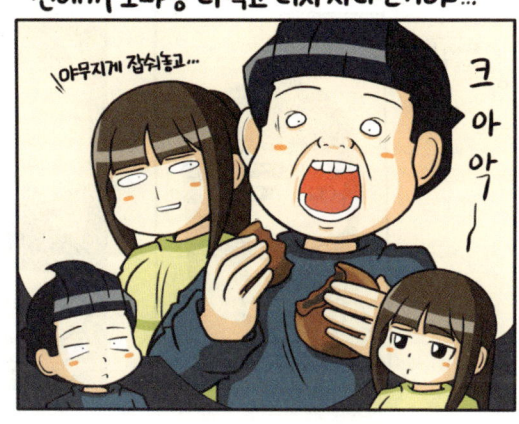

야무지게 잡숴놓고...

크아악~

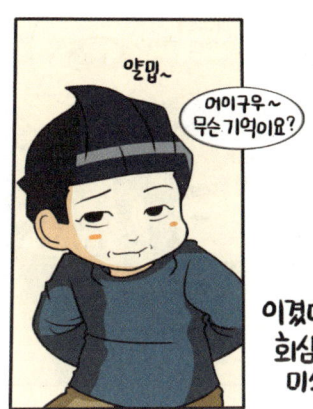

얄밉~

어이구우~ 무슨 기억이요?

이겼다는 회심의 미소

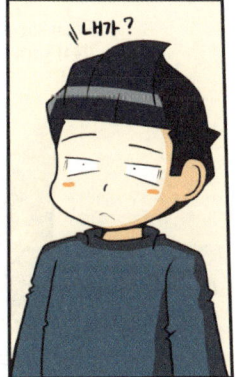
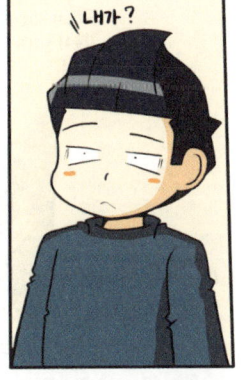

내가?

왜 그러는거야!

그러나 슬프게도 은야쟁이의 잘못을 잡기에는

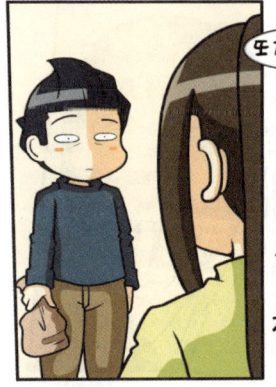

또 기억 만나지?

턱없이 얕은 징징돌이의 기억력덕에 헛다리만 짚고 있습니다 ...

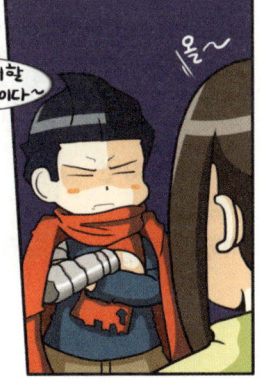

은야쟁이의 경우...

그런 공격은 연애할 때나 통하는 것이다~

올~

요새 징징돌이는 결혼 후, 싸움의 내공이 생겨서 쉽게 밀리지 않습니다 ...

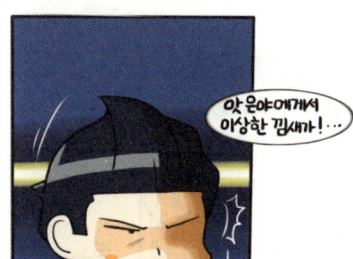

앗 은야에게서 이상한 냄새가! ...

게다가,

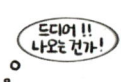

결혼 후 은야의 움직임을 모두 파악한 징징돌이...

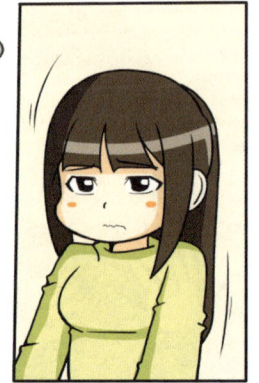

드디어!!
나오는 건가!

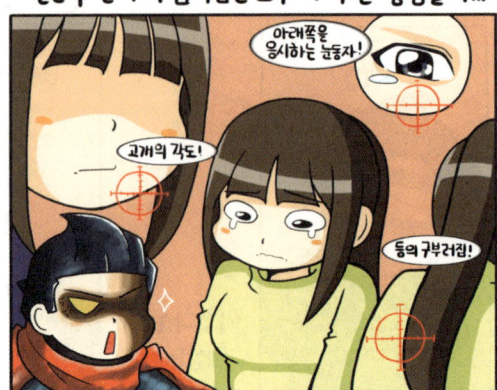

아래쪽을
응시하는 눈동자!

고개의 각도!

등의 구부러짐!

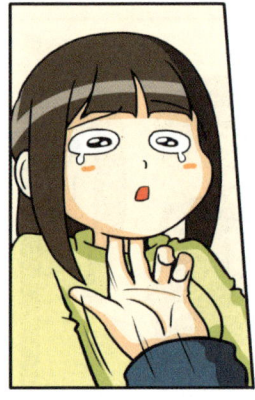

?!

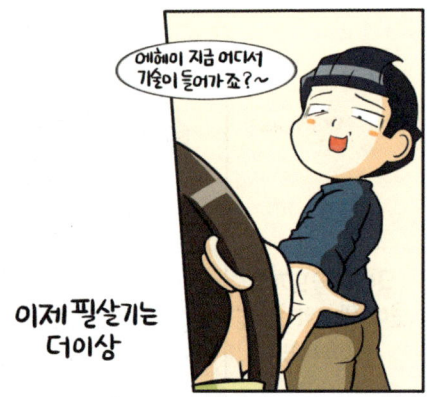

에헤이 지금 어디서
기술이 들어가죠?~

이제 필살기는
더이상

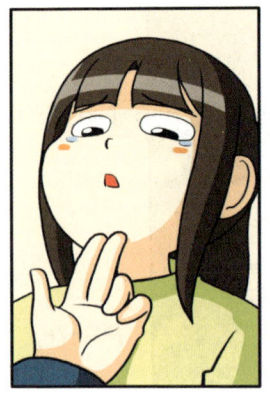

통하지
않게 되버린
은야쟁이

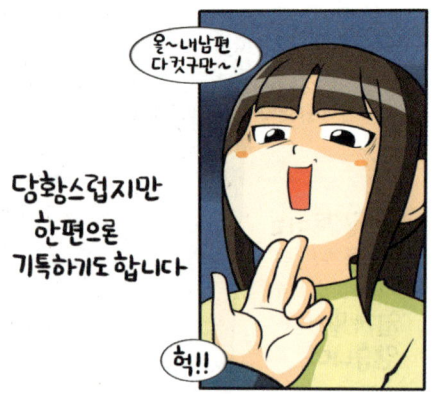

올~내남편
다 컸구만~!

당황스럽지만
한편으론
기특하기도 합니다

헉!!

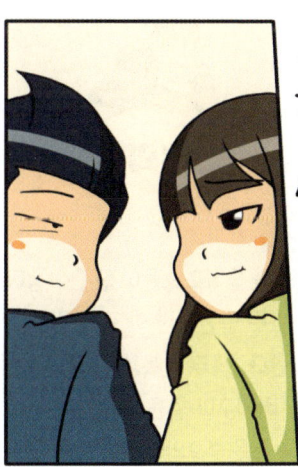

앞으로의
결혼생활...
더 고급진
싸움의 기술이
있어야
겠습니다...

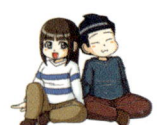

신혼의 맛

음식 솜씨가 좋기로 소문이 난 은야쟁이의 노하우가 가득 담긴 신혼의 맛을 담은 레시피를 소개한다. 깍두기 볶음밥, 소고기 무국이나 전복 버터구이 같은 익숙한 맛부터 두부 새우젓국 같은 부모의 마음을 담은 맛과 감바스 알 아히요나 바질 페스트 파스타 같은 새로운 맛까지, 서로를 알아가는 신혼생활 만큼이나 다양한 맛의 세계를 소개한다.

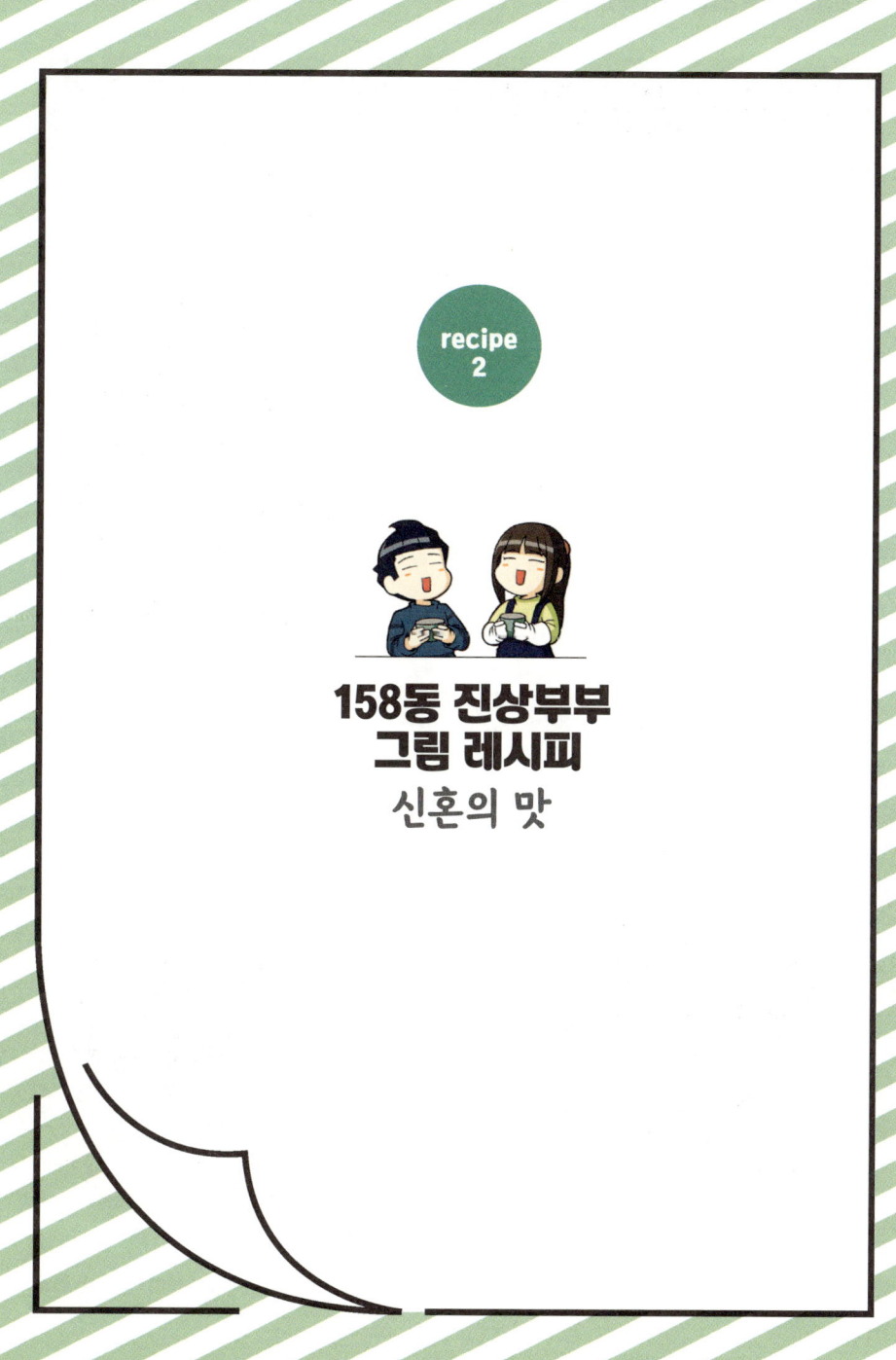

recipe
2

158동 진상부부
그림 레시피
신혼의 맛

고구마 말랭이 만들기

고구마 말랭이 500g / 12시간 / 난이도 하

★ 재료
고구마 …10개

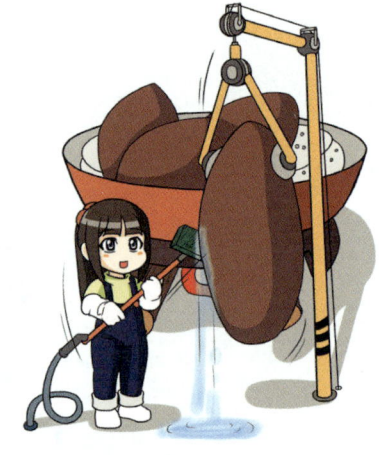

1. 고구마를 깨끗이 씻어 찐다. 너무 푹 익히면 썰기가 힘들어서 적당하게 익힌다.

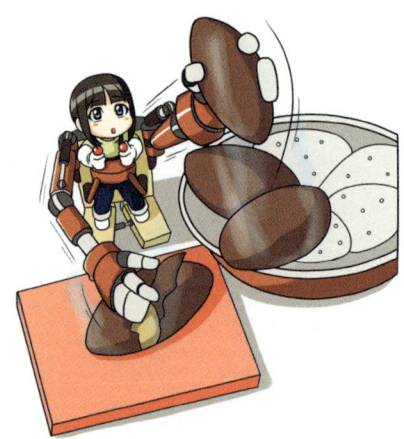

2. 찐 고구마는 껍질을 벗긴다.

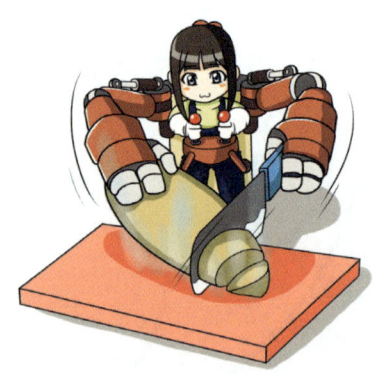

3. 껍질 벗긴 고구마를 5mm 정도 두께로 썬다.

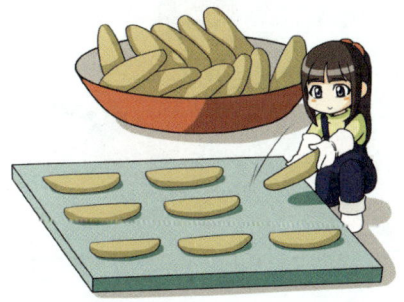

4. 준비한 고구마를 트레이나 채반에 적당한
   간격을 두고 넌다.

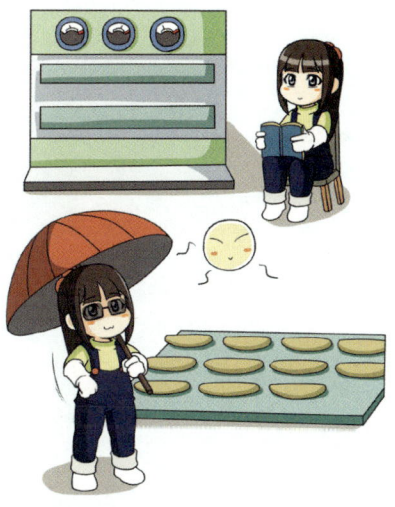

5. 식품건조기는 70도에서 10시간, 자연건
   조는 바람이 잘 통하는 곳에서 2일 정도
   상태를 봐가면서 말린다.

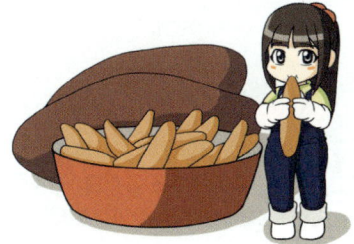

6. 달콤쫀득한 고구마 말랭이 만들기 끝!

> **TIP** 막 건조를 끝낸 고구마 말랭이
> 는 겉면이 딱딱할 수 있다. 그
> 럴 경우 지퍼백에 담아 하루 정
> 도 지나면 남은 수분이 흡수되
> 어 말랑한 식감의 말랭이를 즐
> 길 수 있다. 남은 고구마 말랭
> 이는 냉동 보관한다.

파프리카 달걀 프라이 만들기

1인분 / 30분 / 난이도 하

★ 재료
파프리카 ⋯ 1개
달걀 ⋯ 2개
베이컨 ⋯ 2줄
포도씨유 ⋯ 약간

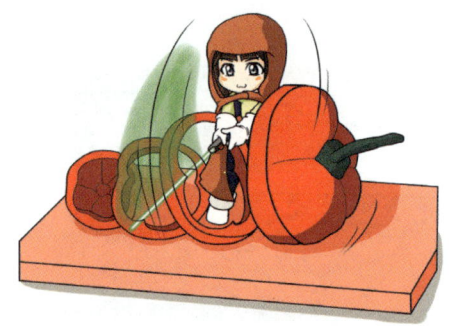

1. 파프리카는 동그란 모양을 살려 가로로 썬다.

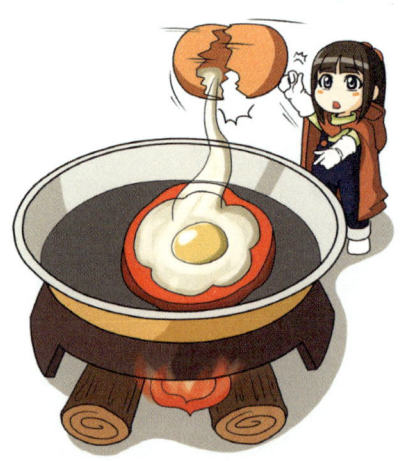

2. 중불로 예열한 프라이팬에 포도씨유를 두르고, 준비한 파프리카를 올린다. 달걀을 조심스럽게 깨서 파프리카 안으로 달걀을 넣는다. 예쁜 모양을 살리기 위해 노른자가 터지지 않도록 주의!!! 달걀 밑면이 타지 않도록 중약불에서 천천히 익힌다.

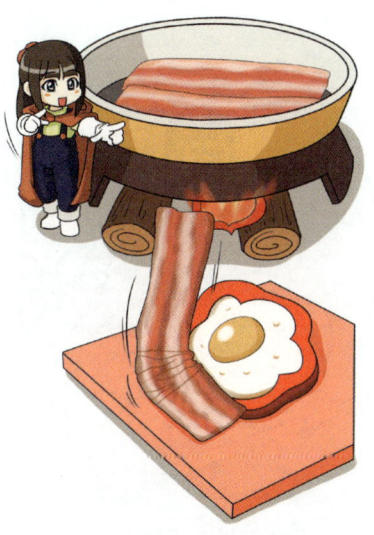

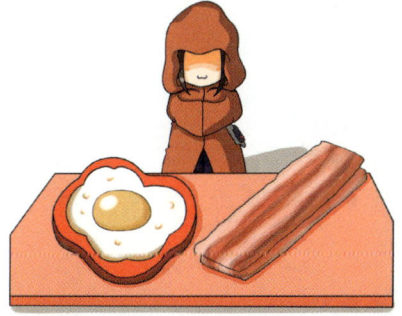

3. 베이컨은 노릇하게 구워 파프리카 달걀
   프라이와 함께 접시에 담는다.

4. 홈브런치로도 손색없는 파프리카 달걀 프
   라이 완성!

> **TIP** 빨강, 노랑, 주황 등 다양한 색감의 파프리카를 활용해도 좋다. 파프리카 대신 양파를 활
> 용해도 재밌는 모양의 달걀 프라이를 만들 수 있다. 또 달걀 프라이를 할 때 포도씨유를
> 너무 많이 두르면 달걀 표면이 울퉁불퉁해지므로 최소한만 사용한다.

명란 파스타 만들기
1인분 / 1시간 / 난이도 중

★ **재료**
스파게티면 … 80g
명란 … 2조각
마늘 … 10개
버터 … 1큰술
파마산 치즈 가루 … 적당량

★ **파스타 면수**
물 … 1L
굵은 소금 … 1큰술
올리브 오일 … 약간

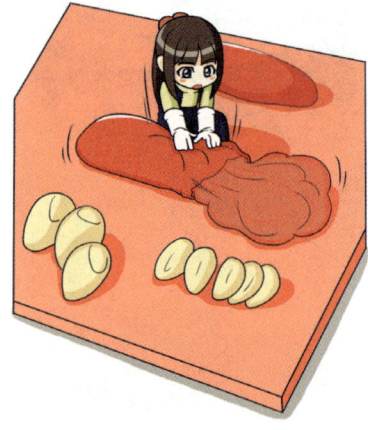

1. 마늘은 편으로 썰고, 명란은 속만 발라
낸다.

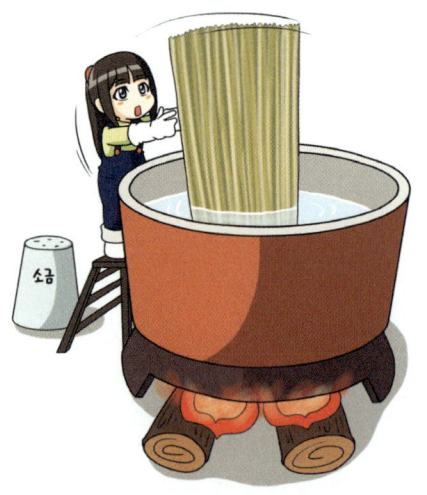

2. 물에 굵은 소금을 넣고, 끓기 시작하면 스
파게티면을 넣어 7분 정도 익힌다. 익힌
스파게티면은 물기를 빼주고, 올리브 오일
을 가볍게 섞어 서로 붙지 않게 한다.

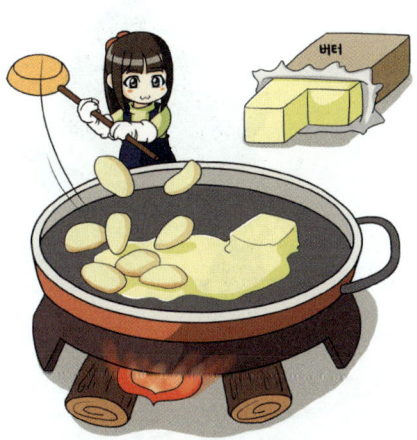

3. 중불로 예열한 프라이팬에 버터를 넣고,
   버터가 완전히 녹으면 마늘을 넣고 노릇
   하게 볶는다.

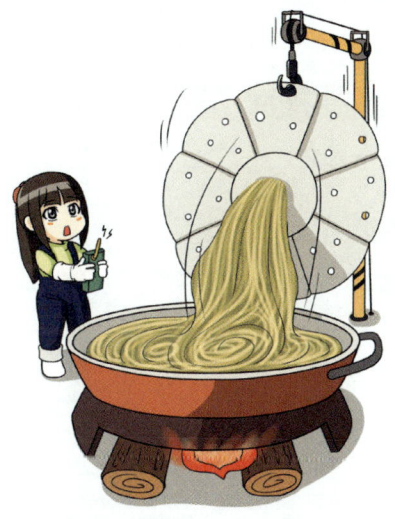

4. 마늘이 노릇하게 익으면 스파게티면도 함
   께 볶는다.

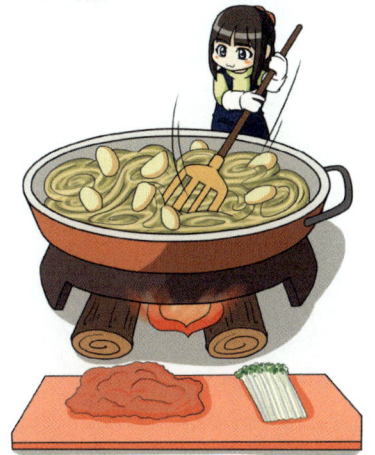

5. 명란도 넣고 골고루 섞어가며 1~2분 정도
   더 볶는다.

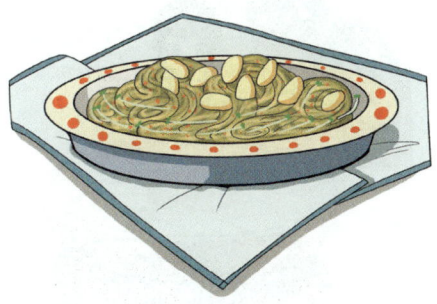

6. 접시에 예쁘게 담아내면 명란 파스타 끝~

아보카도 명란 비빔밥 만들기

1인분 / 30분 / 난이도 하

★ 재료

밥 … 1공기
명란젓 … 1개
아보카도 … 1/2개
달걀 … 1개
김자반 … 약간

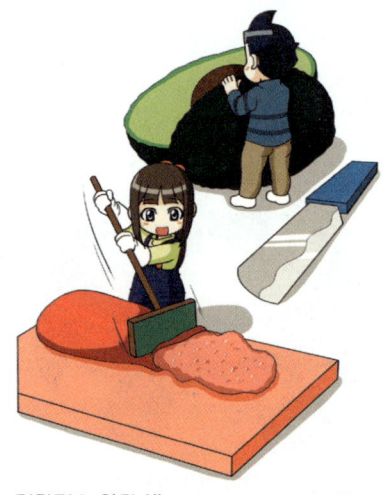

1. 명란젓은 알만 발라내고, 아보카도는 반으로 갈라 씨를 뺀 후 껍질을 벗긴다.

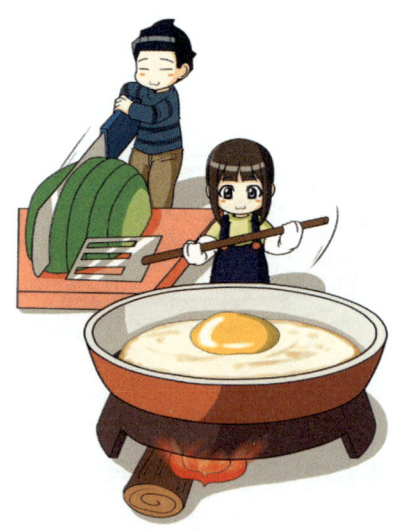

2. 아보카도는 먹기 좋게 썰고, 달걀 프라이는 반숙으로 준비한다.

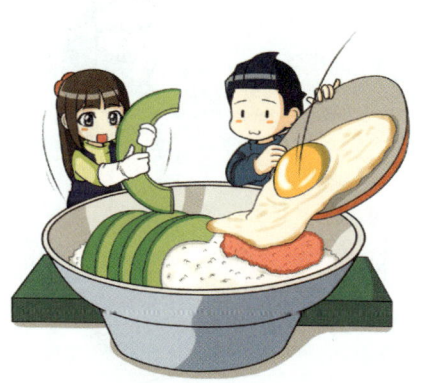

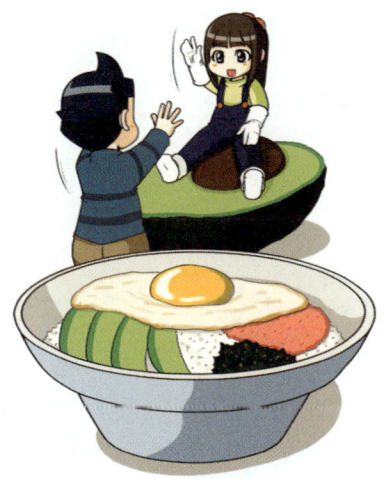

3. 적당한 접시에 밥을 담고, 아보카도 →
달걀 프라이 → 명란젓 순서대로 올린
다. 취향에 따라 김자반도 올려 주면
GOOD!

4. 홈메이드 아보카도 명란 비빔밥 만들기 끝!
홈브런치로도 훌륭한 한 그릇 요리 완성!

ESSAY 징징돌이는 새로운 음식에 도전하는 걸 즐기는 편이다. 아보카도 명란 비빔밥을 처
음 해줬을 때는 아보카도랑 명란이 어울리는 조합이냐며 가우뚱 하며 처음 한 입을
의심스럽게 맛보던 징징돌이는 이런 꿀맛이 있냐며 한 그릇을 클리어 했다. 아보카
도 명란 비빔밥은 부드럽지만 자칫 느끼할 수 있는 아보카도를 짭조름한 명란이 맛
의 균형이 딱 잡아준다. 게다가 밥에 재료만 준비해 올려 주기만 해도 예쁜 한 접시
가 뚝딱 완성되는 훌륭한 메뉴다.

감바스 알 아히요 만들기

2인분 / 1시간 / 난이도 하

★ 재료
손질새우 … 20마리
마늘 … 10톨
올리브 오일 … 70ml
　　　　　　(종이컵 반컵)
크러쉬드 레드페퍼 … 1큰술
소금 … 약간
후추 … 약간

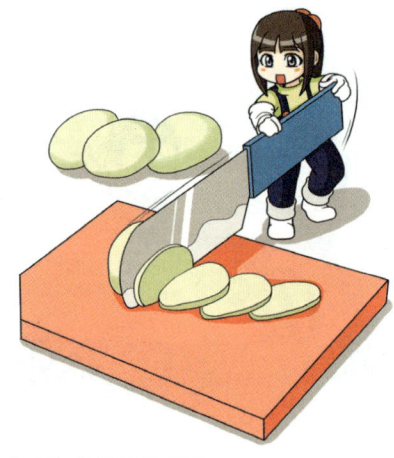

1. 마늘은 편으로 썬다.

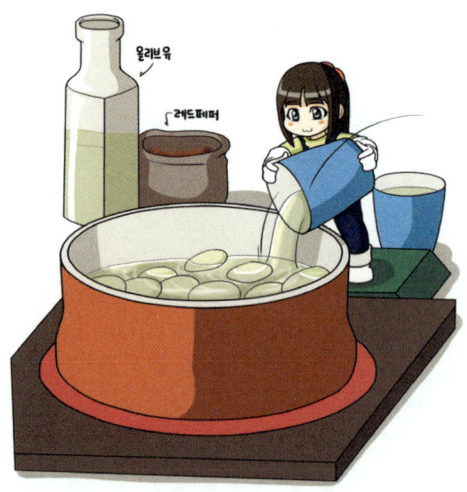

2. 냄비에 올리브 오일, 마늘, 레드페퍼를 함께 넣고 중불에 올려 볶는다.

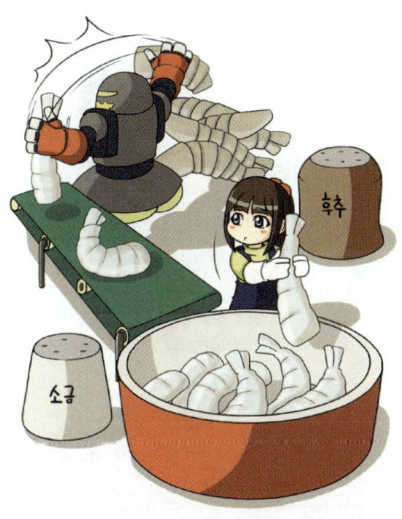

3. 마늘이 노릇하게 익고 올리브 오일이 살짝 끓어오르면 새우를 넣는다.

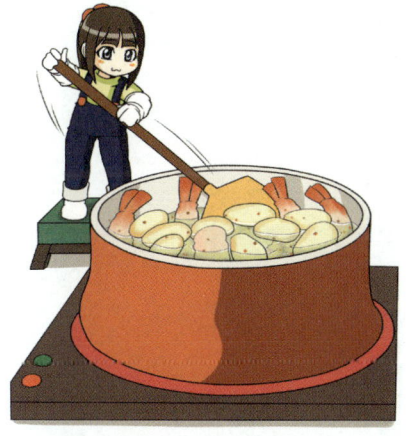

4. 새우와 마늘, 올리브 오일을 볶다가 새우가 익으면 불에서 내린다.

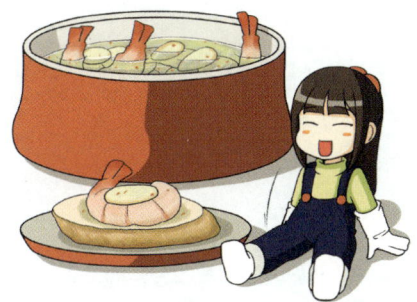

5. 감칠맛 폭발, 감바스 알 아히요, 집에서 쉽게 즐기는 스페인 요리로 추천!

> TIP 크러쉬드 레드페퍼가 없다면 청양고추 1~2개를 넣어 대체할 수 있다.

크림소스 까르보나라 만들기

2인분 / 1시간 / 난이도 중

★ 재료

스파게티면 … 160g

양파 … 1/2개

마늘 다진 것 … 1큰술

베이컨 … 1팩(120g)

우유 … 500ml

생크림 … 250ml

달걀노른자 … 2개

모짜렐라 치즈 … 약간

올리브 오일 … 약간

후추 … 약간

★ 파스타 면수

물 … 2L

소금 … 1큰술

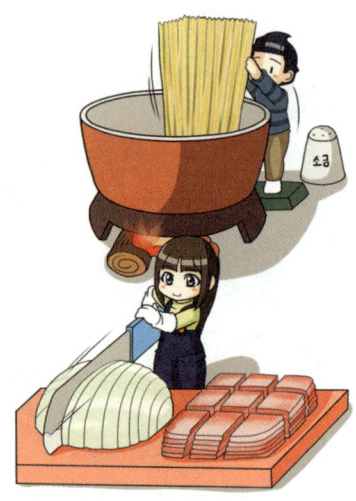

1. 양파는 채 썰고, 베이컨은 작은 크기로 썰어 준비하고, 물 2L에 소금을 넣어 팔 팔 끓으면 스파게티면을 넣고 8분간 삶 는다.

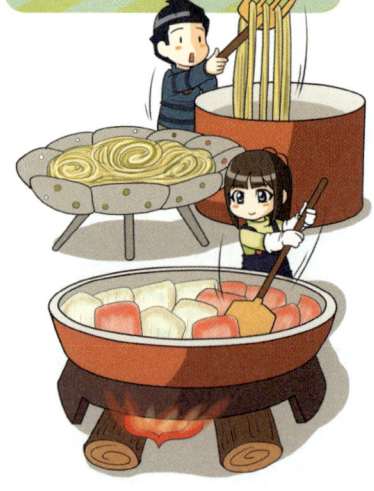

2. 프라이팬에 올리브 오일을 두르고, 다진 마늘 → 양파 → 베이컨 순서로 볶는다. 삶은 면은 물에서 건지고, 올리브 오일을 섞어 면끼리 붙는 걸 방지한다.

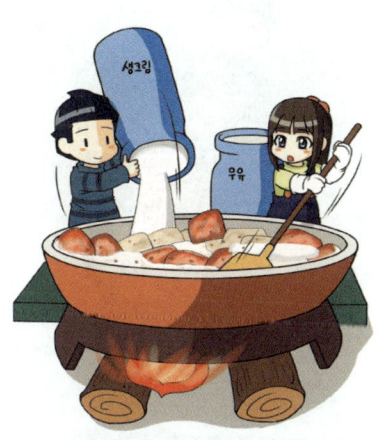

3. 볶아둔 재료에 우유, 생크림, 후추를 넣고 잘 섞어가며 끓인다.

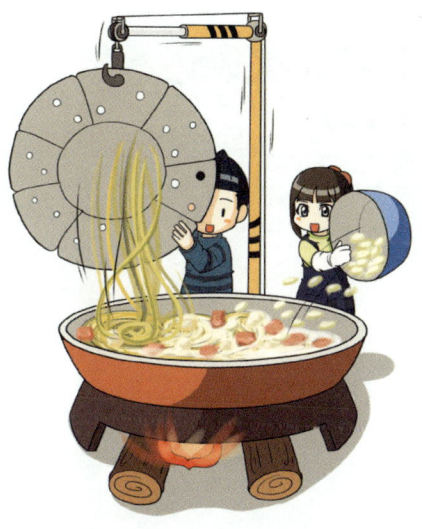

4. 삶은 스파게티면과 모짜렐라 치즈를 넣고 섞어가며 잘 젓는다.

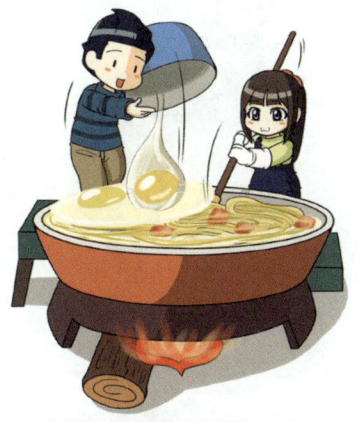

5. 마지막으로 달걀노른자를 넣고 빠르게 섞은 후 불에서 내린다.

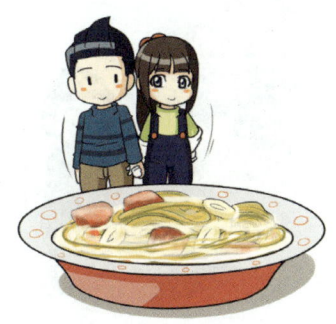

6. 진한 크림소스가 매력적인 까르보나라. 집에서 직접 만들어 맛있게 즐기자!

전복 버터구이 만들기

2인분 / 30분 / 난이도 하

★ 재료

전복 큰 것 … 7개 분량
버터 … 20g(밥숟가락 1개 분량)
스테이크 시즈닝 … 약간

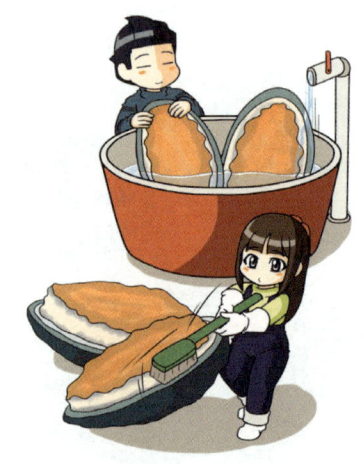

1. 전복은 테두리와 껍질을 솔질하고 흐르는
   물에 깨끗이 씻는다.

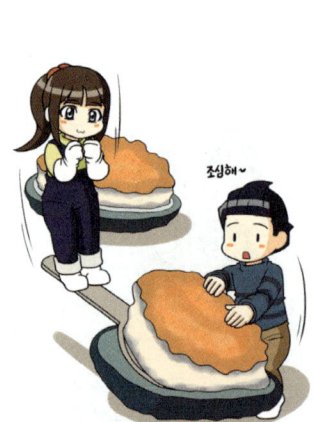

2. 숟가락으로 껍데기와 전복 살, 내장을 조심
   스럽게 분리하고, 전복 이빨도 제거한다.

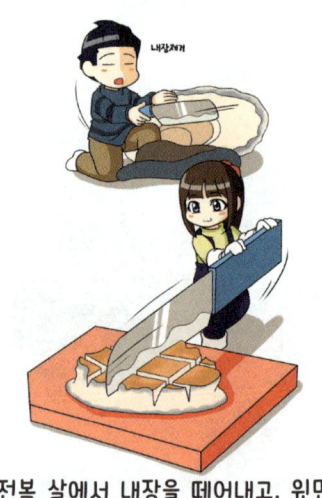

3. 전복 살에서 내장을 떼어내고, 윗면에
   칼집을 낸다.

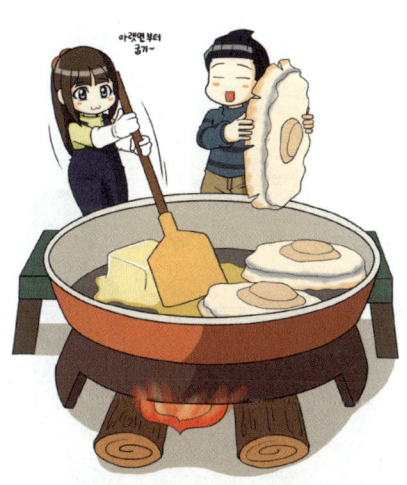

4. 중불로 예열한 프라이팬에 버터를 녹이고
   전복 칼집 낸 부분부터 올려 굽는다.

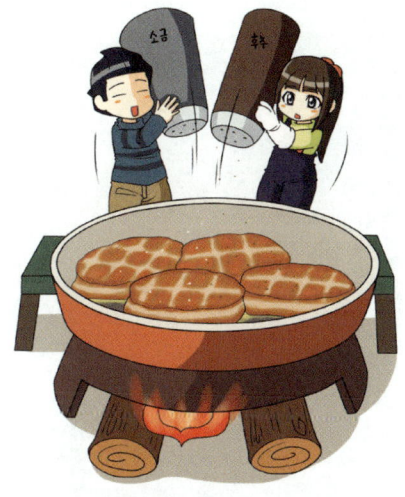

5. 전복을 한 번 뒤집어주고, 스테이크 시즈
   닝이나 소금, 후추를 살짝 뿌린다. 너무 오
   래 익히면 질겨지니 주의!

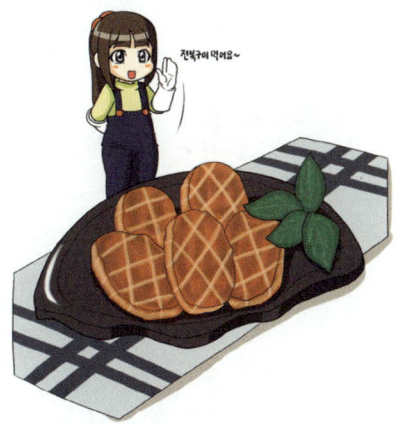

6. 영양만점 쫄깃한 전복 본연의 맛을 즐길
   수 있는 전복 버터구이, 보양식으로 좋다!

> **TIP** 전복 살과 분리한 전복 내장은
> 죽, 볶음밥 등의 요리에 활용한
> 다. 전복 내장을 바로 사용하지
> 않을 경우 냉동 보관한다.

연어장 만들기

2인분 / 1시간(숙성 12시간) / 난이도 하

★ 재료
생연어 … 400g
양파 … 1개

★ 절임 간장
간장 … 200ml
물 … 300ml
매실청 … 50ml
맛술 … 50ml
꿀 … 1큰술
다시마 … 1쪽
청양고추 … 2개
가쓰오부시 … 약간

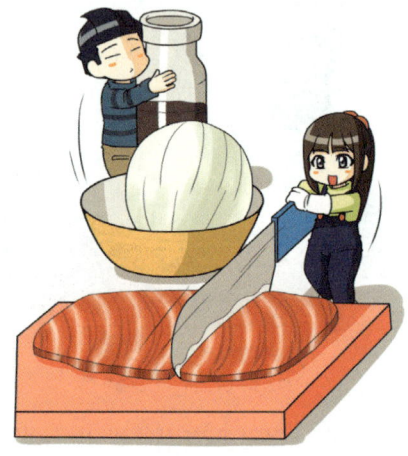

1. 연어는 두껍게 썰고 양파는 굵게 썬다.

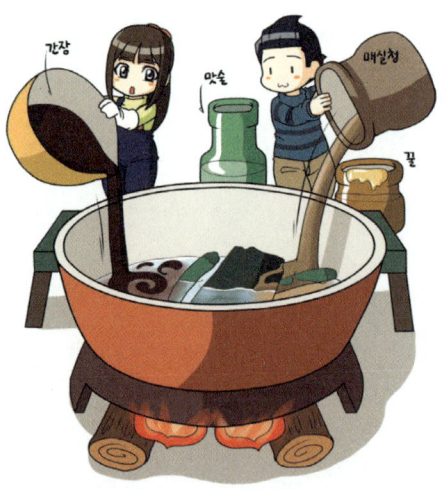

2. 가쓰오부시를 제외한 절임 간장 재료를
   한 번에 냄비에 넣고 중불에서 끓인다.

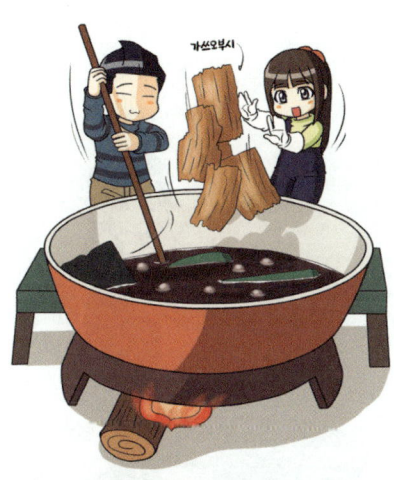

가쓰오부시

3. 절임 간장이 끓기 시작하면 가쓰오부시를 넣고 재빨리 섞은 후 바로 불에서 내린다.

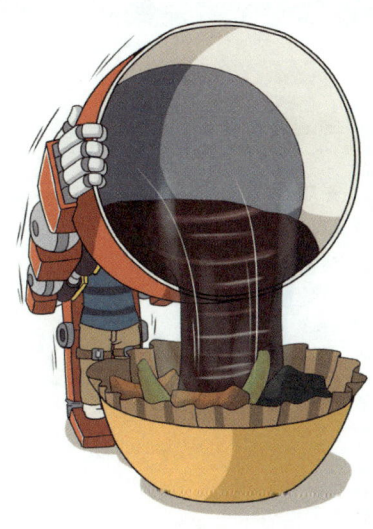

4. 절임 간장 재료를 베보자기에 걸러 완전히 식힌다.

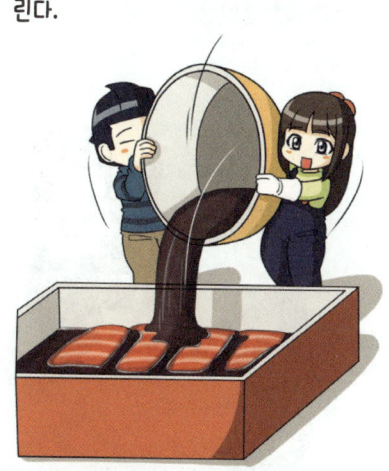

5. 연어와 양파를 밀폐용기에 담고, 식혀둔 절임 간장을 부어 12시간 이상 숙성시킨다.

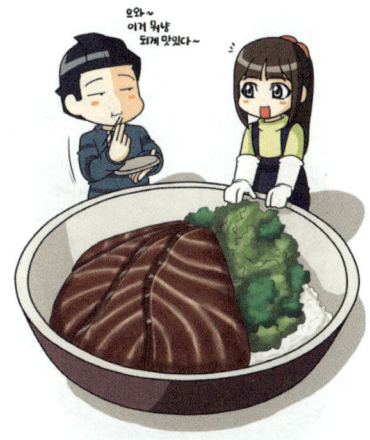

오와~
이거 뭐냥
되게 맛있다~

6. 한 번 먹어보면 반할 수밖에 없는 연어장. 갓 지은 쌀밥에 한 점 올려 맛있게 냠냠!

카프레제 카나페 만들기

1인분 / 30분 / 난이도 하

★ 재료

크래커 … 10개
생모짜렐라 치즈 … 10조각
바질 페스토 … 5큰술
방울토마토 … 5개
바질 잎 … 10장

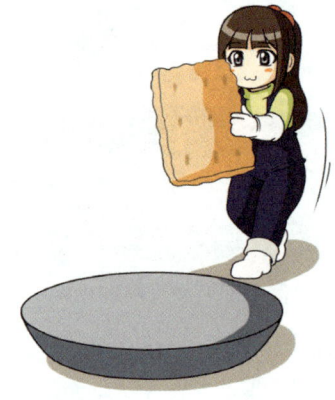

1. 크래커를 준비한다.

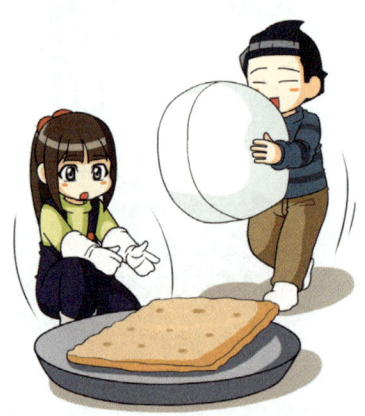

2. 크래커 위에 생모짜렐라 치즈를 올린다.

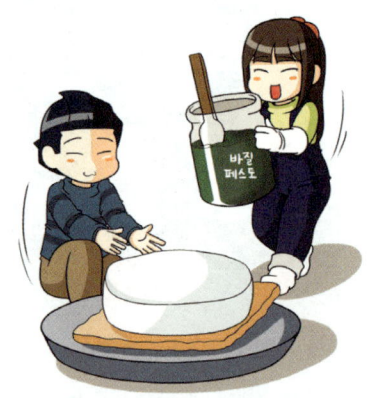

3. 생모짜렐라 치즈 위에 바질 페스토를 올린다.

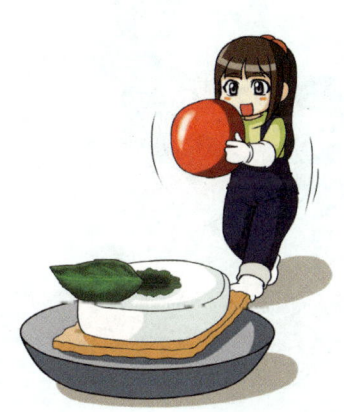

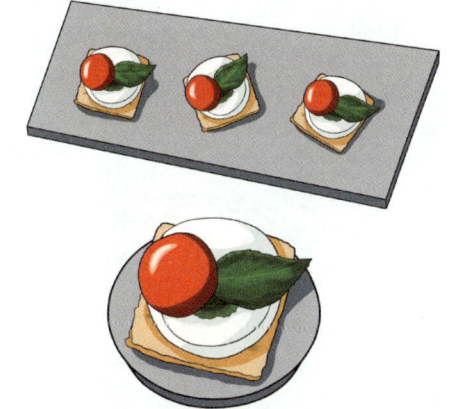

4. 바질 페스토 위에 바질 잎과 방울토마토 를 올린다.

5. 순서대로 착착 올리기만 하면 완성되는 초간단 카프레제 카나페! 손님 초대 요리 로도 내놔도 반응이 좋다.

TIP 토마토와 바질, 모짜렐라 치즈로 레스토랑 부럽지 않은 비주얼의 샐러드를 만들어 집에서 즐길 수 있다. 가볍게 즐길 수 있는 샐러드로도 아주 좋다. 깨끗이 씻은 바질은 잘게 채 썰고 양파와 모짜렐라 치즈도 작게 썬다. 토마토도 한 입 크기로 썬다. 접시에 토마토, 양 파, 치즈, 바질 순으로 담고 먹기 직전 발사믹글레이즈, 올리브 오일, 후추를 넣어 휘리릭 섞어 주면 완성!

두부 새우젓국 만들기

2인분 / 30분 / 난이도 하

★ 재료

두부 … 1모(300g)

물 … 1L

다시마 … 1쪽(10X10cm)

새우젓 … 2큰술

다진 마늘 … 1/2큰술

대파 … 약간

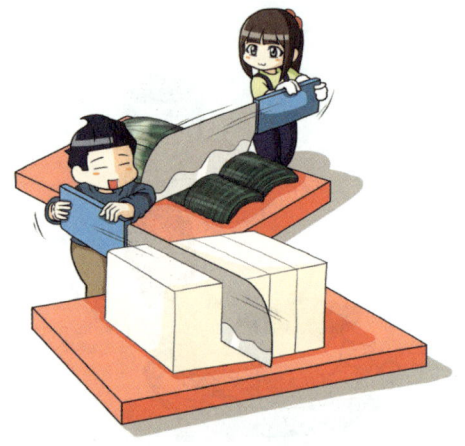

1. 두부는 한 입 크기로, 대파는 송송 썬다.

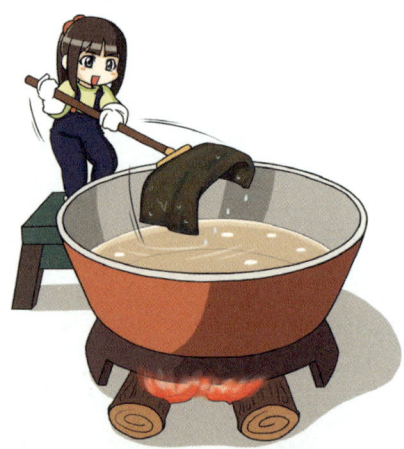

2. 물에 다시마를 넣고 끓기 시작하면 다시마는 바로 건진다.

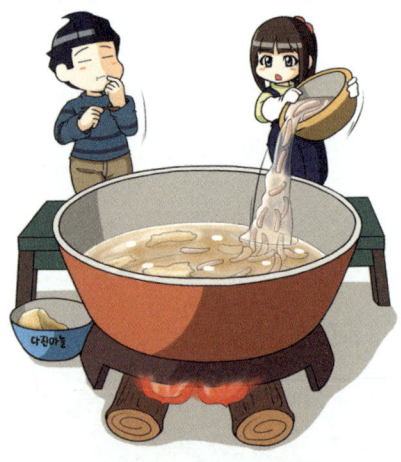

3. 다시마 물에 다진 마늘과 새우젓을 넣는다. 새우젓은 간을 보면서 넣는다.

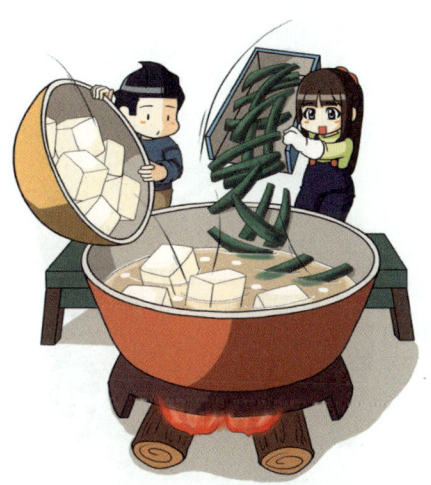

4. 두부와 대파를 넣고 한소끔 끓인다.

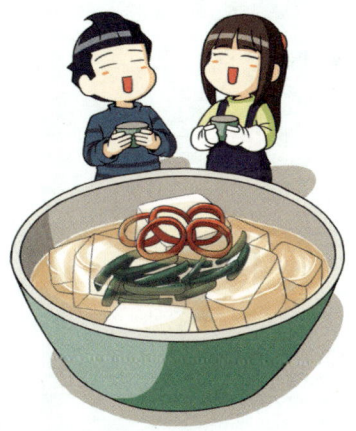

5. 간단하게 휘리릭 만들 수 있는 두부 새우 젓국. 개운하게 먹을 수 있어 좋다.

ESSAY 두부 새우젓국은 내겐 친정아버지를 떠올리게 하는 음식이다. 어렸을 때 어쩌다 어머니께서 외출하고 안 계신 날, 아버지는 마땅한 재료가 없을 때 두부 새우젓국을 해주셨는데, 꼬맹이였던 저는 아버지가 해주신 두부 새우젓국을 무척 맛있게, 호로록 먹었다. 구수하고 담백한 국물이 그 어떤 비싼 요리보다 맛있었다.

결혼하고 보니 국물을 너무나 사랑하는 징징돌이. 되도록 집밥을 먹을 때는 국을 챙겨주려고 하지만, 가끔은 요리를 하기 귀찮을 때나 당장 국이 필요할 때 종종 만드는 두부 새우젓국. 두부와 새우젓만 있으면 뚝딱 만들 수 있고 거기다 맛보장도 되는 훌륭한 국이다. 두부 새우젓국을 만들 때마다 어린 딸에게 따뜻한 국을 만들어주셨던 아버지의 다정한 따뜻함이 생각난다.

바질 페스토 파스타 만들기

1인분 / 1시간 / 난이도 중

★ 재료

스파게티면 … 80g
바질 페스토 … 2큰술
파마산 치즈 가루 … 1큰술
물 … 2L
굵은 소금 … 1큰술
올리브 오일 … 약간

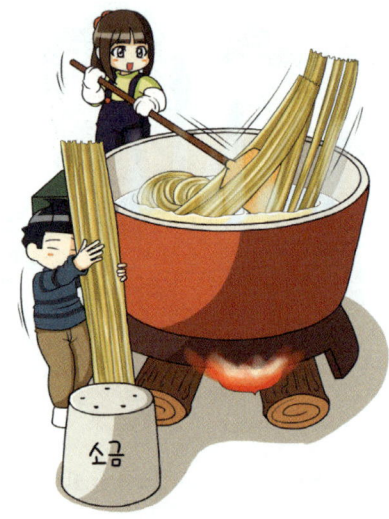

소금

1. 물에 굵은 소금을 넣고 끓인다. 물이 끓
으면 스파게티면을 넣고, 완전히 익을
때까지 삶는다.

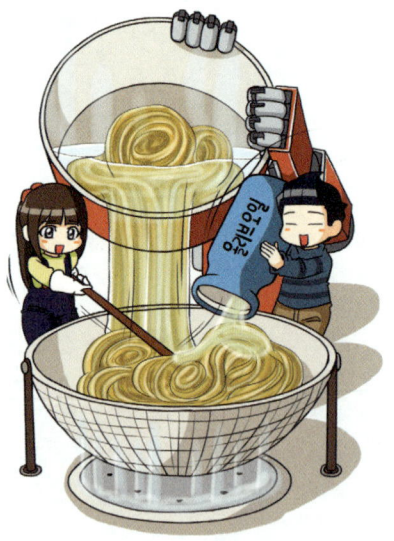

2. 면이 익으면 체에 밭쳐 물기를 빼고 면끼
리 붙지 않도록 올리브 오일에 가볍게 버
무린다.

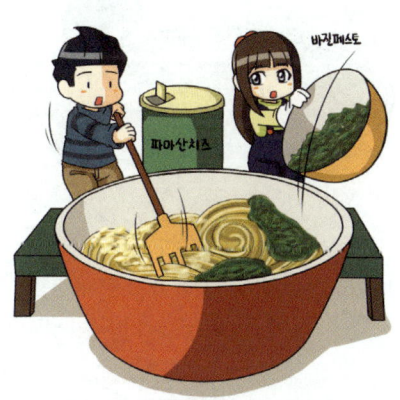

3. 스파게티면, 바질 페스토, 파마산 치즈 가루를 함께 볼에 넣고 잘 버무린다.

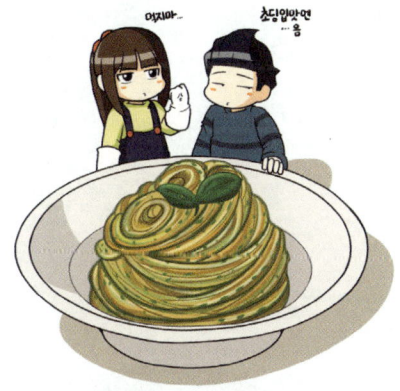

4. 간단한 레시피로 건강하게 즐기는 바질 페스토 파스타 완성!

ESSAY 연차로 집에 혼자 있는 평일. 특별한 약속도 없이 집에서 자유를 만끽할 때 나를 위한 한 끼를 간단하지만 정갈하게 즐기고 싶어서 만들었던 바질 페스토 파스타. 면을 삶아 바질 페스토에 슥슥 버무려 내면 뚝딱 완성되는 파스타 한 접시. 솔솔 올라오는 바질 향과 함께 오롯이 혼자만의 한 끼를 즐겼던. 흥겨운 어느 평일 연차의 기억이 담겨 있는 요리다.

소고기 무국 만들기
4인분 / 1시간 / 난이도 하

★ 재료
소고기(국거리) … 300g
물 … 1.5L
무 … 1/2개
대파 … 1대
마늘 … 5톨
소금 … 적당량
후추 … 적당량

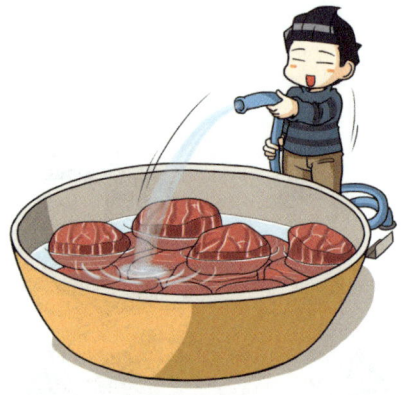

1. 소고기는 찬물에 3시간 이상 담가 핏물을 뺀다. 중간중간 물을 간다.

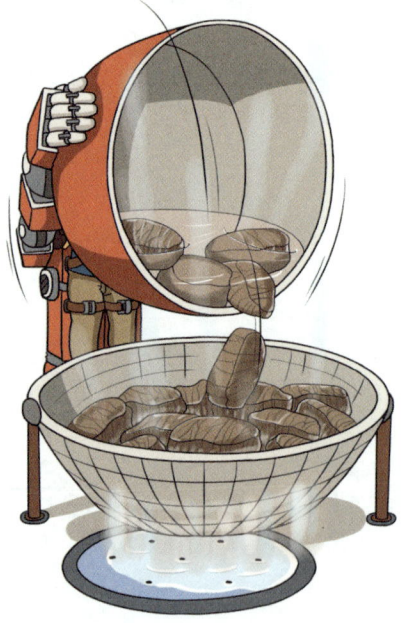

2. 핏물을 뺀 소고기는 한 번 살짝 끓여 물은 버리고 고기만 건진다. 다시 냄비에 물 2L, 소고기를 넣고 끓인다.

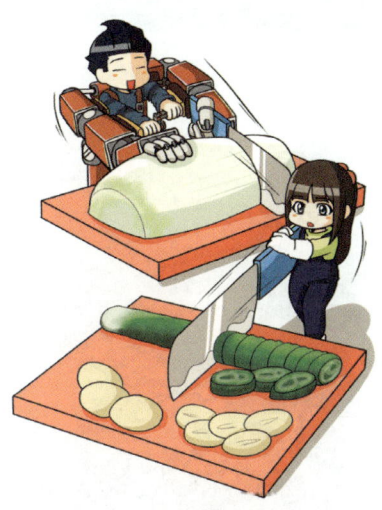

3. 무는 납작하게 사각 썰
   고, 마늘은 편 썰
   고, 파는 송송 썬다.

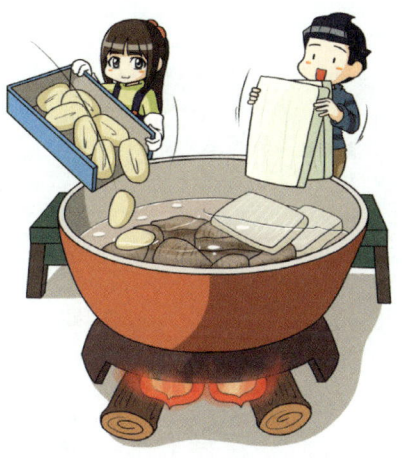

4. 물이 끓기 시작하면 마늘, 무를 넣고 끓
   인다.

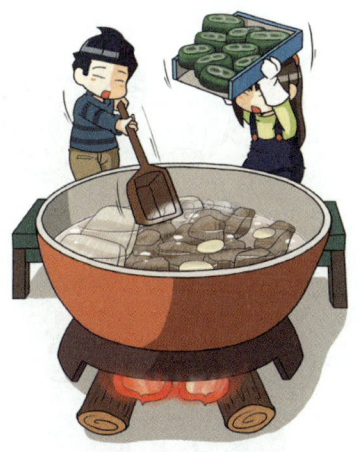

5. 30분 정도 끓여 무가 푹 익으면 대파를 넣
   어 한소끔 끓이고, 소금, 후추로 간을 한다.

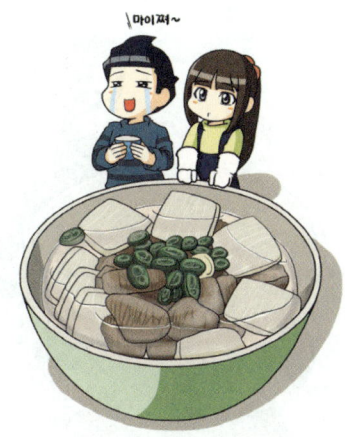

6. 시원한 국물과 고소한 고기의 조화가 좋은
   소고기 무국. 넉넉히 만들어 든든하게 즐
   기자.

깍두기 볶음밥 만들기

2인분 / 30분 / 난이도 하

★ 재료

밥 … 2공기
깍두기 … 300g
햄 … 200g
대파 … 1/2대
식용유 … 1큰술
참기름 … 1큰술

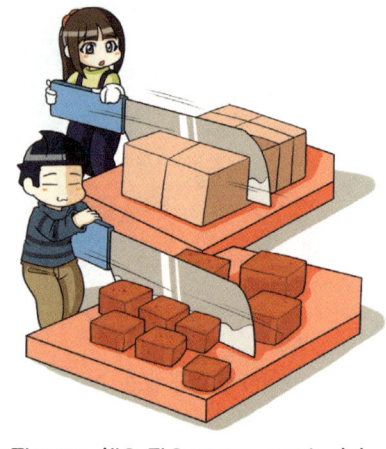

1. 깍두기와 햄은 작은 크기로, 대파는 송송 썬다.

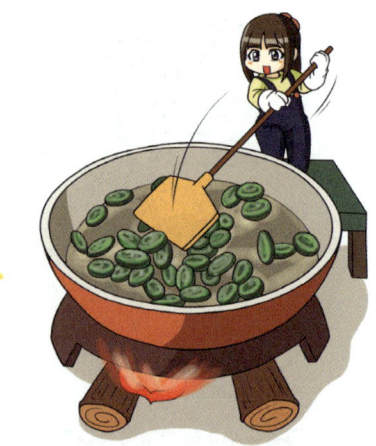

2. 중불로 예열한 프라이팬에 식용유를 두르 고, 대파를 볶는다.

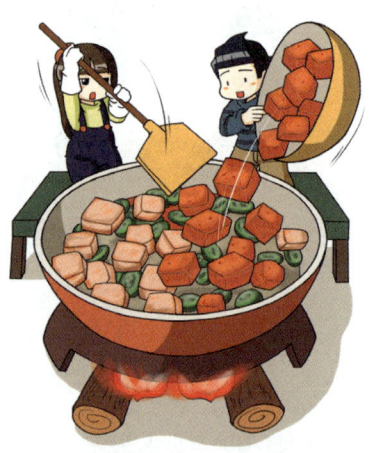

3. 파가 노릇해지면 햄과 깍두기를 넣어 볶 는다.

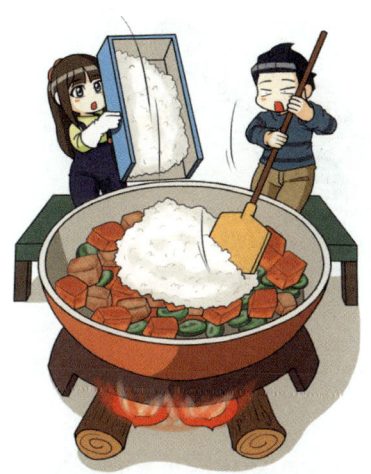

4. 깍두기가 살짝 투명해지면 밥과 참기름을
   넣고 휘리릭 볶는다.

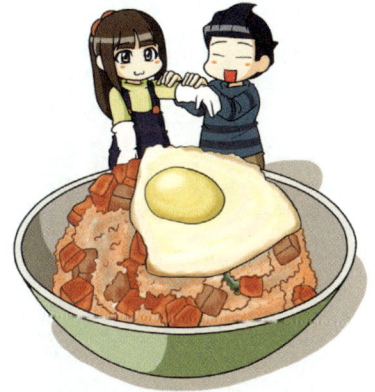

5. 달걀프라이 반숙을 올려 한 그릇 요리 깍
   두기 볶음밥 완성!

ESSAY 진상부부가 세운 둘만의 법칙, '잘하는 사람이 한다'에 따라 청소는 징징돌이가, 요리
는 은야쟁이가 전담으로 하고 있다. 아무래도 평일보다는 주말에 집밥을 해 먹을 기
회가 더 많아서 마트에서 장을 보지 않고 냉장고 재료만으로 뚝딱 만들 수 있어 종
종 해 먹는 요리가 바로 볶음밥이다. 냉장고를 가만히 살펴보면 김치, 깍두기, 자투리
채소, 얼려둔 고기 등 있는지도 몰랐던 요리 재료들이 가득한데 뭘 해 먹어야 하나
고민스러운 날, 냉장고를 열어 무얼 볶을지 고민하는 것도 즐겁다.

버터 치킨 커리 만들기

2인분 / 난이도 중 / 1시간

★ 재료

닭가슴살 … 2조각
양파 … 1개
감자 … 3개
당근 … 1개
다진 마늘 … 1큰술
버터 … 2큰술
버터 치킨 커리 페이스트 … 100g
우유 … 300ml
소금 … 약간
후추 … 약간

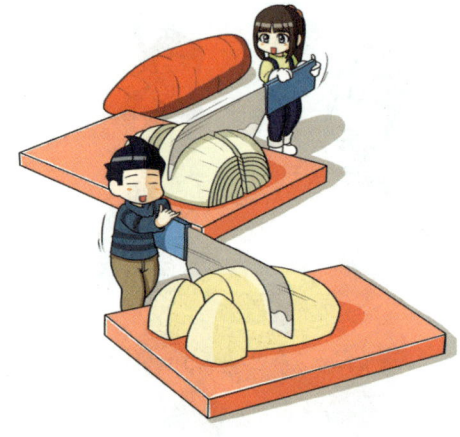

1. 감자, 양파, 당근을 한 입 크기로 썬다.

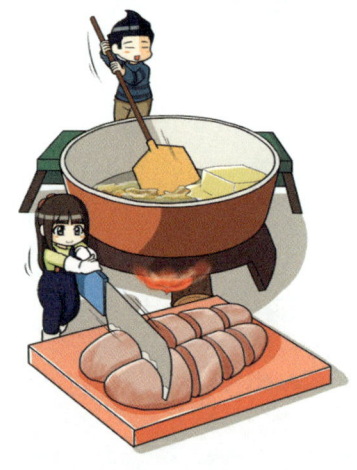

2. 닭가슴살도 한 입 크기로 썰고, 중불로 예열한 프라이팬에 버터를 녹여 다진 마늘을 볶는다.

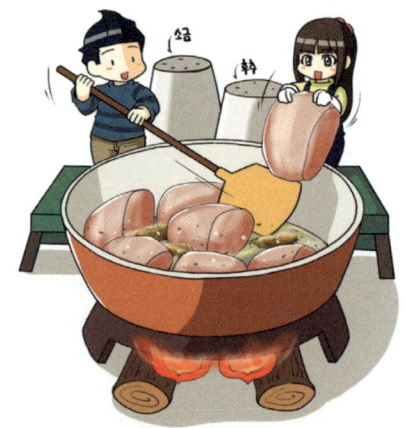

3. 마늘이 노릇해지면 닭가슴살을 넣어 볶는다.

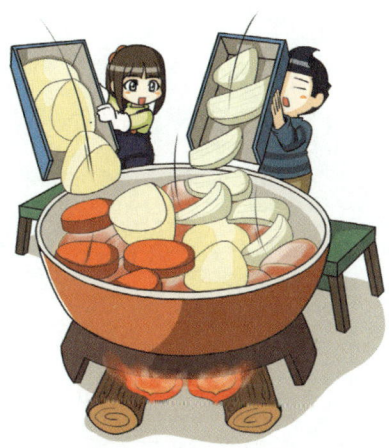

4. 닭가슴살이 익으면 감자, 양파, 당근을 넣
어 볶는다.

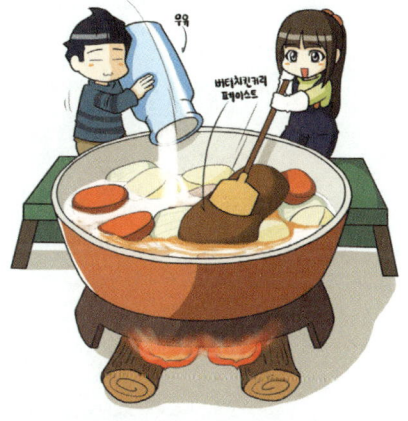

5. 채소가 익으면 버터 치킨 커리 페이스트
와 우유를 넣고 끓인다.

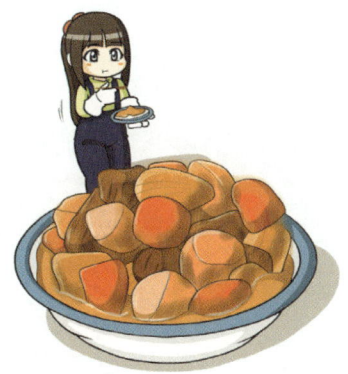

6. 밥, 빵 두루 잘 어울리는 버터 치킨 커리!
든든한 한 끼로 강추!

> **TIP** 버터 치킨 커리에 들어가는 양
> 파, 당근, 감자는 큼직하게 썰어
> 넣으면 채소의 식감과 풍미가
> 살아 더 맛있게 즐길 수 있다. 버
> 터 치킨 커리 페이스트 대신 일
> 반 카레 가루를 사용해도 좋다.

PART 3

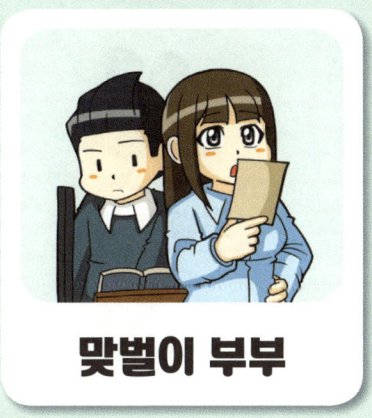

맞벌이 부부

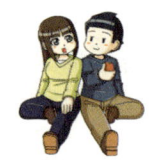

맞벌이 부부

부부는 서로를 지켜주고 있지만, 일상에서 그
들은 현실을 살아간다. 매일 아침 출근을 위
해 만원 버스와 지하철에 시달리기도 하고,
예상치 못한 승진과 후임의 실수에 답답해하
기도 한다. 그래도 오늘에 충실하며 보다 나
은 내일을 위해 파이팅을 외치며 서로를 토
닥인다. 그렇게 부부는 완전한 하나가 되기
위해 노력한다.

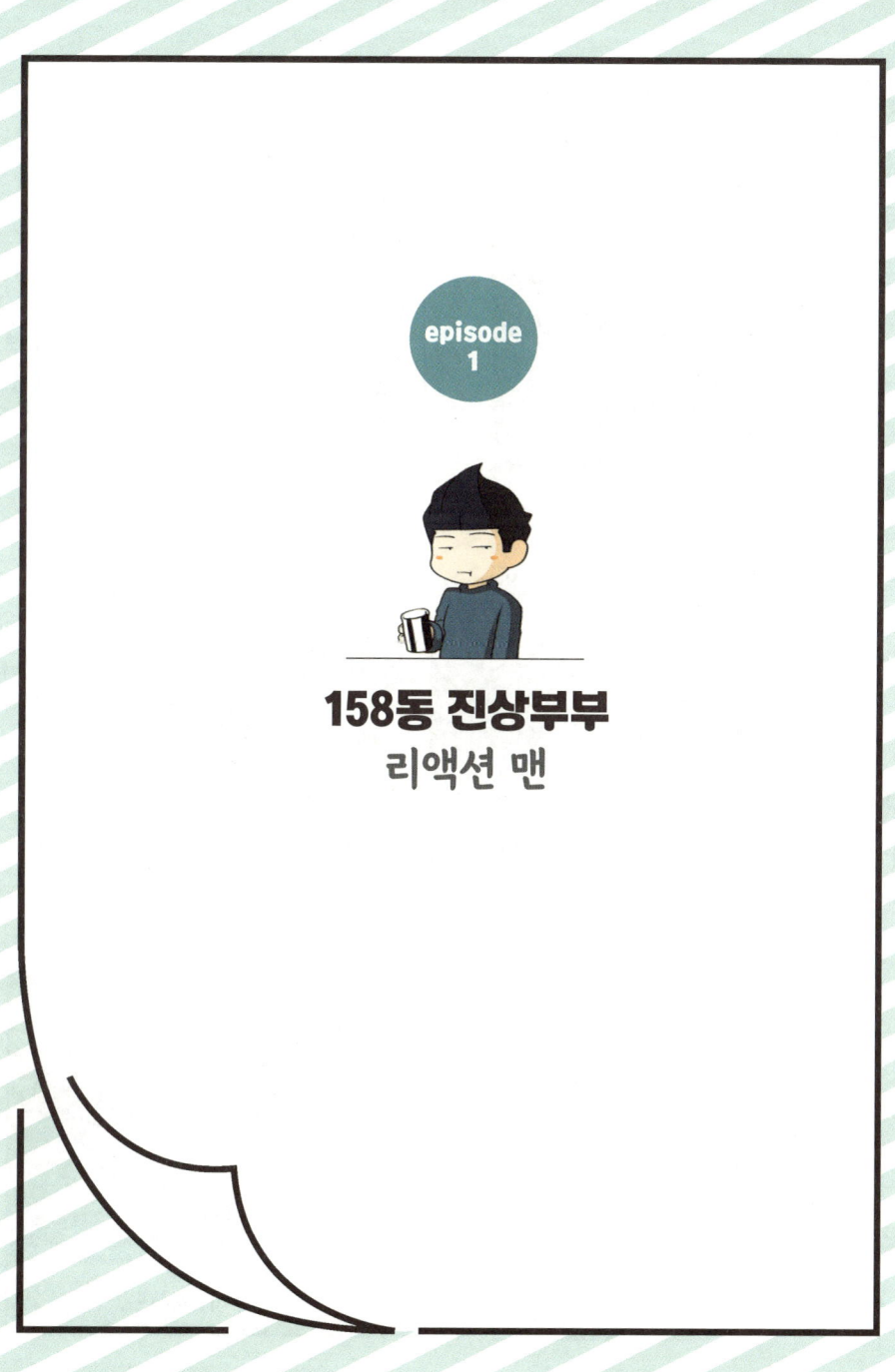

episode
1

158동 진상부부
리액션 맨

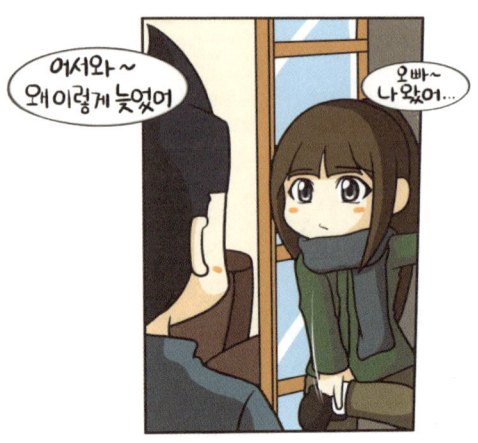

어서와~ 왜 이렇게 늦었어

오빠~ 나왔어...

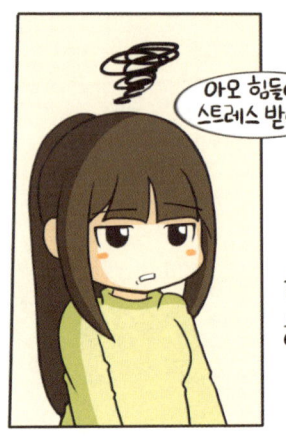

아오 힘들어! 스트레스 받아~

힘든 회사일을 하고 집에 온 내 마누랑...

가끔 업무중 스트레스를 얘기할 때가 있다

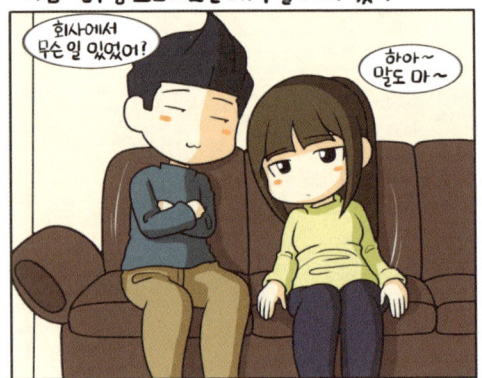

회사에서 무슨 일 있었어?

하아~ 말도 마~

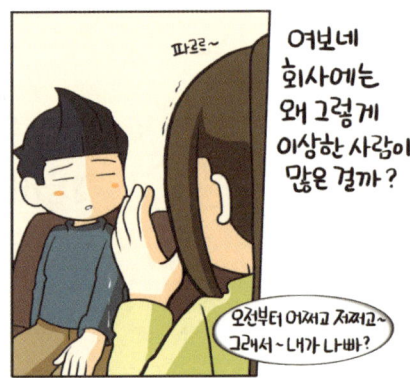

파그르~

여보네 회사에는 왜 그렇게 이상한 사람이 많은 걸까?

오전부터 어쩌고 저쩌고~ 그래서~ 내가 나빠?

객관적인 조언으로 똑똑하게 보여야지 크큭...

은야쟁이의 힘든 회사 얘기 ... 힘이 되어줄 조언을 하고 싶었다

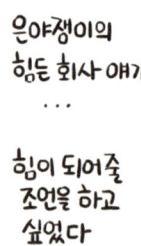

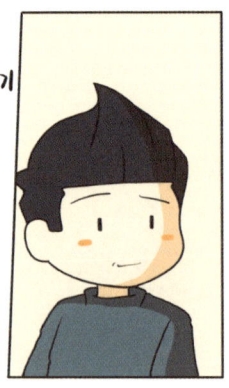

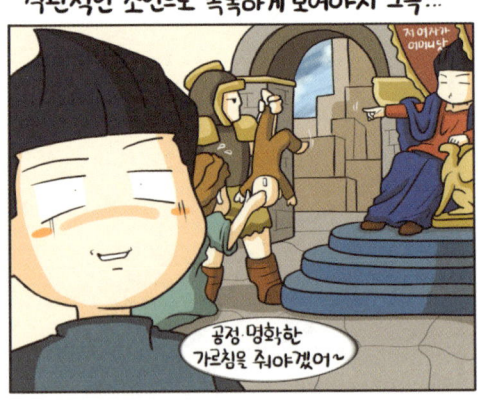

공정 명확한 가르침을 줘야겠어~

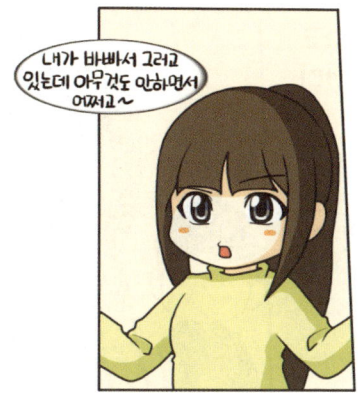

내가 바빠서 그러고 있는데 아무것도 안하면서 어쩌고~

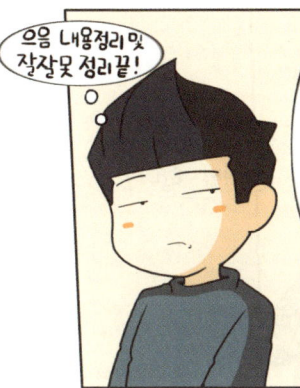

으음 내용정리 및 잘잘못 정리 끝!

키야아아악~

솔로몬 급의
조언 준비 완료

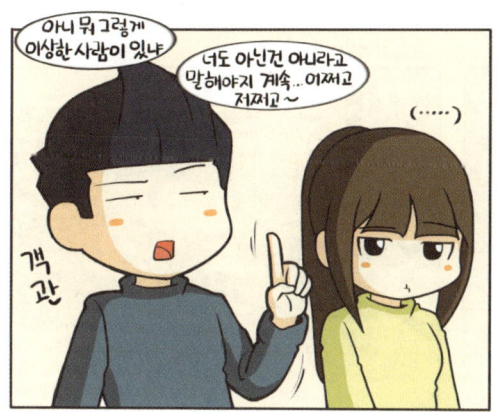

아니 뭐 그렇게 이상한 사람이 있냐

너도 아닌건 아니라고 말해야지 계속...어쩌고 저쩌고~

(......)

객관

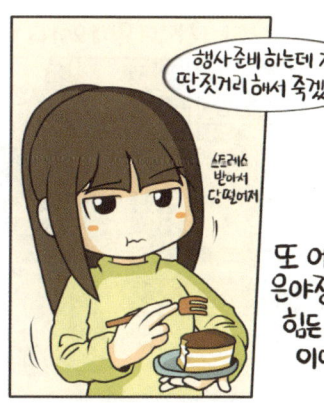

행사 준비 하는데 자꾸 딴짓거리 해서 죽겠어~

스트레스 받아서 당떨어져

또 어떤날 은야쟁이의 힘든 직장 이야기~

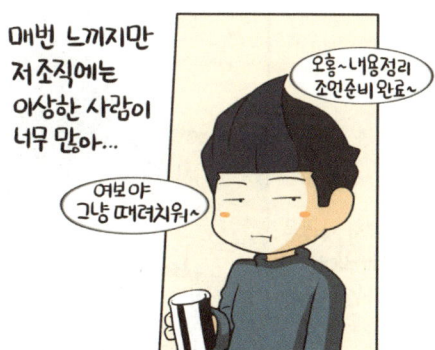

매번 느끼지만 저 조직에는 이상한 사람이 너무 많아...

오홍~내용정리 조언준비 완료~

여보야 그냥 떼려치워~

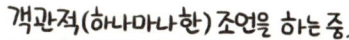

객관적(하나마나한) 조언을 하는 중...

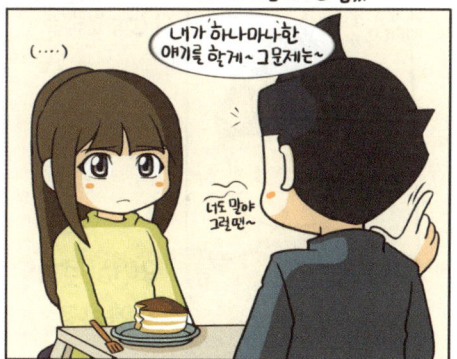

(......)

내가 하나마나한 얘기를 할게~ 그문제는~

너도 막야 그러면~

309

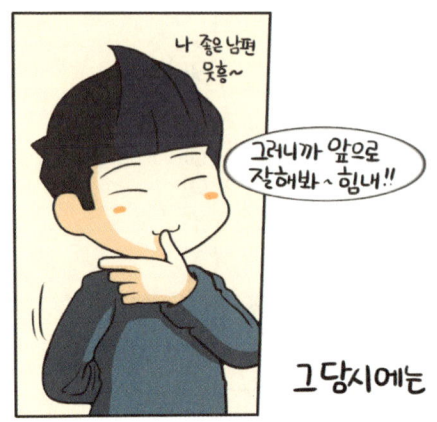

나 좋은 남편 웃훙~

그러니까 앞으로 잘해봐~ 힘내!!

그 당시에는

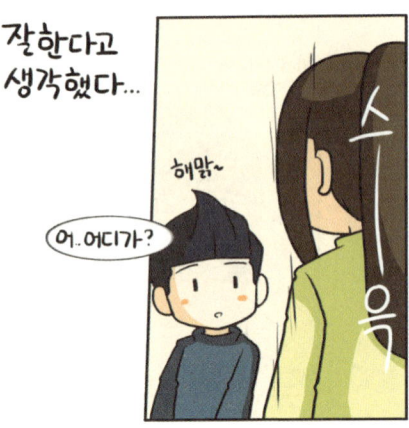

잘한다고 생각했다...

해맑~

어..어디가?

스으윽

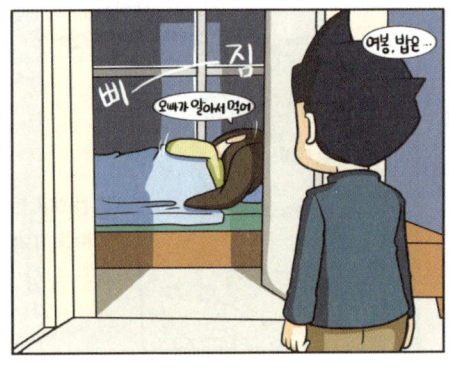

뭐가 잘못된건가... 저녁이 안나오다니 ㅠㅠ

삐~~ 집

여봉, 밥은...

오빠가 알아서 먹어

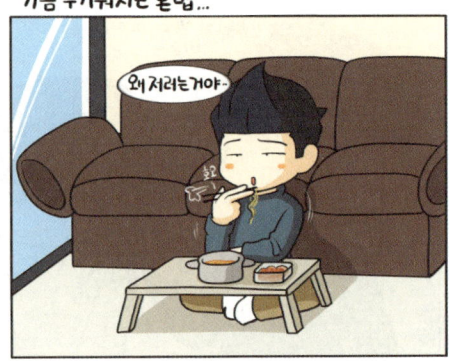

가슴 무거워지는 혼밥...

왜 저러는거야~

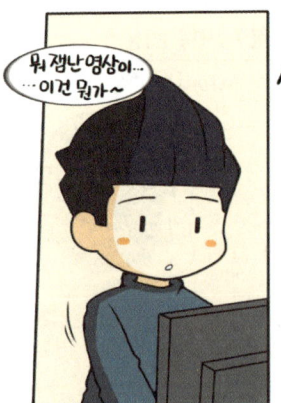

뭐 잰난 영상이... ...이건 뭔가~

그렇게 한참 시간이 흐른 후

우연히 보게된 강연 자료...

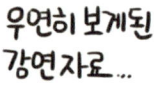

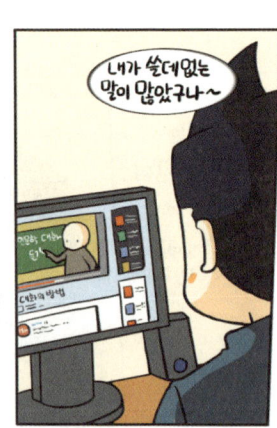

내가 쓸데없는 말이 많았구나~

역시 사랑은 배워야 하는구나...

TV에 나오는 부부들의 얘기를 보니...

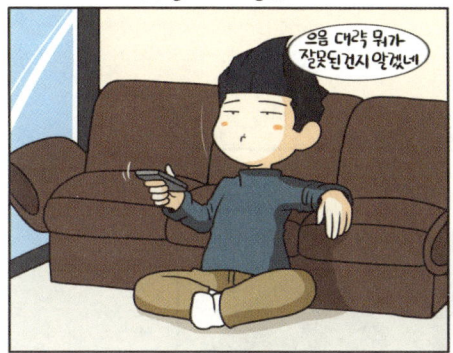

으음 대략 뭐가 잘못된건지 알겠네

드디어 실전의 순간

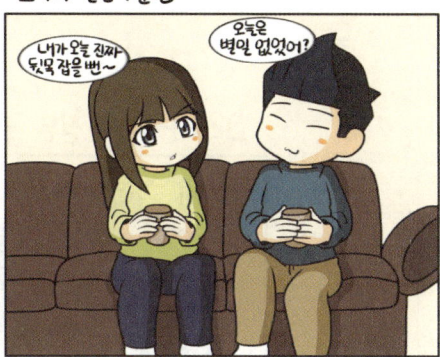

내가 오늘 진짜 뒷목 잡을 뻔~

오늘은 별일 없었어?

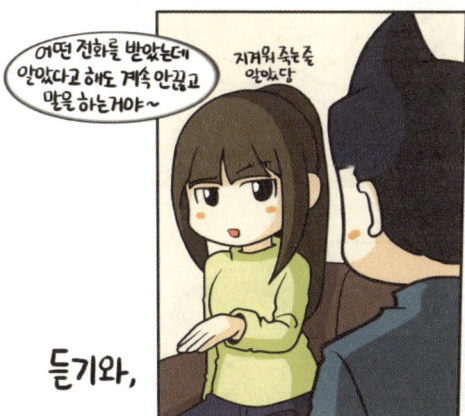

어떤 전화를 받았는데 알았다고 해도 계속 안끊고 말을 하는거야~

지겨워 죽는줄 알았다

들기와,

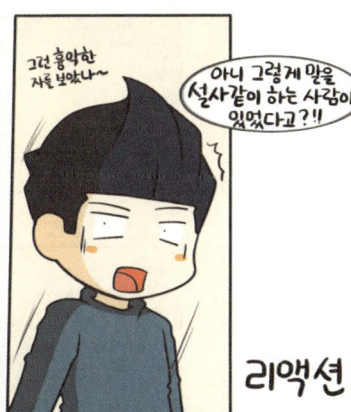

그럼 흉악한 자를 보았나

아니 그렇게 말을 설사같이 하는 사람이 있었다고?!

리액션!

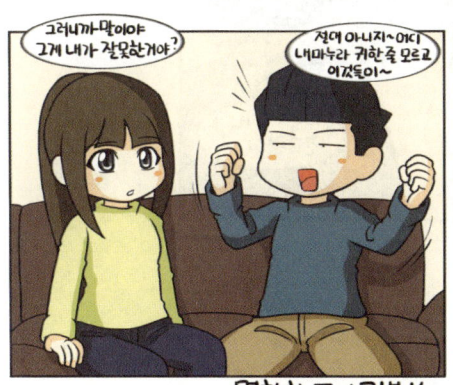

그러니까 말이야 그게 내가 잘못한거야?

절대 아니지~아니 내마누라 귀한줄 모르고 어겄들이~

명확한 피아구별!!

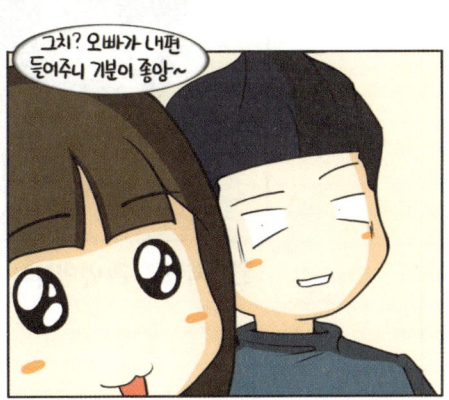

그치? 오빠가 내편 들어주니 기분이 좋앙~

저번과는 다르다.. 저번과는 ㅋㅋ

그러나 지나침은 금물...

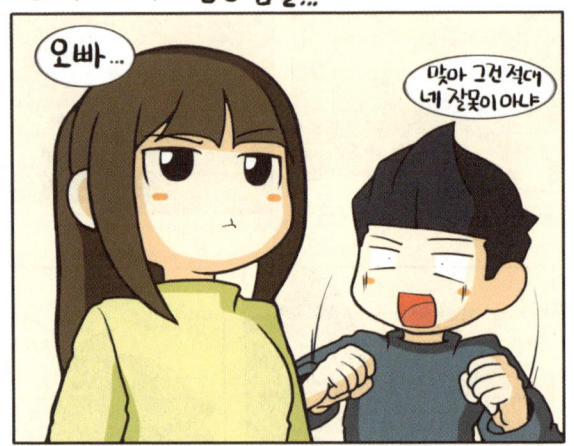

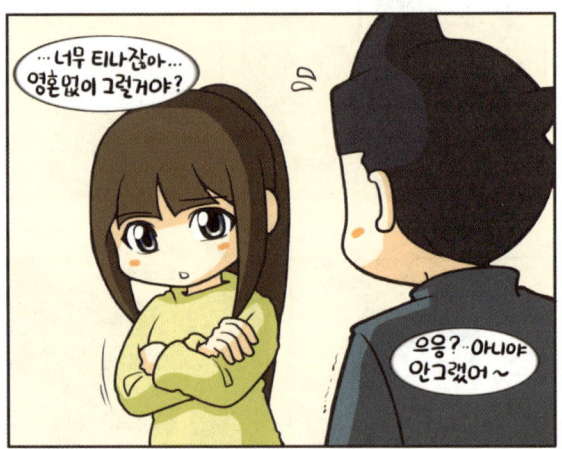

오늘 저녁은 라면인건가...

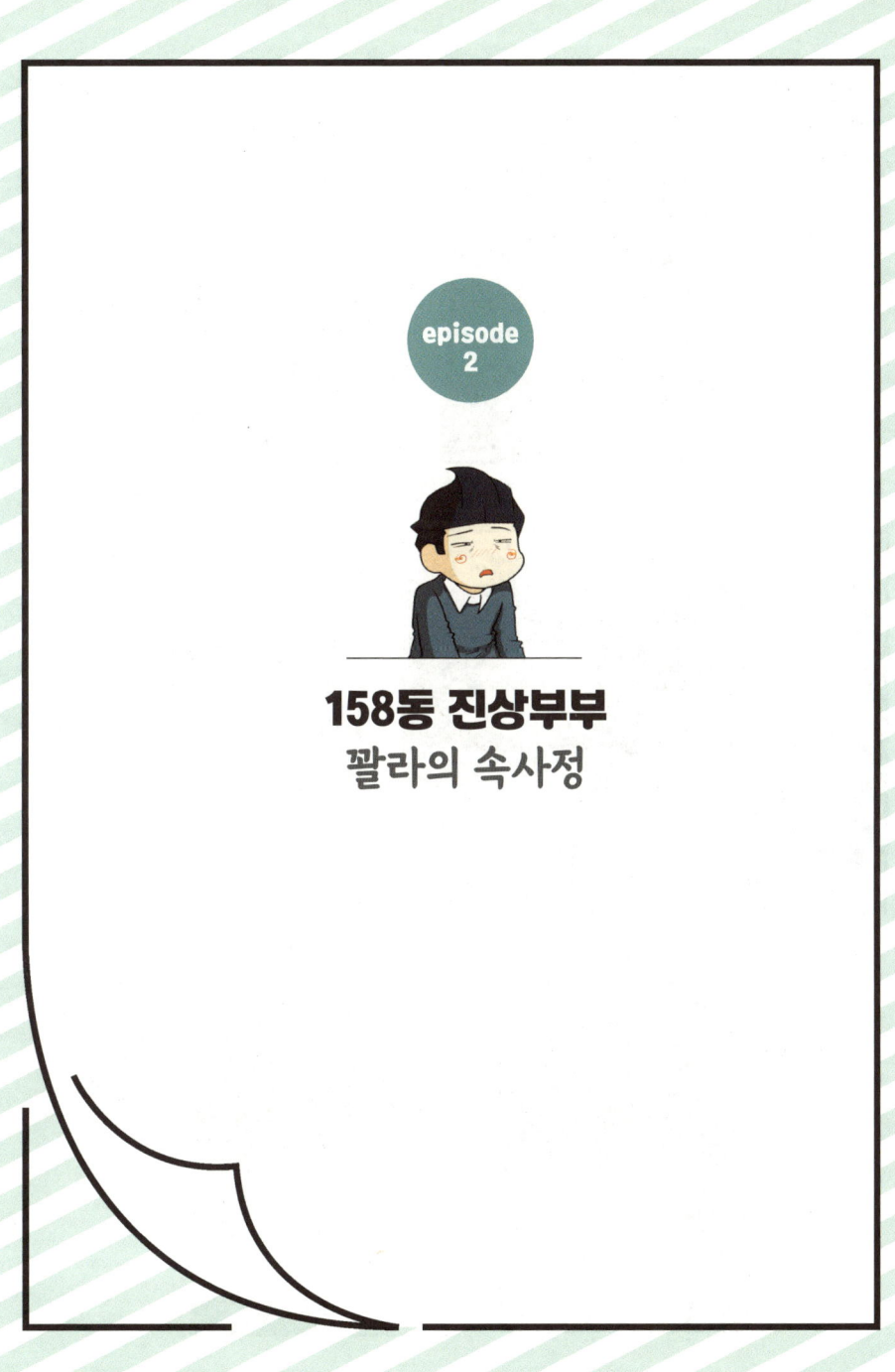

158동 진상부부
꽐라의 속사정

연말에
징징돌이가
전해 주었던

서프라이즈한
모임소식 ...

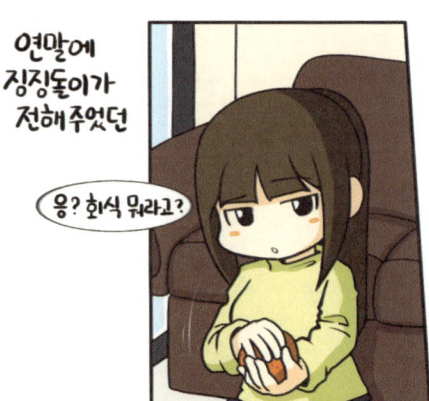

응? 회식 뭐라고?

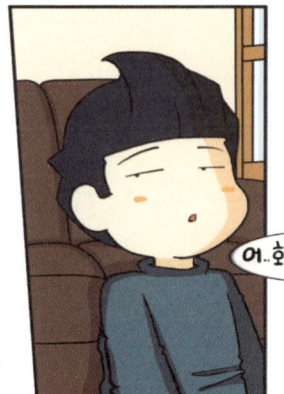

어.. 회사 송년모임 해..

아니 그전에...
부부 동반이라고?

어..하하..

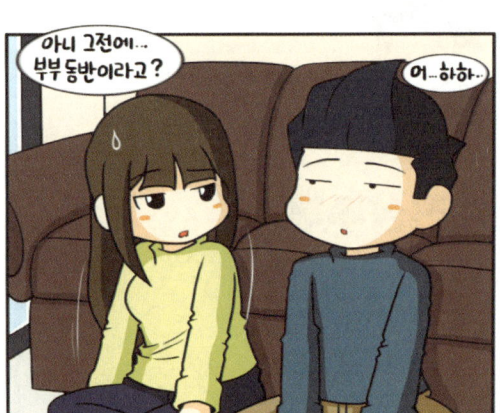

Q 소식을 들은 소감은?

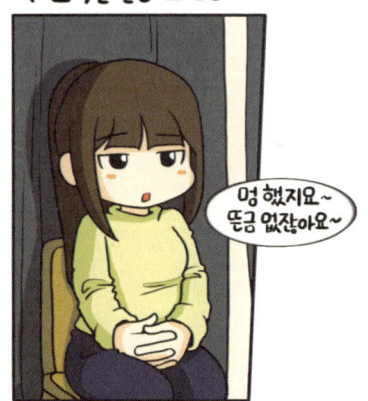

멍 했지요~
뜬금 없잖아요~

뭐 학부형 면담
가는게 이런건가싶고

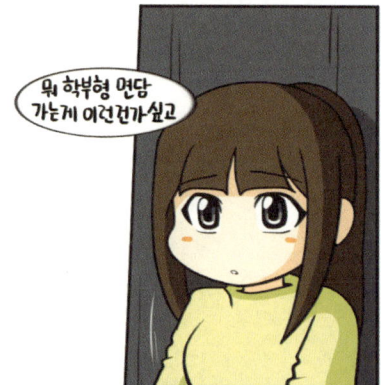

'입을 옷도
없는데 '라며
심각해진
은야쟁이~

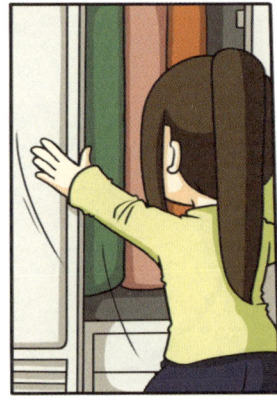

깊은 짜증

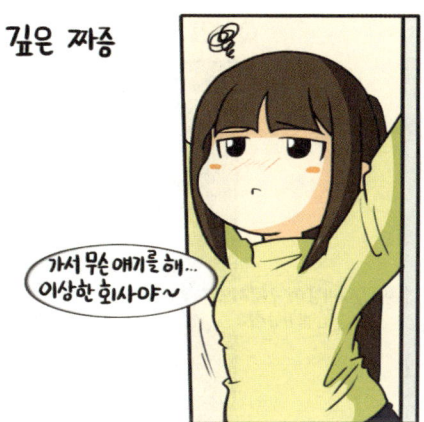

가서 무슨 얘기를 해..
이상한 회사야~

Q 곤란했겠네요

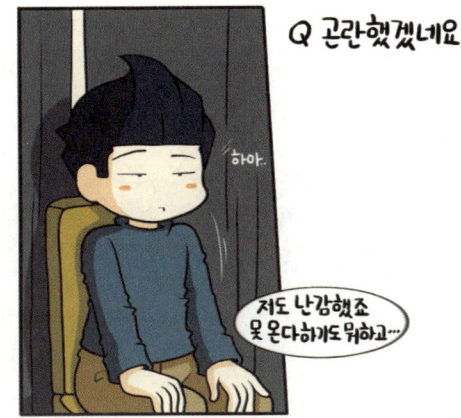

하아..

저도 난감했죠
못 온다하기도 뭐하고...

문득 불길한
생각이 스치는
은야쟁이...

꽐라?

이남자 회식만 하고
오면 꽐라가 되던데~

'내 남편 회사에서 찍힌거 아닐까?...'

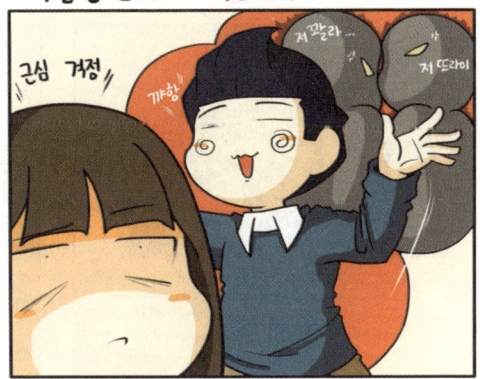

근심 걱정

깡!

저 꽐라...

저 또라이

Q 자주 꽐라가
되나요?

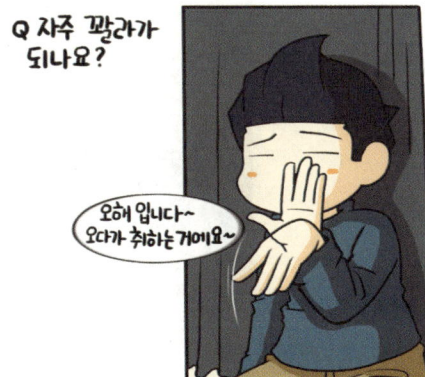

오해 입니다~
오다가 취하는 거에요~

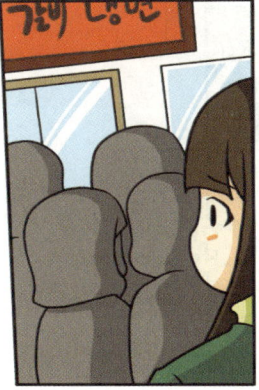

시간은 흘러
어느새
모임 당일...

315

낯선 분위기 속에서 어색한 대화가 이어졌어요

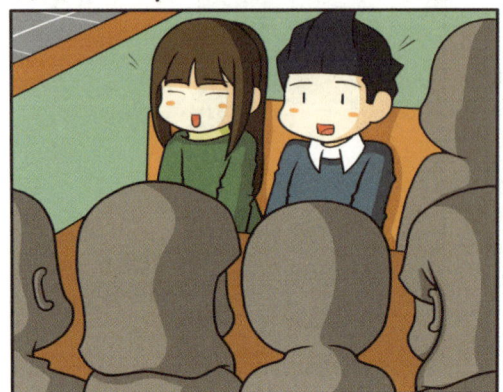

Q 분위기가 어땠는지?...

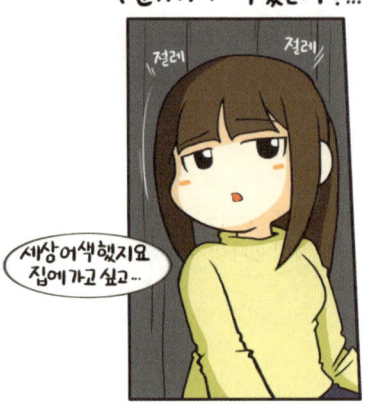

세상 어색했지요
집에 가고 싶고...

모임에서
신기했던건
직장상사들의
부인들은 모두
징징돌이를
칭찬한다는 점
이었어요

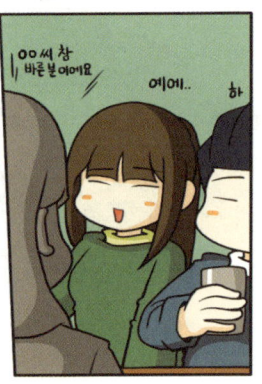

얘기인 즉, 회사 회식이 길어져 모두 취해 갈때...

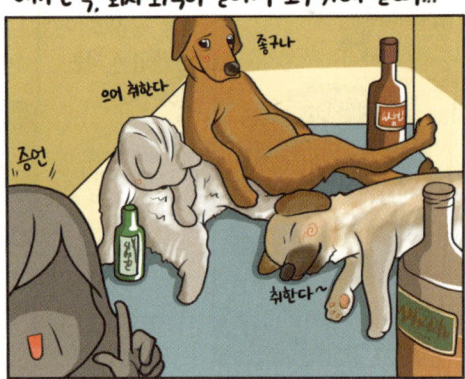

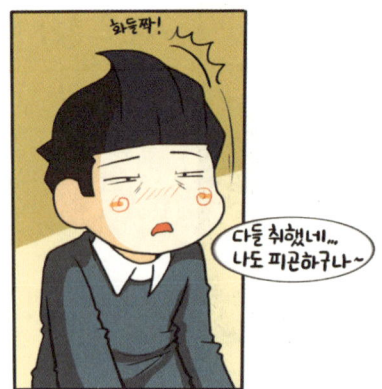

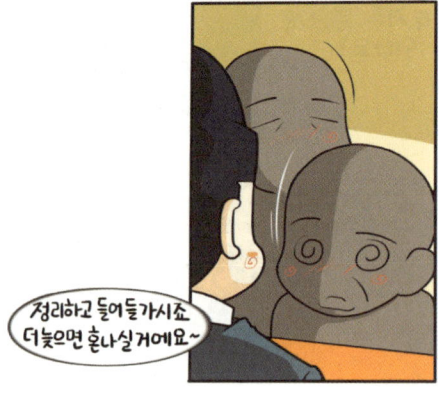

술자리를 정리하고, 상사들은 귀가시킨다는 것이었어요

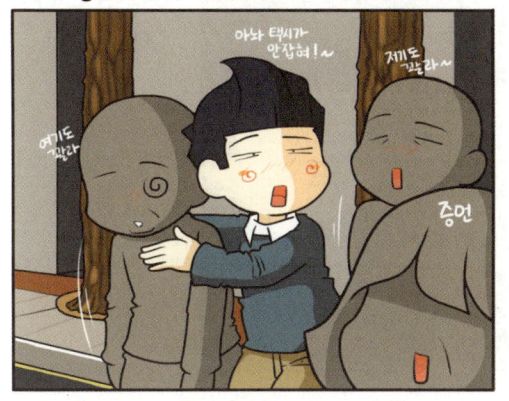

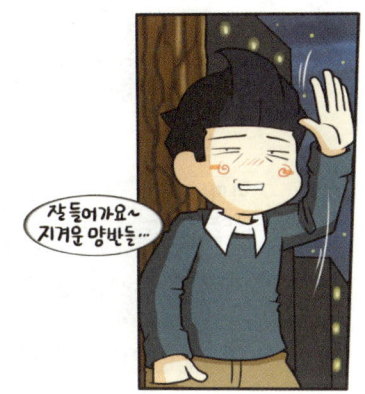

상사들 잘 챙기고 꼼꼼히 일 잘한다는 칭찬들에

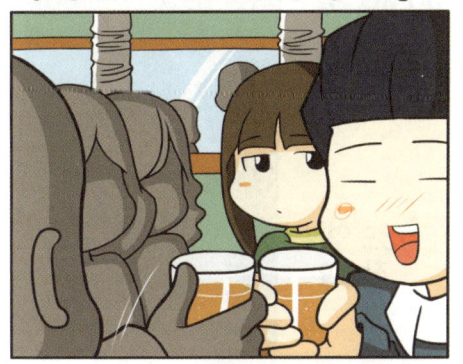

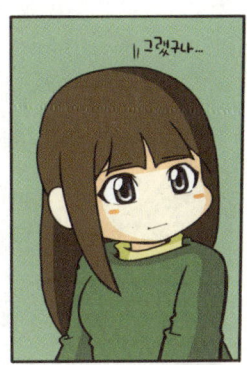

은야쟁이는 내심
뿌듯했어요~

Q 왜 집에 오면
짤라가 되나요?

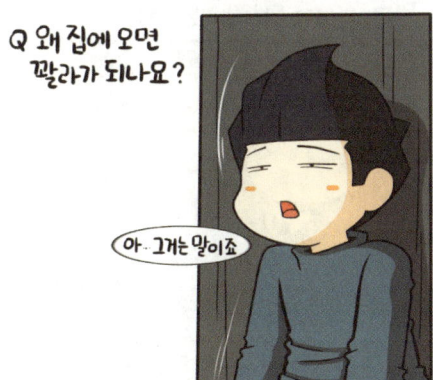

"그렇게 다들
보내고 막차를
타면요~"

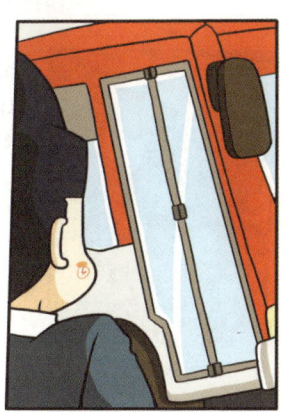

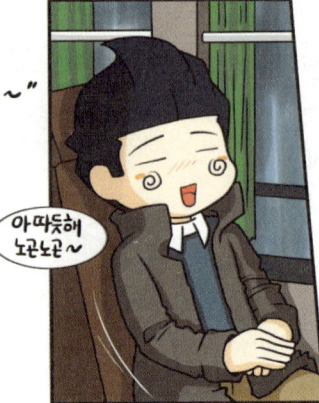

"겨울에는 춥다가 따뜻하죠~"

아 따뜻해 노곤노곤~

"여름엔 덥다가 시원하죠"

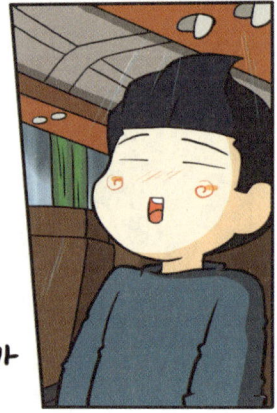

"그렇게 버스 안에서 잠이 들어요"

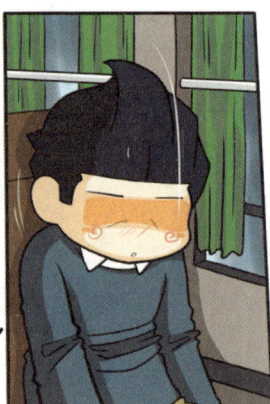

"잠도 엄청 잘와요~"

"여름엔 덥다가 시원하죠"

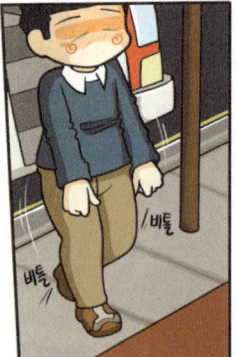

비틀

비틀

"아무튼 그렇게 자다가 내리면 버스에서 더 취하게 되고"

... 깔라 좀비가 되어버리는 거에요...

꾸어어~어

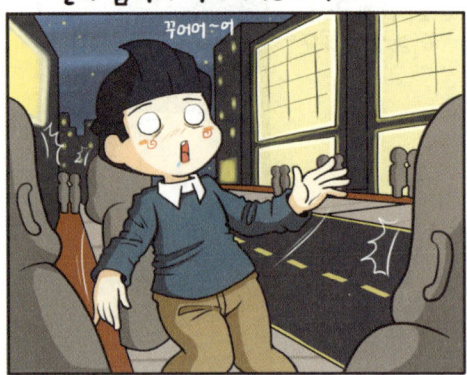

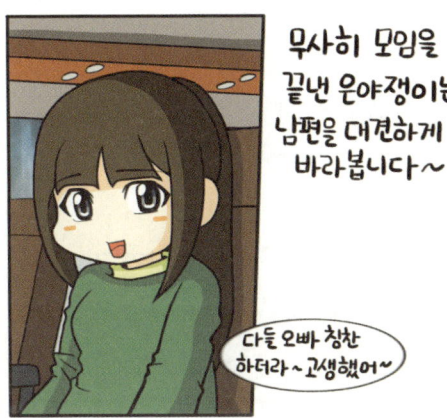

무사히 모임을
끝낸 은야쟁이는
남편을 대견하게
바라봅니다~

다들 오빠 칭찬
하더라~ 고생했어~

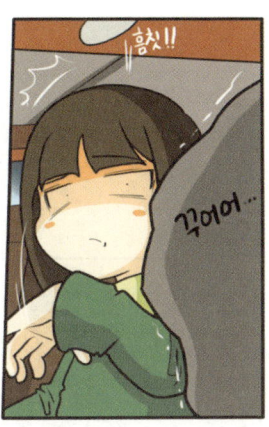

하지만
슬프게도
징징돌이는

흠칫!!

끄어어...

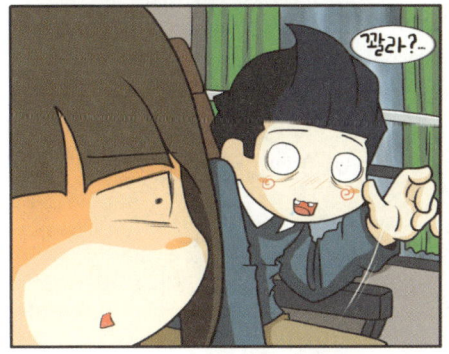

그만 버스안에서 꽐라로 변해버렸어요~

꽐라?~

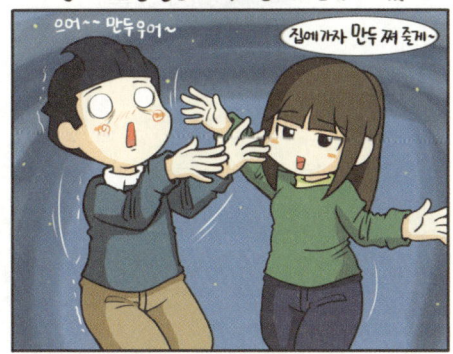

은야쟁이도 그날 만은 채찍대신 당근을 주기로 했어요

으어~ 맛두우어~

집에가자 만두 쪄 줄게~

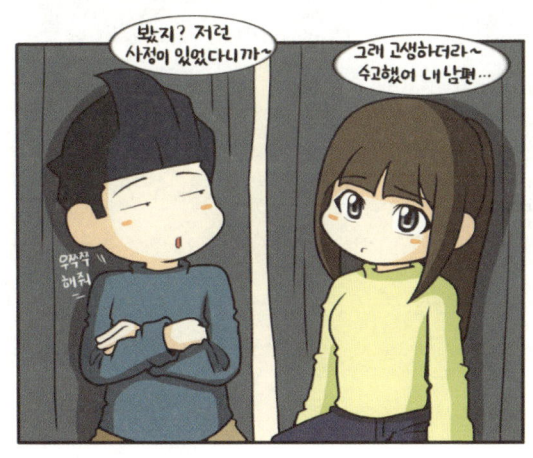

봤지? 저런
사정이 있었다니까~

그래 고생하더라~
수고했어 내 남편...

으쌰쌰
헤쳐

158동 진상부부 ─ 부부의 취미생활

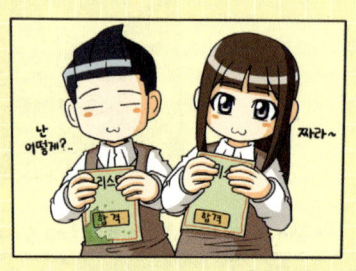

진상부부는 공통의 관심사가 있으면 함께 클래스를 신청합니다. 한창 커피가 유행할 때는 바리스타 과정을 함께 수강해 자격증을 따기도 했어요. 하지만 바리스타 과정은 에스프레소 기계가 없으면 일상생활에 활용이 전혀 불가능하다는 것이 함정. 다시 집에서 내려 먹기 편한 핸드드립 수업을 들었답니다. 커피를 함께 배우니 커피콩 갈면서, 커피 내리면서, 맛보면서 이야기 거리가 생겨 좋더라고요.

그 후엔 캘리그라피 수업도 함께 들었죠. 예쁜 글씨를 써 내려가며 서로 알지 못했던 다른 모습을 발견하기도 했어요. '158동 진상부부'를 연재하면서부터는 시나리오 수업도 들었습니다. 둘이 서로 다른 이야기를 만들어내는 과정을 보는 게 정말 흥미롭더라고요.

부부가 함께 하는 취미생활은 공통의 관심사를 이끌어 대화를 더 풍요롭게 만들기도 하고, 일상생활에 익숙해져 있던 서로의 다른 모습을 알게 되는 계기가 되기도 해요. 꼭 시간을 만들어 함께 하는 취미생활을 즐겨 보세요.

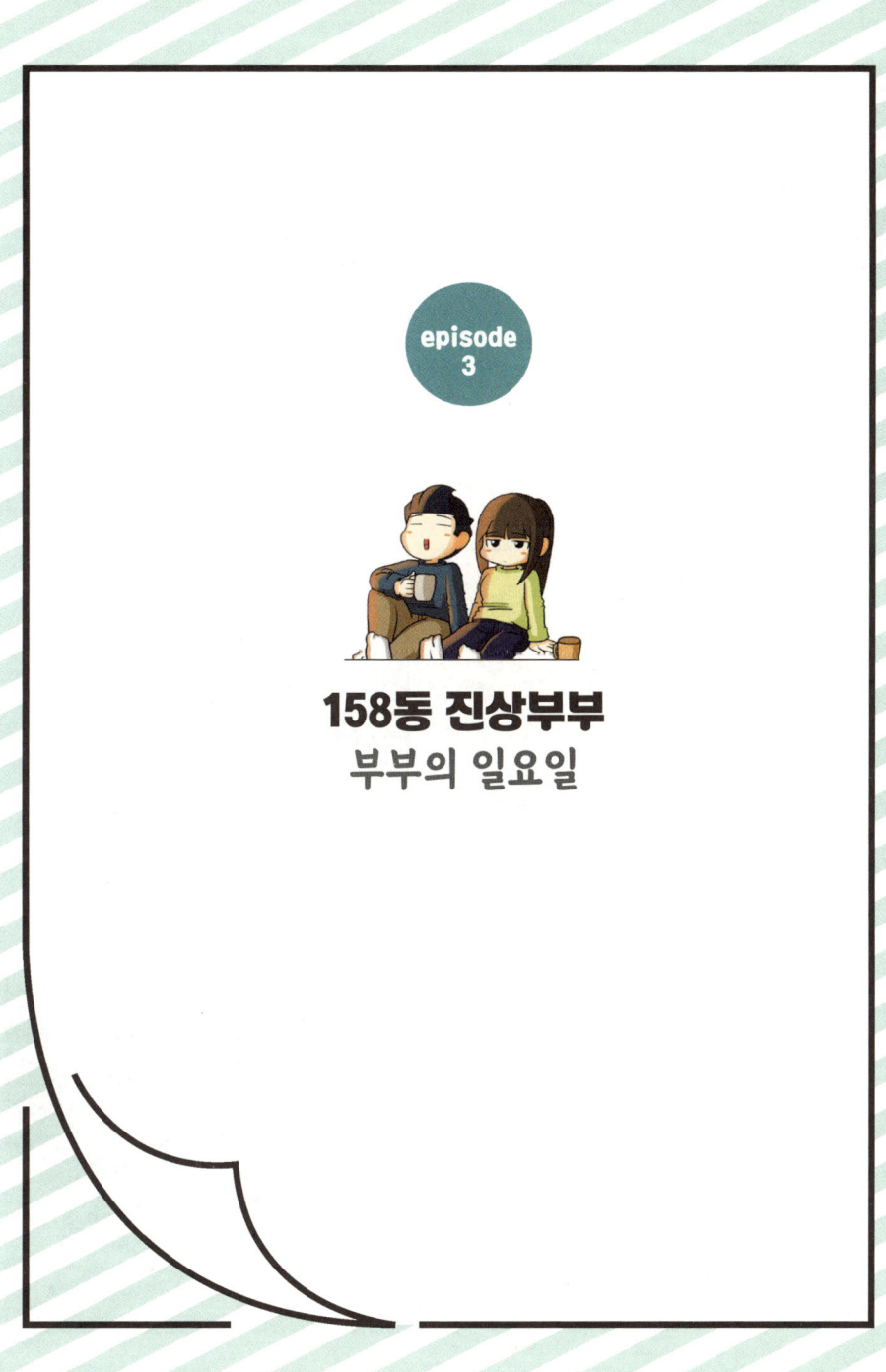

episode
3

158동 진상부부
부부의 일요일

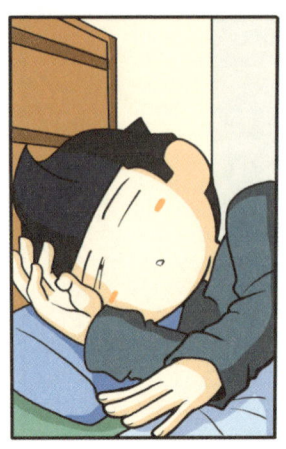

일요일...

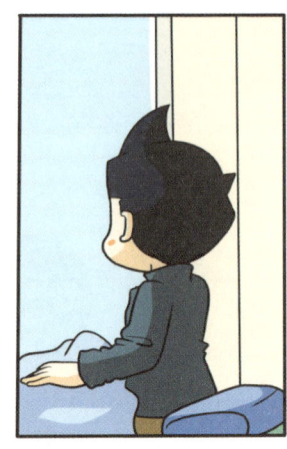

창밖의 햇살은
밝지만.

왠지 마음은 더 어두운거 같아요

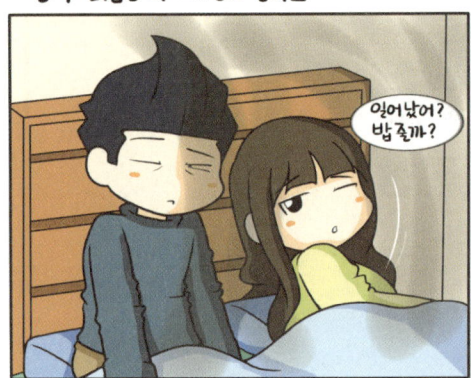

일어났어?
밥 줄까?

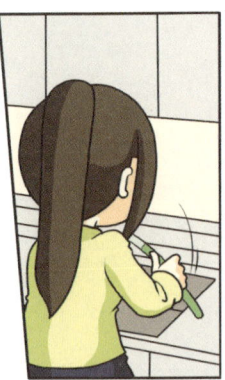

더 누워있고
싶지만
벌써 10시네요

멍~

잉기적

밍기적

아침 겸 점심은
느릿느릿~
준비해요

일요일은 어쩐지 배도 안고픈 기분이에요

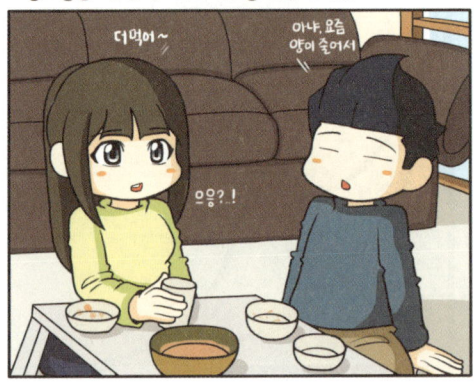

더먹어~

아냐, 요즘
양이 줄어서

으응?!

322

취미생활도 일요일에는 잘안되네요 ...

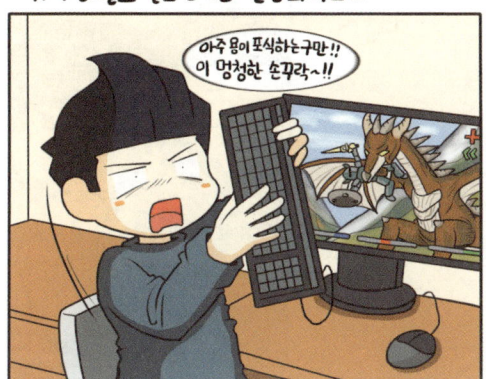

비디오 여행을
떠나는 시간,
영화 대결을
보다보면

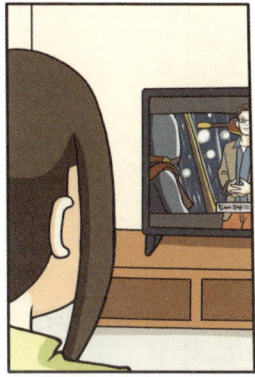

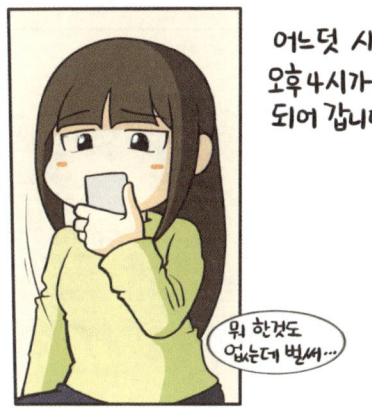

어느덧 시간은
오후 4시가 다
되어 갑니다

저녁에
뭐 할꺼야?

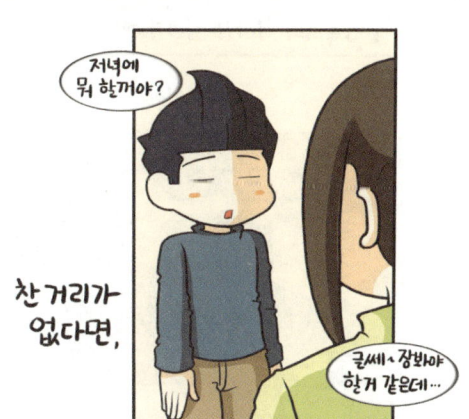

찬 거리가
없다면,

저녁은 건너
뛰어도 상관
없어요

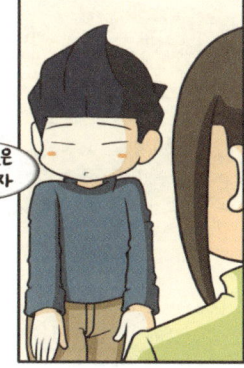

왠지 쓴 커피한잔에 해는 더 빨리 저물어요

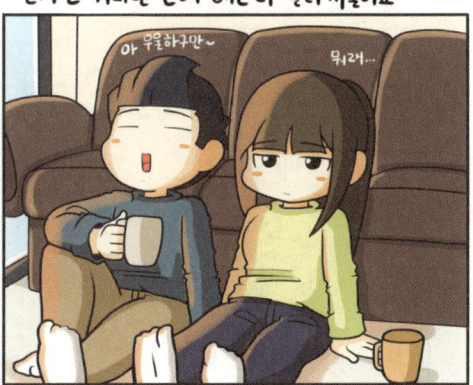

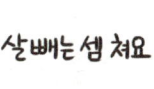

살빼는 셈 쳐요

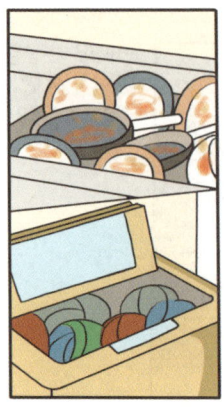

미뤄둔 집안일은

'멍~'

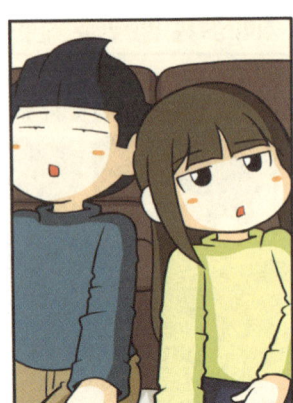

더 하기 싫어요

채널 몇 번 돌리니 9시가 넘어가네요

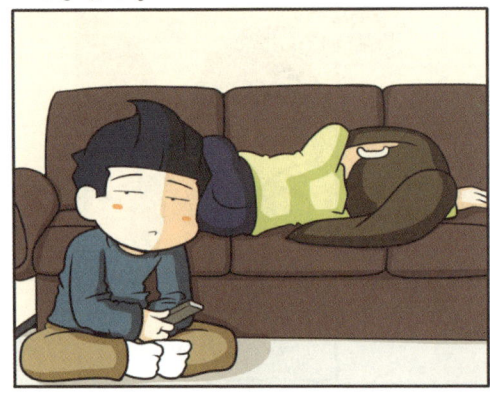

||에ㅋㅋㅋ~

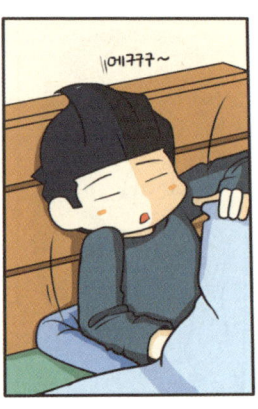

잠시 자리에
누워 보아요

누웠지만 서
있는 것 같이
불편해요

여보 눈에도...
그렇게 보여?

눈을 감아요... 설거지와 빨래가 보여요

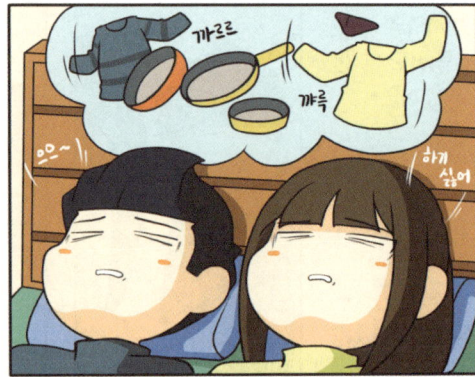

까르르

까득

으음~

하기
싫어

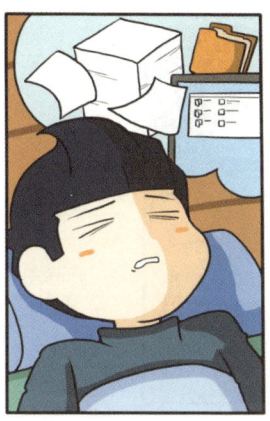

희미하게 내일
할 일들도 보여요

저절로
한숨이
나오네요

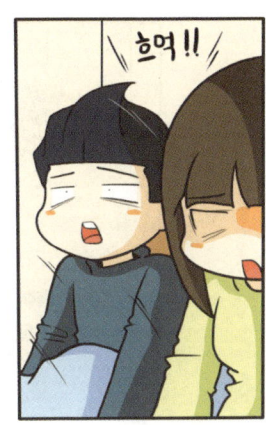

흐여!!

정신 차리고 뒤늦게 집안일을 해요

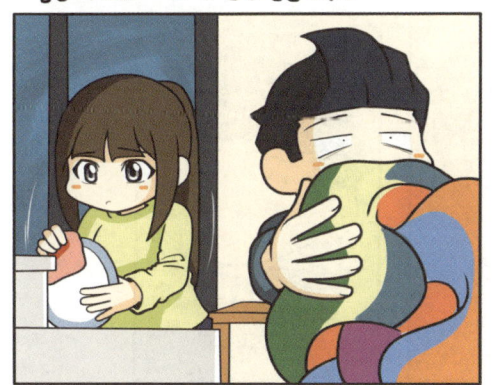

어느덧 12시...
이젠 주말도
안녕이네요

안녕 일요일~

이제는 잠들
시간...

언능 자자

팔베게...

눈뜨면 토요일이기를 바래보며 부부는 잠이듭니다

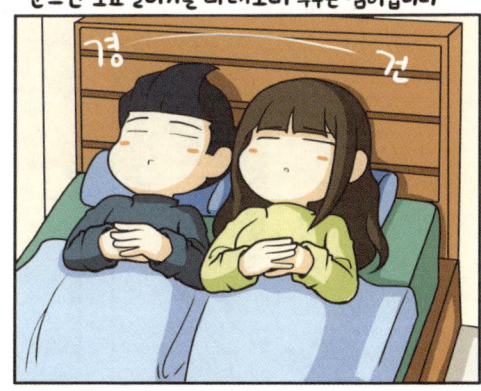

ㄱ옹

ㄱ헌

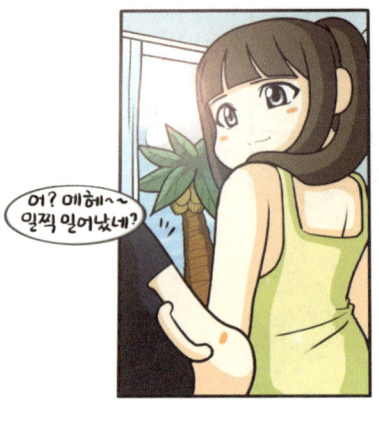

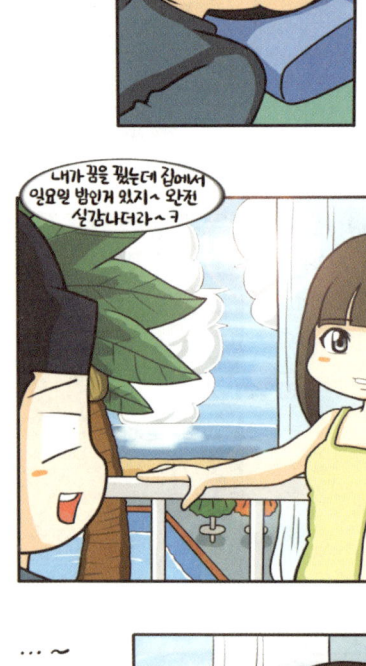

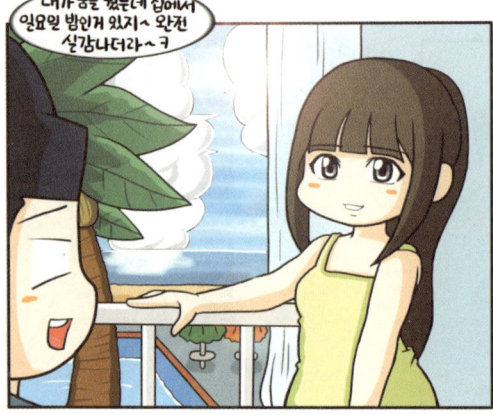

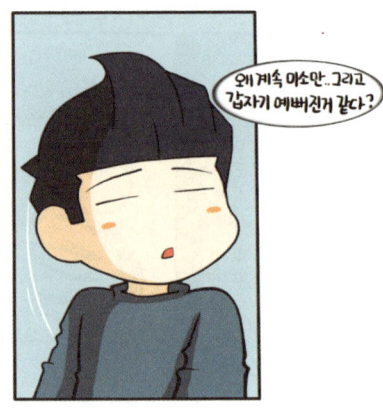

... ~

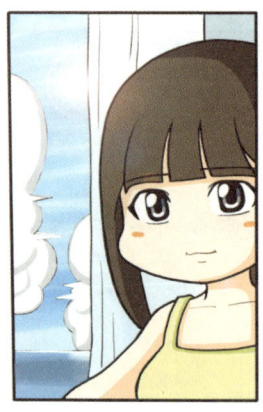

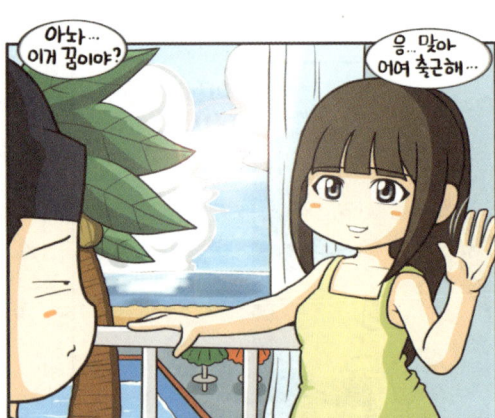

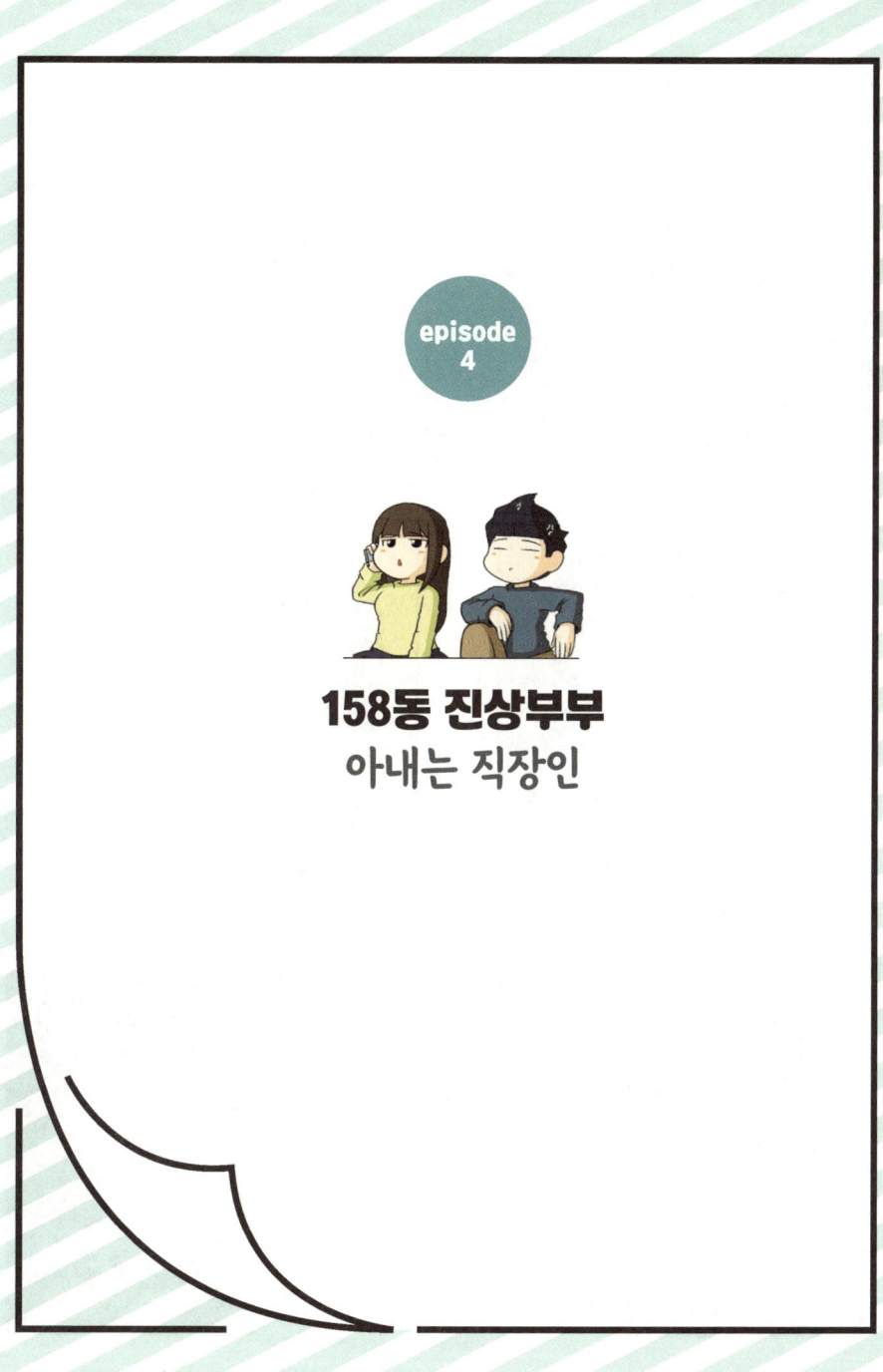

episode 4

158동 진상부부
아내는 직장인

창밖을 바라보며 한숨쉬는 은야정이

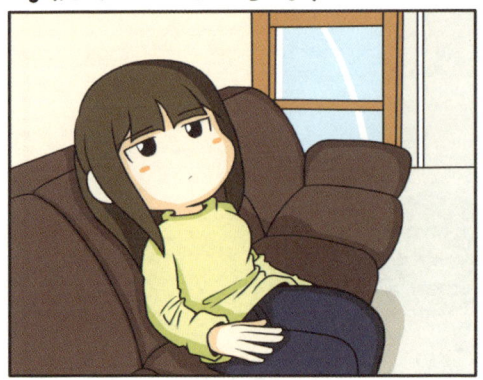

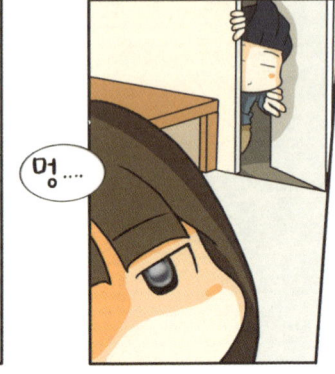

지켜보는
남자...

멍....

Q 뭘 또 잘못
한건가요 ?

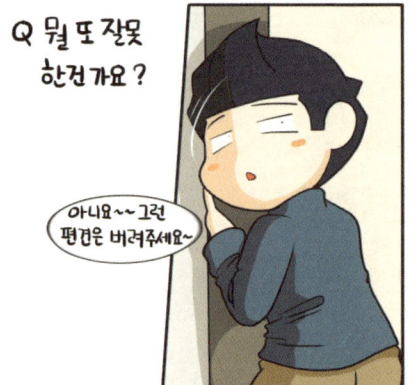

아니요~~ 그런
편견은 버려주세요~

'아까 전에 회사
전화를 받았는데

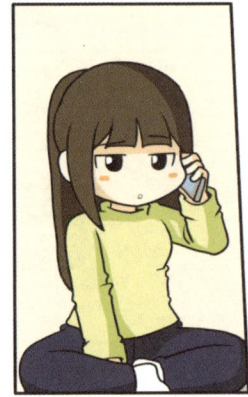

스트레스를
많이 받은듯 해서'

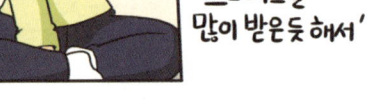

'잠시 화를
식힌 시간을
주고 있었어요'

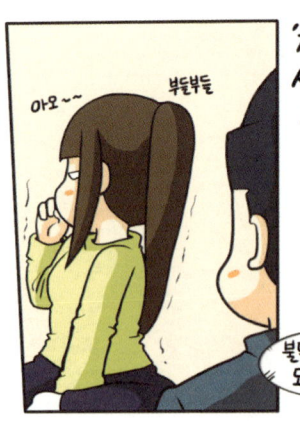

아오~~

부들부들

불똥 튀기 전에
도망가야지...

Q 아내는 어떤
사람인가요 ?

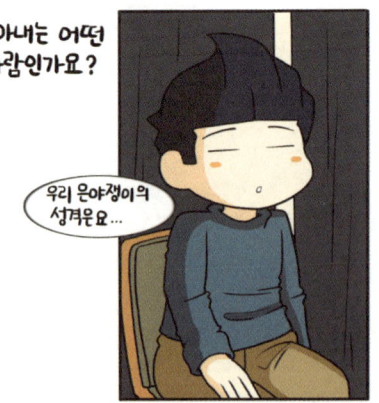

우리 은야정이의
성격요...

'평소 단호하고 공공 규범 준수의지가 강하며…'

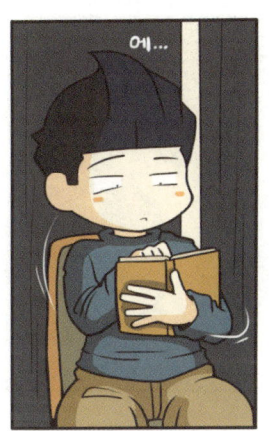

에…

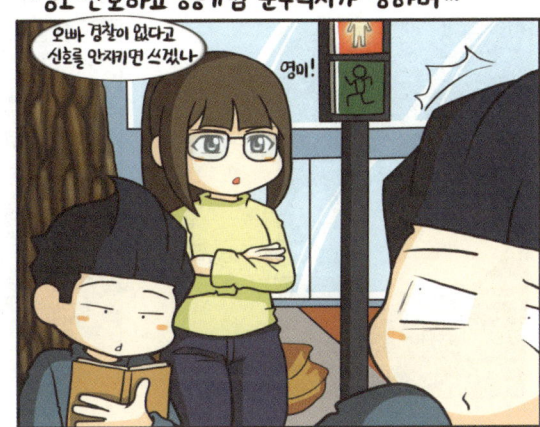

오빠 경찰이 없다고 신호를 안 지키면 쓰겠나

영이!

'부당하거나 불합리한 상황을 견디지 않습니다~'

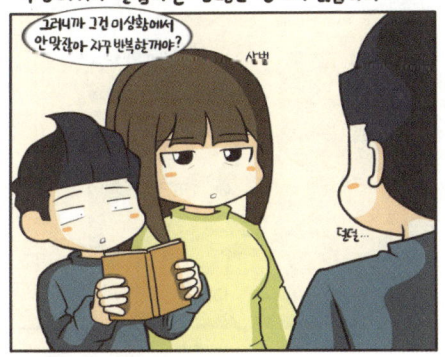

그러니까 그런 이상황에서 안 맞잖아 자꾸 반복할꺼야?

삼별

덤덤…

'한마디로 이 시대를 살고 있는 건강한 사람이지요'

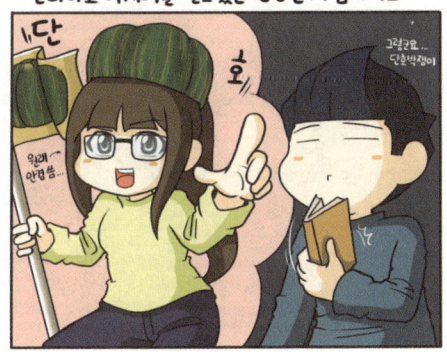

단

호

워래 안경 씀

그럴군요… 단호박캐기

Q 뭘 보고 있는 건가요?

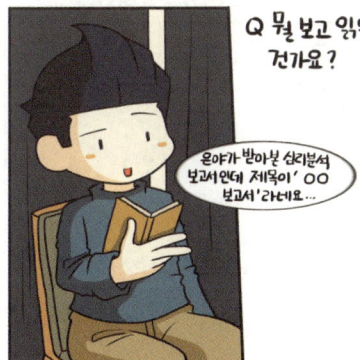

은야가 받아본 심리분석 보고서인데 제목이 ' ○○ 보고서'라네요…

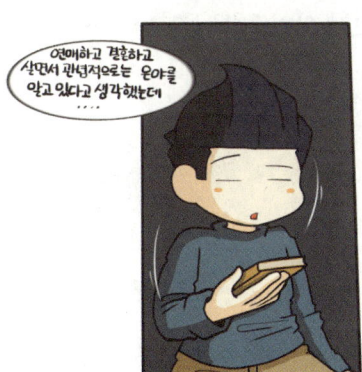

연애하고 결혼하고 살면서 관념적으로는 은야를 알고 있다고 생각했는데 ….

329

'아직도 더 알아야 할게 많은 사람이었네요'

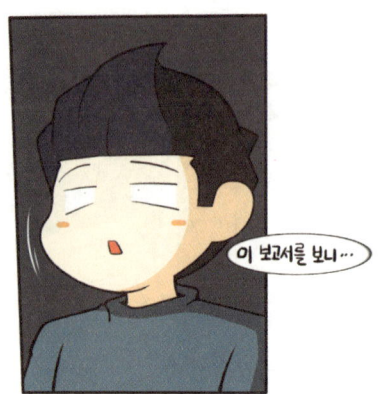

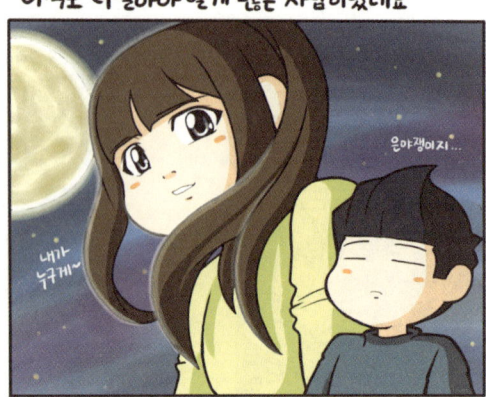

'그 보고서를 보니 더 이해하게 되는 성격 ㅋ...'

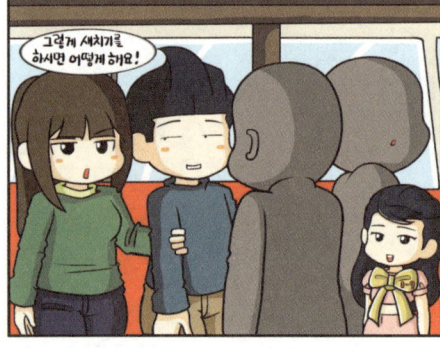

'핵심없이 반복되는 대화 내지는'

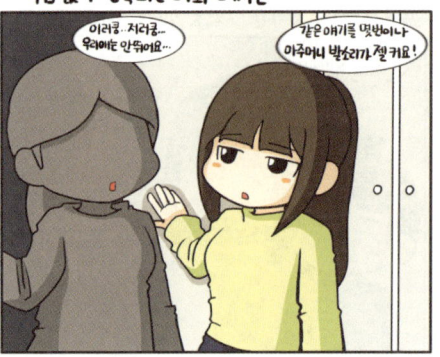

'반복적인 잘못들을 싫어하는 점을 포함해서... ㅋ흠'

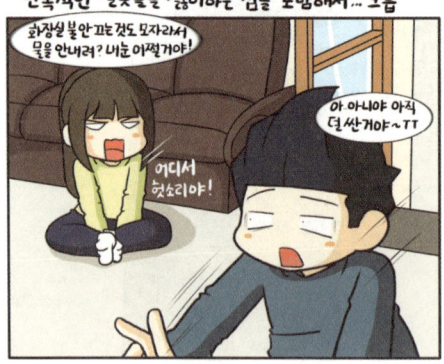

'그런 성격의 애가 일요일 회사 봉사에 끌려나가고 ...'

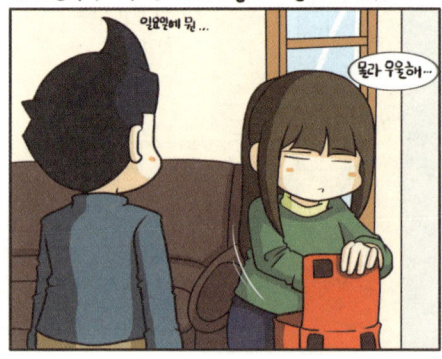

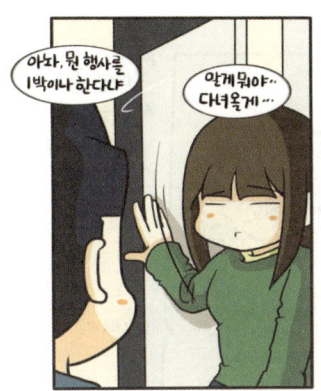

아놔, 뭔 행사를
1박이나 한다냐

안게뭐야..
다녀올게...

'주말을 끼고 1박
하는 회사행사에
끌려나가고...'

'그것도 수당도
주지 않는...'

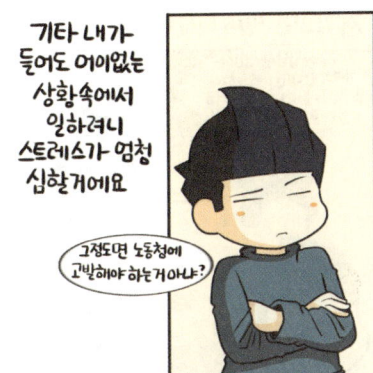

기타 내가
들어도 어이없는
상황속에서
일하려니
스트레스가 엄청
심할거에요

그정도면 노동청에
고발해야 하는거아냐?

Q 아까는 어땠어? '아 휴일에 쉬는 중이었는데'

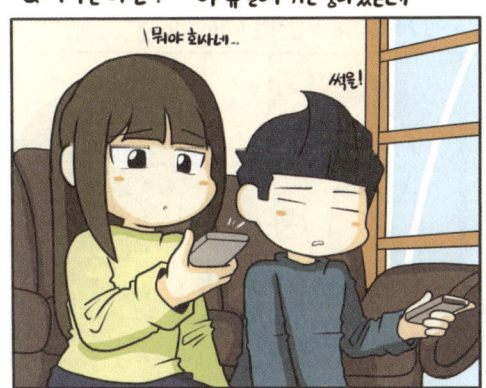

뭐야 회사네..

써클!

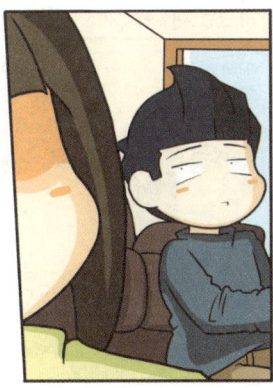

'회사에서 온 전화
통화가 계속
이어지더라구요'

아♪ 안녕하세요♪♪

'옆에서
무심결에 듣고
있자니...'

'말귀를 못알아듣는지... 듣는 내가 답답하더라구요'

아 예.. 그거는(이렇게
저렇게 하시면)×4

331

'저 같으면 벌써 터졌겠지만...'

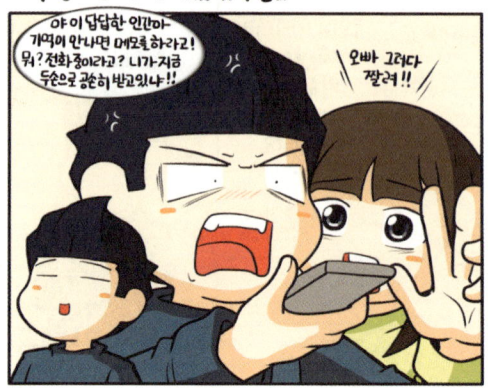

'은야는 끝까지 상냥하게 마무리 하더라고요 ...'

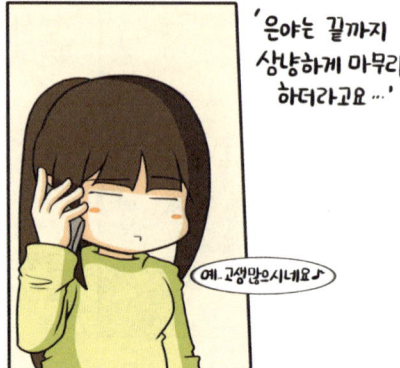

'그렇게 통화가 끝난후 그녀의 모습은'

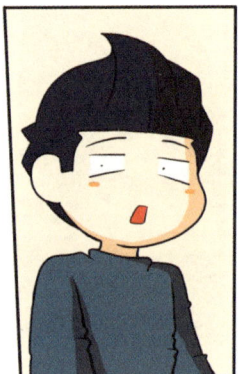

'하얗게 불태운 느낌적인 느낌이었어요...'

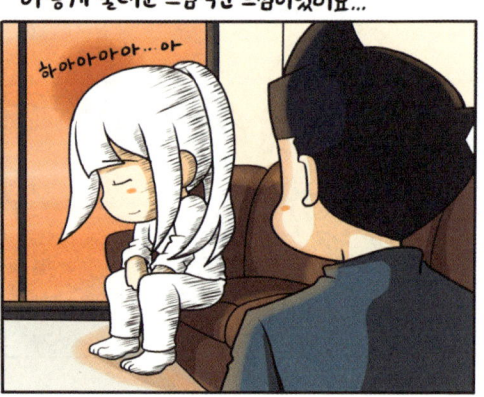

얼마의 시간이 흐르고 징징둥이가 다가옵니다

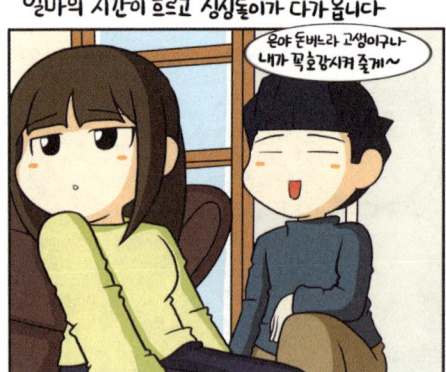

그렇게 그는 재속의 불씨를 점화시켜버렸습니다...

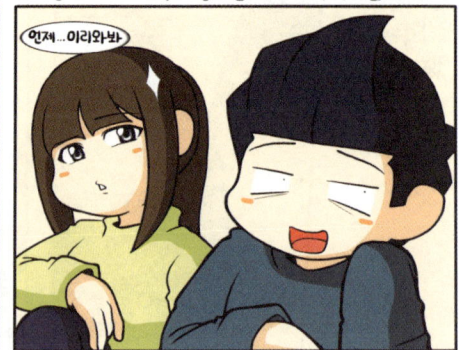

episode 5

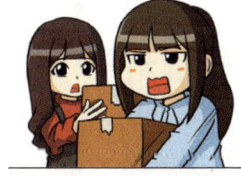

158동 진상부부
한 직장을 오래 다니는 법

바쁜 일터로 떠나는 부부 ... 일하기 힘듭니다

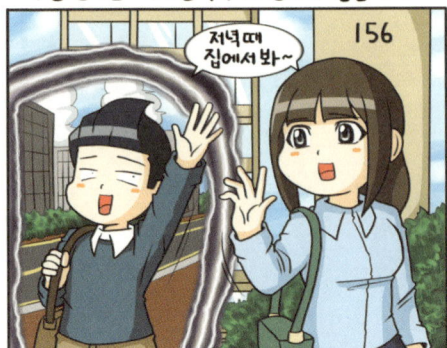

월급은 안오르는데 업무량은 점점늘고...

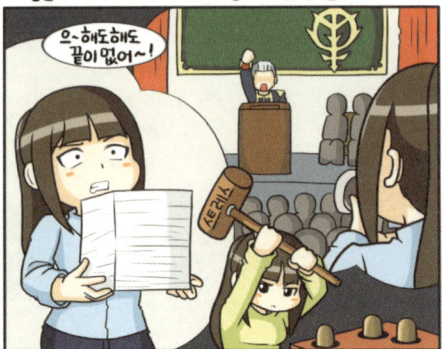

업무시간에
논것도 아닌데

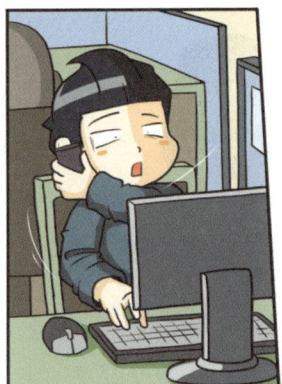

일은 제시간에
안 끝납니다...

요즘 업무스트레스의 정점에 오른 은야쟁이 ...

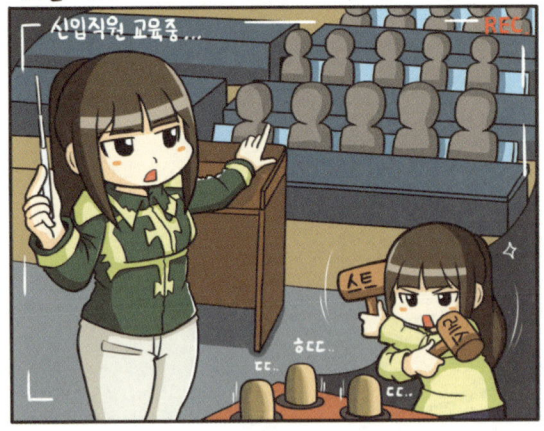

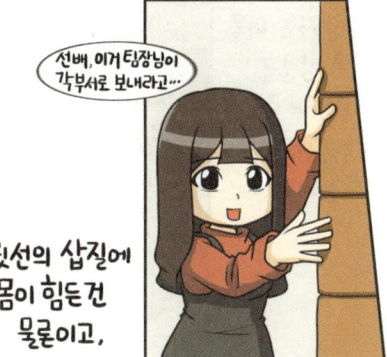

윗선의 삽질에
몸이 힘든건
물론이고,

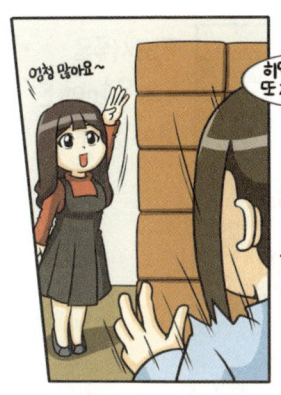

개선사항을
건의해도,

받아들여지지 않아 무기력해져 갑니다

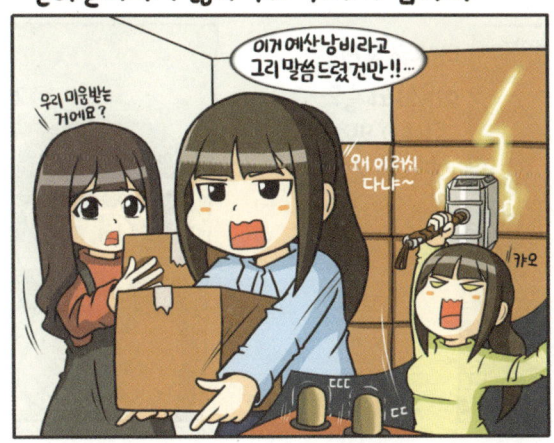

회식에 꽐라된
징징돌이는
보너스~

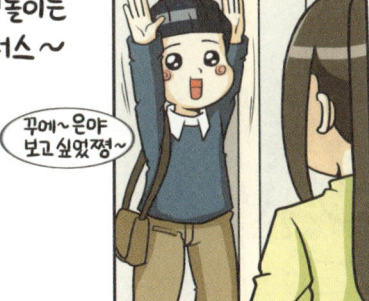

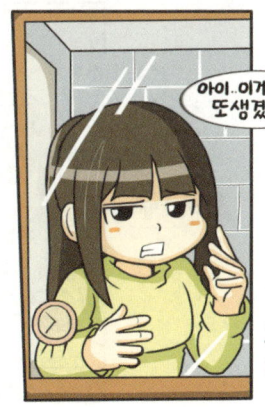

흰머리 출몰
구역은 요새
난리 입니다

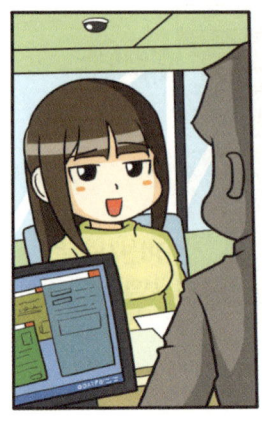

필요서류를
들고 은행에 온
은야쟁이

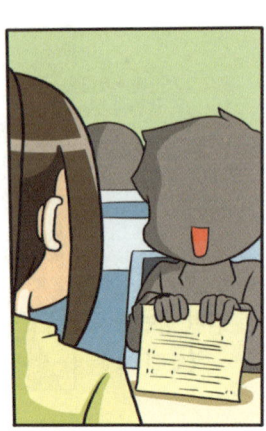

담당자는 이율
낮은 상품을
설명해 주고,
확약서를 건네
주었어요

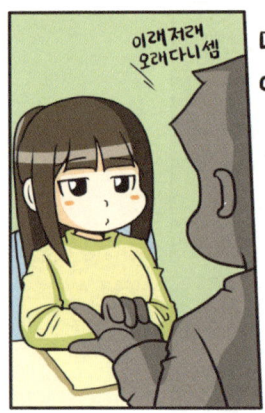

이래저래
오래다니셈

마이너스 통장을
이용하되, 중도
퇴사시 일시금
상환조건 ...

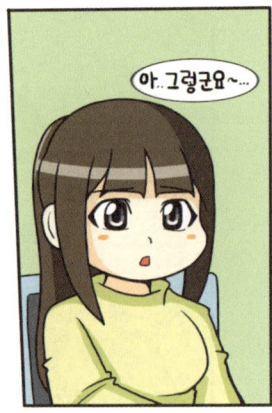

아..그렇군요~..

직장이 없으면
마통도
없습니다

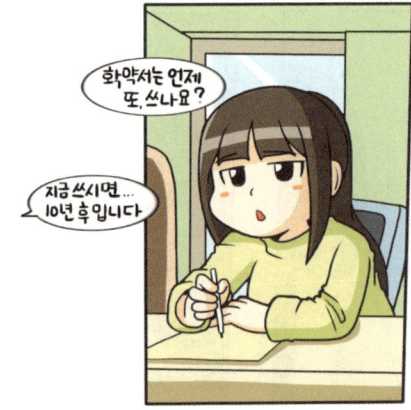

확약서는 언제
또, 쓰나요?

지금 쓰시면...
10년 후입니다

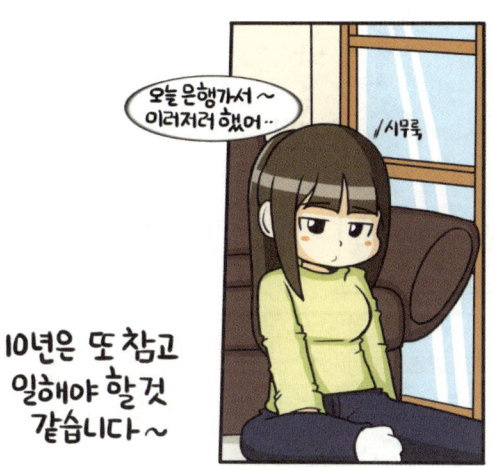

10년은 또 참고 일해야 할 것 같습니다~

'쓰고 싶으면 벌어라'는 교훈 일까요?

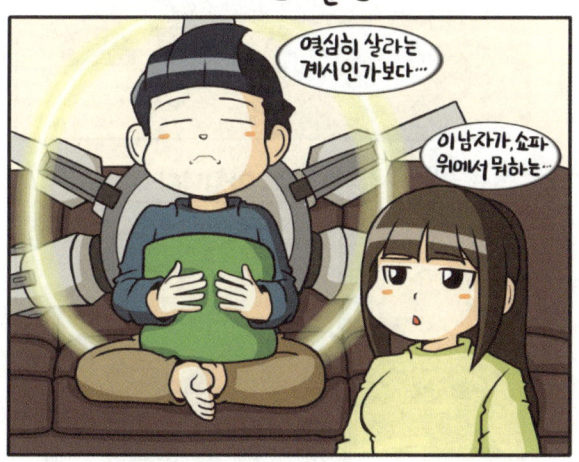

337

…에필로그

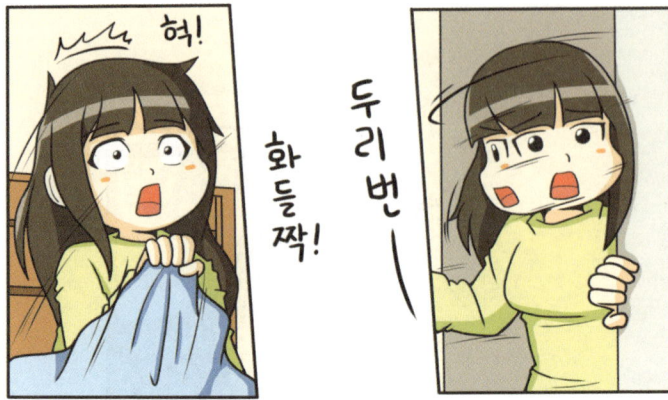

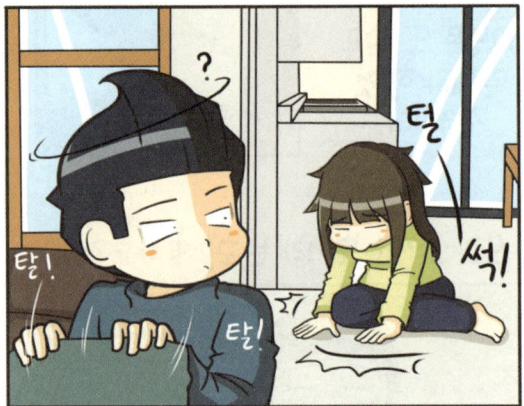

슬픈 꿈을 꾸었느냐? … 아닙니다…

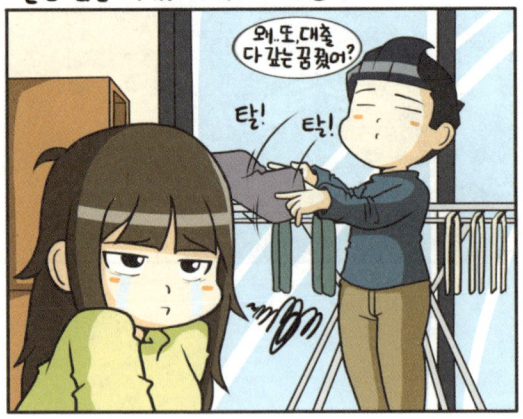

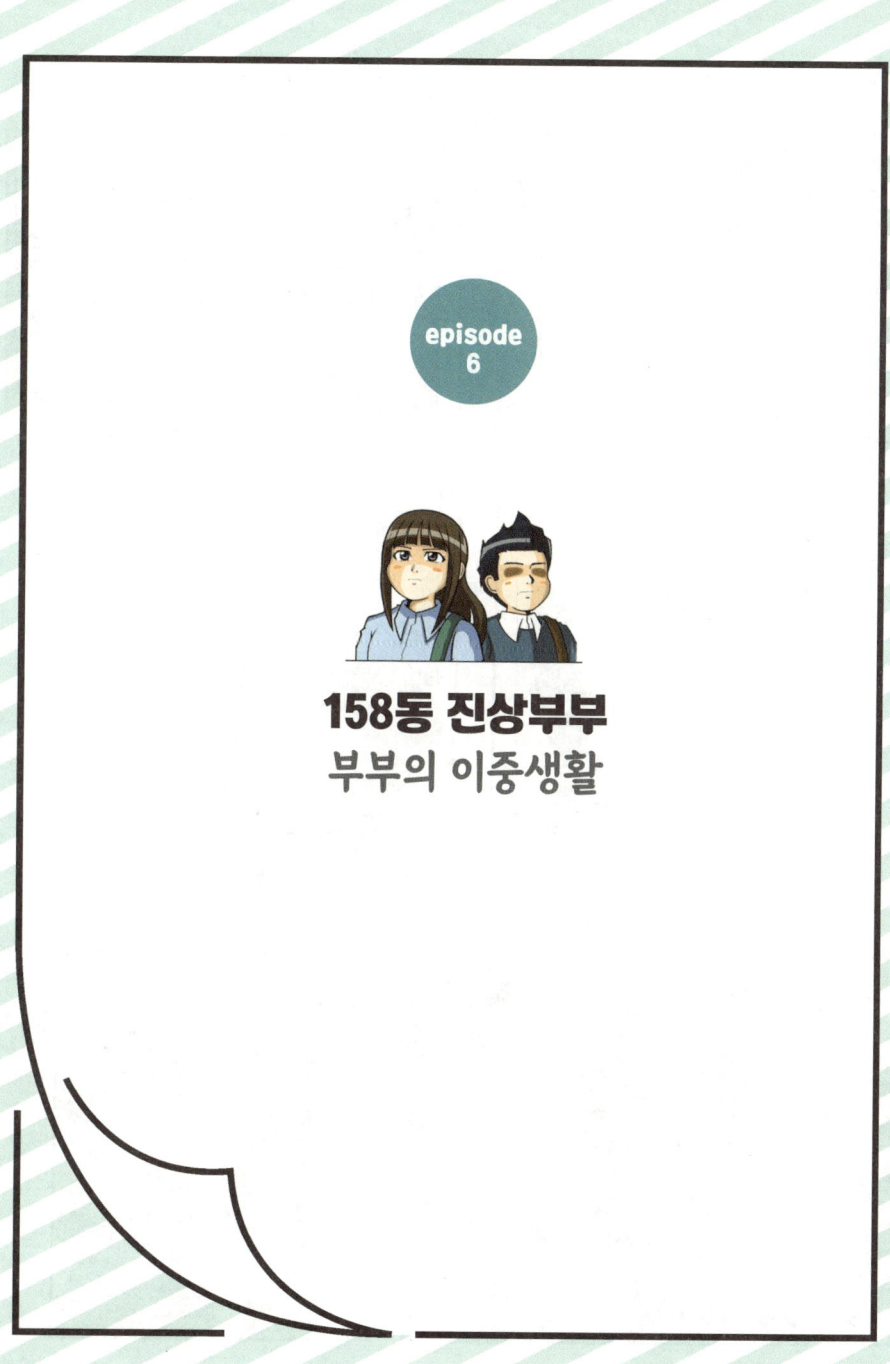

158동 진상부부
부부의 이중생활

힘든 하루를 보내고 집에 온 진상부부

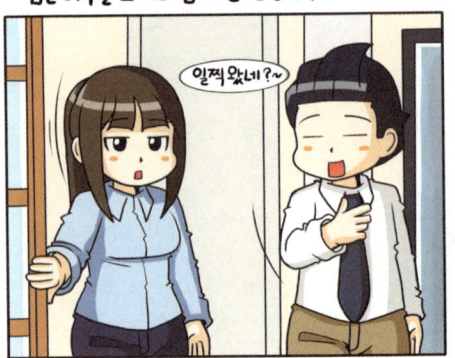

... 이어지는 '밍기적 타임'~

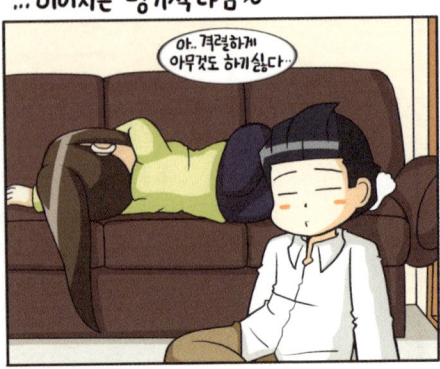

. . .
정신차려야
합니다

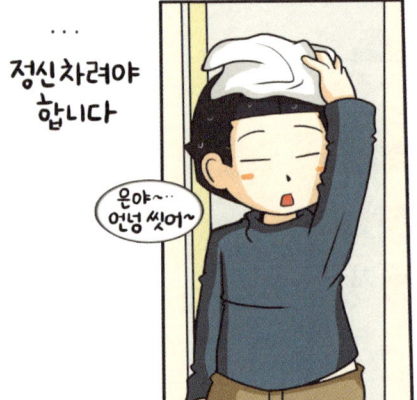

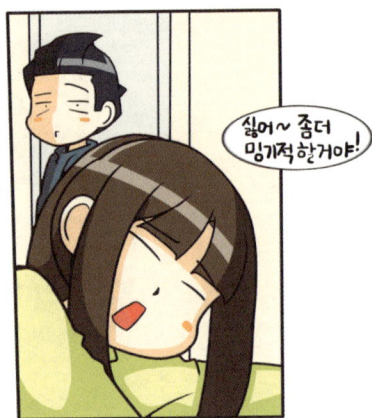

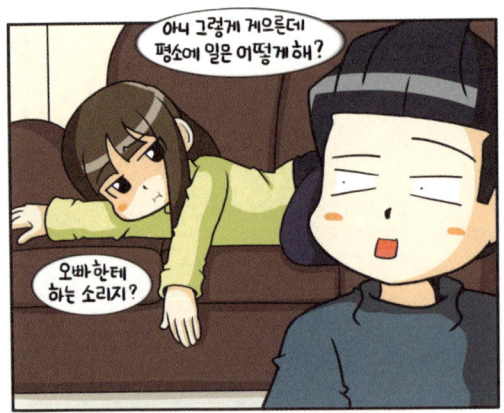

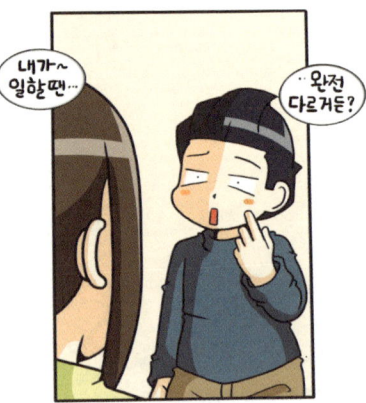

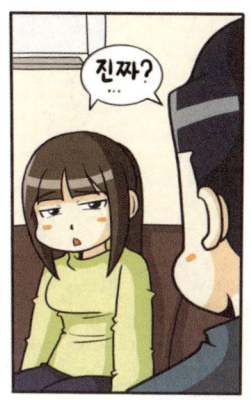

진짜?

'회사에선 꼼꼼하게 계획적으로 일하거든?'

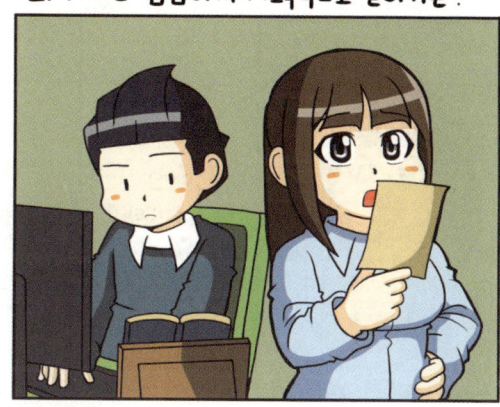

'근데 집에선 왜그래?'   '...그건...'

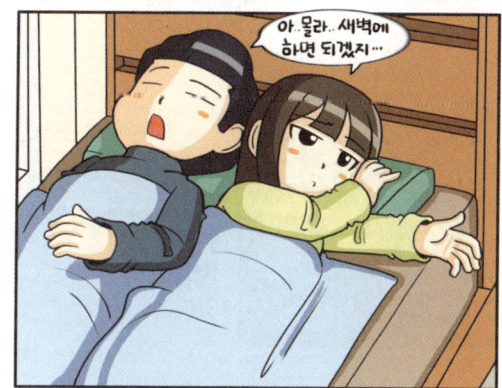

아..몰라..새벽에 하면 되겠지...

아무튼.. 또

밖에서 일할땐 얼마나 합리적인데~

그런 말도 안되는 소리를..어디서요?!

사장실 소속 사장이오!

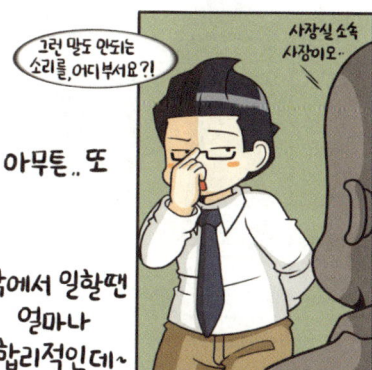

화장실 불!!!

아니, 아직 덜 쌌어...

'그런데 집에선 왜그래?'

그건...

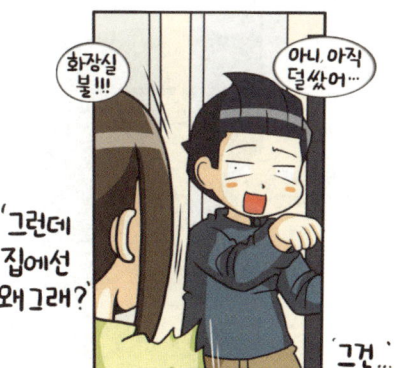

여러분 점심시간입니다! 식당은 저쪽이에요!!~

유 우 와

흥! 내가 일할땐 얼마나 진취적인지 모를거다!

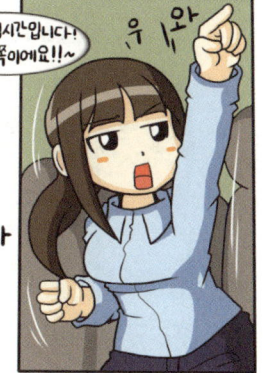

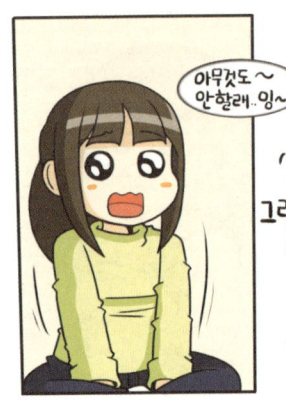

아무것도~
안할래..잉~

'집에선
그렇게 땡깡을
부리면서..?'

'그건...'

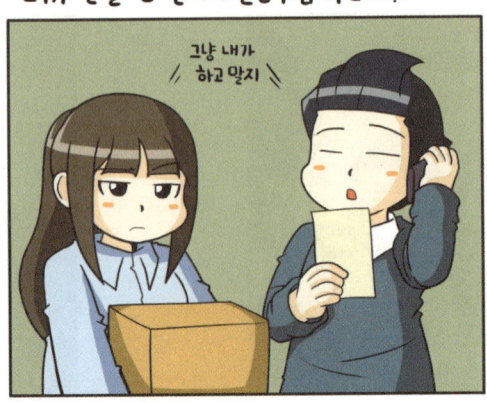

'내가 일할 땐 얼마나 솔선수범 하는데!~'

그냥 내가
하고 말지

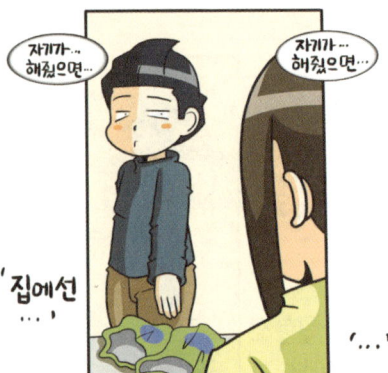

자기가...
해줬으면...

자기가...
해줬으면...

'집에선
...'

'...'

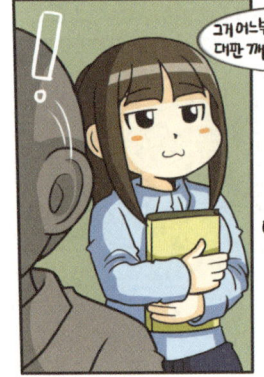

그게 어느부서에서 말했다
대판 깨진 거라던데...~

'일할 땐
다른 사람들의
수 까지 읽는
정치력도
있다고~!'

'집에선 마음도 몰라 주면서...' '..그건...'

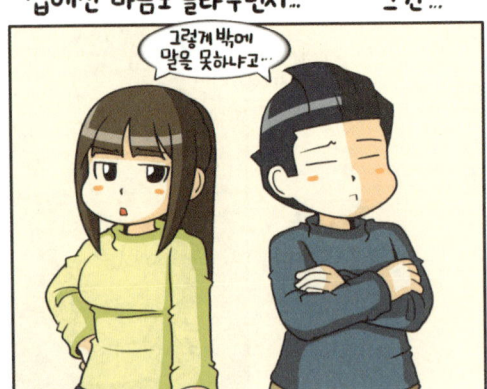

그렇게 밖에
말을 못하냐고...

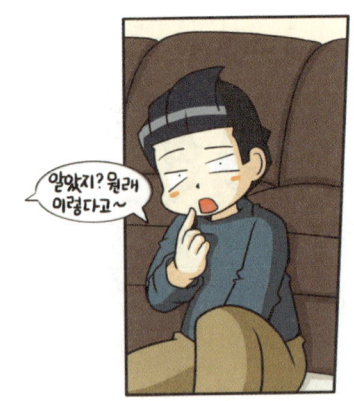

알았지? 원래
이렇다고~

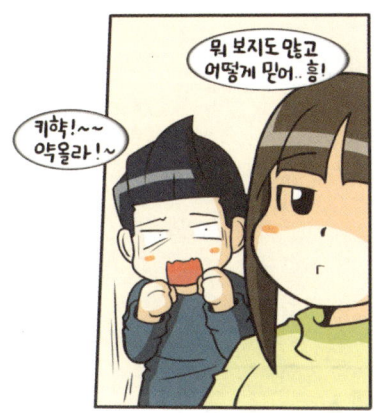

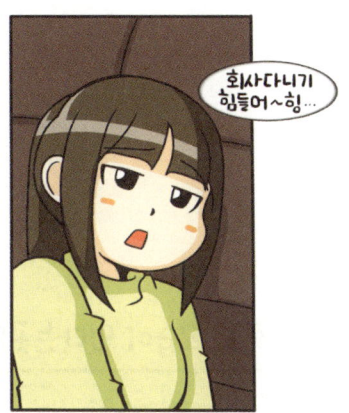

편안한 우리로 돌아오는 곳

하루를
마감하고

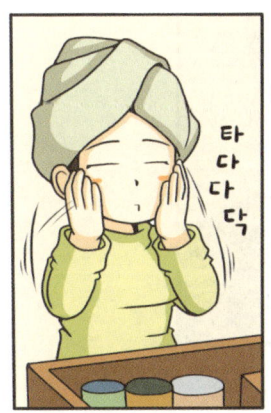

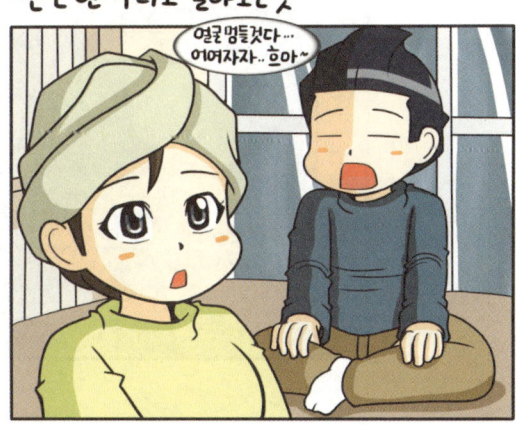

다시, 하루의 시작...

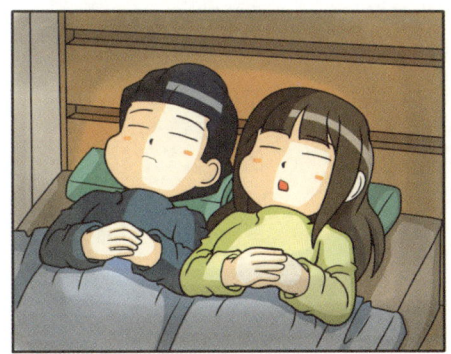

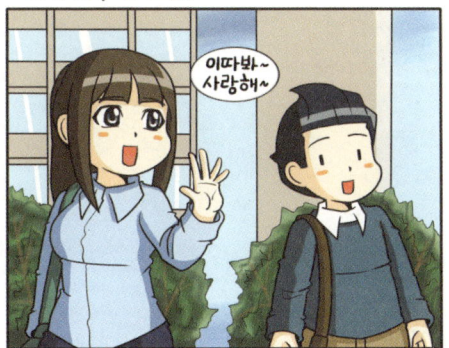

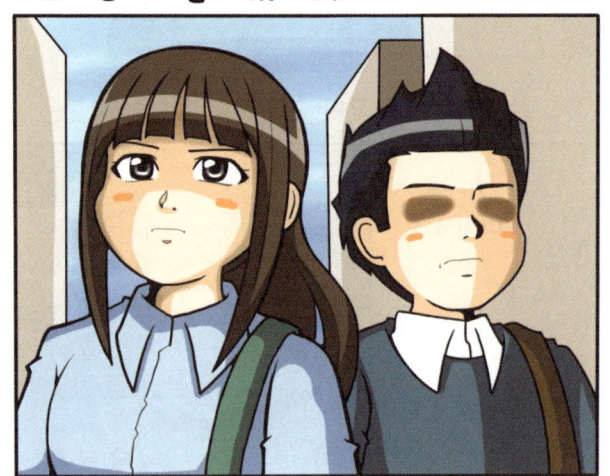

또다른 내모습이 있다는 곳으로 ...~

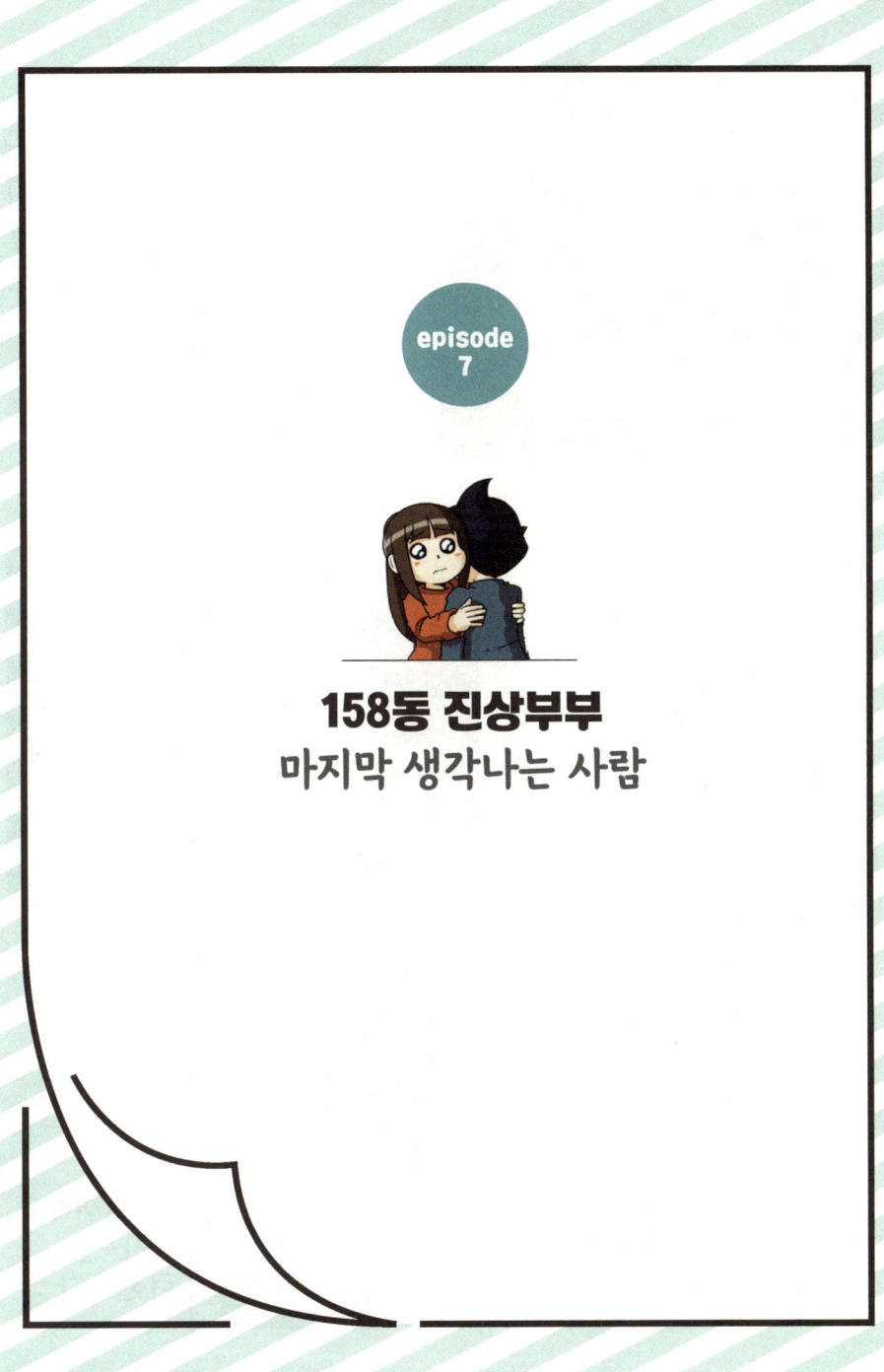

episode
7

158동 진상부부
마지막 생각나는 사람

갑작스런 1박 2일의 회사 워크숍 소식...

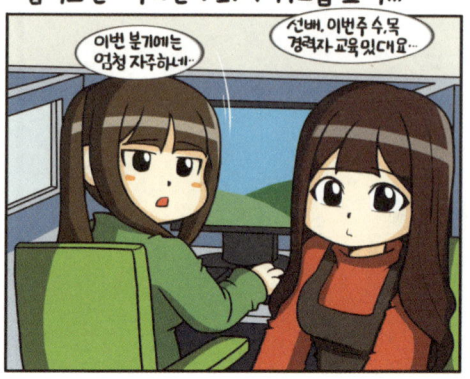

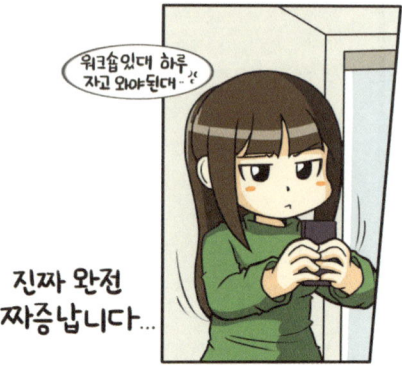

진짜 완전
짜증납니다...

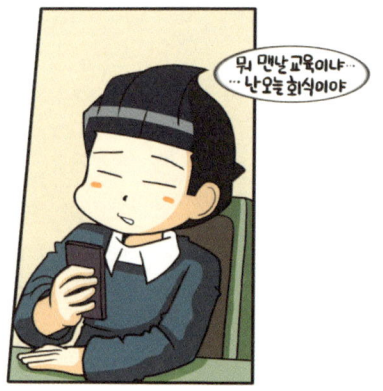

Q 은야쟁이 회사에서 워크숍이 많나요?

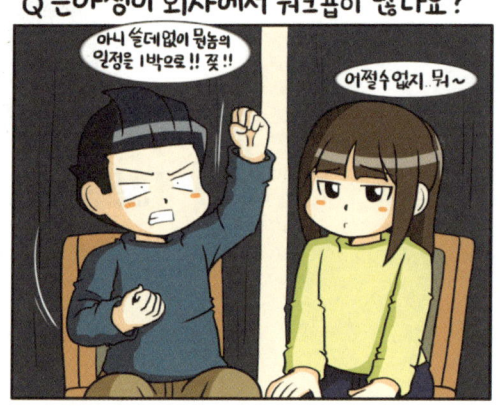

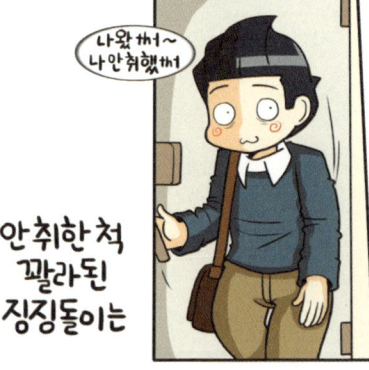

안 취한 척
깔라된
징징돌이는

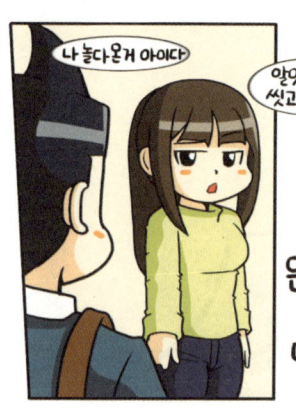

은야쟁이의
짜증을
더합니다

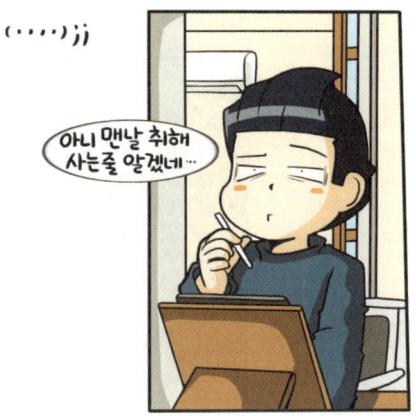

(‥‥);;

아니 맨날 취해
사는줄 알겠네‥

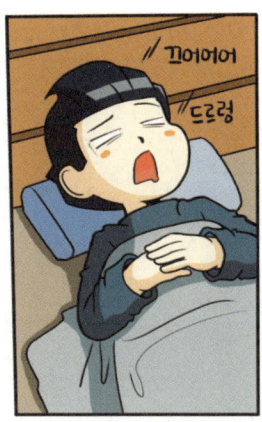

끄어어어

드르렁

떠나는날 아침..
숙취에 쩔은
징징돌이

마중도 없고.. 코고는 소리만.. 밉습니다...

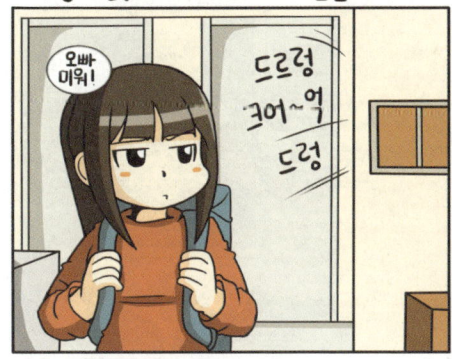

오빠
미워!

드르렁
크어~억
드르렁

교육장에서의 일정설명.. 성가십니다

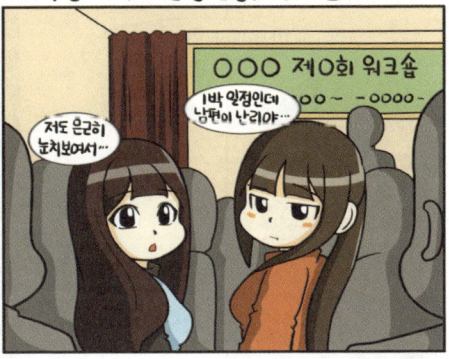

○○○ 제○회 워크숍

○○ ~ -○○○○

저도 은근히
눈치보여서‥

1박 일정인데
남편이 난리야‥

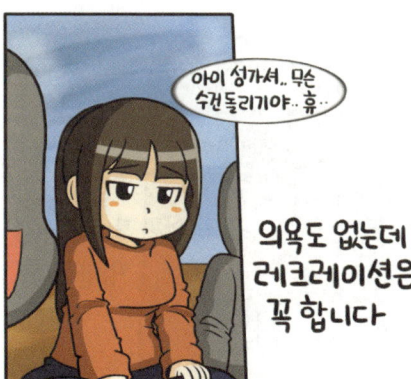

아이 성가셔.. 무슨
수건돌리기야.. 휴..

의욕도 없는데
레크레이션은
꼭 합니다

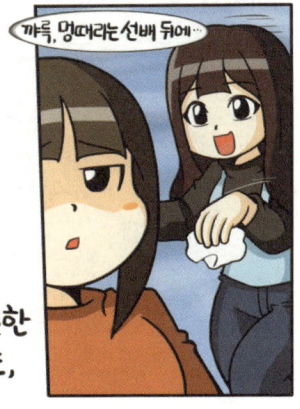

까륵, 멍때리는 선배 뒤에‥

하지만 성실한
은야쟁이는,

... 열심히 했다고 합니다

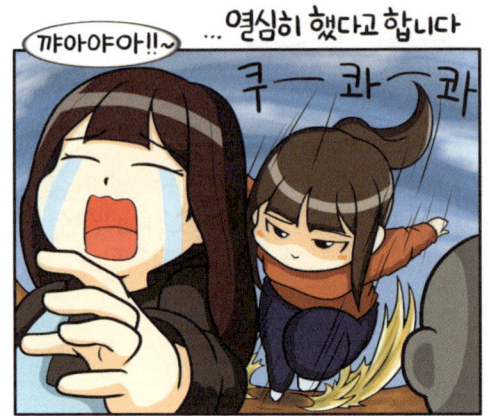

이어지는
업무개선사항
토론 시간

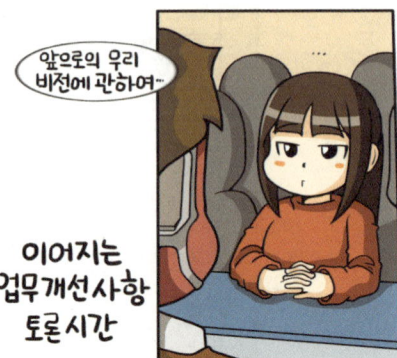

열심히 했다고 합니다

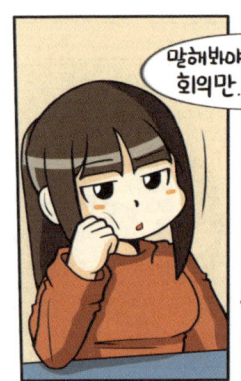

시크한 반응의
은야쟁이는,

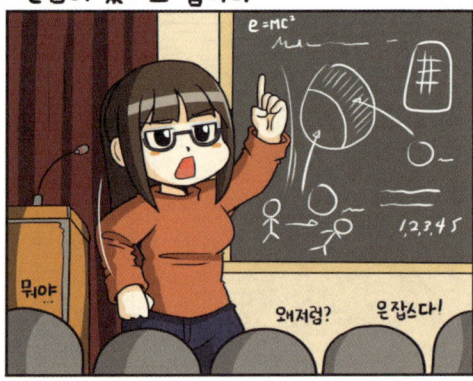

내키지 않은 봉사활동도... 열심히 합니다

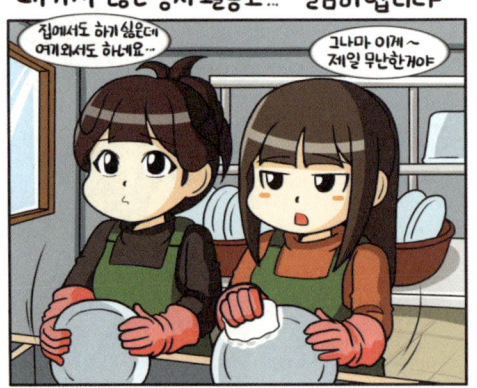

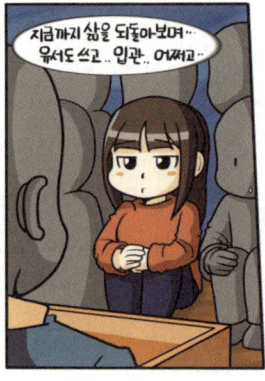

워크숍의
특별이벤트
입관체험

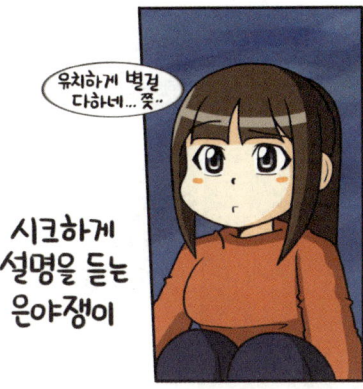
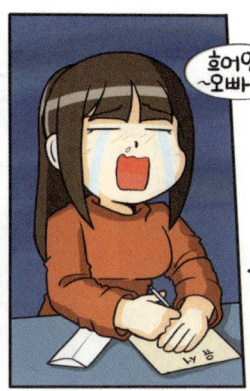
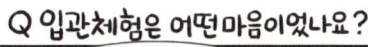
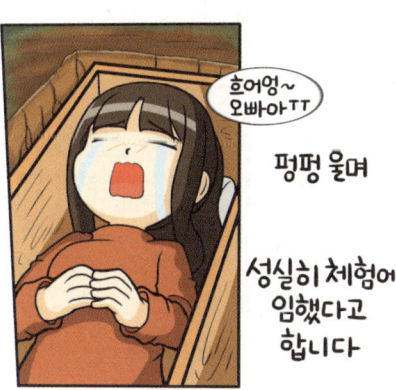
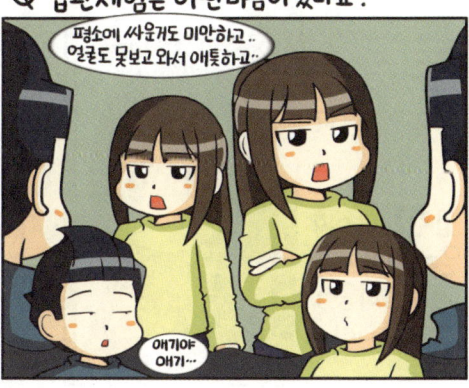
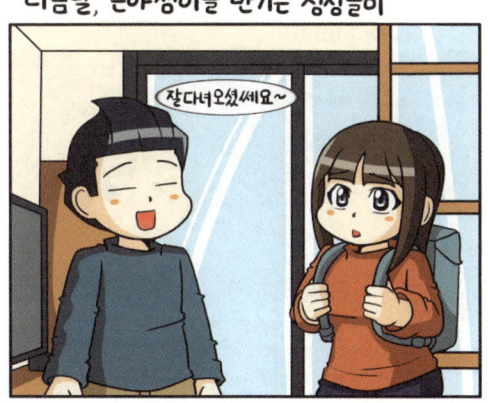
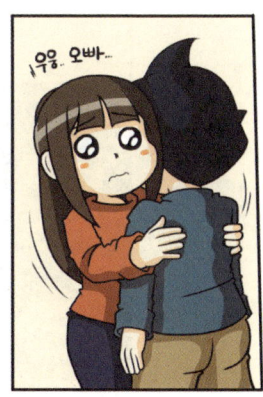

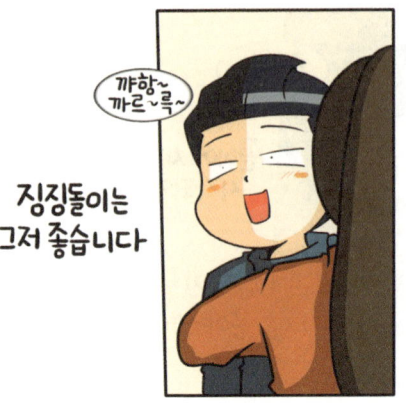

징징돌이는
그저 좋습니다

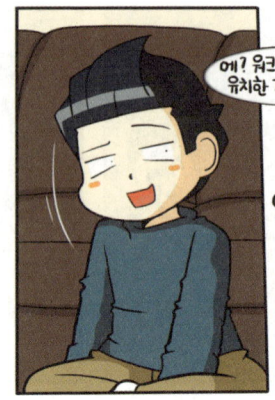

워크숍에서
있었던 얘기를
듣게 된
징징돌이

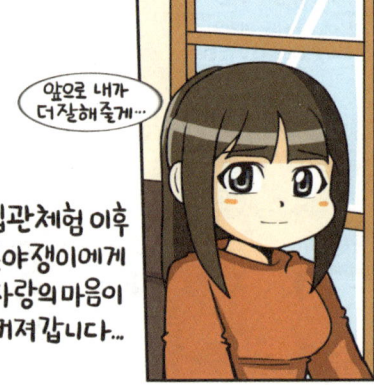

입관체험 이후
은야쟁이에게
사랑의 마음이
커져 갑니다...

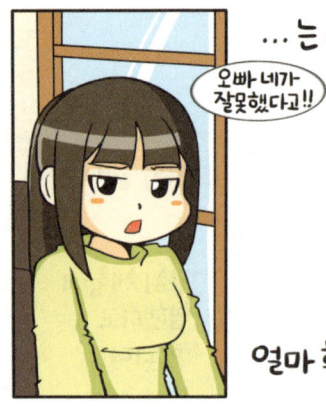

... 는 무슨

얼마 후...

부부는 다시 평범한 일상으로 돌아갔다고 합니다

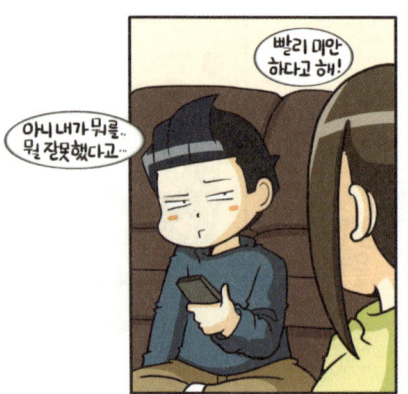

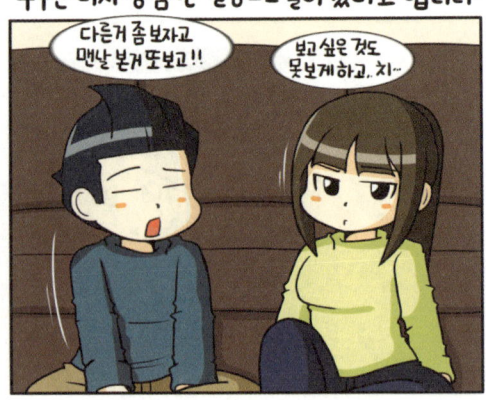

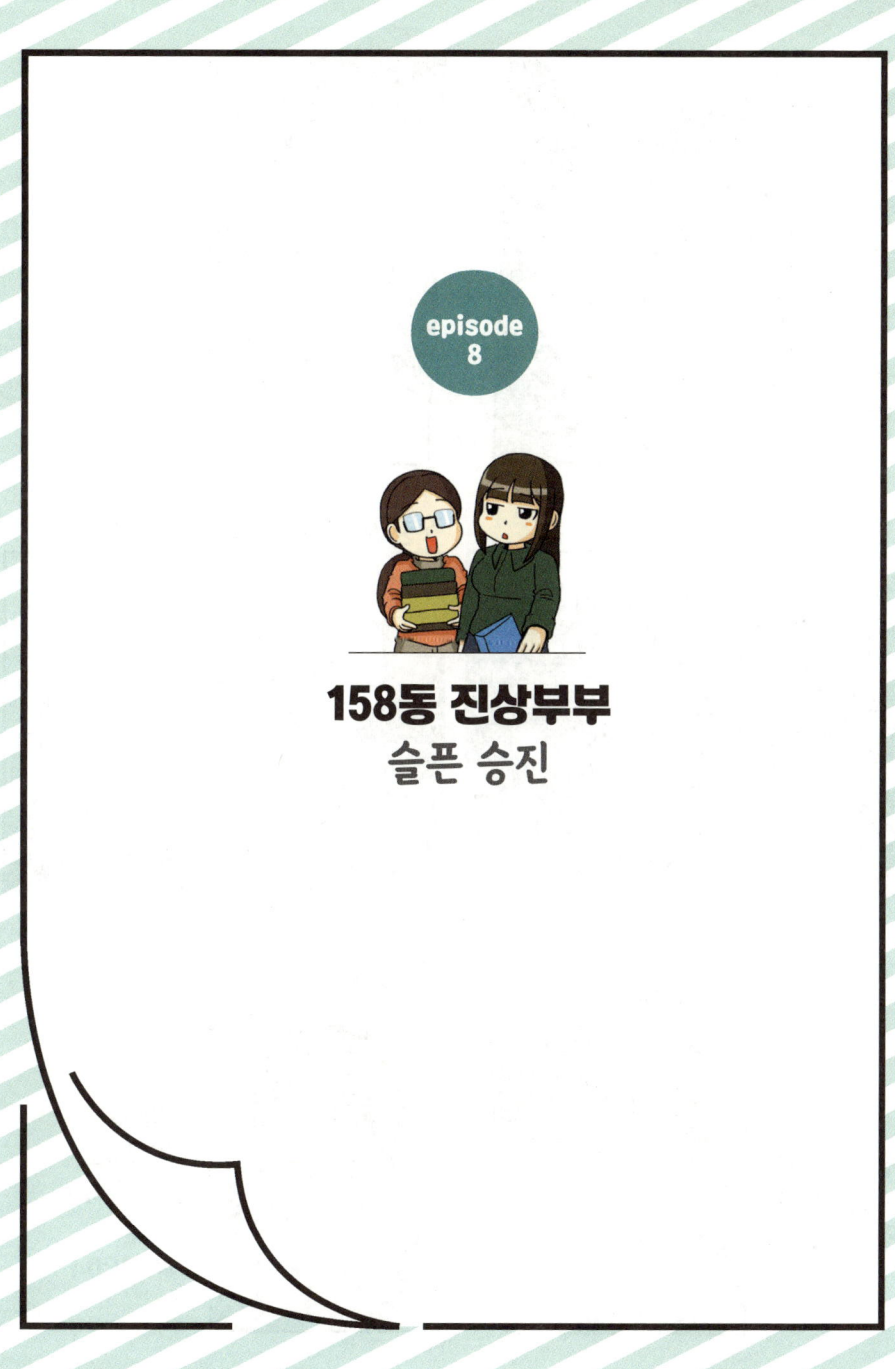

episode
8

158동 진상부부
슬픈 승진

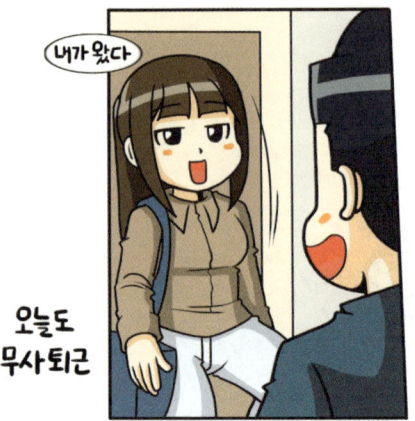

내가 왔다

오늘도
무사퇴근

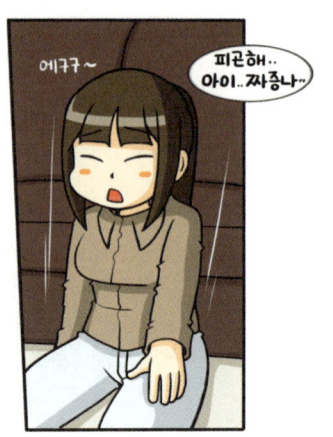

에꾸~

피곤해..
아이..짜증나"

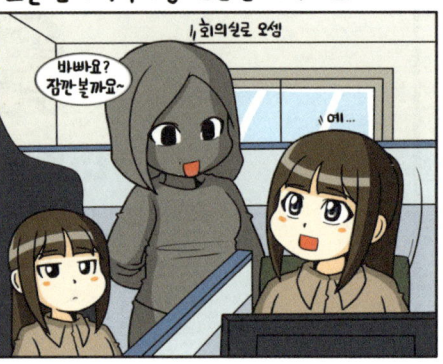

나 조만간
승진한거같아

우울~

뭐야. 그거
좋은일 아냐?

'오늘 갑자기 부서장 면담을 하더라고'

↳회의실로 오셍

바빠요?
잠깐 볼까요~

예...

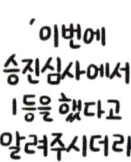

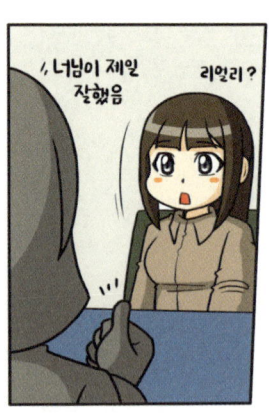

↳너님이 제일
잘했음

리얼리?

'이번에
승진심사에서
1등을 했다고
알려주시더라'

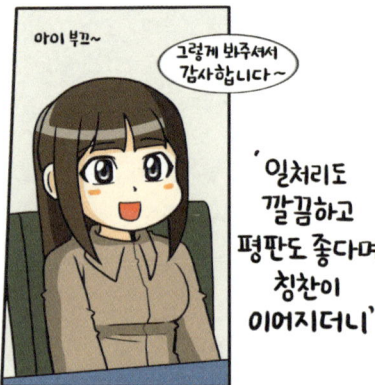

아이 부끄~

그렇게 봐주셔서
감사합니다~

'일처리도
깔끔하고
평판도 좋다며
칭찬이
이어지더니'

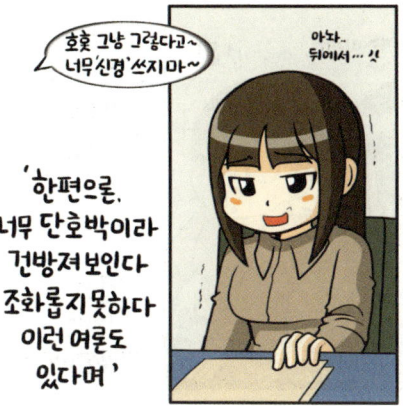
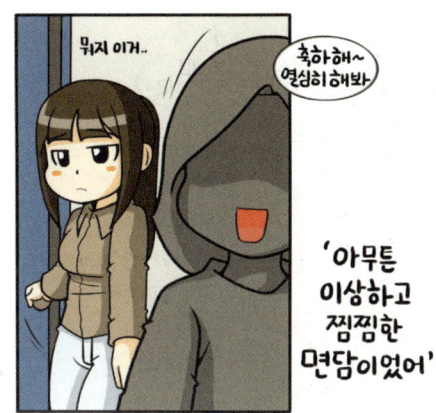
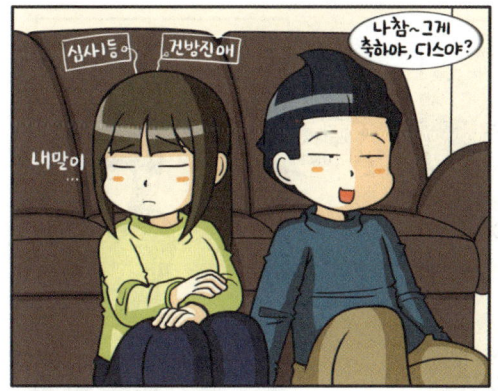
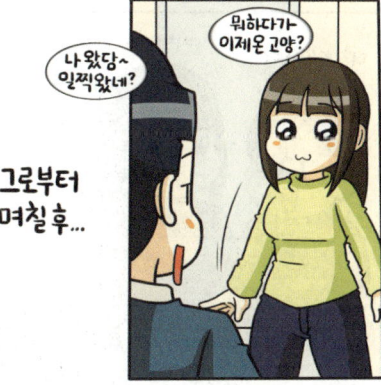
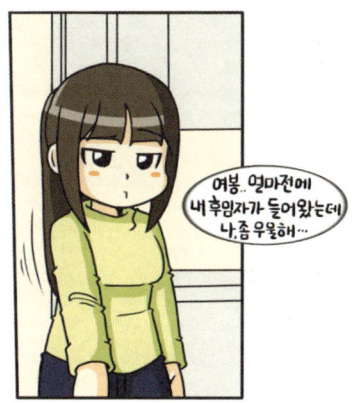
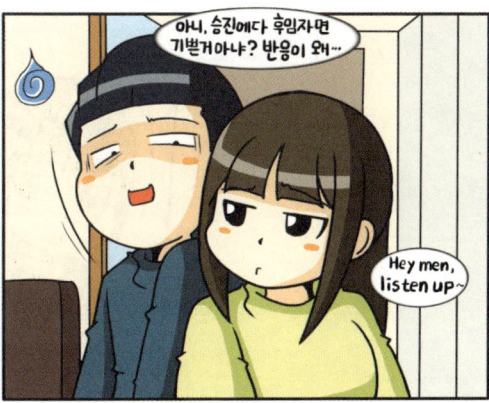

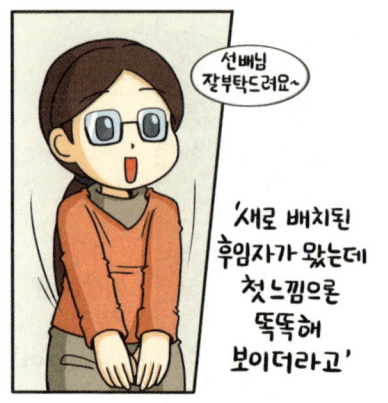

선배님 잘부탁드려요~

'새로 배치된 후임자가 왔는데 첫 느낌으론 똑똑해 보이더라고'

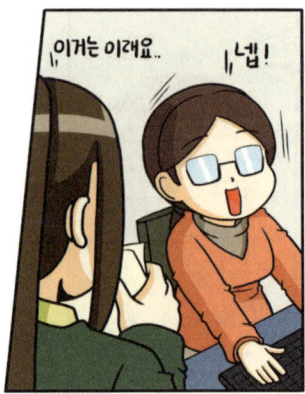

이거는 이래요..

넵!

'업무 인계 교육을 하면 대답도 잘하고'

'열정 넘치는 리액션에'

'빠르게 잘 배우겠구나~ 기대가 컸지...'

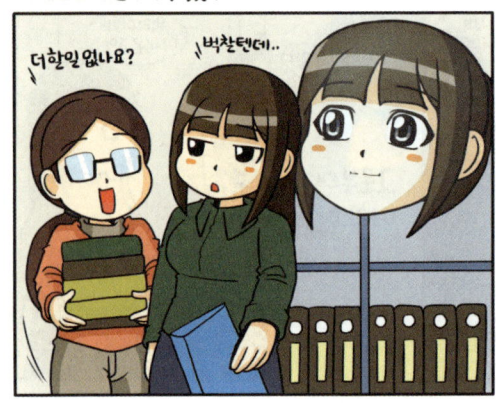

더할일 없나요?

벅찰텐데..

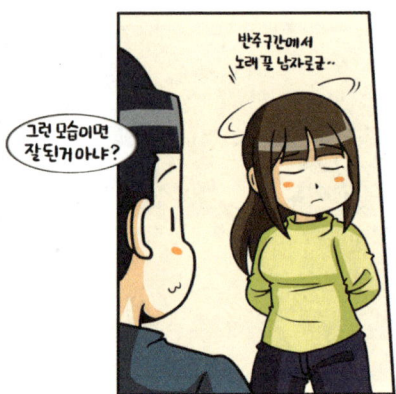

반죽구간에서 노래꾼 남자로군..

그런 모습이면 잘된거아냐?

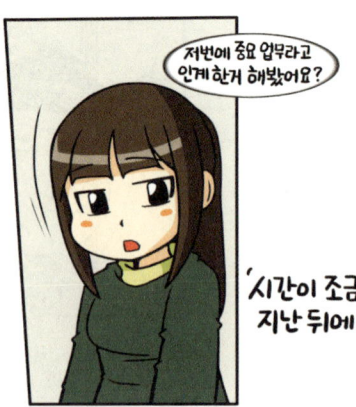

저번에 중요 업무라고 인계 한거 해봤어요?

'시간이 조금 지난 뒤에'

'인계 업무 체크를 하는데 하나도 못하더라고...'

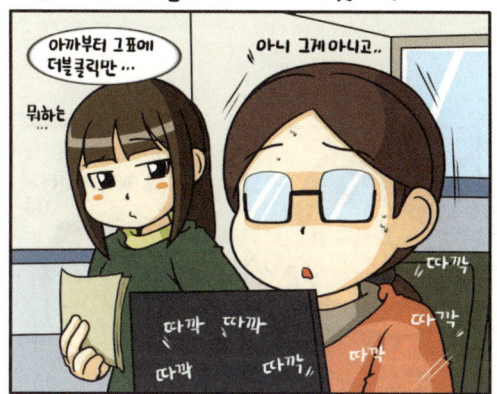

'메모하라고 할때는 열심히 적는거 같던데...'

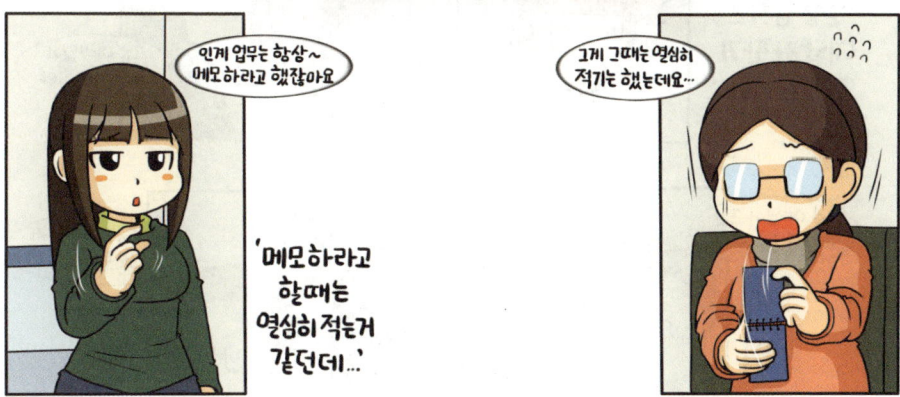

'그렇게 드러나는 후임자의 정체는~'

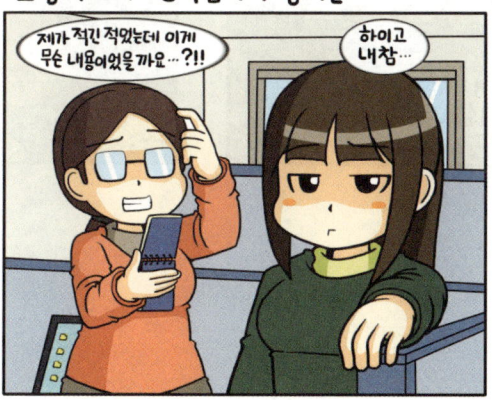

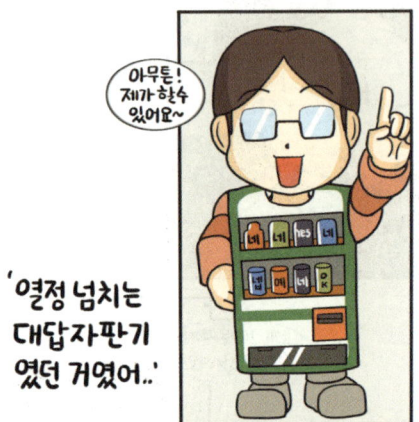

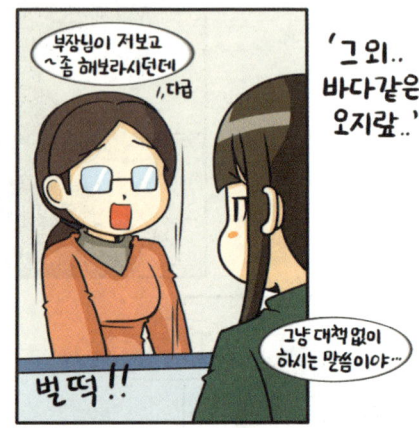

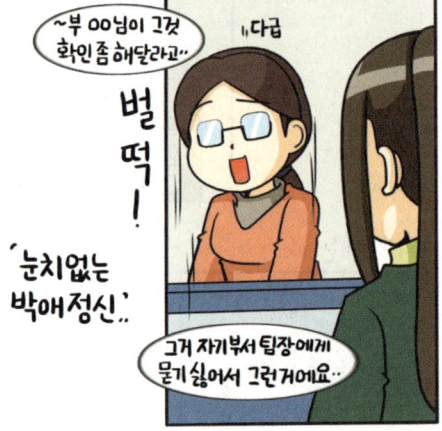

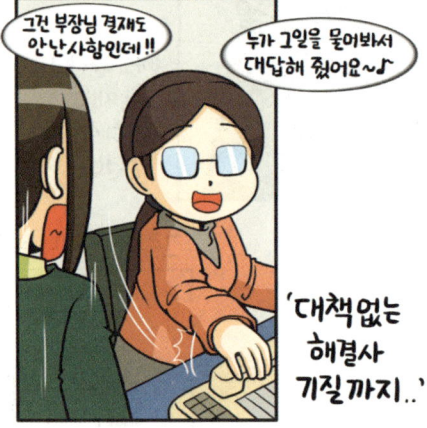

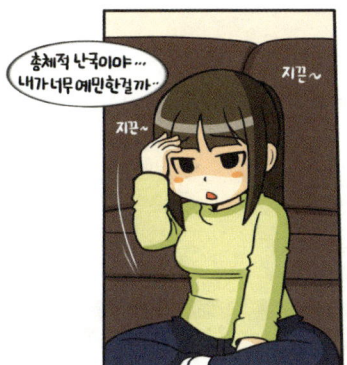

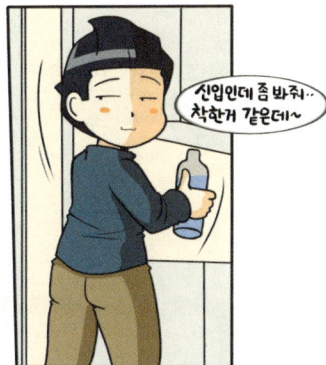

그렇구나…

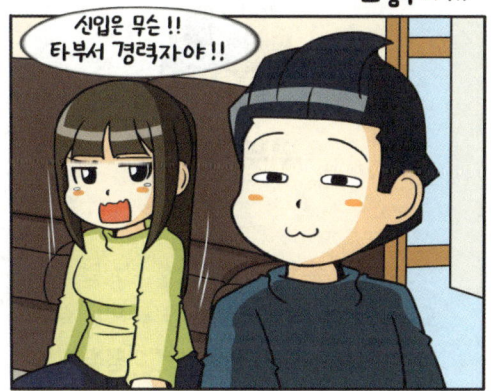

'‥그래도 월급은 오르잖아~'

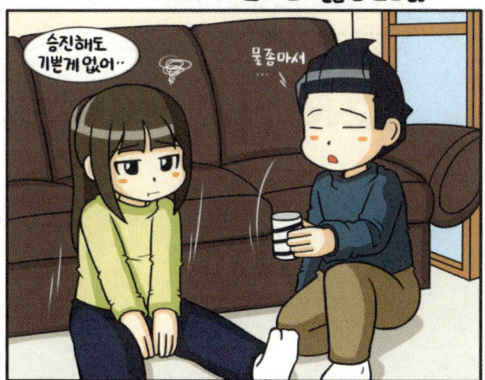

'…오른 만큼 일해야 해…'

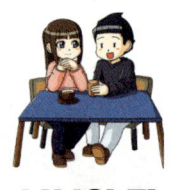

부부의 맛

채소피클의 숙성 시간이 필요한 것처럼 부부
도 서로를 이해하고 감싸 안을 수 있는 숙성
시간이 필요할 때가 있다. 바쁜 아침을 위해
샌드위치나 토스트를 만들어 익숙한 맛으로
한 끼를 때우기도 하고 가래떡을 이용한 피
자를 만들어 새로운 맛을 시도할 때도 있다.

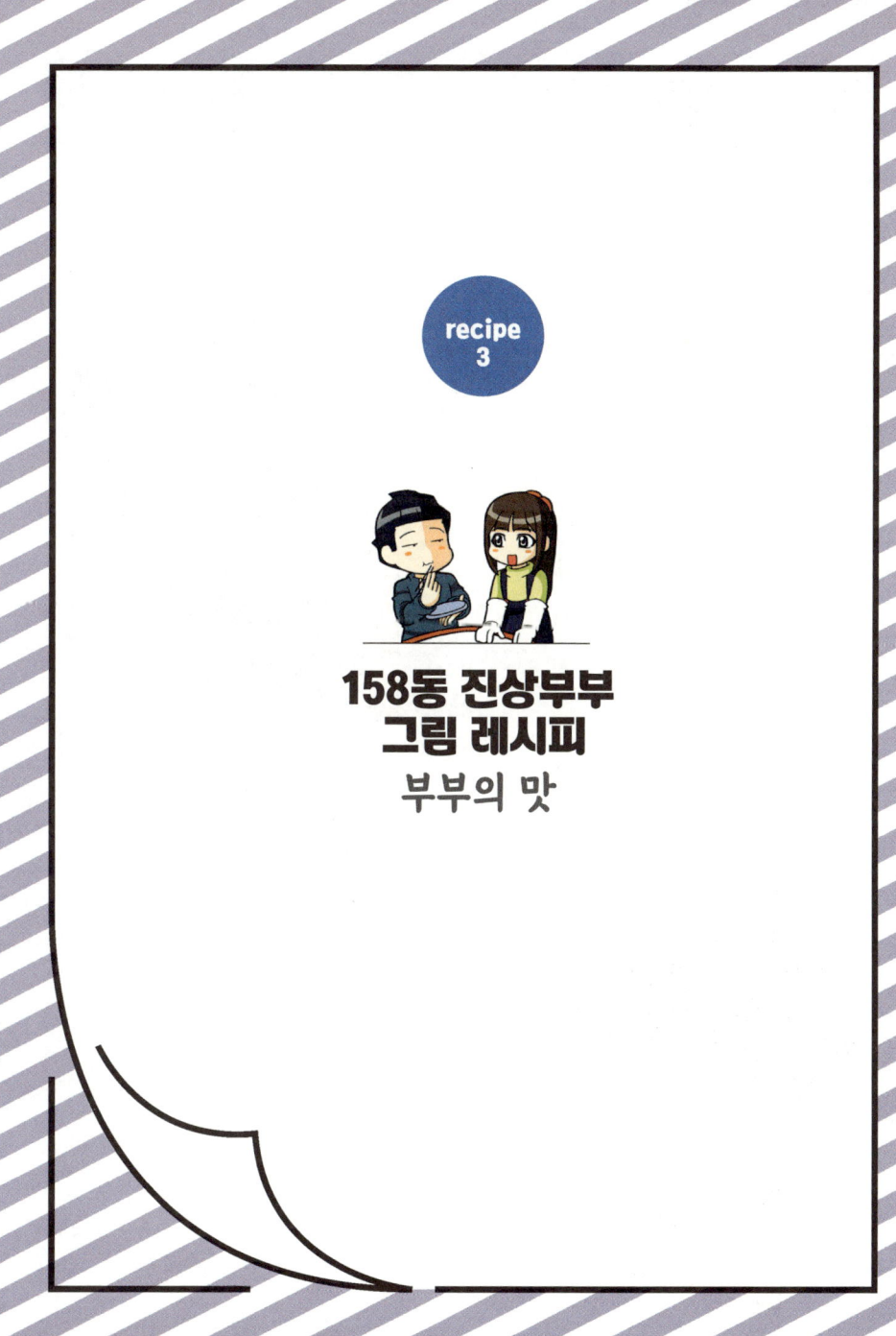

recipe
3

158동 진상부부
그림 레시피
부부의 맛

채소피클 만들기

1000ml 병 4개 분량 / 1시간(숙성 3일) / 난이도 하

★ 재료
오이 … 4개
아삭이 고추 … 8개
양파 … 1개
비트 … 1개
노란 파프리카 … 1개
빨간 파프리카 … 1개
레몬 … 1개

★ 피클초
물 … 1200ml
갈색 설탕 … 750g
식초 … 750ml
소금 … 1+1/2큰술
피클링 스파이스 … 1+1/2큰술
월계수잎 … 5장

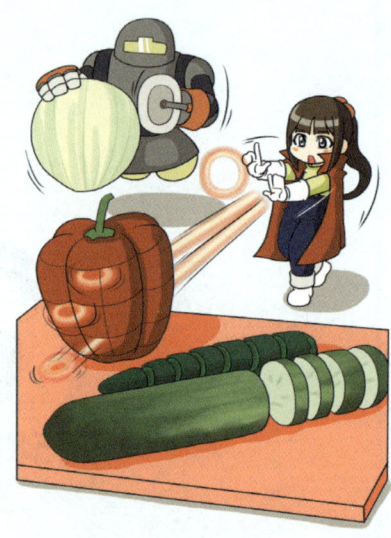

1. 준비한 채소를 손질하고, 깨끗이 씻어 물기를 제거한다. 오이는 1cm 간격의 편으로, 파프리카와 아삭이 고추는 먹기 좋은 크기로 썬다.

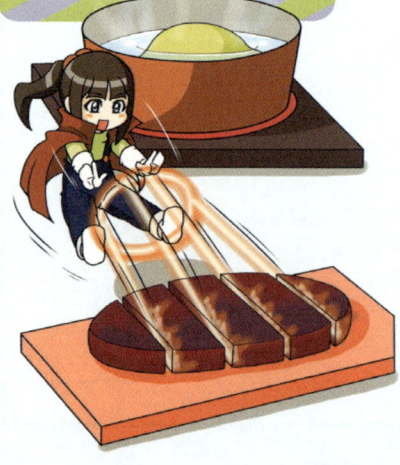

2. 레몬은 뜨거운 물에 살짝 굴려 왁스 코팅을 벗겨내고, 비트는 깍둑 썬다.

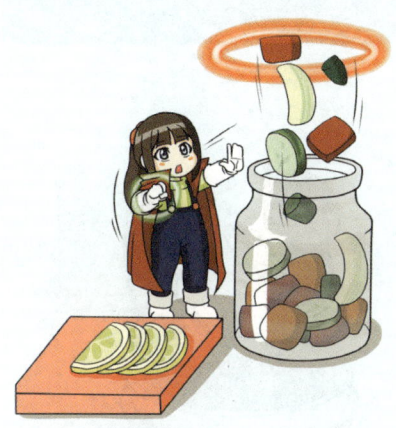

3. 준비한 채소를 열탕 소독한 유리병에 꼭
   꼭 채워 담고, 슬라이스한 레몬은 중간
   중간 넣는다.

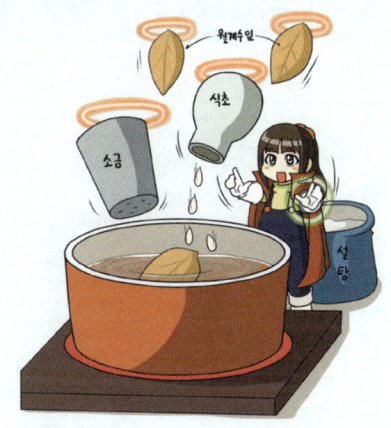

4. 피클초 재료를 모두 냄비에 넣어 팔팔 끓
   인다.

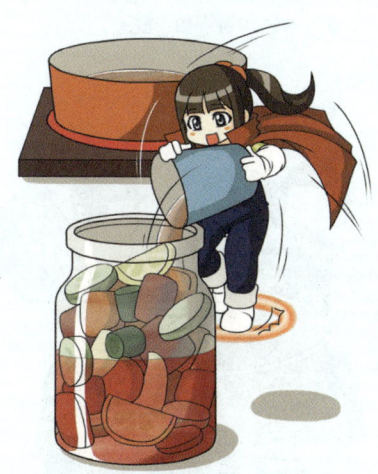

5. 뜨거운 상태의 피클초는 채소를 채운 유리
   병에 바로 붓는다. 피클초를 부은 후 뚜껑
   을 꼭 닫는다.

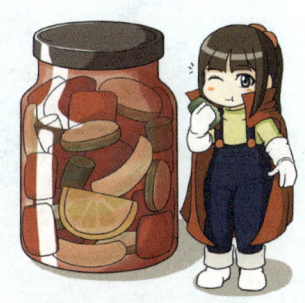

6. 완성한 피클은 실온 숙성 1일, 냉장고 숙성
   2일, 총 3일 숙성 후 맛있게 먹으면 완성!

참치 샌드위치 만들기

2인분 / 1시간 / 난이도 하

★ 재료

참치 캔 … 150g 1개
옥수수콘 … 100g(1/2캔)
오이피클 … 50g
양파 … 1/4개
마요네즈 … 5큰술
홀그레인 머스터드 … 1큰술
모닝빵 … 5개

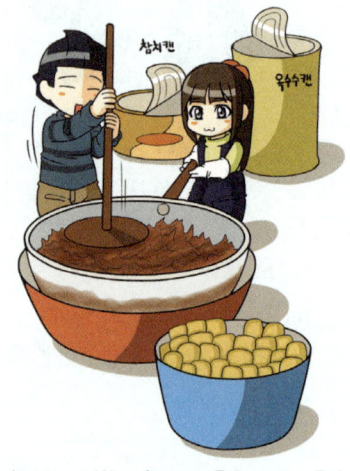

1. 참치는 가볍게 눌러 기름을 빼고, 콘옥수
   수는 물을 버려 준비한다.

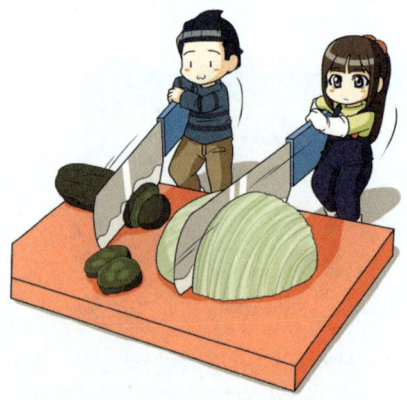

2. 오이피클과 양파는 잘게 썬다.

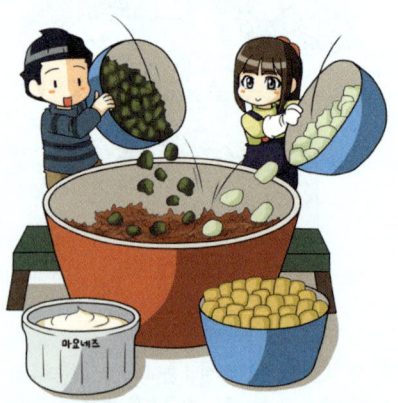

3. 모든 재료를 볼에 넣고 잘 섞는다.

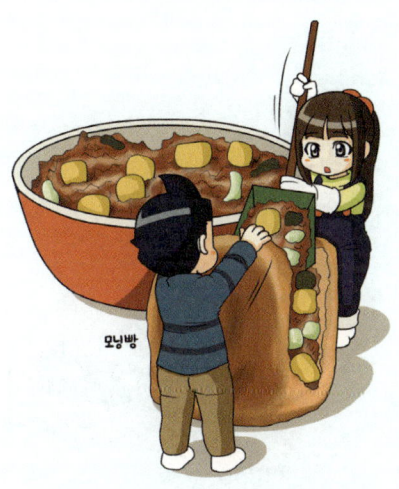

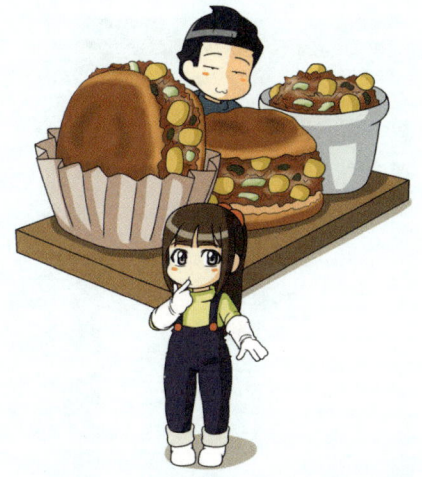

4. 모닝빵 사이에 준비한 참치 샐러드를 가
   득 담아 채운다.

5. 하나만 먹어도 든든한 참치 샌드위치는
   간식으로, 도시락으로 두루 활용하자!

가래떡 피자 만들기

2인분 / 1시간 / 난이도 하

★ 재료

떡국용 가래떡 … 300g
(국그릇 1개 분량)
모짜렐라 치즈 … 500g
피자 소스 … 1컵(종이컵)
피망 … 1개
양파 … 1/2개
비엔나 소시지 … 1봉
옥수수콘 … 1/2캔
식용유 … 약간

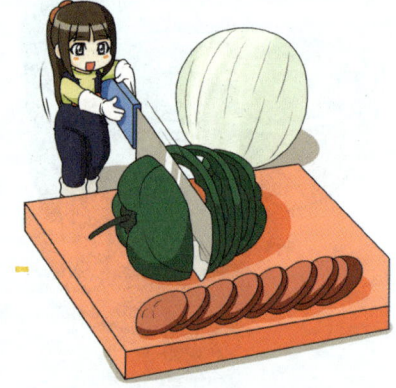

1. 파프리카는 편 썰고, 양파는 채 썰고, 소시
   지도 먹기 좋게 자른다.

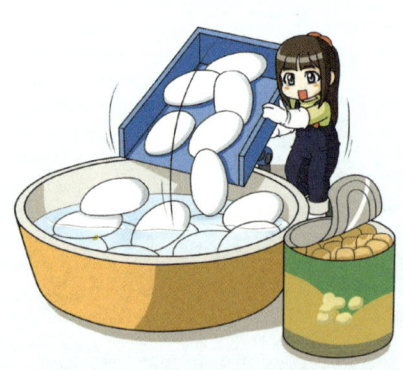

2. 가래떡은 찬물에 30분 정도 불려 체에 밭
   쳐 물기를 빼고, 옥수수캔은 물을 따라 버
   리고 준비한다.

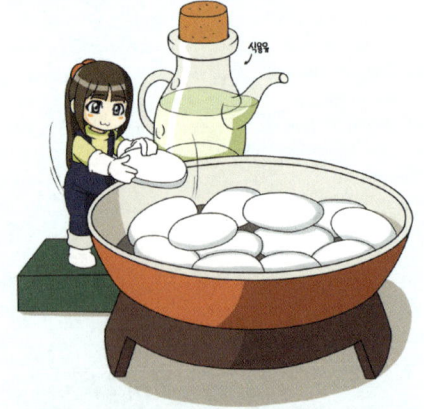

3. 프라이팬에 식용유를 살짝 두르고, 준비
   한 가래떡을 골고루 올린다.

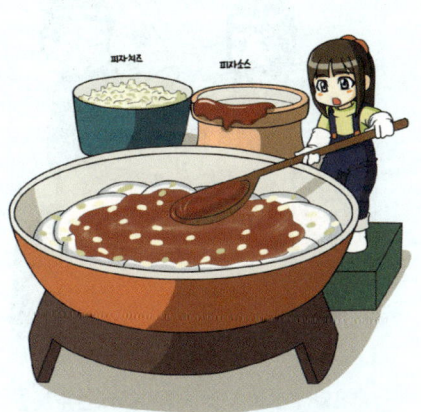

4. 가래떡 위에 피자 소스를 바르고, 모짜렐
   라 치즈를 약간 뿌린다.

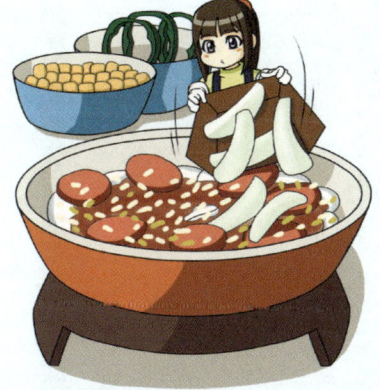

5. 나머지 재료를 차곡차곡 올리고, 마지막에
   모짜렐라 치즈를 듬뿍 올린다. 프라이팬
   뚜껑을 덮고 약불에 올려 30분 정도 모짜
   렐라 치즈가 모두 녹을 때까지 익힌다.

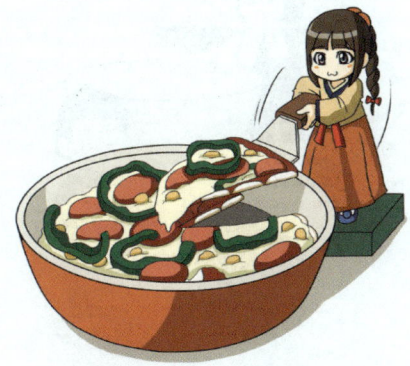

6. 떡국떡의 맛있는 변신! 가래떡 피자에 도
   전~

TIP 가래떡 피자 위에 생모짜렐라
    치즈를 3~4조각 올려도 무척
    맛있다. 가래떡 피자는 떡이 탈
    수 있기 때문에 꼭 약불에서 천
    천히 익힌다.

지퍼백 우유빙수 만들기

1인분 / 30분(우유 얼리는 시간 별도) / 난이도 하

★ 재료

우유 … 200ml
연유 … 2큰술
팥빙수 … 팥
콩가루 … 약간

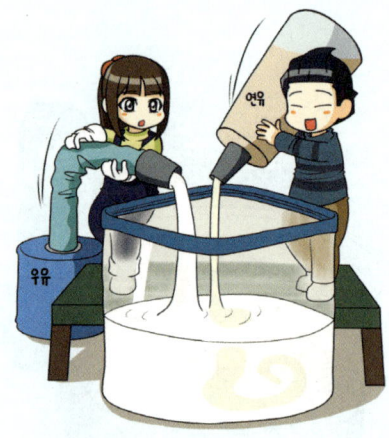

1. 우유와 연유를 지퍼 백에 넣고, 연유가 잘 녹도록 섞은 뒤 냉동실에 3시간 정도 얼린다.

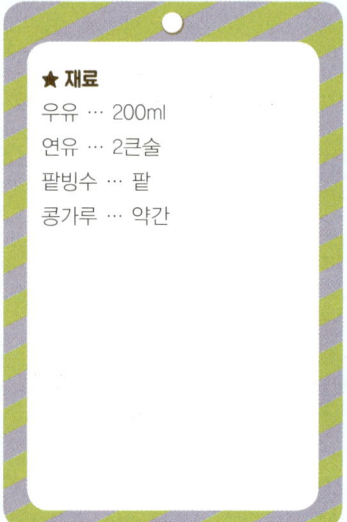

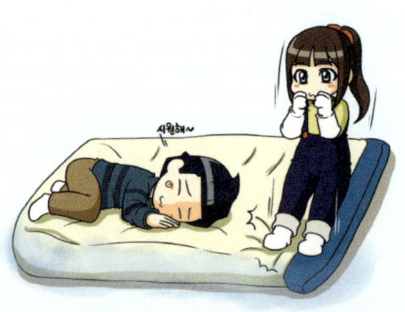

2. 우유가 얼면 지퍼백 채로 얼린 우유를 잘게 부순다.

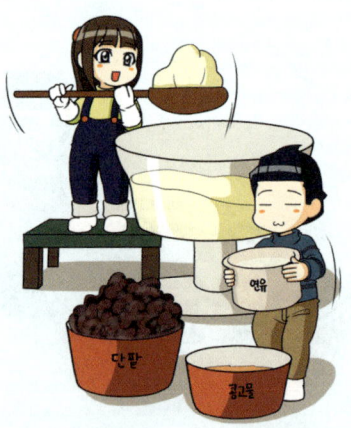

3. 잘게 부순 우유빙수를 그릇에 담고, 단팥, 연유, 콩가루 등 토핑을 취향에 따라 올린다.

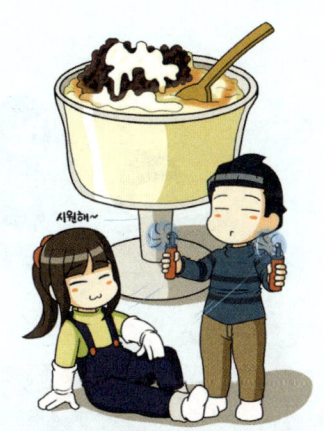

시원해~

4. 지퍼백 한 장이면 빙수기가 없이도 시원
한 우유 빙수를 만들 수 있다.

TIP 판매하는 제품과는 비교할 수 없는 맛의 홈메이드 빙수 팥. 팥 알갱이가 살아 있어 식
감도 좋고, 당도까지 조절할 수 있어 아주 매력적이다. 잼처럼 빵에 발라 먹어도 맛있
는 빙수 팥을 집에서도 만들 수 있다. 팥은 깨끗이 씻고, 물을 넉넉히 넣어 하루 정도 불
려 물을 따라 버리고, 냄비에 담아 넉넉한 물을 부어 끓인다. 팥이 끓으면 불에서 내려
삶은 물은 버리고, 찬물에 팥을 여러 번 헹궈 팥의 쓴맛을 제거한다. 냄비에 삶은 팥, 물
800ml를 넣어 중불에서 30분 정도 삶아 팥이 푹 익으면 설탕 200g과 소금 한 꼬집을
넣어 잘 섞는다. 팥이 적당한 농도가 되면 불에서 내리고 완성한 빙수 팥은 열탕 소독한
유리병에 담아 뚜껑을 닫아 보관한다.

햄 무스비 만들기

2인분 / 30분 / 난이도 하

★ 재료

통조림햄 … 1캔(200g)

밥 … 2공기

조미김 … 1/2장

참기름 … 1/2큰술

소금 … 약간(입맛에 따라)

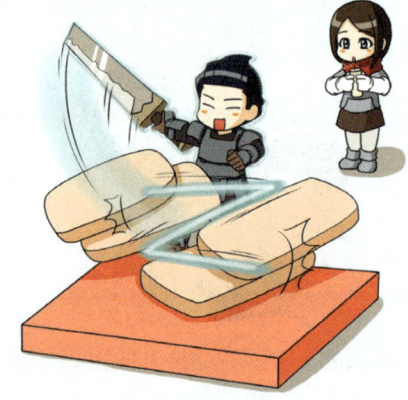

1. 통조림 햄을 1cm 두께로 썬다.

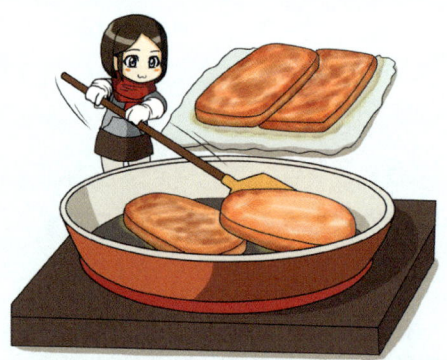

2. 햄을 앞뒤로 노릇하게 굽고, 키친타올에
올려 기름을 제거한다.

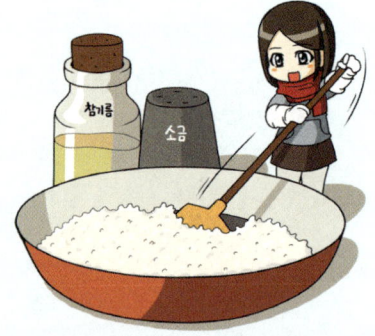

3. 밥에 소금과 참기름을 넣고 골고루 섞는다.

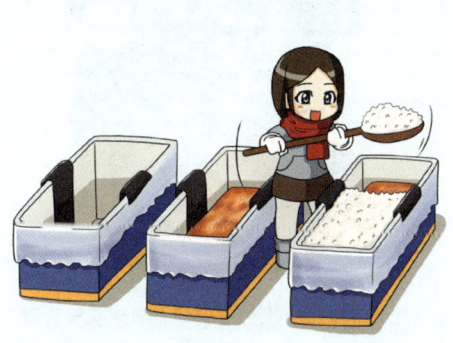

4. 통조림햄 용기를 깨끗이 닦고, 랩을 깔아
   김 → 햄 → 밥 순서로 담는다.

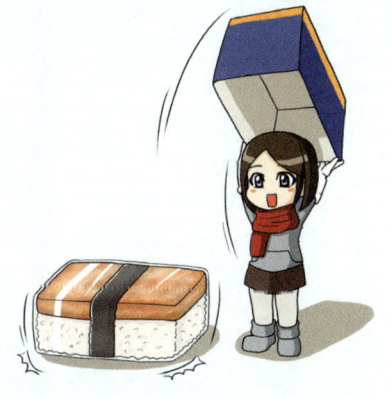

5. 랩으로 꽁꽁 싸 모양을 잡고 용기에서 빼
   내면 햄 무스비 완성!

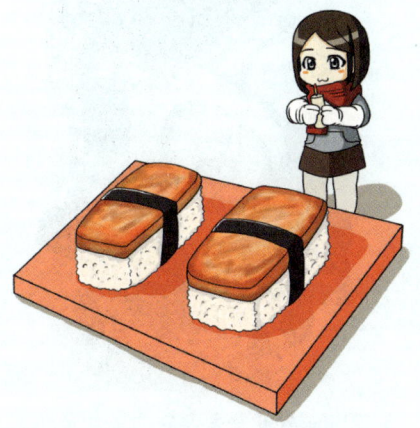

6. 휘리릭 만드는 햄무스비. 뚝딱 만들어 도
   시락 메뉴로 안성맞춤!

TIP 햄과 밥 사이에 취향에 따라 달
갈부침이나 오이를 넣으면 무
스비 맛이 더 풍부해진다.

표고버섯밥 만들기

2인분 / 1시간 / 난이도 중

★ 재료
쌀 … 180ml
물 … 180ml
표고버섯 … 2개

★ 달래 양념장
달래 … 10줄기
간장 … 2큰술
매실청 … 1큰술
고춧가루 … 1/2큰술
식초 … 1큰술

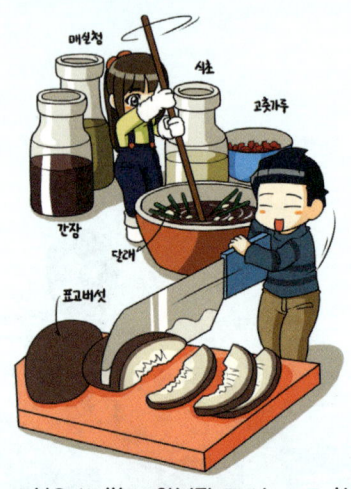

1. 버섯은 채 썰고, 양념장 재료는 모두 함께 섞는다.

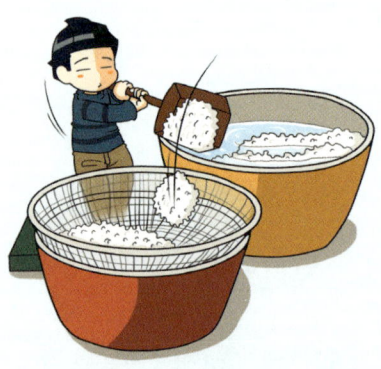

2. 쌀을 깨끗이 씻어 30분 정도 불리고, 체에 밭친다.

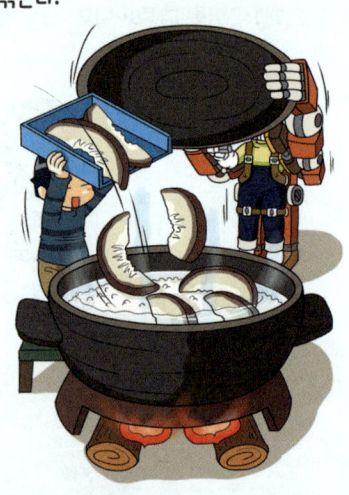

3. 냄비에 쌀과 물을 붓고 강불에 올린다. 끓기 시작하면 약불로 내리고 표고버섯을 올린다.

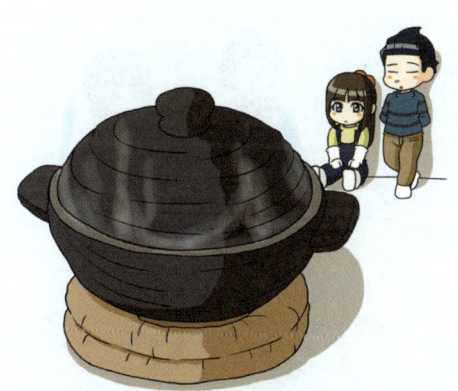

4. 뚜껑을 닫아 약불에서 10분, 뜸들이기 10분 기다려주세요.

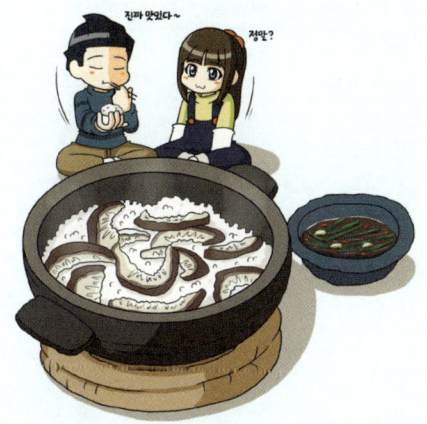

5. 양념장 슥슥 비벼 먹으면 그야말로 꿀맛! 별미인 표고버섯밥 주말 메뉴로 추천!!!

TIP 옥수수를 넣고 밥을 지어도 무척 맛있는데, 초당옥수수를 넣으면 달콤함과 아삭함이, 찰옥수수를 넣으면 쫀쫀함과 고소함이 느껴진다. 쌀은 씻어 체에 밭쳐 30분 정도 불리고 좋아하는 옥수수 알을 칼로 자른다. 냄비에 쌀, 물, 옥수수, 옥수숫대를 넣고 뚜껑을 닫아 중불에 올려 끓인다. 물이 끓기 시작하면 약불로 내려 10분 정도 더 끓인 후 불을 끄고 10분 정도 뜸을 들이면 완성! 버터나 맛간장을 곁들여 슥슥 비벼 먹으면 아주 맛있다.

감자 오믈렛 만들기

2인분 / 1시간 / 난이도 하

★ 재료

감자 … 3개
달걀 … 4개
마늘 … 5톨
올리브유 … 3큰술
소금 … 1/2작은술
후추 … 약간

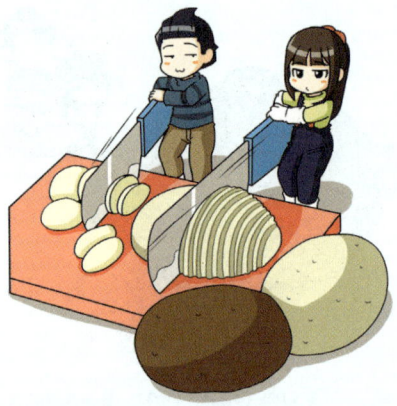

1. 껍질을 벗긴 감자는 2mm정도 두께로, 마늘은 편으로 썬다.

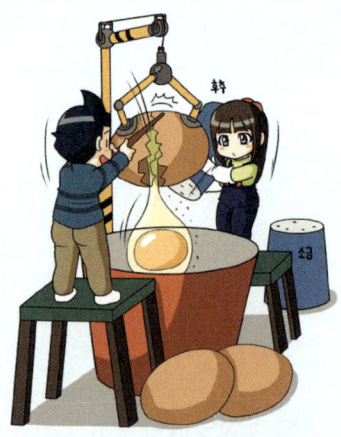

2. 달걀에 소금, 후추를 넣고 잘 푼다.

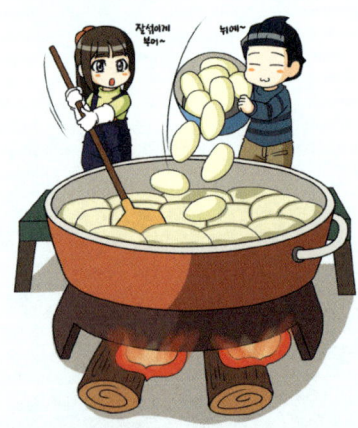

잘섞이게 볶어~

뒤에~

3. 중불로 예열한 프라이팬에 올리브 오일을 넉넉히 두르고, 감자와 마늘을 함께 넣어 볶는다.

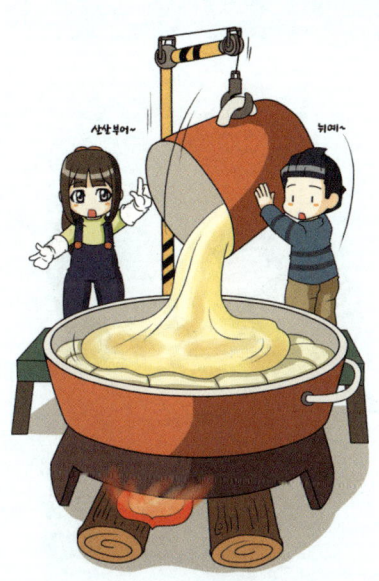

4. 감자가 익으면 약불로 내리고, 풀어둔 달
   걀물을 넣고 잘 섞이도록 젓는다.

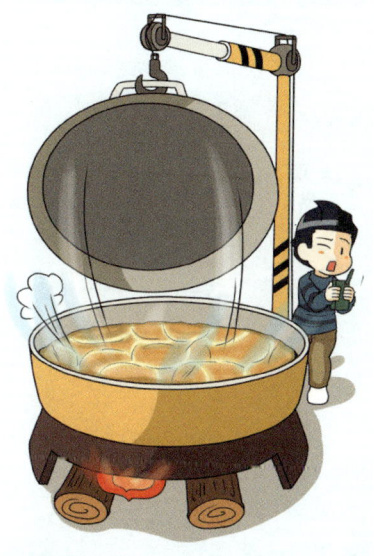

5. 달걀이 어느 정도 익으면 반대편도 익도
   록 뒤집는다.

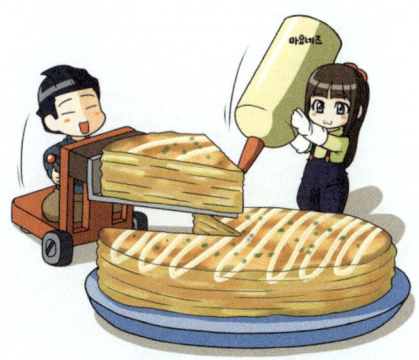

6. 접시에 예쁘게 담아내고, 파슬리 가루와
   마요네즈로 장식하면 감자 오믈렛 완성!

TIP 감자 오믈렛은 뜨거울 때보다
    한 김 식히면 예쁘게 자를 수
    있다.

햄 치즈 달걀 토스트 만들기

1인분 / 30분 / 난이도 하

★ 재료
식빵 … 2장
슬라이스 치즈 … 2장
슬라이스 햄 … 2장
달걀 … 1개
허니머스터드 … 4큰술
포도씨유 … 약간

★ 달걀물
달걀 … 1개
우유 … 50ml
설탕 … 1작은술
소금 … 약간

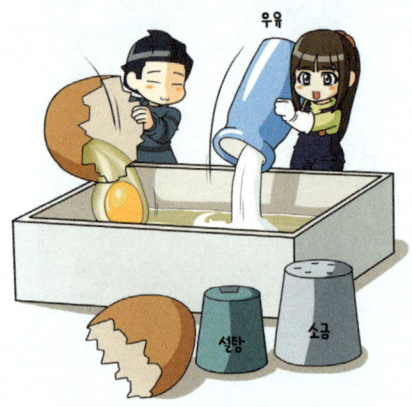

1. 달걀물은 분량의 재료를 모두 섞어 준비
한다.

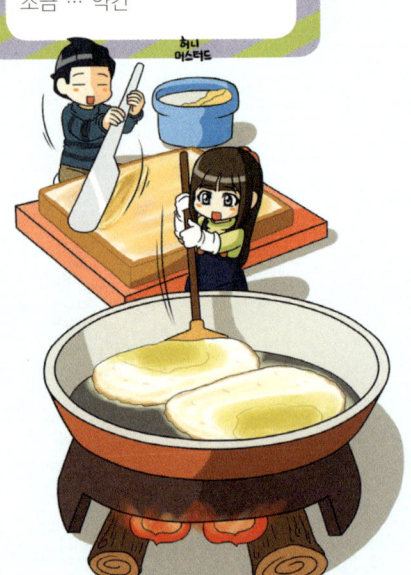

2. 달걀은 완숙으로 부쳐내고, 식빵의 한 쪽
면에 허니머스터드를 넉넉히 바른다.

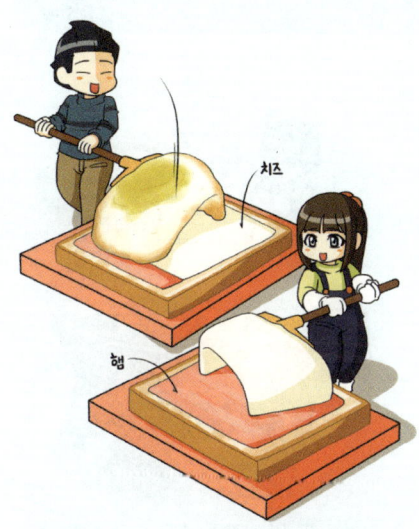

치즈

햄

3. 식빵은 허니머스터드를 바른 면을 위로
놓고, 그 위에 햄, 치즈, 달걀프라이를 올
리고 나머지 식빵으로 덮는다.

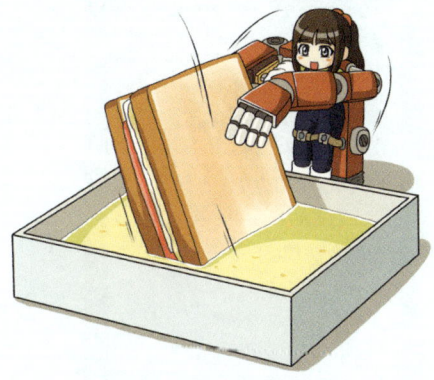

4. 달걀물에 3의 식빵을 푹 담근다.

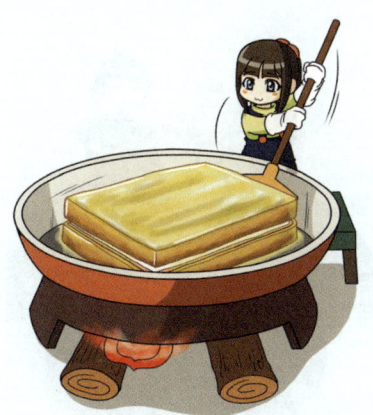

5. 중불에 예열한 프라이팬에 포도씨유를 두
르고, 토스트를 앞뒤로 노릇하게 굽는다.

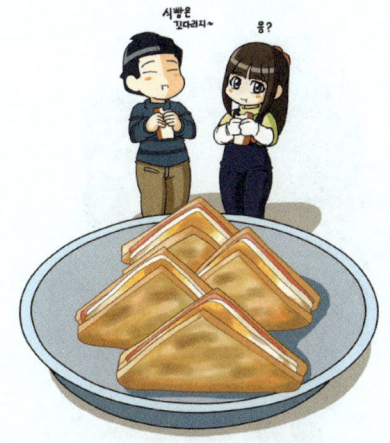

6. 맛이 없을 수 없는 영양만점 토스트! 간단
브런치로도, 나른한 오후 간식으로도 무척
좋다.

베이컨 짬뽕라면 만들기

1인분 / 30분 / 난이도 하

★ 재료

짬뽕라면 … 1개
베이컨 … 1/2팩(50g)
마늘 … 5톨
대파 … 1/2대
물 … 550ml
식용유 … 약간

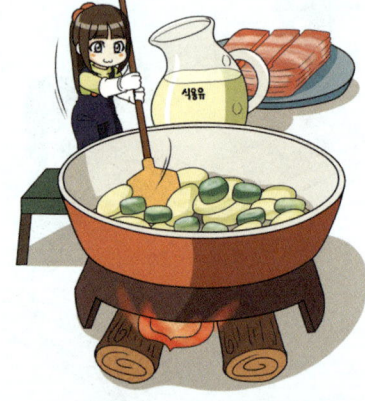

1. 마늘은 편 썰고, 파는 송송 썰고, 베이컨은 1cm 간격으로 썬다. 냄비를 강불에 예열하고 식용유를 두른 후 마늘과 파를 먼저 볶는다.

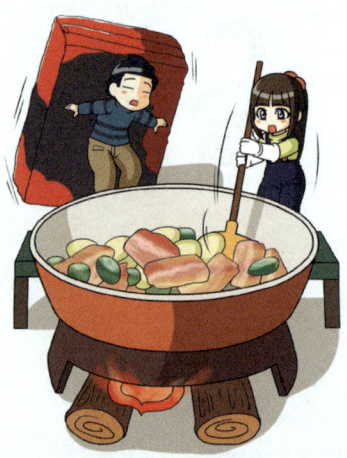

2. 마늘과 파가 노릇하게 익기 시작하면 베이컨도 함께 넣고 볶는다.

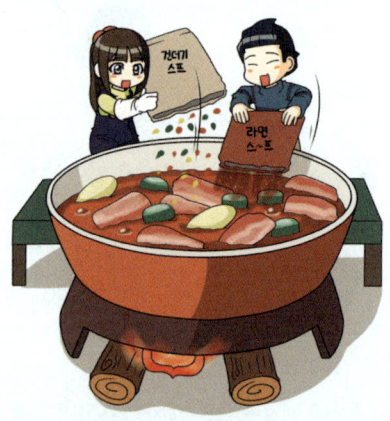

3. 베이컨이 노릇하게 익으면 물을 붓고 라면 스프, 건더기 스프를 함께 넣고 끓인다.

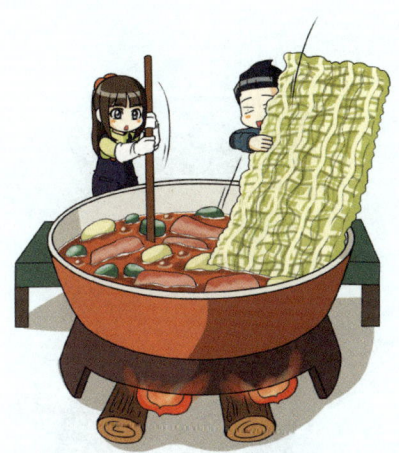

4. 물이 끓으면 라면을 넣고 익힌다.

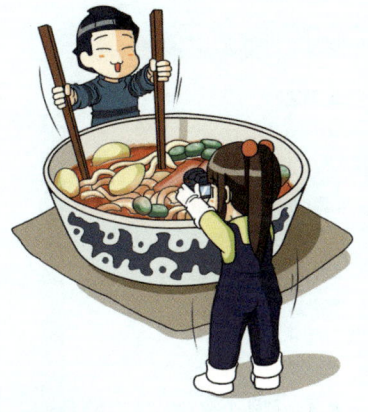

5. 짬뽕라면의 화려한 변신!

TIP 물은 라면 종류에 따라 조절한다.

TIP 베이컨 짬뽕라면 못지않게 시원한 국물이 일품인 콩나물 해장라면도 쉽게 끓일 수 있다. 콩나물은 깨끗이 씻어 물기를 털어 준비하고 마늘은 편으로 대파는 송송 썬다. 중불로 예열한 냄비에 포도씨유를 두르고 마늘과 파를 먼저 볶다가 물과 스프를 넣고 끓인다. 물이 끓으면 면을 넣고 면이 반쯤 익을 무렵 콩나물을 넣고 면이 익을 때까지 끓이면 완성!

잔치국수 만들기

2인분 / 1시간 / 난이도 중

★ 재료
국수 … 200g
대파 … 1/2대
김치 … 1/4쪽
설탕 … 1/2작은술
참기름 … 1작은술
깨소금 … 약간
김자반 … 약간

★ 육수 재료
물 … 1.2L
다시백 … 2개
다시마 … 1개(10X10cm)
마른 표고버섯 … 2개(생략 가능)

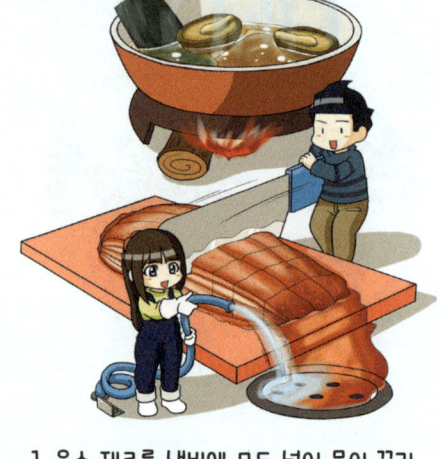

1. 육수 재료를 냄비에 모두 넣어 물이 끓기 시작하고 5분 정도 지나면 육수 재료를 건진다. 김치는 송송 썬다.

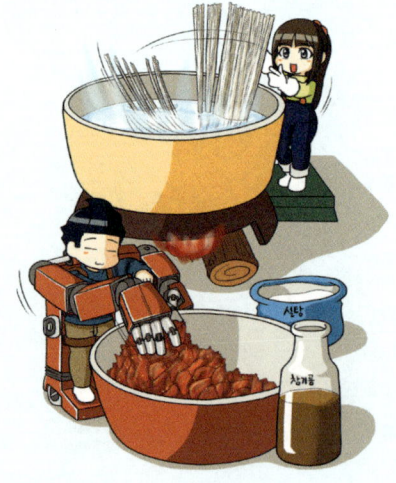

2. 냄비에 넉넉한 양의 물을 끓이고 국수를 넣어 삶는다. 썰어 둔 김치는 참기름, 설탕, 깨소금을 넣어 버무린다.

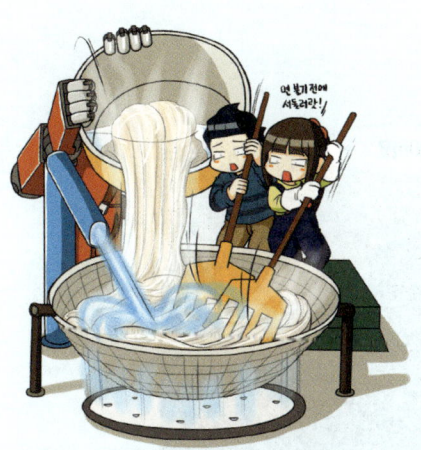

3. 삶은 국수는 찬물에 바로 옮겨 비벼가며
   헹군다.

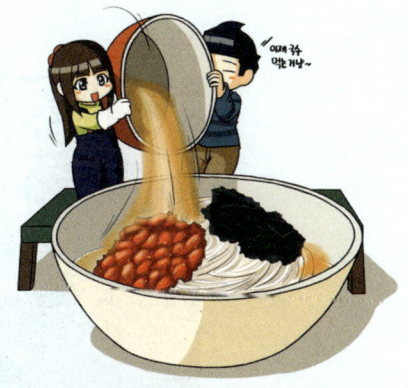

4. 그릇에 국수를 담고 육수를 붓고 김치, 대
   파, 김자반 등을 올린다.

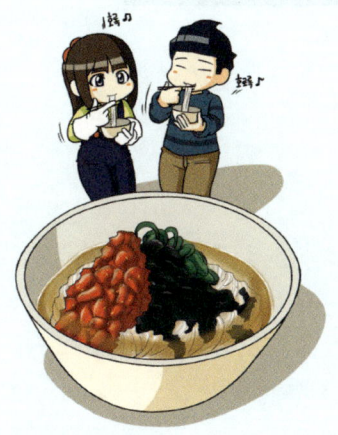

5. 따뜻한 국물에 호로록 먹는 담백한 잔치국
   수. 가볍게 먹는 한 끼로 추천!

ESSAY
어느 주말 늦은 아침. 국수가 먹고 싶
다며 애틋하게 절 바라보던 징징돌이.
저도 마침 따뜻한 국물요리가 생각나
서 잔치국수를 만들었다. 그날따라 국
수를 삶고, 육수를 내고, 고명을 만드
는 과정이 소꿉놀이 하는 것처럼 즐겁
던 느낌이 아직도 생생하다. 사랑하는
사람과 소박한 한 끼 식사를 할 수 있
는 것도 결혼하면 좋은 이유 중 하나!!!

먼 훗날...

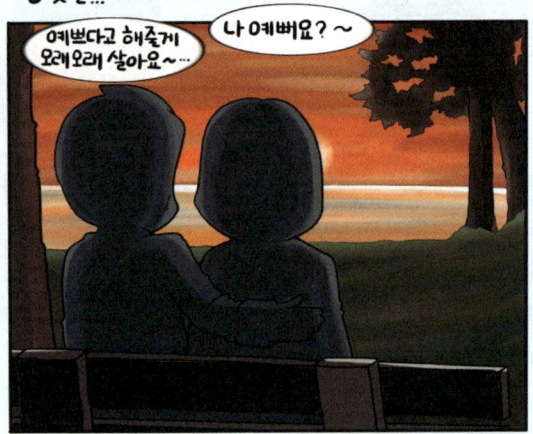